BRIGITTE KRONAUER

DAS SCHÖNE, SCHÄBIGE, SCHWANKENDE

ROMANGESCHICHTEN

KLETT-COTTA

MIX
Papier aus verantwortungsvollen Quellen
FSC® C014496

Klett-Cotta
www.klett-cotta.de

Printed in Germany
Cover: ANZINGER UND RASP
Kommunikation GmbH, München
unter Verwendung einer Abbildung von
© Fine Art Images – ARTOTHEK
Gesetzt von C.H.Beck.Media.Solutions, Nördlingen
Gedruckt und gebunden von GGP Media GmbH, Pößneck
ISBN 978-3-608-96412-7

Zweite Auflage, 2019

1

DAS SCHÖNE, SCHÄBIGE, SCHWANKENDE

Wie sollte ich ahnen, daß die beiden schon nach sieben Wochen zu Tode erschöpft in der Nacht wie Verfolgte an die Schlagläden klopfen würden! Mir war auch ohne sie verrückt genug zumute.

Kürzlich konnte ich einige Zeit in ihrem Häuschen mit den blauen Schlagläden verbringen, um dort zurückgezogen an einem Romanmanuskript zu arbeiten. Das kam mir sehr entgegen, weil in unserem eigenen kleinen, schon achtzig Jahre alten Haus alle Leitungen erneuert werden mußten. Mein Mann Paul würde die Arbeiten beaufsichtigen. Ich durfte entwischen.

Das Manuskript trug den vorläufigen Titel »Glamouröse Handlungen«, der ein bißchen aggressiv gemeint war, denn solange ich veröffentliche, hat man mir vorgeworfen, mal grob, mal mit sanftem Kopfschütteln, vom sogenannten Plot nichts zu verstehen. Im Klartext heißt das, man unterstellt mir narrative Impotenz. Weiß ich etwa nicht, daß die Welt von sogenannten Handlungen und Ereignissen zwischen Mikro- und Makrokosmos geradezu birst und Heerscharen von Autoren ihnen nachhetzen auf Teufel komm raus? Ich hoffte, diesmal den Stier nach meinem Gusto bei den Hörnern packen zu können. Irgendwelche Leute sollten sich schwer wundern.

Das Haus ist nur durch ein schütteres Wäldchen von der Autobahn getrennt, die einerseits nach Berlin, andererseits nach Frankfurt an der Oder führt. Davon merkt man aber nichts, und die vielen Vögel der Umgebung stört es kaum. Das ist wichtig, weil hier normalerweise, wenn er sich nicht in der Stadt aufhält, ein Ornithologe wohnt, den ich, als ich ihn und seine Frau kennenlernte, nicht recht leiden mochte. In den Bücherschränken finden sich die herrlichsten Kompendien. An den Wänden hängen Fotografien, Schautafeln, Zeichnungen, auf denen das geflügelte Tierreich prächtig und in Überfülle präsentiert ist, vom Eisvogel bis zum Östlichen Waldpiwi, vom Federhelm-Turako bis zum Schwarzstirnwürger. Ein gefiedertes Volk, in dem jeder in der Lage ist, sich dann, wenn es ihm in Erdnähe zu lästig wird, in die Lüfte zu schwingen. Besonders in dem winzigen Raum, in dem ich schlief, waren sie dicht um mich versammelt und sahen mich an, sobald ich die Augen öffnete, und wenn ich sie schloß, spürte ich ihre Blicke erst recht. Beim Einschlafen glaubte ich, mich in einem italienischen Café zu befinden, in Verona war's, und es hieß Café Dante, ganz gefüllt mit alten Leuten, die in großer Fröhlichkeit unermüdlich durcheinanderzwitscherten. Keiner hörte dem anderen zu. Darauf kam es nicht an, nur auf die jauchzende Meldung, am Leben zu sein. So war es auch in dem Haus des Vogelkundlers. Seine zweidimensionalen Genossen jubilierten und schrien aber nicht aus der Kehle heraus wie an einem frühen, noch hellgrauen Frühlingsmorgen, sondern aus Leibeskräften mit der in mir nachhallenden Farbenleidenschaft ihres Gefieders. Dann wieder schwiegen sie still, äugten nur und lauerten zu mir hin. Ich nahm in diesen Momenten ihre Schnäbel wahr, die nicht selten, wäre man ihr Opfer, zu tödlichen Instrumenten werden. So ist es von der Natur vorgesehen.

Davon hatte der Ornithologe gelegentlich erzählt. Er war mit seiner Frau, obschon beide längst ein weißhaariges Paar sind (er mit langem Bart, sie mit langem Zopf, beides ein bißchen melodramatisch alternativ), für drei Monate in Costa Rica auf Forschungsreise. Innerhalb dieses Zeitraums durfte ich, so ihr Angebot, in dem Haus wohnen. Ich hatte hocherfreut angenommen und mich auf die Frist eingerichtet, vielleicht allerdings die Wirkung ungewohnter, strikter Einsamkeit unterschätzt.

Wie sollte ich ahnen, daß sie schon, wie gesagt, nach sieben Wochen zu Tode erschöpft in der Nacht wie Verfolgte an die Schlagläden klopfen würden! Die Frau war von einem schweren, wenn auch dilettantisch durchgeführten Raubüberfall gezeichnet. Man hatte sie, als sie dieses eine Mal allein unterwegs war, vom Straßenrand weg in ein Auto gezerrt und sie später ohne ihre Expeditionskleidung, nur in der Unterwäsche, ohne Geld und Papiere, ansonsten unbeschädigt, weit außerhalb der Zivilisation in einer glühenden Steinlandschaft ausgesetzt. Zu Menschen fand sie erst nach stundenlangem Marsch durch Sonne und Staub zurück, froh immerhin, nicht wegen einer Lösegeldforderung entführt worden zu sein, die leicht mörderisch hätte enden können. Die zerlumpten, noch sehr jungen Banditen hatten sie mit einer reichen Unternehmerin aus der Schweiz verwechselt und sie, nachdem ihnen ihr Irrtum klar geworden war, unter Flüchen geplündert laufen lassen.

Ihren Mann sah sie als Patienten im Krankenhaus wieder. Er war während ihrer Abwesenheit beim Fotografieren in einer unachtsamen Sekunde von einer sehr kleinen, aber berüchtigten Schlange gebissen worden. Wem in einem solchen Fall nicht innerhalb kurzer Zeit ein Gegengift gespritzt werden kann, der muß unter kaum zu ertragenden Schmerzen sterben. Soviel Unglück reichte den beiden, zumal sich ihr fortgeschrittenes Alter, das sie bisher nicht gespürt hatten, in einer plötzlichen, ihnen bisher unbekannten Nervenschwäche und Mutlosigkeit bemerkbar machte.

Trotzdem riefen sie in jener überraschenden Ankunftsnacht abwechselnd zwischen der Schilderung von Attacken eines nach wie vor panischen Schreckens immer wieder und das zu Recht: »Wie haben wir doch alle beide großes Glück gehabt!«

Ich selbst hatte natürlich das Pech, umgehend ausziehen zu müssen aus dem grünen Idyll, einem Idyll allerdings, das in nächster Nähe Brachland mit trostlosen Schuppen, verwahrlosten Häusern und demolierten Garagen aufwies, nach denen sich das Fernsehen im Bemühen, geeignete Locations für Verbrecherisches zu entdecken, die Finger geleckt hätte. Man mußte mir nicht sagen, was zu tun war. Der Anstand gebot es leider. Dabei war ich mit meinem Roman »Glamouröse Handlungen« noch kein Stück weiter. Es mußte an den Vogelabbildungen liegen, die mich, begünstigt durch meine Abgeschiedenheit, von früh bis spät so feurig und hartnäckig umdrängten und auf ganz andere Gedanken brachten. Erinnerungen und Phantasien umstellten mich, wenn ich zwischen den heruntergekommenen Feldern wanderte, von bedrohlichen Hunden erschreckt, von anderen willkommen geheißen an einem schön gewundenen Bachlauf mit mehreren Autowracks, das Blech verrottend, die Vegetation triumphierend aus den Ritzen schießend, wenn ich im verholzten Gestrüpp zwischen den alten Fruchtständen des Sauerampfers auf ausrangierte Waschmaschinen stieß, auf verstoßene Kühlschränke und auf ein paar magere Pferde, eng umzäunt, in unmittelbarer Nachbarschaft von viel leerem Weideland, das ihnen ohne Sinn, Verstand und Mitgefühl vorenthalten wurde.

Die Vögel formierten sich auf diesen Gängen zu einer imaginären Tapete. Richtig, sie tapezierten zunehmend die Wiesen, musterten unverschämt die Wolken und starrten mich herausfordernd an. Hätte ich vor ihnen ins Freie flüchten wollen, wäre es also vergeblich gewesen. Sie warteten dort draußen schon. Mir war ihre Dauerbegleitung nicht unangenehm. Mich amüsierte nämlich etwas dabei. Wie man, jeder hat es schon erlebt, in Mauerrissen, alten Kartoffeln und Felszacken manchmal den suggestiven Zauber von Menschengesichtern entdeckt, so daß man Mühe hat, überhaupt den wirklichen Gegenstand wahrzunehmen, so zwangen mir die Vögel, von Tag zu Tag beherrschender, im Haus und draußen ihre Ähnlichkeit mit Personen auf, mit Freunden, flüchtigen und alten Bekannten.

Schließlich waren es nicht mehr die Geflügelten, die über mich regierten, es waren die Menschen, die durch sie hindurchstarrten und die sich jetzt unbedingt entfalten wollten. Dafür benötigten sie Platz, wischten ohne Rücksicht Vögel und »Handlung« beiseite und beehrten mich, den offenbar geeigneten Landeplatz für ihre Ausuferungen, voller Beschwerden, Wichtigtuereien und Ticks, rund um die Uhr mit ihrer Anwesenheit, die ich meines Berufs wegen schriftlich beglaubigen sollte.

Ich fand, um es kurz zu machen, Geschmack daran, und es war ja noch sehr die Frage, wer eigentlich Herr der Situation bleiben würde. Machten sie sich her über mich oder war ich es, die sie dorthin lenkte, wo ich sie hin haben wollte bis zum letzten Satz?

Angesichts ihrer Aufdringlichkeit rettete ich mich, vor allem weil ich nicht gedachte, mir etwas von der Bande diktieren zu lassen, durch eine bürokratische Aufteilung. Neununddreißig Porträts sollten zu je dreizehn nach drei Kategorien geordnet werden. Sie lauteten:

Das Schöne,
das Schäbige,
das Schwankende.

Das spann ich, durch die barsche, strohige, oft chaotische Landschaft stapfend, weiter aus, dabei Auge in Auge mit den Vogelgesichtern, wohin mein Blick auch fiel. Ich wollte es inzwischen gar nicht mehr anders. Mich trieb und beflügelte eine Besessenheit. Drei Entwicklungsstufen hätten die Figuren zu durchlaufen, mit sehr unterschiedlichem Erfolg, je nach Abteilung.

Die Schäbigen würden in einen stetigen Fall geraten, von akzeptabler Plattform aus wäre es ein Sturz ins immer Unerfreulichere ohne Aufenthalt.

Die Schönen müßten so beginnen, daß man ihre herausragende Eigenschaft zunächst nicht bemerkt. Erst allmählich, aber kontinuierlich, würde sich ihr Aufstieg abzeichnen aus der normalen Lebenstrübnis zur lichten Offenbarung.

Die Schwankenden, so hatte ich es geplant, sollten weder ausdrücklich so noch so beginnen, vielmehr durchmischt, unentschieden anfangen, dann zu einem glänzenden Moment aufsteigen und von dort aus wieder absinkend, in der Weise gezähmt, wie sie es jeweils verdienten.

Das alles auf gedrängtem Raum. Die Reihenfolge der Gruppen wollte ich noch offen lasssen.

Ich stolperte oft beim Gehen, nicht nur wegen des schwierigen Geländes, auch, weil ich in meine Zuordnungen versunken war. Einmal rutschte ich mit dem ganzen Körper in den Matsch einer Wagenspur. Glücklicherweise war ich bei dem lächerlichen Schauspiel allein. Mag sein, daß die Vögel grinsten. Es half ihnen nicht. Ich hatte, wie es sich gehört, sie und die Personen in meiner Gewalt.

Es ging gut voran. Dann kam die Nacht, in der das Paar an die blauen Schlagläden klopfte. Etwas Merkwürdiges passierte. Das völlig unerwartete Auftauchen der beiden Weißköpfe in meiner Einöde versetzte der sorgfältig geordneten Welt meiner Skizzen und Pläne einen brutalen Stoß. Plötzlich trudelten die Rubriken durcheinander, die Figuren glitten aus ihren Umzäunungen ins Nachbarfeld, richtiger wäre zu sagen, die Linien verwischten sich, alles verlor den sortierenden Halt, alles zwitscherte durcheinander wie die Alten im Café Dante und freute sich seiner Freiheit, die ich ihnen nicht gönnte. Trotzdem ließ ich sie in meiner Ratlosigkeit gewähren.

Nur ein paar Lieblinge gibt es unter ihnen, die unangefochten für den, der sehen kann, ihr Prachtgefieder entfalten. Niemand rühre sie an!

2

DIE VÖGEL

DIE PRÄCHTIGE

Kaum hatte ich, ganz zerzaust aus dem stürmischen Wetter geflüchtet, oben im Dünenrestaurant Platz genommen, setzte sich mir die Prächtige gegenüber und versperrte den Blick. Zumindest unterbrach sie ihn. Gut, kein anderer Tisch war frei, das entschuldigte sie vielleicht, änderte aber nichts daran, daß sie mich um die ungehemmte Sicht nach draußen brachte. Ich sah sie nicht weiter an, diese Person im Gegenlicht, die zwangsläufig der Brandung den Rücken zuwandte und die ich keinesfalls durch Augenkontakt zum Sprechen ermutigen wollte. Es ging nämlich, ich spürte es gleich, ein unverkennbar kontaktfreudiges Ruckeln aus von der Frau. Typisch für einsam lebende Menschen, besonders für weibliche, mit einem Redestau mangels Gesprächspartner.

War ich denn, Herrgott nochmal, nicht bereits in eine komplizierte Unterhaltung vertieft? Es ging darum, das Wichtigste auf die berühmteste Inselpostkarte zu kriegen. Ich meine natürlich die, auf der die rote Lokomotive mit ihrer Waggonreihe über den Hindenburgdamm vor der Verfolgung durch die hinter dem Zug riesig aufgetürmten und auch schon blendend weiß aufschäumenden Wassermassen Reißaus zu nehmen versucht. Donnernd werden die Wellen (besonders die am steilsten aufragende freut sich darauf), im nächsten Moment über den Scheinsiegen der Technik zusammenbrechen. Man hört das Jauchzen doch bereits im Voraus!

Ein historisches Foto, dem man besser keinen lammfrommen Glauben schenkt. Ich wollte es unbedingt an Paul schicken, den ich mit meinen Reiseberichten, wenn ich ohne ihn unterwegs sein muß, so gern verwöhne. Was aber waren die persönlichsten Nachrichten für die knapp bemessene Fläche auf der Rückseite im Kontrast zu der allen Leuten zugänglichen Vorderansicht? Da würde ich streng auswählen müssen beim Imponieren, Renommieren, beim, ja, warum nicht, Paradieren mit meinen Eindrücken. Das Zucken der Fremden vis à vis durfte mich keinesfalls ablenken.

Was also war für die Karte am besten geeignet? Die Erwähnung der durch und durch verkehrten Meeresoberfläche, oben, im äußersten Norden der Insel, wo zwei Strömungen gegeneinander wüten, rund um die Uhr, samt dem teuflischen Sog von Wirbeln und Strudeln, eine klassische Einladung zum Ertrinken? Oder das sausende Schilfrohr der grau glänzenden Wattseite, eine See aus kreiselnden Halmen mit den mimischen Experimenten eines tückischen Gesichts?

Der uralte Duft feuchter Rosen, überall aus den Gebüschen, und nach wie vor die dunkelroten Hagebutten, bei denen du mich damals zum Abendgeschrei der Vögel und den herzüberflutenden, aber auch seelenlosen kleinen Wattwellen im Regen für immer angesprochen hast?

Der kleine Junge, der, ohne sich zu rühren, mit den Händen an der Hosennaht und offenem Mund vor der Brandung strammstand, minutenlang, fassungslos, ich ein Stück hinter ihm, weil ich mich nicht von seinem Anblick losreißen konnte?

Alles Quatsch, alles Quark, sagte ich mir, runzelte dabei vermutlich die Stirn und wollte gerade in einem einzigen Satz mitteilen, wie glücklich ich sei, völlig überraschend zum ersten Mal nach vielen Jahren (Kindheit! Jugend!) vom Meer wieder bis in die Fingerspitzen, bis auf den Grund erregt zu werden, da flüsterte die Frau: »Jaja!«

Ich sah unwillkürlich oder notgedrungen auf, nahm sie wahr

vor der Helligkeit des Fensters in ihrer beinahe ein wenig außerirdisch gelackten, sehr blonden Pracht, der das wüste Wetter da draußen, aus dem sie hereingekommen war, unbegreiflicherweise nichts hatte anhaben, kein Härchen hatte krümmen können.

Dunkel schimmernde Augen, wahrhaftig hagebuttenrote Lippen lächelten mich an: »Jaja.« Es klang nach einem verschwörerischen Seufzer, ein bißchen amüsiert außerdem. Ein kleines Schnauben war es auch. Ich nickte dieser hübschen, zur Not noch blühenden Frau kurz zu, gespielt zerstreut, als hätte ich das Geräusch für das Knistern beim Hantieren mit den Milchtöpfchen gehalten. Sie blieb hart und sagte jetzt laut, jetzt schon signalstark: »Jaja!!«

Nur nach außen verärgert, denn ihr mildes Lächeln wurde unwiderstehlich, fragte ich nach: »Was ›Jaja!‹?« Engelhaft, kaum in Gefahr, jemals schrill zu werden, antwortete sie auf meine Unfreundlichkeit: »Verzeihen Sie, bitte verzeihen Sie, ich habe aus Versehen die Anrede ›Lieber Paul‹ gelesen und beobachte, daß Sie nicht recht weiterkommen. ›Lieber Paul‹! Wir schreiben offenbar beide an unsere Männer? Stimmt's? Das ist nicht immer leicht. Meiner heißt übrigens Moritz. Wie lustig, wenn Ihrer Max heißen würde! Max und Moritz.«

Wie indiskret! Aber was für ein lindes Lächeln, dazu draußen der Sturm.

Wäre die Stimme nicht von so unvergleichlicher, kaum angestrengter, kaum künstlicher Sanftmut, wäre ihr Kleid nicht so kühn in Grüntönen gefärbt, an den Schultern mit ein bißchen frechem Rot betreßt gewesen (eine wahre Gelbstirnamazone, und das ausgerechnet in der ruppigen Nordseeumgebung), hätte mich todsicher so viel Aufdringlichkeit abgestoßen. So aber, mit den Brandungswellen in der Ferne zur Rechten und Linken ihres Kopfes, fesselte, nein, bezauberte sie mich. Bei ihr mußte man die einzelnen Geschmacklosigkeiten anders verstehen, selbst die übertriebene Menge von Gold an Hals, Ohren, Fingern. Sie fühlt sich, sagte ich mir, heimisch im Gehäuse von Putz und Pracht. Das lästige Gerucke von eben hatte sie aufgegeben. Es erübrigte sich inzwischen. Sie hatte ihr Ziel erreicht: Ich hörte ihr zu.

»Sehen Sie nur«, sagte sie, und es klang überzeugend warmherzig, während sie mir das Bild eines Paares in alpiner Tracht zuschob, das vor bemalten Schlagläden auf einer geschnitzten Bank saß, »das will ich meinem Mann schicken. Da staunen Sie, daß es keine Inselkarte von hier ist? Sie kennen meinen Moritz nicht. Gerade das hier wird ihn interessieren, mehr als jeder Sonnenuntergang am Meer. Brennend interessieren. Das könnte ich schwören.«

Wieder lächelte sie, diesmal eine Spur verschmitzter als vorher, aber so reizend, daß ich die Grüße an meinen Paul verschob. So sehr eilte es ja nicht. Die hohe Welle hinter der Lokomotive würde solange den Atem anhalten.

»Sicherlich ebenfalls ein historisches Foto«, stellte ich also, um zugänglich zu erscheinen, angesichts der altertümlichen, streng genommen jedoch jugendlichen Leute in ihrer wunderlichen Bekleidung fest.

»Das nun nicht im Geringsten!« Die Prächtige lachte von Herzen, vielleicht weil ich auf den Augenschein hereingefallen war. »Es ist erst kürzlich geschossen worden, in Oberbayern nämlich. Ein echter Schnappschuß.«

»Tatsächlich? Laufen denn richtige Menschen dort in den Bergen noch heutzutage so altbacken, ich muß schon sagen: gewandet, herum?«, erkundigte ich mich. Mein ungläubiges Gesicht freute sie sehr.

»Allenfalls zu Festtagen. Aber sie sitzen dann nicht so idyllisch vor ihren Häusern. Das machen sie nur für Touristen, so wie Heidelberger Studenten für die Asiaten in ihren Kneipen alte Burschenherrlichkeit von anno dazumal spielen, gegen Stundenlohn und Freibier. Man kann sich als Fremder auch Trachten ausleihen samt malerischem Jungbauern und sich fotografieren lassen als alt-oberbayrische Bäuerin. Touristenscherze eben, ziemlich beliebt, allerdings nicht umsonst.«

Hier betrachtete sie mich so gespannt und nachdrücklich, klopfte auch auf das zwischen uns liegende Bild, daß ich eine Pointe ahnte: »Sie müssen es genauer studieren. Na? Sie stutzen? Nein? Fällt Ihnen denn gar nichts auf außer Mieder und Lederhose?«

Ich gab mir alle Mühe, etwas Besonderes zu erkennen. Ihr Finger wanderte zum Gesicht der Frau: »Kommt sie Ihnen gar nicht, kein bißchen bekannt vor?« Auf dem leicht verschwommenen Foto zeigte sie dem Betrachter das Profil. Ein hübsches allerdings, und ein lächelndes. Was ins Auge sprang, waren die schwarzen, hochgesteckten, mit bunten Perlen geschmückten Locken. Der Mann sah in ihre Richtung. Sie schienen beide den Fotografen nicht zu bemerken. Der Gelbstirnamazone platzte der Kragen: »Die sitzt Ihnen nun schon ein Weilchen gegenüber. Na? Na? Keine Verblüffung? Aber das bin doch ich, ich leibhaftig! Sie sind wirklich, nehmen Sie's mir nicht übel, keine scharfe Beobachterin. Kann man nicht lernen. Das ist man oder man ist es nicht.«

»Sie sind diese Trachtenfrau? Sie?«, stammelte ich einigermaßen verdutzt.

»Da fallen Sie aus allen Wolken? Freilich bin ich das, ist noch nicht lange her. Sie dürfen sich nicht durch die Haarfarbe und die Frisur verwirren lassen. Man kann eine Perücke mieten, das verändert natürlich. Eine Perücke und das komische Hütchen, dieser Strohteller mit dem kleinen Federbuschen wie ein Blitzableiter oder eine Antenne, nicht wahr, der ist fix und fertig daran festgeklebt. Was meinen Sie, wie Sie selbst in der Aufmachung wirken würden. Stellen Sie sich das nur mal vor! Da müßte Ihr Max, entschuldigen Sie, Paul, schon gründlich hinschauen.«

Ich drehte meine Karte mit der Anrede, die sie nicht mehr lesen sollte, sofort um, obschon es längst zu spät war. Innerhalb weniger Minuten hatte die Person es geschafft, die Macht an sich zu reißen. Die aufgetürmte Riesenwoge erwartete, mittlerweile gemächlich schmunzelnd, einen späteren Auftritt.

»Und der Mann? Ist das etwa Ihr Moritz?«

Sie bemerkte die Ironie, fand sie offenbar doppelt komisch und kicherte in sich hinein. »Wo denken Sie hin! Warum sollte ich ihm das Foto dann schicken? Nein, meine Liebe, der fesche Alpenmensch ist vom Tourismusbüro zusammen mit der Tracht für das Foto gemietet. Allerdings haben wir in dem Ort damals, vor vielen Jahren, Moritz und ich, unsere Flitterwochen verbracht und in dem Hotel im Hintergrund gewohnt.«

Erst daraufhin führte ich mir das Paar richtig zu Gemüte. Ich äußerte nichts, benötigte einige Zeit, wurde immer verblüffter währenddessen und schlug dann als Resultat meiner Prüfung innerlich die Hände über dem Kopf zusammen.

Die Frau hielt mein Schweigen nicht aus. In ihrer Ungeduld begann sie wieder mit dem albernen Ruckeln.

Schließlich sagte ich, ohne meine Entgeisterung über die alarmierende Botschaft zu verbergen: »Und das wollen Sie Ihrem Mann schicken?«

Na klar wolle sie das, warum denn nicht, wie gesagt, es würde Moritz bestimmt interessieren. Sie sei doch recht nett getroffen, und ihr Mann liebe sie über alles. Er sei stolz auf sie, und wenn er auch im Moment nicht bei ihr sein könne, da er als Ingenieur viel reisen müsse, bis hin nach Indonesien, jetzt nur Brüssel, könne sie ihn mit dieser kleinen Katastrophe, Verzeihung, sie meine: Kostprobe, sicher aufheitern in seiner Einsamkeit. Sie lachte wie schon vorher einige Male. Ich horchte auf den Ton, der nun eine geringfügige Schärfe aufwies.

»Ich würde das nicht tun. Tun Sie das lieber nicht, Ihr Mann liebt Sie, wie Sie behaupten? Werfen Sie das verräterische Bild, wenn Sie ihn nicht mit vollem Risiko eifersüchtig machen wollen, sofort weg. Ab in den Mülleimer. Vorher zerreißen!«

Die Prächtige lehnte sich zurück. Ihr Gesicht bekam den Ausdruck von Wachsamkeit und unverhohlener Zuneigung. Eine solche Mischung hatte ich bisher noch nicht erlebt. Sie starrte das Foto an. Jetzt war sie die Schweigsame. Endlich flüsterte sie: »Und warum bitte ein so unsinniger Rat?«

»Sie müssen es genauer studieren. Na, fällt Ihnen denn gar nichts auf?«, äffte ich die leichtsinnige Person nach, die auf einmal in großer Anspannung nicht das Paar, sondern mich fixierte. »Helfen Sie mir! Was gibt es Ungewöhnliches herauszufinden auf meinem Bild?« Sie murmelte das, nuschelte es, denn sie hatte begonnen, an ihren Fingernägeln zu kauen.

Sollte ich ihrer Einfalt Glauben schenken? Ich entschloß mich halbwegs dazu, gegen den Verdacht, sie wolle mich vielleicht nur veräppeln aus Lust an Zerstreuung bei stürmischem Seewetter hinter den Scheiben: »Die pure Elektrizität! Sie müßten es selbst am besten wissen, auch wenn Sie Ihre Hände so sittsam über dem Schoß und der weißen Trachtenschürze falten. Wenn Sie schon mich, eine vollkommen Unbekannte, nicht täuschen können über das, was hier passiert, werden Sie das bei Ihrem Mann noch weniger schaffen. Die so einladend ins Mieder gestopften Blumen mögen durch dörfliche Bräuche zu entschuldigen sein, aber dieses neckische, scheinbar schamhafte und doch hocherfreute Abwenden Ihres Kopfes! Das spricht doch Bände!«

Natürlich hätte sie sich längst meine Vorwürfe verbitten müssen. Sie tat es aber nicht. Im Gegenteil. Sie lauschte begierig, als würde ihr wohltun, daß ich ihr Vorhaltungen machte. Ich warf ihr ja allerdings nicht das Flirten vor. Mich erboste nur die Dummheit dieser bisher so sanft lächelnden Person, das Foto ausgerechnet dem sie liebenden Ehemann schicken zu wollen, falls sie, noch schlimmer, ihn nicht aus Tücke zu bekümmern plante. Was mochte das überhaupt für ein Mann sein, dieser Moritz, mit einer Frau, die sich seiner Zuneigung so sicher war und damit prahlte und sie nun so aufs Spiel setzte! Oder sie auf Herz und Nieren zu prüfen beabsichtigte? Ich geriet in Fahrt.

»Sie verlangen ein offenes Wort. Sie nehmen es mir nicht übel?«

»Ich bitte Sie ausdrücklich darum«, sagte sie leise, die Augen nun wieder auf das Bild gesenkt.

»Gut! Noch ist es nicht zu spät. Säßen Sie allein auf der Bank, würde man meinen, ein Unsichtbarer kitzelte Sie an der Hüfte oder was weiß ich wo, und Sie hätten das ausgesprochen gern. Es bliebe ein Geheimnis. Aber ein sehr Sichtbarer, entschuldigen Sie, ein sich brüstend Sichtbarer befindet sich an Ihrer Seite und bedrängt Sie, nicht zu übersehen, mit seinem nackten Oberschenkel.« Es riß mich hin: »Eine erotische Brandungswelle ist das! Die Lederhose bedeckt nicht viel, stellt die Muskeln geradezu protzend aus, wobei das linke Bein zur Hälfte bei Ihrem scheinheilig langen Trachtenrock, der sich keineswegs dagegen wehrt, Unterschlupf sucht. Dort bereits verschwindet, wäre richtiger zu sagen. Schämen Sie sich!«

Hier lachte sie ohne Übergang grell auf, kein schöner Laut, schlug mit der flachen Hand auf den fotografierten Schenkel des Mannes und zog sich dann wieder schnell in ihre stille Haltung zurück, nickte mir auch zu, ich solle weitermachen. Sie biß sich dabei, etwas blasser mittlerweile, auf die Lippen.

Ich wartete auf eine Empörung oder wenigstens Verteidigung von ihrer Seite. Sie blieb stumm, lächelte schwach. Reumütig? Nein, das nicht, weh, verwehend eventuell, noch bleicher als eben. Ich begriff sie nicht. Etwas reizte mich, meine Strafpredigt um einige Grade zu forcieren, wenn ich schon die Kartengrüße an meinen Paul ihretwegen nicht schreiben konnte.

»Fällt Ihnen nicht auf, wie kokett Sie unter den gesenkten Lidern zu dem Naturburschen, diesem stattlichen Mannsbild rüberschielen? Ihre ganze Gestalt ist ein einziges Willkommenssignal für den keineswegs begriffsstutzigen Kerl mit seinem Jägerhütchen und nun dem Frauenzimmer als sicherer Beute. Mein Gott, was funkelt das Schlitzohr Sie siegesgewiß an, was zeigt er die Raubtierzähne unter dem Schnauzbart! Ein breitbeiniger, selbstgefälliger Eroberer von Touristinnen! Schnappschuß, sagen Sie? Richtig, ein um so verräterischerer, einer, bei dem jedes Detail sprechend ist, der Ihre Affäre rausposaunt. Ich wiederhole: Sofort wegschmeißen das Ding, wenn Sie kein irreparables Unheil anrichten wollen.«

Ich wunderte mich über mich selbst. Je mehr die einfältige

Gelbstirnamazone verblich, desto heftiger redete ich mich in Zorn. Dieses Ereifern bewirkte, daß ich die neuerliche Veränderung der Frau erst mit einiger Verzögerung bemerkte. Deshalb versäumte ich auch, ihrem verzagten Sätzchen: »Es steht doch gar nicht in meiner Macht«, nachzuhorchen.

»Und schubst er Sie nicht an mit seinem linken Arm, zum Zeichen, daß Sie beide handelseinig sind? Berührt ein offizieller Angestellter des Fremdenverkehrsbüros so respektlos seine Kundin vor dem Fotografen?«

Die Frau hatte ihre Blässe verloren, das Blut kehrte in die Wangen, der Glanz, nun ein wütender aber, in ihre Augen zurück. Sollte ich lieber schweigen, falls sich der Unwille auf mich bezog? An diesem Punkt schaffte ich es nicht, mich selbst zurückzupfeifen von der Fährte:

»Und erst die Hände des Kerls! Beim Fotografiertwerden kriegten Sie das nicht mit, aber jetzt doch wohl! Wie lässig er in den zupackenden Arbeiterfingern seine Zigarette hält! Kämpfen muß er ja nicht mehr, und die andere Hand verbirgt, ich sage es frei heraus, vermutlich aus guten Gründen sein ›Sie wissen schon‹ zwischen den Schenkeln. Jedem, auch dem größten Trottel, müßte klar sein, welche Szene zwangsläufig dieser hier vorausgegangen und gefolgt ist. Sie sind durchschaut. Da gibt es kein Vertun. Machen Sie sich keine Illusion. Wenn Sie das Ding an Ihren Mann schicken, ist es das Eingeständnis des Ehebruchs.«

Die Frau bebte. Alle Schönheit war in Zorn und Bitternis mit dem Lächeln und der, wie ich anfangs dachte, überzeugenden Sanftmut dahingeschwunden.

»Gerade deshalb werde ich es ihm schicken«, zischte sie. Sie loderte. »Und Sie hier haben den schlagenden Beweis geliefert, haben es mir klipp und klar, unparteiisch, ohne es zu ahnen, bewiesen. Sie waren meine Testperson. Einwandfrei Ehebruch! Keine Einbildung! Ich bin ja nicht die Frau auf der Bank, nur in etwa der Typ. Sie haben sich täuschen lassen von mir. Der elende Schuft im Trachtenkostüm ist Moritz, mein eigener Mann, kostümiert natürlich. Nicht in London oder Hongkong, sondern in einem ganz bestimmten oberbayrischen Dorf. Er hat mich auch mit dem Aufenthaltsort hintergangen. Die Person daneben kenne ich nicht, die hat er sich angelacht. Das Foto wurde mir anonym zugeschickt. Womöglich von dieser Dirndlperson da, die nun triumphiert.« Sie begann zu ächzen und zu stöhnen: »Ich wollte mich hier auf der Insel beruhigen. Es geht aber nicht. Bisher hoffte ich noch auf ein Mißverständnis, Sie waren es, Sie Wohltäterin, die mir klargemacht hat«, sie starrte mich in ihrer Verwirrung böse an, »daß ich mich nicht irre. Geben Sie her. Ich werde es ohne Kommentar, aber mit meinem Namen an ihn weiterschicken. Als endgültig letzte Post meinerseits.«

Der prächtige Vogel war in die Mauser gekommen. Ein großer Jammer brach in Tränen, in flattrigen Bewegungen aus der Betrogenen hervor. Dann steckte sie das Foto ein, legte etwas Geld auf den Tisch und sprang auf. Dabei wischte sie die historische Postkarte zu Boden. Sie rutschte unter einen Stuhl in die Pfütze von nassen Schuhen. Beim Versuch, mit ihrem Regenschirm danach zu angeln, stieß sie die Spitze mitten in die Riesenwelle.

»Die können Sie nun nicht mehr verschicken. Gott sei Dank ist sie noch nicht frankiert«, rief sie mir von der Tür aus, schon im Mantel, krächzend zu, denn der Wind blies sofort ins Lokal und riß ihr die Schluchzer vom Mund weg.

Ich sah sie noch am Fenster vorüberlaufen, sah sie vorübertreiben als zerfledderte Krähe, als vom Sturm zerfetzter schwarzer Schirm.

Die Sicht aufs Meer war wieder frei. Hinter den Scheiben erkannte ich die gelassene, unsinnige Arbeit, die schneeweißen Lineale, die Zollstöcke der aus der Entfernung scheinbar bewegungslosen Brandung am Rand einer grenzenlosen dunklen Flut.

»Mechatroniker. Du weißt ja, von meiner ersten Ausbildung her Mechatroniker. Der Beruf gefiel mir. Maschinen interessierten mich von klein auf, nur habe ich es nach ein paar Jahren körperlich nicht mehr gebracht. Der Job war für mich nicht leidensgerecht. So nennen die das heute. Jetzt, als Pfleger, eigentlich wegen des lädierten Rückgrats eher als Betreuer, sieht die Sache auch nicht schlecht aus, sogar besser vielleicht.«

Er hatte noch immer die Angewohnheit, vor jedem Satz ein Weilchen abschmeckend zu schmunzeln, bevor er ihn aussprach: »Kürzlich war ich mit einem Trupp alter Männer unterwegs. Wir standen an einer Haltestelle, als aus dem offenen Hotelfenster gegenüber im ersten Stock ein Lustgebrüll losbrach. Marke Urschrei beim Höhepunkt. Sex! Du hättest sehen sollen, wie mein kalkweißes Völkchen mit offenem Mund unter dem plötzlichen Blitz und Donner zusammenzuckte und den Rollator losließ. Ganz verzagt standen sie da. Die erschrockenen Greise erinnerten sich. Die wußten noch genau, trotz ihrer Klapprigkeit, jede Wette, weshalb da oben die Hölle los war.

Ich habe einen Neunzigjährigen vorrätig, der den größten Teil des Tages seine rechte Hand studiert, von morgens bis abends die fünf Finger abzählt, ob sie noch alle da sind. Schön und gut. Vorgestern hat er die Ulrike, unsere hübscheste Pflegerin, gefragt, ob er ihr ein einziges Mal in den Ausschnitt fassen darf.«

Lukas, ganz der alte Rotkopfspecht von früher, ließ sich von seinem GPS – natürlich in einer Spezialversion – beschimpfen und fuhr, um das Ding zu reizen, abwegige Kurven. Es freute ihn, wenn er von dem Apparat »Dummkopf« genannt wurde. Er gab ordentlich Contra. »Meine Patienten fürchten sich vor allem Digitalen. Ich nenne unsere Leute mal Kunden, mal Patienten. Ihre Krankheit? Das Alter, unheilbar. Das Internet fesselt und ängstigt sie. Da sind sie ganz demütig. Dabei wissen die meisten mehr davon als mein Schwager. Wie der durch die Gegenwart kommt, ist ein Rätsel. Unterrichtet Latein und Griechisch. Der findet wohl immer einen Schutzengel, der ihn vor Zusammenstößen mit der bösen Computerwelt bewahrt. Der Bruder meiner Beate, die schwer in Ordnung ist.« Eine Weile schwieg er. Dann ergänzte er: »Sie hält vom gepflegten Fußboden mehr als vom raffinierten Würzen des Essens, ist aber schwer in Ordnung. Ein guter Mensch.«

Wieder sagte er eine Weile nichts, nachdem er anfangs zu meiner Erleichterung viel am Stück geredet hatte. »Bei mir ist das Technische schon immer eine Leidenschaft gewesen.« Wir lachten beide herzlich, da wir seine Kindheit kannten, und zwar besonders unter diesem Aspekt.

Zwischendurch nahm er ohne hinzusehen aus einer aufgeschnittenen Tüte neben dem Fahrersitz bunte Gummifrüchte, ein selbstverständlicher Griff im Zweiminutentakt, fraß das Zeug maschinell in sich rein.

Ob er deshalb ziemlich dick geworden war, der ursprünglich spindeldünne Kerl mit der wegen seiner enormen Länge schon früh schlechten Körperhaltung? Beide Arme waren, soweit das Camouflagehemd sie freiließ, tätowiert. Er trug trotz der Hitze eine olivgrüne Schirmmütze und zumindest an der mir zugewandten Seite einen Ring im Ohr. Das alles wirkte bei ihm sympathisch und mochte seinen »Patienten« Vertrauen einflößen, weil es nichts Ärztliches an sich hatte. Nur seine Augen schienen mir merkwürdig unklar, geradezu verschwiemelt. Das konnten seine Medikamente verursacht haben, die starken Schmerzmittel, die er gelegentlich brauchte.

»Frau Bingelklein, meine Kundin und keusche Trockenpflaume, machte mir am meisten Spaß. Sie hat wohl früher viel in ihrer Pfarrei geholfen. Bei uns im Heim, immer wenn sie auf dem Klo saß, hörte man sie beim Drücken keuchen: ›Herr, laß Dein Angesicht über uns leuchten.‹ Trotzdem waren ihre letzten Worte vor dem Tod: ›Die Hemden bei dreißig Grad waschen.‹ Solche Menschen hinterlassen eine Lücke. Sie fehlt mir regelrecht. Ihre Freundin, eine Frau Schlupf, hat heimlich getrunken und geraucht. Eines Tages lag sie im Bett, hat gegrinst und war tot. War trotzdem die beste Freundin von Frau Bingelklein, unserer frommen Taube.«

Wir nannten ihn den roten Lukas, zur Unterscheidung. Es gab nämlich in der Familie noch einen zweiten Lukas, ein blasses Bürschchen, das nicht weiter auffiel. Der rote Lukas befand sich fast immer im Zustand einer Erregung, mal der Begeisterung, mal der Wut. Deshalb schien die Farbe seiner Locken auf die runden Bäckchen abzufärben. Glühen war sein Dauerzustand. Außerdem besaß der Kleine einen roten Strickanzug, von dem er sich jedesmal nur unter Protest trennte. Ein schwieriges Kind, der Schrecken seiner Tanten, bei denen er die Wohnung in Windeseile, sofern es sich um technische Geräte handelte, in Stücke zerlegte, aus reiner Neugier auf das Innere von Apparaturen. Er dachte sich nichts Schlechtes dabei. Es war die reine Freude an allem Technischen und dessen ausführlicher Untersuchung. Das wußte man. Was half es? Reparieren konnte er die zerstörten Dinge nicht, und so verhielt man sich dem hübschen roten Teufel gegenüber reserviert.

Das galt nicht für seine Mutter, die, kein Kunststück, jeder ins Herz geschlossen hatte, eine sanfte, feenhafte Person, die das, was der Sohn anrichtete, nach Kräften wieder gutzumachen versuchte und manchmal, wenn es nicht gelang, einfach in Tränen ausbrach. Niemand war darüber unglücklicher als ihr wilder Sprößling, denn er liebte seine Mutter nicht weniger als sie ihn. Er besuchte schon die erste Klasse der Grundschule, als er immer noch seine Schmusestunden mit ihr forderte, die sie ihm mit zärtlichem, ein bißchen verstohlenem Lächeln wohl allzu gern gewährte. Dabei hatte sie nicht nur, das eben doch, seinetwegen unvermeidlichen Ärger mit Schwestern und Schwägerinnen zu ertragen, auch im Kindergarten schaffte man es nicht, ihren ungebärdigen Lukas zu zügeln oder gar einzuschüchtern. Was vielleicht niemand sonst tat, sie verzieh ihrem Zappelphilipp alles und streichelte ihn bereits, noch während sie sich Mühe gab, streng die Stirn zu runzeln. Sie lebten in diesen ersten Jahren beide im Glück. Sicher auch, weil eine stets lauernde Angst vor dem Vater, der Beppo, dem ockerfarbenen Mischlingshund von Lukas, häufig unter Lachen die Ohren umdrehte und sich am Ducken, dem unterwürfigen Zittern des Tieres ergötzte, beide zusätzlich einigte.

Später erzählte Lukas oft von der königlichen Stunde, wenn die Mutter am Samstag, nachdem alle Hausarbeit für das Wochenende erledigt war, eine frische, duftende Schürze umband und noch einmal die Küche ausfegte, während er auf seinem Stuhl die Beine hochzog und alle ihre gleitenden Bewegungen in der neuen Reinlichkeit andächtig beobachtete, angesteckt von ihrem Frieden, ohne irgendetwas kaputt zu machen.

Er war erst sechs, als sie an einem heißen Sommertag während einer eigentlich unkomplizierten Operation starb. Das Entsetzen des Kindes muß viel zu groß für den kleinen Burschen gewesen sein. Es machte Lukas nicht stiller, sondern lauter. Panisch suchte er bei den Tanten, indem er sich an deren weiche Busen preßte, nach einer Ersatzmutter. Keine der Frauen, zwischen Mitleid und Befürchtungen, war bereit, diese Rolle zu übernehmen. Der hilflose Vater griff schließlich zum äußersten Mittel. Er steckte den Jungen in ein Waisenhaus. Beschwichtigend wurde gesagt, es sei nur vorübergehend.

Wir hörten ab und zu von seinen Tobsuchtsanfällen und den Bestrafungen dort. Stundenlang mußte er, um seinen Willen zu brechen, in einem Winkel stehen, bei besonders schweren Vergehen wurde er in den Keller gesperrt. Merkwürdigerweise beklagte er sich nicht, als wäre seine Hoffnungslosigkeit schon zu weit fortgeschritten oder seine Scham zu groß. Erst als verheirateter Mann sprach er darüber.

Ich bilde mir ein, er hätte diese ganze Zeit über den roten, eine Weile mit ihm wachsenden Kleinkinder-Strickanzug getragen.

Der Vater wußte keinen Rat und wurde schwermütig. Auf Drängen wohlmeinender Bekannter heiratete er schließlich eine Kindergärtnerin. Die würde sicher dem Sohn und ihm selbst eine warme Heimstatt bieten. Die strammen Körperformen dafür hatte sie und war diesbezüglich nicht mit seiner zierlichen ersten Frau zu verwechseln, auch in keiner anderen Hinsicht, wie sich bald herausstellte. Zunächst aber waren Vater und Kind guter Hoffnung.

»Ein Hintern wie ein Achtzig-Taler-Pferd. Bei so einem Gesäß hatte mein Vater nach der Enthaltsamkeit für seine Pratzen ordentlich was zu packen. Mich zog es eher zum großen, vielversprechenden Busen meiner Stiefmutter. Auch wenn mir ihr Geruch nicht gefiel, mein jämmerliches Bedürfnis nach weiblicher Liebe war stärker«, sagte Lukas und kaute freundlich grinsend ein Gummitier. »Die Erwartungen meines Vaters wurden anfangs offenbar erfüllt. Er zeugte mit ihr rasch hintereinander zwei Söhne. Ich störte, ich war überflüssig. Schlimm für mich, ziemlich schlimm.«

Wieder schwieg er lange. Sein GPS war ausgestellt. Er hatte es ja auch bloß zum Spaß benutzt.

»Ich durfte, was ich zuerst so gern getan hätte, nicht ›Mutter‹ zu ihr sagen. Diese Anrede war für die eigene Nachkommenschaft von vornherein reserviert. Sie umarmte mich nie. Mein Vater, in dem neuen Haushalt, verschloß die Augen vor ihrer Härte, obschon man sie kaum übersehen konnte. Er wollte unbedingt glücklich sein, wenigstens in Frieden leben. Im Zweifelsfall hielt er deshalb immer zu ihr. Jetzt war er nicht mehr der starke Mann wie früher. Sie hatte ihn schnell klein gekriegt. Er kuschte. Die Drohung, mich wieder ins Waisenhaus zu schicken, stand bei allem im Hintergrund. Ich wurde dadurch nicht, sagen wir mal: umgänglicher. Ist ja klar.«

Er schmunzelte gegen die Windschutzscheibe und schüttelte den Kopf wie in Erinnerung an seine verzweifelten Streiche. Was er mir sagte, war für mich kaum Neues. Ich hatte es nur noch nicht von ihm selbst gehört. Sein Vater sprach damals bei Besuchen davon, wenn er ein bißchen getrunken hatte. Dabei starrte er trübsinnig vor sich hin und wiederholte einige Male: »Kein Vergleich zu meiner Maria, kein Vergleich. Was war meine Erste nur für ein Engel!«

Zu späte Reue offenbar, denn Lukas fuhr fort: »Am tollsten trieb sie es an einem Heiligabend, obschon gar nichts Besonderes vorgefallen war. Als die vier, Vater, Mutter und die beiden Prinzen im Wohnzimmer ihre Bescherung abhielten, durfte der Störenfried nicht dabei sein. Ein Grund dafür wurde mir gar nicht erst mitgeteilt. Sie machten es vorsorglich. Das war das Weihnachtsgeschenk für den Spielverderber: Ich wurde ausgesperrt vom Familienfest wie ein Fremder und bekam in mein kaltes Zimmer irgendwas zu essen geschoben, ich sehe es wieder, Rotkohl und Frikadelle, außerdem einen kleinen Werkzeugkasten. Ich hörte sie singen, die schönen Weihnachtslieder, zu denen uns früher meine Mutter auf dem Klavier begleitet hatte, meine schönen Weihnachtslieder, die sangen sie ohne mich. Jaja, ich hockte allein bei Rotkohl und Frikadelle und, durch die Wand hindurch, bei deren blödem Gesang. Als ich mit lautem Hämmern protestierte, wurde gelacht, nur mein Vater kam und strich mir mit traurigem Gesicht über den Kopf. Er gab mir einen kaputten Föhn und einen alten Schalter zum Auseinandernehmen, weil ich das gern tat. Dann ließ er mich wieder allein.«

Lukas blinzelte, wischte sich eifrig den unteren Wimpernrand. »Ein Tierchen im Auge«, brummte er.

»Er stand mir nicht bei, nie, um keinen Streit mit der Hexe vom Zaun zu brechen. Noch heute begreife ich nicht die Herzlosigkeit dieser Frau einem nicht mal zehnjährigen Jungen gegenüber. Inzwischen haßte ich sie. Mein Vater wußte sich nicht anders zu helfen, als ihre Machenschaften ohne Widerspruch zu dulden. Auf gut deutsch: Er ließ mich auch am Heiligabend wie immer im Stich. Aus Sehnsucht nach meiner echten Mutter und vor mich hin heulend und schniefend und schluchzend, begann ich in meiner Finsternis, die neuen Spielzeugwerkzeuge zu zertrümmern. Kein einziges Sternchen am Himmel für mich.«

Wieder schmunzelte er, diesmal allerdings bitter.

Was geht mir gerade durch den Kopf? Daß jemand, der die Menschen insgesamt als seine Feinde ansieht, auch erkennen muß, daß sie sich untereinander von Person zu Person genauso feind sind. Jeder Körper bedroht durch seine Existenz den anderen und kämpft, und sei es unter der Maske ausgesuchter Manieren, ja Menschenliebe, um sein Überleben. Das besiege, wer kann.

Das meiste wußte ich ja. Wie durch ein Wunder ging es nicht so unglücklich mit ihm weiter, obschon man in der Verwandtschaft die größten Befürchtungen gehabt hatte. War er nicht auf bestem Wege in die Kleinkriminalität? Vielleicht beschützte seine milde Mutter vom Himmel herab ihren kleinen Wüterich, oder ihre Sanftmut machte sich endlich als Hinterlassenschaft in ihm bemerkbar. Zumindest bewahrte ihn die Erinnerung an sie davor, sich als taumelnder junger Mensch vollständig in den Abgrund zu stürzen. Er lernte einen technischen Beruf und ein guter Meister bildete ihn zum Spezialisten für die Wartung von Aufzügen aus. Sobald wie möglich gründete er eine eigene Familie. Er besaß nun ein Nest.

Dann vermachte ihm eine reiche Tante, die sich kaum um ihn als unglückliches Kind gekümmert hatte, vom schlechten Gewissen geplagt, überraschend ihr großes Anwesen in bester Gegend mit allem Zubehör. Einen Teil des riesigen Gartens verkaufte er. Die Gästewohnung im Obergeschoß vermietete er, um die Unterhaltskosten zu decken, für gutes Geld an den Junggesellen Professor Schötle, mit dem er sich bald anfreundete und, bei Gegenleistung durch PC-Hilfe, Französisch und etwas Latein lernte. Im Haus selbst versuchte er heimisch zu werden, indem er die eleganten Salons ruckzuck umwandelte in praktische, mit technischen Schikanen ausgestattete Zimmer für Mann, Frau, Kinder.

Ein bißchen proletarisch gemütlich das alles, ein wenig geschmacklos vollgestopft, ohne Erinnerungen an die frühere Bewohnerin und ohne Bedenken gegenüber dem vornehmen Umfeld, das sicherlich über ihn die Nase rümpfte, ihn aber wegen seiner selbstverständlichen Hilfsbereitschaft doch ein wenig schätzte. Seinen Beruf übte er weiter gewissenhaft aus, klagte aber bald über Schmerzen des Rückgrats und der Gelenke. Nach einigen erfolglosen Operationen ließ er sich zum Betreuer ausbilden. Das war nun in der Tat ein Beruf, der noch weniger zu einer hochnäsigen Nachbarschaft paßte, deren Herablassung Lukas sehr wohl wahrnahm, jedoch freundlich ignorierte, was vielleicht mehr Seelenstärke von ihm verlangte, als ihm bewußt war.

Die Diskrepanz konnte man deutlich an den Hunden ablesen. Während man ringsum die teuren Renommierrassen ausführte, adoptierte Lukas einen verängstigten Straßenhund aus Istanbul. Ein Mischling, aber intelligenter als die Hundegesellschaft um ihn herum. Nichts war natürlicher für Lukas, als ihn Beppo zu nennen. Nur durfte niemand dem Tier mit böser oder spaßiger Absicht an die Ohren gehen!

Ich kenne kaum einen Menschen, der sich mit heißeren Gefühlen erinnerte als er. Die Jahre bis zum Tod seiner Mutter wurden, ohne Abschwächung durch die vergehende Zeit, für ihn zu einem Himmelreich mit all den warmen Quellen von Liebesströmen darinnen, die er danach so entbehren mußte. Jeder Gegenstand, jede Fotografie aus diesem Lebensabschnitt, die er in der Verwandtschaft aufstöberte, verehrte und beweihräucherte er, putzte sie auf zu Heimat, Heiligtum, Legende.

Sein Vater hatte sich zu der Zeit längst von der zweiten Frau getrennt, viel zu spät für den Sohn. Nicht nur die Stiefmutter, auch der eigene Vater waren dem Horizont von Lukas entrückt.

Wir waren bei ihm zu Hause angekommen. Ich machte mich gefaßt auf eine Welt voll blinkender Signale und akustischer Überraschungen vom Keller bis zum Dachgeschoß des Professors. Die gute Frau Beate, eine handfeste Person aus dem Ruhrgebiet mit Boskop-Wangen und festem Händedruck, legte gleich an der Tür den Finger auf den Mund. Dann ging sie uns voran in das, ich wußte es von früher, am schönsten gelegene Zimmer des Hauses. Eine Glaswand ließ bei jedem Wetter das gesamte Grün des Gartens, im Sommer berstend vor Lebenskraft, hereinbrechen.

Die vierte Person im Raum sah ich nicht sofort. Mir fiel nur auf, neben dem brodelnden Grün und dem gleichmütig freundlichen

Gesicht Beates, wie sehr sich die Züge von Lukas weg von seinem gewohnheitsmäßigen Schmunzeln, das laufend Kompromisse mit der Welt schloß, verwandelten, besser: enthüllten, als würden sie eine Kruste oder Schutzschicht abwerfen. Was sie ausdrückten, war das schierste Glück, ein Seelenzustand, der den Dunst der Jahre wegwischt und uns vorübergehend kindlich macht. Vor mir stand der rote Lukas von damals, aber nun, jenseits allen Dräuens alter Zornesausbrüche, in den Frieden seiner stillen Betrachtung versunken.

Und nun entdeckte und erkannte ich den alten Mann, sorgsam in Decken gehüllt, in einem Rollstuhl sitzend und dort schlafend, dem ein wenig Speichel aus dem Mundwinkel lief, der leise schnarchte, dösend der Welt entrückt, und der, kein Zweifel, sein Vater war.

ROSETTA

Wohl niemand hatte sich das Ende dieses Abends, als er sich für das Essen umzog, so vorgestellt, wie es sich schließlich ereignete, nicht einmal die Täterin selbst.

Vielleicht war bereits der eigentliche Beginn für die meisten der Anwesenden in dieser Form neu. Sie saßen, noch beim gewöhnlichen Vorspiel, jeweils zu viert, zwei Männer und zwei Frauen, um insgesamt sechs große runde Tische herum, auf deren Mitte ein Angebinde frischer Blumen stand. Die stark duftenden, letzten Freilandrosen des Jahres zwangen die Essenden, mit den unmittelbaren, nicht ausdrücklich miteinander bekannt gemachten Tischnachbarn Kontakt aufzunehmen, da der Strauß die Sicht auf die direkt gegenübersitzende Person minderte.

Ein einziger Platz war noch leer geblieben. Das fiel wahrscheinlich nur dem Gastgeber und den übrigen, dadurch etwas einsameren drei Leuten auf. Man hatte auf dem nobel gestalteten Flur im Stehen einen Apéritif nach Wahl zu sich genommen und beugte sich nun über die in Tassen gereichte Vorsuppe, eine doppelte

Kraftbrühe, die das Mahl, an dem sich der Rang der Zusammenkunft, in Verbindung mit der zur Serviette gelegten, mit einem Namen versehenen Speisekarte bereits ahnen ließ, auf normale Weise eröffnete. Es würde sich um ein gediegenes Vier-Gänge-Menu handeln. Welche Art von Persönlichkeit neben welcher anderen saß, das galt es jeweils noch herauszufinden und würde die Qualität der nächsten Stunden bestimmen. Man hörte zu diesem Zeitpunkt nur ein allgemeines höfliches Murmeln, aber schon hatte sich ein Tisch rechts von der Tür durch vereinzeltes, ein wenig ostentativ lautes Kichern zum mutmaßlichen Trumpf der Veranstaltung herausgearbeitet. Diese eine Vierergruppe reklamierte etwas für sich. Sie würde, wenn sie so weitermachte, aller Voraussicht nach diejenige sein, zu der sich nach dem Dessert alle Mutigen aus der Förmlichkeit des brav absolvierten Dinners flüchteten: nach der bescheiden angenehmen Pflicht das Vergnügen, die Witze, der Klatsch, die Bosheiten, das Gelächter. Meist benutzte man auf solchen Empfängen den nicht formulierten, jedoch klar signalisierten und freundlich verziehenen Gang zur Toilette oder den Wunsch, draußen eine Zigarette zu rauchen, als rechtzeitigen Absprung für den Platzwechsel, ohne sich länger um den verwaisten Tisch zu kümmern, an dem schicklicherweise mindestens zwei Gäste zurückbleiben mußten.

Von dieser, bis auf zwei, drei Neulinge, die eine besonders routinierte Miene zur Schau trugen und sich dadurch verrieten, von dieser jedem der Gäste vertrauten Gepflogenheit war man noch weit entfernt, als das gedämpfte Eröffnungsplaudern schlagartig verstummte. Alle Köpfe schnellten hoch. Ein plötzliches Erwachen ringsum.

Sie betrat den Raum mit festem Schritt, schwingenden Hüften und einigen in ihr fülliges Haar gesteckten, steil aufragenden Federn, die von einem exotischen Vogel stammen mochten. Diese Frau wußte, wie man einen Raum erobert. Eine Schleppe von drei Männern folgte ihr auf dem Fuße, allesamt jung und gut gebaut. Sie entließ sie mit einer knappen Verbeugung (nein, keine Bodyguards, nur »gute Freunde, die mich sicher abliefern wollten«, erfuhren wir später) und steuerte ohne zu zögern auf den Tisch des Gastgebers zu, der ihr strahlend entgegenlächelte und sogleich aufsprang, als sie sich ihm näherte.

Wir alle starrten hingerissen. Das passierte, ob man wollte oder nicht, und ging gar nicht anders. Am größten war die Begeisterung, zumindest bei den beiden Männern, am Tisch mit dem leeren Platz. Nach der Begrüßung des Gastgebers mußte die umwerfende Rosetta – der Name verbreitete sich wie ein Lauffeuer – zu ihnen kommen. Sie konnten es am Schildchen ablesen: Rosetta, die Tochter des sehr prominenten, kürzlich verstorbenen Malers Ottokar Fettke. Wobei das Wissen von diesem familiären Umstand gewünscht, jedoch aus begreiflichen Gründen nicht wörtlich in Zusammenhang mit der Schönen gebracht werden sollte. Ich weiß nicht, wie viele der Anwesenden es ganz für sich doch einmal (eine Ungezogenheit!) ausprobierten: »Rosetta Fettke«.

Das Lächeln ringsum aber rührte nicht daher, sondern war eins der reinsten Bezauberung. Kunstinteressierte unter den Gästen erinnerten sich zweifellos, wenn auch nicht sehr deutlich, an Fettkes Werke, zumindest an seinen Ruf. In Deutschland war er immer nur als »Fettke« aufgetreten, machte es also gerade umgekehrt wie die Tochter. Bei ihm war der Vorname tabu. »Fettke«, auch seine Frau sprach so von ihm, paßte zu seinem Outfit diesseits der Alpen. Er gab sich als unrasierter Mann im Turnzeug und hatte damit in der Szene großen Erfolg. Jenseits der Alpen, am Comer See, wo seine Frau einen unmittelbar am Wasser gelegenen Palast besaß, hätte man ihn kaum wiedererkannt. Il professore spazierte, tadellos rasiert, in italienischen Sommeranzügen durch die Villen-Gesellschaft. Opportunismus? Aber nein. Der Spagat, ließ er verlauten, sei Teil seines radikalen Konzepts, das tief in seine Lebensweise eingreife. Jetzt war er aber tot.

Rosetta, von der es hieß, sie sei ausschließlich in der herrlichen Region der oberitalienischen Seen aufgewachsen, ein von allen verhätscheltes kleines, ein wegen seiner Schönheit und eines phantastischen Wesens zärtlich geliebtes junges Mädchen, kannten die meisten nur vom Hören und Sagen, das aber immerhin, auch weil die vom Glück überschwenglich Verwöhnte es unter anderem schon zweimal zu einer Fotostrecke in »Madame« und sogar in der »Vogue« gebracht hatte.

Noch immer stand sie mit dem Gastgeber an dessen Tisch. Ein Wort der Entschuldigung für das Verspäten ließ sich nicht hören. Stattdessen lachte sie ausgiebig über das Kompliment, das er ihr zu dem übermütigen Springbrunnen aus Federn auf ihrem Kopf machte, und bog sich in ihrem engen grünen Kleid ein wenig hin und her, ein leichtes Wogen, das ihren nicht allzu schlanken Körper durchlief. Nach wie vor setzten die Leute ihr Suppenessen nicht fort, bis auf den kichernden Tisch, der ahnte, daß er nicht mehr im Zentrum stehen würde, und nun aus Trotz angeblich unbeeindruckt die Täßchen leerte.

Noch also stand sie nach wie vor mit dem Gastgeber an dessen Tisch. Sie erklärte ihm etwas. Dabei hob sie die vollendet gebildeten, nackten Arme hoch empor. Nichts hätte die Formen ihres wohlgestalten Körpers bezaubernder ins Blickfeld rücken können. Sie aber schien nichts von der geheimen Erregung, die sie verursachte, zu ahnen, auch nicht auf den Gedanken zu kommen, sie könnte das Abendessen aufhalten. Schließlich erhob sich der zweite Mann am Ehrentisch und räumte mit notgedrungen galanter Geste das Feld in Richtung des einzigen leeren Platzes im Raum, den er mit resigniertem Schulterzucken einnahm. Rosetta nickte nur freundlich, denn was konnte selbstverständlicher sein. Die Enttäuschung am Dreiertisch nahm sie nicht wahr. Das Ungleichgewicht von männlich und weiblich an zwei Tischen schien plötzlich unerheblich, obschon eine so leuchtende Erscheinung wie Rosetta natürlich einen Tisch im umgekehrten Verhältnis, mit einer Frau (sie) und drei Männern, hätte beanspruchen können, um ihrer fraglosen Exklusivität zu huldigen.

Und weiß der Beelzebub, wie es dann auch dazu kam. Im Handumdrehen, als hätte der Hauptgang gar nicht stattgefunden, bildete sich genau das als feste Ordnung heraus, ohne daß Rosetta irgendwen vertrieben hätte. Es siegte einfach das natürliche Gesetz der Dinge: Rosetta, selber Inbild der sich selbst feiernden Natürlichkeit, saß am Tisch mit ihren Bewunderern (die restlichen Frauen hatte sie durch ihre wuchernde Weiblichkeit in Männer verwandelt), die dem verführerischen Italienisch der Blondine lauschten, wenn sie nicht gerade, aus Mitleid vielleicht, deutsch sprach. Die biederen Rosen in der Mitte hatte sie spornstreichs, als wären sie Konkurrentinnen, beiseite geräumt. Es kam ihr wohl darauf an, von allen angeschaut zu werden. Weg mit der Barriere! Allerdings hatte sie vorher an den Blüten gerochen, so weit vorgebeugt, daß den Herren angesichts der Aussicht auf ihre Brüste die Luft wegblieb. Als sie sich aufrichtete, lachte sie mit Sternenaugen, wohl wissend, was sie angestellt hatte.

Das machte wahrscheinlich überhaupt den größten Teil ihres Zaubers aus, jene glaubwürdige Naivität und offensichtliche Gerissenheit, wenn sie etwa von ländlichen Festen am Comer See erzählte, von den Speisen und Früchten, ganz kindlich zunächst. Dann wurden im Nu erotische, beinahe derbe Anspielungen daraus, flüchtige Anzüglichkeiten. Was bedeutete bei ihr »gute Freunde«? Abgelegte Bettgenossen? Selbstlose Bewunderer, Lakaien? Aber nein, das Entscheidende blieb der Mund Rosettas, die zwischendurch auch italienische Liedchen sang, ihre Tischnachbarinnen ein Häppchen von ihrem Teller probieren ließ und der zur Linken eins stahl. Sie war die unumschränkte Herrscherin einer willfährigen Gesellschaft, weil sie es überhaupt nicht in Frage stellte. Rosetta, Mittelpunkt von klein auf. Anders konnte es nicht sein. Es war ihre Weltordnung.

Gelegentlich sprang sie auf, um zu zeigen, wie sich ein Bauer, eine alte geliebte Köchin, ein Tier bewegte, wie ihr Vater gemalt hatte mit wüstem Pinselhieb. Dann wanderten alle Blicke über diesen sich großzügig dabei zur Schau stellenden Leib, und es wurde wieder fast so still wie zu Anfang, bis auf den rebellischen Vierertisch. Und weiter ging es mit der Schilderung ihrer, trotz Rosettas Jugend, für Eingeweihte legendären Inszenierungen am See, heitere Berauschungen mit Fackeln, Masken zu historischen Kostümen, mit künstlichem Orchideenregen, echten Landarbeitern und nächtlichen Bootsfahrten, bäuerlichen Mahlzeiten zu Mandolinenbegleitung, raffinierten Verwechslungsspielen, die laszive Folgen haben konnten. Sie erzählte so unschuldig, so anmutig, daß der Gastgeber angesichts des einfallslosen Essens, das er zu bieten hatte, nicht einmal vor Reue über seine Sparsamkeit im Boden versinken mußte.

War denn diese Einzigartige, durfte er sich schmeicheln, dieses Feuerwerk, dieses Füllhorn, dieser wahre Vesuv und dessen Gastspiel in einem sauertöpfischen Land nicht ausschließlich seiner Einladung zu verdanken? Verwandelte diese festliche junge Frau, die man sich schlechtgelaunt oder auch nur alltäglich gestimmt gar nicht denken konnte, nicht den Raum in ein Wunder aus Wein, Rosenduft und Rosetta? Erfüllte nicht durch sie, die durch den Entwurf eines opulent südlichen Daseins zwischen Musik, altem Gemäuer, Amore und »Früchte spiegelndem« See ihre schöne Existenz noch einmal verdoppelte, eine aromatische Wolke von Glück den Raum? So sollte das Leben eigentlich sein und alles andere war verfehlt! Gegen Sitte und Gewohnheit rückten die Gäste von ihren Tischplätzen weg an sie heran.

Aber der Mund!

Es war nur noch Rosetta, die sprach, und für sie die natürlichste Situation der Welt. Was uns an ihr behexte? Vielleicht das ungeheuer Erwartungsvolle, das mit ihr den Raum betreten hatte, eine Erwartung an jedermann, das Aufsaugende, als wäre sie ein feuchter, trotz ihrer Blondheit dunkler Trichter, der alles für sich verlangte, von jedem und von jeder Sekunde, um als Gegengeschenk eine schrankenlose Hingabe zu gewähren. Der kühlste Gast mochte sich fragen, ob sie eher zur Trophäe taugte oder heftige Leidenschaften erwecken könnte, wäre aber beim ersten tiefen Blick von ihr dahingeschmolzen, auch er.

Gut also, das Bewußtsein, die unerschütterliche Überzeugung

von ihrer Singularität verlieh ihr die unwiderstehliche Ausstrahlung. Aber der Mund!

Auch der Mund schien für alle erreichbar zu sein. Er verwandelte die Luft, die uns umgab, in einen einzigen schwelgerischen Kuß. Er gestattete niemandem, angesichts von Rosetta nicht ans Küssen zu denken. Sogar die Frauen hätten mit Sicherheit in diesem einen Fall gern ausprobiert, welches Gefühl sich einstellen würde beim Berühren von Rosettas Lippenpolstern mit den eigenen, um ein wenig in sie einzusinken, mehr nicht. Er stand als dunkelrote Mohnblüte im hellen Feld ihres Gesichts. Und Rosetta wollte es! Sie hatte alles dafür getan, daß man den Mund als unausweichlich, als großes Verschlingen empfand, als Symbol, in dem sie vollkommen zusammengefaßt war.

Man sah seinem Blühen an, daß von Rosetta willig hingenommene und gierig genossene, unzählige Küsse sein Volumen und seine Kontur geformt hatten. Er sprach, vielmehr sang davon und forderte das Blut neuer Opfer, ein schwülstiges, ein wollüstiges Lied, aber wunderbarerweise auch taufrisch, wie gerade erst auf die Welt geschlüpft. Aller Wahrscheinlichkeit nach glaubte jeder, der sich Rosetta erotisch nähern durfte, ihr diese seine persönliche Entdeckung als erstes ins Ohr zu flüstern zu müssen, so inbrünstig für ihn bereitet, ihn ersehnend erschienen ihm gegen alle Vernunft diese Lippen. Man wußte es nicht, man dachte es sich, man war sich dessen sicher. Man malte es sich aus, während man ihr lauschte. Die unverblendeten, nicht ganz so betäubten Frauen natürlich erkannten auf den ersten Blick, daß Rosetta – gesegnet mit der Anlage zu einem überdimensional großen gurrenden Mund, das schon, das sei neidisch oder neidlos zugestanden – mit eventuell unnachahmlicher List sein Schwellen hervorhob mittels Stiften, Pinseln, geschickter Farbführung, Glanzlack und, das war nicht auszuschließen, künstlicheren Hilfsmitteln oder gar Eingriffen. Diesem phänomenalen Mund, der ihren zweiten, weiter unten gelegenen und verborgenen beschrieb, entkam jedenfalls keiner. Man glotzte ihn an, bis man sich aufrappelte zu zivilisierterem Betragen. Und wie betörend: Rosetta schien nichts und gleichzeitig alles darüber zu wissen.

Diesem verheißungsvollen, unablässig lockenden Mund also, der jedes Wort, das er entließ, in Schriftzüge aus purpurnem Samt verwandelte, hörten wir zu, gebannt von ihrem »Das liebe ich!«, »Das hasse ich!« und immer zustimmend wie benebelt.

Plötzlich sagte der Mund: »Putin und Assad, Sie alle kennen die beiden und ihre mörderischen Verbrechen. Und doch haben sie Gesichter wie wir alle, Augen, Nase, Mund, und waren einmal unschuldige Kinder!«

Ein Donnerschlag!

Es handelte sich um die erste von einer Handvoll Verlautbarungen in rascher Folge, mit denen uns Rosettas fahrlässig philosophischer Mund außer Fassung brachte und grausam ernüchterte. Man hörte nicht den geringsten Laut nach dem gewaltigen Lärm, den ihr Satz verursacht hatte. Sie nahm es wahr, es irritierte sie nicht. Für sie war es die Einstimmung auf das sich anschließende Bekenntnis. »Ich bin dabei, Künstlerin zu werden.«

Hatte sie erwartet, wir würden applaudieren? Mit dem Anflug einer winzigen Enttäuschung fuhr sie erläuternd fort: »Nicht wie mein Vater werde ich Künstler sein. Ich will das Ächzen, Keuchen, Schluchzen und Stammeln der stummen Dinge malen. Mit Pastellen oder Aquarellen werde ich nächsten Monat beginnen in meiner Einöde am See.«

Seidige Worte und zugleich ein Peitschenknall über unsere verdutzten Häupter hinweg.

Rosetta deutete unser Schweigen auf ihre Weise. Sie hielt unser böses Erwachen für begeisterte Zustimmung, ja für Erschütterung. Das las man in ihrer zufriedenen Miene. Sie war uns in entlegenere Sphären enteilt, um die allerhöchste, noch jenseits körperlicher Schönheit winkende Siegespalme zu erringen und erhob sich nach getanem Werk, nicht ohne den noch immer existierenden Körper, den das Kleid herrlich modellierte, trotz der neuen Perspektiven lieblich ins rechte Licht zu setzen.

»Ich muß mal für kleine Mädchen«, sagte der samtige Mund zu der, die ihr am nächsten saß. Einer zweiten raunte sie zu: »Ich muß mal Pippi. Bin gleich zurück.«

Unter wippenden Federn wogte sie davon. In genau einem Monat würde das triumphale Geschöpf Künstlerin sein. Aha! Zögernd sahen die Gäste einander an. Man nahm einen Schluck Wein, man räusperte sich. Da riskierte es ein Ungehöriger und meinte leise, aber hörbar für alle: »Jetzt zieht sich unsere Künstlerin sicher gerade das Höschen über die Pobacken.«

In diesem Moment, wie von der Bemerkung verursacht, drang aus dem Treppenhaus durch die geöffnete Saaltür ein schreckliches Stöhnen. Dann herrschte Stille, dann folgten Schreie vieler Menschen, denn es fanden in dem Hotel mehrere Empfänge gleichzeitig statt, Getöse, sehr schnell die Sirenen der Ambulanz und der Polizei. Wir saßen ungläubig, gebannt, waren schließlich alle aufgesprungen, einige drängten nach unten, andere standen voll böser Ahnungen beieinander, bis wir erfuhren, daß eine inzwischen gefaßte Frau unserer Rosetta auf dem Weg zur Toilette aufgelauert und sie von hinten mit mehreren Messerstichen getötet hatte. Am nächsten Tag konnte man lesen, es sei bei dem Mord an Rosetta Fettke, Tochter des berühmten Malers, zwar, wie gleich vermutet, um ein Eifersuchtsdrama gegangen, dabei aber um ein Mißverständnis, ein Versehen aufgrund eines exzentrischen, zur Zeit in eleganten Kreisen modischen Kopfschmucks aus den glänzenden Federn von Haushähnen. Von der versehentlich Ermordeten hatte die rasende Täterin, die ihr Opfer von vorn gar nicht zu Gesicht gekriegt, aber den Federputz für einmalig gehalten hatte, noch nie gehört. Ein Irrtum also.

Rosetta, mein Gott, eine schändliche Verwechslung mit der Einzigartigen durch die Schwanzfedern eines Hahns! Undankbare, geschmacklose Welt!

ROSITA

Ich habe Rosita schon als Kind verehrt. Ihre süße, nie versäumte Stimme kam sonntags aus dem Radio.

Jetzt aber lag die Gefahr in der Müdigkeit. Sie hatte sich durch schnelle Schübe von Schweißausbrüchen angemeldet, noch bevor Rosita in den Zustand der Erschöpfung geraten war, der sich nun, ein paar Minuten vor dem Auftritt, in Apathie verwandelte.

Stürmisches Herzklopfen, Erregung bis zur Hysterie, als würde es nicht um das Singen einiger Liedchen gehen, sondern um Leben und Tod: Das kannte sie seit ihrem Debut. Die Welt brannte auf diesen einen Punkt zusammen, in dem sie gleich vollkommen ausgesetzt stehen würde (aber wie sollte sie die paar Schritte dorthin schaffen?). Sie wußte, daß es unerläßlich war für den anschließenden Triumph, der sich mit dem ersten Ton, der aus ihrer Kehle stieg, ankündigte, dann, wenn die Angst sich verflüchtigte, überging in die anschwellende Sicherheit des Siegens, in die sie eintauchte, in diesen immer reißenderen Strom bis zum rauschenden Beifall am Schluß. Manchmal hörte sie ihn, so überwältigend war seine Zwangsläufigkeit, bereits im Voraus. Die anschließende Wirklichkeit wetteiferte dann mit diesem Vor-Echo. Niemand ahnte etwas davon, wenn man ihr strahlendes Gesicht beim Verneigen sah: Es lachte! Es lachte über diesen Effekt, der sich mit jeder ihrer einzelnen Darbietungen verstärkte, wobei sie ihn geschickt zu modellieren verstand. Sie konnte den Beifall innig und tosend werden lassen, sentimental und jauchzend. Das winzige, kostbare, gelegentlich etwas größere Risiko, das jeden Abend begleitete, entzündete sie.

So war es einmal gewesen. Die unwillkommene Gleichgültigkeit, die sie jetzt, in diesem wichtigen Moment erfüllte und entsetzte, versuchte sie durch solche Erinnerungen zu vertreiben. Anstatt sich aber auf diese Weise anzustacheln, entmutigte sie sich diesmal damit. Sie roch das Unheil, noch bevor sie draußen stand. Die Leute witterten es ebenfalls. Rosita fühlte schon hinter der Bühne, wie sie sich für ein mögliches Fiasko rüsteten. Erst auf diesen letzten Metern kam ihr der Gedanke an eine Absage. Zu spät natürlich. Sie wußte, es war sehr schlecht, die da draußen statt als Freunde als lauernde Feinde anzusehen, denn sie konnten blitzschnell vom einen zum anderen werden, und das mit Vergnügen, je deutlicher der Anlaß, desto lieber natürlich. Es galt, die Balance dieser Neigungen für sich zu entscheiden und kraftvoll in die günstige Richtung zu drängen.

In diesem Land, wo man ihr, und erst recht in dieser Stadt, noch vor etwas mehr als zehn Jahren zu Füßen gelegen hatte, hörte man ihr nicht mehr so entflammt zu wie einstmals. Das ließ sich nicht leugnen und durfte sie nicht zu sehr wundern. Der tiefe Einschnitt der Kriegsjahre in der Hitlerzeit hatte alles verändert, auch den Geschmack ihrer Anhänger. Sie hoffte indessen noch immer, ihr gegenüber wäre der Wechsel nur ein wenig der Fall. Allerdings konnten ihr die miserablen Zahlen des Vorverkaufs nicht verheimlicht werden. Ebenso wenig entgingen ihr die hornhäutigen Mienen der Veranstalter und die besorgten Blicke der Kollegen im kleinen Orchester.

Aber war sie nicht nach wie vor die hinreißende Maria Martha Esther Aldunate del Campo, bekannter als Rosita Serrano, gepriesen als »chilenische Nachtigall«, Tochter eines erfolgreichen Diplomaten und einer stolzen Opernsängerin im Spezialfach Koloratur, sie, die gefeierte Rosita, die seit zwanzig Jahren mit ein paar Unterbrechungen die Menschen betörte durch ihre Stimme, durch die exotische Schönheit leicht schräg geschnittener Augen und voller Lippen, in denen sich viele Männer am liebsten eine Weile festgebissen hätten, so üppig und rasant geschwungen boten sie sich dar? Und war sie nicht erst neununddreißig Jahre alt und dies ein Auftritt im Berliner Sportpalast, der ihren etwas ramponierten Ruf – und das hoffte auch dringlich, beinahe drohend ihre Schallplattenfirma – mit Furor wiederherstellen sollte?

Sie sah sich in rascher Folge neunzehnjährig im Radiostudio von Sao Paulo mit chilenischen Volksliedern und ein bißchen

Gitarrengeklimper, sah die Anfänge auf Bühnen in Lissabon und Paris, dann, in heißer Beschwörung, die Plakate ihrer vielen Konzerte in Deutschland, besonders in Berlin, im »Wintergarten« und »Metropol«, begleitet von der Mutter, die, in eigenen Konzert-Geschäften unterwegs, Rositas Treiben mißbilligte, da sie die Lust der Tochter an der leichten Muse für Verschwendung von deren eigentlicher Begabung hielt.

Aber war nicht gerade das Bezaubernde, daß sie, Rosita, ihre noble Stimme naiven Schlagern zur Verfügung stellte, sie unerschrocken entweihte, wobei sie sich ab und zu tirilierend aus dem Käfig von Text und Musik in herrliche Höhen, in ein süßes Leuchten und Funkeln erhob, sich jubilierend aus den Albernheiten aufschwang, den Vogel in ihrer Kehle freiließ und sogar aus komischen Passagen plötzlich ausbrach in ein melancholisches Fluten, als sähe sie aus großer Ferne auf das Leben zurück? Und das alles mühelos! Sie spielte mit den Liedern, die ihre Möglichkeiten unterforderten, beugte sich lächelnd, aber eifrig über sie, machte entweder Diamanten daraus oder flog ihnen kurzfristig davon.

Ganz vernarrt war man in ihr Deutsch bei den kleinen Rezitativen. Ihre Aussprache, das offene o, das wie ein scharfes s gesprochene z, wirkte wie eine reizende, kokette Verstellung, mal artig und inbrünstig, mal trotzig, immer schlitzohrig, immer verführerisch. Sangen und flöteten sie ihr nicht alle »Roter Mohn« nach, ach, »Roter Mohn, warum welkst du denn schon?«, auf Straßen, in Büros und Wohnküchen, sehnsüchtig nach irgendwas?

Sie sah sich auf ihrem Lieblingsplakat, den schönen Kopf mondän zurückgeworfen, eine Zigarette in den eleganten Händen, als sollte das ewig dauern, eine femme fatale zweifellos, zu der die herausfordernde Kühle gehörte, das kannte man, aber bei ihr durch die südamerikanische Akzentuierung zusätzlich mit der Wärme beispielsweise einer jungen, etwas leichtsinnigen Mutter, warum nicht, noch geheimnisvoller. Natürlich waren es Männer, die wichtigen und mächtigen Männer der Branche gewesen, die ihr geholfen hatten: Peter Kreuder, Michael Jary, Kurt Hohenberger,

Teddy Stauffer, sie alle! Wer sonst konnte das noch von sich sagen? Deren berühmte Tanzorchester, mit denen sie auf Tournee ging, erkoren sie zu ihrer fraglosen Hauptattraktion. Ein blendend verdienender Star wurde sie außerdem durch höchst beliebte Revuefilme. »Bel ami«, »Es leuchten die Sterne«, mein Gott! War das etwa nichts oder ungültig geworden?

Es gab allerdings noch einen weiteren Mann, einen lebensgefährlichen.

Die unumstößlichen Fakten, Namen, Jahreszahlen waren ihr, wenn sie in Interviews davon sprach, im Durcheinander ihres Lebens immer als die anmaßende, falsche Behauptung erschienen, sie hätte tatsächlich Teil am objektiven Leben und politischen Geschehen in der Gesellschaft.

Doch weg mit den Träumen und Alpträumen! Jetzt kam es darauf an, sich durch Aufplustern innerlich zu verdoppeln und den ersten Ton wohlklingend, vielleicht mit dem Hauch eines anmutigen Seufzens herauszubringen. Sie stand vor den Leuten des Jahres 1953, die sie voller Neugier auf die Vorkriegslegende anstarrten.

Sie erkannte nicht ihre Mienen, aber mit allen Zellen ihres Körpers spürte sie die Mauer.

Die mit den Musikern vereinbarte Strategie bei der Programmfolge war die, jedes Wagnis zu vermeiden, populär zu beginnen, aber auf jeden Fall ein paar Trümpfe im Ärmel zu behalten, für die Zugabe den besten. Zum Einstieg sang sie, sanft und amüsiert, in einem Hosenanzug aus fließender Seide und mit einer Zigarette in der Hand »Bel ami«. Das kannten bestimmt viele Leute noch aus dem Film von 1939. Dazu konnte man sich für ein paar Minuten leicht einbilden, alles wäre nach dem Grauen des Krieges wie früher. Folgen würden das einschmeichelnde »Immer wenn ich glücklich bin«, dann, im Kontrast, »Wenn der Toni mit der Vroni«, bei dem sie das kleine Wunder vollbringen würde, den Lederhosen-Kracher in ein ironisches Gezwitscher zu verzaubern, weiter mit »Heute abend kommt Charly zu mir« und dem liebenswürdigen »Onkel Jonathan«, anschließend die beiden Tangos »Wenn du mich längst vergessen hast« und »Roter Mohn«. Bis dahin spätestens wäre das Publikum erwärmt, besser noch: hingeschmolzen.

Davon konnte keine Rede sein.

Zu Anfang hatte Totenstille geherrscht, dann wurde es unruhig. Eine in ihr aufsteigende Kälte machte ihr unerwartet zu schaffen. Manche unterhielten sich oder riefen ihr etwas offensichtlich Unfreundliches zu. Sie wollte nach dem Lied »Geh' nur zu einer Ander'n« auf ein Abendkleid überwechseln, um schließlich, ganz am Ende, vor den Zugaben noch weiblicher werdend, zu den chilenischen Volksliedern mit südamerikanischen Volants zu charmieren und dann, worauf alle spekulieren würden, mit »La Paloma« von 1941 aufwarten und natürlich, zum Schluß, mit der unwiderstehlichen Zugabe. Eine bombensichere Sache.

Zu ihrem Entsetzen stellte sich heraus, daß man auf »Geh' nur zu einer Ander'n« bloß gelauert hatte, um in Rositas berühmtes Pfeifen höhnisch, sie haßerfüllt nachäffend, einzufallen.

Die Pfiffe kamen massiv und von allen Seiten. Sie hatte sich bis zu diesem Zeitpunkt, den Anfechtungen trotzend, tapfer gehalten, sogar ohne die unschuldige Lieblichkeit ihrer blanken, schlanken, variationsreichen Stimme einzubüßen, ohne Schwanken, ohne Zittern. Hatte es nicht einmal geheißen, sie würde tänzeln wie eine Elfe auf den Spinnwebfäden zwischen Grashalmen und zwischendurch wie ein echter Kumpel röhren? Nur ihr Kampfgeist ließ sie noch einmal an ihre berühmte, von der Mutter geerbte Kunst der Koloratur denken, Koloraturen, die immer ein lerchengleiches Aufsteigen vom Acker waren, hoch über die unsinnigen Texte hinausschwebend, flirrend, kaum zu bändigen im reizenden Überschwang; der absteigen konnte in krächzende, gepreßte Tiefen und koboldartig zwischen Kindlichkeit, Witz und exotischer Rasanz ohne Anstrengung improvisierend scheinbar allein zu seinem eigenen Vergnügen hin- und herflog.

Niemand im Sportpalast erkannte ihre hingestreuten Karfunkelsteine. Hörten die Leute so schlecht? Wollten sie vorsätzlich nichts mitkriegen? Oder nahmen sie viel zu gut wahr, nämlich ihre versteckte, wachsende Unsicherheit, rochen den Angstschweiß über die Rampe hinweg? Gegen ein solches Pfeifkonzert konnte man sich nicht stemmen, selbst mit Tollkühnheit nicht, weder mit Süße noch Radau. Es gab keine Rettung für sie. In diesem Moment sah sie nicht die Leute, sondern steinerne Stufen, die feierlich in ein Wasser führten. Dann verschwand das Bild wieder. Da verstummte sie, stand ohne Regung, horchte ungläubig auf Toben und Tumult, senkte nicht einmal, aus Stolz oder Entgeisterung, den Kopf und floh erst nach einer Weile, wie um das in seiner Schrecklichkeit fesselnde Erlebnis mit allen Fasern für alle Zeit aufzuheben, etwas schwankend, gedankenverloren fast, und doch mit so viel Haltung – nur um Gottes Willen jetzt nicht stolpern –, daß keiner aus dem Orchester wagte, ihr seinen Arm anzubieten. Ihre Fassung erboste die Leute selbstverständlich noch mehr.

Für ihr weiteres Leben gewöhnte sie sich an, diesen Abend zum schlimmsten ihrer ganzen Karriere, ja ihres Daseins zu erklären. Sehr früh, schon als Kind, hatte sie sich bei einer Kränkung damit getröstet, daß sie sich jeden schmerzlichen Vorfall in eine völlig andere Geschichte mit günstigem Ausgang umwandeln konnte. Bei dem Ereignis im Sportpalast gelang es ihr nicht. Zunächst kündigte ihr als unmittelbares Resultat die seit den vielen Jahren ihres Erfolgs bewährte Plattenfirma den Vertrag. Kurt Hohenberger versuchte, ihr mit ein paar Tourneen zu helfen, aber ihre Sterne leuchteten nicht mehr, nicht mehr in Deutschland und nirgendwo sonst auf der Welt.

Entmutigt zog sie sich schließlich nach Chile zurück. In einem »kleinen weißen Haus am blauen Meer« lebte sie, anders als sie es einst besungen hatte, nicht im Glück, auch nicht im Elend. Sie lebte in rechtschaffener Armut. Für die schwächer werdenden Augen, denen Himmel und Wasser zu einer lichten Farblosigkeit verschwammen, zeigten sich auf diesem Grund eisern, unverrückbar die Stationen ihres Lebens: eine durch die Berufe der Eltern unruhige Kindheit, die ersten Auftritte und Reisen mit der

Mutter in Europa bis hin zu ihrer Glanzzeit allabendlich mit dem triumphalen Fanal »Und jetzt die ›Chilenische Nachtigall‹«. Rosita Serrano, wenn sie hinter der Bühne auf ihren Augenblick wartete, schloß dann die Augen. Schon bei Nennung des Namens brauste der Beifall. Von der ersten Sekunde an flirtete sie mit dem Publikum, betört von der eigenen Zauberkraft und den Blicken der Männer in ihrer Nähe, besonders natürlich während der Filmerei. Ein Geschenk für die Ewigkeit. Jeder Spiegel rief ihr Komplimente zu, sie winkte mit einem übermütigen Zwitschern zurück.

Von der Welt außerhalb dieser Grenzen wußte sie wenig, was sie wußte, genügte ihr, auch wenn sie beim Rundfunk im »Wunschkonzert für die Wehrmacht« auftrat. Mehr verlangte man nicht von ihr. Es war Krieg. An den Fronten starben die Soldaten, in den bombardierten Städten die Zivilisten. Um so stärker war das Bedürfnis nach Zerstreuung, Wohlklang, Schönheit. Das wußte niemand besser als das Regime. Rosita stand unter dem hochgefährlichen Schutz eines einzigen Mannes, Joseph Goebbels, und ging arglos ihrem Beruf nach. Sie fand die Nazis und ihr Auftrumpfen abscheulich, ihre Uniformen lächerlich.

Das Unglück kam 1943 in Schweden, als sie sich dort mit ihrer Mutter auf einer längeren Tournee befand. Gegen die völlig überraschte Rosita wurde im Namen des Deutschen Volkes ein Haftbefehl wegen Spionage erlassen. Dabei war sie nur ihrem Herzen gefolgt und hatte bei einer vom schwedischen König finanzierten Wohltätigkeitsveranstaltung mit ihrem Geld jüdischen Flüchtlingen geholfen.

Sie begriff, daß die Stunde für sie geschlagen hatte. Eine Rückkehr nach Deutschland, wo sie jetzt auf der Schwarzen Liste stand, konnte sie nicht riskieren. Ihre Karriere war beendet und sie erst neunundzwanzig Jahre alt. Schön, strahlend, am Boden zerstört.

Manchmal zertritt sie, da sie schlecht sieht, eine reife Frucht, manchmal ist es ein totes Tier. Sie ekelt sich nicht mehr vor dem blutigen Brei, sie ist über achtzig und wartet auf den Tod.

Damals, in den mittleren vierziger Jahren, war ihre Energie

noch nicht erschöpft. Sie trat voller Hoffnung in den USA bei Konzerten auf. Dabei drohte zum ersten Mal, was sie später in Berlin so tief verletzen sollte. Man begegnete ihr mit Argwohn und Mißbilligung, sogar mit Aggressionen, weil sie Schlager, ihre großen Erfolge, in deutscher Sprache sang. Außer den chilenischen Volksliedern waren sie zum größeren Teil ihr Repertoire.

Sechs Jahre nach Kriegsende versuchte sie in Deutschland ein Comeback, mit 37 nach wie vor eine schöne Frau mit dem spöttisch-melancholischen, schmachtenden Nachtigallenlaut in der Kehle. Es gab Konzerte, ein paar Filme, die Plattenfirma Telefunken vertrat sie wieder. Im Berliner Sportpalast sollte sich, nach dem bescheidenen Wiederanfang, unbedingt das Blatt ins Glanzvollere wenden.

Sie hört noch immer die Pfiffe, in ihrem hohen Alter, unvergeßlich in ihre Ohren eingebrannt, vielleicht sogar gellender, schneidender als damals. Das Meer schweigt dann still. Trotz der danach bewiesenen Zähigkeit weiß sie, daß man ihr damals eigentlich den Hals gebrochen hat. Und noch immer rätselt sie darüber, ob es nicht ein Fehler, der entscheidende, gewesen ist, nicht zu beginnen mit dem für die Zugabe aufgesparten »Kleinen Liebesvogel«, der »nur einmal im Leben wunderbar« singt und dessen Süße doch keiner, keine einzige widerstehen konnte, wenn sie ihm ihre zart jubilierende Stimme, die es so gut mit den Menschen meinte, und das reizende Flöten ihrer Lippen lieh.

Alles, was sie danach unternahm, ging schief. Auch ihr letzter Versuch, der zweite Start einer Karriere in den USA, verlief unselig. Das Glück hatte sie endgültig verlassen. Sie konnte ihm beim Zurückziehen vom Strand zusehen. Es war sinnlos geworden, auf eine neue Brandungswelle zu warten. Endlich sah sie es ein und gab nach, gab von Tag zu Tag nach, bis sie 1997 starb, eine der vielen Vergessenen im Show-Geschäft. Entfernte Verwandte hatten die schon sehr Geschwächte und Wehrlose gegen ihren Willen in ein Asyl in Santiago de Chile geschafft. Dort tauchte auch das Bild wieder vor ihr auf, das sie an dem Abend in Berlin während des

Pfeifkonzerts, als sie noch aushielt auf der Bühne und dachte, es ginge ja vielleicht vorüber, vor sich sah. Es waren die Stufen des Hotels an einem oberitalienischen See, den sie mit ihrer Mutter besuchte. Sie führten hinunter zum Wasser und ohne Aufenthalt in die Flut immer tiefer nach unten. Es war eine nur schwer zu bekämpfende Verlockung gewesen, weil die Steintreppe befahl, ihr ins Dunkel, einfach hinabsteigend, zu folgen wie der Vorschrift in einem verbotenen Spiel, ohne Einspruch, ohne Blick zurück.

Allerdings soll sie, schon fast blind und halb verhungert, bis kurz vor ihrem Tod zersplitterte Zeilen ihrer Lieder gesungen haben, am häufigsten aber die Stelle, wo es vom Liebesvögelchen heißt, daß es »gut und seltsam war«. Noch am Tag ihres Sterbens sang sie es, jedoch so leise, daß wohl nur sie selbst den Sinn erkannte. Das traurige Gesichtchen begann zu lächeln wie entrückt. Dann starb sie.

Anläßlich ihres Todes gedachte der deutsche Rundfunk Rosita Serranos in einer Huldigung. Manche behaupteten, die Sängerin nach ihrem offiziellen Tod noch hier und da gehört zu haben.

Denn wer, welches Wesen sonst auf der Welt, hätte ein solch melodisches Perlen und sanftes Schmettern jemals hervorgebracht?

ROSA

Ohne den gewaltigen schwarzen Mann im Zug hätten wir Rosa nicht kennengelernt. Groß und dick und pechschwarz saß er da und hatte seinen Rucksack auf den Platz neben sich gelegt. Ein kleines hellblondes Mädchen kam vorbei. Es stand still, um das kunterbunte Gepäckstück zu begutachten, den Mann, schien uns, eigentlich nicht. Er nahm aber sogleich den Rucksack fort in eilfertiger Galanterie und bot den nun freien Platz dem Kind an. Das dünne Geschöpfchen starrte in das Gesicht seines Kavaliers, schüttelte schnöde mit verwöhntem Schnütchen den Kopf, man wußte nicht, ob bloß aus Ablehnung oder aus Grausen, und lief in auftrumpfenden Hüpfsprüngen weiter, vermutlich zu seiner Mutter am Wagenende. Der Mann, in seiner körperlichen Mächtigkeit, sah wegen der öffentlichen Zurückweisung, o doch, ein bißchen verlegen drein. Damit es mich nicht bekümmerte, vermied ich für mich den Ausdruck »betrübt«.

Beim Umsteigen fielen mir einige Gestalten auf, offenbar todmüde, gleichgültige Lappenhäufchen, ohne Gegenwehr ins Vergehen auf den Wartebänken hingekauert. Obschon sie recht üppig im Fleische stand, wirkte die etwa Dreißigjährige, auf die wir dann in der S-Bahn trafen, kaum weniger erschöpft in ihrer Blässe. Ich hatte noch gesehen, daß sie ihre Augen geschlossen hielt, als wir aber direkt auf ihrer Höhe waren, hob sie die Lider und forderte uns mit inständig zwingender Gestik und leichtem Schnaufen auf, uns ihr gegenüber hinzusetzen. Platz für uns wäre auch noch anderswo gewesen, das schon. Jedoch nach dem Erlebnis mit dem Dunkelhäutigen fürchteten wir, ohne Absprache untereinander, nun selber eine gutwillige Person gedankenlos zu kränken, die uns in ebenso leidenschaftlicher wie überflüssiger Freundlichkeit als Gastgeberin in der Viererkoje willkommen hieß.

»Sehen Sie, so ist es doch schön«, sagte die junge Frau. Plötzlich schien sie viel frischer zu sein, trotz gedunsener Gesichtszüge und der bleichen, sehr empfindlichen Haut, die an einen wehrlosen, auch ältlichen Säugling denken ließ. »So ist es doch viel schöner.«

Sie freute sich offenbar dermaßen über unser Zusammensitzen, daß sie zu schwitzen anfing und sich den Mantel aufknöpfte. Mit einem Taschentuch wischte sie sich Spucke aus den Mundwinkeln. Ihre Hände waren keineswegs verzärtelt, sondern die einer Arbeiterin, derb und rot, richtige Werkzeuge, ohne Schutz eingesetzt beim beruflichen Hantieren und davon verformt und abgenutzt.

Sie studierte uns unverhohlen, am meisten jedoch zog die Tasche meiner Freundin ihre Aufmerksamkeit auf sich. Immer wieder wanderten ihre Augen dorthin. Es handelte sich um ein äußerst dezentes Behältnis aus hellbeigem Leder, geschnitten wie eine Einkaufstasche, so, wie es jetzt Mode ist und Beweis eines erlesenen Geschmacks, sophisticated eben, im Grunde nur Eingeweihten als Luxusgegenstand erkennbar und so auch konzipiert, als kleine elitäre Arroganz. Um so mehr verblüffte mich die Faszination der fremden Frau, die ihre Blicke gar nicht wenden konnte von dem raffinierten Objekt. Kam es ihr lediglich darauf an, ein Kompliment zu machen oder wollte sie uns ihr gutes Stilgefühl verraten?

»Eine schöne Tasche, was für eine wunderschöne Tasche! Die hat nicht jeder.« Sie bat darum, etwas scheu allerdings, sie einmal berühren zu dürfen. Ihre geschwollenen Finger glitten andächtig über die weichen Mulden und Wölbungen. Man sah deutlich, wie sich für sie die Aura des Gegenstands auf dessen Besitzerin ausweitete. Wer etwas so Herrliches bei sich hatte, mußte ein guter Mensch sein. Daher äußerte sie zutraulich, was ihr wohl schon seit einiger Zeit durch den Kopf ging: »Die war teuer. Ich wette, die ist furchtbar teuer gewesen. Die kriegt man nicht überall. An die 20 Euro wird die gekostet haben.«

Meine Freundin, mit ihren klugen braunen Augen, dabei sonst aber ein rechter Spottvogel, münzte geistesgegenwärtig ihr überraschtes Lächeln ohne Umstände in lautere Sanftmut um: »So ungefähr, nicht schlecht geschätzt.« Dabei hatte sie mindestens das Zehnfache, wenn nicht Zwanzigfache dafür bezahlt.

»Davon verstehe ich was, auch wenn es nicht zu meinem Beruf gehört. Da macht mir keiner was vor, bei so schönen Dingen nicht, weil ich eine solche Schwäche habe für schöne Sachen«, antwortete die Frau, und ihre fast durchsichtigen, runden Wangen erröteten ein bißchen vor Stolz. Wie nett ihr das Rosigwerden stand! Rechts neben den Schneidezähnen befand sich eine breite Lücke. »Ich selbst stecke alles in meinen Mantel. Dann wird es der Rosa nicht gestohlen. Das passiert ja leider manchmal. Manche machen so was.«

Sie holte drei Hustenbonbons in altem Einwickelpapier hervor. Es gab für uns kein Zurück. Wir griffen tapfer zu. »So ein Zufall. Genau drei habe ich noch, nicht mehr und nicht weniger.« Inzwischen hielt der Zug und eine etwa Fünfzigjährige, schneidend chic von Kopf bis Fuß, setzte sich unaufgefordert auf den vierten Platz. Sie trug ihre Eleganz wie eine Rundumpolitur. Wir drei lutschten unverdrossen und verbreiteten einen Salbeigeruch. Die Dame starrte vor sich hin. Ihre schrille Gepflegtheit so unmittelbar neben unserer neuen Bekannten, die vermutlich reflexhaft erwogen hatte, ihr ebenfalls ein Bonbon zu spendieren, dann aber von ihrem Instinkt zurückgehalten wurde, auch von dem Faktum, daß sie keins mehr besaß, strahlte eine beleidigte Feindlichkeit aus.

Rosa geriet in Unruhe. Ihr mußte etwas eingefallen sein. Ängstlich begann sie in allen Taschen ihres Mantels zu wühlen. Wir fürchteten schon, sie wollte uns eine weitere Süßigkeit verabreichen. Sie blieb jedoch bei ihrem Suchen ganz in sich gekehrt und sprach kein Wort zu uns, bewegte nur in einem anklagenden Selbstgespräch murmelnd die Lippen. Eine Weile nahm sie uns überhaupt nicht mehr wahr. Die Dame bemühte sich, das hektische Zucken der Person an ihrer Seite zu ignorieren und rückte, so gut es ging, auf den Seitengang zu.

Dann hatte unsere Gastgeberin den vermißten Gegenstand gefunden. »Da!«, rief sie. »Da ist das Luder.« Sie gab ihm einen kleinen Kuß. Es handelte sich um ein Fünfzig-Cent-Stück, das sie uns auf der flachen Hand hinstreckte. »Fünfzig Cent, genau fünfzig. Sie wissen ja nicht, warum das so wichtig ist. Das erzähle ich Ihnen jetzt. Ich brauche es für den Automaten im Keller, gleich, wenn ich zuhause bin. Es muß genau passen, sonst funktioniert das nämlich nicht. Das ist mir schon öfter passiert. Dann saß ich da, und es ging nicht. Den Waschautomaten meine ich. Meine liebe Mamma kann mir die Wäsche nicht mehr waschen. Sie ist doch tot. ›Rosa‹, hat sie gesagt und gesagt, ›bring du nur die schmutzige Wäsche zu mir. Ich mach dir das schon.‹ Jetzt geht es nicht mehr, weil sie nicht mehr da ist und sich nicht um ihre Rosa kümmern kann. Nun muß ich selbst pünktlich darauf achten. Dafür brauche ich die Münze, sonst geht es vielleicht den Bach runter mit mir. Ich bin ja allein, deshalb fürchte ich mich, wenn etwas nicht klappt. Ich habe meiner lieben Mamma geschworen, daß ich mir nichts zu Schulden kommen lasse in der Sauberkeit. Das war auf dem Totenbett. Sonst wollen die einen im Beruf ja nicht länger.«

Die imprägnierte Dame stellte an diesem Punkt mit bösem Schwung ihre bisher übereinandergeschlagenen Beine parallel in die Lücke zwischen den Sitzen und schnellte hoch ins sehr Senkrechte. Sie verließ uns, aber nicht um auszusteigen, sondern nur, um einen frei gewordenen Platz einzunehmen. Jetzt saß sie uns in Sichtweite diagonal gegenüber.

Betroffen sah ihr Rosa nach. Wieder machte sie ihrem Namen alle Ehre. Diesmal errötete sie aus Scham. Sie wurde dadurch auch diesmal, unabhängig von der Ursache, hübscher, trotz des Gramvollen, das in ihr Gesicht zurückgekehrt war. Die Dame, fest eingeschweißt in ihre Eleganz, kümmerte es nicht, uns allerdings doch, als Rosa in großer Besorgnis, vielmehr erschrocken und ein wenig weinerlich flüsterte: »Habe ich mich schlecht benommen?«, so demütig, daß ich am liebsten laut gesagt hätte: »Nein, Sie nicht, aber eine andere Person.«

Sie schwieg still, nahm das Fünfzig-Cent-Stück in die Hand, betrachtete es und hielt es fest. Dann brachte sie es im Mantel in Sicherheit, zog den Reißverschluß zu und klopfte darauf. Das genügte ihr noch nicht. Sie überprüfte es und wiederholte die Prozedur. Nachdrücklich sah sie uns an, denn sie wollte wohl sichergehen, daß wir trotz des Zwischenfalls noch weiter zu ihr standen. Unser Lächeln ermutigte sie, sie lächelte zart zurück. Jetzt weidete sie sich an uns. Mein Gott, wie sie von einem Moment zum anderen das Alter wechseln konnte! Ihr Gesicht war eine Wasseroberfläche, ausgeliefert den Launen schnell sich ablösender Böen. Zwischendurch fiel ein starkes Licht darauf. Dann ruhte es bewegungslos leuchtend in dem hellen Schein.

»Ich arbeite doch in der Krankenhausküche.« Da wußte ich, an was mich ihr Geruch erinnerte. Es ist ja eine unverkennbare, fade Mischung von Dämpfen, die in den großen Küchen entstehen und sich in den Kleidern festsetzen. »›Die Rosa ist prima. Auf Rosa ist Verlaß. Die macht alles, wie sie soll‹, sagt man da. Aber wehe, wenn was schiefgeht. Davor fürchte ich mich. Dann heißt es: ›Die schafft das nicht. Die ist nicht geeignet.‹ Ich tue aber, was ich kann, es sind viele Tätigkeiten die ganze Zeit über, wenn ich Schicht habe. Es muß alles tiptop sein. Es ist ja ein Krankenhaus. Leute können sterben bei Unsauberkeit. Ich trage die Verantwortung, daß nichts passiert. Meine liebe Mamma hat mich immer wieder ermahnt, damit ich die Stellung nicht verliere. Das darf ja niemals geschehen. Auch Onkel Dietrich sagt: ›Dann ist es aus mit dir, Rosa!‹«

Der Zug hielt, die Dame verließ uns. Rosa schickte ihr einen schmerzlichen Blick nach, einen Blick, der leider nicht ohne Schuldbewußtsein war. »Manchmal rede ich zuviel. Das gehört sich nicht. Es stört vielleicht jemanden. Aber ich bin ja zuhause, wenn ich die Tür aufschließe, immer allein. Niemand ist da, der zu mir sagt: ›Guten Abend, meine liebe Rosa. Wie war der Tag heute für dich?‹ Fernsehen habe ich, das schon. Aber sonst? Das Fernsehen hört mir doch nicht zu. Ich muß aber glücklich sein über die schöne Wohnung. Für mich reicht sie gut und gerne. Ich bin ja alleinstehend. Und ich bin auch glücklich. Die Wohnung hat nämlich einen Balkon, hat wirklich einen kleinen Balkon, ganz oben, wo fast schon der Himmel anfängt, jedenfalls die Wolken. Ich füttere die Vögel. Krähen zum Beispiel fliegen zu mir hoch und fressen. Sie mögen mich. Es sind meine Freunde. Kennen Sie die wunderschönen Augen der Krähen, so rund? Die sind viel klüger als wir. Wie die kucken! Da merkt man es gleich. So klug, kann ich Ihnen sagen! Wenn ich im Winter im Dunkeln gehe und komme, sehe ich sie leider nicht so oft. Aber die wissen von mir und nehmen mein Futter.«

Sie schlug sich plötzlich auf den Mund und blickte zwischen uns schüchtern hin und her: »Rede ich zuviel? Bitte sagen Sie es mir rechtzeitig, bevor Sie böse werden.«

Rosa sah uns bänglich an.

»Aber nein«, riefen wir gleichzeitig.

»Hoffentlich steigen Sie nicht so schnell aus. Bitte nennen Sie mich ruhig Rosa. Das tun alle in der Küche. Das ist doch mein zweites Zuhause und meine Familie.«

»Gern, Rosa. Bitte erzählen Sie weiter von sich.« Das sagten wir, im Wunsch, sie zu ermutigen, schon wieder fast simultan, auch wenn das ein bißchen albern sein mochte.

Sie holte tief Luft. »Die Tiere sind sowieso meine Freunde. Onkel Dietrich, der jetzt auf mich achtet, wo meine liebe Mamma nicht mehr ist, nur auf dem Friedhof, wo ich oft hingehe, da ist sie noch und liegt ja da, mein Onkel Dietrich ist streng, aber er meint es nur gut, auch wenn er streng ist, Onkel Dietrich hat mir eine Jahreskarte für den Zoo geschenkt. Wenn ich frei habe, kann man mich da immer finden, auch meist bei Regen. Dann gehe ich eben in die Häuser dort und spreche mit den Nilpferden und den Elefanten. Wissen Sie was? Ich habe den Verdacht, auch die kennen mich mittlerweile. Die freuen sich nämlich so, wenn ich komme. Die heben den Kopf und drücken sich gegen die Gitterstäbe. Wo keine Stangen sind, kommen sie ganz nah und schnuppern und lachen. Obschon ich die leider nicht füttern darf. Das steht auf den Schildern, und ich will um Gottes willen nichts falsch machen. Auf einmal kriegt Onkel Dietrich Scherereien wegen mir, weil man sich von oben über mich beschwert, seitens der Direktion: ›Wieder diese Rosa!‹ Da könnte er sehr zornig werden und hat auch ein Recht dazu, denn er paßt auf, daß es mir gut geht. Deshalb geht es mir ja gut, sehr gut.«

Es klang aber ein wenig furchtsam.

Sie tastete von außen an der Manteltasche. Alles in Ordnung. Die Münze war noch da. Der Wagen leerte und füllte sich. Es war wie überall, in allen Zügen, den schnellen und den langsamen, im Fern- und im Regionalverkehr. Die meisten Leute saßen in ihrem dunklen Zeug vollkommen für sich tief und wie entkräftet über ihre kleinen Apparate gebeugt, einige davon viel teurer als die beige Tasche, manche hörten dazu Musik. Gesprochen wurde nur, wenn jemand sein Handy benutzte. Hätte es ein Wesen gegeben, das sich nicht auskannte mit der Zeit, die jetzt herrschte, dann wäre in ihm der Verdacht aufgestiegen, es gäbe hier eine geheime Verabredung oder eine Wirkung, die alle in träumerische Depressionen versetzte und in ein ohnmächtiges Schweigen, ganz anders, als er es noch in Erinnerung hatte.

Rosa tupfte sich für alle Fälle Spucke von den Lippen. Da war jetzt gar keine, aber sie hatte den Einfall gehabt, daß es richtig sein könnte, es zu kontrollieren.

»Onkel Dietrich hat mir erklärt, warum mich Tiere traurig machen. Geht es Ihnen auch so? Ich bin doch extra oft im Zoo, in meiner Freizeit, und freue mich an ihnen und finde sie zum Lachen, die Affen und die Beos. Sie sind meine Brüder und Schwestern. Es sind doch meine allerbesten Freunde. Nur, wenn ich ehrlich bin, ist auch jedesmal etwas Traurigkeit dabei. Ich selbst, von mir aus, hatte keine Ahnung warum, immer tut es ein bißchen weh, ganz von allein, auch bei den Tierfilmen im Fernsehen habe ich oft Angst, es könnte mir wehtun. Onkel Dietrich weiß das. Wenn er mir Geschichten von Tieren erzählt, er kennt ja so viele, hoffe ich immer, daß sie gut enden und daß er Mitleid mit mir hat. Das hat er aber nicht immer. Ich gebe mir Mühe, es ihm in allem recht zu machen, damit er beim Erzählen den Tieren nichts passieren läßt und ich nicht über sie weinen muß. Wenn er es nur gut ausgehen läßt für mich.«

Es begann in Rosas zartem Quellgesicht zu beben, ihre Lippen zitterten bedenklich. Ich legte ihr zur Beruhigung meine Hand auf den Arm. Sie beachtete es nicht.

»Die Tiere, die kommen in den Himmel. Die Tierquäler müssen in die Hölle. Wie wollen sie Gott in die Augen sehen? Woanders ist am Ende der Welt, wenn sie untergeht, kein Platz für sie. Sie sind die schlimmsten von allen. Kein Baum und kein Tiger und keine Mücke ist so schlecht. Es fällt mir ein, wenn ich die Tiere sehe, auch wenn ich gar nicht dran denke. Ich kann es einfach nicht vergessen in meinem Herzen. Was man denen antut, den hilflosen, überall auf der Erde! Überall stiehlt man ihnen den Wohnraum, aber das ist nicht das Furchtbarste. Wissen Sie, was am schrecklichsten ist? Onkel Dietrich hat es mir einmal erzählt und gar nicht mehr aufgehört damit, dabei hatte ich doch nichts getan. Die Stierkämpfe in Spanien, das ist es. In den Nächten habe ich kein Auge zugetan, danach. Ich sah ja alles vor mir. Onkel Dietrich hat mich nicht entwischen lassen, auch als ich gebettelt habe. ›Hör doch auf, lieber Onkel.‹ Ich habe ihn angefleht, aber er war nicht still. Wie wollen die Gott in die Augen sehen, wenn das Jüngste Gericht kommt? Onkel Dietrich hat ein bißchen gelacht über meine Angst, glaube ich, als er alles erzählt hat, alles, alles, wie die Stiere in einer schwarzen Kammer mit Stöcken und Nadeln gequält werden, damit sie wütend sind, weil sie von selbst gar nicht kämpfen wollen, dann aber in ihrem Zorn in die Lanzen rennen, draußen, in der grellen Arena, wo die vielen Leute schreien vor Freude über das Blut, Männer, Frauen, Kinder. Sind denn das nicht Verdammte für die Hölle? Reiter sitzen auf armen Pferden, die von den Hörnern des Stieres aufgeschlitzt werden. Die Eingeweide hängen ihnen bald aus den Bäuchen und schleifen hinter ihnen her. Sie treten auf ihre eigenen Eingeweide in ihrer großen Not, die ihnen der Stier, der es doch gar nicht will, antun muß, damit die vielen Leute vor Freude darüber toben. Wenn der Stier zum Schluß erstochen worden ist, wartet schon der nächste und immer noch ein neuer. Alles ist voll Blut, und die Menschen, die ein Herz von Stein haben, lachen und klatschen wie verrückt, weil der Stier brüllt und die Pferde schreien in ihrer blutigen Todesangst. Lieber möchte ich sterben, als dabei zu sein. Wie wollen die Gott in die Augen sehen? Ich fürchte mich ja schon vor dem lieben Gott, wenn ich einmal vergesse, den Vögeln im Winter Futter hinzustreuen. Teufel sind das für die schwarze Hölle, wo es glüht ohne aufzuhören. Aber Gott ist gut und hat ein weiches Herz.«

Es tat uns leid, sie ausgerechnet jetzt in ihrem Entsetzen über die großen, unverständlichen Dämonien bei den über ihre kleinen Maschinen so ernsthaft gebeugten Fahrgästen zurücklassen zu müssen. Es half aber nicht, wir erhoben uns, um auszusteigen. Höchste Zeit.

Da geschah das Unglaubliche: Rosa griff in ihre Manteltasche und holte das Fünfzig-Cent-Stück hervor, sah es an und riß sich los: »Das will ich Ihnen schenken als Lohn, weil sie mir so lange zugehört haben und gut zu mir waren«, sagte sie.

Und wie leicht sie es uns machte, als wir die wichtige Münze sanft zurückwiesen: Sie bedankte sich in überschwenglicher Zuneigung und zögerte nicht, sie wieder einzustecken.

EINE FRAU MIT CAPRICE

Wer hätte gedacht, daß am Ende ausgerechnet Steffen, ihr insgeheim ungestümster Verehrer, den fatalen Satz sagen würde, Steffen, der Botaniker, den sie konsequent sans merci links liegen ließ, Steffen, Inbild wandelloser Treue, dem sie in Gesellschaft gerade wegen seiner unerschütterlichen, unerhörten Liebe gern zierliche Fußtritte versetzte wie diesen:

»Die Deutschen und ihr Waldfimmel! Kaum ist von Bäumen die Rede, fangen sie an, innerlich ein Volkslied zu singen. Genier dich, rührseliges, schwerfälliges Volk! Wenn es dem Grün mal ein bißchen an den Kragen geht, ist es sofort für sie eine Weltendämmerung und ängstigt die vaterländische Seele zu Tode.«

Das schnippische Mündchen, dem die beleidigenden Scherze entschlüpften, war herzförmig geschminkt und paßte bezaubernd zu dem ovalen Gesichtsschnitt Veronikas, die sich auskannte. Sie hatte jahrelang in Paris gelebt, dort aufgrund der Inspiration ihrer Freunde nicht beim bleiern schleppenden Taufnamen genannt, sondern »Mitsou«, denn sie war eine glühend ironische Verehrerin der Colette. Colette? Jawohl, Colette! Sie, die selbstverständlich auch Wittgenstein und Adorno im Schminkköfferchen hatte, wußte, daß sie sich die Colette leisten konnte wie die verwegen auf einem Ohr sitzende Kappe. Niemand zweifelte an ihrem literarisch avancierten Geschmack und ihrer Kenntnis der neueren französischen Philosophen. (Sie ließ uns im Unklaren, ob sie mit dem einen oder anderen ein Verhältnis gehabt hatte, und in ihrem Fall fand man Gefallen an solchen Geheimnissen, die sie an einigen Stellen mit durchbrochener Spitze versah, um schönen Ahnungen Nahrung zu geben.)

Als sie nach Deutschland zurückkehrte, weil ihr, so die offizielle Verlautbarung, das zwanghafte Geklingel französischer Eloquenz mehr und mehr auf die Nerven ging, ergab sich ungewöhnlich schnell für sie die Möglichkeit, im Auftrag verschiedener Fernsehanstalten pointierte Schriftstellerporträts zu drehen. Sie genoß den Ruf beträchtlicher Professionalität, was ihr auch den Platz in mehreren wichtigen Jurys sicherte und gut bezahlte Jobs bei der Organisation literarischer Events. Der Einfluß, den sie dadurch auf jüngere Schriftsteller gewann, kam ihrer Neigung zu zeitlich streng begrenzten Liebschaften entgegen.

Ihr Gesicht war berühmt wegen seines nostalgischen Designs. »Pikant« sollte den Leuten dazu einfallen. Wer sie anschaute, meinte, ins Wien oder doch wohl Paris der Jahrhundertwende versetzt zu sein, in eine Epoche, die sie mit ihrer zum Ornament sublimierten Melancholie für die gelungenste in der Menschheitsgeschichte zu halten schien. Wie kriegte sie bloß dieses Jugendstilgesicht hin, unermüdlich, Tag für Tag?

Dabei verzichtete sie so gut wie vollständig auf eine Betonung ihrer Brüste. Eigentlich war da überhaupt nichts, und es belustigte sie, die über ihren Oberkörper gleitenden, suchenden Blicke der aufgestachelten Männer zu konstatieren, die mit dem Forschen gar nicht aufhören konnten. Kein Busen? Und das bei einer solchen Frau? Nichts als eine hinreißende Unverschämtheit, eine selbst Frauen irritierende Provokation ohne besänftigenden Kompromiß. Was mußte diese entzückende Person für Mysterien in petto haben, wenn sie auf das weibliche Hauptreizmittel so radikal verzichtete!

Zur Entschädigung kreuzte sie mit halsbrecherischen Hütchen auf und setzte sie auch in Cafés nicht ab. Wer ihr nicht mit Haut und Haaren verfallen war, vermutete wohl nicht zu Unrecht, daß sie auf diese Weise von ihrem einzigen echten Körpermakel, den wahrscheinlich nicht besonders gelungenen Beinen, ablenken wollte. Sie waren kurz, das sah jeder, aber ihre Form versteckte sie vor den Augen der Öffentlichkeit, indem sie stets Hosen trug. Wer je ihre Beine in natura betrachten durfte, hatte mit Sicherheit vorher die restliche Veronika nackt in Augenschein nehmen dürfen.

Wir erlaubten uns aber den Verdacht, es gelänge ihr selbst bei solchen Enthüllungen, sich ums Studieren ihrer unteren Extremitäten herumzuschummeln.

Ältere Herren aus dem kulturpolitischen Bereich nicht nur der Stadt rechneten es sich zur Ehre an, sie in teure Lokale auszuführen, nur, um ihren scharfzüngigen Kommentaren zu lauschen, stets vorgebracht mit einer schnurrenden, samtig grundierten Stimme, natürlich bei nobelster Bewirtung. Sie galt als kundig und wählerisch auch auf kulinarischem Gebiet, alkoholische Getränke durfte sie aus medizinischen Gründen nur in Gestalt von Champagner zu sich nehmen. Das erotische Tirilieren mußte den Herren dieser Kategorie allerdings genügen. Sie hatten sich zu bescheiden mit dem Getänzel ihrer atemberaubend gefeilten, schwarz lackierten, verruchteste Berührungen verheißenden Fingernägel zur Unterstützung einer flüssigen Artikulation wissenschaftlichen Fachjargons. Selbst dem Wort »Konzentrationslager« verlieh sie, falls es unbedingt fallen mußte, einen schnütchenhaft tändelnden Charme, obschon ihre Kehle dazu ein nicht unglaubwürdig schmerzliches Gurren ins Gefecht schickte.

Wenn sie merkte, daß sie es mit dem Chargieren als Kapriziöse zu weit getrieben hatte, vor allem Frauen gegenüber, wußte sie sich stets rechtzeitig bei schattiger werdenden Augen eines frühen Mißbrauchs zu erinnern, als spräche sie zum allerersten Mal davon, sei es durch den Vater, einen Lehrer oder Priester. Sobald sie sich zu diesem Geständnis durchgerungen hatte, verließ sie für ein Weilchen wortlos den Raum. Ob sie im Nebenzimmer lachte? Wen die Anklage traf, schien von ihrer Laune, sagen wir: launischen Erinnerung, vielmehr: ihrer Phantasie abzuhängen. Den Onkel? Den Beichtvater? Reine Stimmungssache.

Veronikas legendäres Riesenbett, das jedem Mann, der ihre Wohnung betrat, kompromißlos zur Bewährungsprobe gegenüberstand, war jedoch jungen Abenteurern, meist gutgewachsenen Autoren und Schauspielern, vorbehalten, Typen mit Muskeln und Geist. Man hörte von Intellektuellen, die ihretwegen heimlich Bodybuilding betrieben. Etwas Anarchistisches, die Szene von Rotlicht und Drogen sacht Touchierendes sollten die Männer haben, aber auch einen gewissen Erfolg. Sie mußten, bis hin zu gewalttätigen Ausbrüchen, über die normalen Kapazitäten des Alltags hinausgehen. Einander in Zuneigung herzen? Nein, das lag ihr nicht, da hatte ihr Verehrer Steffen Pech. An längeren Beziehungen lag ihr, wie gesagt, nicht, dafür an sexueller Überforderung für eine Nacht. Ausrutscher als Raffinement. Gerade die Tatsache, daß sie und ihr Liebhaber auf Dauer keinesfalls zusammengepaßt hätten, machte für sie die Wonne aus.

Hatte ich selbst als Kind, obschon fasziniert von Duft und Eleganz meiner Mutter, nicht gleichzeitig eine tiefe, verschwiegene Bewunderung für die archaischen »Männerbünde« unserer kleinen Straßenbanden gehabt?

Manchmal, verriet sie engeren Freunden, lege sie sich dagegen ganz nackt und allein einfach bei geöffnetem Fenster auf ihr Bett und lasse den Frühling, die Gerüche, das Dämmerungszwitschern über sich hinwegstreichen, direkt über die Haut. Nichts sei schwelgerischer als das. Davon hätten diese Burschen natürlich keine Ahnung, ebensowenig wie von der wollüstigen Passivität beim Liebesakt statt des exaltierten Orgasmus-Theaters, das sie ihnen böte aus purer Gutmütigkeit.

Ob sie das nur sagte, um schüchterne Bewerber auf die Palme zu bringen? Um den nach außen beherrschten Steffen zu peinigen? Angeblich hat jemand gehört, daß er einmal zu ihr sagte: »Ich bin ziemlich allein.« Ihre Antwort: »Kein Gejammer, wenn ich bitten darf. Es verdirbt mir die Stimmung!« Es soll wütend geklungen haben. Dann erzählte sie lachend von einem jungen Koch aus Dresden, den sie an dessen freiem Tag auf einer Bank im Hochgebirge kennengelernt hatte. Er arbeitete im besten Hotel am Platze. »So ein schneefrischer Bursche, das unschuldigste Weiß um uns herum. Ein Riesenbett. Wie sollte ich da widerstehen!«

Wir alle verfügten über ein festes Bild von ihr, niemand hätte sich jedoch angemaßt, sie zu durchschauen. Sie triumphierte gesellschaftlich auch deshalb, weil sie, obschon sich die meisten allzugern im Aroma ihrer Persönlichkeit aufhielten, gelegentlich existierende Gegnerschaften nicht fürchtete, solange sie unter ihrer lockeren Kontrolle blieben. Sie waren das Salz in der Suppe und ließen Veronika noch übermütiger funkeln. Eine ihrer wirksamsten Waffen war das Ignorieren, bei dem sie in virtuoser Unberechenbarkeit mit verschiedenen Tönungen, Beförderungen und Degradierungen spielte. Immer wußte sie per Instinkt, wem es zu schmeicheln galt und wer, aus Lust oder Kalkül, gedemütigt werden konnte.

Aber zeigte sie nicht manchmal unter all dem Geflirre ihren großartigen Kern? Zum Beispiel als ich sie vor Jahren besuchte und wir nach dem Tortenstückchen einen Sherry trinken wollten. Die eher kleine Person mußte sich ein bißchen recken, um die kostbar geschliffene Jugendstilkaraffe vom Regal zu holen. Ihre Hand rutschte unglücklich an der Holzkante ab und ließ die Flasche fallen. Nie werde ich ihre Reaktion vergessen. Sie zuckte, obschon ihre Bestürzung beträchtlich gewesen sein muß, nicht mit der Wimper, nur stattdessen lächelnd mit der Schulter, räumte die Scherben fort und verlor kein weiteres Wort darüber.

Ob sie eine Seele besaß? Und wenn ja, warum versteckte sie die so eifersüchtig vor allen Blicken? Manchmal gönnte sie uns, blitzschnell nur, freie Sicht auf dunkle Tiefen ihres Inneren. Was sah man dort? Nichts. Ihr und uns genügte eine Andeutung, die das Ahnen unlösbarer Rätsel gestattete. Vielleicht waren sie auch nur die Täuschung einer vorübergehuschten Sekunde.

Eines Tages, und es machte sofort die Runde, gestand sie Freunden hinter vorgehaltener Hand, die Literatur sei bestenfalls noch eine aufgehübschte Leiche, »eine aufgebrezelte Untote«. Aus diesem Grund ziehe sie sich aus den meisten ihrer laufenden Aktivitäten zurück und wolle nur noch Rezensionen verfassen. Ihre neuen Ansichten schienen ihr die richtige Basis dafür zu sein, und kichernd berichtete sie, ohne schlauerweise je darüber zu schreiben, von den immer lückenloser werdenden Vernetzungen, seien sie nun sexueller oder geschäftlicher Art, zwischen schriftstellernden Moderatoren, Verlagen, Redakteuren und nicht allein Normautoren, auch den gewitzten Stars der Szene. Nannte Namen, damit wir uns ungläubig totlachten. Unfaßbar sei das Geben und Nehmen unter der Maske scheinheiliger Objektivität. Es mache regelrecht Spaß, da nicht als blödes Lämmchen abseits zu stehen. Der schöne Samt, dachte ich damals, ihrer Stimme hat sich verändert, eine Bitternote meldet sich, die sie nicht vollkommen beherrscht.

Fleißig war sie trotz aller erotischen Eskapaden schon immer gewesen. Unmittelbar nach Entlassung eines Liebhabers (ab und zu offenbar sogar während er noch neben ihr schlief) konnte sie in jenem legendenumwobenen Bett 45-Minuten-Vorträge entwerfen oder eine ihr Publikum am selben Abend bombensicher animierende Einführung verfassen. Sie hatte da ein paar Tricks, bei denen allerdings auch Farbkombinationen von Jacke und Fingernägeln eine wesentliche Rolle spielten.

Jetzt aber legte sie ein noch ganz anderes Tempo an den Tag. Ihr gefiel, nach der langen Zeit der Freiheit, der Zwang zur Hektik. Sie raste diagonal durch gewaltige Romane hindurch, bald nicht mal mehr das, sondern nur noch in Tupfern. Schmalere Werke schaffte sie in zwei Stunden, spürte ab und zu den Drang, die in großen Brocken konsumierten Massen von Prosa zu erbrechen, aber fing sich rasch und legte tadellose Bilanzen hin wie: »Auf diesen Ton haben wir schon lange gewartet«, achtete aber darauf, die abgedroschene Formulierung nicht öfter als alle vier Wochen zu benutzen. Wen man verreißen darf und wen nicht, hatte sie schon früher begriffen, erlaubte sich aber das offene Gähnen nun viel unverhohlener. Veronika mußte niemand beibringen, daß zwei-, dreimal pro Saison eine aufwühlende Erschütterung bei der Lektüre erwünscht war, ebenso aber gehörte zum Styling die schnoddrige Grazie der Hochstapelei (»Wer in Deutschland wäre dazu sonst in der Lage« oder, noch besser, ein hingeseufztes »Endlich«). Daß etwa Folter und die Massaker der Bürgerkriege eine einklagbare Würze in zeitgenössischen Romanen waren, hatte sie in ihrer Pariser Phase längst inhaliert.

Ohne Hochstapelei bekam man keinen Namen in dieser Branche und auch nicht ohne Flexibilität gegenüber den eigenen Überzeugungen. Inzwischen wurde ihr nicht mal mehr übel, als ihr nach Fertigstellung eines Porträts, das den Interviewten ehren sollte, mitgeteilt wurde, sie müsse mit dem notierten Stoff den kurzfristig in Ungnade gefallenen, von ihr zur Vertrauensseligkeit verführten Autor fertigmachen. Von einer routinierten Person wie ihr erwarte man eine entsprechende Selektion der Zitate. Sie kam dem Befehl, den sie bei sich Wunsch nannte, entgegen und verstand es, uns brillant, zynisch und mit Kußmündchen über den Verrat zu informieren.

Als eine gute Freundin starb, schaffte sie es, auf nicht viel andere Weise von deren Tod und Beerdigung zu erzählen, das Tragische wie hingehaucht.

Schon immer hatte uns an ihr gefallen, daß sie nicht, anders als üblich, die gelegentliche Notwendigkeit, Sachkenntnis zu beweisen, durch angeblich sprachlose Bewunderung für ein Werk umging. Wir zogen ihre mit Schmeichellauten versehene Kaltschnäuzigkeit vor. Und doch wichen einige ihrer Jünger ein wenig von ihr zurück: Im Wissen um ihre vorzüglichen Beziehungen zu Zeitungsredaktionen, baten wir sie eines Tages, wenn schon nicht einen Artikel über das hemmungslose Baumfällen im westlichen Villenviertel anzuregen – uns war ihre diesbezügliche Indifferenz ja bekannt –, so doch den Vorstoß der mit ihr befreundeten höchsten Sachverständigen für Kultur in unserer Stadt zu attackieren, die, aufgrund der Gleichgültigkeit unterer Bevölkerungsschichten, schwach besuchte öffentliche Büchereien wegen Ineffizienz schließen wollte, anstatt gerade hier für Fördermittel zu kämpfen.

Veronika wies die Zumutung empört, fast ein bißchen fauchend, als himmelschreiende Naivität zurück.

Irgendwann verschwand sie für eine Weile aus unserem Gesichtsfeld. Ob sie nun doch, in ihren reiferen Jahren, in eine ernste Liebesaffäre geraten war? Wir erfuhren nie etwas über diese entscheidende Lücke. Es wurde gemunkelt, einer ihrer Liebhaber, vielleicht der absolute Favorit, ein sehr schöner Türke, habe in seiner Heimat eine junge Türkin geheiratet, der er Schmuck für 3000 Euro kaufen und die Operation ihrer etwas schiefen Nase bezahlen mußte, zusätzlich in naher Zukunft ein großes Fest für circa 15 000 Euro. Das Mädchen war dem nicht begüterten Mann diese Auslagen und Verschuldungen wert. Eine nahezu tödliche Kränkung für Veronika! Eine ihrer Freundinnen meinte nach einem zufälligen Zusammentreffen mit ihr, sie sähe aus der Wäsche wie ein hoffnungslos sinkender Stern. Das wollten wir insgesamt lieber nicht gehört haben, nein, so geschmacklos durfte niemand über sie reden.

Man las dann wieder Artikel von ihr, kürzere, und selten in den großen Zeitungen. Auch zeigte sie sich entzückend und strahlend wie eh und je. Nur wer sie schärfer studierte, womöglich über einen ganzen Abend hinweg, der begann sich wohl zu fragen, was ihn so lange an Veronika bezirzt und wieso ihre gesellschaftliche Macht, ja Magie einmal durchaus etwas Furchterregendes gehabt hatte. Alles existierte doch noch, alle ihre Reize und charmanten Untugenden, ihr Geist, ihre Schminke. Was war ihr abhandengekommen?

Ich glaube, es war der Schmelz, die Politur, die bisher das sprunghafte Hin und Her überglänzt hatte, in ihrem Wesen, in ihrem Gesicht. Wohin entschwunden? War es einfach die Zeit, die den Zauber aufgefressen hatte, abgeleckt und abgelöst, geduldig, stetig, lange von uns nicht, von ihr viel früher bemerkt?

Die Farben, die sie jetzt trug, schienen mir weniger nostalgisch, dafür modischer zu sein, der Tonfall ihrer Sätze wie der ihrer Urteile tastender. Sie trank weiterhin nur Mineralwasser oder Champagner, und doch sah ich sie mehrfach stolpern. Ihre Wangen wirkten voller, präziser geurteilt: apfelartig geschwollen. Diese neue Kontur verunstaltete das feste Oval, das für uns immer so unnachahmlich französisch gewesen war, ins ein wenig Dümmere, Pummelige. Allzu menschliche Veränderungen durch die Arbeit der fortschreitenden Jahre? Das schon, das zweifellos. Nur suggerierten sie bei Veronika seltsamerweise ans Licht tretende Charakterfehler, vielleicht nicht Fehler, eher betrübliche Ausbeulungen, Eindüllungen, Bloßstellungen.

Wir wußten nicht mehr recht, was wir mit ihr anfangen sollten. Einmal saß sie nach einer Abendveranstaltung, es war wohl ein halbalternativer Ballettabend in einer Fabrik, vermutlich ein sogenannter Geheimtip, an der Ecke eines langen Tisches. Das war auch früher meist ihr Platz gewesen, damit sie aus dem bescheidenen Abseits erst recht siegreich ihre Raketen zünden konnte. Sie versuchte es diesmal gar nicht. Dabei hatte sie keineswegs ihren, wenn auch leicht lädierten, Glamour verloren. Vom gegenüberliegenden Tischende beobachtete sie, als Einziger und in Nachdenken versunken, ihr Erzverehrer, der allzeit treue Steffen. Eine Lampe in seinem Rücken verwandelte sein linkes Ohr in ein rotglühendes Signal.

Dann passierte es. Nach langer, stummer Betrachtung seiner Flamme sagte er gar nicht mal leise, nur in ratlos verwunderter Einfalt: »Jetzt hab ich's. Warum ist es mir nicht früher aufgefallen? Veronika sieht genauso aus wie die Art-Deco-Schöne als Flachrelief auf meiner alten Wiener Keksdose, die mir schon viele Frauen abluchsen, sogar abkaufen wollten.«

Sie wurde blaß, schien drei Sekunden lang zu erwägen, sich durch diesen neuen, ungewohnt brutalen Steffen zum ersten Mal erregen zu lassen, rettete sich dann aber, eine müde Flucht nach vorn, geistesgegenwärtig ins spöttische Zitieren: »Non m'ami più.«

Ordentlich innerhalb deiner dir verbliebenen Möglichkeiten pariert, Veronika! Für eine Manon klang es jedoch zu schrill. Wir alle erlebten es und freuten uns nicht daran: Der Perlmuttschimmer ihres Prachtgefieders ergraute, nie wieder entfachbar. Da, er verlosch.

»Und aus Blech. Sieht nach mehr aus, ist aber aus Blech. Es sind nur ein paar alte Krümel darin«, fuhr Steffen gutmütig staunend fort.

HUBERTUS

Der Möbelwagen stand noch vor dem Haus, dem bescheidensten der ganzen Straße, als wir einen jungen Mann bemerkten, der sich uns nicht gerade geduckt, aber doch in gebeugter Haltung näherte. Er schien, ein munteres Spatzenmännchen, Dinge vom Boden aufzupicken, warf sie dann, nachdem er sie beäugt hatte, aber wieder weg. Offenbar hatte er etwas verloren und suchte nun danach. Als er bei uns angelangt war, richtete er sich auf. Die blonden, etwas feuchten Haare hingen ihm bis tief in die Stirn. Er vergaß, sie zurückzustreichen und sah freundlich den in der Luft schwebenden Herd an. Er heiße uns herzlich als neue Nachbarn willkommen. Der Hubertus von schräg gegenüber sei er und froh, daß dieses Haus, das aus bestimmten, traurigen Gründen so lange leergestanden habe, endlich wieder bewohnt werde. »Willkommen!«, wiederholte er und drückte uns die Hand, nachdem er seine am Hosenbein abgerieben hatte. »Nochmals willkommen.« Er sprach auffällig leise, beinahe flüsternd, obschon er sich deutlich, wohl der Herzlichkeit wegen, um eine kraftvolle Stimme bemühte.

Hubertus stand da, lehnte sich an die Hecke und lächelte uns weiterhin zutraulich an, ein Engel, der ein bißchen schwitzte. Er sagte nun nichts mehr, ließ nur die Augen wohlwollend über unsere Möbelstücke gleiten, die hintereinander aus dem Laderaum ins Haus getragen wurden. Wunderten sich die Sessel und Bettgestelle, der Kühlschrank und die Lampen, so nackt dem Licht der

Öffentlichkeit ausgesetzt zu sein? Das kannten sie nicht, und ich fragte mich, ob sie wohl präsentabel genug in dieser fremden Umgebung seien für eine nachbarliche Begutachtung.

Dieser Hubertus jedoch würde sicher kein allzu strenger Richter sein, während seine Blicke auf den vielfach gebrauchten Gegenständen unseres Hausrats ruhten. Er betrachtete sie ausführlich, aber nicht kritisch, tat es ohne Befangenheit mit einfältiger Neugierde, suchte auch gar nicht mehr wie zu Beginn auf dem Boden herum, griff nur plötzlich in seine Hosentasche, holte einen Schlüssel hervor und sagte: »Donnerwetter, da ist er ja.«

Wir hatten mit den Trägern und Möbeln genug zu schaffen. Hubertus aber wollte sich weder von uns trennen, noch den Leuten im Wege stehen. Als eine besonders schwere, von uns als Familienerbstück aus Pietätsgründen mitgeschleppte Truhe ins Haus und vor allem die winklige Treppe hoch auf den Boden gehievt werden sollte, rief er: »Das ist was für mich!«, stieß vor lauter Unternehmungslust einen Seufzer aus und packte mutig an irgendeiner Stelle mit an.

Das Grinsen der Profis ignorierte er. Die athletischen Männer mußten seine Gestalt nicht lange studieren, um zu wissen, daß er ihnen keine große Hilfe sein würde. Sie drängten ihn aber nicht beiseite, stellten ihm auch auf dem komplizierten Weg unters Dach keine Falle. Sie duldeten ihn und behandelten ihn mit Schonung, als er durch eine ungeschickte Bewegung das heikle Unterfangen gefährdete. Für zwei Sekunden drohte die Truhe auf einen von ihnen zu kippen.

»Tragen Sie lieber das da!«, sagte nach einem kurzen Fluch ein schon ziemlich alter, von seinem harten Beruf verunstalteter Mann und wies auf einen kleinen Schemel. Ich konnte in diesem Moment das Gesicht von Hubertus nicht sehen. Begriff er überhaupt den sanften Spott? Anzumerken war ihm nur die große Erschöpfung. Er setzte sich auf den Schemel und ächzte. Vom bleichen Gesicht wischte er sich mit einem frisch gebügelten Taschentuch den Schweiß. »Der hat sich ja gewaltig übernommen«, meinten die Männer, die vom Boden nach getaner Arbeit abwärts stiegen.

Aber schon lachte Hubertus wieder und sah sich eifrig nach leichterer Beschäftigung um. Nachdem alle zusammen auf den teilweise erst provisorisch abgestellten Gegenständen sitzend Kaffee getrunken hatten, blieb er noch ein bißchen, betrachtete uns beinahe zärtlich, hieß uns wiederum willkommen und versicherte, daß es ein Gewinn sei, wenn hier einmal »frisches Blut« auftauche. Die Familien hier kenne er nun schon so lange, die Häuser seien durchweg spärlich bewohnt, vielfach seien die Kinder auf und davon, manchmal auch wegen Todesfall die Männer. Sobald sich eine Tür öffne, trete jemand mit grauen oder schneeweißen Haaren daraus. Wenn einer den Bürgersteig kehre, mache er das immer mit senilen Trippelschrittchen, nie mit Schwung und einem Ruckzuck. Aber nette Menschen, keine Frage, keinerlei Feinde. Er denke da an die guten Ratzers zum Beispiel, herzensgut, das schon. Alle würden sich ja kennen. Nur wir seien wahrscheinlich noch mit niemanden hier bekannt und unter Fremden? Wüßten auch wohl gar nicht, daß die Voreigentümerin sich vor drei Jahren auf dem Boden aufgehängt habe und erst nach vierzehn Tagen entdeckt worden sei?

»An die Ratzers, an die sollten Sie sich in jedem Fall halten. Berufen Sie sich nur gern auf mich. Das öffnet Ihnen Tür und Tor. Auf die ist Verlaß. Ratzers sind ein altes Ehepaar. Die haben im letzten Jahr Goldene Hochzeit gefeiert, mit allen Schikanen, sage ich ihnen. Schade, daß Sie noch nicht hier wohnten. Das hätte Ihnen gefallen. Die hätten Sie todsicher eingeladen. Meine Eltern sind seit Ewigkeiten mit denen befreundet durch Dick und Dünn. Man will ja nicht mit jedem Freund sein.«

Hubertus sah auf seine Armbanduhr. »Ich muß weg! Tut mir leid, tut mir leid! Alles prima Nachbarn im Großen und Ganzen. Bloß kein Streit in einer Vorortgegend wie dieser, sage ich immer. Mich ruft die Arbeit. Leben Sie sich gut ein. Familie Neuenhausen, rechts von Ihnen, wenn Sie auf die Straße sehen, auf Ihrer Seite, gleich rechts, die ist auch nicht ohne. Mit denen werden Sie auskommen. Viel Besuch, viel Kohle. Ich durfte schon mal mit zu einem Segeltörn. Großartig. Bis dann.«

Er sprang auf und eifrig winkend davon. Ich sah ihm nach. Kurz bevor er seine Haustür erreichte, versteifte sich sein Gang.

In den nächsten Tagen bot er uns häufig Hilfe an, verschob, rückte, und man mußte aufpassen, daß es nicht über seine Kräfte ging. Er kaufte sogar einmal für uns ein. Auch dabei gab er gerne Tips zu Metzger-, Fisch- und Gemüseladen. Blaß war er immer, wenn er unsere Sessel so lange liebevoll betrachtete, bis wir ihn aufforderten, Platz zu nehmen. Dann machte er es sich zwischen Kissen und Polstern bequem, thronte da und lächelte zufrieden, in solchen Momenten richtig hübsch, vor sich hin. Wäre er ein Kind oder kleiner Kater gewesen, hätte man gedacht: Er kuschelt sich ins Flauschige wie für Monate.

Im Laufe dieser ersten Woche erfuhren wir, obschon uns eigentlich keine Zeit dafür blieb, während ihm eine Menge davon zur Verfügung stand, von seinen Berufen. Gegenwärtig ging er keinem nach. Er erklärte uns, warum. Er half zuhause. Dort werde er dringend benötigt und sei eigentlich unabkömmlich. Gearbeitet hatte er bereits als Verkäufer und an der Kasse in einem Baumarkt, auch als Gärtnergehilfe und Aushilfspfleger. »Man kann mich überall einsetzen. Ich habe mit meinen fünfundzwanzig bis dreißig Jahren in viele Betriebe reingesehen. Mir macht man nichts vor, Hubertus hier, Hubertus da. Beliebt bin ich schon, nur darf man mir nicht dumm kommen. Kränken darf man mich nicht und nicht ausnutzen. Nicht mit mir. Soll ich jetzt noch schnell was für Sie erledigen, bevor ich los muß? Mach ich!«

Schon wickelte er Porzellan aus und räumte es in den Schrank. Ich assistierte ihm. Dabei dachte ich über das eigenartige »kränken« aus seinem Mund nach. Von seinen Eltern, mit denen er gegenüber in einem viel größeren Ziegelsteinhaus als dem unsrigen wohnte, sprach er nicht oft. Wir wußten inzwischen, und staunten anfangs darüber, daß sein Vater ein erfolgreicher Unternehmer in

Wurstwaren gewesen war und noch häufig »Post vom Senat« erhielt. Während er den cremefarbenen Umschlag mit roter Fütterung öffnete und die Nachricht las, hörte die restliche Familie auf zu essen. Er erwartete das.

Wir hatten den ungewöhnlich kleinen, runden Mann, der auftrat wie ein General, mit hochrotem Kopf, stramm vor Wichtigkeit, durch Hubertus auf der Straße kennengelernt, ebenso die Mutter, eine große, gebeugt gehende Frau. In Gegenwart der beiden wirkte ihr Sohn noch jünger, gedrückt, kraftlos, mit hängenden Schultern. Die Eltern starrten uns wachsam an und zogen sich bald in ihr Haus zurück. »Komm jetzt mit!«, sagten sie zu Hubertus, einer von beiden sagte es, ich weiß nicht mehr, wer es war. Es wird der kleine Feldherr gewesen sein. Hubertus verzog ärgerlich das weggedrehte Gesicht, folgte ihnen jedoch.

Wir kamen nicht dazu, viel über ihn nachzudenken. Eins war uns schnell klar: Der arbeitslose Junge wurde vom strengen Vater, der das Befehlen gewohnt sein mochte und seinen Sprößling wegen dessen Untätigkeit verachtete, am straffen Zügel gehalten. Wahrscheinlich lebten beide, Mutter und Sohn, unter seiner Fuchtel.

Natürlich wollten wir Hubertus nicht »kränken«, trotzdem fiel es uns langsam schwer, ihm so viel Aufmerksamkeit zu widmen, wie er erhoffte, wenn er mit seinem anfragenden Lächeln bei uns erschien. Noch brachten wir es nicht übers Herz, ihn abzuweisen. Irgendwann wäre es allerdings unvermeidlich. Täuschte ich mich oder begann er, aus Erfahrung mit anderen Nachbarn, diesen Moment zu fürchten? In seinem Auftreten schwankte er zwischen dem unbedingten Bestreben, sich nützlich zu machen, und dem Wunsch, sich in unsere Sofakissen zu schmiegen, um dort lange, lange auszuruhen: »Er will bei uns Wurzeln schlagen, und wir sollten das wörtlich nehmen«, sagten wir dann irgendwann schon mal.

Unser Nachbar Ratzer, trotz der Goldenen Hochzeit ein sportlicher Mensch und Inbild animalischer Tatkraft, meinte nach einigen Wochen über die Hecke zwischen den Gärten hinweg, alle Leute in der Straße seien froh über unsere Ankunft. Am meisten sicher dieser arme Bursche Hubertus. Aber für sie alle hier seien wir eine Erleichterung, ja Entlastung. Es klang unüberhörbar so, als sagte er: Toll, daß wir jetzt in Ihnen einen Dummen für Hubertus gefunden haben!

Das störte uns nicht. Unerfreulich, ja lästig wurde allmählich nur, daß sich Hubertus angewöhnte, auch am frühen Abend, dann sogar spätabends unter sehr fadenscheinigen Vorwänden bei uns zu klingeln. Er stand da, von der Hauslaterne beschienen, und pendelte mit hungrigem Blick, der an uns vorbei ins wehrlose Hausinnere spähte, von einem Bein aufs andere, bis wir ihn zu uns hereinbaten. Manchmal drängelte er richtig, als wäre der Teufel hinter ihm her. Warum sollte er zu dieser Stunde keinen Alkohol trinken? Nur wurde der Geruch, den er ausdünstete, von Mal zu Mal stärker und die Haut verquollener. Wir begannen, reserviert zu werden. Er fing an, durch seine Haltung um Einlaß zu betteln. Wenn er zwischen unseren Kissen saß, weinte er leise, wollte aber nicht über die Ursache reden, er wollte lächeln, es gelang ihm nicht immer.

Wir fürchteten mittlerweile seine unverkennbare Art, Vertrautheit anzeigend dreimal hintereinander zu klingeln, schoben aber aus Sorge um ihn eine deutliche Aussprache hinaus, sobald er vor uns stand. »Es ist so schön hier«, sagte er öfter und streichelte die Polster: »Sie sind die besten Menschen von allen auf der rechten und linken Straßenseite und auf der Welt.« Als wir ihm einmal ein Gläschen Wein anboten, sah er erschrocken aus: »So was rühre ich nicht an!«

Bis zum Schluß blieb er in diesem Punkt standhaft, sofern es den Aufenthalt in unserem Wohnzimmer betraf.

Leider entwickelte sich die Beziehung zu Hubertus schrittweise in eine ausgesprochen häßliche Richtung. Er tauchte, ohne sich durch Läuten anzumelden, von der Gartenseite her bei uns auf, erschien plötzlich an der Küchentür und grüßte wie ein alter Bekannter, dem solche Gewohnheitsrechte zustanden. Wir setzten dann absichtlich mürrische Mienen auf, zeigten echte Zeitknappheit oder schützten sie vor. Er nahm, zuerst noch ungläubig, die Zurückweisung sofort wahr und senkte den Kopf in seiner Verlorenheit. Dann verschwand er, einige verlegene Worte stammelnd, in unsicherer Gangart, so daß wir gleich ein schlechtes Gewissen bekamen, uns aber verboten, es ihm zu zeigen.

Zwei Tage später war alles vergessen. Er saß auf der Gartentreppe und wartete schon auf uns, als wir ins Haus traten. »Einer paßt auf, daß niemand einbricht!«, rief er uns zu. Er strahlte übers ganze gedunsene Gesicht. Schließlich fing er an, sich zu jeder Tageszeit auf unserem Grundstück herumzutreiben. Was zog ihn bloß so an? Bald kannte er die Winkel des Gartens und das Äußere der Mauern besser als wir, wußte, wo die Geräte standen und wo Ordnung geschaffen werden mußte. Uns ging nun nicht allein das Wort »kränken« durch den Kopf, auch ein anderes, widerwärtiges trat in Verbindung mit ihm auf.

Hubertus spionierte!

Ganz offensichtlich umstrich er uns, weil unsere Nähe und die Wohnung für ihn zur ersatzweisen Heimat geworden waren, er verfolgte jedoch dabei, zumindest außerdem, das trübe Ziel, uns auszuforschen. Sein allererster Auftritt neben dem Möbelwagen erschien in neuem Licht: Er hatte sich schon damals planmäßig herangepirscht und hörte jetzt, engere Kreise ziehend, nicht auf damit, verplapperte sich auch, als er von seinem Nachtglas sprach. Auf diese Weise hatte er also seine Kenntnisse über die Verhältnisse in der Nachbarschaft gesammelt, die wir oft als Klatsch eher verblüfft als belästigt angehört hatten.

Die Entdeckung machte es uns leichter, ihn abzuwimmeln. Wir fertigten ihn inzwischen meist an der Haustür ab. Um so öfter versuchte er den Einstieg bei der Gartentür. Wir forderten ihn nicht länger auf, einzutreten. Erst später erfuhren wir ja, daß hier nicht etwa ein unangenehmer Charakterzug bei ihm zum Vorschein kam. Der seit seinem Rückzug aus dem Berufsleben krankhaft neugierige Vater verlangte das Spionieren als Gegenleistung dafür, daß er den Sohn »beurlaubte«.

Kurz vor Weihnachten starb der alte Wursthändler an einem Schlaganfall. Das mußte, vermuteten wir, endlich Freiheit für Mutter und Sohn bedeuten. Stattdessen lungerte Hubertus auf den dunklen Straßen an den Vorgärten herum. Hatte ihm die Strenge des Vaters vielleicht den nötigen Halt gegeben, der ihm jetzt bitter fehlte? Am Schmuck der immer wahnwitziger von den Leuten mit zuckenden Lichterketten ausstaffierten Häuserfronten, leuchtenden Elchen und Weihnachtsmännern, die aus Schornsteinen auf- und niederstiegen, konnte er sich nicht sattsehen. Ich stieß dabei einmal mit ihm zusammen. Er weinte still vor sich hin, gab mir nicht die Hand, offenbar aus Schüchternheit. Dann sagte er, und sein Blick auf die vielen Lämpchen wurde noch sehnsüchtiger: »Bescheren Sie sich noch, Sie und Ihr Mann in Ihrem Wohnzimmer?« Ich erschrak, weil ich dachte, er würde uns womöglich Heiligabend heimsuchen wollen. Erst nach seinem Tod beschlich mich ein Gefühl der Scham über mich selbst.

Seine Bitten um Einlaß wurden ringsum, wie man hörte, geradezu verzweifelt, aber so, als wären sie ihm verboten worden. Es war wieder Herr Ratzer, der mich unter robustem Lachen darüber aufklärte, daß keineswegs der Vater, aber nein, sondern stets die Mutter das Zepter geschwungen und den beträchtlichen Besitz verwaltet hatte, eine unnachsichtige Regentin, wenn jetzt auch nur noch mit einem einzigen Untertan. Durch den gebeugten Rücken habe sie wohl lediglich den ihr peinlichen Unterschied zum kleinen Ehemann kaschieren wollen.

An einem eisigen Morgen Mitte Januar fand man ihn zusammengekrümmt auf einer Bank direkt gegenüber dem einzigen Haus, vor dem noch bombastischer Weihnachtsschmuck aufgebaut war. Bis zu seinem letzten Atemzug hatte er sich, auf den kalten Stein gekauert, daran weiden können. Manche erklärten entschieden, es handele sich um gezielten Selbstmord mit Tabletten und Schnaps. Oder war das einstmals muntere Spatzenmännchen einfach erfroren? Auf der Beerdigung erzählte man mit gedämpfter Stimme beim Kaffeetrinken, die Mutter habe mit der Putzfrau zusammen regelrechte Maulwurfsgänge in den Kellerwänden entdeckt, in denen Hubertus seinen vom spärlichen Taschengeld erworbenen Alkoholvorrat verborgen hielt. Diese peinliche Entdeckung, die ihn in die Flucht trieb, geschah nur Stunden vor seinem Tod, den der junge Mann mutterseelenallein erlebte.

Wie sollte man verhindern, daß einem das alte Wort »mutterseelenallein« in den Sinn kam und uns dann so lange und zweideutig in den Ohren hallte.

DER GÄRTNER

»Gibt es einen einzigen Monat, der nicht bei irgendjemandem einen schlechten Ruf hat? Dem Februar gegenüber, diesem eisenharten Burschen, wundert mich die Abneigung kaum. Am verblüffendsten könnte sie beim August erscheinen, dem absoluten Sommerkaiser. Wäre er nicht gerade deshalb berüchtigt! Der eine Mensch fühlt sich erschlagen von Stillstand und Überfülle und wittert sogar eine angedeutete Todesnähe, der andere spürt mit Schrecken, daß er den Sommer nicht tief genug genossen hat. Jetzt, wo sich sachte, sachte der Bogen wieder neigt, hat er das Gefühl, das Schönste, ›das Ersehnte‹ gedankenlos versäumt zu haben (Du kennst das Gedicht? Nein, ich meine nicht das von der Einsamkeit im August und dem ›Gegenglück‹, sondern das von der Herbstankündigung) oder, etwa wegen schlechter Witterung, darum betrogen worden zu sein. Mit leisem Schrecken nimmt er das heimliche Erschlaffen, das unterirdische Verflüchtigen als Symptom, als hätte es nicht bereits mit den Schneeglöckchen begonnen. Warum überhaupt die Angst vor dem Vergehen! Man sollte sich an John Muir halten, der schon vor hundert Jahren zum unaufhörlichen Verändern und Erodieren in der Natur notierte: ›Was wir in unserer ungläubigen Ignoranz und Furcht Zerstörung nennen, ist eine immer feinere Schöpfung.‹ Muir meinte die Berge und die destruktiven Kräfte der Natur, meinte weiß Gott nicht die fatalen von Zivilisation und Profitdenken. Aber die einfallsreichen Gestalten des Welkens und des natürlichen jährlichen Niedergangs könnte man doch en miniature ohne weiteres ...«

Ich sah, daß ich diese Zeilen halb dösend an einen Freund geschrieben hatte, im Tran oder einer Art Trance mir selbst zuredend. Wie in einem anderen Jahrhundert stationiert, hatte ich vor mich hingedruselt in meinem Brief an den bleichen, dicklichen Eberhard, der das Melancholische liebt, es aber im August besonders fürchtet und es dort »ledrige Tödlichkeit« nennt. Das wußte ich ja, stellte mich aber in meinem hochsommerlichen Druseln extra dumm, um ihn ein bißchen zu foppen, denn er ist jemand, der in diesem Monat möglichst erst gar nicht seine Wohnung verläßt, um sich eine Depression zu ersparen, der melodramatische Kerl.

Und ich selbst? Ich verstehe ihn nur allzu gut, habe aber, ich weiß nicht, war's ein längerer Gedankengang oder ein Geistesblitz, die zumindest provisorische Wahrheit erkannt: Man muß sich ihr gewissenlos überlassen, der prachtvollen Stille des Himmels über den gebauschten Laubkronen samt dem fernen Brummen eines Motorflugzeugs in der Höhe, muß furchtlos gegenüber aller Vergänglichkeit mit dem sanften Fluß der Wolken summend dahinströmen, nichts benennen, nichts festhalten wollen im stundenweisen Glanz des Tages. Nur das macht die vielbesungene sommerliche Ewigkeit des Monats August aus. Eberhard in seinem Eigensinn würde jedoch nicht auf mein Rezept hören. Also vergesse ich ihn jetzt wieder und frage mich, ob der Gärtner im Botanischen Garten, der grasgrüne Mann, der Grünspecht, mich wohl begreifen würde.

Ich wußte bis vor kurzem nicht seinen Namen und kannte den Menschen lange Zeit nur vom Ansehen, manchmal kaum unterscheidbar in seinem Zeug von den Büschen und Sträuchern, tiefgebückt und sich plötzlich zu voller Größe aufrichtend, um abgeschnittene Zweige in die bereitstehenden Container zu werfen oder nachdenklich die Komposition einer Bepflanzung studierend.

Was mich selbst wunderte: Ich empfand ihn nicht nur als Hüter und Heger, in dessen Adern womöglich grünes Blut zirkulierte. Ich fühlte ihn bei meinen Rundgängen auch als das Herz all dieser Vegetationsformen und war erst zufrieden, wenn ich ihn irgendwo aus der Ferne gesichtet hatte. Nur das machte den Besuch der Anlage vollkommen.

Eines Tages sprach ich ihn an. Die Art, in der er auf meine Frage reagierte, verriet mir, daß auch er mich längst als eine der eifrigsten Bewunderinnen seines Reichs verzeichnet hatte. Ich glaube, ich bat ihn damals um einen Tip zum Umgang mit Maulwürfen, vielleicht auch mit Schnecken. Jetzt erst sah ich sein wettergebräuntes, immer noch jungenhaftes Gesicht aus der unmittelbaren Nähe und hörte seine Stimme, das etwas schüchtern wirkende Stammeln, das sich jedoch bald als ein bedächtig erwägendes Verzögern herausstellte, so daß man, wenn man schon ein Ende des Gesprächs von seiner Seite vermutete, keineswegs entlassen war. Es mußte lediglich noch ein bißchen vor der Fortführung seiner Ratschläge von ihm nachgedacht werden zur Überprüfung von deren Hieb- und Stichfestigkeit. Mein eigenes schnelles Sprechen kam mir, ohne daß ich es hätte ändern können, in seiner Gegenwart immer etwas unreif vor.

»Sehen Sie dort unsere Frau Engelhard, eine ehemalige Biologielehrerin? Da, die weißhaarige Dame meine ich, die zwischen den Rosen auf den Knien liegt. Sie ist weit über siebzig, hat früher selbst einen Garten gehabt. Nun ist sie, dem Himmel sei Dank, unsere Frau Engelhard. Unverzichtbar, möchte ich wohl sagen. Und da hinten schleppt Herr Klingebiel, auch längst in Rente, alt, sehr alt schon, war Gefängniswärter, einen schweren Eimer mit Unkraut. Der besaß ja nun noch nie, in seinem ganzen Leben nicht, einen Garten. Hat sich das nur immer gewünscht. Bei uns hier findet er sein Glück. Der ist einer unserer treuesten Helfer.«

Herr Klingebiel schien zu spüren, daß von ihm gesprochen wurde. Er winkte uns zu und trottete dann, gebückt von Last und Alter, frohgemut weiter.

»Der scheut keine Mühe. Bei jedem Wetter ist auf den Verlaß. Ach, die guten Ehrenamtlichen! Ohne sie wüßten wir nicht, wie wir Ordnung halten sollen. Viele sind richtig ehrgeizig und arbeiten, ohne aufzublicken. Man zeigt ihnen zum Beispiel ein, zwei Quadrate zum Jäten, und nach einiger Zeit kommt man vorbei und die Erde ist wieder tadellos schwarz. Das ist eine mühselige Arbeit, für die sich jeder Student zu schade wäre. Und unsere eigenen bezahlten Leute? Die wollen natürlich lieber mit den netten kleinen Baggern herumsausen und ein gemütliches Schwätzchen halten.«

Er lachte, zur Art seines Sprechens passend, schleppend, wie von Natur aus ein bißchen zur Schwermut neigend: »Ein Schwätzchen halten! Wie ich gerade mit Ihnen«, schlug dann die großen Handschuhhände zusammen, und das Gespräch war nun tatsächlich beendet.

Von da an wechselten wir bei jeder Begegnung ein paar Worte, jedesmal mit dem seltsamen Ritual des Postscriptums, mit dem er mich zwang, noch einmal umzukehren, um ihm zu lauschen, den wirklichen Herzensangelegenheiten seines Berufs, nachdem wir vorher nur offizielle Bemerkungen ausgetauscht hatten. Es war ja zwischen uns eine vorsichtige Vertraulichkeit entstanden, deren wir uns aber mit jedem neuen Treffen erst wieder versichern mußten.

Er sprach über die andere Seite der herrlich wuchernden, von mir so geliebten und gerade wieder gelobten Wildniswiesen: »Schön, das schon. Aber alles nur am passenden Platz. Von da drüben weht mir der gesamte Unkrautsamen zwischen die Stauden, und das Zeug schlägt sofort Wurzeln wie der Teufel. Es werden auch hier schwere Fehler gemacht. Warum gedeihen viele Bäume nicht, obschon wir uns abrackern? Man hat bei der Anlage des Gartens mit zu schweren Maschinen gearbeitet. Die haben damals unbedenklich den Boden dermaßen verdichtet, daß die Bäume nicht richtig Fuß fassen können. Die Wurzeln trocknen aus und sterben ab. Das hätte man wissen müssen. Da kommen wir mit keiner Bewässerung gegen an, obschon Sie doch hier überall Schläuche sehen. Alle Mühe ist da vergebens, und trotzdem versuchen wir es immer wieder.«

Er sprach mit dem guten Gewissen eines Mannes, der vermutlich viele unbezahlte Überstunden macht, blickte nun von seinen riesigen Handschuhen kummervoll zu mir und wieder zurück. Ich ahnte deshalb, daß er noch etwas erzählen wollte. Er mußte nur noch Anlauf dafür nehmen.

»Man hängt eben an all dem. Hängt doch dran, auch wenn ich mit der nötigen Arbeit kaum nachkomme. Man ist doch trotz der Sorgen ein zufriedener Mensch. Ich stamme vom Bauernhof. Als Kind habe ich mit meiner kleinen Hand hinten in die Kuh gefaßt und geprüft, ob das Kälbchen richtig lag. Sehen Sie, mein Bruder ist Künstler geworden. Er heißt Moritz Burggraf. Vielleicht haben Sie von ihm gehört? Der liebt die Pflanzen fast genauso wie ich. Allerdings ganz anders. Sie werden das nicht glauben: Er interessiert sich für sie nur, wenn sie verwelkt sind, am besten verrottet. Verdorrte Karden und Sonnenblumen, angefressene Kürbisse mit faulenden Blättern, das interessiert ihn. Dann muß ich ihn anrufen, und er kommt und fotografiert. Manchmal nimmt er auch ein Exemplar mit und läßt es bei sich weiter verwesen. Zu Hause zeichnet er mit einer Art Bleistift. Das sieht dann wieder völlig anders aus als in Wirklichkeit. Ich muß schon sagen, es ist toll, was er daraus macht. Es wuselt wie in einem Ameisenhaufen. Der wühlt sich in die Pflanzen rein wie die kleinen Tiere, die alles zerlegen. Es gibt dann kaum noch Oberflächen, nur Inneres, sieht aber auch aus, als würde man ins Universum kucken, wie auf den Bildern von Milchstraßen. Macht er extra. Ich selbst freue mich natürlich mehr an den Blumen ohne Schädigung. Bin ja Gärtner. Bin kein Künstler und keiner von den Molekularbiologen. Bin absichtlich Gärtner geworden.«

Er schwieg. Schon wollte ich weggehen.

»Auf der anderen Seite«, fuhr er dann fort, so daß ich umkehren mußte, »mein Schwager in der Schweiz, Urs Lüthi heißt er, ist

Jäger, eigentlich Ingenieur. Ich frage mich: Wie kann man bloß freiwillig den Tieren nachjagen, um sie umzubringen? Eben lebten sie noch, dann ein Schuß, und die Gemse ist tot. Wo ist das Vergnügen? Wenn der Schwager davon spricht, fangen seine Augen an zu glühen. Da kommen Feuerfunken raus, so wild. ›Das Jagen ist eine Urleidenschaft der Menschen‹, sagt er. Und doch liebt er seine Heimat mit allen Tieren und Pflanzen darinnen, die ganze Landschaft dort und verteidigt sie gegen Immobilienschurken. Der bläst nicht nur das Alphorn, der kann es auch aus Hasel-Fichte bauen. Der klopft an die Rinde und hört am Geräusch, ob das Holz geeignet ist. Wochenlang beobachtet er brütende Adler von einem winzigen Zelt in den Felsen aus und neulich erst hat er ein verirrtes Schaf unter Lawinengefahr oben in den Bergen aus dem vorzeitigen Schnee gerettet. Auch er liebt die Natur, dieser Urs Lüthi, aber anders als ich und wieder anders als mein Bruder Moritz, dieser Urs Lüthi.«

Die Sätze waren Schritte in schweren Arbeitsstiefeln. Es ging nicht gerade schnell voran. In Gedanken versunken sah er schließlich vor sich hin, schüttelte auch einige Male den Kopf, wiegte ihn hin und her und nickte. Er sah mich kurz aus sehr hellen Augen starr an.

»Interessante Tätigkeiten haben die beiden. Man kann sich gut mit ihnen verstehen. Es kommt uns allen dreien nicht aufs Geld an. Und doch habe ich es am besten. Wenn nur der Kummer mit manchen Sachen hier nicht wäre. Die viele Arbeit lohnt sich jedenfalls am Ende doch. Am schönsten war es, als meine Mutter vor ihrem Tod noch einmal hier war, im Rollstuhl. Ich fuhr sie ein bißchen an den Beeten entlang. Sie war schläfrig und schon sehr alt. Plötzlich hat sie sich aufgerichtet und gerufen: ›Salomonssiegel! Noch einmal in meinem Leben sehe ich wahrhaftig Salomonssiegel aus den Märchen!‹ Was für ein Augenblick! Sie glauben nicht, wie sie strahlte. Selbst die Haare fingen an zu leuchten. Ich habe es genau gesehen. Meine todkranke Mutter hat geweint vor Glück wegen des Salomonssiegels. Unbezahlbar ist das.«

Er lachte in der Erinnerung, ganz für sich: »Unbezahlbar!«, und schneuzte treuherzig, wirklich von Herzen, in sein kariertes Sacktuch hinein wie in einem älteren Heimatfilm.

»So ist mein Beruf.« Ohne weitere Worte schob er seine schwere Karre davon. Alle Ehrenamtlichen und Hilfskräfte waren längst verschwunden.

Ich sah ihn dann längere Zeit nicht, weil ich verreist war und daher sein Revier nicht besuchen konnte. Als es wieder soweit war, rief er schon aus einiger Entfernung: »Da sind Sie ja endlich!« Er kam, das war neu, mit großen Schritten auf mich zu: »Lange nicht gesehen!« Und dann tat er etwas, was ich leider in seiner Bedeutung zu spät begriff: Er zog sich den rechten seiner mächtigen Handschuhe aus. Ich nahm es wahr, aber dachte mir nichts dabei, streckte ihm meine Rechte nicht entgegen. Seine entblößte Hand taumelte zwei, drei Sekunden in der Luft, schien in der Nähe seiner Stirn ein lästiges Insekt zu suchen, dann zog er, es brauchte seine Zeit, den Handschuh wieder an. Das ist es gewesen: Er wollte mich, was bisher noch nie geschehen war, in der ersten gegenseitigen Wiedersehensfreude mit Handschlag begrüßen. Ich hatte in meiner Überraschung nicht schnell genug reagiert und konnte mir das anschließend kaum verzeihen. Nachholen ließ es sich an diesem Tag nicht.

Es war aber nicht so schlimm. Er ging ein paar Schritte auf und ab und verzog das Gesicht voller Gram. »Sehen Sie sich den Rosengarten an. Verheerend. Ich konnte mich zwei Monate nicht darum kümmern. Zwei ganze Monate nicht. Eine Katastrophe ist das, die alten Rosen, englische und französische, wunderbare Exemplare. Sie wissen ja. Und jetzt das! Es fehlen uns überall Arbeitskräfte. Frau Engelhard kommt nicht dagegen an, hat auch nicht die Kenntnisse. Man muß hier ja um alles zittern, jetzt. Um die Zukunft, Sie wissen, was ich meine.« Er senkte den Kopf, um seinen Schmerz zu verbergen.

Natürlich hatte ich darüber gelesen. Der kleine Botanische Garten der Universität Saarbrücken aus den Fünfzigern dieser sehr häßlichen, nach den Kriegszerstörungen unselig wiederaufgebauten Stadt war im dritten Anlauf endgültig geschlossen worden, angeblich aus Geldknappheit. Ach, zum Teufel, die jährlich erforderlichen 500 000 Euro hätte man ohne größere Anstrengung bei gutem Willen aus anderen Etats beschaffen können! Auch von Seiten der Landesregierung bestand kein Interesse am Erhalt. Die Hochschule behauptete zudem, der Garten sei für Forschung und Lehre längst überflüssig. Die Studenten strömen in die Labore, nicht zu den lebendigen Pflanzen in ihrer Gesamtgestalt. Formeln liegen den Botanikern à la mode mehr als Erde, Biotop und vegetativer Geruch. Statt eventuell Unkraut zu jäten, wollen sie zügig mit sauberen Fingernägeln Karriere machen. Für die Molekularbiologie ist die Morphologie der Organismen etwas hoffnungslos Veraltetes. Dabei suchen neuerdings viele junge Paare händeringend einen Kleingarten. Die ohnmächtigen Proteste und Petitionen von Wissenschaftlern und Pflanzenfreunden zur Saarbrückener Untat, die Solidaritätsbekundungen der Botanischen Gärten republikweit erzeugten bei Universität und Landesregierung lediglich ein arrogantes Lächeln.

War nun auch mein Gärtner zum Relikt geworden? Ich hatte plötzlich den Eindruck, er würde sein Reich mit dem wehmütigen Blick eines Zurückschauenden und Abschiednehmenden betrachten.

»Aber hier besteht doch keine Gefahr?«, fragte ich bänglich.

»Wir sind evaluiert worden und haben ziemlich gezittert. Den Berliner Garten wollten sie ja auch teilweise schließen, in London, Kew Gardens, haben sie das Budget radikal gekürzt. Es ist die Tendenz. Zum Glück wurde bei uns hier der Kampf gewonnen. Wir sind erst mal gerettet. Aber, und das ist sehr hart für meine Kollegen und mich, es herrscht Einstellungsstop. Wer aufhört, wird nicht wieder ersetzt. Können Sie sich vorstellen, was das heißt bei der vielen Arbeit? Allein der Muster-Schrebergarten, erst recht unsere Hochgebirgslandschaften, das kleine Moor, die neue Pflanzensystematik, die mit jedem Tag schöner und lehrreicher wird!

Das schaffen wir nicht allein mit den paar Angestellten und Ehrenamtlichen. Dabei haben wir so großartige Pläne für Verbesserungen. Wäre es nicht ein Verbrechen, uns verkümmern zu lassen? Immer weniger Arbeitskräfte, das ist unser Problem.«

Richtig! Ein Verbrechen. Was hatten sie nur in den letzten Jahren idyllische Eckchen für Einzelgänger angelegt! Man hätte sie mitten in der Romantik nicht reizender, nicht glückbringender ersinnen können. Das Publikum dankte es ihnen.

»Das Publikum? Nur wenn die Sonne scheint. Die Leute sollen gefälligst auch bei schlechtem Wetter kommen!«

Ich mußte mir wegen seiner kindlichen Strenge ein Lächeln verbeißen. Erregt schritt er auf und ab. Es hielt ihn nicht an seinem Platz. Er ruderte mit den langen Armen, schlug die Fäuste gegeneinander, als wollte er am Unsichtbaren rütteln, den Zeitgeist in die Schranken fordern. Zwischendurch trank er aus einer Plastikflasche, die er aus der Jacke holte und danach zwischen seine Füße stellte. In seiner Aufregung stieß der sonst so gelassene Mann sie um. Er hatte sie nicht richtig verschlossen, das Wasser lief aus. Er beachtete es nicht. Stattdessen verpaßte er ihr einen kräftigen Tritt, so daß sie in die Rosengebüsche flog: »Ein Verbrechen, jawohl. Auch an den Leuten, die hier rumwandern. Sind sie denn nicht glücklich hier, sogar im Winter und aus aller Welt?«

Mein Gärtner sah mich zornig an. Wie er so verlassen da stand in seiner Erbitterung! Mir fiel gar kein Trost ein.

Und dann kam auf einmal, in der höchsten Not, die Verwandlung. In seinem Gesicht ging die Sonne auf wie sicherlich bei seiner alten Mutter, als sie das Salomonssiegel entdeckte.

»Sehen Sie nur diese Schönheit«, rief er ohne Übergang mit weicher Stimme. »Sehen Sie das nur an! Diese Farben, sehen Sie, wie ich diese purpurnen Dahlien vor die dunkelvioletten Buddleja gesetzt habe und dazu die feurigen Lobelien und den rosa Phlox, die Tigerlilien, Echinacea purpurea und schließlich die Canna. Sind das nicht herrliche Farbklänge? Und nun noch das Nachmittagslicht auf allem. Wie das glüht! Da fehlt einem doch nichts auf der Welt an einem solchen Augusttag, zu so einer Stunde. Davon ahnen die Universitätspräsidenten und ihre Studenten nichts, das lernen die vielleicht ihr Lebtag nicht kennen. Aber wir hoffen. Wir machen einfach weiter.«

Er putzte sich die Nase, wohl nur, um das zuletzt Gesagte mit einem Trompetenstoß zu unterstreichen. Diesmal schwenkte er sein Heimatfilm-Taschentuch wie ein Gewinner:

»Sehen Sie nur diese Farben, gerade jetzt, wo das Licht schon von Westen kommt! Großartige Momente. Möchte man nicht singen: ›Geh aus, mein Herz‹, das alte Lied?«

Abrupt wie stets machte er sich davon, mit Riesenschritten und wohl noch immer mit dem fast unirdischen Lächeln auf seinem Angesicht. Vorher kramte er die demolierte Flasche aus dem Gebüsch und sagte: »Diese Farbtöne! Bunter als die Hautfarben unserer Besucher.« Winkte auch, mir jetzt schon den Rücken zuwendend, mit der großen, schwermütigen Hand in ihrem mächtigen Handschuhpanzer. Er sang das Lied vom freudesuchenden Herzen ganz für sich.

DIE KRÄHE IN DER EWIGEN STADT

Was bemerkte er wohl, der junge Mann, der am Tiberufer durch den gefleckten Herbstnachmittag schlenderte, von Franziska auf dem Mäuerchen?

Er sah eine ausladende, bis auf ein buntes Halstuch schwarz gekleidete Touristin mit struppigem Herrenschnitt, der Straße zugewandt, auf der Brüstung des Flusses sitzen. Sie beugte sich nicht über einen Stadtplan, las nicht in einem Fremdenführer, sie ließ im Schatten der Bäume ihre nackten Beine baumeln. Baumeln eigentlich nicht, denn sie setzte die Füße auf den Boden und machte abwechselnd mit ihnen träge Kreisbewegungen in der Luft, um sich die Zeit zu vertreiben. Es konnten auch Lockerungsübungen nach einem anstrengenden Marsch durch die Stadt sein, die sie durch übertriebenes Observieren der jeweils rotierenden Schuhspitzen als müßiggängerische Spielerei tarnte.

Der aus beruflichen Gründen geschulte Beobachter konstatierte auf den ersten seitlichen Blick, daß sie weit und breit ohne Begleiter und älter war, als es den Anschein hatte. Ein langer weiter Rock sollte den Umfang ihres Körpers, vor allem die Plumpheit der Beine kaschieren. Verräterisch blieben aber die geschwollenen Fesseln und das solide Schuhwerk. Der flotte Seidenschal verbarg Falten und die wie Drähte, wie Seile hervortretenden Sehnen zwischen Kinn und Schlüsselbein. Das machten sie alle so, die nicht mehr jungen Damen. Eine vermutlich sehr teure Sonnenbrille, apart wie die Handtasche der Frau, ließ vom Gesicht nicht viel erkennen. Großer Mund, glatte, feste Haut, ein wenig dunkler Flaum auf der Oberlippe, den man rassig finden konnte. In ihrer linken Faust hielt sie ein Taschentuch, in der anderen Hand eins der bereits golden gefärbten Blätter. Ihre Tasche hatte sie locker an die Hüfte gelehnt.

Was sah, auf der anderen Seite, Franziska, die seit vielen Jahren wieder einmal nach Rom gekommen war, um den türkisfarbenen, nicht mehr wie früher verdreckten Fluß verjüngt in seinem gereinigten Bett zu bestaunen? Beim letzten Rombesuch wurde sie von einem sehr wohlhabenden, für ihre Verhältnisse schon etwas älteren Mann begleitet. Sie liebten einander, wie es ihre jeweilige Art war. Nun ja. Es war eine Ausnahme in ihrem ansonsten eher leidenschaftlichen Liebesleben. Er hatte sie damals vor allem dadurch unterhalten, daß er, getrieben von seinem, in der Lebensmittelbranche erwirtschafteten Reichtum, im Kontrast zu seinem Geiz im geschäftlichen Bereich hier jedem der überaus zahlreichen Bettler einen großen Schein zusteckte. Er empfand sich an diesem Ort wahrscheinlich als märchenhafter Sultan, als Mäzen der orientalischen Nuancen dieser Stadt. Nie hatte sie sein Gesicht seliger gesehen, als wenn er nach Bedürftigen Ausschau hielt und dann ihre grenzenlose Verwunderung genoß. Sie selbst hatte nie viel Geld besessen.

Auch ihr Blick war schnell und trainiert. Bei dem, der sich da langsam näherte und an ihr vorüberflanierte, handelte es sich um eines jener schon in ihren harmonischen Körpermaßen vollkommenen Wesen, deren männliche Schönheit so groß ist, daß ein wohlwissendes Prahlen mit ihr durch eine unwiderstehliche Lässigkeit zur sinnlichen Götterähnlichkeit veredelt wird. Sie registrierte alles gleichzeitig: die schwarzen, tief in den Nacken reichenden Locken, den Hochmut seiner römischen Nase, die unverfrorene Makellosigkeit der Raubtierzähne, die Art und Weise seiner Umarmungen ankündigten, als er einmal kurz vor sich hinlächelte – wie sollte man wissen, warum, sicher in frivole Gedanken versunken –, Muskeln, die gut sichtbar das graue T-Shirt auswölbten, von den knabenhaften Hüften an die verlockende Modellierung der Schenkel durch verflucht erstklassige Jeans, die Leichtigkeit seines Ganges mit frei pendelnden Armen in unbedenklich kraftvoller Grazie, die sie fast zum Weinen brachte.

Aber das war es im Grunde nicht, das alles nicht so sehr. Etwas anderes zählte, etwas Unsichtbares, und sie spürte mit dem gesamten, törichten Körper die altbekannte Herausforderung, vor der sie hinter der Sonnenbrille die Augen für einen Moment schließen mußte, um sie abzuwehren und gierig auszukosten, den ewigen Antrieb, der sie schmerzhaft durchfuhr: Der ahnungslose, im gesprenkelten Licht in angenehme Vorstellungen versunkene Mann stellte die perfekte Beute dar! Die Natur warf den Köder, und sie, Franziska, mußte auf der Stelle gehorchen und zuschnappen. Sah er sie, auf gleicher Höhe mit ihr, nicht flüchtig an? Traf sie das nicht ohne Umweg mitten in Herz und Eingeweide?

Ein vertrautes Zittern meldete sich, noch einmal das Vibrieren, die siegesgewisse Anspannung vor dem Sprung. Eine Sache von Sekunden, zu knapp für die Ausbildung einer unwürdigen Phantasie und doch geschlürft und genossen wie ein durch Dämmerlicht gnädiges Spiegelbild.

Schon war er vorbei, schon entfernte er sich, wiegend, tändelnd, kleine Steine vor sich herschießend. Vorüber! Er entfernte sich mit gleichmütigen, frohgemuten Schritten, nichts konnte ihn aufhalten. Franziska sah ihm nach. Niemand wurde Zeuge ihrer heißen Anwandlung, die sich noch steigerte, während ihr das Objekt ungerührt entglitt.

Aber was war das! Er schien die Macht ihrer Augen zu spüren, drehte sich zwar noch nicht um, verlangsamte jedoch die Schritte, blieb schließlich stehen, wandte sich jetzt um, bewegte sich tatsächlich in Franziskas Richtung, ein wenig nur, saß plötzlich in einiger Entfernung von ihr auf dem Brüstungsmäuerchen und betrachtete wie sie den ununterbrochenen Verkehr.

Es durchzuckte sie als ungläubig wahrgenommener, glücklicher Schmerz. Die längst verschollene Erinnerung blähte die gegenwärtige Sekunde. Jetzt sah er unverhohlen zu ihr her. Noch starrte Franziska tapfer geradeaus, studierte hochinteressiert die Autos, Lieferwagen, Mopeds, Fahrräder, die sie alle nicht betrafen. Sie verstand sich noch immer ausgezeichnet darauf, solche Annäherungen allein durch die sich im Erschauern kräuselnde Haut wahrzunehmen. Er schaute, nun schon triumphierend, weg und wieder her, wußte, daß sein Manöver ihr nicht entging, daß sie abwartete, statt belästigt den Platz zu wechseln. Sehr schnell und lachend sagte er ein paar ihr unverständliche Sätze in sein Telefon. Dabei ließ er sie nicht aus den Augen. Sein Lachen widersprach deren Ernst. Man konnte es auch herumdrehen.

Franziska saß da, von unvernünftiger Wonne gelähmt durch seine sich entwickelnde Strategie, eine ihr aus längst vergangenen Abenteuern bekannte. Sie begrüßte sie mit unverschlissenem Entzücken. Sollte es ihr wahrhaftig noch einmal vergönnt sein, wie früher so oft, das »königlich schillernde Gefieder des afrikanischen Nektarvogels« zu entfalten?

Eine Verblendung? Selbst wenn! Ihr hätte es genügt, ein paar Minuten lang. Und diese geradezu weise Genügsamkeit wäre vielleicht das Beste, was ihr zustoßen könnte. Nur war das eben nie ihre Sache gewesen.

Er rückte näher. Er sah sie an, sah sie von schräg unten an, glutvoll bohrend und zweifellos erprobt, als stiege Magma aus dem Kern seines Wesens auf, bereit, sich in sie zu ergießen. Franziska erwiderte diskret, halb diskret seinen Blick. Seine Schönheit demütigte jedes Ding in seiner Umgebung, nicht weniger sie selbst. Sie schaffte es nicht, sich vom Fleck zu rühren. Er begriff, daß er sie fixiert hatte.

In der kleinen Zeitspanne, die er für die restliche Strecke benötigen würde, erschien das Bild einer schlanken Franziska vor ihr, deren Wildheit und langbeinige Leichtfüßigkeit keiner auf Dauer zu bändigen vermochte, so, wie niemand ihr zu widerstehen wagte, wenn sie ihn für sich ausgewählt hatte. Ihre sexuelle Generosität und Gefräßigkeit waren grenzenlos gewesen, ohne Rücksicht auf sich und andere, zerstörerisch, gefürchtet und – hatte sie erst mit begehrlichem, offenherzigem Blick das selektierte Opfer versengt – darauf konnte sie sich verlassen: ersehnt. Der großzügige Willkommensgruß an einen neu eintreffenden Liebhaber hielt manchmal nur Stunden an. Sobald der Brand erlosch, verließ sie ihn, immer stolz auf ihre berüchtigte, fürchterliche Ehrlichkeit, die sie nie hinderte, schamlos zu lügen, falls ihre Interessen es erforderten.

Handelte es sich um Liebe? Es gab Tage, an denen sie hoffte, das Jahr würde sich an seinem Höhepunkt glorios in die Luft erheben und dort ewig verweilen, anstatt wie gewohnt in den Herbst zu verbleichen. Unter ihren Freundinnen verbreitete sie aus Übermut das Gerücht, das Eigentliche würde bei ihr erst hinterherkommen, drei, was sage sie, fünf Orgasmen nacheinander in rascher Folge, herrlichste Nachwehen, wenn der jeweilige Mann schon verschwunden sei.

Sie hatte stets nach ihrem Gusto mit vollem Risiko gelebt, Katastrophen mit eingeschlossen. Das bezog sich auf die zahlreichen Abtreibungen, auf ihre kaum zu bekämpfende Lust am Stehlen in Warenhäusern, selbst wenn sie einen Geldbetrag in der Tasche hatte, der den Wert des entwendeten Lippenstifts, des Modeschmucks, einer originell designten Gebrauchsuhr um ein

Vielfaches überstieg. Kleptomanische Neigungen besaß sie eigentlich nicht. Sie reizte und verspottete nur gern die zu bürgerlicher Korrektheit neigenden, insgeheim verachteten unter ihren Liebhabern, den erschrockenen Zeugen, mit solchen eher koketten als kleinkriminellen Übergriffen.

Bedrohlicher für ihr Wohlergehen war etwas anderes. Am meisten schätzte sie, wie eine mir bekannte, ihr nie begegnete Veronika, sogenannte harte Burschen, solche, die »Power« hatten, anarchistische Kerle, die ohne großes Zartgefühl zupackten. Nichts erregte sie mehr, was keine Seltenheit ist bei Frauen, die offiziell die kompromißlos Freiheitsliebende spielen. Ein geheimes Laster, das es aus Raffinement ein Weilchen zu verbergen gilt. Erst wenn solche Männer, zunächst respektvoll, ja eingeschüchtert von den bei Franziska vermuteten erotischen Ansprüchen, diese Neigung bei ihr errieten, gaben sie ihre Selbstbeherrschung auf. Es wurde gefährlich.

Sie trug, aus Natur und Prinzip unbelehrbar, durchaus allerhand Wunden von solchen Vergnügungen davon. Als sie ausblieben, wandte sie sich mit vielen Tränen des ungewollten Entsagens als Entschädigung für den fehlenden Rausch dem Buddhismus zu, der sie tröstete, ohne dessen Weisheiten sie bald nicht mehr leben wollte. Ob sie jetzt aber, bei diesem unverhofften römischen, inzwischen ganz nah gerückten Geschenk des Himmels, nicht in alter Verschwendungssucht alle religiösen Erbauungen, die ja warten konnten und jetzt störten, zum Teufel jagen und ein allerletztes Mal in die herrliche, die einzig lohnende Schlacht ziehen sollte?

Sie schloß die Augen für ihre stumme Antwort, hätte ihr Ja! Ja! Ja! aber beinahe laut in die Welt gerufen. Ja! zum Umsturz, zum strahlenden Weltbeginn, koste er, was er wolle. Als Franziska sie öffnete, sah sie den Mann auf ein vorbeifahrendes Moped springen.

Er stopfte gerade ihre Tasche in einen Beutel und winkte ihr, im dichten Verkehr entschwindend, die schönen Zähne zeigend, zu.

Franziskas schrecklichen Schrei, der in einen gekrächzten Fluch, einen ihrer ordinärsten, überging, hörte er nicht mehr.

Dann saß sie still, saß so grundsätzlich still da, als würde sie nie mehr die Kraft haben, aufzustehen, auch die nicht, einen Gedanken zu fassen. Später fragte sie sich, ob wenigstens ein Gefühl sie übermannt hatte. Übermannt, hahaha! Schon öfter hatte sie überlegt, ob es nicht nur höchstens zehn Standardgewürze der Gefühle gibt, die sich auf die wechselnden Tages- und Lebenssituationen setzen oder ihnen zu entströmen scheinen wie Gerüche. Man hält sie wegen der Umstände für neu, aber es sind nur solche aus der Zahl zehn. Mehr steht nicht zur Verfügung, für niemanden.

Sie wußte, es wäre zwecklos, die Polizei zu rufen. Gewöhnlichster Alltag in der Heiligen Stadt. Normales Schicksal beschämter Touristinnen. Dabei war die Welt voller Paare. Noch unbestraft für ihre Illusionen, hockten sie wie Frösche aneinandergeklammert auf den Mopeds, wanderten wer weiß wie umschlungen unbarmherzig an ihr vorüber. Franziska saß bewegungslos, tief eingesackt in die Hüllen ihrer Gewänder. Jemand schreckte sie auf mit der Frage, ob sie Hilfe brauche, ein anderer wollte ihr ein Almosen geben. Gut gemeint von den Idioten. In ihren Ohren wurde daraus der Befehl: Pack dich! Verschwinde aus der Sonne! Da stand sie auf, legte mühsam den Weg zum Hotel zurück und flog, dafür reichten die Reste ihrer Energie und die klug im Zimmer gelassenen Papiere noch gerade, mit der nächsten Maschine nach Hause, immer in der Empfindung, sich um Gottes Willen vor einer abgrundtief bösen, andrängenden Macht, die Kapitulation verlangte und ihren Untergang wollte, unverzüglich retten zu müssen.

Sie verkroch sich in ihr Bett. Vor der Ahnung, daß es sich um einen endgültigen Schnitt handelte, konnte sie sich nicht verkriechen. Sie war bereit, sich abzufinden, jedoch noch immer nicht mit der eisigen Schulter, die ihr die stets mit offenen Armen empfangene Welt nun bot. Auf den Gegenständen ihrer Wohnung hatte sich ein grauer Dunst niedergelassen, der sie fremdeln ließ angesichts von Tisch und Stuhl. »Eins kommt zum anderen«, sagte sie oft zu sich, gelegentlich dreimal hintereinander. Die Dinge hatten einen Stoß in die abschüssige Richtung gekriegt. Es hatte keinen Zweck, nach stichhaltigen Gründen zu suchen. Sogar die vielen Freundinnen und deren überschwengliche Umarmungen bei jeder Gelegenheit blieben in den nächsten Wochen und Monaten aus. Sie waren doch noch knapp vor der Romreise in ihren Zimmern umhergeschwärmt. Jetzt witterten sie, daß Franziska den ansteckenden Geruch des Lebensunglücks ausdünstete. Sie wollten nur noch übers Internet mit ihr verkehren. Franziska verlor ihre Anhängerinnen an die Abstraktion, an die digitale Körperlosigkeit. Auch die sympathischen Frauen im Malclub fuhren nach dem Aquarellieren ohne Verzug nach Hause, ob dort eine Familie wartete oder nicht. Bei den Buddhistinnen ging es nicht anders zu. Es gab keine tröstlichen Gemeinsamkeiten mehr über ihre Versammlungen hinaus. Auch zu ihren weiblichen Bekannten hatte Franziska ein hitziges Verhältnis gehabt. Freund oder Feind, da galt es stets auf- oder abzurunden. Jetzt war da nichts mehr.

Ihre großzügige Seele wurde plötzlich mißverstanden, vielleicht auch nur nüchterner betrachtet von denen, die alle kleinlicher waren als sie, reinlicher. War es denn schlimm, daß sie ab und zu aus Versehen mit nur einem geschminkten Auge nach draußen ging oder eine Braue steil nach oben wies, statt der natürlichen Biegung zu folgen? Sie versuchte ihre Aura zu retten, indem sie zu allem ein »Ich liiiiebe das«, »Ich hasse das« zur Hand hatte. Es verfing nicht mehr, wer wollte das schon wissen! Aus Trotz und Rachsucht sagte sie dann ins stocksteife Zimmer hinein, daß sie nur Menschen achten könne, die einen Schaden hätten, Depressive, Alkoholiker, Behinderte, schräge Vögel. Tisch und Teppich nahmen es gelassen.

Die Ohrfeige, die ihr das Leben am Tiber erteilt hatte, drang in voller Wucht erst mit Verzögerung in ihr Bewußtsein ein. Der Schock jener Minute war nicht in ein paar Stunden überwunden. Das Taumeln begann später. Sie trank nur in ihren eigenen vier

Wänden, erhöhte aber rasch die Dosis. Es sah ihr ja niemand dabei zu, und die Benommenheit, die manchmal schon morgens begann, rührte wohl eher vom vielen Schlafen her als vom Alkohol. Sie verfiel dem verschwommenen Paradies zwischen Laken und Kissen. Auf ihrer einstigen Liebesliegestatt, eine der vielen in ihren rasch wechselnden Wohnungen, fühlte sie sich geschützt vor Bosheit und Verrat, vor Kälte und Spott. Warum sollte sie das Bett unnötig verlassen, die einzig treue Schatulle, die sie zärtlich umschloß? Wenn man sie im Laden mit ihrem Namen anredete, zuckte sie zusammen in kurzfristigem Glück.

Die Uhrzeit interessierte sie kaum. Kein Mensch, kein Tier, kein Ding verlangte einen sogenannten geregelten Tageslauf von ihr. Wie künstlich die strikten Einteilungen der Leute waren, die sie bloß so fanatisch befolgten, um sich besser über das Wanken, das allgemeine Wanken der Lebensgegenstände täuschen zu können! Wie sie das jetzt ohne Fröhlichkeit durchschaute!

Sie wurde noch dicker und schwerfälliger. Sie hatte das Gefühl, zu wuchern wie ein Hefeteig. Das Alter war es nicht. Es gab viel ältere Frauen als sie, quicklebendig wie die Springmäuse, flink treppauf treppab in ihren Ehrenämtern. Die Gewichtzunahme kam von den Antidepressiva, die sie knapp über Wasser hielten. Sie existierte in heulender, keifender, kreischender Einsamkeit, weinte aus Tapferkeit aber selten. Im Novembernebel stand sie am Küchenfenster und erinnerte sich an ihre feurigen, grausamen Glanzzeiten. An manchen Abenden hörte sie Festgeräusche aus Wohnungen und geöffneten Fenstern, die sie weniger mit Neid als mit Zorn erfüllten. Was bildeten sich diese Schreihälse ein? Fand bei denen etwa gerade das Leben statt? Die taten doch bloß vor sich und voreinander so, spielten sich was Tolles vor. Schön waren solche Zusammenkünfte nur durch eine heiße Liebe, da brauchte man den Lärm nicht und das Gläserklirren. Aber der ferne, blaue Schimmer der Legenden, in den die Feiernden für arme Zuhörer getaucht waren, der blieb für die Ausgeschlossenen ein herzloses Licht.

Schnell ins Bett, tief in die Federn vergraben!

Sie sei ein afrikanischer Nektarvogel, hatte vor langer Zeit ein bald von ihr fortgeschickter, verheirateter Ornithologe in kindischer Bewunderung behauptet. Als es ihr wieder einfiel, fing sie an, sich mit tropischen Vögeln zu beschäftigen, und freute sich an deren exaltiertem Gefieder. Was für kleine Wichtigtuer und rasende, berauschte Verschwender in ihren schreienden Farben! Sie beschäftigten Franziska wochenlang und taten ihr gut.

Einmal aber kam ein richtiger, leibhaftiger Mensch vorbei, stand in der Tür, um ihre Waschmaschine zu reparieren, lehnte im Türrahmen, lehnte an der Wand, ein grauhaariger, kaum ansehnlicher Mann, mächtig jedoch in seinem schieren Dasein, eine menschliche Gestalt, nicht ausgedacht, kein Gebilde der Phantasie, stattdessen ausgestattet mit dem Widerstand von Stoff, Materie. Unermeßliche Möglichkeiten.

Vielleicht tränke er gern ein Gläschen mit ihr?

Er brachte die Maschine in Ordnung und hinterließ Franziska in klaffender Traurigkeit. Entsetzt tastete sie nach Objekten und tappte ins Leere, spürte dort schließlich voller Dankbarkeit etwas Glattes, Kugelrundes, den polierten Bauch einer asiatischen Halbgottheit von der Härte eines Kieselsteins. Eine Berührung. Besser als nichts.

DER CHARMEUR

Wie soll etwas besonderen Wert haben, wenn es so viel davon gibt?

Das sieht nicht jeder so. Die Mehrzahl der Einzelnen begeistert sich, erst recht neuerdings, an Menschenmassen und folgt ihrer Anziehungskraft, taucht freiwillig ein in die Menge, sucht in dem Gewebe, schnell unauffindbar geworden, Unterschlupf und in seinem leichten, auch stürmischen Gewoge Berauschung. Es erstickt die Leute nicht, es würgt sie nicht. Das muß wohl wunderbar sein.

Mir ist das nicht vergönnt.

In solchen Momenten der Absonderung tröstet mich, von tiefer Männerstimme gesprochen, etwa dies: »Nicht viele haben ihn je gesehen, auch ich nicht. Also keine Ovationen, meine Damen. Er lebt in den Regenwäldern des südlichen Mexiko bis Costa Rica. Auserwählte entdeckten ihn sogar auf einer Höhe von 2700 Metern. Schwein gehabt, was? Sein Gefieder ist bronzegrün, die Unterseite leuchtet kräftig rot und weiß. Er gilt als der schönste Vogel der Welt, der paradiesisch prächtige Quetzal oder Quesal, und wurde von Azteken und Mayas als Gott der Lüfte verehrt.«

Wurde jemals unerlaubter Zigarettenrauch genießerischer und doch wie beiläufig aus dem Mund entlassen?

»In der Balzzeit verlängert er vier seiner normalen Schwanzfedern. Zwei dieser schimmernden Farne ragen mehr als einen halben Meter über den eigentlichen Schwanz hinaus. Da staunen Sie, meine Herrschaften. Sie wurden bei religiösen Riten als kostbarster Schmuck verwendet. Man brachte den heiligen Vogel für diesen Zweck aber nicht um, großartig, nicht wahr, sondern riß ihm lediglich die beiden Kardinalfedern aus, die dann nachwachsen konnten. So waren die gefangenen Götter zwar um ihre sexuelle Zierde gebracht, kamen aber immerhin mit dem Leben davon und hatten, Achtung, meine Verehrten, bei der nächsten Balz erneut die Chance, ihre einzigartige Herrlichkeit zu präsentieren.«

Derjenige, der das sagt, taucht allmählich, zunächst halb verdeckt von großen Blättern, die seine provisorische Kulisse bilden, während er spricht aus einem Dämmerlicht auf. Ah, ein Grandseigneur, ein Mann von genuiner Noblesse! Wie er da steht, den zweifellos teuren Hut, als wüßte er nicht um seinen Preis, ein bißchen schräg auf dem Kopf, den Spazierstock am abgespreizten Arm lässig ein wenig nach innen gekehrt, die Zigarette oder Zigarre in der Linken, eine internationale Zeitung zusammengefaltet in der Jackentasche. Ein Weitgereister, ein Weltbürger, ein citoyen. Gepflegt in allen Details mit einer bei seinem Geschlecht nicht selbstverständlichen Aufmerksamkeit der äußeren Erscheinung gegenüber, diskret, aber pointiert. Die Eleganz der Schuhe, der Schnitt von Anzug und Hemd: alles tadellos. Jedoch die Manschetten! Die Manschetten hat er nicht geschlossen, der stilistische Feinschmecker. Auf Manschettenknöpfe verzichtet er. Die Ärmel sind unten offen, einfach nur zusammengelegt in treffsicherer Schlampigkeit, oder sage ich lieber: augenzwinkernd achtlos? Nur den, der ihm sehr nahe kommt, fliegt der Hauch, die Ahnung eines edlen Duftes an, so organisch mit ihm verbunden, als wäre es eine physische Eigenart, mit der er die belohnt, die sich ihm intim nähern dürfen. Ein gutaussehender Mann, dem sogar der Umstand, über seine allermännlichsten Jahre eine Strecke hinaus zu sein, zum Vorteil gereicht.

Er erinnerte mich gleich im ersten Moment an zwei, drei Personen, ich meine, an deren Porträtfotos, und jetzt weiß ich endlich, wer sie sind. Ob es am korrekt gestutzten, graumelierten Schnauzbart liegt und den dazu kräftig kontrastierenden pechschwarzen Augenbrauen? An den trotz der Jahre straffen Gesichtszügen? So verschiedene Personen wie die Schriftsteller Conrad Joseph, Hamsun Knut und Faulkner William, jeder im fortgeschrittenen Alter zur eigentlichen Ansehnlichkeit gereift, mischen sich optisch in ihm, in Herrn Müller-Neuhaus! Nicht zu fassen, aber unzweifelhaft. Dabei ahmt er die optische Verwandtschaft ganz sicher nicht nach. Möglicherweise kennt er die drei nicht mal. Es handelt sich um den, von der tatsächlichen biologischen Herkunft unabhängig auftretenden »aristokratischen« Typus, der beim Sohn eines polnischen Landadligen, bei einem norwegischen Schneidersohn oder dem Sprößling einer verarmten alten Südstaatenfamilie in Erscheinung treten kann.

Und wo ist trotz dieser Wahrzeichen der Unterschied zu den drei Epikern? Jeder wird sagen: Müller-Neuhaus ist kein großer Schriftsteller, nicht mal ein kleiner, hat nicht mal Ambitionen, die in diese Richtung gehen. Ich weiß es inzwischen besser. Die entscheidende Differenz liegt im Blick, im unentwegt Flirtenden seines Blicks, der jeden seiner weiblichen und männlichen Zuhörer ganz persönlich meint, als teilte er nur diesem einen Erwählten etwas Geheimes, sonst niemandem Zugängliches mit, dabei immerzu wachsam kontrollierend, ob ihm irgendjemand untreu wird. Denn wer sich nicht gebannt zeigt von ihm, der ist bereits ein Abtrünniger und muß schleunigst zurückgeschmeichelt, in schwereren Fällen zurückgepfiffen werden.

Das gelingt ihm spielend, indem er den Zauber altenglischer Verbrechen vor ihnen entfaltet, wo blühende Rosengärten und silbernes Teegeschirr das durch den Einsatz von Schlachtermessern, Beilen, gar Äxten unerläßlich fließende Blut besänftigen. Dann reißt eine Riesenwelle, unversehens tückisch in der normalen Brandung aufgetürmt, ein junges Paar mit sich und ertränkt die Liebenden ohne Erbarmen. An der Elbe bei Hamburg sitzen dagegen in einer geschwungenen Bankreihe bleiche Senioren und blicken auf das grausilberne Strömen. Sie sprechen nicht, sie starren das Wasser und den hohen Spätsommerhimmel an. Trauern sie der Jugend nach? Nein, stumm loben sie im puren Dasitzen Gott.

Die Augen seines Publikums beginnen zu leuchten. Darauf kommt es unserem Globetrotter an. Die Zuhörerschaft vergißt die spärliche Welt um sich herum und bricht in phantastische Weiten auf. Nur eine auffällig Geschminkte holt während seiner Rede wahrhaftig einen Taschenspiegel hervor und zieht sich die Lippen nach.

Lächelnd sagt Müller-Neuhaus in scheinbarer Nachsichtigkeit: »Wie reizend war das, was ich kürzlich an einer Frau beobachten durfte, die sich durch viel zu jugendliche Aufmachung offenbar, Sie alle kennen das, in der Bewunderung der Männer noch einmal, ein allerletztes Mal, an einem schönen Frühlingstag sonnen wollte. Wenn ihr ein Vertreter des männlichen Geschlechts entgegenkam, begann sie die Hüften zu schwenken, bis die Illusion sich mit der schwindenden Entfernung verringerte und die Ernüchterung in der Nähe drohte. Noch eben rechtzeitig, wohl mit ein wenig Wehmut, wandte sie sich einem Schaufenster zu und bot der Welt ihre unverfängliche Rückenfront! Wirklich eine reizende, uns Männer rührende Schwäche der späten Jahre. Ganz reizend.«

Die Frau mit dem Taschenspiegel erkennt die Rüge. Sie senkt, zur Raison gebracht, den Kopf.

Er aber ist längst bei einem verborgenen Stamm von Urwaldindianern (»Nebenbei: Was haben deren junge Frauen für herrliche Brüste, zum Reinbeißen. So was Strammes! Völlig unzugänglich für den Fremden, natürlich.«) im Regenwald Nordbrasiliens, Eingeborene, die sich mit Beginn der Geschlechtsreife lange Zapfen durch die Unterlippe treiben lassen und Äffchen als Haustiere halten. Müller-Neuhaus eilt weiter zum Wogen der Nordlichter, zum Sturz eines unvorsichtigen Besuchers in die Lavadämpfe eines noch amtierenden Vulkans.

Sicher, es gibt heutzutage viele, die in aller Herren Länder reisen als wär's ein Pappenstiel, aber ob Arktis oder Schwarzafrika Spuren in ihnen hinterlassen?

Nein, ihr Herumgefahre prägt sie nicht, so sehr sie mit den Zielen renommieren. Er dagegen! Ist er nicht eine Art Alexander von Humboldt in dessen älteren Jahren am preußischen Königshof? Sacht dosierend läßt er seine lange Weitgereistheit einträufeln in die Gemüter, abenteuerlich für die Lauschenden, selbstverständlich für ihn, verbunden auch mit anekdotisch verabreichten Gelehrtheiten. Spricht er beispielsweise über einen Gattenmord im Gebirge, als der Abgrund für den Ehemann zu unwiderstehlich wurde, so daß er fast gegen seinen Willen und aus dem fatalen Moment heraus die Angetraute in die Tiefe stieß, vergißt er nicht, den Mont Aiguille zu erwähnen, diese absurd geschnittene Bergmajestät, früher auch Mont Inaccessible genannt, bei Grenoble, der 1492 auf Befehl des französischen Königs Karl VIII. erstmals und unter gewaltigem Pomp, mit Leitern und Priestern bestiegen wurde, ein nationales Schauspiel.

»1830, schöne Damen, meine Herren, imitierte man feierlich die Belagerung und Eroberung, wieder ganz ernstgemeint, als politisches Schauspiel. Zwei Wochen später aber verulkte eine gegnerische Gruppe das Ganze als pathetisch royalistischen Firlefanz durch Boulespiel auf der langgestreckten Gipfelwiese.«

Seine Worte sind begleitet von feurigen Blicken nach hier und da, tief versenkt in erinnerungsselige, selbstironische, vielleicht auch naiv hoffende Augen. Es sind immaterielle Handküsse für die Damenwelt, die, zugegeben, sehr viel stärker vertreten ist als die Fraktion der Herren, deren überlebender Männlichkeit er hin und wieder kameradschaftlich mit einem deftigen sexuellen Witzchen schmeichelt. Noch mehr erfreut er damit, er weiß es, die Frauen. So hält er beide Lager bei der Stange, so fesselt er sie.

»Verzeihung, hat jemand einen Zahnstocher dabei?«, ruft mitten in seine Sätze eine Weißhaarige.

»Meine Schöne«, gibt Müller-Neuhaus postwendend zurück, »Sie sehen auch ohne Stocher bezaubernd aus. Man kann die Körperpflege übertreiben, wie jene Dame, die immer, wenn sie mit ihrem Hund zum Tierarzt muß, vorher duscht, ihre Fußnägel lackiert und frische Wäsche anzieht. Sie lächeln, meine sehr verehrten Damen, meine Herren? Ich kenne sie gut, verschweige den Namen aus Galanterie. Die Frau lebt allein und müßte wahrlich niemandem ihren Hang zur Sauberkeit vorführen. Das tut sie aber, beweist ihn sich selbst. Aus Trotz gegen die eigene Person putzt sie dann allerdings manchmal im Dunkeln Staub, um den Unsinn auf die Spitze zu treiben. Was sie bis heute fürchtet: Ein Zuhälter mit verworfener Unterlippe und im bodenlangen Ledermantel könnte ihr einmal für fünf Sekunden direkt in die Augen sehen, und damit wäre es geschehen und sie in sein dunkles Reich für immer hinübergeholt. Und was mußte sie neulich in ihrem Garten beobachten? Mitten am Tag betastete ein Mann die Astgabel eines Obstbaums so zärtlich, als wäre es die Scham einer Frau, die ihre gespreizten, runzligen Beine gegen den Himmel reckt! Da wußte die Witwe nicht, ob sie lachen oder weinen sollte.«

Eine gutaussehende Person ist die Zahnstocherfrau nicht gerade, aber Müller-Neuhaus wirft ihr eine Kußhand zu. Die wird heute nicht mehr auskneifen! Er und ich, wir dagegen kennen seinen tatsächlichen, unerbittlichen Widersacher. Noch läßt er sich nicht blicken. Nur ich, aber keiner aus dem durchweg faszinierten

Publikum tut es, bemerke die kleinen Schweißperlen um seine markanten Nasenflügel herum. Er renommiert nie mit seinen Erfolgen bei Frauen. Jedermann setzt sie voraus und wird sich nicht irren darin: Das weibliche Geschlecht machte es ihm stets leicht, unter Umständen allzu leicht. Er hat jenes Distanzierende in seinen Gesichtszügen, das einem Mann, wenn er will, die Frauen im Notfall zuverlässig vom Halse hält. Und wenn es heißblütige Hummeln noch so sehr aufstachelt!

Oder sind sie nicht doch als zentrale Attacke vorbei, die Zeiten seiner riesigen Erfolge, in denen er der Damenwelt in jedem einzelnen Exemplar, bevor er zur nächsten Eroberung schritt, durch einen unerbittlichen Blick zu verstehen gab, wie überwältigt, ja aufgewühlt ihn ihre Schönheit mache, vorbei die Zeiten, in denen er den gebildeten bürgerlichen Kreisen durch seinen gewaltigen Zitatenschatz imponierte, den Intellektuellen nicht weniger, dort nur akzentuiert durch ein wenig Ironie, den Künstlern, die er blendete, indem er stammelnd oder sprachlos vor Bewunderung angesichts ihrer Werke verharrte, allenfalls bei schiefgelegtem Fachmanns-Kopf Parallelen zog zu den Großen ihres Fachs? Wie hatte er doch einst, fest vertrauend auf das allen gemeinsame unsterbliche Laster der Eitelkeit, mit dieser Methode reüssiert!

Längst ist er bei den Medizinmännern Botswanas, die sich getrocknete, mit Steinchen gefüllte Samenhülsen um die Fußgelenke binden, damit es beim Trance-Tanzen ordentlich rasselt und klappert. Die Frauen stehen im Kreis und klatschen: »Der Rausch ermöglicht ihnen den Eintritt in die Welt, nicht des Geistes, aber der Geister. Der Unterschied würde sie nicht interessieren. Vielleicht haben sie recht?«

Zwei der Damen tuscheln und kichern miteinander? Kein Problem für Müller-Neuhaus: »Bisweilen, meine Damen und Herren, hört man zwei Frauen lachen wie sehr junge Mädchen im Duett. Man ist betört. Plötzlich fällt uns ein, daß es klingt wie die Geräusche zweier greiser Zicken. Sofort ist das Entzücken perdu.« Außerdem spricht er eine dritte mit ausgesuchten Komplimenten an, erweicht ihre bis dahin etwas frostige Miene, übersieht die beiden Flüsternden so deutlich, daß sie angesichts der Rivalin schnell wieder zu andächtigen Schülerinnen meines Helden werden, sich straffen und recken, um von seinen nun erbettelten Augenblitzen berührt und umgarnt zu werden. Der siegesgewisse Hahn im Korb läßt sich gern ein bißchen bitten, erzählt dabei, stärker aus dem Grün der Kübelpflanzen hervortretend, von Riesenfarnen in südamerikanischen Urwäldern. Aus den Wolken stürzende Wasserfälle unter grandiosen Gewittern! Bis zum Horizont reichende Wogen aus Schnee, aus Sand, aus Wasser! Rentierherden in den arktischen Weidegründen Sibiriens am Nordpolarmeer, im schneidenden Sturm! Alles äußerst lebensgefährlich.

Ist dadurch ausreichend Glanz in den männlichen Gesichtern entstanden, widmet er sich wieder der Weiblichkeit, die anderes hören will, erwähnt en passant eine junge verdorbene Frau, die gerade, wenn sie in wadenlangem Rock und hochgeschlossener Bluse auftaucht, jedermann auf der Stelle zu der Frage veranlaßt: Was führt die Schamloses im Schilde bei der Maskerade? Das nachdenkliche Schmunzeln ringsum vertieft er noch durch Mitteilungen zu Frau Mattetai, die mit raffiniertesten Tricks die Reste von Sexualität in ihrem Mann zu retten versucht, während Frau Hasenfratz bei ihrem Gatten die letzten Überbleibsel von Triebhaftigkeit mit größter Anstrengung niederzukämpfen sucht, damit es endlich aus und vorbei und Ruhe ist.

Er tritt einen weiteren Schritt vor. Die Schweißperlen an den Nasenflügeln werden mehr. Die Leute sitzen nicht mehr ganz so gespannt auf ihren Stühlen, sie husten, sie müssen auf einmal aufs Klo, kommen aber wieder, wenn auch geräuschvoll.

»Lassen wir die Politik. Sie ist schmutzig wie eh und je. Ich erspare Ihnen ihre Grausamkeiten. Etwas anderes also: Sie alle kennen das Faktum und werden jetzt nicken, aber ist es Ihnen vorher je aufgefallen? Die Männer, besonders die ordentlichen Ehemänner, über viele Jahre gezähmt, hören im Alter ihren Frauen immer weniger zu. Daraufhin beginnen die Frauen von Mal zu Mal ungezügelter zu phantasieren und zu intrigieren. Ihren Übertreibungen sind ja keine Grenzen gesetzt. Um den abdriftenden Herrn Gemahl doch noch zu fesseln? Weil es ihnen Spaß macht, ihm nach Lust und Laune einen Bären aufzubinden? Ich frage Sie!«

Er hat die großen Blumentöpfe mit Philodendron und Palmen jetzt ganz hinter sich gelassen, tritt auf sein Publikum zu und zwischen die Reihen. Es sind einige Plätze nicht wieder besetzt worden. Er hält die Verbliebenen mit der Ausstrahlung seines Körpers fest, versucht es zumindest. Ist er nicht der Hahn im Korbe und Herr im Haus, an dessen Lippen hier alle Welt hängt? Hat er ihnen nicht ein Universum erbaut gegen ihr Verdämmern?

Der Feind kündigt sich an. Es läutet in der Ferne mit elektrisierender Wirkung auf die Anwesenden. Müller-Neuhaus greift in die Trickkiste. Schnell trinkende Löwen an ihrer Wasserstelle, in der Nacht glühende Augen von Hyänen und Krokodilen, grausige Schneestürme am grauen Ende der Welt. Ein Ringen ist es jetzt, ein vergebliches. Die herrlichen, fettglänzenden Brüste der jungen Urwaldmädchen! Er stammelt von den erotischen Finten berühmter Männer und Frauen, von alles besiegenden, legendären Leidenschaften: Rückzugsgefechte eines erschöpften, vielmehr im Stich gelassenen Kämpfers.

Er bringt die Augen der Undankbaren nicht mehr zum Funkeln.

Die Verbliebenen lächeln matt und sehen immer unverhohlener auf ihre Uhr, halten sie dicht vors Gesicht, fragen ungeniert den Nachbarn nach der Zeit. Einer erkundigt sich laut bei Müller-Neuhaus selbst. Wieder das Glöckchen aus dem Inneren des Hauses. Mein Held macht zum ersten Mal eine ungeschickte Bewegung. Es ist ein geringfügiger Fehlschritt nur, aber der Hut gerät ihm dabei ins Rutschen. Er packt ihn noch so eben vor dem Abstürzen und weiß, ihm hat die Stunde geschlagen. Keine Bauernweisheit, kein Lügenmärchen, selbst keine Zote springt ihm mehr bei. Das Rudel ist nun gespannt auf Naheliegenderes. Der Schwarm wittert, schnuppert, stellt gemeinschaftlich Vermutungen an: Rotkohl? Etwa Rosenkohl? Krosse Speckschröbchen? Schon brechen sie, inzwischen in Gruppen und unbesorgt mit den Stühlen randalierend, zum frühen Abendessen auf. Es treibt die Schafe zum Fressen in den Stall. Nichts kann sie aufhalten.

Was? Perlen vor die Säue geworfen? Der Charmeur verbietet sich den häßlichen Gedanken augenblicklich. Aber hat er nicht, um sie zu retten, wie ein Dichter, als wären sie noch der Rede wert, farbenprächtige Gerüste in die allgemeine Gräue gebaut, für sie, diese symbolische Miniaturmasse, vor allem für diejenigen in den vorzeitigen, ihm verhaßten Altersuniformen zur scheinbar gleichgeschlechtlichen Geselligkeit in Beige, weiten Hosen, Westen, Blazern, allesamt mit obligatorischem Herrenschnitt, und hat kokettiert mit ihnen, als wären sie noch Männer und Frauen in den lebenslustigen Gegensätzen? Für sie hat er's getan, die sich gar nicht mehr vorstellen können, daß es Leute gibt, die hundertprozentig sehen, hören, schmecken, knien und aufspringen ohne Mühe.

Sie entgleiten ihm in ihr tatsächliches Alter.

Es ist leer geworden um ihn herum. Er starrt die kahlen Stuhlreihen an. »Asche, alle Glut erloschen«, murmelt er vor sich hin. Das, was er in diesen Raum eingefüllt hat, versickert, verschwindet auf Nimmerwiedersehen. Sein Werk ist zusammengebrochen, aufgelöst ins Nichts. Nach wie vor jedoch, trotz seiner Verlassenheit – sie ist ihm als Finale ja nicht neu –, legt er Hut und Stock nicht ab. Er folgt den Verrätern nicht in den Speisesaal, er nicht, er keinesfalls! Müller-Neuhaus betrachtet die ohne Menschen trostlose Einrichtung, Plastik, Holz, Kacheln, und das durchschaubare Dickicht immergrüner Gewächse. Pausenlos pocht in ihnen der Verfall, für den Augenblick nicht wahrnehmbar (da herrscht nur erbärmliche Gegenwart), aber man kann Gift drauf nehmen. Unaufhaltsam rast alles voran, ohne Ausnahme seinem Untergang zu in lautlos raspelnder Erosion.

Die alte Erkenntnis stürmt frisch auf ihn ein. Da, er geht in die Knie, der Hut des Vereinsamten schwankt, der Stock fällt. Auf zu denen und ihrem gemeinschaftlichen Abendessen, die seinesgleichen sind?

Aber der Quetzal, Herr Müller-Neuhaus, Ihr Verbündeter, die absolute Rarität, der einzigartige Quetzal und seine singulären Kardinalfedern!

DIE SCHWEIGENDE

Es muß mit dem zu tun haben, was ich kürzlich über die Graue Wasseramsel las. Dieser Vogel, ein strikter Einzelgänger, sitzt gern auf den Steinen von Gebirgsbächen, läßt sich nicht stören vom Getöse des Wassers, taucht und jagt auf dem Grund, wo er ein Weilchen herumrennt wie nicht mehr vorhanden in der Oberflächenwelt, und kommt irgendwann kommentarlos, ohne Entschuldigung wieder zum Vorschein bis zum nächsten Verschwinden.

Von allen lebenden Menschen ist meine Schwester diejenige, die ich am längsten kenne, aber obschon ihr rechteckiges Gesicht mit den schwarz drohenden Augenbrauen und den gleißenden Zähnen – sie zeigt sie selten – sofort vor mir erscheint, sobald sie mir einfällt – das passiert oft –, war sie für mich ein Rätsel geblieben. In meiner Vorstellung lacht sie. Das liegt nicht daran, daß sie es so oft tut, sondern, im Gegenteil, weil es bei ihr eine Rarität ist und schon immer war, die sich mir als eine, wie soll ich sagen: gewittrige Kostbarkeit von kurzer Dauer und mit daraus resultierendem Aufatmen meinerseits eingeprägt hat.

Manchmal glaube ich nämlich, eine heitere, wenn auch böse Person ist mir lieber als eine herzensgute, allerdings mürrische. Und geht das nicht in Wahrheit vielen Leuten so, jedenfalls was den flüchtigen Umgang mit den Mitmenschen betrifft, sofern wir nicht direkt zu Schaden kommen durch sie? Verdrossenheit in der Miene des Gegenübers, falls man sie sich nicht erklären kann, zerstört die eigene Frohgestimmtheit. Dagegen ist selbst die konventionellste, streng genommen leicht geheuchelte Herzlichkeit eines Lächelns eine größere Wohltat und griesgrämiger Rechtschaffenheit vorzuziehen.

Herrgott, was tat sich Andrea schon als Kind schwer, ein bißchen nett aus der Wäsche zu kucken! Man schenkte ihr ein Stückchen Schokolade, die man viel lieber selbst gefuttert hätte, nur damit in ihrem Gesicht eine spärliche Sonne aufginge. Das geschah dann auch, jedoch nicht länger als für eine Sekunde. Schon verweigerte sie wieder jede, von ihr möglicherweise als eine solche verachtete, herkömmliche Höflichkeit. Man hätte aus ihrem Gesicht schließen können, ihr sei eine heimtückische Beleidigung widerfahren. Nur weil die Süßigkeit so fix hinter den schönen Zähnen verschwunden war, konnte ich sie ihr zur Strafe nicht wegreißen. Ich schwöre, ich hätte es sonst oft genug gern getan. Stattdessen trieb mich ihre Verdrossenheit dazu, sie bald wieder durch kleine Spenden zu einem Lächeln zu verführen. Ahnte sie, wie sehr sie mich durch ihr düsteres Schweigen in Verlegenheit brachte, nicht nur als Kind, weil ich das Beklemmende, das von ihr ausging, nicht ertrug, auch als Erwachsene nicht?

Sie galt schon damals als »guter Kamerad«. Bereits in der Grundschule schätzte man ihre Hilfsbereitschaft und unbedingte Verläßlichkeit. Und doch vermied jeder, Junge wie Mädchen, mit ihr allein zu sein. Sie selbst gab sich nie die Blöße, ein wenig drauflos zu plaudern, Leichtfertiges oder Klatsch zu reden, zwang aber durch eisern zusammengepreßte Lippen die anderen, diese Aufgabe zu übernehmen. Nicht die gute Tat, aber die gesellige Manierlichkeit, die doch in unserem Elternhaus gepflegt wurde, lag ihr fern. Ob sie heimlich genoß, wie die anderen im resonanzlosen, lichtschluckenden, deshalb so quälenden Beisein mit ihr zappelten und, im Grunde verbittert über ihre Sturheit, aus Not den Affen machten? Soll ich ihr das zutrauen?

Es konnte doch nicht einfach das wortlose Nichts herrschen in seiner Sang- und Klanglosigkeit!

Ich habe nie erfahren, ob es sie schmerzte, ob sie überhaupt mitkriegte, wie bänglich man dem Alleinsein mit ihr auswich. Oder bemerkte sie, wie verzweifelt man auf Ablösung hoffte, da man sie ja nicht einfach im Stich lassen wollte? Ab und zu, und das nimmt auch mit späteren Jahren nicht ab, scheint sie in sich zu gehen, sich zu besinnen, daß sie der Gesellschaft schuldet, sich in diesen Dingen einen Ruck zu geben. Kurzfristig spricht sie dann wie ein Wasserfall ungebremst im erschreckenden Poltern einer Leidenschaft viele auf Vorrat gehortete Sätze nacheinander weg. Diese Sturzbäche, die plötzlich ungestüm und übergangslos aus ihr hervorbrechen, sind aber noch peinlicher, als wenn sie das schwarze Loch in nervöser Umgebung spielt.

Man ist dann froh, wenn es vorüber ist und sie in schweigendem Gram vor sich hinbrütet. Stellt sich heraus, daß sie dabei bester Dinge ist, sich innerlich ein munteres Liedchen pfeift, womöglich dickfellig hinter der Mißmutgrimasse vor sich hinträumt, weiß man nicht, ob man erleichtert oder wütend sein soll. Dann überkommt mich ein bitteres Urteilen: eine Person, ohne Anmut und Harmonie zusammengestoppelt. Man hört die Eisschollen gegeneinanderstoßen und muß sie nur als Autofahrerin erleben. Was für ein wüstes Anfahren und Bremsen!

Ihre Urteile über Künstler und Politiker sind scharf und unerbittlich. Stößt sie dabei auf ein oft entgeistertes Schweigen, taumelt sie kurz, um dann, statt aus Verbindlichkeit gedämpfter, um so trotziger fortzufahren.

Ist ihre sorgsam gepflegte, meist durchgehaltene Unauffälligkeit nicht ein Vorwurf an alle bunt Gekleideten? Bedeutet das unvermittelt aus heiterem Himmel von ihr auserkorene, deplaziert Knallrote einer Hose nicht ein hochmütig hervorgestoßenes »Ha! Seht her! Ich könnte durchaus, wenn ich nur wollte.«? Obschon ihr körperliche Reinlichkeit auf ostentative Weise weit über Schönheit geht, überrascht sie uns, sehr selten zwar, mit einem Ausschnitt, aus dem die hübschen Brustansätze schweißglänzend bei jeder Bewegung ins Hüpfen geraten. Darüber aber residiert ungerührt die Grämlichkeit, die keine Ahnung vom Treiben der Brüste haben will.

Was mich, vielleicht niemanden so wie mich, und darum läßt sie es an mir aus, in wirklichen Zorn versetzt, ist das Erpresserische ihres Schweigens, das mich dazu bringt, mich wie eine devote Mutter andächtig nach alten Narben und neuen Freunden zu erkundigen. Ich will es doch gar nicht wissen, will nur die Stille mit Sätzen füllen, lächle sie schwesterlich an, würde jedoch am liebsten mit der Faust auf den Tisch schlagen und brüllen: »Nun grins doch gefälligst mal! Verdammt!«

Ich gönne ihr die impertinente Machtanmaßung nicht, eine Macht, die sie ganz sicher nicht vollkommen unschuldig, nicht ohne eigenes Wissen über deren Wirkung ausübt. Hinter den hängenden Mundwinkeln schmatzt sie womöglich in perfider Lust!

Was bestraft sie aber eigentlich damit? Wofür rächt sie sich?

Ich möchte objektiv sein, jawohl, neutral sein, das wünsche ich mir sehr, denn ich weiß, daß sie es verdient, sie, meine Schwester mit dem Herzen aus Gold. Das meine ich aufrichtig, ohne Ironie. Sie hat ihr Studium mit Zähigkeit und Fleiß absolviert, um der Familie nicht auf der Tasche zu liegen. In der Universitätsbibliothek könnte man weit und breit keine tüchtigere Fachkraft auftreiben.

Ich habe sie ohne Absicht beim Gang durch die Stadt beobachtet. Kein Bettler, keiner der demütig am Straßenrand sitzenden Obdachlosen, von denen man nie weiß, ob sie schon gestorben sind, wird von ihr abgewiesen oder übersehen. Gerade zu den auf dem Pflaster kauernden Gestalten beugt sie sich in wahrlich biblischer Bescheidenheit mit ihrer Spende hinunter, blitzschnell, und schon ist es vorbei.

Sie ist eine großzügige, beinahe übertriebene Schenkerin, gehört allerdings zu den Stoffeligen, die ihrerseits kleine und größere Gaben ohne Grazie des Dankens entgegennehmen. Man fragt sich, ob man sie mit dem Geschenk auf rätselhafte Art beleidigt hat. Ist es ihr gegenüber eine Zudringlichkeit? Macht man ihr als Königin und graue Eminenz des Generösen den Rang streitig? Natürlich, das ist wahr und oft nicht ganz unbeabsichtigt, egalisiert man mit Buch, Musik, Wein ein wenig ihre Bemächtigungen durch Geschenke.

Und zweifellos ist sie ein kluger, nachdenklicher Mensch, verweigert jedoch mit zusammengekniffenen Lippen jeden Kommentar zu Gott, Tod, Liebe, als sei es Größenwahn, sich zu so wesentlichen Themen – sind wir alle nicht nur unendlich kleine, unbedeutende Menschenwürmer? – zu äußern, so daß man anfängt, einen Juckreiz zu kriegen und lieber schnell vom Marmeladekochen spricht.

Am großartigsten zeigte sich ihr nobler Charakter, als unsere Mutter schwer erkrankte. Andrea, die gute Tochter, hat damals alles darangesetzt, ohne schöne Worte, aber tatkräftig, solange es irgend ging, der Mutter, einer stolzen Frau, den Aufenthalt und das Lebensende in einem Heim zu ersparen. Tag für Tag hat sie diese kommentarlos übernommene Aufgabe erfüllt, auch an herzzerreißend schönen Frühlingsabenden und auf Festen, wo sie immer bereit war, ohne Zögern, ohne Klage, wenn sie per Telefon gerufen wurde, zu ihrem Platz bei der Mutter aufzubrechen. Urlaubsreisen unternahm sie in jener Zeit überhaupt nicht, und sie beschwerte sich nie darüber, daß die schlaue Greisin ihre selbstlose Treue von Monat zu Monat selbstverständlicher nahm, schließlich sogar forderte. Manchmal dachte ich, vielleicht nur zur Selbstverteidigung: Hier ist eine Verbissenheit des Aufopferungswillens am Werk! Andrea schenkte der Mutter, von der Arbeit kommend, einen riesigen Sonnenblumenstrauß mit einer Grimasse, als müsse sie gegen arktische Stürme ankämpfen. Die alte Frau lachte die Blumen glücklich an. Die frostige Miene der Tochter störte sie nicht. Die war für sie ein spezieller Tick, eine Kauzigkeit Andreas, die sie sich nicht zu Herzen nahm. Charmantere Leute, die lieber durch Schmeicheleien ohne Anstrengung Worte statt Taten sprechen ließen, goutierte sie dankbarer, da sie für den Notfall die zupackende Tochter sicher im Hintergrund wußte.

Ob es meine Schwester kränkte? Sie verlor darüber keine Silbe, besuchte stattdessen, als unsere Mutter schließlich doch ins Pflegeheim mußte, Tag für Tag sogleich nach Dienstschluß bis zur Bettruhe die zart gewordene, launische Person, die sie nicht mehr sicher erkannte und die zu keinem Wortwechsel fähig war.

Ich selbst wohnte in einer anderen, entfernten Stadt. Gut, das entschuldigte mich etwas. Trotzdem hätte meine Schwester mir gegenüber auftrumpfen können mit ihren Verdiensten. Sie tat es nie. Das Gewicht ihrer Düsternis lastete aber nun stärker auf mir. Vor allem das winzige Lächeln, das ich gelegentlich in ihrem linken Mundwinkel aufzuspüren meinte, diese stumme Andeutung: »Schwätzerin, ich entlarve dich durch Handeln!« setzte mir zu. Oft hielt ich das nicht aus und mied sie deshalb.

Mit ihr zu telefonieren ist im Vergleich die reine Lust. Ich muß sie ja nicht ansehen dabei! Dadurch wird sie für mich jedesmal für die Dauer des Gesprächs ein neuer, lebhafter, komfortabler Mensch. Ich erkenne sie dann kaum wieder. Wie leicht der Umgang mit ihr auf einen Schlag wird! Richtig schwesterlich, regelrecht freundschaftlich. Aus ganzer Seele sage ich mir dann: Was ist sie für eine Gute, kerngut, zentralgolden wie kaum einer sonst, mildtätig wie Butter und Vollmond zusammen, eine altmodische Heilige unter schroffer Kruste. Ein Wesen, das, wenn es darauf ankommt, mitmarschiert durch Dick und Dünn, Dürre und Flut. Mit solch stillen Elogen versuche ich, ihr Gerechtigkeit widerfahren zu lassen.

Nur! Nur fehlt beim Telefonieren eben auch etwas Wichtiges von ihr. Unsere Dialoge sind belanglos, weil der finstere Hintergrund nicht da ist, das dunkle Grollen ihres undurchdringlichen Ernstes.

Nun ist aber ein großes Unglück über sie hereingebrochen, und nichts schreit lauter zum Himmel als ihr striktes Schweigen, bei dem ich aus jedem Atemzug den Schluchzer höre.

Gab es Männer in ihrem Leben? Ich konnte es nur vermuten und hoffen. Danach zu fragen, wäre eine Todsünde gewesen. Ich versuchte mir manchmal jemanden vorzustellen, der ihre brummige Eigenart nicht nur erduldete, sondern erotisch aufreizend fände wie die gesamte Frau, die sich uns nur brüsk, in Bruchstücken präsentierte, einen Mann, der vielleicht die jüngeren Männern nicht erreichbaren Gluten mit dem angemessen genialen Fingerspitzengefühl in ihr auskundschaften würde.

Ein erfahrener, älterer Mann also.

Ich täuschte mich nicht.

Immer wieder sehe ich sie an unserem Küchentisch sitzen, aufgeweicht plötzlich von einer beunruhigenden Sanftmut, betäubt, verlangsamt in ihren Bewegungen. Eigentlich gab es die gar nicht, denn sie rührte sich ja kaum, bot nicht ihre Hilfe an, sprang nicht herbei, wenn es was zu hacken oder zu schneiden gab, sah nur zu. In dumpfem Staunen beobachtete sie die blödsinnige Geschäftigkeit eines Lebens, das nichts mit ihr zu tun hatte. An den Mengen der Gläser Wein, die sie trank und von denen sie ohne zu zögern Nachschub forderte, verriet sich ein bedenkliches Training.

Sie sagte nichts. Es war zunächst überflüssig zu reden. Sie spürte, wie deutlich sich ihre Trostlosigkeit körperlich nicht allein in der sich rötenden Nase mitteilte. Ich war voller Mitgefühl. Schneemann-Nase! dachte ich trotzdem. Ich konnte nur abwarten und rätseln. Alle paar Minuten sah sie gierig auf ihr Handy, jedes zweite Mal tippte sie eine Nummer ein und senkte anschließend, entmutigt von der Vergeblichkeit, den Kopf. Endlich, zwei Stunden später, fuhr sie mich an: »Aber das mußte dir doch klar sein!« Ihr fiel nicht auf, daß es genau die Worte waren, die, wie ich bald hörte, aus dem Mund ihres Liebhabers kommend, das Verhängnis eingeläutet hatten. Möglich ist jedoch auch, daß sie den Satz für sich nachspielen wollte, ihn aussprechen einem anderen gegenüber, um ihn von innen zu fühlen.

Es handelte sich um einen verheirateten Professor an der Universität, deren Bibliotheksleiterin sie mittlerweile war. Das Verhältnis hatte fast acht Jahre gedauert und mußte im Geheimen stattfinden, da der Mann nicht beabsichtigte, seine Familie aufzugeben. Das nahm sie hin, das sah sie ein, das ertrug sie. Andrea hatte, wenn sie so lange schwieg und nicht antwortete in ahnungsloser Gesellschaft, die ganze Zeit an ihn gedacht. Es kam ihrer frühen Neigung zur Stummheit entgegen, aber acht Jahre immerhin war diese eigentümliche, von uns vermutete Leere in ihr mit seinem Bild gefüllt gewesen. Hatte sie ihr ganzes Leben auf ihn gewartet und den Platz freigehalten?

Ich reimte mir das zunächst aus Fetzen ihres Geständnisses zusammen, dann aber, nach vielen Gläsern Wein, brach der Damm. Der Mann, ein As in der Germanistik, den ich nie leibhaftig gesehen hatte und der nie von ihr erwähnt worden war, muß wohl in Andrea eine bequeme und hingebungsvolle Geliebte im Kontrast zu einer abgekühlten, allzu bürgerlich versandeten Ehe gesehen haben. Als, trauriger Lauf der Dinge und der Welt, die Regelmäßigkeit der außerehelichen Stunden und Wochenenden ebenfalls im Bürgerlichen zu erstarren drohte, lenkte er seine Blicke auf eine jüngere, weniger schwerfällig liebende Nachfolgerin. Gelegentliche, ängstlich witternde Fragen Andreas wiegelte er ab als absurd, Narretei, Hysterie.

Wie gern sie sich, ihre Zweifel mit aller Kraft bekämpfend, beschwichtigen ließ! Eine Fehlgeburt im dritten Monat verschwieg sie dem Mann. Erst nachdem er sich zwischen den beiden Nebenfrauen fest entschieden hatte, äußerte er barsch: »Aber das mußte dir doch klar sein!« Damit fügte er Andrea nicht nur den gegenwärtigen Schmerz zu. Auch die ihr teure Vergangenheit der letzten Jahre erhielt für die so ehrenhafte Person, Inbegriff von Zuverlässigkeit und Treue, eine widerlich karikierende Beleuchtung.

Da hockte und kauerte sie in unserer Küche, trank und konnte einen kleinen Rest von Hoffnung gegen alle Vernunft, allen Stolz nicht aufgeben. Von den zornigen Ausdrücken, die mir angesichts ihres Kummers über den Mann auf der Zunge lagen, kam kein einziger über ihre Lippen. Sie verbarg sie, wohl immer noch, wenn auch trostlos liebend, im gleich nach ihrem Geständnis einsetzenden Schweigen, das sie bis jetzt, was dieses Unheil betrifft, nicht mehr gebrochen hat.

Vor einigen Wochen nun, es war doch wohl erst vor zwei, drei Wochen oder nicht?, saßen wir zusammen mit Freunden an einem langen Restauranttisch. Aus irgendeinem Grund wurde es nötig, Plätze zu tauschen. Weil sich alle, nach vorne und hinten eingezwängt, in einer Doppelreihe befanden mit dem Tisch zwischen sich, schien es eine lästige, mühselige Sache zu werden, noch erschwert durch das Auf- und Abtragen der Kellner. Da plötzlich schmolz die vom Kummer verschlankte Andrea, man kann es nicht anders nennen, hinunter auf die Höhe der Tischplatte, zuerst der Oberkörper, dann der Kopf, und verschwand schließlich. Bald darauf tauchte sie schräg gegenüber stückweise wieder auf, mit halb verlegenem, halb triumphierendem Kurzlächeln.

Nicht sie sah mich an, es war ihre Handlung, die es tat.

Niemand staunte, denn sie erledigte das kleine, hilfreiche Kunststück schnell und geschmeidig wie nichts. Mir selbst aber hat sich das Bild eingeprägt, ein Wappenspruch, ein Siegel. Andrea ist die einzelgängerische Wasseramsel, obschon sie nicht singt, eine graue Wasseramsel, die ich nun endlich entdecke in ihrem Nichtsein und ihrem Sein. »Wasseramsel« sage ich stumm zu ihr, wenn sie mir wieder zu schaffen macht und die Lippen gramvoll geschlossen hält, ein Eindruck, der sich, da sie älter wird, durch Änderung der Gesichtsmuskulatur noch verstärkt. »Wasseramsel, ich kenne dich und lasse mich endlich nicht weiter hinters Licht führen durch deine Existenz-Fragmente.« Ich sage das, ohne es auszusprechen. Sie merkt gar nicht, wie sehr sie mir mit ihrem Abtauchen, der stillen Wanderung im Nicht-Sichtbaren und ihrem Wiedererscheinen den Schlüssel geboten hat zum unsichtbaren Strahlen ihrer Güte, dem zunehmenden Erstrahlen ihrer rauhen, zusammenhängenden, aus lauter strahlenden Bruchstücken geformten Person, deren Stetigkeit sich vor mir nicht länger verbirgt.

Dabei ist sie wie immer, Andrea eben. Das würde jedermann, der sie schätzt und fürchtet, bestätigen. Mich aber, mich täuscht sie nicht länger, die Graue Wasseramsel. Es gilt ununterbrochen, auch wenn sie ins Schweigen unter den Wasserspiegel entschwindet: Wasseramsel!

Das erlösende Wort.

MONDGESICHT

Noch nachdem Jahre vergangen sind, erinnere ich mich an Sven Ackerland in Verbindung mit einem schreienden Kontrast, einem Apriltag, kalt, jedoch voller Licht bei noch laublosen Bäumen. Draußen, am Rand der Felder, blühten lediglich die Schlehen, mondhelle Signale erster aufbrausender Frühlingsfestivitäten. Die Wiesen bildeten riesige, kräftig grüne Flächen. Es war eine feurige Farbe, die sich in die Horizontale dehnte, ein Gähnen und Glühen des Erwachens nach den langen Wintertagen ins Unendliche, nach zwei, manchmal drei, wenn man zurückblickte sogar vier Seiten, unter dem Himmelgewölbe über einer noch fast leeren Welt.

Das Schönste aber waren die Schlagschatten, die scharf umrissen das nackte Astwerk der Bäume, besonders gegen Abend, bei schon tiefstehender Sonne an den Wiesenrändern nachzeichneten, ins Schräge verzerrt und in dramatischer Verlängerung. Wie sehr mir diese schroffe Gegenüberstellung und diese Entschiedenheit gefielen! Zwischen Zweigen, Schatten und Wiesen baute sich vor Sonnenuntergang eine explosive Spannung auf, die dann ohne Übergang erlosch.

So schien es. Sie wurde nach Einbruch der Dämmerung und schließlich beim noch frühen Nachtbeginn aber weiter gesteigert. Denn jetzt stand plötzlich, ich hatte gar nicht mit ihm gerechnet, und man erschrickt dann zunächst über eine solche Zumutung an kosmischer Feierlichkeit, der makellos volle Mond, ein hallender Gongschlag über den Gartenbäumen, den sehr alten, lange Zeit nicht mehr beschnittenen Obstbäumen, die schon bei Tageslicht wunderliche Gestalten vorführten. Im Schein des grell leuchtenden Mondes – eher eine kreisrunde Öffnung, die ein blendendes Element dahinter freigab, als ein Körper – verdoppelte sich die Wirkung der schwarzen Schattenkonturen auf der geisterhaften Unterlage der Wiese.

Wir standen in der Nachtluft, mein Mann Paul, mit dem ich noch nicht sehr lange verheiratet war, und ich, und weideten uns an der kühlen Klarheit des Augenblicks, als, für einen nicht angekündigten Besuch ungewöhnlich spät und vor allem von der Gartenseite her, ein Mann, der einfach ums Haus herumgegangen sein mußte, wie es auf dem Land vielleicht üblich ist, aber nicht in der Stadt, aus dem Dunkel, wie mir schien ohne Geräusch, auf uns zutrat. Ich zuckte im ersten Moment, ein bloßer Reflex, mit einem kleinen Aufschrei zusammen. Sofort griff der Fremde, denn ich hatte unseren Gast noch nie vorher gesehen, nach meinem Arm und redete in übertriebenen Beruhigungsformeln auf mich ein, die mein geringfügiges Erschrecken nachträglich grotesk vergrößerten.

Sven Ackerland war ein entfernter Vetter meines Mannes, der selten von diesem Verwandten gesprochen hatte, von einer zwei- oder dreijährigen, gemeinsam verbrachten dörflichen Kindheit in einer Großfamilie, ohne daß die verwandtschaftlichen Bindungen später wieder aufgelebt waren. Paul begrüßte ihn, fast genauso verblüfft wie ich. Der Mond schien Sven direkt ins Gesicht, und während er sich, allerdings äußerst vorsichtig, über unsere intime Naturandacht mokierte, bemerkte ich, wie mir in Gestalt des Vetters ein zweiter Mond entgegensah, jetzt in gänzlich anderer Version. Es war ein weicher, verschwommener Erdtrabant, in der oberen Hälfte gerahmt von fettigen oder verschwitzten schwarzen Haaren, ein dunstiger Mond, ständig verformt von schwankendem Wolkenschleim, nicht blendend, vielmehr bleich, keine harte Kreislinie, sondern aufgeschwemmt, besonders an den Rändern unscharf. Aber ein Mond, ein Vollmond, zweifellos.

Drinnen, in den Sesseln, bei einem Glas Wein, spürte ich die stumme Frage meines Mannes, eine Art unsichtbares Stirnrunzeln war es, nach dem Beweggrund des familiären Überfalls. Von Familienbanden wurde nämlich an diesem Abend viel geredet, was sonst bei uns fast nie vorkam. Der Vetter rückte nicht mit der Sprache heraus, falls es überhaupt ein spezielles Motiv für seinen Besuch gab, lobte stattdessen den Wein und sprach von seinen unternehmerischen Plänen, wobei allerdings nicht deutlich wurde, welchen Beruf er genau ausübte. Es waren vermutlich mehrere gleichzeitig aufgrund einer überreichen Einfallsfülle. Vor allem hoffte er, sein Glück in Erfindungen zu machen. Ich verstand es nicht recht, aber eine sollte darin bestehen, das Patent oder Copyright für eine bisher unbenutzte, von ihm entdeckte Reklamefläche zu verkaufen. Er zeigte uns den schmalen, unbedruckten Streifen auf Streichholzschachteln. Der Vetter hielt es für eine tolle Chance, eine auf ihre Entdeckung wartende Goldgrube, täglich vor aller Augen, und doch hatte sie noch keiner ergriffen. Eine Frage der Zeit nur noch. Die Sache liege in der Luft, daher sei Eile geboten.

Dann erzählte er von Claudia, seiner Frau, einer Bauerntochter, die nun, in ihrer ersten Schwangerschaft, üppige Brüste bekommen habe und darauf »immens« stolz sei. Offenbar war er verliebt in ihre urwüchsig-zupackende Natur. Er hob sein Glas, lächelte behaglich und ließ sich wieder in die Kissen sinken: »Sie besteht auf ihren Rechten, gerade jetzt, wo für unseren baldigen Nachwuchs Sorge getragen werden muß. Claudia verlangt von den Eltern ohne Kompromisse ihr Erbteil. Das ist nicht so leicht bei einem Bauernhof. ›Ihr habt gelebt, jetzt sind wir Jungen dran‹, hat sie denen klipp und klar erklärt. So eine energische Frau« – wehte nicht eine schwache Furchtsamkeit über seine Züge? – »ist in der Ehe eine tolle Stütze.« Er hielt sein Glas zum Nachschenken hin, zufrieden schmunzelnd, und doch unruhig, was er nicht vollständig verbergen konnte. Er gedenke auch, seinen frühen Eintritt in die SPD gehörig zu nutzen. Es könne nicht schaden, sich zusätzlich in dieser Hinsicht abzusichern und, wer weiß, doch noch eine politische Laufbahn einzuschlagen.

An Paul erkannte ich Symptome höflich kaschierter Ungeduld. Vielleicht war auch schon Argwohn dabei, als sein Vetter begann, zärtlich sein Glas streichelnd, mit molliger Hand, und seine ohnehin veloursartige Stimme dabei ins Honigsüße gleiten ließ, grob gesagt: Auskünfte über unsere finanzielle Situation einzuziehen. Zumindest versuchte er es. Bei uns gab es nichts zu verstecken.

Entsprechend offen antwortete mein Mann und hätte es sicher weiterhin getan, wenn ihn nicht allmählich das Mißtrauen gepackt hätte und ein Ärger über die scheinbar schlaue Taktik unseres Besuchers ihn auszufragen und dann, die richtige Sekunde witternd, zuzuschlagen wie der Blitz.

Weder Paul noch mich also erstaunte es, als Sven, dem das Anschleichen eventuell auch selbst allmählich zuviel wurde, uns plötzlich bat, ihm für einen sehr befristeten Zeitraum zinslos eine Summe Geld zu leihen, die groß genug war, um uns mit der Bitte zu überrumpeln und ausreichend klein, daß es unanständig gewesen wäre, von einem Verwandten sofort außer einer Quittung eine schriftliche Sicherheit zu verlangen. Er bot es nicht an. War nicht einzusehen, wie sehr er, der zukünftige Vater, gerade weil er neben einer wohlhabenden Bauerntochter zu bestehen hatte, Kapital für seine Erfindungen benötigte? Von unserer Zusage, eine Bitte betreffend, die ihm übrigens bisher alle daraufhin Angesprochenen ohne Zögern gewährt hätten, hinge Entscheidendes ab.

»Er hat den Scheck und mein Mond ist weg«, sang ich auf irgendeine Melodie hinter dem dann rasch und korrekt, nachdem seine Stimme noch eben verzagend und versagend geklungen hatte, durch die Vordertür Entwichenen her. Nicht nur der Mond, auch die unerbittlichen Schlagschatten waren natürlich verschwunden. Wir tranken aus Ernüchterung noch ein Glas, diesmal mit besserem Wein, und bestätigten es uns gegenseitig in Schadenfreude und Verwirrung.

Als wir ihn wiedersahen, waren vier Jahre vergangen. Von sich aus hatte er sich nicht mehr gemeldet, uns aber schien es angemessen, nicht nur deshalb, weil wir selbst das Geld benötigten, auch aus stilistischen Gründen, die geschuldete Summe anzumahnen. Das taten wir in dieser Phase dreimal, wurden von ihm am Telefon aber jedesmal vertröstet, mit sanfter, gelegentlich flehentlicher Stimme. Aus Kostengründen sei er mit seiner Frau und den zwei Söhnchen aufs billige Land gezogen. Er rackere sich ab an der Rückgabe des geborgten Geldes, noch sei aber die Zeit nicht ganz reif, um allen Verpflichtungen nachzukommen. Bei Verwandten dürfe er doch sicher besonderes Vertrauen voraussetzen?

Auch wir mußten, um 20 000 DM zu verdienen, unsere Finger rühren. Wir hatten das Geld damals ohnehin nur wegen einer überraschenden Erbschaft, die uns großzügig stimmte, zur Verfügung gehabt. Deshalb beschlossen wir, da wir uns von seinem Glück oder Elend keine Vorstellungen machen konnten, auch aus Sorge, wir würden eines Tages erlahmen im öden Geschäft des Mahnens, ihn aufzusuchen, durchaus auf die Gefahr hin, daß er sogleich in Tränen ausbrechen würde.

Unser Vorschlag wurde zu unserer Erleichterung mit geschmeidiger Bereitwilligkeit angenommen.

Er wohnte in einem imitierten Ziegelhäuschen in tischebener Landschaft, bei dem man nach Durchfahren der Ortschaft den Eindruck hatte, es wäre das Mustermodell für sämtliche Behausungen dort. Rechtschaffen und äußerst schmucklos stand es stramm am Straßenrand. Wie bei allen Häusern der Umgebung grämte sich ein buntes Klettergerüst ohne Menschenseele im Vorgarten. Schließlich – ehrlich gesagt dachte ich: zu allem Übel – war Februar, der häßlichste Monat von allen. Wer mochte denn auch in der eisigen Einsamkeit auf- und abkraxeln? Und das als Kind? So dachte hier wohl das gesamte kleine Volk, jedes Exemplar in seinem Ziegelsteingehäuse für sich.

Sven erwartete uns an der offiziellen Eingangstür, diesmal keineswegs als bleicher Mond. Er trat auf als Dompfaff, unter schwarzem Haarkäppchen mit rosig-rotem Pullover über dem stattlichen Bäuchlein und einem süß-wehen Flöten auf den Lippen. Möglicherweise fiel mir das nur deshalb auf, weil Paul am Morgen angesichts der Gier der gleich zu drei Paaren am Futterhäuschen auftauchenden Dompfaffen gesagt hatte: »Die Gimpel fressen uns noch arm.« Und ich stimmte begeistert zu: »Die ziehen uns das Fell über die Ohren.«

Die Söhnchen begannen ohne Scheu, niedlich und ruppig wie junge Katzen, unser Gepäck zu untersuchen. Claudia, inmitten eines Wohnzimmers, dessen bäuerliche Gediegenheit den Exodus der elterlichen Möbel als Anzahlung aufs Erbteil nahelegte, begrüßte uns unbefangen, eventuell mit der Frage im Gesicht, was wir eigentlich hier wollten. Wir wußten nicht mal, ob Sven sie in seine Schulden überhaupt eingeweiht hatte. Sie war eine sehr schlanke, norddeutsch blonde Frau. Von schwellenden Brüsten konnte keine Rede sein, im Gegenteil, sie wirkte abgezehrt, ein Mensch am Rand seiner Kräfte, ganz anders als ihr blühender Mann.

Jedenfalls mußte er ihr dringend empfohlen haben, uns ein herzliches Abendessen zu liefern. Es war bei den wilden Sprößlingen, die fröhlich herumtobten, sicher keine Kleinigkeit gewesen, den für sie fremden Leuten ein so schulmäßig komplettes Grünkohlgericht zu servieren, mit winzigen gerösteten Pellkartoffeln und großer Fleischauswahl. Zum Nachtisch gab es, mir unvergeßlich wie im längst vergangenen April vor Jahren der Vollmond, roten und grünen Wackelpudding, eine fast von selbst bewegliche, glasige Masse mit Himbeer- und Waldmeistergeschmack zu halbflüssiger Schlagsahne. Daß es nicht die nach einem Grünkohlessen obligatorische Rote Grütze war, sondern sie nur symbolisierte, war vernünftigerweise ein den zeitaufwendigen Knäbchen geschuldeter Kompromiß.

Als wir dann noch vom kürzlich erfolgten Wiedereintreten Claudias ins Berufsleben erfuhren, bekamen wir, so gemütlich gesättigt auf den biederen Stühlen sitzend, ein ungeplant störendes, schlechtes Gewissen wegen unseres Überfalls. Sie arbeitete als Vollzeit-Lehrerin in einer Grundschule, zum Glück nur einen Katzensprung vom Haus entfernt.

Sven aber strahlte vor rosig-rotem häuslichem Glück. Er dampfte in den Seligkeiten des Familienlebens, rauchte eine Zigarre und schwenkte seinen Cognac, beides wie studiert, während ich der tapferen Claudia, so gut es ging und mehr als Beweis meines guten Willens, in der Küche beim weiblichen Aufräumen half. Der Frieden im Wohnzimmer dauerte jedoch für die Männer nicht lange.

Anstatt die anstehenden Dinge zu bereden, mußten sie sich, und das war nun ein scharf artikulierter Befehl der Mutter, dem Zubettgehen der immer übermütigeren Kinder widmen. Wahrscheinlich aus unterschiedlichen Gründen gehorchten die beiden Cousins mit einem Seufzer, der mich nicht täuschen konnte, gern.

Claudia und ich saßen nach getaner Arbeit zum förmlichen Geplauder gerade in den geschnitzten Bauernsesseln, über deren Abwesenheit in ihren eigenen Räumen die Eltern froh sein mochten oder trauerten, da brach über uns ein Höllenlärm los. Lange konnten wir ihn nicht ignorieren. Gepolter und Geschrei zwangen uns in den ersten Stock, wo uns eine rote Plastikbadewanne entgegentorkelte. Sie machte sich mit schaurigem Geheul an die Verfolgung der Söhnchen, die sich unter dem Etagenbett verkrochen, aber auch in ihren Schlafanzügen an den Pfosten mit erregtem Lachen hochkletterten, um ihre Flucht zur Unterhaltung aller anwesenden vier Männer zu variieren.

Claudia betrachtete das schöne Schauspiel mit zusammengebissenen Zähnen, erst recht, als sich aus dem Nebenzimmer wankend, eine zweite, diesmal grüne Plastikwanne, dem Nachtisch getreu, wackelpeterartig an der Jagd beteiligte. Paul und Sven, unter ihren Panzern verborgen, glaubten noch, da wir unangenehm vernünftigen Frauen schwiegen, allein mit den Kindern zu sein, und stürzten sich ohne Vorbehalt inständig weiter ins Vergnügen. Es hätte nur noch gefehlt, sie würden mit den Kleinen, die uns ebenfalls nicht beachteten, die Rollen getauscht haben und wären wie Affen an den Betten hochgestiegen!

»Schluß!« Das war Claudia und mehr ein Pfiff als ein Wort. Sie hatte gar nicht sehr laut gesprochen, um gegen den Tumult anzukommen. Ihr Ton drang durch. Es wurde still. Die zwei verborgenen Männer kamen zum Vorschein, alle vier zogen schuldbewußt die Köpfe ein. Claudia stand streng, wenn auch nicht strafend, vor ihrer Klasse. Sie mußte den Randalierern keine zusätzlichen Kommandos erteilen. Die Kinder, das glückseligste von ihnen, Sven, nahmen Haltung an und taten in Windeseile das von ihnen Erwartete. Die Mutter konnte sich zum Schlafen zurückziehen, die zwei großen Männer bemühten sich, wieder erwachsen zu werden, schwitzend, mit hochroten Köpfen und vor sich hingrinsend. Sie waren noch einmal zu Vettern auf dem Lande bei ihren Streichen geworden, die ungetrübte, ergaunerte Freude wirkte in ihren Mienen nach. Die erschöpfte Claudia aber sah sowieso nicht mehr hin. Sie schlief, hoffentlich so schnell wie ihre Söhne, ein.

Wir spürten daher die Verpflichtung, uns nur noch auf Zehenspitzen zu bewegen, uns auch so zu unterhalten, in den Sesseln, beim Cognac, und nur noch eine halbe Stunde an diesem einlullenden Abend, der jeden Widerstand und das Verlangen nach einer klaren Auskunft in uns lähmte. Durfte man denn dem enthusiastischen, zu diesem Zeitpunkt reinen, jawohl in seiner Schlitzohrigkeit reinen Kindergesicht Svens, der, was mir plötzlich plausibel erschien, hier sein eigentliches Wesen verriet, durfte man diesem eigentlich Achtjährigen, der in seinem einfältigen Familienjubel noch immer nachbebte, eine kalte Frage stellen, zumal Paul sich im Überschwang früher Erinnerungen teilweise als Komplize aufführte?

Er sei jetzt in die CDU eingetreten. In der Großstadt mache man sich keine Vorstellung davon, wie nötig es sei, in der Lokalpolitik, im Gemeinderat, eine feste Position auf derjenigen Seite zu beziehen, die Früchte trage, etwa in Gestalt wichtiger Informationen zu Bauland und Stellenausschreibungen. Er sei leider nun mal kein Jäger oder tüchtiger Skatbruder. Ihm bleibe nur die Parteienstrategie. Daß Claudia hier als Lehrerin arbeiten könne, sei nicht vom Himmel gefallen. Alles Politik. Mit dieser Nachricht entließ uns Sven in die Nacht. Wir dachten später noch öfter daran, fast so oft wie an den Wackelpudding und die taumelnden Plastikwannen.

Ob der Abend auf dem Land in seiner sentimentalen Gemütlichkeit pures Manöver war, sogar unterstützt von der ihre Rolle spielenden Ehefrau? Sollten wir uns genieren, darauf hereingefallen zu sein? »Klasse Performance«, kommentierte Paul nicht ganz sicher.

Noch während der Heimfahrt faßte jeder von uns für sich den

Entschluß, die geliehene Geldsumme als verloren anzusehen. Es war kein Akt der Großzügigkeit der vierköpfigen Familie, sondern uns selbst gegenüber. Wir wollten die Sache, und sei es auf kostspielige Weise, ohne weitere Demütigung los sein.

Also meldeten wir uns nicht und hörten nichts mehr von Sven und den Seinen, obschon er an der Haustür, durch ein drohendes Atemholen Pauls eingeschüchtert, im letzten Moment gewimmert hatte, er werde uns umgehend eine Sicherheit seiner Bank schicken, bitte ansonsten nur noch um ein wenig Geduld – und uns so, mit oder ohne Absicht, vorsorglich das Maul stopfte.

Und doch war das bieder sich brüstende Dompfaffmännchen in den behaglichen Rottönen leider nicht der letzte Eindruck, den ich von ihm gewann. Er erschien mir drei Jahre später noch einmal als bleicher Mond, als runder, jedoch in sich eingeschrumpelter, kränkelnder Vollmond, den das warme Licht des Kindlichen nicht mehr überglänzte. Wir prallten vor dem Bahnhof aufeinander. Weißer, als sein Gesicht schon war, konnte es nicht werden. Seine Frau neben ihm errötete dagegen tief. Sie hielt ihn eng am Arm und packte ihn nun noch fester. Ich konnte es nicht mitansehen und verabschiedete mich schnell, um seiner mich bereits ansteckenden Schwiemeligkeit zu entkommen.

Mir fiel ein, daß ich gehört hatte, man habe ihn, nachdem er nicht nur seine Freunde, sondern, viel gefährlicher, auch die Banken getäuscht hatte, und das, um seine unseligen, stets scheiternden Investitionen zu retten, als Betrüger verurteilt und für eine Weile ins Gefängnis gesteckt. Offenbar war er, da gab es für mich kaum Zweifel, gerade an diesem Tag, das erklärte die Blässe, aus der Haft entlassen worden und auf dem Heimweg zu den Söhnen in das Ziegelhäuschen, das ihn hoffentlich wieder beherbergen würde mitsamt den Plastikwannen in Himbeerrot und Waldmeistergrün.

»Bald, bald«, klagte er ins Blaue, während seine Frau ihn wegführte. »Bald«, hörte ich ihn noch hinter mir herflüstern, immer träumerischer, mondhafter: »Bald.«

DER HÖFLING

Beim Wachwerden umgab mich ein massives Braun und ein Gefühl der Reue, im Kern vielleicht unerheblich, aber von einer Macht, die mich überwalzte, noch bevor ich wußte, auf welches Objekt sie sich bezog. Oder nein, sie vagabundierte zunächst zweideutig im Dunkeln, und als sie mich gefunden hatte, die Reue, zeigte sich auch, wer das Opfer meiner bösen Nachrede war, nein, nicht meiner: der meines Traums. Konnte man mich für Geträumtes haftbar machen? Natürlich nicht! Das half aber zunächst nicht, mich vom Unrecht und jeder Verantwortung freizusprechen.

Ich hatte von dem Schriftsteller Oskar Triegel flüchtig gehört, und immer deutete sich, wenn sein Name fiel, unausgesprochen an, daß er einer sei, der in der allgemeinen Wertschätzung etwas zu kurz komme, bei wichtigen Anlässen – aus Gedankenlosigkeit nur, nicht aus Bosheit – übergangen werde, ein wenig zu alt, um noch auf einen stürmischen Debütanten-Durchbruch hoffen zu dürfen, ein Mensch jedoch, wenigstens nach außen, der keine Bitterkeit erkennen lasse, obschon dieser Bescheidene und Verkannte gezwungen sei, auch finanziell eine dürftige Existenz zu führen. Ohne die Barmherzigkeit diverser Stipendien könne er sich vermutlich nicht über Wasser halten. Das war so ungefähr der Geruch, der aus seinem Winkel kam. Seine Bücher gelesen hatten damals nicht viele, auch ich nicht.

Vor etwa einem Jahr lernte ich ihn dann bei einem gemeinsamen Freund, dem Autor Klaus Schödel, kennen. Schödel verriet mir schon am Telefon, Triegels Vater, so die streng vertrauliche Legende, sei nicht unvermögend, müsse aber der einen, selbstmordgefährdeten Tochter ihren brotlosen Second-Hand-Shop finanzieren und der anderen ihre ebenso ruinöse, zu depressiven Attacken führende Galerie, so daß wenigstens der Sohn auf eigenen Füßen stehen sollte, der, auch das bitte eher vertraulich, an einer ostdeutschen Universität Kurse im kreativen Schreiben für einen Hungerlohn abhalte. Schließlich sei die berühmte, von ihm allerdings nie ostentativ zur Schau getragene und desto wirksamere Geldnot sein wichtigster Besitz gegenüber Stadtschreiber-Jurys u.ä. Triegel sei übrigens überaus fleißig. Die Umstände würden ihn zwingen, jeden, wirklich jeden einigermaßen ordentlich honorierten Auftrag anzunehmen. Ansonsten fühle er, Schödel, sich in der Gegenwart von niemandem so herzhaft wohl wie in der des grund-, des sturzredlichen Triegel, der sich niemals zur politischen Großmäuligkeit seiner Kollegen hinreißen lasse, obschon die für gewisse hochdotierte Preise unerläßlich sei.

Noch vor ihm selbst lernte ich seine Stimme kennen, denn die Begrüßungen im Flur dauerten lange. Ich saß in Schödels Wohnzimmer und lauschte einem so flüssigen, fliegenden Hin und Her von draußen ausgetauschten Zitaten der Weltliteratur, daß mir Hören und Sehen verging. Auch lateinische waren dabei, die mein Gastgeber, obschon im Englischen und Französischen weniger elegant als der Besucher, ohne Mühe begriff und parierte. Als Atempause in diesem kleinen Turnier zwischen Mänteln, Schirmständer und Klotür wurde gelacht, trocken, kalt, herzlich. Schödels Lachen kannte ich, das mir noch fremde klang graniten und jedesmal wie die Folge eines Entschlusses. »Kloppmann verzichtet in seinen Romanen auf Tote«, sagte Triegel. »Fatal. Einem Roman ohne Tod fehlt das Hohe C, der Mount Everest, der Orgasmus, das Tooor!« Dann trat er, weder schön noch jugendlich, ein. Frau Schödel aber trug einen weißen Orchideenzweig vor sich her, offenbar Triegels zart ironisches Gastgeschenk. Eine Gabe, erkannte ich auf einen Blick, mit leisem Hintergrundlachen. Es bekundete Respekt vor ihrer Weiblichkeit und macht sich zugleich über ihre wurzelhafte Erscheinung lustig.

Etwas Bleiches, onkelhaft Braunäugiges, zugleich aber zackig Militärisches ging von ihm aus. Es war schwer vorstellbar, daß der Junggeselle, fast schon Hagestolz, je eine Frau, und sei es zur beruflichen Förderung, umgarnen, für sich gewinnen, gar gefügig machen könnte. Die Krawatte dagegen – und solche wie diese scheinen mir inbrünstig konzentriert den ganzen Mann ausdrücken zu wollen, da sie das einzige konservative Kleidungsstück sind, mit dem sich der Träger modisch konturieren kann – war aus teurer, pfauenblauer Seide. Vielleicht ein Geschenk der Schwester mit dem Second-Hand-Shop? Schödel aber hatte zur Vorbereitung gemunkelt, Triegel sei der heimliche Papst gewisser Szenen, nicht grob sexueller, sondern delikatest erotischer. So etwa Schödels Appetizer.

Sofort fielen mir seine altmodisch schiefen Zähne auf. Er bemerkte meinen Blick und sagte in bester Laune: »Im Fernsehen bringe ich, wenn ich den Mund aufmache, alle Zahnärzte unter den Zuschauern zum Diagnostizieren.«

»Du im Fernsehen? Seit wann das denn?«, staunte Schödel kumpelhaft grob.

Triegel erwies sich als guter Plauderer, obschon seine Stimme knarrte, als führe ein Wind durch einen Bretterverschlag. Ich weiß nicht mehr, ob es sich um das Detail aus einem geplanten Roman handelte, aber behalten habe ich die Situation, in der ein kleines Mädchen namens Katja, das gewöhnt ist, weil der Vater zwei Jahre unterwegs war, eng an den großen Körper der Mutter geschmiegt zu schlafen, in der Nacht nach dessen Rückkehr spürt, wie die Mutter, statt wie bisher ruhig zu atmen, anfängt zu zittern, auch leise zu kichern, schließlich am ganzen Leibe bebt, und das hat nichts mit dem Kind zu tun, sondern mit dem Katja fast fremden Mann. Das Mädchen empfindet es als rasend schnelle Entfernung und als Treuebruch. Es kann aber nicht weglaufen vor der auf sie übertragenen, unerklärlichen Bewegung, nur die Luft anhalten im vergeblichen Widerstand. Später versteht sie es als brutalen Schnitt zwischen Mutter und Tochter und als Trauma ihrer Kindheit.

Die Traumata, eijeijei! Das sei so eins der Märchen, Vertauschungen von Wirklichkeit und Muster, von denen in Wahrheit jeder menschliche Erdbewohner fünf bis zehn aus dem Hut ziehen könne. Mal diese traumatische Erfahrung, mal jene. Alles Täuschungen. Wahrscheinlich bringe man jedoch so, neben dem Vorteil der Schuldzuweisung, auf diesem Weg sein Leben in Ordnung. Dran glauben müsse man freilich, wie zum Beispiel jener kleine Junge – hier stürmte es gewaltig im Bretterverschlag von Triegels Kehle –, der auf dem Bauernhof in einem Wägelchen mit einem Ziegenbock davor gerade losfahren will und sich als Herr der Welt fühlt, gerade da hören muß, wie die Mutter aus dem Fenster ruft: »Klaus, Kindergarten!« Da sei ihm, in diesem Augenblick, für immer sein Königtum geraubt worden. Und das meine der Kerl allen Ernstes. Haha, aber sicher, dieser Klaus sei unser ausgewachsener Freund Schödel hier!

Schödel sah ihn wegen dieses Verrats im Vorübergehen verblüfft, fast ein bißchen hilflos an, fing sich aber gewohnt schnell.

Dazwischen lobte Triegel durchaus Frau Schödels etwas heikles Essen, auch den Wein durch mannhaftes Trinken. Es wurde verschwenderisch international zitiert und, auf der Seite Triegels, knatternd gelacht. Der kleine Kreis der Anwesenden gönnte dem armen Schriftsteller seinen abendlichen Glanz von Herzen. Hoffentlich hatte er die Orchidee im Supermarkt gekauft und nicht die viel höheren Kosten ihres Erwerbs beim Floristen riskiert. Sie stand jetzt in einer Vase auf der offenbar voll aufgedrehten Heizung. Dazu gab es einen winzigen Blickwechsel zwischen Triegel und mir. Es fällt mir jetzt ein.

Das ihn eigentlich Fesselnde aber sei etwas anderes und ihm richtig in die Glieder gefahren in einem Ort der Voreifel, in Kornelimünster, in der Korneliuskirche dort, die er sehr düster und menschenleer an einem Ostermontag beim nachmittäglichen Besichtigen erlebt habe. Wirkten die norddeutschen Kirchen der Protestanten wie deftig gottlose Wohnstuben, sei dies eher das Innere eines riesigen Sarkophags gewesen. Aus dem feuchten Dämmern des Gewölbes sei ihm plötzlich, zunächst noch durch die Distanz entrückt, in einem Nebenaltar über einer Vielzahl flackernder Opferkerzen eine auf den ersten Blick schockierende Holzskulptur entgegengetreten, eine Maria Magdalena, eher noch eine Lilith, von verführerischer, ja provozierend weltlicher Körperlichkeit. Während der Annäherung habe er versucht, sich einen Reim auf solche phantasieanregende Blasphemie in geweihten Hallen zu machen. Bis er erkannt habe, daß er sich im angeblichen Kurvenreichtum und schamlos entblößten Fleisch der Dame, der überbordenden Brüste, des unzüchtig aus dem Gewand vorgestülpten Bauchs, geirrt, nämlich durch die Lichtverhältnisse die Formen falsch zugeordnet und Magdalena mit der klassischen Darstellung einer Jungfrau Maria verwechselt habe.

»Das uralte Lied! Die Sünde«, rief Schödel lachend dazwischen, »liegt also bei dir, Oskar. Dir stand der Sinn eben trotz Ostermontag mehr nach einer üppigen Hure als nach heiliger Keuschheit und Transzendenz.«

Das sei die erzkonventionelle Deutung des Phänomens. Schließlich habe man früher häufig einer Venus bei verändertem Auftrag ein Madonnengesicht gemalt, auch umgekehrt, je nach Wunsch, manchmal sogar nur den Namen geändert. Worum es ihm gehe, sei tatsächlich das Problem der Verwechslung, der Augentäuschung, dafür müsse man gelegentlich bloß seine Brille abnehmen, nutzbar gemacht im Vergleich. Auf das »wie« komme es ihm an, mit dem man zwei entlegene Dinge aufschlußreich verknüpfe und so, verfremdend, ihre Anschaulichkeit und Wirkung verstärke. Weitergetrieben heiße das: Verwechslung als vitale Basis der Metaphernbildung. So Triegel.

Hier war es Frau Schödel zu spekulativ geworden. Mit anderen Worten: Ihr platzte als Gastgeberin unverhohlen der Kragen, denn sie begann, ohne Würdigung der Triegelschen Gedankengänge, mit einem ihrer erprobten Trümpfe als Stimmennachahmerin in klassenspezifischem Englisch. An diesem Abend gab sie ein improvisiertes Gespräch zwischen Vita Sackville-West und Virginia Woolf zum Besten, gleich anschließend, ebenso meisterlich, eine Unterhaltung zwischen Sackville-West und ihrem Gärtner in Sissinghurst.

Es war ein komisches Meisterstück. Die Wirkung auf den gelehrten Triegel hätte nicht radikaler sein können. Er brach in ein

Gelächter aus, das alles Knarren in Bretterverschlägen hinter sich ließ, ein naiv beglücktes, berstendes, schluchzendes, ja wehklagendes Lachen. Tränen quollen und sprangen ihm aus den Augen. Mit nassem Gesicht drückte er schließlich die Hände Luisa Schödels in stammelnder Dankbarkeit an seine Brust.

In diesem Moment begann mein Interesse an ihm. Das unbezähmbare Tränenvergießen vor Lachlust kann man, anders als in heuchlerischer Fassungslosigkeit gestotterte Komplimente, normalerweise noch weniger künstlich erzeugen als das Erröten. Menschen, die im häufig gestelzten Bereich des gesellschaftlichen Lachens mit dieser direkten, kindlichen Freude derart entwaffnend aufwarten, sind wahre Ringeltauben und von vertrauenerweckendem Zauber.

Zum Abschied sagte er zu mir, ein bißchen gedämpft, wie beiseite geflüstert: »Hoffentlich trifft man sich bald einmal. Menschen, die man wirklich wiedersehen möchte, sind äußerst rar.« Dabei war sein jetzt eher förmliches Gesicht noch immer feucht von den echten Gelächtertränen.

Nur deshalb, wegen dieser leicht glitzernden Spuren zwischen Augen und Kinn, ging ich einige Monate darauf zu seiner Lesung in unserer Stadt. Dieser Mann verdiente, in dem bestimmt viel zu großen Saal, obschon es vorsorglich ohnehin der kleinere sein würde, Unterstützung durch Anwesenheit. Ich machte mich, ein wenig von oben herab vielleicht, auf allerhand Peinlichkeiten gefaßt. Vielleicht konnte ich ihm durch rechtzeitiges Erscheinen mit einigen amüsanten Klatschgeschichten, die er offenbar schätzte, über das einsame Abwarten unter den Augen mißmutiger Veranstalter hinweghelfen?

Um so größer war meine Überraschung, als ich schon eine halbe Stunde vor Beginn Triegel mit Mühe in einem großen Kreis von Freunden entdeckte, abgesehen vom allgemeinen Publikum, das den Raum bereits bis auf wenige unreservierte Plätze füllte. Und das sollte der Verkannte sein, dieser Mann, der umarmt und geküßt wurde, den man umdrängte, um ihm die Hand zu schütteln, und der in diesen Abläufen geübt genug war, eine abseits Stehende wie mich im Trubel zu entdecken und mit den Zeichen vollendeter Begeisterung zu begrüßen, was mich, nachdem ich mich anfangs durch das, was sich hier herausstellte, fast auf den Arm genommen fühlte, schnell versöhnte? Schon aber wurde er von neu Eintreffenden zu weiteren galanten Willkommensbezeugungen gerufen, eine Aufgabe, die er mit unermüdlicher Liebenswürdigkeit erfüllte.

Auch das erstaunte mich: Während der euphorischen Einführung durch einen Herrn Dr. Fuchs, renommierter Journalist i. R., fragte ich mich, ob zwischen dem Abend bei Schödel und dem sich ereignenden, von mir unbemerkt, Triegels Stern so blendend aufgegangen war oder ob die Bescheidenheit des Autors für mich falsche Schlüsse nahegelegt hatte. Triegel harrte für die gesamte Dauer der langen Rede stehend, ohne Anzeichen von Verlegenheit oder Überdruß neben Fuchs aus, frontal zum Publikum, mit unbewegter Miene, ein Sinnbild der Würde, keinmal die Beine rührend, ein tapfer, tiefernst blecherne Orden und Ehrungen entgegennehmender Soldat. Unvorstellbar, daß derselbe Mensch vor höchstens einem halben Jahr so sympathisch unbeherrscht heiße Tränen gelacht hatte. Das Applausgedonner nach der Lesung genoß er nicht minder stoisch. Wie gut er seine Sache doch allenthalben machte! Als er so dastand vor uns allen, fielen mir seine Schuhe auf. Sie waren zweifellos nicht nur sorgfältig gepflegt, sondern wie die pfauenblaue Krawatte auch teuer gewesen.

Der Romanausschnitt, den er vortrug, handelte nicht von Verwechslungen. Es drehte sich bei diesem sehr unterhaltsamen Text um die grotesken Seitensprünge eines auf dem Gebiet des genetischen Edierens arbeitenden Forschers. Triegel hielt uns eindringlich und elegant vor Augen, daß es keine Tiefe und keinen Kern des Individuums gebe, sondern daß alles gleichzeitig vorhanden sei in ihm, und zwar an der Oberfläche, die sein Wesen ausmache. Es komme nur darauf an, welche Partien, böse oder gute, gereizt würden.

Er dankte ernst und eifrig für die Ovationen, die infolgedessen gar nicht aufhören wollten. Danach aber bestürmte ihn aufs Neue seine Leserschaft. Diverse Salondamen, beinahe ausgestorben, aber nun neu erstanden und einflußreich, näherten sich ihm verschwörerisch. Oskar Triegel, ein mittlerweile hochbegehrter Autor. Ohne Zweifel: Schödel wären angesichts des Glücks seines Freundes die Augen aus dem Kopf gefallen. Und wahrhaftig versäumte es dieser zuvorkommende Mensch nicht, trotz des Wirbels um seine Person und ihm kurzfristig enteilend, mir, ab sofort meiner Eitelkeit schmeichelnd, bevor ich mich davonstehlen konnte, zum Abschied beide Hände zu drücken und sich so tief über sie zu beugen, als würde ihn in diesen Sekunden nichts anderes kümmern auf der Welt.

Das passierte vor einigen Wochen. Was aber hat mich bewogen, heute Nacht von diesem Menschen zu träumen wie von einem komplett anderen Wesen, das aber unverkennbar seinen blassen Oheimskopf trug, auch die Krawatte im schimmernden Blau einer Pfauenbrust und die noblen Schuhe? Man durfte ihm schließlich nicht vorwerfen, daß ihm, wie ich nun verfolgen konnte, aus der Schar der Redakteure und Rezensenten all diejenigen in höchsten Tönen zustimmten, die besonders liebebedürftig und insofern anfällig für sein durchaus männliches Umgarnen in den möglichen Abstufungen waren.

Ich sah den Schriftsteller vor mir in der Schar seiner weiblichen und männlichen Anhänger. Er befand sich zunächst im Zustand des immerwährenden Verbeugens, knapp bei den Herren, sehr tief bei den Damen, jedoch nicht bei allen. Ich entdeckte bald die feinen, auch gröberen Unterschiede in der Art seines tausendfachen Begrüßens. Das konnte durchaus frostig sein bis hin zum glatten Übersehen. Er beherrschte diese Gepflogenheit der Kulturbranche wie geschmiert. Es war ein Furor des Verneigens, eine Raserei, bis er das plötzlich abbrach, stillstand mit starrer Miene und in Zitaten sprach. Er hatte es gar nicht nötig, einen eigenen Satz auszudenken. Zu allem Verhandelten fiel ihm die große literarische Formulierung ein, blühte wie Eigenes aus ihm heraus, mal gemurmelt als Intimität, mal rausposaunt. Es betäubte die Leute, die verstummten oder zu wetteifern suchten mit ihm, aber bald verzagten.

Nicht alle indessen waren Bewunderer, nicht alle hingen an seinen Lippen. Es existierten tatsächlich Individuen mit einem skeptischen Zug um den Mund, die Blicke wechselten im Aufruhr der grassierenden Verehrung, Blicke, sehr viel deutlicher als diejenigen, die ich einmal mit Triegel in Schödels Wohnung getauscht hatte. Auch genierte man sich in dieser Gruppe der Skeptischen oder Abtrünnigen keineswegs, Aufsässigkeit zu bekunden:

»Triegel ist der geborene Höfling, seht euch das an! Wie er schmeichelt und dienert und jedem sagt, was er hören will. Dafür hat der Kerl ein untrügliches Gespür und schafft sich so lauter Gefolgsleute. Ein Höfling, wie er im Buche steht. Der hält seinen Opportunismus für Stil.«

»Und doch weiß er genau, wann es gilt, sich die Augen und Ohren zu verstopfen. Keiner von uns besitzt einen so scharfen Sinn für Rangfolgen und verfährt derart brutal danach.«

»Kriegt ihr mit, wie er bei seinem schlaumeierischen Zwangszitieren lauert, ob man gebildet und intelligent genug ist, ihn zu verstehen? Der scheint zu charmieren, in Wirklichkeit prüft und demütigt er.«

»Der Bursche ist kein Höfling im oberflächlichen Sinn. Der ist viel schlimmer. Die Verkleidung, die Serie seiner Bücklinge, benutzt er als Maske gegenüber seinen Feinden, die glauben, ihn damit entlarvt zu haben. Sie durchschauen ihn aber nicht. Der ist einer, der eisern entschlossen ist, Diktator zu werden. Stimme und Lachen dafür besitzt er schon. In der Politik wäre er brandgefährlich. Der ließe uns notfalls alle ohne Gnade über die Klinge springen.«

Mein Traum-Triegel spürte, obschon er den Aufständischen den Rücken zuwandte, die Bedrohung. Lächelnd wandte er sich um und näherte sich, den Honig intelligenter Zärtlichkeiten auf den Lippen, der rebellischen Gruppe, balsamisches Öl ausgießend, auf dem sie alle ausrutschen würden.

Dann erwachte ich. Hatte ich nicht vor Jahren einmal geträumt, ich hätte einen mir sehr nahestehenden Menschen ermordet? Noch bevor ich mich fragen konnte, mit wem ich ihn verwechselt hatte und ob ich Opfer einer Augentäuschung war wie Triegel in der Eifelkirche, drückte, preßte, ersäufte mich, durch die Lust an ihr verdoppelt, das Schuldgefühl träumerisch boshafter Nachrede.

Sie hatte das spezielle Braun von Triegels Auge und Schuh, während er zu meiner Reue seine Tränen lachte.

UNSER HÄNSCHEN

Doch, er sei sich ganz sicher. Es handele sich bei dem Kerl um Hans Regner, unser ehemaliges Hänschen, mit dem ich damals fast befreundet gewesen sei, was er, ebenfalls mit dem Namen Hans, den aber niemals jemand Hänschen zu nennen wagte, nicht gerade mit Eifersucht, aber immerhin mit Befremden gesehen habe. Meine Aufmerksamkeit für das schon als Kind schwammige und immer etwas schmutzige Bürschchen, dessen grausige Entwicklung man natürlich nicht vorhersagen konnte, nicht prophezeien konnte aus Rotzrinnen in einem verdreckten Gesicht und der schon perversen Beleibtheit eines noch so jungen Körpers, diese meine Zuneigung zu dem gleichaltrigen Schmierlapp habe er ja immer für eine bedenkliche Sache gehalten.

Viel Gutes sei da doch von Anfang an nicht zu erwarten gewesen, auch wenn man die unglücklichen Familienumstände bedenke: versoffener Vater, nie zu Hause, und wenn, dann um die Kinder zu verprügeln, ständig schwangere Mutter, offenbar von wechselnden Erzeugern in diesen Dauerzustand versetzt, verwahrloste Wohnung, kein Geld. Doch, doch, er, Hans, erinnere sich genau, vielleicht auch deshalb, weil er etwas älter gewesen sei, kritischer, aber mich, mich habe ja nicht mal die waschechte Proletenschlampe von unappetitlicher Mutter abgehalten, manchmal in das runtergekommene Haus zu gehen, in das man durch die verdreckten Fenster habe sehen können, im Grunde eine Baracke.

Das dort herrschende Chaos scheine zeitweise geradezu einen Zauber auf mich ausgeübt zu haben. Außerdem habe er den Verdacht gehegt und hege ihn heute wieder neu, wenn er jetzt so mein Gesicht beim Zuhören betrachte, mich habe nicht nur die Neugier auf eine andere Lebenswelt hingerissen, eine übelriechende, schlecht gelüftete Welt, in der vom Tisch gefallene Kartoffelschalen nicht weggefegt wurden und wenn, dann erstmal in eine Ecke damit, egal, ob die allenthalben krabbelnden Kinder darin wühlten oder nicht! Ich habe nämlich immer angesichts von unserem Hänschen eine so naiv halbfromme, ihn, Brückmann, zur Hälfte rührende, zur Hälfte auf die Palme bringende Miene gekriegt, als müsse an ihm von dem Mädchen aus bravem Haus eine Mildtätigkeit vollzogen werden.

Er, Hans Brückmann, habe aus Verantwortungsgefühl gelegentlich durch die Scheiben gesehen, mich eventuell ein bißchen um meine Unbedenklichkeit beneidet, die sogar von meinen eigenen, sehr bürgerlichen Eltern nicht beanstandet worden sei, was man nur mit deren Ahnungslosigkeit erklären konnte. Aber selbst nach einigen Hinweisen von ihm über den von ihrem Töchterchen gepflegten Umgang habe man die schlechten Einflüsse aus dem zweifelhaften Regner-Haushalt um meiner Freiheit willen riskiert, sicher, das gebe er unumwunden zu, auch in, wie er sehe, meinem Fall wohl alles in allem im berechtigten Vertrauen auf die wehrhafte Stabilität einer guten Erziehung.

Da müsse ich gar nicht so geschmeichelt lächeln. Er begreife, heute noch deutlicher als damals, diese Haltung meiner Eltern als Überheblichkeit und Leichtsinn. Beides sträflich! Reine Glückssache, daß es mich nicht ins Unheil geführt habe.

Auch solle ich mir nun um Gotteswillen nicht einbilden, er sei maßlos verliebt in mich gewesen. Er habe mir ja schließlich nicht nachspioniert, sondern nur aus der Ferne seine Flügel über mich gebreitet, um notfalls rettend zuschlagen zu können. Er sehe sehr deutlich, wie ich mir das Lachen verbeiße. Es werde mir gleich noch vergehen. Da könne ich Gift drauf nehmen. Diese uralten, fast vergessenen Kindheitssachen seien nicht ohne Grund und nicht zu seiner Freude wieder aus der Vergangenheit vor ihm aufgetaucht.

Ich sei dann bald aus der Straße weggezogen. Er jedoch habe noch mitgekriegt, wie aus dem unangenehmen, sicher auch bemitleidenswerten Jungen ein fetter Halbstarker geworden sei, ständig mit Bierdose und Zigarette unterwegs wie alle in seiner üblen Bande, weiß der Teufel, wo er die Lederjacke hergekriegt habe. Erste kleinkriminelle Handlungen. In der Schule sei er bis zu seinem Abgang, obschon nicht direkt dumm, öfter sitzengeblieben als aufgestiegen. Vollständig abgerutscht sei er trotzdem nicht. Ein mitleidiger Gebrauchtwarenhändler habe sich seiner mit der notwendigen Strenge angenommen, auch von Hänschens enormen Körperkräften profitiert. Bei den gelegentlich unerläßlichen Strafpredigten fing, so das Gerücht, Hänschen wie ein kleines Kind zu weinen an. Mit sogenannten Weibergeschichten habe er, wenn auch bestimmt heiß ersehnt, wohl wegen mangelnden Selbstbewußtseins erst spät begonnen.

Dann sei auch er, Brückmann, weggezogen, weiß Gott nicht böse darüber, ihn aus den Augen zu verlieren. An eine Sache aber wolle er mich doch noch erinnern. Damals habe er mir im Tierpark einen Kasuar gezeigt, einen Helmkasuar, diesen riesigen, dem Strauss verwandten Vogel, dessen dämonisch blaues Gesicht mit den rotglühenden Augen, wenn er es einem von vorn zuwende, jedem Besucher den Atem stocken lasse. Er habe sich sehr auf meine Reaktion gefreut, als er mir seine Entdeckung vorführte. Schön, ich sei ja auch beeindruckt gewesen. Am selben Abend aber habe er beobachtet, wie ich vor der von der Nachbarschaft zähneknirschend hingenommenen Regnerschen Wohnhöhle mit Hänschen bei dessen verludertem Wellensittich in seinem offenbar nie gesäuberten Käfig gesessen habe und – jetzt lache er darüber, damals habe er es unverzeihlich gefunden – der Ausdruck meines Gesichts beim Betrachten der armseligen Kreatur sei viel, viel, wie solle er sagen, hingebungsvoller? gewesen.

Ich war über das Geständnis des zufällig getroffenen Hans Brückmann verblüfft. Seit Jahren hatte ich nicht mehr an unser Hänschen gedacht, war aber dennoch beunruhigt durch die Andeutungen, die dessen Zukunft angingen. Das klang ja so, als würde das finstere Ende noch kommen! Aus welchem Grund sollte Brückmann mir nach der langen Zeit bange machen? Und täuschte ich mich, wenn ich einen gewissen schadenfrohen Unterton bei seiner Rede heraushörte?

Sofort standen mir nun Brückmanns Kasuar und Hänschens zerzauster Wellensittich vor Augen. Der Kasuar mit seinem spitzen Luzifergesicht und der diabolischen Glut, die mir da direkt aus der Hölle entgegenloderte, regte mich damals im Zoo sehr auf. Noch nie hatte ich bei einem Tier einen so unheimlichen Blick gespürt, der mir bis ins Herz schoß.

Nur wollte ich aus Trotz, da Brückmann derart auftrumpfend den Riesenvogel als sein Eigentum präsentierte, dessen Schrecken er als Gebieter vorzustehen glaubte, keinesfalls offen zeigen, wie stark mich das Wesen fesselte. Ich gönnte ihm nicht den Genuß einer frechen Herrschaft über meine Gefühle. Er ahnte gar nicht, daß er mit seiner angemaßten Führerschaft genau das Gegenteil von dem erzielte, wovon er anscheinend träumte. Im Übrigen irrte er sich: Ich war dem Schmuddelzauber Hänschens keineswegs verfallen und achtete stets darauf, ihm körperlich nicht zu nahe zu kommen. Sein Geruch, auch wenn ich es mir nicht eingestehen wollte, hielt mich von vornherein auf Abstand.

Mit Hänschens blaßblauem, wie vor Kraftlosigkeit ausgebleichtem Wellensittich war alles anders als beim Kasuar. Was für ein harmloses, anhängliches Tierchen, das seinen elenden Zustand dem Eigentümer nicht verübelte! Körner, Wasser, Kot ließen sich kaum voneinander unterscheiden. Das Vögelchen kränkte es nicht, weil es das nicht anders kannte, mehr noch aber, weil Hänschen dessen Liebe mit großer Zärtlichkeit erwiderte, sich allerdings nicht traute, den Käfig zu öffnen.

Ich erinnerte mich plötzlich wieder an die Zwickmühle, in die ich geraten war. Ich bedauerte das liebe Geschöpfchen in seinem jämmerlichen Zustand, durfte aber auf der anderen Seite Hänschen nicht beleidigen durch eine Ermahnung, denn es war ein erheblicher Zutraulichkeitsakt, daß er mich an seinen Schmusereien mit dem Kleinen teilhaben ließ. Obwohl ich noch ein Kind war, fühlte ich klar: Er würde selbst im zartesten Hinweis eine Kritik wittern. So sahen wir das Vögelchen nur an und malten uns dazu einen geräumigen goldenen Käfig, nein, eine Voliere mit grasgrünen Gebüschen darin aus und dem besten Futter der Welt. Auch wenn das dicke Hänschen nicht mal die Energie besaß, in der Wirklichkeit wenigstens für frisches Wasser zu sorgen.

Dann hörten wir den Vater rumoren, der sicher wieder betrunken von irgendeiner seiner wechselnden Arbeitsstellen kam. In Windeseile packte Hänschen den Käfig, um ihn vor dem gefährlichen Vater aus dem Weg zu räumen. Er trug ihn wie einen kleinen Koffer, mit dem er in die weite Welt aufbrechen wollte. Auch wir beiden Kinder versteckten uns vor dem wildgewordenen Mann. Kurz darauf hörten wir, nichts Neues für Hänschen, die Schreie seiner Mutter. Er sagte nichts, er starrte mich nur an. Seine Fäuste waren geballt. Das wußte er offenbar nicht, denn er bemühte sich, zu lächeln, vor allen Dingen deshalb, glaube ich, damit ich nicht wegen des Streits fortliefe. Es sollte nicht so schlimm wirken.

Schließlich flüsterte Hänschen: »Er ist gar nicht mein echter Vater, glaube ich.«

Drinnen ging es eine Weile so weiter. In unserm eigenen Haus hätte es für mich den Weltuntergang bedeutet. Währenddessen stellten wir uns, gut verborgen hinter einem Schuppen und ausrangierten Gummireifen, den Himmel vor. Es würde ein Reich aus lauter heiter beschienenen Wolken sein, mit schönem Gesang und voller Wohlgerüche. Es würde keinen Unrat geben und kein Grölen, keine Wut, keine Schläge. Herrliches Essen bekämen wir jederzeit angeboten. Vor allem Dauerlutscher in Kirschenform. Alle Wesen, nicht nur Menschen, sondern auch Tiere, wären gut und guter Laune. Immerzu, immerzu.

»Aber«, sagte Hänschen und seufzte wohlig dabei, so etwa ist es in meinem Gedächtnis nach wie vor aufgehoben, »eins ist klar. Feinde und Gefahren werden nach einiger Zeit auch dort auftauchen. Das ist immer so, anders geht es nicht.«

»Wir sind doch im Paradies.«

»Das macht nichts«, rief er und sprang mit düster glühenden Augen trotz seiner ungelenken Schwammigkeit in die Höhe. »Irgendwann nähern sie sich. Dann kommen sie hervorgekrochen und angeschlichen. Sie wollen alles kaputtmachen. Man kann schon von weitem ihren Gestank riechen. Plötzlich brechen sie mit fürchterlichem Kriegsgeschrei hinter den Wolken hervor, aus der Deckung heraus. Da ist das Entsetzen im Himmel groß. Die guten Engel wissen nicht, wie sie sich retten sollen. Sie sind mit ihren Schwertern nicht schnell genug. Es gibt ein großes Blutvergießen. Viele Körperteile fallen auf die Erde runter. Dann aber, und so wird es jedesmal ausgehen, rasen im Galopp die Indianer heran mit ihren Pfeilen, den Beilen, schön über den Köpfen geschwungen und den bunten Federn, die aus ihren rabenschwarzen, manchmal auch blauschwarzen Haaren sprießen. Da fangen die Bösen an zu zittern. Es hilft ihnen nichts. Die Indianer hauen alles kurz und klein, nur die Guten nicht. Und das ist das Schönste: Immer und immer siegen im Himmel die Indianer und das Gute. Vielleicht kommen auch schöne Frauen und verbinden die Verletzten.«

Dann kaute er wieder ganz verrückt an seinen Fingernägeln und horchte auf die Geräusche, die aus dem Hausinneren drangen.

Wie ich wisse, sei er Staatsanwalt, daher mit den meisten von Menschen verübten Scheußlichkeiten leider inzwischen vertraut. Man werde abgehärtet, sonst lasse sich der Beruf nicht ausüben. Manchmal allerdings nutze die Erfahrung nichts. So verhalte es sich im vorliegenden Fall. Daß ihn die Verhandlung über die mörderische Tat mit Hänschen Regner als Schuldigem unerwartet mit diesem und unserer Kindheit konfrontiere, sei dabei nur ein Nebenaspekt. Das wahre Unbegreifliche seien Brutalität und Motiv des Verbrechens.

Regner, nach einem Intermezzo als Gehilfe bei Schaustellern, sei von dem nachsichtigen Gebrauchtwarenhändler wieder angestellt worden und habe, mittlerweile verheiratet, ein, nun ja, in seinen Kreisen geachtetes, geregeltes Leben geführt. Seine Frau, trotz ihrer Jugend eine schichtenspezifisch schon recht dickliche Blondine, habe vor Gericht behauptet, die Ehe sei der »Himmel auf Erden« gewesen, das große Glück für alle beide, so wie sie überhaupt zu blumiger Sprache neige, zweifellos in der Absicht, sich selbst, anders als ihr überzeugend verzweifelter Mann, der alle Schuld auf sich nehme, als fassungslosen Unschuldsengel darzustellen, der am Morgen, angesichts des toten Säuglings, »nur geschrien und geweint, geschluchzt und gejammert« habe. Nur einmal sei es vorher ihr gegenüber zu dem Geständnis des Mannes gekommen, er sei eifersüchtig auf ihr gerade geborenes Kind, eine nicht allzu seltene Reaktion von jungen Vätern, wenn es sich um einen Sohn handelt. Sie habe ihn umarmt und ihre Liebe zu ihnen beiden »beteuert«. Damit sei für sie die Angelegenheit aus der Welt geschafft gewesen. Anhaltspunkte für einen weiter bestehenden Groll ihres Mannes des Kleinen wegen habe sie nicht bemerkt, auch weil sie sich ihm extra liebevoll gewidmet habe.

Knapp drei Wochen nach Geburt des Kindes sei die schreckliche Tat geschehen, in der Nacht, die sie nach eigener Aussage in tiefem Schlaf verbracht habe. Erstaunlich deshalb, weil der Kleine bei den mehrere Stunden dauernden schweren Mißhandlungen durch Regner geschrien haben müsse und die Wohnung nur aus zwei winzigen Zimmern bestehe. Und schon in den ersten Tagen nach Rückkehr der Mutter aus dem Krankenhaus habe Regner, wie er offen zugebe, seinen Sohn ins Gesicht geschlagen und ihm leicht die Rippen gequetscht, so daß man sich wundere, wie ein Neugeborenes das überleben konnte und die Mutter es fertiggebracht habe, keinen Verdacht zu schöpfen.

Regner sei jetzt ein großer, kraftstrotzender Mann von circa 90 Kilogramm. Ich solle das bitte nicht aus den Augen verlieren bei dem, was er nun berichten werde. Es seien gesicherte Fakten. Auch wenn Regner zu Beginn der Verhandlung seltsamerweise gerufen habe: »Ich bin ein schlechter Mensch, ein böser Mensch, aber ich schreie nach Gott, schreie nach ihm, und lieber möchte ich in die Hölle, als wenn es gar keine Hölle gibt.«

Der Schuldige habe, nach ergebnislosem Bemühen um Ruhe, mit der er die angeblich aus Erschöpfung seelenruhig schlafende Mutter schonen wollte, den Vorsatz gefaßt, seinen ohne Unterbrechung, wie er, Regner, vermutete, aus Hunger schreienden Säugling zu töten, weil er keinen anderen Rat wußte, um endlich Stille herzustellen. Das Kind habe, so Regner, »wie ein Apparat« unentwegt gebrüllt. Regner habe sich interessanterweise gar nicht erst bemüht, seine Handlung als Unglück oder Fahrlässigkeit auszugeben, dieser ungeschlachte, fürchterliche Mensch! Wie gesagt, ich solle mir das vorstellen in seiner grotesken Schaurigkeit. Hier der massige Mann, dort ein völlig hilfloses Neugeborenes.

Dieser Kerl also, der einmal viel Gewese gemacht habe um seinen zerfledderten Wellensittich, habe, um seinen Plan auszuführen, seinen Sohn mit einem Kissen auf dessen Gesicht, um die Schreie zu ersticken, auf den Boden gelegt und sich dann mit seinen 90 Kilo auf das kleine Lebewesen gesetzt.

»Er hat sich auf das Kind gesetzt, wirklich auf den kleinen Körper gesetzt?«, rief ich an dieser Stelle laut. Ich konnte nicht mehr an mich halten, obschon ich voller Zorn die abwartenden Blicke Brückmanns wie damals bei dem satanisch herrlichen Kasuar spürte.

»Mitten auf das winzige Wesen gesetzt. Und das reichte ihm noch nicht. Zur Sicherheit packte er den bestimmt längst gestorbenen Säugling und schlug ihn einige Male gegen die Tischkante.«

Regner bereue die ihm selbst unverständliche Tat zutiefst. Er sei, sagte er, in der Nacht eine andere Person gewesen. Die Mutter aber habe vor dem Gericht bekräftigt und sei dabei geblieben, nichts von all dem gehört zu haben, keinen einzigen Laut: »Ich wäre gestorben für mein Kind«, so die Frau mindestens dreimal.

Er aber – wie konnte das nur geschehen! –, mein altes, schlecht riechendes Hänschen mit den Guten im Himmel und den ihnen zu Hilfe eilenden Indianern hatte sich, und leugnete es nicht, auf sein eigenes, drei Wochen altes Söhnchen gesetzt, um es zu zerquetschen und umzubringen. Mit seinem ganzen Gewicht und für alle Zeit.

Und war doch auch mein armes Hänschen für immer und immer noch.

ALCEDO ATTHIS

Kaum will man sie jemandem vorführen, zeigen sie sich oft bockig: Landschaften, geheime Lieblingsplätzchen fühlen sich offenbar verraten, sobald man mit ihnen vor anderen prunken möchte, obschon die besten Absichten vorliegen. So etwas macht man einfach nicht mit ihnen! Sie verweigern sich, lassen sich nichts entlocken. Schöner Glanz und samtene Vertraulichkeit weichen aus ihrem Gesicht. Hat sich womöglich etwas verflüchtigt, was in Wirklichkeit pure Einbildung war? Je mehr sie sich verschließen, desto eifriger versucht man, wegen der Vergeblichkeit voll Ärger über sich selbst, dem Fremden oder Freund Beweise für das Einzigartige der vor der Besichtigung gepriesenen Stellen zu liefern. Man bemüht sich, dem höflich ungerührt bleibenden Besuch die Gegend wenigstens plausibel zu machen. Das Wäldchen, der kleine krumme Bachlauf, die Lichtung halten die Augen kalt geschlossen, ob die Sonne auf sie scheint oder es läßt.

Meist schiebt man dann die Schuld auf den unschuldigen Gast, der mit seinem stumpfen Blick den Zauber erledigt hat, und brockt sich das nächste Mal wieder, unbelehrbar, die gleiche ästhetische und emotionale Panne ein.

Der Tag Anfang November drohte einer von dieser Sorte zu werden. Gut, als wir zu dritt die unverdrossene Parade der Baumärkte, Discounter und schließlich der Einfamilienhäuser (brav, aber nichtsnutzig, lediglich als Sichtschutz für hoffentlich Intimes geeignet) hinter uns hatten, bogen wir, außer mit der Lunge, mit Magen, Leber, Milz, falls das möglich ist, tief aufatmend, in das Gebiet der Marschen ein. Es ist ein Gelobtes Land, trotz Eindeichung der Elbe immer noch mit Gräben, Prielen, Resten der Aulandschaft sehr zu Herzen gehend, auch mit einer altniederländischen Allee von Kopfweiden zwischen schmalen Kanälen durch das Feuchtgrünland, noch bevor Deich, Watt, Schilfröhricht sichtbar sind.

Gut, wie gesagt, bis dahin, durch die Autofenster hindurch, empfing uns das alles in einer lichten, warmen Gräue, beeindruckte zwar nicht durch schwarze Schlagschatten kleinster Einzelheiten auf leuchtendem Grün unter riesigem Himmelsgewölbe, aber wir waren voller Erwartung, die unser eigentliches Ziel betraf. Sie galt den Scharen von Zugvögeln, mit deren Rast auf ihrem Weg aus nördlichen und östlichen Gebieten nach Süden man um diese Zeit rechnen durfte, auch mit solchen, die aus nördlicheren Brut- und Mausergebieten eingetroffen, in Marsch und Watt Nahrung finden und überwintern würden.

Von der Deichkrone abbiegend, gingen wir, nach einem flüchtigen Blick auf das vorgelagerte, ziemlich stille Süßwasserwatt abwärts durch die kleine Wallanlage zur Vogelstation. Es handelt sich um ein Holzhaus mit einem angenehm hellen, vielfenstrigen Beobachtungsraum, in dem es festinstallierte Fernrohre für die Besucher gibt. Schautafeln zeigen eine verheißungsvoll große Anzahl verschiedenster Enten und Gänse, die auf den Inseln und Schlammbänken der nach Eindeichung der Marsch entstandenen Gewässer zu entdecken sind. Es ist nicht ganz einfach, die richtige Einstellung der Instrumente zu erreichen, doch die heute überraschende Abwesenheit der Tiere auf den Grünflächen und Teichsegmenten hatte nichts mit der Ungeübtheit der Beobachter zu tun. In der platten Landschaft herrschte, außer einigen Schwänen und vereinzelten Weißwangengänsen, Unbeweglichkeit. Es regierte, bis auf ein paar unvermeidliche Möwen, eine gleichförmige Leere. Nur in der Ferne, aus der Unsichtbarkeit, jenseits der Öde, waren schöne, wilde Vogelschreie zu hören, sonst gab es nichts, egal durch welches Rohr und Fenster man Ausschau hielt.

Es sei nicht viel los im Moment, sagte der Helfer und erklärte uns freundlich die Situation. Zwei Dinge kämen zusammen. Der Wasserspiegel des Sees, der durch die Inselchen in Teilabschnitte aufgegliedert die Vogelwarte umgebe, sei, um unerwünschte Vegetation zu bekämpfen, vorübergehend höhergelegt worden, so daß die nahrungsreichen Ufer und Flachwasserzonen für die Tiere nicht so leicht erreichbar seien wie üblich, andererseits sei draußen an der Elbe zur Zeit starke Ebbe. Das freigelegte Watt biete den Vögeln gute Beute. Deshalb seien sie fast alle dort zum Fressen versammelt, von dem sie gegenwärtig nicht genug kriegen könnten.

Das war immerhin eine Begründung, die unserem Gast bewies, daß wir ihn nicht mit dem angepeilten Ziel großsprecherisch täuschten. Außerdem hatten wir uns bei dem Ausflug jahreszeitlich verspätet. Das wurde mir nach Studieren des dort aufgehängten Vogelzugkalenders klar. Ich sagte es aber nicht.

Um nicht länger verlegen herumzustehen, beschlossen wir, wenn auch mit wenig Hoffnung, unser Glück bei den Beobachtungsständen zu suchen, die hinter Sichtschutzwällen das Hauptháuschen umgeben. Wir marschierten also in die erste der stabilen, hinter Gebüsch verborgenen Baracken.

Es war dunkel und kalt, die von innen mit Schlagläden versehenen, höhenverstellbaren Sehschlitze hatte man bis auf zwei geschlossen. Auch hier würden wir, wie eben bis auf den Ehrenamtlichen, unter uns sein. An einer der Öffnungen aber saß eine Gestalt. Sie wandte uns den Rücken zu. Wir sahen sie im Halbprofil und nur im Gegenlicht, sie und die Mega-Teleskop-Kamera, die als langer Schnabel aus ihrem technischen Gesicht hervorstach. Wir freuten uns durchaus nicht, jemanden anzutreffen in diesem abenteuerlichen Verschlag, in dem man sich, falls man allein ist, wie in einer Höhle aus kindlichen Zeiten oder als Waldläufer in seiner moosigen Unterkunft fühlen kann. Das schien dem Mann nicht anders zu gehen. Wir hatten das Gefühl, in sein vorübergehendes Eigentum einzudringen. Angenehm war es uns nicht, half ihm aber nicht. Man brummte sich einen kurzen Gruß zu, ein ungeselliges Schnauben nur. Damit hatte es sich und war nicht zu ändern.

Wir Störenfriede klappten die Läden im Halbkreis hoch und wieder runter. Nichts, außer ein paar Schwänen, die zu faul und zu satt waren, um sich im Röhricht am Elbufer um Futter zu kümmern. Natürlich wollten wir den Mann nicht durch Lärm aus seinem Refugium vertreiben, die Überzahl macht aber doch immer, ein animalischer Reflex, etwas unzivilisiert. An anderen Tagen wäre es ohnehin viel voller gewesen. Wir unterhielten uns weniger gedämpft, als es die Rücksichtnahme auf den konzentrierten Mann mit der Kamera erfordert hätte.

Dies also, sagte Fritz, unser Gast, sei also der Beobachtungsstand »Eisvogel«, wie er draußen auf dem Schild gelesen habe. Eisvogel, alcedo atthis, wenn er sich recht erinnere. Hier drehte der Fremde nicht den Kopf, aber ich sah im Gegenlicht an seinen Schultern, daß er sie etwas anspannte, als würde er, ohne es deutlich zu zeigen, plötzlich zuhören.

Falls es uns interessiere, er wolle uns aber keinesfalls langweilen, fuhr unser Freund fort: Zu Anfang sei er ein unscheinbarer grauer Vogel gewesen. Erst nachdem er die Arche Noah verlassen habe und der Regenbogen zur Bekräftigung des Bundes zwischen Gott mit den Menschen erschienen sei, erfuhren wir nun, erhielt die Brust von der untergehenden Sonne ihre rötlich-braune Farbe, den Rücken dagegen färbte der Himmel mit den grünlichen Strahlen seines abendlichen Blaus.

Der Mann am Fenster wandte den Kopf zu uns her, aber nur kurz, wie aus Versehen.

Folge man den alten Griechen, dann niste, von den Göttern geliebt, der Eisvogel auf dem Meer, dessen tobende Launen sie deshalb um diese Zeit für ihren Liebling beruhigten. Man nannte ihn »Halkyon«, was sich zusammensetze – er bitte um Entschuldigung, sei aber nun mal Altsprachler und könne es nicht lassen – aus háls (Meer) und kyéo (schwanger). Diese windstillen vierzehn Tage zur Wintersonnenwende nenne man deshalb die

»halkyonischen«. Damit sei die Legende noch nicht zu Ende. Eine der Pleiaden, Alkyone nämlich, stürzte sich, als ihr Mann mit seinem Schiff unterging, in ihrem Schmerz ins Meer. Wieder mischten sich die Götter ein. Aus Mitleid mit den Liebenden verwandelten sie die beiden in Eisvögel, die weiterhin als glückliches Paar leben durften.

Der Mann sah uns inzwischen offen an. Er schien etwas sagen zu wollen.

Noch aber war unser Freund nicht fertig. So stehe es bei Ovid. In einer anderen Version seien die beiden, Alkyone und Keyx, in ihrem ehelichen Glück so weit gegangen, daß sie sich stolz mit Zeus und Hera verglichen. Die Strafe der Götter hatte es in sich. »Sie verwandelten die beiden in einen Eisvogel und eine Möwe!«

Der Mann legte seine Teleskop-Kamera vorsichtig neben sich und biß in ein Butterbrot. Es stand auch eine Thermoskanne auf dem Klapptablett. Er drehte sich vollständig zu uns um und betrachtete uns prüfend, nicht unfreundlich. Um die Stille zu durchbrechen – ich wußte nicht, ob ich sie peinlich nennen sollte –, fragte einer von uns nach den Vögeln, die während seiner Anwesenheit, Futter für die Kamera, hier aufgetaucht seien. Wir jedenfalls hätten bisher nur Pech gehabt. Sei er denn zufrieden mit der Fotoausbeute?

»Das kommt vielleicht noch. Ich habe Geduld. Ja ja, ohne Geduld schafft man es nicht. Man muß für den entscheidenden Augenblick, für ein blitzschnelles Reagieren gerüstet sein und manchmal sehr lange warten. Ja.«

Er sagte die Sätze einzeln, nach jedem machte er eine Pause, als würde ihn das Reden anstrengen. Trotz des Dämmerlichts in der Hütte bemerkte ich, daß er sorgfältig rasiert war und nicht mehr jung. Die Augenbrauenhaare allerdings wuchsen bis über die Oberlider, und auch aus den Nasenlöchern und den Ohrmuscheln wucherten helle Borsten. Es achtete wohl niemand darauf. Ein lächelndes Gesicht. Und doch, nicht auch ein bekümmertes?

»Sie wissen viel Erstaunliches über den Namen von Alcedo

atthis«, sagte er nun zu unserem Freund Fritz, »was wissen Sie über den Vogel selbst? Haben Sie ihn mal lebendig, in der Natur, in seinem Revier gesehen?«

Fritz schüttelte zu beiden Fragen den Kopf. Dem Mann schien das keineswegs zu mißfallen, nur glaubte ich, ein winziges Vibrieren von Spott um seine Mundwinkel herum festzustellen. Er saß ja nah am Fenster, und das graue Licht beleuchtete schräg eine seiner Gesichtshälften.

Noch einen herzhaften Bissen nahm er zu sich. Dann legte er los, jetzt mit einer trockenen Leidenschaftlichkeit in der Stimme: »Es ist ein Karfunkelstein, ein herrlicher Vogel, leider selten geworden, nicht nur, weil er sauberes Wasser benötigt. Gewöhnlich entdeckt man ihn, wenn er auf einem Ast lauert, der über ein Fließgewässer ragt. Von dort stößt er, sobald er mögliche Beute entdeckt, zielgenau zum Jagen hinab. Wenn man es sieht, ist es ein eisig blauer Blitz. Das Problem für ihn sind vor allem die begradigten Flußläufe, die nicht mehr mäandern dürfen und daher keine Prallhänge formen, in die er seine besonderen Nisthöhlen graben kann. Haben Sie davon schon mal gehört? Er baut mit seinen schwachen kurzen Füßchen das Nest in steile Uferabbrüche, zunächst immer meterlange Röhren in die Steilhänge, die dann zu den Bruthöhlen führen. Sie müssen weich sein, damit er graben kann, und fest, damit sie nicht einstürzen über den Gängen. Das macht er so von alters her. Nur hat sich eben die Welt sehr verändert. Natürliche Erosion ist nicht mehr erwünscht. Nistgelegenheiten sind für ihn äußerst knapp geworden. Man errichtet, um den Mangel an geeigneten Wänden zu beheben, inzwischen künstliche Brutwände. Nutzt aber nicht viel. Es ist ein Tropfen auf den heißen Stein.«

Er taxierte uns für einige Sekunden schweigend, besonders den gelehrten Freund Fritz. Seine Musterung mußte günstig ausgefallen sein, und er fuhr fort, mittlerweile entspannter als zu Anfang und im Verlauf seiner Erzählung fast von kindlichem Eifer gepackt. Das übertrug sich auf uns.

»In der alten DDR sieht es noch besser aus. Ich fahre oft zum Fotografieren in die Umgebung von Parchim. Da hat man gute Chancen, reiche Ausbeute an Bildern.« Er strich einmal sanft, wie in Gedanken, über seine Kamera, flüchtig nur, zärtlich aber. Ob das Gerät davon eine wohlige Gänsehaut bekam? »Vor einiger Zeit ist mir dort bei mäßig schneller Fahrt was gegen die Frontscheibe des Autos geknallt. Was stellte sich heraus, was meinen Sie? Richtig, ausgerechnet ein Eisvogel war's, der mir nun wie tot vor den Füßen lag! Was tun? Ich war damals im Dienst unterwegs, auf Montage, nicht Rentner wie jetzt. Der Vogel, das merkte ich gottlob, lebte noch. Ich wärmte ihn ein Weilchen in meinen Händen und setzte ihn dann auf einen Zweig, der nicht weit weg von der Straße über einen Bach ragte, so, wie er es braucht. Er rührte sich nicht, stürzte aber auch nicht ab. Am Abend bin ich wieder hin, früher ging es ja leider nicht, mit mulmigem Gefühl, na klar. Ich war mir ja eigentlich sicher, ihn nicht mehr anzutreffen, so oder so. Aber man hofft manchmal auf das Unwahrscheinliche. Tatsächlich saß das auffällige Kerlchen noch immer am selben Platz, benommen vom Schock wie am Morgen, ganz starr, ohne Bewegung!«

Eine Weile sprach er nicht weiter. Vielleicht staunte er noch einmal angesichts der Überraschung, vielleicht wollte er erzwingen, daß wir es uns richtig vorstellten? Er schüttelte ein bißchen den Kopf, über sich oder über den Vogel, schwer zu entscheiden.

»Da habe ich ihn vorsichtig in ein Tuch gepackt und mit nach Hause genommen. Zum Glück gab es in der Tiefkühltruhe noch eine Packung mit Garnelen. Die hat meine liebe Frau schnell aufgetaut, dann ging das mühselige Füttern mit Pinzette los. Eine Geduldsprobe, sage ich Ihnen. Aber es war großartig, als es schließlich geklappt hat. Drei Wochen ist der Vogel bei uns geblieben. Morgens und abends saß er auf meiner Schulter. In der Zwischenzeit betreute ihn meine Frau gewissenhaft, bis ich ihn wieder, genau an der Fundstelle, ich meine, auf dem bewußten Zweig, ausgesetzt habe. Ab in die Freiheit. Muß sein. Aber man trennt sich nicht leicht davon.«

Er versuchte zunächst, sich das schöne Aufscheinen der Erinnerung nicht so sehr anmerken zu lassen. Als er jedoch unsere Freude sah, lachten wir alle zusammen zufrieden vor uns hin. Wir drei zumindest taten es auch deshalb, weil es so gut tut, wenn eine Geschichte, ob aus dem wirklichen Leben oder erfunden, glücklich ausgeht.

»Wollen Sie Fotos aus Parchim sehen?«, fragte er plötzlich nicht ganz ohne Schüchternheit, die mich sofort sehr rührte. Er müsse nur eben zu seinem Fahrrad laufen, die seien dort in der Tasche. Wir nickten natürlich, obschon es unseren Zeitplan allmählich über den Haufen warf. »Das laß ich einfach hier«, sagte er mit leichtem Zögern, strich kurz über seine teure Kamera und war schnell zurück. Er führte uns in großen Abzügen schöne farbige Fotos von Füchsen, Seeadlern, Graureihern, Eisvögeln vor und erzählte vom Warten, vom Jagdfieber, vom blitzschnellen Handeln bei günstiger Gelegenheit: »Es ist ein großes Glück!« Der Fremde hatte Vertrauen gefaßt zu unserem Interesse an seinen Schätzen. Er täuschte sich nicht und wurde bei seinen Geschichten und Bildern immer jünger. Es leuchtete, es blitzte blau aus jungenhaften Augen. Fast schien es, als könnten wir uns nicht von ihm trennen und er sich nicht von uns.

»Jetzt habe ich ja viel Zeit.«

Das aber sagte er mit einem schweren Seufzer, der eigentlich ein unterdrückter Schluchzer war.

Vor drei Monaten sei er nach vierzig guten, sehr guten Ehejahren, wie man sie sich nur wünschen könne, Witwer geworden, drei Wochen vorher Rentner, sagte er zum Abschied, während er seine Mappe ordnete. »Ja, die Zeiten ändern sich, für die Landschaft, den Eisvogel und für mich. Jetzt hat mir das Leben nur noch das hier gelassen.« Er sah nicht mehr auf, auch nicht als wir ihn verließen. Die Beobachtungsstände namens »Kiebitz« und »Weißstorch« würden wir nun aus Zeitgründen, aber ohne Bedauern auslassen müssen. An der Tür wandte ich mich noch einmal nach ihm um. Da saß er wie zu Anfang, grau im dämmrigen Licht der Baracke, die Ellenbogen aufgestützt, die schwere Kamera vor dem Gesicht. Wir riefen ihm einen letzten dankenden Abschiedsgruß zu. Er ließ uns nur den Anblick seines schattigen Rückens in dem leeren Raum. Vierzig sehr gute Ehejahre! Mehr hatten die Götter nicht zugelassen.

ZWERGE

»Oliver!«, behauptete der junge Mann.

Manchmal setze ich mich im Einkaufszentrum nahe beim Informationsstand auf die maigrünen Polster. Sie sind beim Publikum sehr beliebt und befinden sich in der Mitte des Ganges zwischen dem Reformhaus, dem Fischgeschäft und, auf der gegenüberliegenden Seite, einem Süßwarenladen. Ich beobachte dann von dort aus, in die eine oder andere Richtung blickend, die Passanten, nein, eigentlich eher mich. Es geht um eine Frage, die ich vielleicht nie grundsätzlich werde beantworten können, weil sie abhängig ist von meiner jeweiligen Tagesform. Und doch vermute ich, daß es eine objektive, zumindest grobe Regel dafür gibt. Von welcher Zahl, besser Dichte an kann ich die Menschen, die hier in allen möglichen Variationen des Gehens vorüberkommen, nicht mehr als Individuen empfinden, denen ich prinzipiell neugierig zugeneigt bin in ihren Besonderheiten? Wann ist die Masse so groß, daß ich mich mit Überdruß, sogar Ekel abwende, obschon sich nichts als die Menge der Einzelpersonen geändert hat? Tritt der Umschwung plötzlich ein oder schleichend?

Oliver zwängte sich in die Lücke, die ich ihm, da er so ausdrücklich suchend vor mir stand, durch Zusammenrücken mit den anderen auf der Bank, eher gezwungenermaßen als freiwillig, angeboten hatte. Etwas fiel mir gleich auf. Wir bissen vollkommen parallel ab. Während er ein Fischbrötchen aß, ließ ich mir eine Laugenstange schmecken. Haps, haps, ging es bei ihm und bei mir. Insofern hatte es seine Richtigkeit gehabt, ihm trotz der Enge Platz zu machen. Ich weiß nicht, ob er erwartete, ich würde ihm nun prompt mit der Nennung meines Vornamens antworten. Das tat ich nicht, ich nickte nur kurz, mir mißfallen nämlich manche Gebräuche und Geräusche der Gegenwart. Er wirkte nicht beleidigt, hatte auch vielleicht nur mit einem Lächeln gerechnet, schließlich war er noch sehr jung, ich nicht, war beinahe mädchenhaft jung, mit sehr weißer Schneewittchenhaut und taufrischen Augen. Gekleidet hatte er sich nach dem letzten Schrei unter seinen Altersgenossen, soweit ich das beurteilen kann, von den Schuhen mit abgesetzter heller Sohle bis zur Strickmütze. Bei mir lösen solche Achtzehn-, Zwanzigjährigen normalerweise eine Art freundlichen Beschützerinstinkt aus, aber sie langweilen mich auch. Sie sind keine rätselhaften Kinder mehr und noch zu jung, um interessant zu sein.

Allerdings konnte dieser Oliver etwas Altmodisches nicht vollständig verbergen. Das sorgfältig Zeitgenössische seiner Kleidung schien mir auswendig gelernt zu sein, mit angestrengt gerunzelter Stirn nachgeahmt, nicht recht begriffen. Möglicherweise wollte er vom merkwürdig zeternden Rot seiner unter dem Mützenrand sichtbaren Haare ablenken.

Er verputzte den Rest seines Brötchens, wischte sich an einem schmutzigen Taschentuch die Lippen trocken und sagte: »Seit mein Großvater tot ist, prüfe ich bei Gelegenheiten wie dieser hier, ob es irgendjemanden gibt, der ihm ähnelt. Nur so, nicht weil ich an Seelenwanderung glaube. Ich habe aber noch keinen entdeckt, der sich mit ihm vergleichen könnte. Mein Großvater, will ich Ihnen sagen, war ein Prachtadler, ein Seeadler, ein Steinadler, speziell im Zorn, wenn er sein rauschendes Flügelpaar entfaltete und losdonnerte. Dann die Nase, die Brauen, die scharfen Augen. Denen hielt keiner stand, keiner. Mann, hatte der bis zu seinem Tod eine Haltung, einen Stolz, eine Unterschrift! Der konnte noch ganze Balladen auswendig und Blitzschach, alles bis zum Tod mit Vierundachtzig.«

Der Junge sprach laut. Er meinte mit seiner Verkündigung offenbar die ganze Welt, ringsum wurde nachsichtig gelächelt, er achtete nicht darauf, redete einfach geradeaus. Die offiziell Angeredete aber war ich.

»Nein, kein einziger, der hier rumschlurft, keiner von den Typen hat die Spur einer Ähnlichkeit mit meinem Großvater, kein Adler weit und breit. Vielleicht haben Sie ihn, als er noch lebte, vor gar nicht langer Zeit, mal gesehen? Er war Arzt, ist lange her, im vorigen Jahrhundert noch, aber in den letzten praktisch dreißig Jahren seines Lebens arbeitete er oft im Schrebergarten, hier, gleich hinter dem Einkaufszentrum. Hätte sich einen großen Garten als Eigentum kaufen können, Geld besaß er genug, wollte aber nicht. War Zahnarzt und Rhododendronforscher, hat Expeditionen in den Himalaya mitgemacht, um neue Sorten zu entdecken, noch mit über siebzig Jahren! Falls Sie nicht zu denen gehören, die sich über Schrebergärten lustig machen. So sehen Sie aber nicht aus.«

Nein, zu denen gehöre ich nicht. Oft gönne ich mir, aber erst in letzter Zeit, extra einen Umweg durch diese so unterschiedlich bestellte Gartenanlage, in manchen Teilen deprimierend, in anderen kurios, dann wieder verwunschen wie die Kindheit in trügerischer Erinnerung. Am besten gefällt mir der Garten an der letzten Ecke des Hauptweges mit seinen vielen einjährigen Sommerblumen und den akkuraten Gemüsebeeten. Eine alte Frau, von der ich meist nur das dunkel geblümte Hinterteil sehe, wenn sie sich zum Pflanzen, Schneiden, Jäten bückt – und das tut sie fast immer, ausruhen sieht man sie nie – ist die wahre Hauptperson des Ganzen, auch wenn sie immer allein ist. Ein Herr, auf den die Beschreibung Olivers paßte, war mir nicht aufgefallen. Zu lange her? Vielleicht hatte er meist mit alten Kameraden im Gartenhäuschen gesessen, bei einem Bier und Skat. Als Adler? Sicher nicht.

»Dahinten der, in der Lammfelljacke, der hätte früher die Chance gehabt – nein, doch nicht. Kein Nachfolger in Sicht, nicht die schwächste Kopie, sage ich Ihnen. Ein richtiger Adler, auch wenn er leidenschaftlich gern die kleinen Vögel gefüttert hat. Er sprach von ihnen immer nur als den ›Leuten‹. Zum Beispiel erzählte er:

›Heute waren wieder fünf verschiedene Sorten Leute da.‹ Natürlich kannte er alle Sorten, Meisen, Gimpel, Baumläufer usw.«

Ich wollte ihn ein bißchen loswerden – warum schwadronierte er nicht auf seinen Nachbarn zur Rechten ein – und blätterte deshalb im »Kurier«, als würde ich nach den Rezepten suchen. Oliver sah jedoch stur geradeaus, drehte nur hin und wieder den Kopf nach den Vorübergehenden, um ihn dann verächtlich zu schütteln und fuhr unbeeindruckt von meinem Ablenkungsmanöver fort:

»Ich habe meinen Großvater nur als reichlich alten Mann kennengelernt. Ein großartiger Mensch! Ein Weiser, mächtige Gestalt! Vielleicht rührte daher meine Liebe zu dem Alten überhaupt? Jetzt, wie gesagt, tot. Hat mich allein gelassen, sozusagen. Sehen Sie, seine Tochter, meine Mutter, hat einen Mann geheiratet, der bei der Polizei war. Noch heute trage ich im Dunkeln seinen Ledermantel, nur im Dunkeln, wenn ich mir vorspielen will, ich wäre Kommissar. Als ich acht war, sind beide auf einem Urlaubsflug in die Türkei abgestürzt. Da hat er mich bei sich aufgenommen, war schon Witwer damals. Ich hatte nur ihn, er nur mich.«

Ob das als Einschnitt in seinem Redestrom, als möglicher Absprung für mich taugte? Zu lange gezögert, die Chance war vertan:

»Bei ihm ging es mir noch besser als bei meinen Eltern. Es war großartig, weil er so großartig war. Mitte Siebzig muß er gewesen sein. Deshalb waren seine Freunde auch etwa in dem Alter. Die anderen, mit denen er korrespondierte rund um den Globus, die sah ich ja nicht. Diese Freunde waren in Ordnung, schon alt, aber okay. Natürlich konnten sie ihm nicht das Wasser reichen, das nicht. Aber okay schon, für ihr Alter sowieso. Klar soweit, sonst hätten sie ja auch nicht seine Kumpel sein können. Ich mochte sie alle und sie mich. Sie nahmen mich auf in ihre Gemeinschaft, obschon ich erst acht war, müssen Sie bedenken und zuerst oft traurig, weil ich nun Waise sein mußte. Ich galt als einer von ihnen, und sie taten so, als wären sie, bei aller Würde, meinesgleichen. Putzmunter alle.«

An dieser Stelle schien er sich völlig sicher zu sein, daß ich nicht ausreißen würde, denn er gönnte sich eine Pause stiller Versunkenheit. Seine Mütze war etwas verrutscht, so daß ich seine bisher gut verborgenen abstehenden Ohren bemerkte und dachte: Aha! Plötzlich richtete er sich straff auf. Er wollte wohl seine Erinnerungsseligkeit abschütteln.

»Denken Sie bloß nicht, ich würde nur noch den vergangenen Zeiten nachrennen. Das tue ich nicht, keine Bange. Ich werde Ihnen mal ein Bild meiner Freundin zeigen, damit das klar ist.«

Oliver holte aus seiner Brieftasche das Foto einer jungen Frau hervor und sah das Beweisstück siegesgewiß an, dann mich. Er genoß meine Verblüffung. Die war, muß ich gestehen, sehr groß. Es handelte sich um eine souveräne Erscheinung, die provozierend lässig in einem Sessel saß und die schmalen, müßigen Hände von den Seitenlehnen hängen ließ. Alles an dem Gesicht unter der schräg sitzenden Kappe war oval, scheinbar ungeschminkt und doch vollendet stilisiert auf dieses Elliptische, Mandelförmige hin, so, als hätte jemand mit beiden Händen lange ihre Wangen umschlossen. Es erzeugte den Eindruck von Sanftheit, Beschwichtigung, ohne daß der Mund wirklich lächelte. Die Freundin sah den Betrachter leicht von unten an, ihrer Wirkung zweifellos bewußt, was den ersten Eindruck des offenen Blicks ins leicht Lauernde, auch Belustigte hin veränderte.

»Und Gott sei gnädig dem jungen Mann«, sang es in mir nach Schumanns Melodie, »... sei gnädig dem jungen Mann«.

»Da staunen Sie! Ich staune ehrlich gesagt auch selbst immer noch. Warten Sie nur noch ein bißchen, dann kommt sie hier vorbei. Wir sind ja verabredet. Mein neues Glück! Das hätten Sie nicht gedacht, nicht wahr? So eine Frau, eine solche Seltenheit, selten wie mein Großvater. Und dann meine Freundin! Ich begreif's selbst nicht richtig. Sie heißt Nadja und ist zwei Jahre älter als ich. Da muß ich mich anstrengen, ganz schön anstrengen. Sie liebt mich aber. Als ich sie das erste Mal sah, dachte ich sofort: ›Das wird meine Freundin. Sie weiß es noch nicht, ich aber, ich weiß es schon.‹ Und jetzt ist sie es, meine Freundin.«

Ich versuchte mir vorzustellen, was in der Person vor sich gehen mußte, um sich des Kleinen zu erbarmen. An Liebe dachte ich dabei nicht. Vielleicht täuschte ich mich, hoffentlich. Übrigens konnte man sie sich nur als Einzelgestalt denken, nicht in einer Menge. Sie wäre mir hier sofort aufgefallen, vermutlich auch am Gang, am ungewöhnlichen Schnitt der Jacke, am Kinn, das sie hoch tragen würde wie ein Massaikrieger.

»Besonders viel weiß ich nicht von ihr bis jetzt. Wenn ich sie so ansehe wie gerade, fürchte ich immer, es könnte etwas Ironisches in ihrem Lächeln sein. Sie lächelte aber nicht, wie gesagt. Wo steckt der Spott, wenn er da sein sollte? Ich rätsele daran, bisher ohne Erfolg. Können Sie es mir verraten?«

Nein, konnte ich nicht. Er war wie eine Lasur über ihre Züge gebreitet.

»Ob das nur so wirkt auf diesem Foto? Ein Zufall? Möglicherweise amüsiert sie gerade etwas. Vielleicht haben Sie ihr in diesem Moment ein Kompliment gemacht?«

(Laß das lieber, armer Kerl, bloß keine Huldigungen. Das ist in diesem Fall Gift. Halte dich zurück, sonst hältst du sie totensicher nicht!)

Er verstaute das Porträt sorgfältig, nachdem er es zart geküßt hatte. Damit war das Gespräch über das Mädchen beendet. Er brachte es aber noch immer nicht fertig, zu schweigen und ich nicht, ihn allein zurückzulassen, weil ich sein heftiges Atmen spürte, während um diese Tageszeit, abgesehen von den Müttern, die sich mit ihren Kleinen Auslauf und Unterhaltung verschaffen, der meist grau- und weißhaarige Passantenstrom sich an unserer Insel teilte und dann wieder schloß. Ich verfolgte das diesmal nicht genau.

Wieder schüttelte er energisch den Kopf, um den Gedanken zu wechseln: »Diese alten Leute alle, wie ich sie inzwischen hasse!«

Ich zeigte meine Überraschung nicht. »Was haben sie Ihnen getan? Die verbringen hier doch nur ihre leeren Stunden in Geselligkeit.«

»Sie schädigen mich! Sie sind alt wie mein Großvater war, oft viel weniger alt sogar. Und nun vergleichen Sie bitte diese trottende Herde mit ihm! Die beleidigen das Alter. Karikaturen. Nichts Majestätisches.«

Ohne Übergang fiel mir auf, wie stark sich die Wörter »unbekümmert« und »bekümmert« unterscheiden, und es liegt nur an zwei Buchstaben:

»Ach Oliver, Sie suchen in Wahrheit doch gar nicht nach einem Nachfolger, Sie halten gar nicht Ausschau nach jemandem, der vom puren Aussehen her in seine Fußstapfen treten könnte. Es soll sich für Sie ja gerade bestätigen, daß es keinen gibt. Das ist es, was Ihnen die größte Freude macht. Deshalb sitzen Sie hier.«

»Wie?«

Ich will es nur »anstarren« nennen, eigentlich war es ein Glotzen, mit dem er mich daraufhin, wie vom Donner gerührt, bedachte. Er schluckte, bewegte sich nicht, und zwar auf so fassungslose Art, daß ich mit Mühe ein Lachen unterdrückte, dabei war es fast zum Weinen. Er schien mir in schrecklichem Maß hilflos jung zu sein. Nichts konnte ihn davor retten, nur das hartherzige Leben und seine Erfahrungen mit ihm. Das würde jedoch allerhand Wunden bringen, die ihm kein Großvater ersparen könnte, weder auf Erden noch vom Himmel aus. Wenn ihn meine simple Bemerkung derart verdutzte, dann würde die fatale Nadja ein höllisch leichtes Spiel mit dem Jungen haben und, warum nicht, ihre kätzchenhaften Instinkte an ihm testen und austoben. Ich bedauerte einen Augenblick, ihn nicht warnen zu können. Er dagegen, der ahnungslose Kerl, wandte sich noch einmal, und nun zähneknirschend, den Alten zu:

(Er tat mir leid, und es beruhigte mich. Eventuell war er in seiner Liebesgeschichte doch nicht so verloren wie ich dachte, wenn er für die Betagten so viel Leidenschaft reservieren konnte?)

»Als mein Großvater gestorben war, ging es bergab mit den Freunden, rasend schnell den Bach ging es runter. Sehen Sie sich nur um. Ich verstehe ja, daß sie bejammern, wie überall die kleinen Läden schließen, die letzten Fachgeschäfte mit erfahrenen Verkäufern, ein Geschäft macht zu, kaum daß es eröffnet ist. Wegwerfen überall. In den großen Häusern sind keine guten Kräfte mehr, die noch Ahnung haben, wie ein Anzug sitzen muß, das alles. Gähnende Leere, weil man das Geld für das Personal spart. Ist schlecht, ist miserabel. Erst recht den Alten, die es noch anders kennen, wird dabei ganz elend zumute. Ihre Welt geht unter. Das müssen Sie mal sehen, wie die zwischen den Ständern herumirren. Und wenn sie schließlich jemanden finden, den sie fragen können, sprechen sie den ganz schüchtern an, fassen sich ein Herz, als wären sie es, die sich entschuldigen müssen. Ist echt scheiße. Mir ist es eher egal, aber für die, mit den vielen Jahren auf dem Buckel ist es ein richtiger Schmerz. Geb ich alles gerne zu. Trotzdem ist es grauenhaft, wenn sie nur noch klagen. Sie klagen und klagen. Alles ist schlecht auf der Erde und in der Gegenwart. Nichts Schönes mehr, nichts Gutes mehr. Einer ist komplett verbittert, weil er mit seinen hängenden Mundwinkeln die Zigarette nicht mehr halten kann. Und immer nur die eigenen paar Gedanken, keine Gedanken mehr, sondern Verbohrtheiten. Immer dieselben Sätze, die ich nicht mehr aushalte. Schon wenn ich den Anfang von deren Redewendungen und Anekdoten höre, dieses Zeugs aus ihrer uralten Vergangenheit, grau wie aus den Anfängen von Zeitung, Film und Fernsehen, wird mir schlecht. Mannomann! Gute Nacht! Weiß ich alles auswendig. Und? Schlage ich mit der Faust auf den Tisch, brülle ich ›Schluß!‹? Aus Achtung im Andenken an meinen Großvater kommt mir kein kritisches Wort über die Lippen. Ich gehe dann höchstens weg.«

Er sah kurz, eher unauffällig auf seine Uhr.

»Was war der ein Adler, so alt er auch war, ein Prophet, ein Erzvater, irgendwas aus der Bibel, herrlich mit seinem schneeweißen Haar, kerzengerade. Und nun diese armseligen Freunde! So stur, so verholzt und steif im Denken und Sprechen geworden, bange ans morsche Geländer geklammert. Lallen die ewige Leier, stammeln ihren endlosen Sermon. Packen nichts Neues mehr. Sind gehässig geworden, böse auf das Jüngere oder verschreckt dadurch. Trauen sich kaum noch aus ihren Höhlen. Sehen sich dort die gehorteten Edelsteine an, das sind ihre Spruchweisheiten, diese Knochenmänner, diese Greise mit spitzer Nase und hagerem Kinn. Verdorrte Wurzeln, kein Fleisch, keine Lebenslust, kein Feuer. Immer dieselben Gleise. Und doch höre ich sie ab und zu an, meines Großvaters wegen. Auch wenn sie mich schädigen. Ich hasse sie aber, Räuber und Wegelagerer sind es, die einem die Kraft wegnehmen. Er war ein Steinadler, so frei, sage ich Ihnen, so frei, bis zu seinem Tod. Und die? Die dürfen noch leben und sind giftige, zusammengepreßte, womöglich unsterbliche Zwerge geworden.«

Er schnaufte angewidert. Dann murmelte er vor sich hin: »Ob es gut ist, daß er vorher gestorben ist, ich meine, bevor ...«

Ich erkannte sein Glück sofort. Mit schnellem Schritt steuerte es ihm zu. Er sprang auf und zog die Mütze geistesgegenwärtig weit über die Ohren. Sie sah exakt so aus wie auf dem Bild.

KLEINE MÄDCHEN

Dieses unausrottbare Vergnügen! Man erlebt es überall: Es ist die archaische Freude am Ausstoßen einer Person aus einer Gruppe. Die Vorliebe beginnt früh in dir, in mir und zeigt sich in ihrer harmlosesten Variante im Erwachsenenalter, wenn man über einzelne Abwesende in kurzfristiger Wollust mit Klatschgeschichten herfällt.

Schon stellen sich ungebeten Beispiele ein. Um gleich damit loszulegen:

Mit etwa acht Jahren – bis heute nachwirkend in einer Neigung, mir langweilige Wege durch die Vorstellung aufregend zu machen, daß mich jemand heimlich verfolgt – hatte ich es beim Schulausflug zu Passionsspielen im Ruhrgebiet nicht geschafft, die Kreuzigung Jesu als Darstellung zu begreifen. Für mich war es Wahrheit und Wirklichkeit und ein gerade stattfindendes Ereignis, das mir das Herz zerriß und mich zu einem unbezähmbaren, leider auch ungezügelten Tränenausbruch trieb. Auf dem gesamten Weg von der Bushaltestelle nach Hause, angekündigt schon während der Rückfahrt, johlte eine kleine Spottgemeinde hinter mir her. Bis dahin hatte ich mich nie als Außenseiterin empfunden. Die für mein Alter tatsächlich beschämende Unfähigkeit, Theater und Realität zu unterscheiden, vereinigte meine Verfolger in einem höhnischen Jubilieren.

Dann, damals, vor mindestens zwanzig Jahren, da steht es wieder vor mir, wurde ich vom Zug aus auf der Fahrt nach Prag alleinige Zeugin, wie zwei kleine Jungen in der maigrünen Uferlandschaft der Moldau einen Kameraden spielerisch in den strömenden Fluß zu drängen versuchten. Schon war mein Zug vorübergerauscht. Sobald mir die Szene in den Sinn kommt, und das tut sie noch immer, bemühe ich mich, sie mir als Sehtäuschung zu erklären. Ich weiß es besser und nicht, wie es ausgegangen ist.

Noch was: In der Schweiz, ungefähr zehn Jahre später, fiel mir in einem dörflichen Gebirgsort auf, wie drei Jungen schwadronierend an der Haltestelle zusammenstanden. Erst im Verlauf des Wartens, die ansteigende Straße war noch mit Eisschollen bedeckt, spaltete sich die Gruppe auf. Zwei der Kinder formierten sich, augenscheinlich zum Zeitvertreib, gegen ihren kleinen Kumpel mit dem etwas empfindlicheren Gesicht. Sie begannen, ihn zu schubsen, was der Kleine anfangs, fest zu gutem Willen entschlossen, für ein Versehen, dann für einen Jux halten wollte und einfach bei den Knuffs mitlachte, als wäre er ein anderer. Das war nun leider ein Fehler. Seine Kumpane, gereizt durch seine Versöhnlichkeit, wurden feindlicher, auch, stetig, verächtlicher. Erst als sie das arme Kerlchen, das sich so lange nicht hatte von ihnen trennen können, in bester Laune zwischen die Eisplacken auf der Straße stießen, so daß er stürzte, während am tiefer liegenden Ende der Fahrbahn bereits drohend der Bus auftauchte, rappelte er sich auf und schlich besiegt davon. Einen Tag später sah ich ihn in einem Zoogeschäft mit einem kleinen Vogel. Vielleicht hatten ihm den seine Eltern gekauft, um ihn zu trösten und zu wappnen gegen etwas, das ihm öfter widerfuhr und eine Weile sein Schicksal war?

Bagatellen natürlich. Aber sind sie das auch als Beleg?

Und dann, in dem schon etwas älteren Sommer, begann alles mit einem niedlichen Schauspiel, so reizend – wieder in einem touristischen, pittoresken Gebirgsort, diesmal in Italien – daß viele der Leute, die malerische Häuschen zuhause kaltherzig abreißen lassen, es hier gerührt unbedingt fotografieren mußten. Das nahm natürlich dem Anblick ein bißchen die Unschuld, zumal die Protagonistinnen zwei kleine Mädchen waren, in Hängekleidern und mit Blumenkränzchen auf den Locken, auch sie vermutlich nicht Einheimische, sondern Kinder von Feriengästen aus Florenz oder Mailand, die hier hinter denkmalgeschützter Fassade in luxuriösen Wohnungen lebten.

Die wahrlich betörenden Geschöpfchen saßen auf den ehrwürdigen, von Generationen ausgetretenen Treppen, im Kontrast zum dekorativ bröckelnden Mauerwerk. Das war ihnen natürlich nicht bewußt. Daß sie auf die Spaziergänger unwiderstehlich wirkten, das aber schon. Sie spielten mit ihren Puppen, scheinbar eifrig vertieft in das Wiegen, Füttern, An- und Ausziehen, machten Geräusche in Kindersprache dazu und schielten dabei unter den dunklen Wimpern nach oben. Wer hätte es ihnen übelnehmen können angesichts der Bewunderung müßiggängerischer Vorüberschlendernder, die unter einem Zauberbann ihre Kamera auf diese Blüten richteten, so taufrisch bei uralten Tätigkeiten, so veredelt von unirdischer Anmut zu einem jener stillstehenden, bewegenden Bilder, die sehr tief in uns Wurzeln schlagen.

Ein drittes Mädchen, schon ein Jahr oder bloß Monate von der Phase überwältigender Grazie entfernt, näherte sich, vielleicht nicht ganz so landläufig hübsch, von den Eltern sicher nicht ganz so nostalgisch ausstaffiert, und setzte sich mit seiner ein bißchen abgenutzten Puppe daneben. Zuerst, nach einem Blick auf sie, beachteten die Kleinen mit den Blumenkränzen das Mädchen nicht, rückten dann von ihm ab, drehten ihm den Rücken zu, flüsterten einander kichernd etwas ins Ohr. Dabei fuhren sie, von einer anderen, verkniffenen Begeisterung gepackt, mit ihrem Spiel fort. Der Neuankömmling betrachtete sie schüchtern, ratlos und begann dann, sie in allem nachzuahmen, um es ihnen recht zu machen und so ihre Zuneigung zu gewinnen. Das war nicht der richtige Weg, ein hoffnungsloses Unterfangen sogar, denn nun fingen die von den Zuschauern so Verwöhnten damit an, diejenige, die es verblüfft geschehen lassen mußte, boshaft in ihren Bewegungen zu imitieren. Dabei wollten sie sich totlachen. Der Einzelnen war die unglückliche Rolle der Dritten zugefallen, die schrecklich gern dabeigewesen wäre und es zu sehr gezeigt hatte.

Zur Strafe verlor die Szene allen Liebreiz. Die Touristen sahen nicht mehr hin, die zwei rannten davon und ließen die verstörte Abgewiesene, der ich mich aus Scheu nicht tröstend zuwandte, allein mit ihrer von lauter alten Liebesbezeugungen abgeschabten Puppe zurück.

Es gab in dem Ort eine Kapelle, in der ich die schlichte Holzskulptur einer Madonna mit Kind entdeckt hatte. Das Kind trug einen Vogel auf der Hand. Damals beschäftigte mich der Verdacht, meine heiße Liebe zu einem etwas jüngeren Mann könnte in Wirklichkeit nur der Wunsch sein, etwas leidenschaftlich Erotisches zu fühlen, ein sehnsüchtiges Verlangen, das ich mit großer Konzentration präzisierte, indem ich ihm, dem Verlangen, den bisher dafür geeigneten Menschen hinhielt und zum Auffressen gab. Ich betrachtete währenddessen die Holzfigur, zu deren Füßen sich ein Halbkreis überreich und auch innig zusammengestellter Rosenblüten befand. Ihr starker Duft steigerte sich an dem des Weihrauchs.

Selten vorher hatte ich ein so sanft ergebenes, schmerzliches Gesicht der Maria bemerkt. Sie bot ihren ernsten, fast nackten Weltenherrscher-Sohn, der weit die kleinkindhaft gerundeten Arme ausbreitete, ungeschützt der Welt dar. Viele Menschen mußten an diesem Tag schon zu ihr gebetet haben, denn es brannten zahlreiche Kerzen, frische und nur noch als Stümpfe flehentlich flackernde zu ihren Ehren in den mit Sand gefüllten Behältern. Sie erhellten den dämmrigen Raum schwach, aber ausreichend. Ich hielt mich etwas seitlich davon und konnte mich nicht satt sehen an der jungen Madonna, in deren Augen Tränen zu stehen schienen und die so milde und müde lächelte, daß sicher mancher, der sich in dieses Gesicht vertiefte, den eigenen Kummer, der hier alle Bedrängnisse der Welt in sich sammelte, wiedererkannte und in seinem Bitten getröstet wurde. So sah sie jeden an und jeden wohl auf andere Art. Ich begriff gar nicht, wie es einem Künstler, der keineswegs über große handwerkliche Geschicklichkeit verfügte, gelingen konnte, so sachte und ergreifend durch das jungfräuliche Staunen hindurch ihre vom bereits geahnten Leid der Passion gedämpften Züge darzustellen.

Tragen wir Verantwortung für das, was uns in einer solchen Situation einfällt? Ich dachte nämlich plötzlich daran, und es gefiel mir nicht, daß ich meine schon ziemlich alte Mutter einmal gefragt hatte, wie sie sich ihre Seele vorstelle, und sie antwortete ohne Zögern mit einem einzigen Wort: »Motte«. Beunruhigend war die Reaktion erst dadurch geworden, daß in allen ihren Schränken nach dem Tod ihres Mannes große Mengen von »Nexa-Lotte«, einem auch für Menschen giftigen Mottenschutzmittel, lagen.

Fast gleichzeitig aber entdeckte ich etwas ebenso Verblüffendes. Vor der Skulptur stand eine Betbank, mit schmalen Brettern für die Arme und Beine, aber unbequem. Dort hatte sich eine Frau mit schwarzem Haarknoten hingekniet. Sie beugte sich beim Beten, das besonders andächtig wirkte, weil sie das Gesicht in den Händen verbarg, weit vor, so daß ihr kräftiges Hinterteil in den Jeans deutlich, fast ein bißchen provozierend hervortrat, was sicherlich auch an der derben Konstruktion des Gestells lag, die jeden Körper verzerren mußte.

Wieder dachte ich etwas Unpassendes, auch meiner eigenen Stimmung gar nicht Entsprechendes, dessen ich mich ein wenig schämte: Ob dieser stattliche Hintern mitbetet?

Und um was ging es ihr bei dieser stummen Zwiesprache? Um

den glühenden Wunsch nach einem Kind oder dem verzweifelten, es möge ihr eine Schwangerschaft entgegen entsprechenden Anzeichen wunderbarerweise erspart bleiben?

Neben ihr, dicht, ja zärtlich an ihre Seite gedrängt, kniete eins der kleinen Mädchen, das mit den Puppen gespielt hatte. Genau wie die Mutter und ihr in der Andacht nacheifernd, versenkte es nach kurzer Beobachtung das Gesichtchen in den Händen, probierte das eine Weile, studierte und überprüfte die Vorlage zwischendurch und nahm wieder, im Mißlingen besonders rührend, die in sich gekehrte Haltung der inständig betenden Mutter ein. Es fiel dem Kind, das sich ohnehin sehr strecken mußte bei der Übung, nicht leicht, Schritt zu halten mit der Ausdauer der erwachsenen Frau, die, dem Kind ungewohnt, wenn nicht befremdend in der scheinbaren Abweisung, obwohl Körper an Körper mit dem Kind, einer entlegenen, nicht vorstellbaren Region zugewandt sein mochte. Deshalb gab es manchmal seine engelhafte Position auf. Mit winzigen Zwitscherlauten, mit Seufzern und vorsichtigen Berührungen versuchte es, die Mutter zu erweichen. Da es nicht half, denn die Frau blieb unbeirrbar in ihrem dringlichen Beten, versank es wieder durch Nachahmung in der ihm möglichen Frömmigkeit, bis es, in sich zusammengesunken, offenbar eingeschlafen war, wie man es kennt von jungen Haussperlingen, die an der Futterstelle, beschützt von wachsamen Eltern, den Kopf gesättigt zwischen die kopfkissenweichen Flügel stecken und einnicken, als hätten sie aus sich selbst ein Bett gemacht. So ließ ich die beiden zurück.

Ich war so beeindruckt gewesen von diesem Anblick, der das Bild vom Vortag widerrief und auslöschte, daß ich vergessen hatte, das Madonnenantlitz und ihr allwissendes Kind zu fotografieren. Also ging ich am nächsten Tag noch einmal hin. Das Foto sollte unbedingt gelingen, trotz der schwierigen Beleuchtungsverhältnisse. Um mich vorher in den schwebenden Ausdruck der beiden holzgeschnitzten Gesichter zu vertiefen, zog ich mich zunächst wieder auf meine seitliche Position im Dämmerlicht zurück. Vollkommene Stille herrschte bis auf die Schreie der Mauersegler draußen.

Es dauerte jedoch nicht lange, da hörte ich ein Wispern und leises Getrappel, das sich zielstrebig näherte. Zu meiner Überraschung war auch das Mädchen vom Vortag noch nicht fertig mit dem Bann, den die Mariengestalt im magischen Kreis der Rosen, vielleicht zunächst von der Kleinen unbemerkt, im Halbdunkel und Halbschlaf ausgeübt hatte. Mein Gott, ich freute mich darüber, als wäre ich die Großmutter!

Das Kind war allerdings nicht allein. Es hatte eine Jüngerin mitgebracht. Das zweite Puppenmädchen begleitete sie statt der frommen Mutter. Ihm konnte es die Entdeckung vorführen. Das machte die Kleine in der einschüchternden Umgebung mutiger. Man war jetzt unter sich, mich nahmen sie nicht wahr.

Zunächst, noch immer flüsternd, ahmte die Tochter vom Vortag das Beten ihrer Mutter nach, beugte die Knie und verbarg das Gesicht in den Händen. Auch als sie kontrollierte, ob die Gefährtin ihr darin folgte, hielt sie die Finger vor die Augen, spähte aber durch die Ritzen und korrigierte die nicht ausreichend demütige Haltung der anderen. Dabei kitzelte es, vielleicht nur aus Versehen, die Spielkameradin hinter den Ohren, worauf diese, als hätte sie nur darauf gelauert, in ein vor Erleichterung affektiertes Gelächter ausbrach, so daß die Betbank beinahe umkippte. Darüber erschraken zu diesem Zeitpunkt noch beide und versuchten, die fromme, von der Mutter abgeschaute Haltung wieder einzunehmen.

Es bereitete der gestern Eingeweihten zweifellos ein strenges Vergnügen, die Geduld der Freundin über die eigenen Kräfte hinaus zu strapazieren. Sie verharrte ohne Regung, das Gesicht über die Händchen gebeugt und von ihnen versteckt, während die andere verdutzt die neuartige, ihr unbegreifliche Erstarrung beobachtete. Aber erst, als sie nun ihrerseits mit einem Zupfen und Zwicken begann, brach das notdürftig Zeremonielle, das sie beide, obschon unverstanden, gestützt hatte, zusammen.

Das heißt, es bröckelte anfangs nur. Sie kletterten von der Bank und traten dicht an die hölzerne Mutter mit dem Kind, die durch ihren zarten Tränenschleier hindurch zu ihnen herablächelte. Und das wußten sie schon, daß es angebracht war, vor ihr ein Kreuzzeichen zu machen und ein Knickschen. Das konnte nicht falsch sein, wenn es um was in der Kirche ging. Sie schlugen Kreuze um die Wette und probierten auch, ob sie mit ihren Fingern bis an die mollig gepolsterten Füße des Jesuskindes reichten und streichelten sie, nicht ohne die, wenn auch zu Beginn noch zögernde, Andeutung eines Kitzelns und anschwellenden Gekichers.

Ich hätte mich nur räuspern müssen, um ihnen einen Schrecken einzujagen. Ich weiß nicht, warum ich es unterließ. Wollte ich nicht in der häßlichen Rolle der Mahnerin auftreten? War ich neugierig, wie weit sie es treiben würden? Oder ging es, zu diesem Zeitpunkt von mir noch nicht wirklich erkannt, um ganz anderes? Warum rührte ich mich nicht?

Sie nahmen sich jetzt die Kerzen vor. Es stellte sich bald heraus, daß sie der Versuchung, sich aus dem Vorrat zu bedienen und wenigstens zwei, drei, fünf anzuzünden, nicht widerstehen konnten. Sie standen still davor und freuten sich an den ruhigen Flammen. Ich sah den Schein auf ihren noch kaum modellierten Zügen. Für diesen Augenblick lag ein Frieden auf ihnen, der die Erinnerung an ihre tückischen Frätzchen vom Vortag unmöglich machte. Aber das galt nur für ein paar Sekunden. Zu sehr steckte in ihren Köpfen, wozu eine Kerze, außer dem Anzünden, auch noch einlädt.

Hier hätte ich unbedingt eingreifen müssen. Sie begannen, die schönen Flammen auszupusten, erst versuchsweise gemeinsam nur eine einzige, dann in einer Art Wettstreit alle, die ihr Atem erreichen konnte. Dabei wurden sie lauter und stürmischer in ihrem Gestikulieren.

Warum machte ich mich nicht bemerkbar, auch jetzt noch nicht? Es hätte sie gewiß an dem gehindert, was nun folgte. Gerade das Wissen, etwas sehr Verbotenes zu tun, berauschte sie zunehmend, ja, es handelte sich inzwischen bei diesen noch so jungen Wesen um eine Euphorie der Schändung. Denn nun fielen sie über die wehrlosen Rosen her. Sie steckten ihre Nasen schnaufend in die Blüten und suchten sich zu exaltiertem Gegluckse einige der prächtigsten zum Mitnehmen aus. Andere warfen sie in hohem Bogen in die Luft. Mit einer trafen sie die Madonna mitten ins Gesicht. Die restlichen Kerzen begannen drohend zu flackern, es half nichts. Sie beleuchteten nur den gespenstischen Eifer der Kleinen.

Das war der Moment, in dem ich auf sie zustürzte. Ich packte sie beide gleichzeitig im Genick, schüttelte sie ohne Rücksicht auf die Zartheit ihrer Hälse, die ich spielend leicht hätte erwürgen können, schüttelte die Jungen an der Moldau und die in der Schweiz mit in rachsüchtiger Raserei. Die schuldigen Lämmchen, wieder in niedlichen Hängekleidern, drehten, als mein Griff schwächer wurde, die Köpfe zu mir hoch, ließen die Schultern aber noch angezogen. Finster schweigend starrten sie mich an. Wir verstanden einander vollkommen ohne ein einziges Wort, während wir uns böse in die Augen sahen. Dann rissen sie sich los, warfen die geraubten Blumen zu Boden, trampelten blitzschnell, so wüst sie konnten, darauf herum, bevor sie feindselig lachend aus dem Kapellendunkel von ihrem Wüten weg ins Freie entwischten.

Ich aber wußte jetzt, worauf ich gewartet und wen man hier, wie einen Tag früher die Dritte, ausgestoßen hatte. In diesem Fall war es mit meinem Einverständnis geschehen, weil ich eine Bitternis noch einmal hatte schmecken wollen bis auf ihren Grund.

SUPPENKASPER

Lange Zeit nach dem folgenden Ereignis erzählte mir in einer vertraulichen Stunde Christine von ihrem Erlebnis im Zoo.

Sie war, knapp bevor das Beil der Erkenntnis sie traf, kaum wiederzuerkennen und war doch Christine Schmitz, geborene Fitz. Verräterisch, wie sie sich lange bei den Elefanten rumdrückte, bei den Flußpferden und sich gar nicht trennen konnte von den

Bisons, die wahre Monumente sind und dunkle Gewitterwolken, ob sie bewegungslos dastehen oder frontal auf den Zuschauer losmarschieren, der nur standhält, weil er sich auf die stabile Umzäunung verlassen kann. Was fällt dabei auf? Es sind alles massige Fleischburgen, starke Festungen aus prall gewölbtem Fleisch, mächtige Muskelballungen, selbstgewisse Körper, auch wenn innen drinnen ihre Seelen noch so empfindlich beben mögen.

Es überraschte nämlich, daß Christine, anders als früher, wo sie die Sonnensittiche kaum eines Blickes würdigte, diese phantastischen Vögel, die einen blendenden Goldglanz, wie plötzlich, aber ohne Unterlaß getroffen von Strahlen aus der Höhe, auf ihren Flügeln tragen, leidenschaftlich in ihr Herz geschlossen hatte.

Warum vorher die bei ihr neuartige Neigung zu Wesen mit so gewaltiger Schwere, dauerhaft geschwellter Brust und übermütiger Ausdehnung in den Raum hinein? Den, der Christine von früher kannte, durfte ihre noch junge Zuneigung zu allem Lastenden eigentlich nicht wundern. Der Augenschein sprach Bände. Sie versank stumm in den Anblick eines ihr einmal vertrauten Zustands und versuchte sich an ein Gefühl zu erinnern, ich ahnte es sehr wohl, an eine Verfassung, die der dieser wuchtigen Tiere sehr ähnlich gewesen sein muß. Auch würde vielleicht ein kleiner Teil der überströmenden Elefantenkraft, mehr wagte sie nicht zu hoffen, über die Abtrennung hinweg zu ihr hinwandern und sie von innen wieder ein wenig auspolstern und gewichtiger machen. Durch starkes Wünschen könnte möglicherweise eine Ausgemergelte etwas Dickhäuterenergie einsaugen. Sie glaubte das allerdings nur noch schwach, dachte stattdessen, wenn sie Liebespaare sah: Die küssen sich, das schöne polsternde Fleisch um ihre Skelette herum. Wenn es so weiterginge mit ihr, würde sie schließlich zum nächsten Frühlingsbeginn sagen: Was soll das denn, dieses kindische Drücken und Pressen der Leiber!

Wie war das gewesen, als sie noch sicher in ihrem Fleisch geruht hatte, zwar fern davon, dick, gar fett zu sein, jedoch mit weichen Rundungen an den gehörigen Stellen, mit Ausbuchtungen und sanften Beschichtungen über Rippenbögen und Gelenken? Sie stellte es sich aus der großen Entfernung als reines Glück vor. Sah sie denn nicht auch am stets finster blickenden Bison eine strenge Zufriedenheit und beim Nilpferd eine behäbige Lust an den feisten Umhüllungen seines Knochengerüsts? Erkennen konnte sie sich unter diesen animalischen Übertreibungen nicht mehr, jetzt, wo ihr Körper arm und geizig geworden war und sie selbst eine solche Jammergestalt.

»Jawohl«, sagte sie zu Nilpferd, Bison und Elefant, »eine Jammergestalt. Selbst die Raubtiere würden mich verschmähen in meiner Dürftigkeit, wie man normalerweise auch das Fressen von Krallen und Schnäbeln ablehnt. Darüber hinaus ist nämlich nichts an mir dran. Ich fresse mich selbst.«

Leider ließ sich dem kaum widersprechen. Unter der papierdünnen Haut (»Meine Haut kommt um vor Durst und dörrt wie unter brennender Sonne, Tag und Nacht. Oder friert sie? Verdammt ja, sie friert, sie glüht, zum Wegrennen glüht sie. Dieses dauernde Frösteln beißt mit tausend winzigen Schnauzen wie ein Brennesselgebüsch.«) hatten sich, bei weggeschmolzenem Unterfettgewebe besonders zwischen Daumen und Zeigefinger, Mulden gebildet. An Ellenbogen und Schultern in ihrer heulend elenden Zerbrechlichkeit gab es keine versöhnlichen Übergänge, nur noch Täler und Schluchten durch das tief eingesunkene, in sich verkrochene, nein, ganz verschwundene Fleisch. Nichts als Haut und Knochen. Daß man das so wörtlich nehmen konnte! Sie vermied, sich zu wiegen, um den Schrecken nicht zu vergrößern durch eine Zahl, und wagte selten, mitten auf einer Treppe oder einem Weg zu gehen, da ihr das Gewicht zum festen Aufsetzen der Füße fehlte und sie zwischen den Begrenzungen taumelte wie beschwipst.

Manchmal schien sich die Kärglichkeit ihres Körpers bis in den Charakter durchzufressen, auch durchzufrieren. Sie spürte die sachte, unaufhaltsame Erosion bis in den Hinterkopf. Die meisten Sitzplätze waren für ihr kümmerliches Hinterteil zu hart geworden. Das Schlimmste und Lächerlichste bestand jedoch darin, daß sie an nichts anderes mehr denken konnte, jedenfalls nicht für längere Zeit. Der reduzierte Körper, anstatt beschämt im Hintergrund zu bleiben, spielte sich auf als die Hauptsache ihrer Existenz. Als kürzlich der dünne Berater für einen neuen Herd in ihrer Küche stand, hatte sie seinen Erklärungen kaum zugehört, nur seine entsetzliche Magerkeit gesehen und sich aus Mitleid für das teuerste Modell entschieden. Sie erkannte sich in ihm selbst. Das Ausgemergelte wurde zu ihrer neuen Leidenschaft. Die Leidtragenden mußten zusammenhalten.

In erster Linie nachts. Neu war tagsüber die Ungeduld bei allem, was sie erlebte, als könnte sie irgendwas nicht abwarten. Sie wußte nicht was. Nur im jederzeit erwünschten Schlaf hörte dieses gierige Hinstreben zu etwas noch Verhülltem auf. Er zierte sich jedoch oft, der Schlaf. In der Dunkelheit, neben der Wärme ihres Mannes, den sie liebte, befühlte sie die Schäden wie bei einer Fremden. In schamloser Neugier betastete sie leicht raschelnd ihre Überreste. (»Was schürft hier so?«, fragte gelegentlich der Mann schlaftrunken und träumte schon wieder vor ihrer Antwort, die sie sich deshalb sparte.) Ergebnisse abscheulicher Vergeistigungen einer ihr unbekannten Person, die an ihrer statt gekrümmt auf dem Laken lag! Sie addierte mittels innerlichen Buchführens das Hervorstechen der Beckenknochen, die ihren Bauch ins Konkave verunstalteten, verfolgte die von Tag zu Tag erreichten Stadien ihrer Deformation, das Schwinden der Muskeln an Armen und Beinen, empfand die geprüfte Gestalt als greises Kind, besonders nachdem ihre ohnehin kleinen Brüste nur noch mit Mühe für die Behauptung geradestanden, sekundäre Geschlechtsmerkmale der Weiblichkeit zu sein.

Ihre Finger machten nachts die Runde über den Körper, am Morgen taten es die Augen. Sie kontrollierten die schrittweise Veränderung. Dabei bemerkte Christine zuerst nicht, daß sich allmählich auch innerlich etwas verschob. Sollte man sagen, sie entwickelte einen gewissen Ehrgeiz darin, die Spuren ihres unaufhaltsamen Abmagerns, die wunderlichen, einfallsreichen Ausformungen und Schrumpfungen, die sie anfangs erschreckten und abstießen, zu konstatieren? Längst war ja aus dem, was man »überschlank« nennen konnte, ein Zustand mit dem Namen »dürr« und, fast noch scheußlicher, »hager« geworden.

Roch sie nicht auch anders als früher?

Peu à peu wurde eine fixe Idee daraus, die physische Reduktion, zu Beginn ohne Zielvorstellung im Hinblick auf die Zukunft und Endstation, eifersüchtig zu überwachen. Das Schwinden ihres Körpers war ihr mit niemandem geteilter, von niemandem streitig gemachter Besitz, über dessen Verhältnisse nur sie allein Bescheid wußte. Es gab verläßliche Fortschritte im Niedergang, die jeden Tag Neues vorwiesen, auch Fältelungen weit über ihr Alter hinaus, ständige Überraschungen für die noch immer ungläubigen, andere Volumina gewöhnten Hände und im eigenen Spiegelbild. Sie wurde nie enttäuscht in ihren Erwartungen, so, wie sie in der Zeitung beim Frühstücken in vergleichbarer Gier die Daten der mit den Jahreszeiten wechselnden, kontinuierlichen Sonnen- und Mondaufgänge und -untergänge las.

Es waren heimliche Triumphe über das sie verlassende Fleisch, indem sie dessen Treulosigkeit nicht länger erlitt, sondern seinem Schwinden durch Voraussicht zuvorkam. Schließlich sah sie es verblüfft, aber nicht reumütig ein: Eine verwerfliche Sucht beherrschte sie, eine Manie, nicht eigentlich immer dünner zu werden, aber die Etappen des Fortgleitens auf abschüssiger Bahn minutiös im Bewußtsein zu notieren. Was sollten ihr da der Rest der Welt, was sollten Himmel und Hölle?

Was war denn überhaupt geschehen? Wie hatte alles angefangen? Um eine Krankheit im amtlichen Sinn handelte es sich vielleicht gar nicht. Christine mußte lediglich, um anderen Unbill zu bekämpfen, eine sehr strenge Diät einhalten, die offenbar als Auslöser die Schuld an ihrer unbeabsichtigten Gewichtabnahme trug, die sie nicht eben hübscher machte, jedoch inzwischen auf verdrehte Weise eitel.

Über ihren Arzt, einen von der menschenfreundlichen Sorte,

war plötzlich das Unglück einer schweren Herzerkrankung hereingebrochen. Er saß ihr geistesabwesend drei Tage vor der ihm bevorstehenden nächsten Operation gegenüber. Ihre Nöte erreichten nicht sein Ohr. Sie schämte sich, bei dem in seinem Körpergefühl stark erschütterten Mann weiterhin Rat zu suchen, und da sie ihn nicht trösten konnte, verabschiedete sie sich ohne Ergebnis. Er bemerkte es gar nicht.

Allerdings uferten ihre eigenen Behelligungen in noch andere Bezirke aus, als sie stärker und stärker in den Bann ihrer seltsamen Droge geriet. Sie ertappte sich dabei, bedenkenlos Dinge, die ihr einmal teuer gewesen waren, wegzuschenken, wegzuwerfen und dabei ein Vergnügen zu verspüren. Fort mit Schaden! Geerbte Armbänder teurer Verstorbener, kleine Bilder und Bücher, schließlich Postkarten von Freunden, Briefe, die ihr Herz einst fast zum Brechen vor Schmerz oder zum lauten Klopfen vor Glück gebracht hatten, landeten nicht nur schnöde auf Nimmerwiedersehen, sondern von einer verbissenen Freude begleitet, in der Aschentonne. Ach, wie sie da verächtlich gegenüber den alten Gefühlen und Vergilbungen den Deckel zuschlug!

Noch einmal: Roch sie nicht auch anders als früher? Hätte ein Hund sie nach längerer Abwesenheit noch erkannt?

Bison, Elefant und Nilpferd, das waren saftige Brocken, Kaliber in strotzender Leiblichkeit. Christine betrachtete sie jetzt düster und ging vom einen zum anderen. Nein, sie wollte gar keinen Trost bei denen suchen. Sie wollte lachen über deren plumpe Ausmaße. Was stellten die schon dar gegen den Rausch ihrer hochflammenden Zerstörungslust! Der Zauber der Destruktion, die ihr Körper ihr so überzeugend vorlebte, erfaßte auch ihren Geist. Die Menschen und ihre Hervorbringungen, sogar die Landschaften waren nicht mehr sicher vor ihrem mörderischen Blick, den die Asketin nun für einen unbestechlichen hielt. Bloß keine Girlanden und Rüschen des Fleisches mehr. Wie elend doch alles war, wenn man die Illusionen wegfegte und die kaschierenden Umhüllungen abschabte!

Längst nahm sie an, eine schwere Erkrankung würde hinter ihrem Verdorren stecken, nicht die Diät.

Christine stapfte durch die »brachen Grundstücke und Ruinenfelder ihrer in Trümmer zerlegten Wirklichkeit«. So nannte sie es bei sich in stiller Begeisterung, und ihr Blick auf die Dickhäuter wurde abfälliger. Sie ließ sich nicht täuschen, sie sah unter den Beschichtungen die nackte Wahrheit, den Schädel, das Skelett.

Selbst etwas, was sie kürzlich mächtig aufgewühlt hatte, brachte sie nicht zur Umkehr. In einem schon älteren Video sah sie auf YouTube einen damaligen Superstar der Pop-Szene, der bei seinen Konzerten Zigtausende in Ekstase versetzt hatte. Bilder bis zum Anfang der Neunziger zeigten den Mythos, die Legende in prahlender Körperlichkeit, die er durch Ablegen der Kostüme mit all den betörenden Muskeln, in all seiner tänzerischen Geschmeidigkeit vorführte, jede winzige Geste eine kalkulierte Verführung. Wenn das Publikum nach weiterer Entblößung verlangte, verbarg er mit lasziven und abrupten Bewegungen, wonach sie gierten, bis er mit neuen Einfällen die Begehrlichkeit der Menge weckte. Alles an ihm war ironische Übertreibung, frivoles Radschlagen, hochmütige Künstlichkeit, die er als sein wahres, lockendes, für andere unerreichbares Leben suggerierte. Die Leute verfielen seinem Stolzieren wie seiner triumphierenden Stimme.

Wären nur seine Augen nicht gewesen. Diese Augen redeten in einer davon grell verschiedenen, seine Performance widerlegenden Sprache. Auch bei seinen tollsten Bühnen-Kapriolen, beim wildesten Jubeln des Publikums drohten sie. Sie attackierten. Es waren Abgründe, aus denen ein feindliches, nachtschwarzes Vermuten aufstieg. Zumindest auf dem Bildschirm hätte man es eigentlich nicht übersehen können und gewarnt sein müssen. Die wenigen, die es vielleicht wahrnahmen, empfanden es als dämonisch, diabolisch. Mag sein.

Was aber kündigten sie an? Wußte der Sänger überhaupt von seinen furchterregenden Blicken? Setzte er sie bloß leichtfertig ein oder wollte er sie, die schweigenden Spielverderber, am Ende gar nicht wahrhaben?

Bis es in herzzerreißendem Kontrast zu Tage trat. Als Christine auf das letzte Video des Sängers stieß, schlug die Falle über ihr zu. Was sie sah, entsetzte sie und zog sie so sehr an, daß sie sich dem Vergleich des strotzenden Lebens (so wie man den unvermittelten Absturz in einem barocken Vanitas-Gedicht genießt) mit dem Zeugnis, mittlerweile ein Vierteljahrhundert alt, der letzten öffentlichen Tage des aidskranken Popstars wieder und wieder aussetzte. Die Schwachheit des Sterbenden, der sich überstark schminken und in ein Glitzergewand hatte stecken lassen, das um seine abgemagerten Glieder schlotterte, rief noch einmal den Glanz, das Fieber seiner provozierend tobenden Körperpracht wach: In schwerfälligen Fortbewegungen zitierte er sich, zaghaft, mit dem scheuem Lächeln untröstlicher Traurigkeit, ein Ausgestoßener, vom Tod Eingeschüchterter, inmitten seiner hilflosen Freunde und Imitationen seiner selbst. Er persiflierte das ehemalige Explodieren seiner Extremitäten, und man erkannte tatsächlich von fern die Nachahmungen, den Widerschein.

Die Augen hatten gesiegt. Umgekehrt zu den Veitstänzen des Körpers war früher ihr bohrender Ausdruck unter Umständen nur des Effekts wegen markiert gewesen, und man konnte sich lästerlich fragen, ob der Superstar auch beim Rasieren so böse aus der Wäsche kuckte. Böse gegen wen? Jetzt, wo er sein eigenes, schlecht agierendes Double wurde, waren sie die einzigen echten Überlebenden. Ihr nachtschwarzes Vorauswissen hatte sich durchgesetzt in einem Gesicht, dessen reine Schädelgestalt nur noch rot und schwarz bemalte Haut fleischlos überzog.

Es war der Tod, der aus ihnen, Hohn und Demut erzwingend, blickte und nicht allein den Sänger ausgehöhlt hatte zu einem Gehäuse, in dem er, der Tod, unumschränkt herrschte, sondern den Betrachter anstarrte und grausig prophezeiend, lebhaft funkelnd aus dem müden Gesicht heraus ihn fixierte und meinte.

Nein, auch da ging Christine noch nicht in sich. Das geschah erst, als ihr, während sie sich über ein Brückengeländer beugte, der Trauring vom neuerdings allzu knochigen Finger rutschte und im schlierigen Wasser versank.

Plötzlich, als er so sang- und klanglos verschwand, packte sie ein Entsetzen. Bilder von goldenen, in den Fluten verlorengehenden Dingen, die als heilige, auch als katastrophale Symbole von alters her die Herausforderung von scheinbar ewig Gültigem darstellten, bestürmten sie. Die Gewalt des Schicksalhaften brach mit unerbittlicher Autorität über ihr zusammen. Der Abgrund, der sich auftat, klaffte eisiger als die letzten Endes spielerische Vorstellung vom Tod. Es ergriff sie ein Grausen vor ihren eigenen unbarmherzigen Abstraktionen, aus denen alle Zuneigung entschwunden war und angesichts derer auch ihre größte, die größte Liebe ihres Lebens, die zu ihrem Mann, wie sie nun begriff, ins Wanken geriet.

Noch versuchte sie sich wieder für eine verzweifelte Weile an den Anblick der großen, in gutmütiger Schwere dastehenden Tiere zu klammern. Eine Rettung boten sie Christine nicht an. Da stieß sie sich ab von den Gehegen und rannte los durch den menschenleeren Zoo in großer Verlassenheit, bis sie, als wäre es Zufall, bei den Sonnensittichen ankam.

Ihr Mann, der sich seit Monaten viel mehr Sorgen um sie machte, als sie ahnte, und mit dem sie sich im Zoo verabredet hatte, wunderte sich nicht, sie am Vogelhaus anzutreffen, denn das tat er meist. Er staunte nur über ihr besonderes Lächeln, das er, so sehr die gesamte Gestalt erfüllend, noch nie bei ihr wahrgenommen hatte. Auch ihm hätte sie nicht erklären können, was sich vor dem Maschendraht der Eckvoliere ereignete. Zunächst, meinte er ihrem Gestammel entnehmen zu können – und er hörte mit großer Geduld zu –, empfand sie, obschon sie es als Halluzination identifizierte, das Anschwellen ihres Körpers, spürte eine sie überwachsende Weichheit und vergessene Samtigkeit, während die Vögel das Gold ihrer Schwingen bereitwillig vor ihr in schnellen Schwüngen auffächerten. Das abhanden gekommene Gefühl, von bergendem Fleisch umschlossen zu sein, wurde ihr neu geschenkt. Ohne aber diese altvertraute Glücksempfindung mit ihren aus der Übung gekommenen Sinnen geruhsam auszukosten, entstand eine wunderbare Gleichgültigkeit in ihr. Dem Leiblichen, das ihr nun wieder eine sichere Basis bot, entschlüpfte sie gewissermaßen. Das war eine noch größere Wonne, als ihn, den heimgekehrten Körper, zu genießen. Das Beil einer nicht zu schildernden Erkenntnis zerschmetterte und befreite sie.

Sie flog, so unwahrscheinlich es klingt, den fleischlichen Konturen davon und schwang sich, wie die unbegreiflicherweise aus ihrem Käfig in die Freiheit gelangten Sonnensittiche, immer höher. Immer, immer höher, den Vögeln mühelos nachfolgend, einer immer strahlenderen und nochmals strahlenderen Helligkeit entgegen, wobei sie wohl die Besinnung verlor, um das Neue ertragen zu können.

Nur ihr Mann erkannte, als er die dünne Gestalt vom Boden auflas, den noch nicht verblaßten, goldenen Schein der schön gefiederten Vögel, der sich auf ihr niedergelassen hatte, ganz so, als wollte er von nun an ewig bei ihr bleiben.

So hat er es ihr später, nach ihrer Rettung erzählt.

MÜMMELE PÜTZ

Ich hatte zum Frühstück an die ungeheuerlichen Strategien der im Vergleich zu den Felsen himmelschreiend zarten und zähen Blumen des Hochgebirges gedacht, an die Manipulationen und Listen der oft winzigen Pflanzen, sich durchzusetzen, ihr Bestehen im kurzen Sommer zu sichern: Gedeihen, Befruchtung, Nachfolge unter schwersten Bedingungen. Bei aller gelegentlichen Pracht ein Kampf der stets wachsamen, ebenso empfindlichen wie abgehärteten Vegetation gegen eisige Kälte, Sonnenstrahlung, enorme Temperaturschwankungen, Kargheit und Knappheit des Erdreichs.

Gerade da drang einer der gefürchteten Briefe mit schwarzem

Rand ins Haus ein. Ach, schon wieder! Wieder einmal hatte es also jemand nicht geschafft, vorläufig im Kampf ums Dasein das letzte Wort zu behalten. Als Absender, nach dem ich gleich ängstlich Ausschau hielt, war in vornehm grauer Schreibschrift »Trauerhaus Kranz« angegeben. Sofort traute ich mich, den Brief zu öffnen, wagte mich sogar ein paar Tage später zur Beisetzung auf den Friedhof.

Und da war und da schritt sie, Katharina Pütz, verheiratete Kranz, frisch verwitwet und trotz ihrer wahrlich geringen Größe unter einem hoch aufragenden Hutgerüst, von dem schwarze Schleier herabwehten und ihre Tränen verhüllten, der rechtmäßige Mittelpunkt einer großen Beerdigungsgesellschaft.

Es überraschte mich nicht, von der Vorwarnung durch den Brief abgesehen, sie bei dieser Gelegenheit wiederzutreffen. Ich hatte sie lange nicht gesehen, aber vor einigen Jahren in der Zeitung von ihrer Heirat mit dem deutlich älteren, sehr beliebten Schauspieler, auch Fernsehkommissar Sven Kranz gelesen und dabei laut gelacht. Ich kannte ihn von früher, ich liebte schon als Gymnasiastin seine heisere Stimme. Er war also weggestorben.

Katharina, die ich im Stillen, niemand hörte es, bei mir wie in vergangenen Zeiten »Mümmele Pütz« nannte, klappte den Trauertüll hoch.

Wir sprachen zu diesem Zeitpunkt noch nicht miteinander, denn man umdrängte die Witwe kondolierend von allen Seiten. Schließlich, in der Gaststätte, half man ihr, den von zahlreichen Fotografen erfreut zur Kenntnis genommenen Aufbau zu entfernen. Scharlachrot leuchtete ihr Haar aus dem düsteren Gespinst, wie man es von der Kopfplatte des Schwarzspecht-Männchens kennt. Schon im 1. Schuljahr, als ich sie kennenlernte, hatte sie ja auf ihrem Dunkelblond je nach Gelegenheit eine rote Schleife, Kappe, Mütze getragen.

Beim Essen lockerte sich die Stimmung. Man lobte ungeniert die perfekte Organisation der Bestattungszeremonien einschließlich großzügiger Bewirtung. Sogar das Wort »Management« fiel.

Die Witwe, wunderschön blaß, nahm das Lob, nach allen Seiten nickend, sich verbeugend nach dem würdevollen Trauerschritt hinter dem Sarg, mit Anmut entgegen. Es handelte sich ausschließlich um ein von ihr geleistetes Werk. Warum sollte der Schmerz sie daran hindern, das Preisen ihrer Verdienste zu genießen?

Sie bedankte sich zu unserem Erstaunen und unserer Verlegenheit mit dem freimütigen Schildern ihrer Liebe zu Kranz, von dem sie nur als »Kranz« sprach, was seine künstlerische Männlichkeit glücklich betonte, und, was noch mehr interessierte, mit der Geschichte seiner Eroberung. Es mochte sie trösten.

Ob man sich an seinen göttlichen Mephisto erinnere? Bereits als Teenager, so Mümmele Pütz, sei sie in den Schauspieler Kranz aus der Ferne leidenschaftlich verliebt gewesen, habe sich allerdings nie träumen lassen, jemals die Frau des heftig umschwärmten Stars zu werden.

Im Gegensatz zu ihren zielbewußten Brüdern – auch sie hatten den großen Kranz zur letzten Ruhe geleitet, dann aber leider gleich zum Zug gemußt, seien also nicht mehr unter den Trauergästen – alle in Führungspositionen, der erste Klinikchef, der zweite Zoodirektor, der dritte Chefredakteur einer christlichen Zeitung, im Gegensatz dazu habe sie als die verwöhnte Jüngste erstmal alles Mögliche ausprobiert, um ihre eigentliche Begabung herauszufinden.

Alle lauschten gespannt. Sie erzählte immer lebhafter, befreite Hals und das alles in allem geschmackvolle Dekolleté beim Reden von den Resten der schwarzen Garnituren und lächelte in die Runde. Wäre sie nicht vor kurzem Witwe geworden, hätte ich es bei mir: schelmisch genannt.

Zu ihren Fähigkeiten habe auch das Fotografieren gehört. Deshalb sei sie im Besitz einer Profikamera gewesen. Eines Tages nun habe sie erfahren, daß Kranz zu einem Gastspiel in ihrem damaligen Wohnort Krefeld erwartet wurde. Durch gute Kontakte zu den lokalen Zeitungen sei es ein Leichtes gewesen, seine Hoteladresse und seine voraussichtliche Ankunftszeit herauszukriegen. Als angebliche Pressefotografin habe sie ihm am Nachmittag mit klopfendem Herzen und in Kriegsbemalung regelrecht aufgelauert.

Wieder lächelte sie, als bäte sie uns um Verzeihung für die kleine List. Ergreift nicht auch das Schwarzspecht-Weibchen bei der Balz die Initiative?

Er habe sich verspätet und sei daher in Eile gewesen. Trotzdem habe sie sich nicht gescheut, ihn um ein Foto zu bitten. Nie werde sie die Sekunde vergessen, in der sie einander dabei zum ersten Mal im Leben in die Augen gesehen hätten. Ein Blitz! Ein Donnerschlag!

Hier hielt Mümmele Pütz inne und wischte sich ein paar Tränen ab. Keiner der Zuhörer wagte, sein Besteck oder Glas zu berühren. Ihre Schultern zuckten einige Momente. Dann hob sie tapfer das Kinn.

Was sie geredet hätten, wisse sie selbstverständlich nicht mehr, jedenfalls sei eine Verabredung für den Abend nach der Vorstellung an derselben Stelle im Hotelfoyer dabei herausgekommen und das unter dem Vorwand, das schnelle Nachmittagsfoto sei gewiß unbrauchbar. Sie habe gar nicht fassen können, so leicht zu dem gefeierten Mann vorgestoßen zu sein, und während seines Auftritts im Theater nur die berühmte Stimme wahrgenommen, nicht den Inhalt, auch nicht recht geglaubt, daß er sich wirklich nach dem vielen Beifall an ihre Absprache erinnern würde. Wäre da nicht der Blick gewesen! Der habe sie gegen alle Zweifel ermutigt. Zum vereinbarten Termin, schon fast zu nächtlicher Stunde, habe sie sich vor dem Hotel eingefunden. Dort sei er bereits rauchend in seinem Regenmantel auf- und abgegangen, ungeduldig, einsam, zu ihrer Freude tatsächlich nervös.

Sie sah es in so ausdrucksvoller Weise vor sich, daß es sich auf uns Eingeweihte als ihre Komplizen übertrug. Das allgemeine Schweigen wagte keiner zu unterbrechen, bis sie sich wie erwachend schüttelte.

Daß sie von dieser Nacht an ein Paar gewesen seien, hänge sicher auch mit einem ihm widerfahrenen Unglück zusammen. Die beliebte Schauspielerin Traudel Hirt, seine langjährige Lebensgefährtin, sei nur zwei Monate vorher gestorben und sie selbst zu diesem Zeitpunkt nicht wirklich gebunden gewesen. Das Schicksal, wenn nicht Gott selbst, habe es so gefügt. Auch sei natürlich der beträchtliche Altersunterschied von 30 Jahren, da wolle sie sich nicht täuschen, wohl kaum als ungünstig für sie ins Gewicht gefallen. Was sie früher diesem prominenten Mann gegenüber eher schüchtern gemacht hätte, machte sie nun, damals noch so eben in ihren Zwanzigern, eigentlich ein bißchen drüber, frech. Sieg der Biologie! Große Liebe! Den Schwindel mit der Pressefotografin habe sie ihm bereits am nächsten Morgen gestanden.

Nach Schluß des Trauer-Imbisses trat ich auf sie zu. Ich umarmte sie, wie die Situation es nahelegte und sagte in bester Absicht, da ich den vertraulichen Gruß für privater hielt als eine Floskel der Anteilnahme: »Mümmele Pütz!«

Ein Fehler, ein Vergehen! Sie fuhr zurück, funkelte mich unfromm an und verzog das Gesicht zum Weinen, genauso, wie ich es eben bei den schmerzlichen Erinnerungen an ihren Mann beobachtet hatte. »Weißt du denn«, flüsterte sie weh, fast ein wenig ersterbend, »weißt du denn, wie tief mich dieser Name immer gekränkt hat? Zuhause nannten mich doch alle ›Queenie‹, und ihr wolltet und wolltet es, von der ersten Klasse an, nicht akzeptieren. Gekränkt und verletzt hat es mich bis heute, auch wenn ich nie über dieses Trauma gesprochen habe. Ich spüre es jetzt sogar stärker als früher.«

»Etwa ›Queenie‹ von ›queen‹?«, flüsterte ich verblüfft zurück.

»Was sonst! Für meine Familie, auch für die Onkel und Tanten, war ich eine niedliche kleine Königin. Dann bin ich in die Schule gekommen und sollte plötzlich gegen meinen Willen ›Mümmele Pütz‹ sein. Es hat euch nie gekümmert, was ihr mir damit angetan habt.«

Vielleicht wußte sie nicht mehr, wie es zu dem Namen gekommen war? Sie hatte ihn sich doch selbst eingebrockt und ihn in Wahrheit damals auch als rauhe Zärtlichkeit gegenüber ihrer winzigen, ziemlich wehrhaften Person begriffen. Mümmele Pütz, der kleine Teufel, der sich vor den Erwachsenen so brav stellen konnte, aber bei uns, wegen seiner Schienbeintritte unter dem Schild des Welpenschutzes gefürchtet, fest auf unsere Beißhemmung vertraute, hatte in den ersten Klassen die Eigenart, ständig in der Nase zu bohren. Das tat sie nicht als einzige, doch niemand sonst steckte sich die zu Tage geförderte Beute, unerschöpfliche Mengen an Nasenborke, die bei uns Kindern »Kimmel« hieß, kaum war sie aufgespürt, wieder zurück in den Mund zum andächtigen Verzehren. Sie überließ die Fundstücke, die ihr eigener Körper ihr bot, keiner Außenwelt. Sie alle wurden, nachdem sie das Licht der Welt erblickt hatten, sofort zurückgestopft und geizig weggemümmelt.

Bei ihrem ersten Anruf nach der Trauerbegegnung pries ich, einer inneren, kaum ironischen Stimme der Gutmütigkeit folgend, noch einmal das ausgezeichnete Arrangement des gesamten Beerdigungsvorgangs. Das Lob beschwingte sie, keiner der erwarteten Schluchzer drang zu mir her. Der Tod sei ja nicht plötzlich gekommen, so habe sie genügend Zeit gehabt, alles zu planen. Mir fielen zwei von ihr gleich mehrfach benutzte Wörter und Benotungen auf. Sie stellten sich bald als ihre Lieblingsadjektive heraus: »engagiert« und »unkompliziert«. Daran gemessen, mußte ich menschlich bei ihr durchfallen. Sie wußte es bloß noch nicht. Wir lernten uns ja erst allmählich wieder kennen.

Der Glanz, der sie als Witwe des großen Mimen beschien, dauerte, wohl gegen ihre Hoffnung, nur kurze Zeit. Zu viele andersartige Stürme fuhren über die Welt, als daß sich die Öffentlichkeit, und sei es nur ein schmales Segment, am Nachsinnen und neugierigen Erkundigen bei der gewiß auskunftsfreudigen Witwe aufgehalten hätte. Es gab ein paar Interviews, einen peripheren Auftritt in einer Talkshow, der sie mit äußerster Anspannung entgegengesehen und für die sie im Vorfeld eine großflächige Information potentieller Zuschauer betrieben hatte. Ihre Idee, einen größeren posthumen Festakt mit nachgereichter Ehrenplakette für Kranz in seiner Geburtsstadt Essen durchzusetzen, für den sie, neben dem bürokratischen und psychologischen Aufwand, schon eine Urkunde und eine Choreographie entworfen hatte, bei der sie langsam eine Treppe zu den Zuschauern herunterschreiten würde, schmetterte die Kulturverwaltung ab. Ein Verlag für ihre »Erinnerungen an Kranz – ein Kranz von Erinnerungen«, in Windeseile von ihr aufs Papier geworfen, da sie wohl schon zu Lebzeiten ihres Mannes manches vorsorglich notiert hatte, ließ sich nicht finden. Unerschrocken, wenn auch schwer beleidigt von der ungetreuen Welt, gab sie einen kleinen Sonderdruck heraus mit einem schönen Porträtfoto des Paares und verschickte ihn an selbst sehr entfernte Bekannte. Das sei sie dem Schauspielgenie schuldig. Jeder, der den Druck erhielt, schrieb lobend zurück. Es genügte ihr jedoch nicht. Sie versuchte, unter ihrer Leitung einen Kranz-Kreis ins Leben zu rufen. Auch das mißlang. Die Leute klatschten anfangs Beifall, hielten dann aber nicht durch.

Harte Schläge für Mümmele Pütz, die sie nur mit Intrigen gewisser Neider erklären konnte! Ich hörte bittere, bisweilen haßerfüllte Worte am Telefon. Als ich sie in ihrer Wohnung besuchte, führte sie mich in ihr Arbeitszimmer. Obschon sie keiner normalen Beschäftigung nachging – Kranz hatte seine Gagen gut für sie angelegt – zeugte der Raum von heftigster Tätigkeit. Sie selbst blickte alle drei Minuten auf ihr Smartphone, wie gehetzt von höherer Stelle. Überall sah ich Akten, Computer, Drucker, Korrespondenz. Sie war ein bißchen dicker geworden, besonders um die Hüften herum. Die Haare leuchteten nach wie vor rot, Signal und Kopfwunde, je nachdem. Im Hintergrund stand ein schmächtiger Mann, eine Art Diener oder Sekretär oder Liebhaber. Er gab keinen Ton von sich, wäre auch, hätte er sprechen gewollt, nicht dazu gekommen. Mümmele Pütz hielt das Heft in der Hand. Die Büroausstattung bezog sich inzwischen nicht mehr auf ihre resonanzlosen Geschäftigkeiten das Andenken Kulturbeflissener an ihren Mann betreffend. Es gab ja nicht das geringste Echo. Deshalb hatte Mümmele Pütz jetzt ihre ganze Energie auf ehrenamtliche

Tätigkeiten geworfen. Sie betreute krebskranke Kinder und gehbehinderte Senioren, unter ihnen »wunderbare, ganz wundervolle Menschen«, von denen man »so viel zurückbekommt an Liebe«. Angesichts von deren »immenser Dankbarkeit« war sie bereit, sich bis in die Nächte hinein aufzureiben. An den Wänden hingen unter Glas viele Briefe, lauter Hymnen auf Mümmele Pütz und ihre Hilfsbereitschaft. Dort hieß sie natürlich Katharina Kranz-Pütz. Ihr Lieblingswort war jetzt »Kontakte«. Die Zahl ihrer Gefolgsleute wachse von Tag zu Tag.

Nur dauerte das Glück, wie ich im Laufe der Zeit feststellte, nie lange. Immer enttäuschte man sie nach einer gewissen Zeit. Wenn der Applaus verebbte, verließen sie die Kräfte. Sie entzog den ehemals geliebten Freunden alle Zuneigung, mied und beschimpfte sie gar. Kehrte das Lob durch glückliche Umstände dann doch wieder zurück, glühte und blühte Mümmele Pütz wie frisch verliebt – und brach erneut zusammen, sobald der Beifall erlahmte.

Der Mann im Hintergrund ihrer Wohnung ertrug das Auf und Ab offenbar mit Fassung, verblich aber von Mal zu Mal, wirkte zunehmend krumm und trotz seiner Jugendlichkeit verhärmt. Hätte er sich ihr nur auf Knien nähern dürfen? Ich wurde zu meiner Beschämung Zeuge, wie sie ihn niedermachte. Ihre stärkste Waffe, ja Peitsche war immer und jederzeit die tränenerfüllte Klage: »Du hast mich verletzt!« Damit erstickte sie jede Aufsässigkeit. Dann schlug er halb anbetend, halb angewidert die Augen nieder.

Eines Tages war er verschwunden. Mümmele hat ihn ausgepustet, dachte ich, hoffte aber, er hätte sich rechtzeitig gerettet vor dem kreatürlichen Egoismus, nach dem sie roch, ähnlich sehr starkem Schweiß, den ein teures Parfüm überlagern sollte. Wie ungeheuer enttäuscht sie nach seiner Flucht von ihm redete, von der »Verletzung«, die er ihr, der rastlos Schaffenden, nach seinem bequemen Leben auf ihre Kosten zugefügt hatte! Ohne eine Silbe des Dankes schurkisch entschwunden! Das würden auch alle ihre Freundinnen meinen: »Er hat sie unendlich verletzt«, riefen sie, einzeln und im Chor, solange die Sympathie von Mümmele

Pütz aus irgendwelchen Gründen nicht in Zorn auf sie umschlug. Schlichte Gleichgültigkeit, die doch meist in der Welt der Fall ist, gegen ihre Person überstieg ihre Vorstellungskraft.

Wie sie es verstand, vielleicht tatsächlich von Kopfschmerzen und allgemeiner Schwäche geplagt, zu Herzen gehend verlassen in ihrem Sessel zu sitzen! Wie sie strahlend hochschnellen konnte, sobald ihr aus dem Telefon eine schmeichlerische Stimme die Welt auspolsterte! Waren die Komplimente verstummt, welkte sie erneut entweder in einem der Ohnmacht ähnlichen Zustand dahin oder versank in trostlosem Griesgram.

Einmal hatte ihr der Schattenmann in meiner Gegenwart beim gewalttätigen Ausdehnen eines widerstrebenden Hefeteigs exakt bis in die vier Ecken eines Backblechs zugesehen. Er schien das wütende Traktieren ihrer kleinen Hände direkt auf sich zu beziehen und grinste verzweifelt den Teig an und mich.

Um es kurz und harsch zu sagen: Sie suchte ihre Seele nicht in sich, sondern außerhalb ihrer Körperkontur, ständig auf der Jagd nach entzückten Spiegeln. Wie beim Schmecken von Süßem wurde sie nur hochgestimmt, wenn sie ihre nicht zu beherrschende Sucht nach Anerkennung zumindest einigermaßen befriedigen konnte. Zu sättigen war sie nicht. Ohne Aktivität des neuronalen Belohnungszentrums verfiel sie stante pede in Depression und ließ die herzlose Umwelt dafür büßen. Die vor Betätigungslust berstende Person verwandelte sich dann übergangslos in eine weinerliche, sogar bösartige Zumutung.

Ich nahm es hin, weil sie mich rührte, eher noch, weil ich im Notfall flüchten konnte. Dann jedoch, während eines von mir absolvierten Besuchs, mehr aus alter Anhänglichkeit Sven Kranz als ihr gegenüber gedacht, lag auf dem Tisch eine zufällig aufgeschlagene Zeitungsseite mit dem aktuellen Foto der durch Bomben zerstörten Paläste in der jemenitischen Hauptstadt Sanaa. An ihren Fronten waren zwischen Ruinen und hinter Schuttbergen noch Reste der herrlichen alten Ornamente erkennbar. Als Mümmele Pütz wegen einer ihr widerfahrenen Bagatelle, sei's vom Fußpfleger, Polizisten oder Pastor, zu jammern begann, schlug ich mit der Faust auf das Bild der katastrophal verwüsteten Stadt und schrie: »Und das?«

Sie begriff, was ich sagen wollte, augenblicklich. Stumm betrachtete sie den neuen Feind. Dann öffnete sie den Mund, aber erst beim dritten Versuch brachte sie die fünf Wörter zustande: »Du tust mir so weh!«

»Du tust mir so weh!«

Ich kannte den Satz. Gerade sie hätte ihn angesichts ihres nichtswürdigen Kummers aufgrund meiner Kritik niemals sagen dürfen. Es war eine Entweihung, die ich nicht ertrug. Ohne eine Erklärung verließ ich für immer ihre Wohnung, allein, aber mit dem alten Satz im genauen Wortlaut in mir drinnen, wie gestern gehört.

Damals, kurz nach der Wende, in Neustrelitz, Stendal oder Neuruppin, hatte ihn ein Kind weinend hinter der verbarrikadierten Fassade eines halb abgerissenen Hauses gesagt, einige Male. »Du tust mir so weh!« Einige Male oder nur ein einziges Mal? Ein klagendes Stimmchen, leise, aber markerschütternd, zart, in mir dröhnend bis heute. Es gab zu dieser Zeit noch viele Häuser, die aussahen wie dieses, trotzdem von Leuten bewohnt, die für westdeutsche Besichtiger der Stadt allerdings unsichtbar blieben. Ich stand ratlos davor in der frostighellen, lautlosen Mittagsstunde. Keine Menschenseele ließ sich blicken. Was sollte ich tun, ohne das Risiko eines peinlichen Einbruchs in Familiäres? Vielleicht, sagte ich mir nach einer halben Minute und dann zögerndem Weitergehen, hat es gar nicht um Hilfe gerufen. Die Mutter verbindet dem Kind nur eine kleine Schnitt- oder Brandwunde. Es wird ihm geholfen und nichts von dem angetan, was man nicht wiedergutmachen kann. Ja, ja, so wird es sein.

Vor mir aber stand ein anderes, ein gewalttätiges Bild von der Szene im Inneren des ruinierten Hauses.

Bis heute habe ich es trotz des beschwichtigenden Zuspruchs an mich selbst nicht vergessen, dieses »Du tust mir so weh«, nicht diesen Satz, nicht meine Angst vor der Blamage, nicht mein Versagen, nicht meine Gewissensbisse. Fünf Wörter, aufgehoben in der sanktionierten, verschlossenen Kammer meines Herzens, mit denen ich mich, in sie eintretend, bei Anfällen von Selbstgerechtigkeit bestrafe.

Wie mochte das Kind ausgesehen haben? Erst an dem Tag, an dem ich Mümmele Pütz erbittert verließ, stellte ich mir spätabends diese Frage. Möglicherweise war es sechs Jahre alt und trug eine rote Mütze auf dem Kopf.

»EIN RISS GEHT DURCH DIE WIRKLICHKEIT«

Das Sonderbarste an Dr. Guido Zenk war die überaus kindliche Gestik, wenn er sich mit den fetten Händchen, das rechte von einem Goldring geschmückt, in dem der Brillant fehlte, gelehrt und emphatisch über seine Kardinalleidenschaften erging: Oper schlechthin, spätromantische Symphonik, phantastische Literatur und Malerei. Der Tendenz zum Dekadenten, deren Offensichtlichkeit er geleugnet hätte, schien das geradezu niedliche Auf und Ab der kleinen Hände, das rundliche Rudern der kurzen Arme überdeutlich zu widersprechen. In Wahrheit hielt sich beides wohl eher die Waage und bedingte sich sogar gegenseitig. Ein Freund, der ihn wegen einer Krankheit nackt im Bett hatte liegen sehen, behauptete, wie die Hände, so sei der gesamte Körper Zenks, glatter weißer Speck rundum, sacht glänzend, ein fetter Schwanenrumpf. Zenk tat nichts dafür, die Feistheit seines Leibes zu verringern. Sie kümmerte ihn nicht. Er schüttete drei Teelöffel Zucker in eine Tasse Kaffee. Wenn er sich beobachtet fühlte, verdoppelte er die Menge und lächelte dabei, nicht nur zufrieden, sondern schadenfroh. Er wischte den Gesundheitsaposteln eins aus.

Früher, in seiner Jugend, war er ein weitgereister Mann gewesen. Es zog ihn nicht nur zu den europäischen Opernhäusern, auch die architektonischen Berühmtheiten lockten ihn eine gewisse Zeit. Eines Tages aber, erzählte er gern, als er zum ersten Mal auf den Stufen der berühmten Spanischen Treppe gesessen habe mit Blick auf die düsteren Fassaden des Corso, sei ihm der Gedanke, vielleicht doch eher die Empfindung gekommen, wie komisch es sei, daß er hier in seiner elenden Wenigkeit mit dem in der ganzen Welt gerühmten und dem Reisenden als Wunder der Anmut zudiktierten Bauwerk zusammenstoße. Kein melodischer Klang. Was ihn einige Jahre euphorisiert habe, nämlich genau das, der Zusammenprall, sei ihm plötzlich in seiner ganzen existentiellen Fülle als Unding erschienen, das er von da an gern dem globalen Touristenvolk überlasse. Logisch konnte man das nicht ohne weiteres nachvollziehen. Das störte ihn jedoch nicht. Er blieb lieber zuhause, bewunderte aber, ohne Interesse an einer Nachahmung, die kühnen Himalaja-Reisen seines Bruders. Es genügte ihm, dessen Berichte anzuhören und sich alles vorzustellen, ohne die Gefahr, ihm könnte ein Härchen gekrümmt und der dicke weiße Leib beschädigt, gar schlecht ernährt werden.

Dieser deutlich ältere Bruder hatte während beider Irakkriege in einer Einzelaktion vor der amerikanischen Botschaft ungeachtet seines Rheumas campierend protestiert, wobei er beim ersten Bush-Krieg auch von Intellektuellen keine Unterstützung für seinen entschiedenen Protest fand. In beiden Fällen wurde er schließlich von der Polizei weggeschleift. Auch das erfüllte Guido mit Respekt, schon fast Ehrfurcht, obschon er leise den Kopf darüber schüttelte. Was war der Bruder doch für ein rührender Feuerkopf. Als ließe sich durch solche Manöver jemals irgendwas bewirken! Trotzdem war er stolz auf ihn.

Wovon er lebte? Er hangelte sich durch mit Opernrezensionen, Aufsätzen, Lexikonartikeln, Herausgabe und Vorworten zu Sammelbänden. Reich wurde man davon nicht. Oft erzählte er von den schalkhaften Unterredungen mit dem für ihn zuständigen Bankangestellten, der ihm mit dem Finger drohend Ermahnungen zuteil werden ließ, sein Konto nicht noch weiter zu überziehen: »Herr Dr. Zenk, so kann es nicht weitergehen!« Zenk aber hatte seit jeher ein positives Verhältnis zum Schuldenmachen. Außerdem gab es eine Reihe von Bekannten, die sich von seiner Lebensweise angezogen fühlten, ohne sie selbst zu riskieren. Sie luden ihn hin und wieder zu feudalen Essen ein und versorgten ihn mit abgelegten Krawatten, Anzügen, Mänteln. Die Jacken und Hosen waren immer etwas zu eng. Es focht Zenk nicht an. Wenn nur Farbe und Muster seinen Vorstellungen entsprachen. Durchgehend dunkle Tönungen sollten in gebieterischer Diskretion dennoch heimlich alarmierend wirken. Das Signal: Dieser Mensch drängt sich niemals auf, aber Vorsicht, man muß durchaus mit ihm rechnen. Es kann Ungeahntes aus ihm hervorzüngeln, bei dem niemand weiß, wann.

Freunde chauffierten ihn zu Opernaufführungen in anderen Städten, vor allem in Ostdeutschland. Handelte es sich um Freundinnen, verlangte er von ihnen eine rauschende Theatergarderobe in Taft und Samt. Da er die Inszenierungen besprach, mußte er seine Karte nicht bezahlen, was ihm auch oftmals schwergefallen wäre. Am liebsten waren ihm Begleiter, die wie er selbst, besonders bei Bellini und Mascagni, nie bei Henze oder Rihm, von Schauern heimgesucht wurden, auch vom Tränentrieb. Mit ihnen tauschte er sich hinterher in einer Art Konkurrenz oder gar wettkampfmäßig darüber aus, wie oft ihnen in der Aufführung solche penibel vermerkten Erschütterungen widerfahren waren.

Man fühlte sich wohl in seiner Gegenwart. Auf seinem Wohnzimmertisch lag ein dicker, orientalisch gemusterter Teppich. Zwar waren die Fenster seiner bescheidenen, in der Altstadt gelegenen Behausung mit durchsichtigen Scheiben versehen und nicht, wie man es von niederländischen Gemälden kennt, bunt verglast, Zenk sorgte aber für ein gleichmäßiges Dämmerlicht, so daß man sich in altholländischer Geborgenheit befand. Er verstärkte sie durch das gemütliche Rauchen einer Zigarre und die Bücherstapel auf Hockern, Tischen, auf dem Fußboden. Zenk pflegte dem Besucher lächelnd gegenüberzusitzen, jederzeit freundlich, aber von schroffer Unduldsamkeit, wenn man mit aktuellen Nachrichten aus dem Weltgeschehen herausplatzte, anstatt sich der leicht mystischen Weihe des Ortes zu fügen.

Dabei zeigte er sich gelegentlich durchaus interessiert, wenn es um Neuigkeiten, vor allem um Kuriositäten aus dem Bereich des Fußballs, sogar der Schlager, vorzugsweise um ältere aus amerikanischen Filmen ging. Es verhielt sich allerdings so, daß immer er es war, der das Gespräch lenkte, mit seiner Stimme und seinem Lächeln im dämmrigen Licht. Die Fakten veränderten sich. Sie wurden erstaunlicherweise, und es gelang zuverlässig, exzentrischer und zugleich milder, wenn sie nach seinem Dirigat gemächlich einsickerten in diesen Raum. Zenk verwandelte sie in Ausströmungen seiner Person, man konnte sie sich gar nicht mehr ohne den von ihm verbreiteten Zigarrenduft vorstellen. Auch setzte er ihnen nach Lust und Laune bengalische Lichter auf. Sie wechselten ihre Gestalt. Er verlieh ihnen Umrisse, von denen der Besucher nichts geahnt hatte, und sie verloren ihre Banalität, die undenkbar wurde, sobald sich Zenk der Sache annahm und dazu eine Praline, ein Akt provozierender Selbstfütterung, in seinen weit geöffneten Mund warf oder ein Gläschen Portwein mit wohligem Keuchen an seine Lippen hob, während draußen die Zeit verging.

Verging sie? Das war unwahrscheinlich, aber doch letzten Endes gar nicht anders möglich.

Am unterhaltsamsten erwiesen sich die Besuche, wenn er von seinen eigenen Erlebnissen plauderte. Er verstand es nämlich, aus einem Kioskbesitzer und einer Reinmachefrau, aus einem zerlumpten Mann, der einmal ein bekannter Dichter gewesen war, und einer nymphomanischen, als Sekretärin arbeitenden Nachbarin singuläre Figuren zu machen. Er schuf sie alle um zu vorübergehenden Skurrilitäten und blendenden Erscheinungen, erinnerte sich dann unter Umständen beim nächsten Mal allerdings kaum noch daran und gab ihnen eine andere Kontur.

Sein eigentliches Reich war das Phantastische. Dem Phantastischen hing er mit ganzer Seele an. Nein, es schien seine wahre

Wirklichkeit zu sein. Erst wenn die Grenze des handfest Normalen überschritten war, glühten seine kühlen braunen Augen auf. Der komplette, fette Guido Zenk begann zu glimmen vor Vergnügen, sobald nicht mehr das starre Reale regierte, vielmehr die gespenstischen Schatten einer Welt, die es in Frage stellte in vielerlei Formen und Ungeheuern. Das schleichende, angeblich Unmögliche, mit der Logik nicht mehr Faßbare von Ereignissen, das hinter den vom Verstand behaupteten Tatsachen lauerte, ließ seine Lebensgeister tanzen. Kein Wunder also, daß der Schauerroman mit seiner melodramatischen Todessucht, seinem Friedhofsgrauen im giftigen Mondschein, mit scheußlichen Maskierungen sowie von der Vernunft nicht zu kassierenden Ereignissen ihm zur Bestätigung, ja Heimat geworden war. Erst wenn die starren Maximen des Wahrscheinlichen außer Kraft gesetzt wurden, konnte er frei atmen. Atmete triumphierend, wenn er den Zuhörer in Bann schlug.

Bei seinen Freunden erweckte er mit all dem Staunen auch Neid auf etwas, das nur ihm zugänglich war, eine Welt, die für ihn, keiner wußte es genau zu sagen, die eigentliche oder eine andere, parallele Welt darstellte. Er selbst zitierte hin und wieder in getragenem, singendem Ton, mit vorgestrecktem Bein und Arm, einen Satz, den er irgendwoher hatte, aber so vortrug, als entspränge er seinem eigenen Herzen: »Ein Riß geht durch die Wirklichkeit.«

Wie sollten die von dieser Erkenntnis Ausgeschlossenen das deuten? Sie lachten ein bißchen über sein Pathos, aber fragten sich doch, betört von seiner Überzeugungskraft, wo man den Verlauf dieses Risses vermuten, eventuell ertasten könnte, diese Abbruchkante, die zwei Hälften erzeugte, die einander in Frage stellten. Oder gab es zwischen ihnen einen permanenten Waffenstillstand, gar eine Toleranz, weil jedes der beiden Reiche sich als Sieger fühlte und deshalb Großzügigkeit walten lassen konnte? Was war das eigentlich Unwirkliche, Scheinhafte? Lebten in Wahrheit wir Vernünftigen mit tauben Sinnen in ihm, blind für die Wesen und Unwesen, von deren mächtigem, einflußreichem Wirken wir die

Augen verschlossen, weil wir jederzeit auf festem Boden zu stehen verlangten und auch nicht anders konnten, falls wir nicht ins Uferlose abdriften wollten?

Zenk versuchte nie, zu missionieren. Er lächelte still, verbunden mit den Kräften, von deren Existenz er überzeugt war, und riß seine Zuhörer mit, solange er sprach. Dabei entging dem Besucher nach einiger Zeit nicht, daß Zenk bisweilen blinzelte! Er redete und raunte von seinen Chimären, von schweren Möbeln etwa, die sich plötzlich verschoben, von schönen Jünglingen, die sich unversehens umwandten und für Augenblicke Skelette waren, vom unerklärlichen Verschwinden eines Gegenstandes, der das endgültig bevorstehende Ende seines Eigentümers ankündigte.

Und dann zwinkerte er dazwischen, als hätte er das Bedürfnis, sich selbst in den Rücken zu fallen. Machte er sich etwa lustig über das Erzählte, dem er doch normalerweise so treulich anhing? Berauschte er sich an einer Welt, an die er tatsächlich, hart auf hart, gar nicht glaubte? Es hatte etwas Ungehöriges, dieses Verschwörerische, mit dem er Anschluß an die Vernunft des Lauschenden suchte, der sich doch gerade bemühte, für ein gewisses Intervall seine übliche Hirntätigkeit einzustellen. Den Anfänger mochte Zenk damit erbosen, die routinierteren Besucher hatten sich, nicht ohne Irritation, daran gewöhnt.

Es wird kaum überraschen, daß er jeder Nachfrage auswich und sich in Verschwiegenheit übte. Er zog es vor, statt einer klaren Antwort auf abgeschmackte Erkundigungsbemühungen seine goldenen Zähne funkeln und seine kühlen Augen dämonisch hervortreten zu lassen, auch in beinahe weibischer Biegsamkeit und Emphase die Arme in die Luft zu werfen, um das Großartige, nicht zu Packende seiner Visionen zu demonstrieren. Seine üppige Leiblichkeit hinderte ihn nicht daran, tänzerische Bewegungen zu vollführen, so, als wäre das speckige Fleisch nur eine Tarnung.

Denn zweifellos dachte dieser intelligente Mensch nicht im Traum daran, den wohlig dämpfenden Pelz, den er sich leiblich und gegenüber der gewöhnlichen Welt und ihren Fakten zugelegt hatte, Erschütterungen, und sei es durch ein Geständnis, auszusetzten. Das wurde seinen Freunden schrittweise klar: Die Zersplitterung des Realen, die Zerfahrenheit und Trivialität der Tagesereignisse, die Macht des Digitalen und Medialen wehrte Kamerad Zenk ab, indem er sich einen Schutzwall anschaffte, einen Panzer, innerhalb dessen das Phantastische blühte und wütete, unbehelligt von den Depression erzeugenden Einsprüchen einer kanonisierten Wirklichkeit. Vielleicht handelte es sich darüber hinaus um eine Burgmauer gegen das anbrandende Nichts?

Und doch wurde man den Verdacht nicht los, er würde bei seinem wunderlichen Figurenwerfen den Zuhörer kalt observieren.

Kurzum, es changierte, Zenk selbst changierte, und gerade das machte den Einfluß auf seine Besucher aus. Er spielte mit ihnen und genoß dabei zweierlei: seine phantastischen Lebensäußerungen und die Verwirrung der Freunde. Einer von ihnen erzählte, er habe eines Tages, nachdem sie beide gleichermaßen hochbeglückt eine vom jüngeren Carreras gesungene Mercadante-Arie angehört hätten, auf seine in diesem Moment etwas unpassende Frage, ob er von der Existenz des Phantastischen überzeugt sei oder nicht, nahezu feindselig geantwortet. »Nein!«, ein scharfer Biß in die Luft hinein, »nein«, nichts weiter. Es sei, schlicht gesagt, ein Rauswurf gewesen.

Er changierte, kurzum. Wenig später berichtete er demselben Menschen von der Reise zu einem in Süddeutschland wohnenden Balten, dem renommierten, dem besten Spezialisten für phantastische Literatur des Ostens, über die er, Zenk, der sich besser im englischen Raum auskenne, einige Informationen für einen Sammelband benötigte. Das Auffinden des hochgeschätzten Sonderlings habe sich herausgestellt als Ergebnis einer beängstigenden Irrfahrt durchs Mittelgebirge, zusätzlich erschwert durch den Umstand, daß er kaum geübt sei im Autofahren auf längeren Strecken und sich ja auch lieber, wie man hinlänglich wisse, zu musikalischen Veranstaltungen von seinen bereitwilligen Freunden kutschieren lasse. Einen Navigator besitze er nicht. In diesem Fall mußte er selbst fahren. Er habe für eine Distanz, schon im Nahbereich des baltischen Experten, für die eine Stunde angegeben sei, sieben gebraucht in einem hinterhältigen Gewirr von Sackgassen und Umleitungen. Es müsse ein teuflischer Zauber, eine Verhexung über der menschenleeren Landschaft liegen, den der Balte vielleicht bewirkt habe, um Eindringlinge von sich fernzuhalten. Schließlich, am Ende seiner Kräfte, sei er im Finstern bei einem grün überwachsenen Haus angelangt, zu dessen Eingang eine Art Zugbrücke führte. Man habe sich durch lautes Gebrüll und mehrfache Namensnennung bemerkbar machen müssen, bis nach einer Weile die Brücke sich gesenkt habe.

In der Tür habe ein Riese mit einer Stallaterne in der Hand gestanden, so kreideweiß, daß er, Zenk, der bleich sei, weil er sich aus Natur nichts mache und Spaziergänge in der Sonne hasse, daneben gelbstichig erschienen sei. Beim schwanenweißen Zenk schwer vorstellbar! An dem gekälkten Riesen jedoch habe die Totenblässe vorsätzlich gewirkt, irgendwie vorsätzlich, jawohl. Abwehr von Fremden. Das Sprechen des Mannes, der sich als der gesuchte Balte herausstellte, sei nicht das eines gewöhnlichen Menschen gewesen. Die Laute, die seinem Schlund entwichen, seien grölend, aber auch taumelnd gewesen, seine Augen boshaft, sein Händedruck schmerzhaft vor Herzlichkeit. Im Haus sei es sehr dunkel gewesen, die hin und wieder vorhandenen Lichtquellen hätten Bücherstapel und überall Spinnweben, auch am Körper des Balten, beleuchtet. Trotz seiner Einsamkeit habe der Riese drohend darauf bestanden, ihn zu bewirten, und zwar mit einem Mahl, bei dem man starke Nerven gebraucht habe. Ihm sei immer der Vers »Ich rieche, rieche Menschenfleisch« im Kopf herumgegangen. Auf seine Klage über das undurchsichtige Wegnetz habe der Balte nur markerschütternd gelacht, praktisch zahnlos. Die Nacht in einem gar nicht mal unbequemen Bett sei natürlich unruhig verlaufen. Sein Schlaf sei dauernd gestört, ja unmöglich geworden, weil die unerklärlichsten Geräusche, auch ein Ächzen und Stöhnen, das Haus erschüttert hätten. Das morgendliche

Gespräch mit dem Ungeheuer sei dagegen fachmännisch und äußerst ergiebig gewesen. Aber welche Erleichterung, schließlich wieder im Auto zu sitzen, dem Zombie entwischt und mit heiler Haut sowie den teuer erkauften Informationen davongekommen zu sein!

Hin und wieder fragte man sich natürlich, was Zenk wohl aus seinen Freunden für Trolle und Untote machte, wenn er in deren Abwesenheit zu anderen von ihnen sprach.

Wie mehrfach gesagt, er changierte souverän nach Lust und Laune. Für seine Freunde war es stets ein Entzücken, ihm zuzuhören, auch wenn sie größtenteils eher zu der Gruppe von Leuten gehörten, die sich wunderbar beruhigen an der genauen Schilderung des Straßenverkehrs einer Stadt, während er, um im Frieden zu leben, die phantastischen Erregungen brauchte. Nur, darüber man war sich inzwischen einig: Er verfiel ihnen nicht blind.

An einem Freitag erhielt er von seiner Versicherung einen Brief, in dem ihm mitgeteilt wurde, er habe am 3.4. beim Zurücksetzen an einer auf rot geschalteten Ampel das hinter ihm wartende Auto beschädigt. Die Klage sei auf seine Wagennummer Gö AS 1345 eingegangen. Ereignet habe sich der Vorfall an der Maxstraße, Ecke Kölbelstraße im Vorort Wennighausen. Zenk erinnerte sich nicht im geringsten. Erst nachdem er den ersten Schock unter ergebnislosem Zermartern seines Gehirns verarbeitet hatte, fiel ihm auf, daß es sich um eine Gegend handelte, die er noch nie in seinem Leben aufgesucht hatte. Wie konnte das sein? Oder täuschte er sich? Spielte ihm sein Verstand oder eine andere Macht einen Streich, indem sie ihn auf eine unheimliche Lücke hinwies, die sich seiner Kontrolle entzog? Es muß für Zenk, der keinen Rat wußte, ein aufwühlendes Wochenende gewesen sein. Er ließ sich von der Bagatelle erschüttern und rief noch mehrere Bekannte an, die alle an ihm eine große Verstörung bemerkten, als er ihnen, keiner Gegenrede zugänglich, in unaufhörlicher Litanei beteuerte – verbissen, sagten die einen, andere meinten gehetzt –, er sei niemals, niemals im Leben am angeblichen Schauplatz gewesen.

Er kenne die dreimal verfluchte Stelle doch gar nicht, kenne sie doch überhaupt nicht. Was tue man ihm hier an?

Als ihn seine Putzfrau am Montag fand, lag auf dem Tischteppich ein zur Hälfte von ihm fertiggestellter, an die Versicherung gerichteter Brief. Zenk war, über dem Versicherungspapier zusammengebrochen, an einem Herzinfarkt gestorben, und niemand weiß, ob der Tod von Dr. Guido Zenk in seiner enormen, von ihm heiter übersehenen Fettleibigkeit (und also von seiner Physis lang vorbereitet) oder in dem mysteriösen Schreiben, dem plötzlichen, eigenmächtigen Zugriff der Wirklichkeit begründet war.

Uns fiel dann aber ein, daß er in der letzten Zeit öfter von einer Amsel erzählt hatte, die jeden Abend mit harten Schnabelhieben an seine Fensterscheibe klopfe, offenbar in unfreundlicher Absicht. Neben dem Brief an die Versicherung lag ein Zettel, auf den er geschrieben hatte: »Um Gottes Willen, die Amsel!«

DAS PAAR VOR DER LAUBE

Da sind ja auch wieder diese Zwei, zack, aus dem Gestrüpp aufgetaucht mit ihren klugen, besserwisserischen Gesichtern, die ich später ganz anders zu beurteilen lernte!

Zuerst saß ich im Rathaus unter dem bemalten Gewölbe an einem Tisch, der sich wegen seiner Länge für meine damals kurzsichtigen Augen nach rechts und links in festlich anmutende Fernen verlor. Er war gehörig mit Blumen und Kerzen geschmückt, die mir gegenüber sitzende Person nahm ich lediglich als Umriss wahr.

Schon stieg in mir eine Brummigkeit, ein Grollen auf: Menschen müssen nun mal, damit ich Vertrauen zu ihnen fasse, durch ihre Miene nahelegen, daß sie mir prinzipiell und mit Herzlichkeit ein ordentliches Butterbrot und eine vernünftige Tasse Kaffee anbieten können. Solche waren hier nicht.

Der Mann zu meiner Linken hatte sich bereits im Salon vorgestellt, ein freundlicher Staatssekretär, der mich beim Sekt auf die prominentesten Gäste aufmerksam gemacht hatte, auch auf den Oberbürgermeister mit damals noch amtierender Ehefrau und einen ehemaligen, versteinert in einer Ecke thronenden Bundeskanzler. Vielleicht langweilte der sich bloß? Der smarte Herr zu meiner Rechten kam mir bekannt vor. Er setzte offenbar voraus, daß mir seine Identität geläufig sein müßte. Sie war es aber nicht. Ich tippte auf den Kommissar einer Fernsehserie, der nebenbei Werbung für französischen Käse machte, und legte mir für den Gesprächsnotfall eine Frage nach den optischen Reizen von Verbrecherjagden zurecht, fragte aber schließlich sicherheitshalber, um uns beiden eine Peinlichkeit zu ersparen, da sich das Essen noch lange hinziehen würde und der Herr irgendeine Art von Ovation immer dringlicher von mir zu erwarten schien, den Staatssekretär um vertrauliche Auskunft. Und siehe da, es handelte sich um einen Tagesschausprecher, mit dessen ungewöhnlich hübscher Frau ich ein Jahr vorher in Paris längere Zeit geplaudert hatte. Mein wirklich dummer Irrtum, man kann es ruhig Abständigkeit nennen, war also nicht herausgekommen. Wie gut in einem Kreis wie diesem!

Als ich später mit einigen Leuten zum sogenannten Absacker beisammensaß, präsentierte er mir, nachdem die Herren sich eine Weile sehr ernsthaft über ihre Schneider in London ausgetauscht hatten, seine viel weniger anziehende Neue. Ihre Freundin, erzählte diese freimütig, hatte sich nach Abbruch eines Germanistikstudiums zur Domina ausbilden lassen. Die Leute wollten ja nicht einfach verhauen, sondern mit allen Schikanen traktiert werden. Sie habe durchaus etwas Ethisches von ihrer Seite aus darin gesehen. Häufig seien die Kunden BWL-Leute oder Anwälte, die in der bad world einen wohltätigen Kontrast zu ihrem Alltag im dunklen Anzug suchten. Nur wenn Blut fließe, werde es problematisch. Gefährlicher Kategorienwechsel. Sie sei dann aber, nach einem schlimmen Absturz, aus ihrem purpurroten Studio in eine besonders heile Welt eingetaucht, habe sich nämlich mit einem Tankstellenbesitzer zusammengetan, der in seiner Freizeit leidenschaftlicher Schrebergärtner sei. Schrebergärtner! Darüber wurde in unserer beschwipsten Runde nach Leibeskräften gelacht.

Ich selbst habe, wenn die Kleinkariertheit dort nicht überhandnimmt, eine Schwäche für solche Anlagen. Was sollen mir die wichtigtuerischen Innenstädte, die ich früher durch unterwürfige Einkäufe zu etwas Entgegenkommen überreden wollte? Sie schickten mich doch jedesmal gleichgültig bis feindlich nach Hause. Was geht mich außerdem der heuchlerische Wellness-Quatsch an, der den Leuten den Kopf verdreht, ein in jeder Preislage angebotener Traum vom Leben als fast ewigem Spa-Aufenthalt in erotisch gedämpftem Weiß!

Lieb sind mir dagegen die Erinnerungen an schiefergraue, beschwingte Büroangestellte, die an schönen Sommerabenden mit ihren Fahrrädern, auf denen ihnen Flügel wuchsen, und mit ihren Aktentaschen nach Dienstschluß aufatmend zu den Lauben in ihre kleinen Paradiese fuhren!

Meine Augen müssen beim Wort »Schrebergarten« wohl plötzlich zu leuchten begonnen haben, urkomisch für die Anwesenden. Ich achtete nicht darauf. Jedenfalls schilderte der Staatssekretär – und unterhielt die Anwesenden glänzend, weil er es mit großbürgerlich spitzen Fingern tat – in meinem Ortsteil, ganz in der Nähe meiner Adresse, eine schon sehr alte Anlage. Es sei der vor Jahren mit viel Aufwand erstrittene Überrest eines ursprünglich viel größeren, direkt neben einem der häßlichsten Wohnblocks der Stadt und einem riesigen Einkaufszentrum mit seinen Parkplätzen gelegenen Inbegriff des Ganzen. Damals Hauptakteur im Kampf um den Erhalt sei ein Paar, das wohl schon ein halbes Jahrhundert in dem zotteligen Grün seines Gartens residiere. Reine Geschmackssache, wie man zu solchen Charismatikern stehe! Eine Besichtigung des inzwischen ostentativ weißhaarigen Kolonieadels lohne sich aber unter allen Umständen, wenn man es wie ich nicht weit habe.

Er zwinkerte ein bißchen zu mir hin, mehr noch zu den anderen.

Tatsächlich fügte es sich, daß ich kurz darauf meinen Weg vom Einkaufszentrum durch die mir nicht ganz unbekannte Gartenanlage nehmen konnte. Wieder einmal freute ich mich am Schnurgeraden, bei dem rechts und links in kindlicher Ernsthaftigkeit mal schön, mal abscheulich, Gemüse und Blumen prunkend gediehen zur Freude des Besitzers. Nicht allein das, manchmal auch, um den Nachbarn zu imponieren und sie ein bißchen zu kitzeln mit Porreedicke und triumphalem Tomatengeprotze. Es wurde also das alte Lied gesungen, leider mit der in solchen Kolonien üblichen wechselseitigen Freiheitsberaubung durch etwas Fürchterliches, was die Gartenfreunde nach der Buchhalterei in den Büros nicht mehr ablegen können. Und wie in den Zoos die Zunahme von Spielplätzen anstelle von größeren Gehegen, herrschte auch hier die Neigung vor, den Enkelkindern statt Radieschen Rutschen anzubieten. Die alten Gartenhäuschen hatten eine unselige Metamorphose zu idiotisch glotzenden Containern hinter sich.

Ab und zu kann man Gerüche auch sehen. Dieser hier war nicht einer nach sommerheißem Holz. Es stank nach Plastik und Industrie. Die neuen Lauben stellten die Eigentümer zufrieden wegen des Abwaschbaren. Um so verlockender die noch vorhandenen, mit liebender Hand gehegten Wildnisse.

Außerdem hatte ich Glück.

Saß nicht etwa im schönsten der aus vergangenen Zeiten mit einem Lächeln grüßenden Gärten, in denen es rankte, wucherte, halb verrottete und zierlich sproß, was das Zeug hielt, das angekündigte Paar, das ich sofort erkannte als Zweifachsouverän der Kolonie, als ökologische Mahner und philosophische Doppelhoheit mit der Autorität derer, die den Schrebergartenrest davor gerettet hatten, Bauland zu werden, auch wenn die Jüngeren sie unter sich für schrullig halten mochten? Ein Paar, laut Staatssekretär, das als Ratgeber in allen botanischen Notlagen regierte wie auch als nie versagende ornithologische Kapazität, die jeden Vogel mittels Färbung und Gesang identifizierte und wußte, was er jeweils benötigte. Damals ahnte ich noch nicht, daß ich einmal in ihrem »Nest«, wie sie es nannten, südöstlich von Berlin, einige Wochen verbringen würde.

Sie schmunzelten mich von ihrer Laubenbank an. Die Frau trug, sehr unabhängig, einen kreideweißen Zopf. Er antwortete mit ellenlangem, schneeweißem Sagenbart. Hinter ihren Brillen blitzten intelligente Augen, das kriegte ich trotz der Entfernung erstaunlicherweise mit. Meine Kurzsichtigkeit tritt ja nur temporär auf, zum Schutz vor allzu viel fremden Leuten. Jedenfalls wetterleuchtete irgendwas in den Gesichtern vor Wachheit, die sich nicht hintergehen ließ, nein, von niemandem, das mußten sie gar nicht erst beweisen durch Worte. Waren ihre Nasen nicht neunmalschlau lang? Die zwei wußten Bescheid auf ihrem Feld, mehr als jeder andere hier und vielleicht in der ganzen Stadt, im ganzen Land, Europa? Welt? Universum? In diesem Wunder- und Zaubergarten wurde alles richtig gemacht. Er war Muster und Modell, furchtlos auf scheinbar verlorenem Posten, dabei zukunftsweisender als der gesamte, auf modern oder alt gewurschtelte Plunder der übrigen Anlage.

War es eben das, was mich störte?

Sie gefielen mir nicht, obschon ich sie doch hätte bewundern und lieben müssen in ihrem, wie der Staatssekretär gesagt hatte, »zotteligen Grün«! Während ich mich das fragte, stand ich am Gartentürchen und starrte sie töricht an.

Nein, sie gefielen mir nicht. Neu war mir, daß mich Gescheitheit abstieß. Vielleicht lag es an der Unterstellung, die ihr Aussehen suggerierte. Ich witterte eine rechthaberische, boshafte, gelegentlich auch zornige Allwissenheit gegenüber den Träumen einer unkundigen, störrischen Schrebergartenbesitzer- oder -pächterwelt, die fast alles, wenn man sie nicht belehrte, am falschen Ende anpackte, was aber, sagten die Mienen der beiden, ihrer im Sinn der Sache himmlischen Geduld keinen Abbruch tat.

Während ich weiterhin starrte, näherten sich die botanischen Apostel zwischen mannshohen Cosmeen und hüfthohen Löwenmäulchen. Ich erwähnte als Begründung für mein unzivilisiertes Stieren den Staatssekretär. »Ja ja, der Herr Staatssekretär«, sagte der Mann und sonst nichts dazu. Und dann fiel, nach kurzem Geplänkel und fälliger Gartenbesichtigung, von ihrer Seite ein Satz, der bei mir alle Widerstände brach, nämlich die Frage, ob sie mich, zum fortgesetzten Gespräch, zu sich nach Hause, gleich um die Ecke, zu einem Butterbrot und eine Tasse Kaffee bitten dürften.

Ich stand am Zaun wie konsterniert. Erkannten sie eine verwandte Seele in mir? Der Mann lachte angesichts meiner Verblüffung aufmunternd in seinen Märchenbart, die Frau strich einladend und nickend über den nach vorn geholten Zopf. Was blieb mir übrig, als meine Arbeitspläne für den Nachmittag fahren zu lassen und ihnen zu folgen, denn natürlich war ich gespannt auf die Wohnungseinrichtung von Menschen ihres Schlags. Ich erwartete eine folkloristische Höhle voller Federn und seltener Steine mit einem Balkon, der unbenutzbar war wegen der vielen Kräutertöpfe.

Sie wohnten in einem, nach Urteil meines Informanten, der »häßlichsten Wohnblocks der Stadt«. »Hier ist die Miete billig und man ist mit drei Schritten im Garten«, kommentierte die Frau, als sie sah, wie verdutzt ich war. Allerdings besäßen sie im alten Osten außerdem ein Häuschen mit schönem Garten, wo sie sich oft aufhalten würden. Sie gab dabei ihrem schneeweißen Zopf einen kleinen Kuß und warf ihn dann über die Schulter zurück. Eigentlich paßten die Gesichter der beiden nicht zur Haarfarbe. Sie waren zu frisch, zu jugendlich, ganz ohne Falten. Fungierte das weiße Haar als Kostüm, um irgendwen zum Narren zu halten?

Gerade als der Mann im zweiten Stock die Tür aufschließen wollte, stürzte eine recht stämmige, mittelalte Frau auf ihn zu. »Ach, Frau Spocht!«, sagte er und streckte ihr seine Hand hin. Sie aber schrie, offenbar fuchsteufelswild vor Dankbarkeit: »Herr Rugenbark, Herr und Frau Rugenbark, wie soll ich Ihnen das je wieder gutmachen! Sie haben unseren Frieden gerettet, fast möchte ich sagen: unser Leben. Was sind Sie für wunderbare Menschen.

Hilfsbereitschaft, diese Hilfsbereitschaft erst kürzlich wieder, die Sie an sich haben. Das findet man nirgendwo sonst.«

Das Ehepaar Rugenbark nahm den Applaus gelassen. Sie versuchten nur, die Nachbarin zu beruhigen durch ein »Nana, liebe Frau Spocht«, ein »Ach was«, so in der Art. Frau Spocht indessen wandte sich an mich, um ihre Inbrunst loszuwerden: »Solche Menschen gibt es auf der ganzen Welt nicht noch mal. Die lassen einen nie im Stich, die helfen, wenn man sie bittet, die sind nie ungeduldig, die können alles, dabei sind sie Gelehrte, ich glaube sogar Professoren, die Bücher geschrieben haben. Die reparieren und bessern aus, wenn einer kein Geld hat, um Handwerker zu bezahlen, die packen an, wenn Not am Mann ist, die besuchen jemanden, wenn er immer allein ist. Vor denen ziehe ich meinen Hut.«

Frau Rugenbark schob sie sacht zum Aufzug und klopfte der aufgeregten Person dabei die Schulter, die noch beim Einsteigen schmetterte: »Die Seele, jawohl die Seele unseres Hauses sind Sie!« Herr Rugenbark war schon vorgegangen. Wir folgten ihm in ihre Behausung voller Bücher und Bilder, sehr hell gestrichen, so daß sie trotzdem geräumig wirkte, keine Federn, keine Steine, nichts Primitives, nichts Erlesenes. Das alles selbstverständlich nur auf den ersten, verwunderten Blick. Wozu dann aber Bart und Zopf, warum so spektakuläre Camouflage?

Als sie die Küche zeigten, in der wir das Butterbrot essen wollten, mußten beide vor Stolz lachen. Sie war ganz neu und mit allen Raffinessen für ehrgeizige Köche ausgestattet. Was sie an der Miete sparten, mußten sie in diese hochprofessionelle Einrichtung gesteckt haben.

»Unsere Schwäche«, sagte Herr Rugenbark gespielt verschämt und ergötzte sich dabei durch Streicheln an seinem sicherlich seidigen Bart, den ich, obschon meine Sympathie für die beiden von Sekunde zu Sekunde wuchs, nach wie vor albern fand.

Das in Aussicht gestellte Butterbrot war, wie angekündigt, ein herzhaftes, einfaches, und eben, als wir zum Kaffee mit unseren geplanten Gesprächen über die neuen Bücher zu Wald und Bäumen sowie den gerade übersetzten Tagebüchern von Thoreau fortfahren wollten – Frau Rugenbark fragte mich noch schnell, ob ich wisse, daß der Romantiker und arme Gutsbesitzer Achim von Armin ein Verfechter der Stallmästung von Schweinen gewesen sei, weil der Ertrag deutlich höher sei als der bei Tieren mit Auslauf –, klingelte es wie rasend an der Wohnungstür.

»Herr Rugenbark, o Gott, Frau Rugenbark! Der alte Herr Spreizel hat sich die Pulsadern aufgeschnitten und liegt in seinem Blut, schon tot oder bewußtlos. So habe ich ihn gefunden. O Gott, Herr Rugenbark, überall Blut. Er muß über den Fußboden gekrochen sein in seiner Not. Helfen Sie, helfen Sie schnell.« Es war die Stimme der mittlerweile auch körperlich in die Wohnung eingedrungenen Frau Spocht. Ich befand mich jetzt mit ihr allein in der Garderobe, denn Herr Rugenbark war längst zu Herrn Spreizel unterwegs, seine Frau rief aus einem anderen Zimmer den Notarzt an, vielleicht auch die Polizei? Frau Spocht, nachdem sie die Angelegenheit in zuverlässige Hände gelegt hatte, bat um einen Stuhl und ein Glas Wasser. »Ich bin der Ohnmacht nahe«, flüsterte sie, ließ aber die Augen flink über Bücherregale und Bilder wandern. »Selbstmord in diesem Haus! Dabei haben sich die beiden schon lange so rührend um den traurigen Witwer gekümmert. Kann kaum noch gehen. Keine treuen Angehörigen. Wenn ich nicht gekommen wäre, um ihm seine Post zu bringen! Herr Rugenbark kann ihn bestimmt retten.«

Das tat er wohl auch. Als die Sanitäter Herrn Spreizel auf der Bahre die Treppen nach unten trugen, im engen Aufzug wäre es ja nicht gegangen, hörte ich, wie sie sich bedankten: »Höchste Eisenbahn. Wie war Ihr Name? Rugenbark? Herr Rugenbark, das hätten auch wir nicht besser machen können. Alle Achtung.« Etwas leiser sagten sie zueinander: »Der alte Bursche hat verdammt Schwein gehabt mit einem so brauchbaren Nachbarn.«

Herr Rugenbark aber hörte es offensichtlich, auch wenn er es sich nicht anmerken lassen wollte. Er schwoll ein wenig an und neigte den Kopf, um seine Genugtuung zu verbergen. Meinte sogar zu seiner Frau: »Hoffentlich war es überhaupt in Spreizels Sinn.« Dazu strich er fast bekümmert über seinen makellosen Bart.

Ich verließ sie schließlich mit dem Eindruck, zwei vorbildliche Menschen kennengelernt zu haben. Dennoch verwirrte mich irgendetwas dabei. Wir verabredeten ein baldiges Treffen im Schrebergarten, wo dann auch bei schönem Wetter ein Picknick stattfinden sollte. Ich konnte kaum erwarten, meinen unklaren Eindruck vom Anfang endgültig zu bereinigen.

Was schreckte mich dann trotzdem ab im letzten Moment? War es das Böse in mir selbst, das nicht an so viel Lauterkeit glauben konnte? War es, weil immer dann, wenn das Ideal vollkommener Tugend errichtet ist, die kleinste Einbuße zur Totalverdammung führt? Machten es mir weder die Staatssekretäre noch die Naturfreunde recht?

Ich weiß es nicht, ich ließ mich nur von meiner Abneigung leiten. Denn als ich sie da sitzen und so huldreich residieren sah, unmittelbar bevor ich das Gartentürchen öffnen wollte, empfand ich ihre Eitelkeit - die ich jedem anderen verziehen hätte, aber nicht diesen Bescheidenen, Selbstlosen, dreimal Guten - als widerwärtig.

Ich verurteilte es an mir, aber ging, um einem bestimmten Geruch zu entfliehen, damals an ihrem Paradies vorbei. Ob sie mich schon erspäht hatten? Ich nahm die mögliche Kränkung in Kauf mit dem dummen, sicher unangebrachten, sicher täuschenden Gefühl, es wenn schon nicht gut, dann wenigstens richtig zu machen.

DER SCHULDIGE

Als ich seinen ersten Brief erhielt, wunderte ich mich, das lag an meiner Unerfahrenheit. Auch freute ich mich, halb vorsichtig, halb zerstreut. Vor allem hatte ich keine Ahnung, was sich aus der Situation entwickeln könnte. Inzwischen weiß ich natürlich, daß solche Huldigungen grundsätzlich mit großer Skepsis zu behandeln sind, falls man nicht dem Entstehen einer regelrechten Korrespondenz furchtlos ins Auge sieht.

So angenehm es sicherlich für die meisten Schriftsteller sein mag, besonders für die, die nicht mit Bestsellern rechnen dürfen, auf Zustimmung, womöglich auf überschwengliche, zu stoßen, so heikel ist es, sein Vergnügen darüber mit einer ausführlichen Antwort zu verraten. Folgt nämlich, wie zu erwarten, daraufhin wie aus der Pistole geschossen ein weiterer Brief, wird man durch das Gebot der Höflichkeit gezwungen, nach angemessener Frist auch darauf zu reagieren. Und so weiter, leider, leider. Irgendwann ist der Punkt erreicht, wo man sich den Zorn, eventuell sogar kränkende Worte des beleidigten Verehrers zuzieht, der sich längst gewisse Rechte (mittlerweile natürlich praktischer und preiswerter über Mails) auf einen kontinuierlichen Briefwechsel ausdenkt. Daß man, sollte man jetzt zu nachgiebig sein, bald einen ganzen Trupp solcher Absender zeitraubend mit unproduktivem Gedankenaustausch zu versorgen hätte, darauf kommen diese Leute, da sie sich für teilgeniale Sonderfälle halten, selbstverständlich nicht im Traum.

Und eins ist klar. Die angeblich aus tiefster Seele hervorbrechende Bewunderung des treuherzigen Eingangsbriefes war gar nicht so gemeint. Eine hypertrophe Floskel lediglich, wie die in den Bitten der Autogrammsammler. Ein Kratzfuß im Vorzimmer, mehr nicht. Die wahren Enthusiasten, denen meine ganze Dankbarkeit gilt, bleiben im Verborgenen. Man hofft, es möge sie geben, vielleicht spürt man sogar ihr verschwiegenes Vorhandensein, aber sie meiden die beteuernden Worte, halten ihre Mahlzeiten lieber im Stillen. Nur durch Zufall erwischt man diese Scheuen bisweilen. Das genügt, auch wenn man sie nie wieder sieht. Es genügt und sättigt beide Seiten.

Der Brief von Siegfried Leibl gehörte nicht in die Sparte der Lästigen. Das fühlte ich, ohne die Kategorie damals überhaupt zu kennen. Er hatte eine Geschichte von mir gelesen, die erste in einer großen Zeitung veröffentlichte, und offenbar das idealisierende Foto dazu lange studiert. Ohne einen Hehl zu machen aus seiner Freude über beides, klangen seine Schmeicheleien ernst, in der Interpretation insistierend und anfragend zugleich. Das war sicher: Es mußte sich um einen Menschen der klügeren Sorte handeln.

Er sei ein alter Mann, schrieb er, etwas entschuldigend, aber auch beschwichtigend, und habe viele Jahre als Arzt gearbeitet, auch lange eine psychiatrische Klinik geleitet. Das machte mich neugierig. Einerseits sprach aus seinen Sätzen eine gelassene Menschenfreundlichkeit, andererseits hatte er als Wissenschaftler professionelle Erfahrung im Umgang mit Patienten, die man gemeinhin als Irre bezeichnet. In den Briefen, die nach meiner Antwort in so rascher Folge eintrafen, daß ich mit meiner Reaktion nicht nachkommen konnte und wollte, nicht in solcher Geschwindigkeit – und daher immer mit leichten Schuldgefühlen an ihn dachte, besonders weil er sich als »alten Mann« bezeichnet hatte –, in seinen Briefen schilderte er jene spektakulären Krankheitsphänomene, die (etwa der große epileptische Anfall, die katatonische Erstarrung, die trotz Alter nicht seltene sexuelle Besessenheit von Männern und Frauen) durch Medikamente heutzutage nicht mehr mit all ihren signifikanten Symptomen in Erscheinung träten. Sie seien nicht ausgestorben, aber ihrer optischen Ausformung, ihrer Gestalt gewissermaßen, beraubt worden.

Hätte ich nicht respektvollerweise darauf antworten müssen, wären diese Nachrichten aus einer mir bisher unbekannten Welt die ungetrübteste Freude für mich gewesen.

Außerdem erwies sich Herr Leibl, trotz seiner Jahre, als immer noch leidenschaftlicher Bergwanderer und ausgezeichneter Kenner der Fauna Südtirols und der Dolomiten, der sich mit seiner Frau in Höhen wagte, die ich mir, viel jünger und bestimmt gelenkiger, nicht zutraute. Wie herzhaft konnte er über das nach Vanille duftende Rote und Schwarze Kohlröschen schreiben! Diese Reiseberichte, in die er manchmal Erinnerungen an vergangene Abenteuer seiner Jugend, auch phantastisch-erotischer Art, einflocht, las ich mit Vergnügen. Wenn nur nicht die leidige Verpflichtung einer Gegengabe bestanden hätte! Ich wußte gar nicht, welche eigenen Erlebnisse ich übrig gehabt hätte, um sie in einer Korrespondenz zu verwerten.

Aber das wog wenig im Vergleich zu dem, was irgendwann folgte. Leichthin, ein wenig spöttisch, geringschätzig gegenüber den eigenen Hervorbringungen, schickte er mir eines Tages Gedichte!

Er jagte mir damit einen Schrecken ein.

Sofort spürte ich ja, daß ich nun in eine Rolle gedrängt war, die unser Verhältnis umdrehte. Nun war er nicht mehr in erster Linie der weise Menschen- und Weltkenner, der medizinische Profi, sondern jemand, der sich schüchtern in der Poesie, in der Kunst versuchte als dem eigentlich Ersehnten seines Lebens, einer zumindest gelegentlichen Existenz auf Zehenspitzen, hochgereckt zum angeblich höheren Wert des Daseins, in ein Reich, zu dem es ihn schon immer hingedrängt hatte, ohne die alle Hindernisse besiegende Überzeugung von der eigenen Begabung.

Meine Verlegenheit, mein Bedauern waren groß. Wie sollte ich auf sein Präsent antworten, da er nun also zum riesigen Heer der Schattendichter gehörte? Stand mir denn zu, die Verse des alten Arztes zu beurteilen, in dessen Obhut ich mich als Kranke ohne Zögern begeben hätte? Man sah auf dem hinzugefügten Foto einen rüstigen, gebräunten Mann mit weißen Haaren und großbürgerlicher Ausstrahlung, der lachend auf einem Felsbrocken saß. Seine Augen waren so blau wie die Glockenblumen, die um seine Füße wuchsen. Das kleine Porträt, so empfand ich es dringend, bat mich zusätzlich um Nachsicht wie die beigefügten Sätze des Autors, mit denen er die Gedichte »vertrauensvoll in meine Hände« legte.

Zu dieser Zeit war mein erster Roman erschienen, und ich war durch seinen überraschenden Erfolg in literarischen Kreisen ein bißchen bekannt geworden. Aber es stand mir doch deshalb keinesfalls zu, über die kleinen Texte, an denen das Herz des alten

Herrn glutvoll hing – da konnte er so ironisieren, wie er wollte –, ein Urteil zu fällen!

Die Gedichte, meist mehrstrophig und gereimt, verblüfften mich jedoch. »Nicht schlecht, gar nicht schlecht«, hörte ich mich einige Male sagen. Es klang gönnerhafter, als es gemeint war. Sie handelten von Liebe und Rausch, vom Tod, auch in seinen medizinischen Erscheinungsweisen, von antiken Mythen, Natur, Archaik und einem stets lauernden Nichts. Hoher Ton, kombiniert mit scharf dagegengesetzter Banalität. Leibl, offensichtlich stark geprägt vom Expressionismus, ließ natürlich sofort an Benn denken, wie an Beckmann in der Malerei. Konnte man ihm seine stärkeren Götter zum Vorwurf machen? Außerdem gelangen ihm in seinem Bennschen Bemühen, das Disparate gewaltsam zusammenzuzwingen, konzentrierende Bilder und neuartige Reime, von denen sein Vorbild noch keine Ahnung gehabt haben konnte.

Die Bannung des Zerstreuten im Bild hat er im Gedicht »Schwalben« einmal als poetologisches Programm formuliert:

Es flicken am Neste / Die Wiedergekehrten.
Noch keine Ahnung / Von denen, die kommen.
Und trotzdem ist alles / Nur Vorbereitung
Tausender Meilen / Der großen Trennung
Zu diesem einen / Weltpunkt des Nestes!

Das alles erhärtete sich im Verlauf der Jahre. Sie bescherten mir, da ich auf seine enthusiastischen Sendungen mit Gewissensbissen verzögert, aber ausnahmslos zugewandt einging – von irgendeinem Zeitpunkt an auch, um der Lauterkeit des Verhältnisses willen, mit zarter Kritik, der er gut standhielt –, ganze Kompendien seiner Arbeit. Er begleitete sie mit Kommentaren, die in großer Bescheidenheit abgefaßt waren, in einer laienhaften Demut vor der Kunst, die mich irritierte. Ich bemühte mich aufrichtig, nicht darüber zu lächeln. Bisweilen schrieb er, wie der junge Rilke, drei, vier Gedichte an einem Tag. Selbst bei dieser Hast blieb er ebenso originell wie konventionell Wein, Weib und den schwarzen Abgründen des Daseins verbunden. Ich erfuhr dabei, daß es erstaunlicherweise eine unmittelbare Wahrheit der Pose gibt, eine unschuldige Bluttransfusion, einen geliehenen Pulsschlag, ohne den das Leben dieses unermüdlichen Feuerkopfes erloschen wäre.

War es wirklich ein Zufall, daß wir uns nie gesehen haben in all den Jahren bis zu seinem Tod? Ich glaube nicht. Unterwegs zu Lesungen hätte sich, bei gutem Willen, leicht die Möglichkeit zu einem Treffen ergeben. Wir umgingen das beide und hielten es also für besser so, ohne uns je darüber zu äußern.

Allmählich, da sich die Manuskripte bei mir häuften und es nach außen so scheinen mochte, als hätte ich Einfluß bei Redaktionen oder wenigstens kleineren Verlagen, begann ich zu ahnen, daß er sich insgeheim, und es gab indirekte Anzeichen in seinen Briefen dafür, Hilfe für eine Veröffentlichung von mir erhoffte. Ich mußte das im Auge behalten, wenn ich seine Gedichte lobte. Das hatte ich immer aus redlichem Herzen, aber als Verständigung allein zwischen uns beiden getan, nicht im Hinblick auf die schwierigen Schlachten, die auf dem Markt der Publikationen geschlagen werden. Der expressionistische Ton seiner Texte, den er nicht konstant durchhielt, hätte einen Vermittlungsversuch von vornherein zum Scheitern verurteilt, das war mir nur allzu klar, obschon ich in vielem, besonders in einem starken Formwillen, seine Texte teilweise besser fand als die junger Leute. Aber eben nur zum Teil. Wer würde denn die Lyrik eines alten, unbekannten Mannes drucken, die man zudem mit dem zugeneigten Blick für verstreute Juwelen lesen mußte, die Unvollkommeneres überstrahlten?

Ich wurde also zur Kasse gebeten und unternahm trotz meiner Bedenken ohne sein Wissen einige zaghafte Versuche, einen Verlag für ihn zu finden. Sie blieben erfolglos. Sollte ich ihm mein Bemühen, um ihm meine Hochachtung zu bezeugen, mitteilen oder war es besser, ihm die Enttäuschung solcher Absagen zu ersparen? Jedes Mal, wenn ich in seinen Verssammlungen las, spürte ich neben der Freude daran eine Beklommenheit, weil ich mich verantwortlich, aber hilflos fühlte. Es wäre stillos gewesen, ihn zu trösten. Den immer deutlicheren Wunsch, der aus seinen Sendungen sprach, konnte ich nur mit unklaren Gewissensbissen verdrängen. Immerhin verfaßte ich auf seine Bitte einen kurzen Klappentext für ein Büchlein in einem mir unbekannten Kleinverlag. Wie der Druck zustande gekommen war, ließen wir beide im Dunkeln.

Ein durchgängiges, mir unverständliches Thema in vielen seiner Gedichte war die »Schuld«. Sie äugte ihnen treulich, mal ein fetter Rabe, mal eine hungernde Krähe, über die Schulter. Auch als ich ihn dazu behutsam befragte, half mir das nicht weiter. Offenbar war nichts Konkretes damit gemeint, sondern eine ererbte Menschheitsschuld, die man als Älterer heftiger empfand als jemand in der jugendlichen, unhistorischen Sorglosigkeit eines Weltanfangsgefühls. Für mich verlor sich dieser Schuldgedanke in der Nacht des Mythischen, etwas aggressiver ausgedrückt, aber nur für mich selbst: Gerade dieses Zentnergewicht, das die Grundstimmung und gelegentlich auftauchende Gewitterschwüle in seinen Fabulierungen bildete, hielt ich für etwas aus seiner Jugendzeit klischeehaft Übernommenes, für etwas, mit dem man die Kunst zu adeln hoffte, kurz: für etwas, mit dem dieser gütige, ja weise Mann seinen großen Meister Benn in indirekter, gleichwohl lauterer Empfindung auch atmosphärisch nachahmte.

Das lastende Wort »Schuld« war eine Art Duftmarke, vielleicht in ihm sogar ein heimatliches, zugleich entrückendes, in poetische Gefilde transportierendes Behagen erzeugend, wenn er mit seiner Frau in den Dolomiten zwischen Geröll und kahlen Felsen marschierte und sich an den kurzen Wundern der Bergflora entzückte. Schuld als poetische Überlegenheit über den naturalistischen Augenblick.

Plötzlich war es damit vorbei.

Es ließ sich vermuten, daß er »den Eros« in seinen verlockenden Gestalten unbedingt zum Rüstzeug des Dichters zählte, zu seiner privaten Medizin, die ihm die Tradition verordnete, zu einer Tinktur, die ihm als Poet fragloser zustand als gewöhnlichen

Sterblichen, auch wenn er sich zu dieser Kaste nur in demütiger Einschränkung zählte. Die Entflammung, die Berauschung, die Wollust, die Auflösung in Orgasmus und Vergehen bestimmten, schattiert und gewissermaßen zurückgepfiffen von der ominösen »Schuld«, zu sehr den Grundton seiner Werke, als daß er nicht die Grenzen einer lebenslangen Ehe, zumindest in seinen Träumen, nach Kräften ohne bürgerliche Genügsamkeit gedehnt hätte.

Konnte das die schwelende Schuld sein, die alles durchtränkte?

Jetzt war unerwartet schnell seine getreue Kameradin, die vielleicht mit Wehmut und Zärtlichkeit von den erlebten oder ersehnten Eskapaden ihres Siegfrieds in seinen Gedichten gelesen hatte, gestorben! Das durfte, sofern man das Alter der beiden bedachte, nicht sehr überraschen, aber es traf ihn schwer. Eine lebensbedrohliche Herzattacke machte ab jetzt und auf einen Schlag das Praktizieren wie das Bergwandern für ihn unmöglich. Wie es nicht selten vorkommt, spürte er erstmals, das entnahm ich seinen Briefen, das Gewicht, das seine eher hausfrauliche Lebensgefährtin als sicherer Hafen für ihn gehabt hatte. In den Gedichten, die er nach einiger Zeit wieder schrieb, tauchte dieser Schmerz allerdings nicht auf, auch ein Anflug von Reue nicht.

Die schwarzen Fittiche einer nie konkretisierten Schuld jedoch beflügelten weiterhin die Hervorbringungen des alten Mannes. Gab es wirklich, wie das menschliche Bedürfnis nach Reinheit, in seiner Generation auch das poetische nach Schuldgefühlen, ein Pflichtpensum, das für den Einlaß in das Reich des Bedeutungsvollen unerläßlich war, eine vielsagende Dämmerung, die Leibl von seinem Benn als manchmal sanfte, manchmal glimmende Beleuchtung kannte?

Kurz vor seinem Tod, als er, fast erblindet, nur noch durch Bücher »tappen« konnte, schrieb er mir in seiner Satz für Satz kühn beginnenden, dann gegen deren Ende jeweils verfließenden Schrift, die ich immer schlechter entzifferte, einen Abschiedsbrief, der sich selbst, tapfer und liebenswürdig, insgesamt wie ein einverständiges dem Leben Entgleiten las. Zum ersten und auch letzten Mal äußerte er sich zu dem, was ihn so heftig mit Scham und Schmerz bedrückt hatte:

Eines Tages, noch in den Anfängen seines Medizinstudiums, seien alle Fakultätsangehörigen in den Universitätshof gerufen worden. Dort habe man ihnen mitgeteilt, ihnen, den angehenden Ärzten, widerfahre die große Ehre, geschlossen in die NSDAP, speziell in die SA aufgenommen zu werden. Der Führer hoffe, sie seien sich alle der Auszeichnung bewußt und würdig, diesen Namen zu tragen. Gezwungen werde freilich niemand. Sollte es jemanden geben, der sich nicht einverstanden erkläre, so möge er sich durch Handheben melden. Das Entsetzen sei groß gewesen, die Stille auch. Es habe sich niemand widersetzt, kein einziger. Man sei so schnell gar nicht zu Besinnung gekommen, jedoch sei ihnen allen schneidend klar gewesen, daß es im geringsten Fall das Ende von Studium und Karriere bedeutet hätte. Ein späterer Austritt erst recht.

Er, Leibl, habe sich seine Feigheit, so müsse er es bedauerlicherweise nennen, nie verzeihen können, auch wenn er – die Parteizugehörigkeit sei für sie eine reine Formalität gewesen ohne Konsequenzen – vielen Juden im Laufe der Jahre unter schwierigen Bedingungen das Leben gerettet habe. Es sei ihm nur ein schwacher Wiedergutmachungsversuch gewesen.

Wenige Wochen danach erhielt ich durch einen der Söhne die Nachricht von seinem Tod.

Die Fakten, die Wahrheit, die Realität! Das Geständnis des alten Philanthropen ernüchterte, vor allem bewegte es mich. Und doch mußte ich mit einem winzigen, weniger frivolen als gerührten Lächeln denken, daß er auch hier seinem Vorbild treu geblieben war und vielleicht nur deshalb jahrzehntelang unter den mahnenden Glockenschlägen einer unverdrängten und ins Mythische entrückten politischen Schuld gelebt, gelitten, gedichtet hatte, um durch diese dunkle Beimischung seiner Existenz den Eintritt in den Himmel der Poesie zu gewinnen.

Dort möge er träumen.

DIE BEIDEN

Wären sie Vögel gewesen, hätte man sie auf Anhieb kaum für zwei verpaarte Tiere gehalten. Zumindest nicht für Exemplare so schriller Art wie etwa den Fichtenkreuzschnabel, dessen Männchen und Weibchen sich, anders als etwa beim Dompfaff, nicht durch matte und kräftigere Farbtöne voneinander unterscheiden, sondern wo männlicherseits eine ziegellrote auf eine olivgrüne Färbung weiblicherseits trifft. Als Dohlen- oder besser Heckenbraunellenpaar, fahl, ein wenig dunkel gesprenkelt und schiefergrau, hätten sie jedoch sehr wohl durchgehen können, die beiden Unzertrennlichen. Unzertrennlich bis in ihren, wär er nicht so schrecklich gewesen, skurrilen Tod.

Es waren zwei Männer, die zunächst wirkten wie zwei miteinander befreundete Vogelweibchen der gedämpften Art. Einzeln wären sie niemandem aufgefallen. In ihrer Doppelexistenz profitierten sie dagegen vom Reiz des Zwillingshaften, das immer eine große optische Attraktion besitzt. Man ist perplex: Etwas, das da ist, ist noch einmal genau oder fast genau ein zweites Mal da, beide Bestandteile derart eng beieinander, daß man an einen Streich der Natur denkt (schließlich geht es hier ja nicht um Fabrikware oder gar Modelle einer Serienproduktion, nicht wahr?), den die verdoppelten Wesen häufig durch gleiche Kleidung noch unterstreichen zu ihrem Vergnügen, zur Irritation der Umwelt, manchmal, bei sehr großer Ähnlichkeit, um ihren Verwechslungsspaß mit den Leuten zu treiben, sie an der Nase herumzuführen, auch kriminelle Vorteile aus der Schein-Identität zu ziehen.

Etwas Künstliches lag in der Luft, das sie nicht selten durch altmodische, graukarierte Mützen unterstrichen. Im Show-Geschäft, in älteren Revuen wurde unermüdlich daraus Kapital geschlagen. Insgesamt vierzig gleiche Beine schossen dem Publikum aus zwanzig gleichen Spitzenhöschen entgegen. Man kennt das und ist doch in den betagten Schwarz-Weiß-Musikfilmen stets aufs Neue frappiert. Das kränkende Manko, nicht spektakuläre Einzelne zu sein, nicht mal gesittet landläufige (vielleicht sind wir im ersten Moment des Ansichtigwerdens nicht nur amüsiert oder platt, sondern auch ein klein bißchen brüskiert, weil irgendwas in Frage gestellt wird), machten sie lässig durch dessen Pointieren wett und ließen es uns offensiv ins Auge springen. Sie waren ein aufgeblähtes Zweierindividuum mit sprichwörtlicher Anhänglichkeit. Sie benötigen einander, um Erstaunen zu erregen, wobei ein kleines Problem dieser Symbiose zu bedenken war.

Man behauptet – vielleicht handelt es sich nur um ein Vorurteil –, eine Hälfte des Pärchens sei in den meisten Fällen, nicht nur bei den eineiigen Zwillingen, wenn auch nicht zwangsläufig, in seinen Anlagen, bezogen auf Intelligenz, Schönheit, kräftige Gesundheit, auf Selbstbewußtsein oder gesellschaftliche Brillanz, benachteiligt und nur ein Abglanz, ein Aufguß, ein farbschwacher Wachsabdruck des anderen. Für zwei, sagt man, hat's halt nicht ganz gereicht. Böse Zungen! Der Schwächere wird in Wahrheit hoffentlich den Starken nicht beneiden, sondern seinen Schutz genießen, der Starke nicht den ihm Zugesellten erniedrigen. Er sollte ihn stützen als Teil von sich.

Wir Einzelprodukte werden dadurch an ein Spiel erinnert, eine Art Preisausschreiben, bei dem man sogar Geld gewinnen kann. Zwei scheinbar identische, wimmelstarke Gemälde der Kunstgeschichte (man könnte auch die Fotos von zwei knusprigen Brotschnitten oder die Oberfläche eines Kometen nehmen), sind nebeneinander abgedruckt. Sagen wir, die »Bauernhochzeit« von Breughel, besser noch sein »Triumph des Todes«. Nun muß man zehn Abweichungen (rechts) vom Original (links) herausfinden. Ist man schnell mit der Lösung, bekommt man 100 Euro zugeschickt.

Sie brachten es fertig, trippelnd und trabend an den Hecken entlangzutapern, eine leibhaftige Erörterung. Sie veranschaulichten, schusselig und hochkonzentriert, in tiefem Schweigen mit schlurfenden Schrittchen, eingeknickten Knien, vorgeschobenem Unterkörper und nach hinten gelehntem, das Gleichgewicht garantierendem Oberteil das Phänomen des Zweifachen, das mich von klein auf, seit der Geschichte vom »Doppelten Lottchen«, fesselt. Immer rauchten sie, ohne die Panne einer Ausnahme, in parallelen Zügen. Nie sah man sie ohne Zigarette, nie hörte man sie sprechen.

Ihre Gesichter waren diejenigen bleicher Kinder, die man so kräftig aufgeblasen hatte, daß die Einzelteile weit auseinandergedriftet waren, aber doch noch so eben den kindlichen Zusammenhang von Augen, Nase, Mund ahnen ließen, wobei ich ihre einfältigen Mienen nie länger anstarrte. Es wäre zu unschicklich gewesen und hätte sie womöglich verschreckt. Die Ähnlichkeit, die sie suggerierten, war jedoch nicht die von Paßfotos. Einzeln betrachtet hätte man sie, wie gesagt, nicht miteinander in Beziehung gebracht. Das überraschte mich anfangs, ließ mich aber dann klarer erkennen, worin das Besondere lag.

Das Merkwürdige stellten sie selbst her, und zwar durch ihren Auftritt, durch dieses schlaffe Pendeln an den Hecken entlang, immer im gleichen mittleren Tempo ohne Aufenthalt, immer vor allem: hintereinander. Der etwas Kleinere von ihnen, der aber vielleicht lediglich den Kopf stärker senkte, folgte, ohne sich je einen Ausreißer zu gestatten, dem Größeren demütig mit einer halben Schrittlänge Distanz, egal, ob sie geradeaus stapften oder um eine Ecke bogen. Diese rituelle Unterwürfigkeit erweckte den Eindruck, es müsse sich auf altmodische Weise um einen Diener und seinen Herrn handeln. Aha, ein nostalgisch ständisches Zweiergespann? Daran erkannte man sie, darin waren sie zuverlässig. In anderem nicht ganz.

Wer sie das erste Mal wahrnahm, stutzte vermutlich kaum, auch nicht über das eigensinnig, ja schreiend Unauffällige der zwei grauen Männer. Er tat es erst bei der nächsten Begegnung, wieder in der strikt eingehaltenen Formation. Wenn der Betrachter ihre Gangart und Präsentation dann weiterhin noch für Zufall halten mochte, beim dritten Antreffen der beiden in dieser Gegend der menschenarmen Bürgersteige (das war ja die Bedingung und gut von ihnen ausgewählt) wußte er, daß er nicht mit einer zufälligen

Erscheinung konfrontiert war. Er hatte eine Entdeckung gemacht und erwartete gespannt deren folgendes und bekräftigendes Auftauchen.

Für einen gewissen Zeitraum erschienen sie verläßlich um elf Uhr vormittags zu ihrem Tagewerk in unserer Straße. Zehn Minuten später verblüfften sie einige Straßen weiter. Dann legten sie eine Pause ein und zeigten sich mehrere Tage nicht. Man bemerkte ihr Fehlen nicht sogleich. Schließlich doch. Genau da betraten sie wieder die Bühne wie eh und je.

Vermutlich waren sie entweder arbeitslos oder recht wohlhabend.

Ihre immer gleiche, staubfarbene, fast ärmliche Kleidung verriet es nicht. Es konnte sich dabei durchaus um Tarnzeug handeln. Argwöhnische Beobachter trauten den beiden solche Gewitztheit zu.

Sie trotteten gemächlich in ihrem unveränderlichen Rhythmus. Das einzig und ausreichend Aparte bestand in der Präzision ihrer Darstellung. Zwar imitierte der Hintere den Vordermann, stellte aber dabei geradezu aus, daß er nur eine Kopie war, eine scheue und unzulängliche, was den Vorderen, den Führer, erst recht zum Boss machte, der natürlich ohne seinen Gefolgsmann zum Nichts geschrumpft wäre. Niemals drehte der Chef sich nach seinem Angestellten um, nach dem, der den Sklaven, wenigstens Lakaien gab. Niemals berührten sie einander. Undenkbar war, daß jemand sie anrempeln oder auch nur versehentlich anstoßen könnte. Das lag am leeren Raum um sie herum, einer Aura der Leere, die als Podest fungierte.

Sie schienen für ihre Umgebung keinerlei Interesse zu haben, bewegten sich voran, als gäbe es nur sie auf der Welt. Und doch konnte sich bestimmt niemand, der sie länger im Auge hatte, des Eindrucks erwehren, sie würden ihr Publikum scharf observieren. Es mußte gar nicht aus momentan Anwesenden bestehen, das keinesfalls. Sie meinten ein Publikum generell, das Publikum schlechthin, ob es ihnen Beachtung schenkte oder nicht bei ihrer Performance, das interessierte Publikum als Utopie.

Denn was sollte es anderes sein? Das war der Schluß, zu dem man irgendwann nach Rücksprache mit Augenzeugen gelangte: Sie empfanden sich, solange sie draußen herumgingen, mal hier, mal da, durch Sonnenschein und Nieselregen, als Kunstwerk von eigener Hand, eine vierfüßige Skulptur, die Bestand hatte, solange sie taperten in ihrem ambulanten Museum, das sie in dieser für sie günstigen Gegend angesiedelt hatten. Die dummen (wäre es richtiger zu sagen: kunstvoll dummen?), insgeheim verschlagenen Gesichter gehörten dazu.

Eines Tages kam es zu einer kleinen Sensation. Möglicherweise, im Rückblick könnte es so scheinen, war das, erst nur äußerst fein angespielt, der Anfang vom Ende, zumal eine dreiwöchige, selbstverständlich unentschuldigte Abwesenheit vorausgegangen war. Nach spätestens zehn Tagen hatte man einen spähenden Blick in diese und jene Straße geworfen, falls sie zu ihrem bisherigen Revier zählte, bedauernd, zerstreut forschend.

Nichts! War ihnen etwas zugestoßen? Etwas, das sie auseinandergerissen hatte, vielleicht geplant für eine nicht allzu lange Zeitspanne, um ihr Geheimnis zu erneuern für sie selbst? Wünschten sie Spekulationen des Publikums über ihren Verbleib?

Plötzlich, knapp bevor sie unsere Neugier überdehnten mit dem Risiko, unser Interesse zu verlieren, auch selber verlorenzugehen in der Flüchtigkeit der Zeit, erschienen sie wieder, sofort erkennbar am simultanen Trippelschritt, an der diagonalen Körperhaltung, am Abstand, den der Kleinere unverändert zum ein wenig Größeren hielt. Soweit war alles in Ordnung und hätte die Lücke zwischen jetzt und ihrem letzten Auftritt ohne größeren Schaden geschlossen.

Aber das grellgelbe Regenzeug! Die selbstzerstörerischen Kapuzen! Eventuell wollten sie testen, ob ihre Choreographie dieser entstellenden, ihrem Prinzip zuwiderlaufenden Aufmachung, die kein Regen entschuldigen konnte, standhielt? Eine Destruktion, eine Katastrophe. Wo hatten sie das nur ausgebrütet? Wer könnte das sagen.

Ganz so schlimm war es dann doch nicht. Als ich sie kurz darauf sah, schien die Sonne. Das Zweiergespann, tonlos grau, hatte seine Übung ohne Einbußen wieder aufgenommen. Man dachte nun aber über sie nach, stellte Vermutungen an, die weit über ihre direkte Wirkung hinausgingen. Wenn sie das beabsichtigt hatten, schadete es ihnen trotzdem, denn man versuchte jetzt, sie viel stärker im Realen, im Vernünftigen anzusiedeln, jenseits ihres staubgrauen Zaubers. Auch diese beiden konnten nicht vom Himmel gefallen oder zumindest einer mit Spinnweben verhüllten Hölle entstiegen sein. Sie mußten ein Zuhause besitzen, hier in der Nähe. Und man wollte nun wissen, wo sie, die plötzlich da waren und plötzlich verschwanden, aßen und schliefen und ob ihr Leben in den vier Wänden ein biederes oder extravagantes, exzessives, gar sadomasochistisches war, wie ihr gestaffeltes Trotten, das womöglich stets in einem leichten Drogenrausch stattfand, ja nahelegte.

Das würden die zwei, die eine Apotheose des Bescheidenen und eine wandelnde Verkörperung des Rätselhaften sein wollten, natürlich nicht der Welt offenlegen. Wir aber wollten es endlich wissen! Ein gezieltes Spionieren wäre allzu platt gewesen. Unsere zwei gestatteten der Welt allein, phantasievoll über sie zu spekulieren, während sie ihr träumerisches Wandeln zufrieden fortsetzten, als wäre nichts. Allerdings konnten sie uns nicht daran hindern, die Häuser der Umgebung daraufhin zu mustern, ob sie als ihr luxuriöser oder schlichter Unterschlupf geeignet waren, diese ins wuchernde Grün eingesponnenen Backsteinhäuschen, diese ehemaligen Mietskasernen, die man um höherer Einkünfte willen vornehm zartblau und in lichtem Ocker gestrichen hat, diese weißen, gegen Blicke verbarrikadierten Bungalows, in denen die Hausfrau, während über ihr die Sonnen des Universums lodern, niemals einen Gedanken an sie verschwendet, sondern um die Originalität ihres nächsten Fingerfoods und die stabile Treue ihres Ehemannes bangt. Paläste des Finanzadels, der seine Geldgeschäfte an Family Offices delegiert, um die beste

Betreuung des Vermögens zu sichern, konnte man wahrscheinlich als Wohnstelle für die beiden ausschließen, ebenso wie einen Supermarkteingang, in dem nachts Obdachlose auf Pappen schlafen.

Das waren so Spielereien.

Dann wurde es ernster. Ich bemerkte, einige Zeit nach der Sache mit den gelben Regenhäuten, kleine Nachlässigkeiten. Das penibel parallele Rauchen klappte nicht recht, die Distanz zwischen dem Herrn und dem Diener verlor ihre unbedingte Genauigkeit, der Rhythmus der Trippelschrittchen, der Winkel der Oberkörper beim Zurücklehnen: Es war nicht viel, was abwich vom Gesetz, aber es war nun mal gebrochen!

In diesen Tagen begann ich, über eine passende Todesart für sie nachzudenken. Nicht, daß ich ihr Ableben gewünscht hatte. Um Gottes willen! Es überkam mich einfach die Idee zu überlegen, wie die beiden nach der Erosion ihrer Darbietung stilecht aus dem Leben scheiden könnten. Sie wußten ja nichts davon, es kränkte und ängstigte sie ja nicht.

Trotzdem blieben mir abwegige Gewissensbisse nicht erspart, denn als ich noch nicht weit mit meinen Vermutungen gediehen war, sah ich in der Zeitung ihre Fotos. Ein Spaziergänger hatte die beiden am Sonntagmorgen tot im Becken eines Freibades in der Nähe, nämlich des Sophienbades, entdeckt. Das undichte, nicht reparierte Becken war seit Beginn der Badesaison ohne Wasser. Vom gesperrten Sprungturm hatte man sicherheitshalber die Zugangstreppen abgebaut. Die beiden müssen in der Nacht ohne die Hilfe von Leitern am Turm hochgeklettert und dann in die Tiefe gesprungen sein. Ahnten sie denn nicht, daß sie sich aus zehn Metern Höhe in ein leeres Becken stürzen würden, obschon ohne Schwierigkeiten unter den Lichtverhältnissen jener Nacht leicht zu erkennen war, daß sich kein Wasser im Becken befand? Bei der Obduktion stellte sich an beiden Männern ein nicht sehr hoher Alkoholspiegel heraus. Auch fand man eine Menge Ecstasy im Blut. Näheres wurde nicht über sie mitgeteilt. Nur die Gesichter, nicht nach dem Unglück fotografiert, sondern, dem starren Blick nach ihren Ausweisen entnommen, wurden frontal gezeigt.

Wären sie nicht gleichzeitig gesprungen, deutlicher gestaffelt als um die halbe Schrittlänge, der Diener in doppeltem Abstand vom Herrn, und also durch dessen Aufprall alarmiert, hätte es nur einen Springer, nur einen Toten, dafür einen Zurückgebliebenen gegeben. Das aber war nicht der Sinn ihrer letzten Darbietung.

Hatten sie denn nicht, ohne Zweifel, die Rolle der personifizierten Unscheinbarkeit, die sich nur durch deren Übertreibung sichtbar machen ließ, endlich satt gehabt und wollten ihr, durch Berauschung ermutigt und mit höchstem Risiko einer vorgegaukelten Möglichkeit trauend, fliegend für immer entkommen in eine ganz und gar andere Existenz, mit der Garantie, ob es gutgehen würde oder nicht, wenigstens spektakulär unterzugehen?

EHEBRECHER EN FAMILLE

Wie um Himmels willen war sie hierhergeraten?

Welcher Teufel hatte sie geritten, sich in die unerwartet dumpfe Höhle des Löwen zu wagen, zu dieser geflochtenen, aus Bambusrohr oder weiß der Kuckuck welchem Material gewurschtelten Wohnzimmerlampe, unter der ihr Kopf bei jeder Bewegung riskierte, mit dem Ungetüm zusammenzustoßen, so daß sie in eine geduckte Haltung gezwungen wurde? Alles war eine Stufe niedriger als üblich angesiedelt, das Sofa – eine Tücke angesichts ihrer langen Beine –, die Sessel, der Tisch aus demonstrativem Naturholz. Es hatte ein Hocken mit angezogenen Knien zur Folge. Schön, das durfte man nicht dramatisieren, es sollte bestimmt eine gutgemeinte und gutmütige Gemütlichkeit darstellen. Wäre die bloß nicht beklemmend genug gewesen, um den unbefangensten Menschen der Welt in ein juckendes Unbehagen zu versetzen, dort, wo er gastgeberische Freundlichkeit erkennen sollte.

Unbefangen war Martina gerade nicht, war weder unbefangen noch unschuldig. Selbst ein luftiger Gartensalon hätte ihr diese

Tugenden nicht verleihen können. Das wußte sie, hatte allerdings sehr törichterweise gehofft, man würde ihr den prekären Einstieg in die Hölle großzügig erleichtern, gar nicht mal durch ein herzliches Willkommen, das wäre von ein bis zwei der beteiligten Personen doch zuviel verlangt gewesen, aber immerhin durch eine andere Einrichtung und Beleuchtung der quälenden Szene. Daß ein derart tiefer Tisch, asiatisch bodennah, durch pure Einquetschung des Körpers, ach was, durch den schieren Anblick eine solche Benommenheit erzeugen konnte!

Was hatte sie sich um Himmels willen dabei gedacht, hierherzukommen?

Jetzt saß sie als Besuch, mit aller Höflichkeit behandelt, in Kauerstellung auf Leinenkissen, eingeklemmt ohne Hinterland in der Fremde, in der Falle, deplaziert mit dem Gefühl, bei jeder ihrer Regungen, bei allem, was sie sagte, irgendwo anzustoßen, daß es schepperte. Man überging es lächelnd, man wollte sie nicht in Verlegenheit bringen. Sie hatte die Verlegenheit mitgebracht.

War sie nicht erst vor kurzer Zeit umgeben vom Sausen der Luft, getragen von Erregung und Liebe an diesen Ort gebraust und mit rauschendem Gefieder, das ihr nun die Umstände ruckzuck zurechtstutzten, vertrauensselig zwischen den vier Wänden gelandet? Die Adresse stimmte, einen Irrtum mußte sie ausschließen. Hatte sie nicht alles, ohne die Folgen zu erwägen, auf eine Karte und ihr bisheriges Leben aufs Spiel gesetzt, auch das ihr nahegelegte Bedenken des Heiklen, mit dem sie bitte rechnen solle, beiseitegefegt?

Die drei Personen, die sich mit ihr unter dem brötchenfarbenen Lampenschein befanden, kannte sie zu einem Drittel. Das junge Mädchen und die Frau sah sie zum ersten Mal. Das wechselseitige Beäugen ging diskret vonstatten, dafür ununterbrochen. Die halbwüchsige Tochter richtete ihre dunklen Augen auf sie mit einem Ernst und einer vielleicht naturgegebenen Glut, die Martina schnell außer Fassung brachten. In diesen ungewöhnlich schönen Augen las sie ein instinktives, durch keine Heuchelei zu beschwichtigendes Wissen um das, was sie bisher für ein Geheimnis (und das wiederum für die Bedingung ihres Aufenthalts in dieser Wohnung) gehalten hatte. Das Lächeln des Kindes, das man nur aus Altersgründen Teenager nennen konnte, warf sie ohne betonte Feindseligkeit im Grunde aus der Wohnung raus. Würde Martina noch einen Funken konventionellen Anstands im Leib haben, wäre sie dem Vorschlag, der eine Anordnung war, gefolgt.

Hatte er überhaupt erwähnt, und sei es flüchtig, daß es eine Tochter gab? Bei allem, was störte, lieber weggehört in deinem Wahn, Martina?

Von der Existenz der Frau wußte sie. Nichts aber von ihrem Gesicht, von dessen schwarzäugiger Lieblichkeit und dem wunderbar geformten Mund, der sich zu lächeln bemühte, der gelassen zu sprechen sich größte Mühe gab und Martina mit jedem der freundlichen Worte, die von den wohlgeschwungenen Lippen kamen, erbitterte, erzürnte, entmutigte. Ihre eigenen, teilweise verführerischen Vorzüge begannen ihr zu entfallen. Die dunklen, sie schweigend befragenden Augen der Tochter erkannte sie wieder in denen der Mutter, auch deren Trauer und Wachsamkeit. Nein, zu zweifeln gab es nichts, und es schmerzte sie unsinnigerweise. Sie, der Eindringling, die Überflüssige wurde hinter den Gesten der notgedrungen vorgeführten Harmonie im weizenbrötchenfarbenen Licht, das versuchte, sie alle vier einzulullen, unumkehrbar abgelehnt.

Das dritte Mitglied der Familie, das jedoch wagte Martina nicht anzusehen. Sie traute sich nicht einmal, durch seitliches Blinzeln einen tröstlichen, sie mit frischer Kraft erfüllenden Blick zu erbitten aus Angst, sie könnte sich dann sofort verraten durch ein Wechseln der Farbe, ein unbegründbares Zittern. Und doch ersehnte sie nichts mehr als diese Bestärkung, lauerte auf den einzigen Blitz, der sie auf der Stelle entzünden, verantwortungslos und siegreich machen würde.

Auch er, der Mann, der sie hierher gelockt hatte, vermied, das spürte sie, ohne es überprüfen zu müssen, direkt in ihre Richtung zu blicken aus Sorge, sie würde sofort, ohne eine Silbe zu sagen, mit ihrem Körper, in einem unvermittelten Hitzeausbruch verfroren zitternd, mit Mimik und Haut alles ausplaudern, was verheimlicht werden mußte. Gleichzeitig schien er mit einer Spur von Verzweiflung einen Weg zu suchen, sie durch vertrauliche Signale zu stützen, sie hier am Tisch unter der Maske liebenswürdiger Gastfreundschaft mit der Nahrung zu sättigen, deren sie so jämmerlich bedurfte. Hätte sie doch einfach still auf diesen ihr feindlichen Kissen sitzen dürfen, mit geschlossenen Augen ohne Verstellen, nicht nach innen horchend, sondern nach außen tastend mit empfindlichen Nerven, um die massiven Energieschübe, die von seiner Seite auf sie zuschossen, ohne Unterlaß zu spüren, und die sie sicher nicht im Stich lassen würden! Das war aber ganz und gar unmöglich: Sie mußte sich, ihrer Rolle gemäß, der Frau und der Tochter in geselligem Wechsel zuwenden.

Ob er ahnte, ob ihm im Entferntesten schwante, daß sie den Blickkontakt noch aus einem anderen Grund mied, nämlich dem, sie könnte plötzlich, verlassen sogar von sich selbst, unter dem dämlich kuschelnden Lampenlicht mit Entsetzen begreifen, daß sie sich in ihm getäuscht hatte und der Zauber auf ewig erloschen war?

Was hatte sie hier bloß gewollt, getrieben und gezogen von phantastischen Hoffnungen auf den Augenblick, ohne Interesse für die Zukunft, da deren Abgründe überflammt wurden von dem damaligen, stillstehenden Jetzt einer überwältigenden Faszination, der das Wabern aus den Schluchten des Kommenden nichts anhaben konnte? Was hatte sich der Mann selbst gedacht, als er sie überredete, sich probeweise in den Schoß seines familiären Aufenthalts zu begeben? War vorstellbar, daß diese Blamage ihres Verhältnisses bereits der treuherzige Ausklang war, das Vergehen der Leidenschaft in sanfter Sympathie?

Gesprochen wurde die ganze Zeit über. Die Stimmen wechselten einander ab, niemand redete gescheiter als der andere, niemand meinte ernstlich das, was er sagte. Alles geschah wie geistesabwesend, jeder Inhalt ließ sich dafür so gut mißbrauchen wie ein anderer. Katastrophen, Komiker, das große Zerfleischen und Flüchten im Krieg, eine launige Familienanekdote, ein Hundehaufen im Finanzamt. Der Abend verrann und damit der größte, kostbare Zeit-Batzen ihres knappen Aufenthalts in dieser Stadt, in seiner Nähe.

Dabei wurde so zivilisiert getan, so gute Miene zum bösen Spiel gemacht, so kultiviert der Atem angehalten, sogar vom großäugigen Töchterchen, daß Martina ihren Verdacht noch weiter trieb und sich selbst damit zur Wut. Der Ehebrecher, der einen, eineinhalb Meter entfernt von ihr saß, könnte einen fluchwürdigen Einfall, der sein beunruhigtes Gewissen betäuben, eventuell sogar reinigen würde, gerade in die Tat umsetzen wollen: Durch ihren Aufenthalt in diesem von Familienzufriedenheit angefüllten Raum würden Gier und Wollust ihrer Affäre wie mit Kissen milde erstickt, und übrig blieben weder Zorn noch Schmerz, nur ein verblüfftes Augenreiben beim Erinnern nach Monaten, nach Jahren an eine reizende, verrückte Ausschweifung, von der nur er – wie sah er eigentlich aus? – nur er und sie wußten, die sie vergessen, in sich begraben oder manchmal jeder für sich beschwören könnten als immer staubigere Reliquie eines Entgleisens. Sollte sie das an diesem verdammten Tisch ohne zusätzliche Nachhilfe begreifen? War das der Sinn?

Sie fegte in beinahe unwillkürlicher Notwehr ihr Glas zu Boden, um es nicht in der Hand zersplittern zu lassen. Letzter Ausweg. Es sollte handgreifliche Scherben geben, sofort, einen Ausbruch von irgendwas, und sie bückte sich rasch, um sich zu verletzten daran, um ihr eigenes Blut fließen zu sehen, wenn schon ein Schrei nicht erlaubt war.

Die beiden Frauen sprangen auf. In hilfsbereiter Mission verließen sie den Raum. Sie würden flink zurück sein. Martina steckte den Finger mit der Schnittwunde zur Sicherheit in den Mund. In den Augen des Mannes las sie ein Kompliment für ihre List, nahm auch sein erlöstes Lächeln wahr, als er ihr, die wenigen Sekunden nutzend, ohne Umwege zwischen die Beine griff. Dabei erkundigte er sich laut mit scheinheilig ruhiger Stimme nach ihrem Wohlergehen.

Sofort schwirrte da rot gleißend, grün golden schimmernd ein Schwarm von Kolibris durchs Zimmer, formierte sich zu einem Regenbogen, der die Luft mit dem farbigen Flimmern des Gefieders erfüllte, zerstob, sammelte sich, zersprang, und von neuem begann das Schimmern und Irisieren der winzigen Körperchen. Das Wunder geschah. Das Feuer, das Bündnis erneuerte sich. Haut und Seele flammten auf, alle Nerven taten ihre Pflicht, und trotz ihrer Aufregung überkam sie der Frieden des Richtigen, der Wahrheit, auf sie gemünzt wie sonst nichts auf der Erde und im Himmel, zustechend mit dem spitzesten Schnabel auf ihr Herz.

»Schon besser?«, fragte der Mann und wandte sich dabei kurz halb zu den unsichtbaren Frauen um. In seinem Gesicht, das sie nun rückhaltlos betrachten durfte, entdeckte sie ein melancholisches Entzücken. Für Zartheiten war kein Platz, jede ihrer raschen Gesten jedoch ereignete sich zeitlupenhaft langsam vor Bedeutung und gewichtig vor Anzüglichkeit, in der nichts als banale Zufälligkeit unter den Tisch fiel. Glück und Elektrizität durchströmten alles. Sie waren entrückt in ein anderes Reich, in die Druckkammer magischer Elemente und zugleich unbeschränkter Freiheit des Sinns, der erreicht war, weil man nicht mehr nach ihm fragte. Sie hätte sich, wenn er es nur verlangen sollte, nackt ausgezogen und aus dem Fenster gestürzt. Was noch?

Bevor er sie zurückziehen konnte, stieß sie seine Hand, die sie eben mit beiden Schenkeln umklammert hatte, fort. Die Frist war verstrichen. Fast hätte man befürchten können, ihnen sei davon aus Überprüfungsgründen verdächtig viel zugestanden worden.

Die beiden Frauen waren wieder da, klebten ein Pflaster auf ihre kleine Wunde, wischten, räumten geduldig die Scherben weg. Bemerkten sie das Flackern zwischen Sofa, Lampe und Tisch? Die veränderte Atmosphäre erwitternd, dabei geradezu schamhaft, vermieden sie wie nach Absprache den Blick in die Gesichter der beiden Schuldigen, denen es nicht gelang, den Widerschein einer Seligkeit vollkommen abzustreiten. Die Tochter allerdings schaffte so viel Selbstbeherrschung für ihre vorwurfsvolle Diskretion nicht komplett. Ihr blitzschneller Seitenblick traf Martina unverhüllt.

Eins war ihr mittlerweile klar. Der Gegenangriff würde nicht mehr lange auf sich warten lassen. Nachdem der Mann, zur Ablenkung und Tarnung mit leicht verdrossener Miene, eher verlangte als bat, man möge endlich das Essen auftragen, begann die Attacke seitens der Frau, die sie mit bewundernswertem Raffinement in Szene setzte. Für Martina war das auf Anhieb erkennbar, für einen Mann, selbst für einen intelligenten wie diesen hier, nicht.

Die Frau lächelte ein wenig schüchtern, als sie die Platten auftrug, als fürchtete sie, den Gast mit den graziös garnierten Speisen, am Nachmittag unter ostentativem Aufwand eigenhändig zubereitet, zu enttäuschen. Sie hielt den schönen Kopf sanft geneigt und sah im Folgenden nur ihren Mann an, wohl um festzustellen, ob er zufrieden sei mit der Leistung seiner Frau anläßlich der Fremden, die sie nichts anging und nur dem Mann zuliebe als willkommener Besuch, von ihm herrisch durchgesetzt, behandelt wurde. Diese Person dort in den Kissen, die nichts zu tun hatte mit der Familie, diesem Raum und Leben darinnen!

Die Choreographie saß perfekt. Nicht die geringste nachweisbare Unhöflichkeit ließ sich die Ehefrau zuschulden kommen. Jede ihrer fügsamen Bewegungen äußerte sich für Martina in klarer Sprache. Sie wurde nicht angesehen, war aber um so deutlicher gemeint. Noch eben hatte sie geglaubt, die – was war es denn? – Betäubung, Aufreizung in Abwesenheit der Konkurrentinnen könne anhalten für die Dauer der nächsten Stunden, sie berauschend einhüllen und retten. Der süß verpackten, eisigen Botschaft aber hielt sie nicht stand. Das, was nun passierte, überraschte sie zu sehr. Ein Nackenschlag war es, einer von zartester Hand, unter dessen Eindruck sie sich sogar die schreckliche Frage stellte, ob der Mann seiner Frau den »Seitensprung« in einer Stunde der Schwäche längst reuig gestanden hatte und in den ihnen beiden gegönnten Sekunden nur rückfällig geworden war.

Wurde sie dann aber nicht von allen drei Familienmitgliedern auf infame Weise verhöhnt, da die Frau zur Sühne die Bannung der dreisten Dämonin durch deren Erscheinen an diesem kurzbeinigen Tisch forderte?

Sie hätte das nicht denken dürfen. Es war doch nur eine harmlose eheliche Sitte in diesem Wohn- und gelegentlichen Eßzimmer, obschon man an einem solchen Tisch normalerweise nicht mit Messer und Gabel hantieren würde und obwohl sie als Gast zuerst an der Reihe gewesen wäre:

Die Frau mit ihrem harmonisch gegliederten Madonnengesicht kniete seitlich neben dem Mann und bot ihm auf den ausgestreckten Handtellern eine Platte mit kalten Fleischstückchen an, präsentierte sie ihm in unterwürfiger Haltung, so daß er bequem zugreifen konnte, während sie ihm als gehorsame Dienerin ihres Herrn und Gebieters, erzwungen durch die Niedrigkeit des Tisches, mit der Geste einer morgenländischen Sklavin das Gewünschte darreichte!

Es war Theater und eine sexuelle Intimität direkt unter Martinas Augen. Sie sollte sie als eben das verstehen, und natürlich begriff sie es ohne Schwierigkeit als offiziell nicht zu beanstandende Schamlosigkeit aus dem Schlafzimmerbereich. Es war eine Besitzergreifung, ein Triumph der Knienden. Das Possenspiel triumphierte. Der wehrlose Mann, der vermutlich nicht ahnte, welches Duell unter der Lampe geführt wurde, fiel auf die Pose, die seine Sinne gegenüber seiner Frau stets zuverlässig reizte, herein. Die Ehefrau hatte ihre Macht durch die Demütigung der Feindin zurückgewonnen. Martina kannte sein unverkennbares Lächeln der Erregung und Kapitulation aus jenem Moment, der einmal ihr gegolten und den sie für einzigartig, nur für sich reserviert gehalten hatte.

Die Tochter starrte Martina an. Sie biß sich vor Vergnügen auf die hübschen Lippen, wie die Augen von der Mutter geerbt, als sie die Empörung der Fremden bemerkte, auch wenn sie deren Ursache nicht ganz zu durchschauen vermochte. Martina jedoch begriff, daß die rückhaltlose Übereinstimmung in Herz und Seele mit diesem Mann, die sie hatte siegen lassen, ihr Verhängnis geworden war. Für das dauerhafte Leben, das wohlig Familiäre, war die nachsichtige Trennwand, das unüberwindliche Hindernis, das gemütliche Mißverständnis im warmen Lampenschein zwischen den Geschlechtern ein gnädiger Schutzwall gegen die unbarmherzige Erosionsarbeit der Leidenschaft.

Das, was das Zimmer eben noch in Flammen versetzt hatte, schrumpfte auf die Größe eines in dunkler Juninacht um Liebe bettelnden Glühwürmchens, kurz bevor es verglomm.

VON RAMEAU BIS RIHM

So übereilt gewappnet für eine Niederlage? Warum? Vielleicht hatten ein paar Eingeweihte von der Pianistin gehört. Viele konnten es nicht sein, das ahnte man damals schon mit leichter Beklommenheit im überraschend dunklen Umfeld der Musikhalle, auf dem Vorplatz, der menschenleer und von den Laternen an jenem Abend unzureichend erleuchtet war. Man überprüfte auf der Eintrittskarte zur Sicherheit noch einmal Datum und Uhrzeit. Nein, kein Irrtum, obschon man es sich nach den Vorzeichen wünschen konnte.

Die meisten der wenigen, die den Weg zum kleinen Musiksaal nahmen, hatten vermutlich das »Paket« für alle fünf Abende gekauft, an denen, wie angekündigt, aufstrahlende Sterne aus Europa dem Publikum nacheinander vorgestellt wurden. Sie kamen also strenggenommen heute unter Umständen nur notgedrungen durch den geizig kalten Abend hierher, da die Karten pauschal, wenn auch deshalb günstig, bezahlt worden waren. Wenn schon, denn schon! Mitgefangen, mitgehangen! Für den aber, der gerade traurig gestimmt war, würde ein beliebiges Stück Kriminalfilm, mit warmen Füßen angesehen, sehr wohl ein bombensicherer

Trost sein, ohne ihn erst nach Durchqueren des finsteren Winterabends erhoffen zu dürfen.

Am Eröffnungsabend vor drei Tagen, das konnte ich bezeugen, hatte ein bald mit den heißblütigen, maschinellen Jubelgeräuschen von Sportzuschauern sich selbst anfeuerndes Publikum fast alle Plätze besetzt. Was riefen sie? Ein gellendes Huihuihui houu oder huoo? Viele Mal und schnell hintereinander, kaum daß die letzten Töne verklungen waren, ja sogar in sie hinein, um wie vor Ungeduld platzend, endlich ihrer aufgestauten Freude Ausdruck zu verleihen. Solche Euphorie durfte man freilich nicht Abend für Abend erwarten, weder von den Solisten noch von den Besuchern.

Aber wer weiß. Was besagte es schon, daß die beiden Kartenabreißer mit solcher Gier die Hände nach den Billets, einer heute Abend so seltenen Beute, ausstreckten und daß die pompös gewundenen Treppen, dafür geschaffen, den Besuchern einen festlichen Auftritt zu ermöglichen, schaurig hallten, was sie doch sonst nie taten, wenn Raunen und Gelächter vor Konzertbeginn schönste Erwartung ausdrückten, gar erzeugten. Konnte der Abend gut ausgehen? Verdammt, etwa aufs falsche Pferd gesetzt? Wir würden der Künstlerin, die uns das eingebrockt hatte, nach Kräften beistehen müssen.

Unwillkürlich horchte ich bei jedem Schritt in die beängstigende Stille. Gut, vereinzelt standen einige Personen beieinander. Sie fröstelten wie ich. Jeder hoffte auf die Zuversicht des anderen und daß im letzten Moment doch noch ein Schwung von Besuchern, die sich durch eine Verkehrsbehinderung verspätet haben mochten, laut schwätzend in optimistischer Ansteckungsenergie plötzlich ins Foyer einbrächen.

Die Angestellten bei den Garderoben blickten mit untrüglichem, durch viel Erfahrung geschultem Instinkt in die Richtung eventueller Ankömmlinge. Sie lehnten vereinsamt an den Barrieren. Auf den Ständern hinter ihnen hingen hier und da Mäntel. Aber das waren heute geradezu Schaustücke geworden, so selten, so vereinzelt. Man hätte sich die Wächter sparen können, die gewärmte Räumlichkeit, das Licht. Leider hatte man ausgerechnet jetzt, anders als auf dem Vorplatz, nicht mit der Beleuchtung gespart. Ein diskretes Dämmern hätte sicher begütigend auf die Leere eingewirkt. Es fiel mir schwer, in dem ausgedehnten Raum und seiner Helligkeit ohne Menschen geradeaus zu gehen. Der Boden wirkte teuflisch glatt. Sobald sich ein Geländer zeigte, griff ich danach. Ein gut und gerne Halbwüchsiger überholte mich, lässig gekleidet in Turnschuhen, als Tabubrecher gegenüber jeglichem Konventionsgebot. Auch er taumelte ein wenig, denn wo waren die, denen er es mit dem lappigen Zeugs am Leibe so richtig zeigen konnte?

Unmittelbar vor den Saaltüren befinden sich die Toiletten. Dort geht es knapp vor Beginn immer sehr gedrängt zu. Besonders dann, wenn man schon das Klingeln hört, wächst die weibliche Nervosität erheblich. Alles, was den normalen Aufenthalt in den Kabinen zeitlich übersteigt, wird kopfschüttelnd und mit Mienen noch so eben höflicher Erbostheit, die von der temporären Kloinhaberin gar nicht zur Kenntnis genommen werden kann, registriert. Diesmal hätte ich mich über die übliche Damenschlange der letzten Minuten gefreut, aber kein Mensch bevölkerte den Waschraum. Die Klotüren standen alle offen.

Ist es denn so schrecklich, wenn kaum Publikum kommt? Nein, es gibt viel Beunruhigenderes auf der Welt, schon recht. Aber der Anblick, das Bild! Wie soll man sich gegen die Gestalt des katastrophal Lautlosen wehren? Und wie gegen das Gefühl der Reue, nämlich darüber, zu einer Form des Untergangs gekommen zu sein, egal, welches Kleinod uns bei einem Verzicht entgehen würde. Eine Empfindung, die wohl fast alle anflog und die auch alle einander anmerkten. Und wie mochte es um die Pianistin stehen? Wehte sie die Sorge aus den Gängen hier draußen nicht an bis in ihr Künstlerzimmer hinein? Trotz ihrer Jugend würde sie über eine gewisse Kundigkeit verfügen, die Zeichen aus der freundlichen oder feindlichen Welt zu empfangen, jenseits der sie noch schützenden Wände, durch sie hindurch. Hoffentlich registrierte sie es mit weniger Zaghaftigkeit als jener, mit der wir nun die ausdruckslosen, allesamt unbesetzten, wie man's nimmt, auch enttäuschten Stuhlreihen ansahen. Wir mußten an ihnen laut Sitzplatznummer vorbei, bis wir in deren Mitte saßen, ein triumphaler, lächerlicher Ort, scheinbar gutgelaunt von uns eingenommen, als wäre nichts. Bloß nicht durch Schwarzseherei subkutan noch weiteren Schaden anrichten!

So dachten auch die Leute unmittelbar hinter mir. Drei grauhaarige Menschen, die es hierher verschlagen hatte. Ich sah es, als ich mich behutsam umdrehte, nur mit der Absicht, die bangen Empfindungen rational zu überholen und, zum Schutz schon leicht ironisch, um ein bißchen Hoffnung zu schöpfen. Manchmal füllt sich ja im letzten Augenblick tatsächlich hinterrücks der Zuschauerraum. Er war mittlerweile schütter besetzt.

»Schadeschade, jammerschade! So wenig Leute, viel zu wenig«, sagte die Frau hinter mir. Sie sprach es aus, aber wie ein Windhauch so leise, damit das ohnehin zerbrechliche Glas nicht zu allem Übel einen Sprung bekäme. »Sie ist doch eine so imponierende Persönlichkeit.« Schon jetzt war die Pianistin ihr Schützling geworden. Der Mann, der die Ansteckungsgefahr einer Depression sogleich erkannte, meinte daraufhin, zu Recht etwas lauter, ja bekennerhaft in die Runde: »Da bin ich einer Meinung mit Ihnen, Frau Schneidermann. Eine Charakterfigur. Es wird zumindest interessant. Neugierig bin ich auf das Stück von Rihm. Haha! Der Rihm!«

Er lachte, als wüßte er etwas Geheimes, wenigstens Spezielles über ihn. Das Trio war also nicht zufällig hier. »Ja ja, der Rihm!«, lachte Frau Schneidermann, für mich bereits an der heiseren Stimme erkennbar, flugs zurück. Sie erzählten sich auch, um sich die Zeit zu vertreiben und die Spannung zu ertragen, was sie alles hatten ausfallen lassen, um diese Konzertwoche zu erleben. Fünf Abende zu reservieren sei keine Kleinigkeit, allein wegen der verschiedenen Kurse, Foto, Gymnastik, Schach und was nicht alles. Aber man war, jeder für sich, beinhart geblieben. Dabei hätten zwei von ihnen, sicher ein Ehepaar, um ein Haar den heutigen Termin verpaßt. Bloß das nicht, sagte ich zu mir, zwei weniger! Dann wäre die Besucherzahl eklatant reduziert worden.

Die Beleuchtung wechselte. Wir starrten nach vorn. Es kam zunächst alles auf die ersten Sekunden des Erscheinens an.

Aaah! Mir fiel sofort ein Stein vom Herzen.

Auf hohen Absätzen stürmte eine junge, sehr aufrecht gehende Frau in engem, bodenlangem Kleid von der flammend roten Farbe des Feuerkopfschopfes, Hauptschmuck eines Vogels aus der Gruppe der Feuerköpfe, zum Flügel, berührte ihn kurz und verbeugte sich. Ich weiß nicht, ob sie von der Bühne aus die Zuschauer erkennen konnte, deren Anzahl schätzte, aus deren Mienen Schlüsse zog. Ihr strahlend kühler Blick schien durch ihre Stirnen hindurch zu gehen, hin zu einem fernen, ihr entgegenblinkenden Punkt. Kann Schlichtheit aggressiv sein? O ja. Seit eben wußte ich das. War sie hübsch? O ja, das durfte man sagen, sehr hübsch, aber sie kokettierte nicht damit. Die Haare trug sie zu einer Art Pferdeschwanz straff gebündelt, sie ließen winzige, blitzende Eissplitter an ihren Ohren frei. Blaue Lidschatten verstärkten den Eindruck einer leuchtenden Kühle, nicht anders der kräftige Lippenstift exakt in der Farbe des Feuerkopfkleides, grell im harten Bühnenlicht, die Weiße ihrer Haut unterstreichend. Dieses schneeige Inkarnat setzte sich im Dekolleté, durch keinen weiteren Schmuck verunklärt, gar verunstaltet, an den wohlgeformten, außerordentlich nackten Armen fort.

Das Entscheidende jedoch war ihr Rauhreiflächeln. Dieser Mund, füllig innerhalb seiner schönen Kontur, herausfordernd durch die ins Auge springende präzise Farbübereinstimmung mit dem abweisend glänzenden Kleid, lockte, obwohl so unübersehbar betont, keineswegs. Er deutete ein Lächeln allenfalls an, zögernd, skeptisch von vornherein, durchaus ein bißchen spöttisch. War es ein stummes »Ich kenne Euch. Mir macht Ihr nichts vor. Ich weiß, was Ihr erwartet, was Euch erwartet und was daraufhin mich erwartet. Ich sehe es ja jetzt schon mit einem Blick! Denkt nicht, es würde mich anfechten. Diese Macht besitzt Ihr nicht. Probieren wir's!?«

Sie setzte sich, korrigierte leicht den Hocker und legte los mit der »Suite en sol« von Jean-Philippe Rameau. Man vergaß beinahe, daß es sich um Barockmusik handelte, so heftig griff sie in die Tasten, so scharf, kurz angebunden, donnernd. So raubtierartig machte sie sich über den Komponisten her. Der Körper verzichtete auf jede Art von Verrenkung, das Gesicht auf jede Gefühlsmalerei. Haute sie uns das Stück um die Ohren, insgeheim womöglich lachend über eine völlig unerwartete Verbrüderung mit dem alten Meister, Spuren folgend, von denen wir bislang nicht die geringste Ahnung hatten, wir, das notwendige Übel bei dem öffentlichen Zwiegespräch?

Sie verbeugte sich höflich, tief, nicht übertrieben. Ihr Lächeln konstatierte freundlich die Mäßigkeit des Beifalls. Er verwirrte sie nicht, er erbitterte sie nicht. Sie hatte damit gerechnet, daß es so kommen würde. Ihr Lächeln verzieh uns ohne Arroganz unsere Schwerfälligkeit.

Allerdings würde es ihrerseits ohne Gnade weitergehen. Sie bot uns Walzer von Maurice Ravel dar, und nun begriffen wir bereits, daß sie auf ihrem eigentlichen Terrain anlangte. Durchsichtige Glasperlen tröpfelten, rollten, rasten und versickerten, zersprangen in glitzernde Scherben und ballten sich flüchtig. Sie erlaubte kein Zurücklehnen, gestattete keinen Moment schwelgerischer Atmosphärenseligkeit, ohne jedoch mit verselbständigter Akrobatik zu prahlen. Das Virtuose an sich interessierte sie nicht, obschon sie es beherrschte und das Publikum damit rumkriegen würde. Sie wußte das nur zu gut, wich aber keinen Millimeter in ihrer Streitlust zurück, flog zielbewußt voran.

Das war mittlerweile sonnenklar.

Pause. Trotz Heiserkeit hustete Frau Schneidermann erst jetzt. Die Pianistin lächelt die Zuhörer, die es nach einer Weile begriffen, an wie zu Beginn oder doch ein bißchen mehr?

Denn schlau wie sie ist, geht sie, den Beifall nutzend, eilig von der Bühne und ist in Windeseile auf den hohen Absätzen der streng schwarzen Schuhe wieder zurück, kerzengerade. Rücken, Hals, Kopf, eine einzige vertikale Linie! Das schafft sie, vom Applaus gedeckt, noch zwei weitere Male. Bei jedem einzelnen Auftritt steht viel Einsamkeit, viel strenges Licht um sie herum. Sie aber leuchtet ohne Anfechtung.

Was sagt ihr Lächeln, was fragt es: Wem entbiete ich schon jetzt ein artiges Adieu und »Geh zum Teufel«? Wieviele werden gleich wieder hier sitzen? Sie denkt nicht: »Wieviele werden mir die Treue halten?« Nein, das glaube ich einfach nicht. Ich bin es, die das denkt, sie ist es nicht.

Draußen, auf den Eingangsstufen, rauchen wir. Insgesamt fünf Leute kommen in ihren Mänteln heraus und verschwinden stumm mit zornigen Rücken im Dunkel, ohne daß ich mich erkundige, was denn so sehr ihr Mißfallen erregt hat. Ich kann es mir selbst beantworten. Es stimmt mich parteiisch und kämpferisch. Ich hätte die Fahnenflüchtigen gern geschüttelt.

Jetzt sind die übrig, die zählen, sagt sie sich vielleicht, als sie in ihrem Feuerkleid unerschüttert vor uns hintritt. »Nun der Rihm, der Rihm!«, flüstert der Mann in der Mitte der Damen hinter mir nach beiden Seiten und wohl etwas stolz, ausgehalten zu haben und seine Einschätzung der Zuhörer bestätigt zu sehen.

Es handelt sich, deshalb bringt sie diesmal Noten mit, bei Rihms Toccata um eine Erstaufführung, eine Uraufführung im Rahmen dieser Tournee, für sie vom Meister komponiert. Da gerät der Körper notgedrungen in Bewegung, die Musik zwingt ihn zum Zackigen und zum Verbiegen, zum Ducken und Triumphieren, zum Zusammenbruch, zur Auferstehung, zur vollkommenen Bewegungslosigkeit und Stille, zum Kauern und Jagen. Das alles jedoch, das Schroffe wie das Schmiegen, in unwandelbarer Kühle, ein kühles, hetzendes Wüten, eine angespannte, drohende Erstarrung. Sie wirft den Leuten die Töne hin, sie sollen ihnen um die Ohren prasseln, klirrend den Horizont durchstoßen. Die schneeweißen Finger lassen die Tasten murmeln und toben.

Bis ein Arm des lichtdurchfluteten Körpers hochfliegt, dort kurz verharrt und sie dann beide Hände friedlich auf die Oberschenkel legt. Dort ruhen sie. Sie hält den Kopf gesenkt, selbst- und weltvergessen, atmend, tief versunken. Wir glauben ihr das, denn es überträgt sich sofort auf uns. Dann tupft sie sich mit einem winzigen Tuch vorsichtig das Gesicht ab und erhebt sich.

Wie lächelt sie diesmal beim Verneigen? Wir sehen es nicht gleich, denn sie verbeugt sich etwas länger als vorher. Sie nimmt zweifellos wahr, daß beim Klatschen von Ritual und Konvention keine Rede mehr sein kann. Die Leute haben sie erkannt und sind, zumindest für diesen Abend, bezwungen. Jemand ruft ein verhaltenes Bravo, andere versuchen es mit dem Stampfen der Füße. Man überwindet die Scheu, hingerissen vom Verstand, kaum vom Gefühl, und steigert sich in der Zustimmung aneinander. Sie sieht dem zu, schneidet dann jedoch, wie aus Geschmacksgründen und Lauterkeit gegenüber den konzertüblichen Entartungen, den sich selbst feiernden Jubelentgleisungen den Weg ab. Sie sitzt schon wieder auf ihrem Schemel, korrigiert sorgfältig Höhe und Abstand, sammelt sich, korrigiert, in aller Ruhe, ein weiteres Mal.

Wird sie uns zum Abschluß mit den im Vergleich samtenen »Verwachsenen Pfaden« von Janácek schmeichlerisch in den Ohren liegen? Und sei es, um zu beweisen, daß sie es könnte, wenn sie nur wollte? Sie verzichtet auch auf diese Eitelkeit. Viele kennen die kleinen Stücke, aber erkennen sie kaum wieder im arktischen Zugriff ihrer Hände, ihrer zornig funkelnden Zärtlichkeit. Nur manchmal quillt sanftes Mondlicht hervor, kühler Glanz. Es entzückt uns auf der Stelle.

Immer schöner ist sie im Verlauf des Konzerts geworden, kalt glühender sind Kleid und Lippen, blendender die Haut von Gesicht und Armen, leuchtender die Erscheinung.

Die Schlacht ist geschlagen. Sie verneigt sich vor ihrem kleinen Heer als Siegerin mit schon erprobter Geschicklichkeit. Bei den drei Zugaben versüßt sie den Leuten, ganz anders als die meisten ihrer spätestens zum Finale gerissen buhlenden Kollegen und

Konkurrentinnen es tun, den Ausklang noch immer nicht durch die gewohnten musikalischen Beschwichtigungsnummern, empfiehlt sich ohne Makel denen, die guten Willens sind, als kühne Streiterin für das Fortschreiten der Musik, der Kunst überhaupt. Dafür bürgte sie von den ersten Schritten an mit ihrer kompletten Gestalt in allen untadeligen Details, die Fremdlingin. Nirgendwo, in keinem Winkel Schmutz- und Schmalzecken, fern alle zynische Kumpanei. Wir hören kurze Stücke von Ligeti, jungfräulich erblühend, bevor sie sich, endgültig und klug austariert, zum genau richtigen Zeitpunkt dem noch nicht schwächer werdenden Applaus entzieht. Die Beleuchtung wechselt und signalisiert Endgültigkeit.

Ihr Lächeln? Amüsiert, weil sie, abgehärtet gegen Enttäuschungen, wußte, wie der Verlauf sein würde? Oder doch um eine Winzigkeit glücklicher als zu Beginn?

Was aber hörte ich beim Rausgehen von dem Mann hinter uns, der es tatsächlich auch zu mir, nicht nur zu den zwei Kursbesucherinnen sagte, weil es heraus mußte aus seiner Brust, obschon es dabei zu vertuschen galt, daß er irgendwo im Mund ein Kaugummi verbarg: »Ein strahlend aufgehender Stern! Nur die Brennenden, Unüberwindlichen geben uns den Glauben an die Kunst.« Wir waren nahe daran, uns die Hände zu drücken, schraken aber im letzten Moment davor zurück. Zu sehr klirrte ihr Licht noch im Raum.

»Fremd bin ich eingezogen«, sagte stattdessen der Mann, als klänge ein schwebendes Fragezeichen mit. »Fremd zieh ich wieder aus«, kam, ehe ich mich versah, ohne mein Zutun die Bestätigung von mir zurück. »Und genau deshalb strahlt er ja so, der Stern«, antwortete er und bot frohgemut seinen Begleiterinnen den Arm.

DIE REISENDE

Natürlich war ich auf eine Enttäuschung gefaßt gewesen und hatte mich entsprechend gewappnet.

Jetzt saß ich, die kuriose Julia erwartend, auf einer Bank am Großen Stechlinsee, den ich bisher nur durch Fontanes Roman kannte. Er war mir also halbwegs vertraut durch Schilderungen aus einer ganz anderen Zeit. Jetzt überraschte er mich, keineswegs verklärt oder verunstaltet von Literatur und Tourismus, im noch morgendlichen Junilicht mit einer feierlichen Wortlosigkeit und einer Weite, die sich zu den jenseitigen Wäldern bis in den Himmel dehnte. Der berühmte See lag vor mir in einem großen Glanz, in einem nicht vermuteten Ernst, der eher an das unausbleibliche Ende des Lebens denken ließ als an turbulente Volksfestlichkeiten zum Lob des Daseins.

Daß sich Julia verspätete, wunderte mich nicht. Sie war schon immer, als Schülerin, nein, noch früher, in allen Dingen langsam gewesen, besonders beim Essen, hatte sich in aufreizender Sorglosigkeit Zeit genommen, in den Tag hineinzufinden und ihre Mutter, meine älteste Freundin, dadurch manches Mal verzweifeln lassen. Mit entschuldigendem Lächeln, mit ihrer Lieblichkeit, die vielleicht eher Erwachsene als Gleichaltrige würdigen konnten, machte sie in den meisten Fällen dann schnell die Sache wieder gut. Vielleicht war sogar ich es, die von ihr am meisten bezaubert wurde.

Hier allerdings, wo sie, wie stets nur vorübergehend, in einem der See-Hotels kellnerte oder als Zimmermädchen arbeitete, um ihre Reisen nach Asien zu finanzieren, würde sie schnell Schwierigkeiten bekommen, wenn sie ihr altes Laster, die Träumereien ohne Rücksicht auf Verluste, nicht zu beherrschen wußte.

Wir wollten nichts voneinander. Ich hatte aber schon das Kind wegen seines Eigensinns ins Herz geschlossen und freute mich, da ich gerade in der Nähe war, Julia drei Jahre nach der Beerdigung ihrer sehr kurz hintereinander gestorbenen Eltern endlich wiederzusehen.

Plötzlich zeigte sich mir, von rechts in mein Gesichtsfeld geratend, ein Schauspiel, wie ich noch keins gesehen hatte. Ein Schwan glitt, ohne daß man irgendein Anzeichen einer Bewegung seines Körpers wahrnahm, wie vorangetrieben allein von seinem Willen oder einer lautlos funktionierenden Maschine unterhalb des Wasserspiegels, zwei Meter vom Ufer entfernt an mir vorüber. In vollkommen regelmäßigem Abstand, eine schnurgerade Linie bildend, folgten ihm drei Junge, nicht mehr sehr klein, noch in braunem Gefieder. Abgeschlossen wurde das Geschwader, die Spielregel der Distanzen perfekt einhaltend, von einem zweiten Schwan. Es ließ sich nicht sagen, ob der Vater oder die Mutter die Familie anführte. Der elterliche Stolz, noch betont durch die unbeirrbare Gemächlichkeit, war unübersehbar. Ich wurde von ihnen nicht beachtet, jedoch schien mir sicher, daß die familiäre Vorführung mir galt, so akkurat inszeniert, so geometrisch, so zeichenhaft sprechend zogen die fünf stumm, ihrer Wirkung gewiss, dahin, bis sie schließlich im Schilf verschwanden. Man wollte mich zum Staunen bringen. Es gelang.

Julia zeigte sich noch immer nicht. Sehr bald würden die Schwäne nicht zurückkommen. Ich nahm mir daher die wohlweislich mitgebrachte Zeitung vor. Sofort wurde mein Blick festgehalten vom Foto eines etwa Zwölfjährigen, dessen noch kindliches Alter man erkannte, obwohl das schmutzige Gesichtchen durch sein Leiden viel älter erschien. Mit den Armen umklammerte er ein wenige Monate altes, schreiendes Baby, dessen Züge, so unglaublich es klingen mag, ebenfalls, über die normale Schmerzäußerung eines Kleinkindes weit hinausgehend, alles gramvolle Altern der Welt untröstlich in sich vereinigte und jedes Glück in Frage stellte. Ein ungarischer Polizist versuchte, die beiden offenbar ohne Begleitung Flüchtenden mit einem Maschinengewehr zurückzudrängen. Ein Bild, ein aufrührerisches Elend, das man nur lange oder nur sehr kurz betrachten konnte.

Zufällig ergab sich, daß ich, als ich endlich weiterblätterte, ein zweites Mal auf das Foto eines weinenden Kindes stieß. Diesmal saß es in einem Ringelpullover auf dem Schoß der ebenfalls unglücklichen Mutter und beide warben für eine Salbe gegen juckende Hauterkrankungen. Der Jammer der Mutter, in der Gestik etwas theatralisch, mochte gegen Honorar für die Anzeige geschauspielert sein, das Gesicht des gepeinigten kleinen Mädchens aber war unmöglich manipuliert. Es handelte sich, aus welchem Grund auch immer, ganz sicher um eine nicht vorgetäuschte, weltanklagende Verzweiflung, oder besser: drückte sie aus, das noch ungeformte, weiche Fleisch grausam verzerrend. Es stand ihm eine so grundsätzliche Anklage in den Armen seiner Mutter doch eigentlich gar nicht zu!

Vielleicht hatte mir Julia schon eine Weile über die Schulter gesehen. Ich sprang auf, wir umarmten uns ohne Fremdeln. Das erleichterte mich. Ihre Reisen in entlegene Landschaften und legendäre Städte hätten sie mir, der selten und nur europäisch Reisenden, so kam es mir noch am Morgen vor, entrücken können. Ich weiß nicht, wie stark der Anblick, besonders das intensive Erleben von exotischen Gegenden, womit bei ihr zu rechnen war, einen Menschen verändert.

Hübsch war sie nach wie vor. Mich wunderte allerdings, sie in den jetzt wieder modischen Shorts zu sehen, die ungeniert überall in den Städten die nackten Beine fast bis zum Beginn des Schambereichs darbieten, sei es aus Gedankenlosigkeit oder zur Provokation. Eine verschmitzte oder harmlose Kollektivlust an der Entblößung intimer Zonen, neu aufgelegt für diesen Sommer. Früher trug sie anachronistisch lange, orientalische Protesträcke.

Etwas Gravierenderes fiel mir auf: Das Leben hatte in der kurzen Zwischenzeit an ihrem Gesicht erheblich genagt. Der gewisse Schimmer, an den ich mich so genau erinnerte, fehlte. Sie lachte augenzwinkernd auf reizende Art, aber durchschnittlicher als damals, ohne das heimliche Aufleuchten ihrer Augen. Unter der Staubschicht des Normalen verbarg sich eine an ihr ungewohnte Härte. Ob ihr das, während wir einander musterten, mit mir ähnlich erging?

Über die Verblüffung dieser ersten Minuten halfen mir die fünf Schwäne hinweg. Sie hatten sich nur kurz im Schilfdickicht vergnügt und traten bereits die Rückreise an, wieder in der gleichen

Formation: Der vermutliche Vater als Vorstand der Familie und Explorer, die drei Jungen dahinter aufgereiht, diszipliniert und schweigend die Abstände einhaltend, zum Abschluß die sichernde Mutter. Wie beim Bergsteigen befanden sich die schwächsten Glieder der Gruppe in der Mitte. So zogen sie in geräuschloser Glorie an uns vorüber.

Julia beobachtete es nicht weniger gebannt als ich. Dann sagte sie: »In der Tierwelt ist so was ganz nett. Bei den Menschen finde ich es furchtbar.«

Mein verdutzter Blick reizte sie augenscheinlich: »Schrecklich. Scheußlich, dieser Familienzwang! Am grausigsten, wenn sie alle um einen Tisch herumsitzen und ihr Essen verdrücken.«

Aber war nicht ausgerechnet sie es gewesen, die darauf bestanden hatte, Eltern, Brüder, Schwestern, Gäste schon als Grundschülerin mit selbstfabrizierten Speisen zu erfreuen und zu quälen und die melodramatisch schluchzend von der Tafel wegstürzte, wenn ihre wunderlichen Mahlzeiten nicht gelobt wurden?

»Wie kann man überhaupt das deutsche Essen und die deutsche Sprache mögen! Nichts als Eintönigkeit und Eintöpfe, diese ewig gleichen Bestandteile auf dem Teller. Kartoffeln, Gemüse, Fleisch. Damit bin ich groß geworden. Was anderes war in meinem Elternhaus nicht vorstellbar. Immer nur derselbe trostlose Placken. Und immer alles schnell zusammengehauen. Wenn ich da an die Chinesen denke!«

Durfte man denn vergessen, daß beide Eltern, um einen bescheidenen Wohlstand zu garantieren, außerhalb des Hauses arbeiteten und trotzdem versuchten, ihrem heikelsten Kind in jeder Hinsicht mehr als Gerechtigkeit widerfahren zu lassen?

»Keiner ahnt, wie mich das Verwöhnen peinigte! Wie ich gelitten habe, wenn ich den anderen vorgezogen wurde. Ich wollte die Extrarolle nicht und schämte mich deshalb.«

Ihre Grimassen, wenn ihr etwas nicht schmeckte, wenn sie beim Spielen verlor oder ihr ein Kleid nicht gefiel, hatte sie wohl nie im Spiegel studiert? Wir alle fürchteten ihre Launen. Ich hielt mich damals oft in der Familie auf, und nie konnte man wissen, wann sie ihr Gefieder sträuben würde. Selbst die rauheren Geschwister nahmen lieber eine Benachteiligung in Kauf, als das mißgelaunte Mienenspiel ihrer empfindlichen Schwester zu ertragen. Sie zogen es vor, sich von dem Zauber ihres listigen Lächelns bescheinen zu lassen.

»Auch wenn alles gut gemeint sein sollte, eine Zumutung ist das trotzdem. Die Familie war eine eiserne Kette, eine Fessel, die ich irgendwann nicht länger aushalten konnte. Ich bin seit der Beerdigung nicht mehr am Grab meiner Eltern gewesen, auch wenn sie mir mit Absicht bestimmt nichts Böses zufügten. Unerträglich ist der enge Horizont, in dem man sich genau besehen nur für das Wohl der eigenen Familienmitglieder interessiert. Alles andere blieb für sie nur globaler Klatsch. Und auch der Sauberkeitswahn meiner Mutter ...«

Wie böse ihre Augen funkelten, wie feindlich schmal ihre Lippen wurden! Es fiel mir schwer, ihr noch aufmerksam zuzuhören. Gegen meinen Willen war ich fixiert auf das ständige haßerfüllte »Pfff«, das sie zwischen den Sätzen ausstieß, zusätzlich auf ein weiteres unangenehm stotterndes Lärmschlagen: »Ö, ö«. Hatte nicht gerade meine so unbetrauerte Freundin in großzügiger Weise die Spielkameraden und späteren Studienfreunde in ihrer Wohnung, auch in der Küche toben und voller Nachsicht in ihren Vorräten wüten lassen, was ich immer mit leichtem Kopfschütteln bewunderte?

»Man wird nicht verstanden, man hat Eltern, Schwestern, Brüder und ist trotzdem allein.«

Warum brach das alles ausgerechnet jetzt in solcher Wut aus ihr hervor?

War ihre Mutter nicht in unwandelbarer Treue jederzeit zur Stelle gewesen bei den Kränkeleien besonders dieser Tochter, die sich eventuell von solcher Fürsorge erdrückt fühlte, obschon sie die Sonderbehandlung durch ihr Verhalten forderte? Gehörte meine träge, sprunghafte Julia jetzt etwa zu jenen Klageweibern, die, einer Zeitströmung blindlings gehorchend – ach was, es gab den Typus wohl schon seit der Steinzeit –, für jedes Mißlingen in ihrem Leben die Schuld bei Eltern, Ehemännern und Geliebten suchen, nie bei sich selbst? Ich mußte ihr aber nur ins Gesicht sehen, um zu erkennen, welche wahrhaftigen Schmerzen ihr diese persönlichen, wenn auch konventionellen Geständnisse bereiteten. Sie wischte sich von der wie früher schon ein bißchen unreinen Stirn den Schweiß und sogar aus den Mundwinkeln einige Bläschen ab. Ich hätte sie gern einfach in den Arm genommen. Es wäre sicher das Falscheste gewesen. Oder das einzig Richtige? Eine Sympathisantin weiblicher Hauruckmethoden in Gefühlsdingen bin ich aber nun mal nicht, erst recht keine Virtuosin solcher körperlichen Zudringlichkeiten.

»Deshalb mußte ich so bald wie möglich Reißaus nehmen. Nur der ferne Osten war mir weit genug weg.«

Die Flüge bezahlten selbstverständlich in der ersten Zeit die Eltern. Wenn sie Zuflucht suchte, hatte die Haustür für sie Tag und Nacht weit offen gestanden.

Darauf kam es nun nicht an. Entscheidend war, daß schlagartig in ihrem Gesicht ein Leuchten aufging, eine kleinmädchenhafte Zärtlichkeit, die selbst ihre Ohrläppchen zu erfassen schien, sobald sie die Länder und Städte Mittelasiens erwähnte. Fing bei ihr die Menschenliebe erst an, wenn die Leute Schlitzaugen hatten? Einzig an Peking, wo sie eine Weile studiert hatte, wie überhaupt an die Han-Chinesen schien sie sich nicht so gern zu erinnern, dafür um so lieber an die Uiguren und die Länder Kasachstan, Kirgistan, Usbekistan, Turkmenistan.

»In Tadschikistan sah ich den ersten Wiedehopf meines Lebens. Hörst du? Einen echten, leibhaftigen Wiedehopf! In Deutschland natürlich nie, nicht davor und nicht danach. Ich habe dir eine Mappe mit Fotos von meinen Reisen mitgebracht.« Sie lächelte bittend, unwiderstehlich lockend: »Große Abzüge auf Papier, das ist schöner anzusehen. Willst du? Interessiert dich das?«

Nur ein Mensch mit dem Gemüt eines Betonklotzes hätte es

fertiggebracht, in ihr wiederauferstandenes altes Strahlen hinein etwas anderes als Begeisterung zu äußern.

Sie begann mit einer Paßstraße in Kirgistan, die sich in scharfen Kurven durch eine einförmig braune Schotter- und Felsenlandschaft wand. Sehr klein und verloren stellte ich mir in der Wüstenei die Fotografin vor. Das einzig Lebendige, nach dem das Auge forschte, war ein staubiges Gestrüpp am äußersten rechten Rand. Nur kleine weiße Blüten verrieten, daß es sich um Vegetation handelte. Aber erkannte man nicht im etwas längeren Hinsehen das Glühen unter der Oberfläche des Gesteins, ein schwaches Brummgeräusch, ein Summen, ein melodisches Wechseln von schroff aufragenden, porösen Wänden, von senkrechten Spalten zerklüftet, und langen Flanken aus fein gemahlenem Material, ein mächtiges Wirken und Schaffen der ruhelosen Erosionskräfte in dieser rot-braunen Unerbittlichkeit, eine Einöde, durch die vielleicht einmal pro Tag ein Lastwagen fahren würde. Dann waren die arbeitenden Felsgestalten wieder unter sich. Auf einem anderen Foto, auch in den Bergen Kirgistans, sah man in der Ferne und Höhe schneebedeckte, rundliche Gipfel. Über mehrere Graustufen, von großen Schatten gestreift, bewegten sich steinerne Wellen auf den Vordergrund zu, in dessen sandfarbenem Gras, einer Art niedriger Steppe, unerklärlich bedeutungshaft, als ins Fressen versunkene, muskulöse Rätsel, drei Pferde standen. Gehörten sie jemandem? Nur sich selbst? Manchmal gab es eine Gruppe von Pappeln oder ein einzelnes Auto in den rostigen Landschaften, die ohne Farbe waren außer dem Braun in allen kühlen und warmen Tönungen. Einmal wurden durch hohe Masten Leitungen durch eine Ebene geführt, in der sich fast schwarze, falbe, scheckige Pferde versammelt und friedlich, auch geschmackvoll angeordnet hatten. Menschen zeigten sich in dieser Wildnis nicht, sie bleiben immer ausgespart. Vielleicht gab es sie nicht in der Nähe. Ich fragte nicht nach und fing an, es zu wünschen. Keine Menschen! So konnte die Natur, bescheiden und in der Fülle ihrer Macht, mit ihrer wortlosen Sprache reden.

Dann aber folgten die Menschen. Vorüberzogen die zerfurchten Antlitze alter Frauen und Männer, bei einer Schale Tee oder hinter einem Berg aus Tomaten, Gurken, Melonen. Ihre östlichen, skeptisch lächelnden Gesichter erzählten freimütig, die Augen zu abwärts gekrümmten, schmalen Monden gebogen, mit allen Runzeln die Geschichte ihres Lebens, in Buchstaben und Sätzen jedoch, die ich nicht entschlüsseln konnte. Es war stattdessen das Leben schlechthin, das mit seiner Wucht und seinen Finessen in Licht und Schatten, auf Märkten und in Cafés aus den Falten auf mich einredete. Kleine Mädchen, auch sie schon mit Kopftüchern, kokettierten als winzige ewige Evas in die Kamera. Ihre Mütter, in derben Stiefeln und Kitteln, deren Schnitt eine Schwangerschaft in Permanenz suggerierte, waren allesamt an irgendeiner Stelle des Körpers üppig geschmückt. Die ausnahmslos stattlichen Frauen in ihrem unerschrockenen Dasein zum Dienste des Broterwerbs und Familienerhalts mit allen Gliedmaßen berufen, trugen Ringe und Ohrringe, und wenn keinen Schmuck, dann die geschlungenen, geknoteten Schals, deren Phantastik, unerschöpflich in Muster und tollkühnen Farben, verblüffte, eingeschmolzen zu verwegenen Harmonien. Dieses Festliche ließ sich keine der stämmigen, existenzerfahrenen Frauen nehmen, Frauen, die viel zu ertragen wußten, sich jedoch todsicher von niemandem etwas vormachen ließen, es sei denn, sie legten es darauf an zu ihrem Vergnügen. Die Bilder verwandelten ihre atmenden Leiber in unerschütterliche Legenden.

»Buchara«, murmelte sie. Das letzte Foto zeigte den ergreifendsten Blickwechsel, den ich wohl je gesehen habe. »Buchara«, sagte sie. Ein auffallend schöner junger Mann mit gebogener Nase und langem schwarzen Nackenhaar hält in seinem rechten Arm ein wenige Wochen altes Kind. Die Beugung seiner Rechten bietet dem Säugling einen sicheren Wall gegen alle Gefahren, seine Linke umschließt das ihm entgegengestreckte Händchen. Der Zeigefinger des Mannes berührt, wie in einer Geste des Staunens, die eigene bärtige Oberlippe. Sein Kopf ist dem des Kindes behutsam entgegengeneigt. Der Säugling, auf dessen Stirn ein heller Schein liegt, lächelt, den Blick in den des Vaters versenkt. Es gibt für das Geschöpfchen nichts auf der Welt als diesen Austausch einer unsichtbaren Energie, es ist der Faden, an dem sein Leben hängt. Genauso verhält es sich mit dem jungen Mann. Er ist überwältigt von dem sich ereignenden Wunder auf dieser unter Starkstrom stehenden kurzen Strecke. Das sanfte Licht, aus der Stirn des Kindes tretend, spiegelt sich auf den väterlichen Wangen. Er weiß es nicht, weiß nichts mehr von der Welt, hört nichts von ihr, sieht nichts als das winzige Lebewesen in seinem Arm, das ihn mit seiner stummen Gewalt vor Seligkeit fast zum Weinen bringt. So ruhen die beiden voll Entzücken und Innigkeit ineinander vertieft, einander verfallen in diesem Moment, der sich noch immer zu steigern scheint während des Hinsehens. Kein Bildnis der Maria lactans, der ihr Söhnchen säugenden Muttergottes, könnte das von dem jungen Usbeken und seinem Kind übertreffen.

»Buchara«, flüsterte sie und war, überströmt von lauterster Zärtlichkeit, hier die Dritte im Bunde. »Schon als Kind wollte ich immer dorthin.«

ARMER RITTER

»Wie sollte ich das je vergessen!«

Herrn Ritter beneideten viele Vorübergehende, auch wenn sie ihn nicht leibhaftig sahen, um seine Villa. Vielleicht gedachten sie auch seiner durch die Wände hindurch als märchenhafte Idee und hofften, er möge in einem so prächtigen alten Gebäude ein prächtiges jugendliches Leben führen, damit es einmal ein bißchen verwunschen zuginge in der Welt. Dirk Ritter stand auf einem seiner kleinen Balkons, genoß die erste Zigarette nach dem Frühstück und zugleich die letzte bis zu jener, die er am späten Nachmittag wie gewöhnlich bei seiner Rückkehr rauchen würde. Sie stand ihm schon jetzt vor Augen, als Klammer des hauptsächlichen Tagesablaufs, nicht unbedingt aus Sucht oder Sehnsucht nach ihr.

»Wie sollte ich das je vergessen!«, sagte er einige Male vor sich hin. Was je vergessen? Er wußte es nicht. Beim Aufwachen neben seiner häßlichen Frau hatte sich der Satz plötzlich eingefunden, gewichtig, aber ohne erklärende Vor- oder Nachgeschichte. »... je vergessen!« Was war gemeint? Zum Beispiel das giftig strahlende Wort »Niedertracht«, der schöne, von der Sehne schnellende Name für etwas Unausrottbares, den die jungen Leute angeblich heute nicht mehr kannten? Deshalb sollte man den Ausdruck extra benutzen, gerade weil er dem niederträchtigen Zeitgeist entfallen war: Niedertracht! Niedertracht! Niedertracht!

Er beobachtete gleichgültig den Sekundenzeiger seiner Armbanduhr, wie er unaufhaltsam sank und stieg, ohne ihm deshalb einen Schrecken einzujagen. Sollte die Zeit doch verstreichen! Er tat ja nur so, alle taten ja nur so, als müsse er, Dirk Ritter, unbedingt pünktlich sein in seinem imposanten Beruf.

... je vergessen das Gefühl aus der Kindheit, wenn die Freunde nach Hause gingen und er so heftig gewünscht hatte, sie alle könnten, noch mit dem Dreck und den kleinen Wunden ihrer Spiele auf der Haut, gemeinsam in einem großen Bett schlafen, todmüde und jeder für sich verwegen träumend nach den wilden Stunden der Freiheit? Ach was, nachdem die Schlechtigkeit der Welt sich ihm in allen gesellschaftlichen Gebieten aufdrängte, wurde er immer ungeduldiger gegenüber der sogenannten Unschuld junger Gesichter. Er hatte ja selbst zwei im Haus, die er sogar liebte, o doch, einen Sohn und eine Tochter. Das allerdings, was so gern bei halbwüchsigen Kindern als jugendliche Tugend bezeichnet wurde, durchschaute er längst, auch bei intelligenteren Exemplaren. Er erkannte es als Einfalt und Sentimentalität. Nicht tragisch, es stand ihnen zu in ihrem Alter, aber man mußte keine Qualität daraus machen.

»Wie sollte ich das je vergessen? Keine Ahnung, wüßte nicht was. Nix!«, knurrte er über die zierliche Balkonbrüstung zu den Laubgewölben der Buche hin und belächelte dann doch ein wenig sein misanthropisches Ausdämpfen der Zigarette. Worüber verbittert, worüber wütend sein? Die maßgebliche Frage war eine ganz andere, und die stellte er sich seit Monaten oder noch länger gerade hier, wenn er so allein und rauchend grübelte und zwischen den Blättern der Bäume auf den gleißenden Fluß jenseits der Straße starrte. Wie war es zu dem Umschwung gekommen, zur geräuschlosen Schicksalswende nach einer langen Phase des »Glücks«? Ein Glück, das er stets bei sich in Anführungsstriche gesetzt hatte, vor allem aus Bescheidenheit, da er glaubte, zu dessen hochprozentiger, überwältigender Ausformung nicht berufen zu sein.

Er rannte in ein paar elastischen Sätzen die von einem optimistischen Vorgänger einmal für prunkvolle Auftritte gebaute Treppe hinunter und winkte seiner Frau zu, die ihn, nicht anders als sonst, mit einer Kußhand verabschiedete. Bei ihr ging's gleich ab zum Waldlauf. Die Kinder? Längst unterwegs zu ihren Schulen. Er verließ das enorm große Grundstück in einem Wagen, den er sich aus eigenem Antrieb niemals gekauft hätte.

Dirk Ritter entstammte kleinen Verhältnissen. Es war schon erstaunlich genug gewesen, daß sein Vater, rechtschaffen, solide, ein typischer Ruhrgebietsmensch aus Gelsenkirchen, es trotz seines kleinen Tischlereibetriebs, in dem er gern seinen Sohn als Nachfolger gesehen hätte, den unerfreulichen Entschluß des einzigen Sprößlings, an die Universität zu gehen, mit Nachsicht ertrug. Wahrscheinlich war es diese elterliche Sanftmut gegenüber so wunderlichen Dingen wie Germanistik und Philosophie gewesen, die den Sohn damals bewog, sich alle darüber hinausgehenden phantastischen Berufspläne aus dem träumerischen Kopf zu schlagen und eine Stelle als Studienrat anzustreben, obschon er, wie vorauszusehen, die meisten seiner durchweg familiär deutlich besser gestellten Studien-Freunde, bis auf einen einzigen, infolge dieser Entscheidung schnell aus den Augen verloren hatte. Es passierte von selbst. Die Kameraden von früher bewegten sich, ohne eigentlich ihre leutselige Gutmütigkeit ihm gegenüber aufzugeben, in interessanteren Kreisen.

Das drehte sich eines Tages, im achten Semester, als er aus Kostengründen noch zuhause wohnte, um. Ihm gefiel das Studium, auch wenn ihn verblüffte, welche Massen an immer neuen Interpretationen sich über kleinste Texte hermachten. Ein merkwürdiges Wunder widerfuhr ihm. Es brach fast ohne sein Zutun über ihn herein.

Beim Zusammenstoß mit einer weiblichen Person auf dem Bürgersteig, der nicht sie selbst, aber ihre Tasche, die sich dabei entleerte, zu Boden gehen ließ, ereignete es sich. Er hatte nichts dazu beigetragen, keinen Finger gerührt, was die Heirat wenige Monate später betraf, hatte nur die Gegenstände mit ihr zusammen aufgelesen und in den Beutel zurückgestopft. Die anschließende Einladung in ein dämmriges Café kam von ihr.

Erst als er zwei Stunden danach ins helle Licht einer Laterne trat, entdeckte er ihre über jede Geschmacksfrage erhabene Häßlichkeit, die von der Sorte war, bei der man, um sie zu beheben, das ganze Gesicht hätte ummodeln müssen. Die schönste Seele wäre nicht in der Lage gewesen, aus eigener Kraft ein wenigstens mittelmäßig passables Aussehen daraus zu machen. Ritter, nach einigen belanglosen Liebschaften, war kein sogenannter Frauenkenner. Sein gutes, ahnendes Herz machte ihn aber bald darauf aufmerksam, daß diese Frau einerseits alle, vielleicht einmal glühenden Hoffnungen auf ein hübsches Äußeres aufgegeben hatte, andererseits jene unnachahmliche, nicht erlernbare Sicherheit ausstrahlte, die er von den alten Freunden kannte. Das hätte ihn warnen, jedenfalls vorbereiten können auf die spätere Überraschung, zum ersten Mal in seinem Leben einem wirklich reichen Mädchen begegnet zu sein, einem allen finanziellen Erwägungen enthobenen Wesen, das ihn unverhohlen mit entzückten Augen betrachtete, in diesen Stunden des Anfangs bereits und dann all die Wochen danach, als sie, ohne damit zu prahlen, da es ihr viel zu selbstverständlich war, gestand, die Tochter, einziges Kind wie Ritter, allerdings von Heinz Dohm zu sein.

Ohne sich in den höheren Gesellschaftsetagen auch nur annähernd auszukennen, wußte Ritter, daß es sich dabei um den Besitzer einer höchst erfolgreichen international agierenden Hotelkette handelte, die zusätzlich, unter demselben Eigentümer, mit einer florierenden, ohne Aufenthalt expandierenden Kreuzfahrtschiff-Flotte verbunden war.

Dirk Ritter gehörte zur Kategorie sehr gut aussehender, athletischer Männer, deren Vorzug und Mangel darin besteht, um diese Gabe nicht recht zu wissen. Dieses Manko gestattet ihrer Natur nicht, Don-Juan-haften Zauber zu entfalten, also mit ihrem Schatz zu wuchern, das heißt, sie halten das Versprechen ihrer optischen Reize nicht so ganz, dafür ist jedoch auf sie in einem Maße Verlaß, daß sogar sehr mißtrauische wohlhabende Eltern, die in jedem Bewerber um die Hand ihrer Tochter einen Mitgiftjäger wittern, im Fall ihres leidenschaftlich verliebten Kindes schließlich, nach allerlei Nachforschungen, geneigt waren, beide Augen zuzudrücken. Noch bevor Ritter begriff, daß er Helen Dohm heiraten würde, hatte deren Vater dreierlei erkannt:

1. Seine Tochter liebte diesen Mann mit geradezu verzweifelter Inbrunst.
2. Der schöne Ritter würde seinem Namen alle Ehre machen. Er hatte es, wenn auch von dessen Glanz gewiß betört, nicht auf Dohms Geld abgesehen und würde, wenn das Ja-Wort einmal gegeben war, seine Tochter voraussichtlich nicht betrügen, nicht in schnöder Tat, würde Dohms unglücklichen Liebling zu kränken sich nicht trauen. Das ihm von den Eltern Dohm bereitete, sacht verführerische Wohlleben mußte man, selbst wenn man die idealistische oder romantische Version von Liebe bevorzugte, dabei klugerweise als scharfes, sehr schlagendes Argument im Auge behalten.
3. Hoffnungen auf einen tüchtigen Mitarbeiter und Nachfolger würde er begraben müssen. Nach sofortiger Aufgabe seines Studiums müßte sein Schwiegersohn so weit ins Hotelfach eingearbeitet werden, daß er – unter unauffälliger Aufsicht – keinen großen Schaden anrichten konnte, um dann als (Para- oder Pseudo-) Direktor gesellschaftlich akzeptabel zu fungieren. Das

praktizierte man in Königshäusern nicht anders. Man verwandelte Reitlehrer und Fitnesstrainer schnurstracks in Herzöge und mächtig beladene Ordensträger. Er, Dohm, würde seine Enttäuschung niederkämpfen, die leise Verachtung für den hübschen Weichling ebenso. Wenn er ihm wenigstens robuste Enkel beschaffte!

Das Tatmenschen-Ehepaar Heinz und Lilli Dohm benötigte einige schlaflose Nächte für diese Sicht und Abwägung der Dinge, die rosige Zukunft der geliebten Helen betreffend. Den ursprünglichen Namen Helena hatten die Eltern wie spielerisch zu Helen verkürzt, um Spötter, die bei einem reichen Mädchen, gewissermaßen um der Legende willen, Schönheit verlangten, nicht ohne Not herauszufordern. So verfuhren sie, ohne daß die Tochter sich in diesem Fall wehrte, als sich deren äußeres Mißgeschick abzeichnete und auch ihre eiserne Ablehnung von schwerwiegenden Gesichtsoperationen trotz des Kummers über ihre »Fratze«, wie sie es in den bittersten Stunden nannte, deutlich wurde.

Sobald es ihr dann wieder besserging, sagte sie in einer Zuversicht, die den Eltern fast das Herz brach: »Ihr werdet noch sehen, eines Tages kommt der Richtige!«

Und nun diese unerwartete Seligkeit!

Ritter selbst wußte nicht recht, wie ihm geschah, sogar am Hochzeitstag nicht. Wie häufig bei schönen Männern zu beobachten, hatte er die Kunst des Werbens gar nicht erst erlernt. Er war ja stets der Umworbene, ein bißchen schüchtern angesichts des Andrangs betörter Weiblichkeit, ein bißchen träge auch, da ihm die gebratenen Gänse in den offenen Mund flogen. Oft verspürte er gar keine Lust, ihn aufzumachen. Nichts wäre falscher gewesen, im Fall seiner Verbindung mit Helen von Geldheirat zu sprechen, auch wenn es viele taten. Eher verhielt es sich folgendermaßen: Ohne den finanziellen Hintergrund hätte sich Helen nicht getraut, in die Offensive zu gehen, und tatsächlich grundierte er ja unverhohlen alles, was sie und ihre freundliche Familie berührte (nicht entgegenkommende Angehörige wurden von den Eltern vorsorglich aussortiert) mit einem tiefen, warmen Goldglanz. Im übrigen tauschte er gegen die kärgliche Studienzeit eine leicht maskierte Freiheit, wie er sie seit Kindertagen nicht mehr genossen hatte.

Und Helen selbst? Sie hielt alle Versprechen und erwies sich als ein wenig ungeschickte, aber stürmisch Liebende. Mit einem der letzten Kumpel hatte Ritter augenblicklich gebrochen, als der nach einem zufälligen Treffen mit dem jungen Paar ihm am nächsten Tag den telefonischen Rat erteilte, Dirk könne ihr ja im Bett ein Handtuch übers Gesicht legen. Es war so ein Altherrenspruch ihrer Pubertät gewesen.

In seiner jäh beendeten Studentenzeit hatte Ritter regelmäßig als Bedienung an Tisch und Tresen gearbeitet. Ganz fremd war ihm, spöttelte er für sich, das neue Metier demnach nicht. Die Voraussetzung der Kellner im »Adlon«, vier Sprachen zu sprechen, erfüllte er schnell. In Crash-Kursen polierte er sein Englisch und Französisch, ergänzte es im Laufe der Zeit durch Italienisch und Spanisch, kein Problem für ihn, und faßte, um seinem Schwiegervater einen Wunsch zu erfüllen, den Erwerb der Grundkenntnisse in Russisch und Chinesisch ins Auge. Solche Dinge fielen ihm zu. Für das Geschäftliche fehlte ihm jede Begabung. Er mußte pauken, um nicht als Idiot dazustehen. Wichtiges übernahmen ohnehin die Manager. Schon aus Selbsterhaltungstrieb hatte Dohm das so bestimmt. Mangelnde Übung im Repräsentieren, auch die fehlende Neigung zu dieser seiner Hauptaufgabe, glich er durch seine mittlerweile wirklich blendende Erscheinung aus. Das war, lernte er, in hohem Maße, wenn die Fundamente stimmten, eine Sache der Bekleidung, wofür er Anleitung von der Schwiegermutter bekam. Natürlich achtete sie darauf – was Ritter gar nicht bemerkte –, um die Ehe ihrer Tochter, die zu allem Übel vier Jahre älter war als ihr Mann, nicht zu gefährden, eine eventuell zu erotische Ausstrahlung ihres vorzüglich gebauten Opfers zugunsten einer eleganten Biederkeit zu dämpfen. Doch, man konnte, den Umständen entsprechend, zufrieden sein mit ihm. Dohm aber versagte sich in

Gesprächen mit seiner Tochter, sogar in denen mit seiner Frau, jeden Zynismus, der ihm bisweilen auf der Zunge lag.

Manchmal amüsierte es Ritter jetzt, wenn ihm einfiel, mit welch kleinbürgerlichen Verkrampfungen er zwanzigjährig in den Zeitungen die »Visagen« etwa von Bankiers und Aufsichtsratsvorsitzenden wahrgenommen hatte. Dutzende von luxuriösen Wochenenden in Grand Hotels von Paris, London, Rom, der Schweiz, New York stellte er sich vor, von Winter- und Sommerurlauben ganz zu schweigen, Unmengen von Austern, Kaviar, Champagner stapelten sich in diesen Gedächtnissen hinter den Stirnen, waren in die Zellen dieser Körper eingegangen. Es hatte ihn, noch mit den Sägespänen seines redlichen Vaters an den Füßen, immer ein bißchen gegraust davor. Aus der Nähe wurden diese ohne weiteres sterblichen Leute viel unerheblicher, wenn auch nicht ungefährlich.

Es verdroß ihn nicht besonders, über allem die Oberaufsicht Dohms zu wissen. Niemand konnte ihn daran hindern, Helen in einer kleinen Aufsässigkeit »Lene« zu nennen. Ihr gefiel das. Die weisen Schwiegereltern waren außerdem viel zu sehr interessiert am Glück ihrer Tochter, als daß sie sich in der geradezu weißhäutigen Villa, die sie dem Paar, genauer Helen, zur Hochzeit geschenkt hatten (Ritter dachte für sich: aufgedrängt!) öfter als erwünscht zeigten, selbst nach Ankunft der beiden Enkelkinder nicht. Dort galt ohne Einschränkung: Dirk Ritter war Herr im Haus. Die eigentlichen Freuden jedoch, die er mit Lene erlebte, blieben sein Ehrgeiz und sein Geheimnis, auch vor ihr.

Dieses Geheimnis verdankte seine Geburt, lange vor der ihrer Kinder, erstaunlicherweise Dirk Ritters später Entdeckung seiner inständigen Liebe zur Schönheit, besonders der bedrohten. Nichts nämlich, spürte er bald nach dem Kennenlernen, vielleicht schon am ersten Abend in Andeutungen, nichts verklärte dieses arme Angesicht so vollkommen wie das Gefühl, daß sie ihm gefiel, daß sie ihn – ein tollkühner Gedanke – bezaubern konnte. Eigentlich hätte das absurd sein müssen, aber sie glaubte ihm, denn er war der Richtige, der ihr Bestimmte. Sie erkannte es an seinen Augen, in denen dann plötzlich rot glühende Lichter erschienen, mit denen manche ansonsten pechschwarze Vögel aus exotischen Ländern Zoobesucher verblüffen. Sie lächelten in solchen Momenten einander an, meist stumm vor Bewegtheit, Ritter begeistert von seinem Werk, im Geröll einen Diamantsplitter aufgespürt zu haben, Lene von dem Reflex, den sie in seinen Augen bewirkte.

Am ersten Abend hatte er wohl nur, erschrocken über ihre Gesichtszüge und das, was ihr ein launisches Schicksal damit antat, in einer, durch den Schock gemilderten Automatik beim Abschied, ein nicht allzu unglaubwürdiges Kompliment gestottert. Ihre ängstliche, nicht ausgesprochene Frage unter der unbarmherzigen Laterne rührte ihn. Das war jetzt anders. Ritter spürte nun häufig ein Verlangen nach dem zaghaften, glücklichen Schein, der über die von einer erfolglos bekämpften Schuppenflechte früh zerstörte Haut glitt, ein Leuchten, das nur er allein zum allmählichen Aufblühen bringen konnte, ein sich langsam entfaltender Duft, eine Süße, sanfte, atemlose Sonnenaufgänge, die kein anderes Frauengesicht ihm je geboten hatte. Er war bereit, es Schönheit zu nennen, eine Weise von Schönheit, zu der er sie leitete, nach der er süchtig wurde.

Da er über ein ausgeprägtes Stilempfinden verfügte, machte es ihm Freude, Dinge für sie auszusuchen, Kleider, Schmuck, die nicht in verletzendem Kontrast zu ihrem Aussehen standen, sondern von ihrer Schönheitskraft etwas abgaben an sie. Erstaunlich, wie leichtfüßig Gegenstände, wie geformte Materie an die Stelle von anstrengenden Komplimenten treten konnten! Auch gefiel es ihm, mit den Verkäuferinnen zu verhandeln, ein bißchen zu flirten bei der Auswahl, in Geschäften, in denen die Mädchen allesamt hübsch sein mußten und allzeit bereit zu ansteckender Fröhlichkeit. Sie vermuteten offensichtlich eine tolle Geliebte als Beschenkte und kamen oft zu zweit oder dritt lachend zusammen und beratschlagten mit ihm auf der Basis einer Illusion, die er keineswegs korrigierte. Ritter begann, diese harmlosen Abenteuer in tiefen Zügen zu genießen. Das verführte ihn, wenn auch sehr selten dazu, eine Bluse, ein Nachthemd zu kaufen, das er ihr, wenn er zuhause zur Besinnung kam, nicht zeigte, weil es sie lächerlich gemacht hätte. Er ließ die herrlich gemusterten Stoffe einige Male nachdenklich durch seine Hände gleiten, hätte sie gern behalten, tauschte sie aber lieber um, weil er trotz der vielen Zimmer kein todsicheres Versteck wußte, besonders nachdem die Kinder da waren und rasend schnell größer wurden.

Ab und zu besuchte ihn sein einziger Freund aus alten Tagen, schon viel zu lange Privatdozent mit vielen Büchern, außer denen er fast nichts besaß. Er hatte sich aus Geldnot, auf der er bestand, darauf verlegt, die entbehrlicheren von ihnen mit entwaffnenden Widmungen zu versehen. Aus ihnen ging die unterstellte, auf den Empfänger gemünzte Kostbarkeit des Objekts hervor. Er brachte sie Ritter als angeblich höchstpersönliches Geschenk mit. Einmal sagte er mit schwermütigem Ausdruck, er sei nicht mehr in der Lage, für seine Fachzeitschriften weiterhin Artikel zu schreiben. Er wisse einfach zuviel, er könne sein Wissen nicht mehr bändigen. Aus ganz anderen Gründen schloß sich Ritter der Stimmung an. Sie hatten beide das Gefühl, einander trösten zu müssen. Beistand leitete eine Flasche von Ritters bestem Cognac. Sie nannten sich »trübe Gäste auf der dunklen Erde«. Nicht schlecht, dieser Goethe. Aber weiter als bis zum Rausch drangen sie nicht vor in ihrer durchaus nicht seligen, sondern bedrückten Sehnsucht.

Er bemerkte es nicht sofort, dann aber doch. Ihre Art zu essen, wie sie die Gesichtsmuskeln und Finger dabei bewegte, begann ihn zu belästigen. Er bemühte sich, nicht hinzusehen. Auch ihr Gang war plumper geworden. Zeichnete sich da schon der Umschwung ab? Er kaufte noch immer Kleider für sie, vielleicht mehr aus Lust an den Dingen, am Lächeln der Verkäuferinnen. Ein bislang verdrängter, tückischer Verdacht gewann Macht über ihn: Wurde Helen nicht in Wahrheit noch häßlicher, ja grotesk durch die gleißende, herzzerreißende Schönheit eines Schmuckstücks, eines venezianischen Schals?

Anfangs entsetzte ihn die Veränderung. Hatte das Licht auf ihren Zügen, wenn er sie schmückte, seine Kraft verloren oder war seine Energie, ihr die spezielle, verschwiegene Schönheit abzufordern, im Laufe der ehelichen Jahre mehr und mehr ermattet, nun erschöpft, ein für alle Mal dahin, um ihn hilflos zurückzulassen?

Einmal begegnete ihnen beiden eins der Mädchen aus seinem Lieblingsgeschäft. Da passierte, was niemals hätte sein dürfen: Ritter schämte sich seiner Frau. Die Verkäuferin sah ihn verdutzt an, dann wieder die Frau, dann wieder ihn, jetzt verschwörerisch. Natürlich, sie konnte nicht glauben, daß seine verliebten Beutestücke dieser Person galten. Er mußte also neben der Ehefrau eine Geliebte haben. Eine, mindestens eine, obschon er beim Kauf immer von »meiner Frau« gesprochen hatte. Man kannte das, besonders in den Fachgeschäften für Nacht- und Unterwäsche. Am nächsten Tag wußten es dann zweifellos alle im Laden. Ritter ging nicht mehr hin, verlor überhaupt das Interesse am vielleicht ohnehin nur noch rituellen Erwerb solcher Sachen. Helen kaufte sich, was sie benötigte, jetzt selbst.

Wenn er auf dem Balkon seine Zigarette rauchte, beschlich ihn an manchen Tagen etwas Neues. Es war die Angst, wenn sie stürbe, seine Gleichgültigkeit bereuen zu müssen, ganz fürchterlich zu bereuen, wenn sein gutes Herz wieder erwachte und es durch ihren Tod eisern zu spät war. Wie sollte er aber aus der Gegenwart nur zu dieser bitteren, heilsamen Reue hin?

Helen dagegen ertappte sich anläßlich eines Zoobesuchs dabei, allein, nicht mit den Kindern – die fühlten sich zu alt dafür –, bei den pechschwarzen Vögeln danach zu forschen, ob sie noch immer so glühende Augen hätten. Als sie die Tiere endlich fand und deren rotes Glühen in ihren Käfigen unverändert war, begann sie zu weinen und konnte kaum aufhören damit. Das Volk der Gefiederten nahm keine Notiz von ihr.

»Wie sollte ich das je vergessen!« Ritter fuhr zu seinem eminent wichtigen albernen Arbeitsplatz und suchte weiter in seinem Inneren. Was könnte er nur gemeint haben? In der Gräue seines Traums trieb der Satz wie imprägniert und auch wie in Leuchtschriftbuchstaben dahin.

DAS GESICHT

»Ruhm von Drage«? Ach! Ohne Anmeldung drängten sie herein: »Deutscher Goldpepping«, »Eckhoffs Grüner«, »Bardowicker Sommerkönig«, das ging wie am Schnürchen, »Finkenwerder Winterrambour«! »Schweizer Hose«!

Ausgerechnet hier mußten, zu dumm, der im Großen und Ganzen euphorisch gestimmten Ilona Apfelsorten aus längst vergangener Zeit einfallen. »Pater Noster Apfel«, »Zehn Gebote Apfel«. Abwegig! Sie sprach die beiden Namen extra spöttisch aus, um den gegenwärtig besonders lästigen, durch sie unvermutet erzeugten Wehmutsanhauch zu vertreiben.

Ausgerechnet in dieser Stadt, die vor 300 Jahren aus politischen und wirtschaftlichen Erwägungen größtenteils von schwedischen Kriegsgefangenen aus dem Boden gestampft, besser, in den Sumpf gestemmt worden war! Peter der Große hatte es, in der Manier eines Schöpfergottes, so gewollt. Eine Stadt, abrupt aus dem Nichts, mit zusammengekauften, zusammengeraubten Bruchstücken der Geschichte, aber eine Exzellenz trotzdem, eine glanzvolle Berühmtheit, historisch, kunstgeschichtlich, literarisch verdientermaßen legendär.

Ausgerechnet jetzt! Als Dolmetscherin mit knapp ausreichenden Russischkenntnissen sollte sie einer kleinen universitären Reisegruppe beistehen und als erprobte Sekretärin sowie ehemalige Assistentin des jetzigen Dekans (leider noch immer nicht als seine Geliebte) bis morgen dessen angekündigte Rede in der Aula verfassen, hautnah, daher erst nach Besichtigung von Spuren der Nazi-Wehrmacht im Zweiten Weltkrieg, hier, in St. Petersburg. Spontane deutsche Erschütterung am Ort des Geschehens, Reue über Belagerung der Metropole und das fürchterliche Aushungern der Bevölkerung sollten in den Sätzen gern noch nachbeben. Es war ihre vielleicht größte Chance, sich beim Chef, abgesehen von ihrem unbestreitbar ansehnlichen Äußeren, ins endgültig rechte Licht zu setzen. Er würde den Applaus eines bewegten Publikums angemessen entgegennehmen, aber in seinem Herzen nicht den hübschen Kopf vergessen, dem er ihn verdankte.

Ausgerechnet in diesem Badezimmer des Hotels, vor dessen Haustür man vor vier Wochen einen Mann am hellichten Tag erschossen und drei Stunden unberührt auf der Straße hatte liegengelassen, fielen ihr die Apfelsorten ein. An der Rezeption gaben junge, dort angestellte Russinnen mit noch zierlichen Taillen, schon verdammt kräftigen Oberschenkeln und ängstlichen Augen, unter weißen, tief ausgeschnittenen Blusen in schwarzen Büstenhaltern den größten Teil unnatürlich üppiger Brüste zur Besichtigung frei, werbend und offenbar panisch nach einem Beschützer Ausschau haltend. »Deutscher Goldpepping«, ausgerechnet hier!

»Zehn Gebote Apfel«. Ilona lachte einen Moment lang herzlich. Die Sorte paßte, so gesehen, dann ja doch. Das war Zufall, war keineswegs per Assoziation Grund ihres Erinnerns gewesen: In einer neuen Umgebung klammerte sie sich anfangs immer an vertraute Bilder, wenigstens an Wörter, des Heimatlichen wegen. Ein verschwiegener Tick von klein auf. Sie hatte ihn auch als erwachsene Frau beibehalten. Das passierte automatisch und war erwünscht. Es wußte ja niemand davon. Nur die albernen Apfelsorten hätten es, als Helfer in der Fremde, nun nicht gerade sein müssen.

Dabei ließe sich doch mühelos in ihrem ungewöhnlichen Badezimmer, bei etwas stärker ausgeprägtem Humor, die Verwirklichung eines kindlichen Märchentraums erkennen. Die Badewanne, hinten rechtwinklig in die Zimmerecke gebaut, vorn gerundet, füllte mindestens ein Drittel des Raums und verfügte über allerlei rätselhafte Apparaturen, die wie aus purem Gold wirken sollten. Aber das war nicht alles. Über die wie noch nie benutzte Weiße ihres Inneren hatte man verschwenderisch aufgemalte, ebenfalls goldene Blüten gestreut. Ein unregelmäßiges Netz schimmernder Pflanzen, in das goldene Vögelchen geflattert waren, erwartete den Gast zur vollständigen Verhexung. »Unser schönstes Zimmer.« Wie stolz und bang das Mädchen dazu gelächelt hatte!

Allerdings funktionierte die Wasserzufuhr nicht. Ebenso schienen Becken, Toilette, Bidet, wunderschön unter dem lieblichen Goldregen träumend, ihrer eigentlichen Funktion durch Verzauberung entrückt. Aber welche Pracht, welch blinkender Luxus, den man auch gar nicht stören mochte, wenn kein Notfall eintrat. Für den gäbe es auf dem Flur dann ein Klo hinter einer Rokokotür.

In teuren Hotels wurden normalerweise an allen möglichen Stellen, teilweise auch an verborgenen, kleine Geschenke wie Ostereier zur gestaffelten Überraschung der Kunden versteckt, weit über die oft unerfreulichen »Betthupferl« hinaus. Deshalb kontrollierte Ilona, die solche diskreten Plätze in den Zimmern kannte, in den ersten Minuten systematisch Schubladen und Schrankwinkel. Meist wurde sie fündig. Interessanter waren für sie einfache Unterbringungen, bei denen man konstatieren konnte, wie der Besitzer sparte, allenfalls Großzügigkeit vortäuschte bei den Toilettenartikeln, vom Vorgänger kaum benutzte Fläschchen mit Badeessenz sogar zweimal anbot und sich offenbar über jedes nicht gebrauchte Stückchen Seife freute.

Hier, in St. Petersburg, bestanden die fälligen Geschenke an den Gast im gesamten Badezimmer.

Ilona legte sich im Kleid in die Whirlpoolwanne. Es hätten noch bequem zwei, drei weitere Personen Platz darin gefunden. Aufgemalte Meisen, Baumläufer, Dompfäffchen streunten durchs Goldlaub. Bei sich zuhause beobachtete sie seit ungefähr einem Jahr die Vögel, die im Winterhalbjahr an das Futterhäuschen kamen, was ihr immer öfter als die freundlichste Beschäftigung der Welt erschien.

Allerdings nur bis zu diesem Augenblick in der Prunkwanne. Plötzlich sah sie nämlich ihre Mutter vor sich, die ihre letzte

Lebenszeit damit zugebracht hatte, »unsere gefiederten Freunde«, wie sie es damals nannte, zwischen dem ersten und dem letzten Tageslicht hinter der Fensterscheibe von ihrem Sessel aus zu studieren. Das war nett und gut für die Mutter gewesen. Ihr, der lebenslustigen Tochter, kam dieses Begnügen jedoch immer als eindeutiges, auch betrübliches Zeichen des Alters und seines geschrumpften Horizonts vor.

Und Ilona selbst? Wie stand es um sie? Machte sie es mittlerweile nicht genauso, wenn sie nicht nach draußen in den Lebenskampf mußte? War sie nicht, bisher von ihr unbemerkt, verdächtig in den Bann dieses Bildes und Symptoms geraten und nun ertappt, hatte sich verraten und bei etwas Unverzeihlichem erwischt?

Ob das eisige Gefühl vom kalten Wannenboden aufstieg? Ob es aus der Erinnerung in sie einflutete?

Sie sprang so heftig auf, daß sie am glatten Rand abrutschte und mit dem rechten Knie auf das filigrane, harte Goldgespinst prallte. Trotz des Schmerzes entging sie nicht dem ruckartig vor ihr aufgetauchten Bild der Mutter, die nicht sie, Ilona, ansah, sondern unter halbgeschlossenen Lidern die wirbelnden Vögel, zu denen sie zart flötend sprach, auch wenn die Tierchen sie durchs Glas nicht hören konnten.

Ihr Gesicht war hager und bleich, wobei das geschwundene Fleisch, die Magerkeit, das Knochige eine Verstärkung der vielen Falten bewirkt hatten. Falten, die parallel den Schwüngen schütterer, nur noch aus Inselchen weißer Haare bestehenden Augenbrauen folgten, erst getrennt, als wollten sie die nun fehlende Markierung der Brauen ersetzen, dann, ein Stück höher über dem tief eingeprägten Falten-M der Nasenwurzel vereinigt, mit der Regelmäßigkeit von Notenlinien, zu Bögen bis hin zum Haaransatz, die ihr, die weder angestrengt noch erstaunt noch hochmütig war, stets den Ausdruck einer Angestrengten oder Erstaunten verliehen, an seltenen Tagen auch den einer Hochmütigen. Die randlose Brille, die sie zusammen mit dem als Turban um den Kopf geschlungenen Seidenschal kurioserweise intellektuell wirken ließ, zerschnitt den ausgedehnten Altersflecken auf dem Nasenrücken in zwei Hälften. Der Rest, die zarte, müde, manchmal hatte Ilona auch gedacht: mürbe, morsche Haut, empörte sie gegen das Altern der Mutter, obschon Ilona selbstverständlich wußte, daß es ja wirklich nicht deren Schuld war. Gleichzeitig empfand sie die Faltenkritzeleien als ein Werk von zorniger Hand, die Furchen der Wangen als Narben einer Mißhandlung, als stumme Anklage gegen alles Glatte. Am traurigsten machten Ilona aber die Ohren der Vogelfreundin, die durch die Scheiben hindurch das Zwitschern nicht mehr hörte. Der Korallenschmuck, den die Mutter bis zuletzt getragen hatte, zog das schlaffe, wehrlose Ohrläppchen, durch die Beschwerung weitere Runzeln bildend, samt der nun langen Durchstichspalte nach unten. Dieses rein physikalische Faktum war noch ärger als der Anblick ihrer nach innen verschwundenen, von den Jahren einfach ausgelöschten Lippen gewesen, die an ihrem angestammten Platz einen ihr aufgezwungenen Mundstrich als irreführendes Kennzeichen eines gar nicht vorhandenen Grams und einer höchst unwillkommenen Vergeistigung hinterließen. Geschminkt hatte sich die Mutter nur noch gezeigt, wenn die Tochter zu Besuch kam und dabei half. Ihre eigenen Augen waren für eine sichere Strichführung zu schwach geworden und ihre Hände zu zittrig.

Anders als das Wasser funktionierte der ebenfalls mit Goldblättern überstreute Spiegel sofort: Gehorsam warf er Ilonas Gesicht zurück. Das bedeutete nicht, daß er frei vom Zauberbann war. Sie erkannte sich, das schon. Aber was stellte er mit ihr an?

Was zeigte und bewies er ohne Erbarmen in den Lücken zwischen dem aufgemalten Laub? Das Spiegelbild redete sie nicht mehr wie früher, wie eben noch, mit allerlei Kosenamen an, sondern mit dem offiziellen Rufnamen.

»Ilona«, sagte es, nicht höhnisch, nicht triumphierend, lediglich in unbestechlicher Nüchternheit, »Du hast eine volljährige Tochter, die in Indien lebt, einen Sohn, der sich mit dem Satz ›Ich könnte die gesamte Stadt in die Luft sprengen‹ kürzlich aus dem Staub gemacht hat, und hast lange genug gegen dein Alter angekämpft.«

Vor Schreck zog Ilona schnell ihre niedlichen Reisehausschuhe an.

»Das Alter siegt immer, wie du weißt. Aber was stellst du alles an, um es zu vergessen! Jetzt wunderst und entsetzt du dich über deine trostlose Miene. Wie konnte das passieren? Hast doch so tapfer aufgepaßt, hast regelrecht überwacht, daß die schönen Gedanken, die Zuversicht, die noch so sinnlose Freude in dir die Überhand behielten, um bloß nicht die Grimasse der Verbitterung zu kriegen. Hast auf deine Seelenlage geachtet, um dein strahlendes Äußeres nicht zu verlieren. Vorbei! Vorbei! Jetzt wird auch dir die Altersmaske übergestülpt. Das sind die bösen Streiche des lauernden Feindes. Mit frechem Fratzenschneiden wirst du den nicht los. Man darf ihm nicht durch gewisse Anwandlungen den kleinen Finger reichen. Das hast du eben getan. Nun nistet es sich ein zwischen Haar und Hals und läßt sich nie mehr vertreiben. Armes Mädchen! Was wird nun aus dem Dekan und dir? An einer klug gealterten Ehefrau herrscht kein Bedarf. Die hat er selbst zuhause. Hörtest du nie den Galopp der Jahreszeiten, nie das Vorübersausen der Zeit? O doch. Du wolltest mit zugehaltenen Ohren dagegen protestieren, einfältiges Ding, wolltest dem Dämon der Vergänglichkeit einfach den Rücken zukehren. Das stört ihn nicht bei seinem Treiben. Es belustigt ihn.«

»Halt's Maul«, flüsterte Ilona matt.

Die goldenen Blättchen zwinkerten: »Wovon sprachen wir? O ja, vom Zittern der Vergänglichkeit in allen Dingen, allen Landschaften, Städten, Menschen bis zur kahlen Endgültigkeit. Auf die berechtigte Frage: Warum dann überhaupt die Mühsal davor, warum gibt es nicht nur das Nichts, was sollen die Leiden, überhaupt die Gegenstände vor ihrem Ende? Auf die kennt niemand die Antwort.«

Die Mühsal davor! In ihrer frühen Jugend hatte sie, statt den

Vorlesungen zu lauschen, zwei Semester lang im Hörsaal Brauen, Augen und Mund eines Mannes gezeichnet, immerzu, immerzu, ein Kürzel nur, eine magische Formel und Bemächtigung. Niemand hätte ihn auf dem Papier erkennen können, aber für sie war es die Rettung gewesen. Sie hatte sein Gesicht nach außen getan, sonst wäre sie verrückt geworden: Ihre erste große Liebe, die auf schwerem Motorrad lachend davongebraust war.

Und die letzte, kleine? Ein Taxifahrer aus Litauen, ein verhärmter, knochiger Mann, als Saisonarbeiter im Schweizer Hochgebirge beschäftigt. Er hatte in ihrem Wunsch nach leidenschaftlichen Erregungen schon bald das Liebesdefizit einer nach Sex ausgehungerten, nicht mehr recht jungen Frau mißverstanden. Sie glaubte das so deutlich zu spüren, daß sie gar nichts anderes mehr sein konnte für ihn. Seine Einschätzung ließ nichts anderes zu. Als es ihr reichte, zog sie sich, obschon er laut und handgreiflich protestierte, zurück.

Vielleicht hing Ilonas plötzliches Alter nur mit einer tückischen Beleuchtung zusammen? Konnte denn ein Gesicht von einem Moment auf den anderen so zerklüftet wirken? Jawohl, zerklüftet. Zusammengebrochen die schöne Spannung des Fleisches, nur hier und da, wo es nicht sein sollte, zu Schwellungen verdickt. Sie genoß voller Wut die selbstkasteiende Übertreibung, die sie beinahe zum Schluchzen brachte.

»Bardowicker Sommerkönig«! »Finkenwerder Winterrambour«! Ah, da waren sie wieder. So hatte Ludwig einstmals ihre Brüste, die rechte und die linke getauft. Sie konnte die Litanei der Äpfel vollständig runterrasseln. Nichts hatte ihren Mann, ohne Pomologe zu sein, damals mehr fesseln können, als selten gewordene Apfelsorten. Ihm zuliebe, und sie liebte ihn von Herzen, sagte sie ihm hin und wieder alle auf, und sie hätte notfalls sogar noch die Bezeichnungen für die vergessenen Birnen dazugelernt, zum Beispiel »Erzbischof Hons« und »Schmuddelmadame«. Die fielen ihr sogar jetzt auf Anhieb ein.

Die andere Zuneigung Ludwigs galt ihr selbst. Für ihn hatte sie geübt, sich nach allen Schikanen zu verschönern, jeden Tag neu, auch wenn ihr nicht danach war. Schöner Schein aus lauter Liebe, der ihn glücklich machte. Dazu die zwei bis dahin wohlgeratenen Kinder! Wie begann der Umschwung? Sie kannte ihren Mann zu gut, um nicht zu merken, wie er sich irgendwann beim Nennen des Namens Lotte leicht verfärbte, mehr, als hätte sie »Ruhm von Vierlanden« gesagt. Sie überprüfte es einige Male. Bisher von ihm nie benutzte Wörter schlichen sich ein, neue Vorlieben, besonders die für Katzen. Das alles kam aus der Richtung jener reizenden Lotte, die kürzlich auf einer Party ungebeten in Erscheinung getreten war. Sie schafften einen roten Kater an. Ilona war nicht gut zu ihm. Er verschwand bald, was Ludwig ihr wohl nicht verzieh, ohne ihr jedoch den geringsten Vorwurf zu machen. Durfte sie sich beklagen, nur weil ihn eine andere Frau entzückte und atemlos machte, ohne daß er Ilona im klassischen Sinn untreu wurde, das vielleicht nicht einmal in Erwägung zog?

Sie fing in ihrer Ohnmacht schließlich damit an, die raffiniert aufgeputzte Rivalin zu dekonstruieren, indem sie deren Schliche und Tricks, die des Schminkens wie auch die psychologischen Kniffe, ans Licht beförderte. Ludwig, dergestalt von einem kundigen weiblichen Blick aufgeklärt über die Bemühungen Lottes, zeigte sich unglücklicherweise gerührt, begeistert, denn er glaubte darin eine Huldigung Lottes an ihn zu erspüren, und lächelte versehentlich Ilona geschmeichelt an.

Seine Unschuld, die ihn nicht mal den Versuch unternehmen ließ, seine Neigung und Wehrlosigkeit gegenüber dieser gerissenen Person vor ihr zu verbergen, erzürnte sie so sehr, daß sie mit ihrer eigenen Demontage begann. Sie zerstörte das idealisierende Bild, das er sich von seiner Frau gemacht hatte. Ilona entblätterte sich vor seinen Augen von allem liebenswerten Firlefanz, von allen Tonlagen der Zärtlichkeit, lief tagaus tagein in Joggingzeug und mit einer kreatürlichen Nacktheit des Gesichts herum, die er zunächst verdutzt, geduldig, eventuell jedoch schon zerstreut, zwar ertrug, aber verabscheute. Sie, ohne Rat, ohne Hilfe, war töricht genug, ihn auf diese Weise bestrafen zu wollen, bis er zur Besinnung käme. Damit, daß er sie eines Tages ohne Abschied für immer verlassen würde, hatte sie nicht gerechnet. Auch die gemeinsamen Kinder hielten ihn nicht. Vorbei!

Die Zeit danach war schrecklich gewesen. Aber auch für die galt irgendwann: Vorbei! Ilona stürzte sich ins Leben und wieder in den Beruf, ernüchtert, entschlossen, nicht übermäßig erfolgreich, immerhin lief es ganz gut. Was war das eben gewesen? Eine Laune, ein dilettantischer Absturz. Nach wie vor empfand man sie als hübsche Frau. Sie würde dem beleibten Dekan (in erotischer Beziehung ein früher für sie undenkbarer Kompromiß) imponieren und gleich ihrer fulminanten, bereits in Deutschland im Großen und Ganzen vorbereiteten und von ihm gebilligten Rede den entscheidenden emotionalen Schliff geben. Eine Sache von zwei Stunden. Länger durfte sie den Chef und nach ihm die russische Übersetzerin wirklich nicht mehr warten lassen. Stichwörter besaß sie genug. Es galt jetzt, die Zähne zusammenzubeißen. Sie war ein vernünftiges, erwachsenes, leistungsfähiges Individuum geworden, das zugleich die Verführungsmittel des Kapriziösen und Spritzigen nicht vergessen hatte und strategisch einzusetzen wußte.

Doch noch stand sie, zwischen Wanne, Klo, Bidet schwankend, in dem märchenhaften Russenbadezimmer. Vom Boden herauf gaben ihre koketten kleinen Hausschuhe quietschende Geräusche von sich, ein feines Flöten und Pfeifen, als würde sie zarten Wesen auf den Kopf treten und sie riefen sanft bittend: »Kehr um, Ilona Sommerkönig! Ach, Ilona Winterrambour, es wäre schade um dich!«

DIE VORFAHRIN

Immer sprachen wir von Kaussen, wenn mein Mann Paul und ich zu meinem Bruder an die deutsch-niederländisch-belgische Grenze fuhren. Wir beide kannten ihn nicht persönlich, aber er war anwesend durch einige Produkte seines Hofes, Kartoffeln,

Zwiebeln, Chicoree, junge Dicke Bohnen, wo jeder der hellgrünen Bohnenkerne für sich in einer wattigen, seiner Form genau angepaßten Wanne innerhalb der Schote liegt und die selten gewordene fette Milch, aus der man im Sommer die herrliche Dickmilch unserer Kindheit herstellte. An seinem schneeweiß in die leicht hügelige Landschaft gelagerten, imposanten Hof waren wir oft bewundernd vorübergekommen, auf Wanderungen und Spazierfahrten, aber nie ergab sich die Gelegenheit, die wir ja nicht ausdrücklich suchten, in unserem Beisein die Einkäufe abzuwickeln.

Einmal jedoch zeigte mir mein Bruder das Foto seiner im Jahre 1838 geborenen Vorfahrin, die, wie später der Bauer Kaussen selbst, ihr ganzes Leben auf dem Hof zugebracht hatte. Ein überaus hartes Dasein. Man sah es ihr an auf den ersten Blick, ein Dasein ohne Lächeln, eine Existenz, deren Frost der Betrachter ohne Umschweife zu spüren bekam. Es erschreckte uns, wir wollten mehr über sie wissen. Mein Bruder meinte, wir sollten es lieber vom Bauern selbst hören. Er sei ein guter Erzähler und vor aufmerksamen Zuhörern nehme er sich manchmal, trotz immer dringender Arbeit, die Zeit, über seine Urahnen zu reden.

Die Frau auf dem Foto schien recht betagt zu sein. Allerdings war uns bewußt, daß die Anstrengungen der Landwirtschaft, erst recht in jener Zeit und erst recht für Frauen, die auch noch die Probleme der Schwangerschaften und Kinderversorgung zu bewältigen hatten, die Menschen früh altern ließen. Diese Anna Maria Kaussen mußte das bäuerliche Schicksal wohl in besonders brutaler Weise getroffen haben. Wir konnten uns von dem Anblick, vor dem uns grauste und der uns fesselte, kaum losreißen.

Wäre das Gesicht nicht gewesen oder stärker im Dämmern oder unter dem Schatten eines Hutes mildernd verborgen, hätten wir uns mit einer schnellen Kenntnisnahme begnügt. Sie saß auf einem Stuhl, frontal zum Betrachter, in einem Kleid aus steifem Stoff, vielleicht ein strenges ländliches Festgewand aus Taft. Der weite Rock reicht über die Füße hinweg, den Oberkörper umschloß ein knappsitzendes Jäckchen, auf dem einige senkrechte

Schmuckleisten angebracht waren. Die Ärmel setzten gekraust an und statt eines Ausschnittes endete das Oberteil in einem Bündchen, das direkt in die Halslinie überging. Das alles ohne kokette Details, aber doch eigentlich nicht ohne kompromißlose Eleganz. Die Hände der Frau ruhten im Schoß, vom Fotografen der Konvention folgend dorthin dirigiert, und hielten ein Buch, dessen Titel man nicht lesen konnte. Man durfte jedoch sicher sein, daß auch Anna Maria nicht an dem Fremdkörper interessiert war, den man ihr in guter Absicht, gleichzeitig wie zum Hohn zwischen die Finger geschoben hatte. Für das müßiggängerische Lesen von Büchern wird kaum Platz in ihrem Tagesablauf, ob Alltag oder Feiertag, gewesen sein.

Freilich mußte man sich zwingen, die Bekleidung überhaupt wahrzunehmen, denn das Gesicht beherrschte alles kontrastierend und mit Macht. Es war ein verwüstetes Gesicht, nicht von herkömmlichen Lastern, sondern eher vom Mangel an jeder Art von Lebensausschweifung und Üppigkeit geprägt, zornig und tief gekränkt von den harschen Umständen, die sich durch ein Sonntagsgewand nicht vertuschen ließen. Ein Gesicht, bei dem die Abwesenheit jeglicher Illusion in einer Direktheit ins Auge sprang, wie es schwer erträglich war. Ein Gesicht ohne die geringste Spur einer Erinnerung an glückliche Momente. Mit einer derben Bürste war jede Menschenfreundlichkeit, jede Nachsicht sich selbst gegenüber, jede Weichheit und Weiblichkeit, alles annähernd Eitle und Hoffnungsvolle aus den Zügen geschabt worden zugunsten einer erbitterten, eisigen Nacktheit, der die Bestandteile Augen, Mund und eine männlich grobe Nase unter den rüde, wie protestierend nach hinten gekämmten, spärlichen Haaren als allgemein menschliche Kennzeichen kaum widersprachen. Die zusammengekniffenen Lippen hielten mit Mühe feindselige Worte, wenn nicht Flüche zurück, die sie notgedrungen im Laufe der Zeit zu verschweigen gelernt hatte. Und die gnadenlosen Augen? Vielleicht verrieten sie, außer unterdrückter, nämlich nicht gestatteter Erschöpfung und einer steinernen Unbestechlichkeit, dennoch jenseits des radikal Nüchternen einen Abgrund von Traurigkeit. Man mußte lange hinsehen, um das zu ahnen, und man ahnte, daß niemand in ihrer Lebenszeit lange genug hingesehen hatte.

Also begleiteten wir meinen Bruder beim nächsten Einkauf. Die nach allen Himmelsrichtungen eindrucksvolle Anlage ist mit uralten Mauern und hohen Einfahrten in eine leichte Senke gebettet. Im sehr reinlichen Innenhof gab es mehrere Kübel mit Blumen und vor allem besonders junge Kälbchen in den Boxen. Sie ruhten gesondert auf frischem Stroh, jedes schwarz-weiß gefleckt, sechs nebeneinander, ein einzelnes ihnen gegenüber. Als wir uns ihnen mit leisem Lockruf näherten, erhoben sie sich zögernd, noch ungeübt, sahen die Besucher an mit großen, seelenvollen, gutgläubigen Kälbchenaugen und schoben ihnen die samtigen Mäuler in zutraulicher Neugier entgegen.

Ihre Grazie war nach dem Aufrichten unwiderstehlich. Die Feuchtigkeit des Geburtsvorgangs schien noch immer die zierlichen Körper zu umhüllen und ein kaum wahrnehmbares Dampfen zu erzeugen. Das Bezauberndste aber waren die hohen, staksigen Beine, durch die sie eher einem Reh als einem Rind ähnelten. Herzzerreißend in ihrer Schutzbedürftigkeit standen die verwundbaren Wesen da und boten den Kopf, nach einem ersten scheuen Zurückweichen Zärtlichkeit suchend, zum Streicheln dar. Die Boxen besaßen nur zur Hälfte ein Dach, vorn waren sie auch oben offen. In diesem umgitterten Raum hielten sie sich nun auf und beäugten uns träumerisch. Sie konnten jederzeit wählen zwischen Verborgenheit und öffentlichem Auftritt.

Während wir standen und uns ihrem Anblick hingaben, war Bauer Kaussen zu uns getreten, ein kräftiger Mann von etwa sechzig Jahren, der uns freundlich seine große Arbeitshand bot. »Sie sind alle nicht über vierzehn Tage alt. Jetzt müssen sie unbedingt zusammenkommen, morgen schon. Sie brauchen die Gemeinschaft, sonst werden sie krank«, sagte er, sehr wohl erkennend, wie gerührt wir über seine Kälbchen waren, die noch gar nicht vollständig auf der Welt angelangt schienen.

Wir machten dem solide, aber nicht breitbeinig vor uns stehenden Bauern, angesichts dessen man sogleich Wärme, ja Herzlichkeit empfand, Komplimente zu seinem wunderbaren Gehöft. Er schüttelte lächelnd den Kopf. Es sei nicht »seins«. Alle Höfe ringsum, und sie alle seien ja von alters her miteinander verwandt, seien gepachtet, das sei schon immer so gewesen. Besitzer seien sie nicht. Dann, dachte ich, wird es auch mit dem Reichtum, den ich aufgrund der Größe des Anwesens vermutet hatte, nicht unbedingt so weit her sein. Als könnte er meine Gedanken lesen, fügte er hinzu, ihre Situation sei prekär. Durch die vielen neuen EU-Vorschriften ließe sich so ein Hof kaum noch halten. Man müsse ihn, wenn man den neuen Gesetzen etwa zur Tierhaltung folge, halb abreißen und umbauen. Dazu fehle aber das Geld. Auch sei manches im Familienbetrieb gar nicht durchführbar, was von oben schematisch, ohne wirkliche Kenntnis der Verhältnisse verlangt würde. Dieser sogenannte Fortschritt ließe, man sehe es ringsum, die kleinen und mittleren Betriebe sterben. Begünstigt und offenbar gewollt seien die Massenbetriebe, wo nur noch in riesigen Massen rücksichtslos kalkuliert werde. Niemand könne sagen, wie lange es hier auf dem alten Weg weitergehe. Er denke auch an seine Kinder und Enkelkinder. Alle Bauern, auch sie, würden vor den Kontrollen und ihren praxisfernen Normen zittern.

Er sagte es ohne Bitternis, ruhig, ohne die Stimme zu verändern. »Augenblicklich macht uns die Trockenheit Kummer. Sehen Sie sich die Felder an. Vieles ist nicht mehr zu retten, selbst wenn nun endlich der Regen käme.« Ich wunderte mich über seine Gelassenheit. Es mußte wohl sein wind- und wettererprobtes Kernwesen sein.

Wir baten ihn um Auskünfte zum Hof und jener rätselhaften Vorfahrin, deren Bild uns hierhergeführt hatte. Während er bereitwillig zu erzählen begann, ging er zwischendurch zu den Kälbchen und tätschelte wie in Gedanken kurz ihren Kopf. Das taten auch wir, wir konnten gar nicht anders. Ihr Liebreiz überwältigte uns. Danach legten sich die zerbrechlichen Geschöpfchen wieder ins Stroh und sahen vor sich hin. Um seine Füße hüpften die grau-braunen Spatzen, die ich schon lange nicht mehr gesehen hatte. »Es gibt sie nicht mehr allzu häufig. Wir sind stolz auf sie, nicht weniger als auf unsere Schwalben und Schleiereulen.«

Vor fast 800 Jahren sei der Hof zum ersten Mal urkundlich erwähnt worden. Wegen dieses Alters stehe die guterhaltene Anlage in Teilen unter Denkmalschutz, was einerseits die Arbeit erschwere, andererseits vor wildem Umbau oder gar Abriß bewahre. Von landwirtschaftlicher Nutzung sei damals noch keine Rede gewesen. Die Gebäude hätten als ein Aussätzigenhaus gedient, weit außerhalb der Stadt, um deren gesunde Bewohner nicht zu gefährden. Nach 1550 sei das Leprosorium in einen Pachthof umgewandelt worden. Die Pächter wurden damals Halbwinner genannt, weil sie die Hälfte des Ertrages an den Eigentümer, die Stadt, abführen mußten. Der Boden war schlecht, steinig, schwer zu bearbeiten. Alle Familienmitglieder, auch die Kinder ab zwölf Jahren, waren in das harte Arbeitsleben eingespannt. Wenn alles gutging, konnte der Pächter auch eigenes Land dazukaufen. Anfang des 17. Jahrhunderts sei der Hof einmal mit den umliegenden Anwesen in Brand gesteckt worden.

Beim Erzählen stand der Bauer auf seinen festen Beinen ohne sich zu bewegen, nur manchmal berührte er seine Kälbchen väterlich an Kopf und Hals, näherte sich auch dem siebten, das den anderen gegenüber in seiner Box stand, tat es aber sehr behutsam, denn wenn er nur den Arm ausstreckte, zuckte das Tierchen sofort empfindlich zurück. Kaussen betrachtete es kopfschüttelnd, sagte aber nichts dazu.

Im 18. Jahrhundert wurden die Kaussens Pächter des Hofes, und dank glücklicher Umstände, großen Fleißes und guter Bewirtschaftung florierte das Gut. Ackerland und Grundstücke konnten dazuerworben werden. Dann gab es um 1870 plötzlich, unmittelbar nach dem Tod des Chefs Hubert Kaussens, Rückschläge, Mißernten und auch in den Folgejahren schlechte Erträge. Aus den zwei Ehen des verstorbenen Pächters stammten viele Kinder, von denen die älteren nun mit Erbansprüchen und finanziellen Forderungen den familiären Frieden zusätzlich belasteten. Die in günstigeren Zeiten angeschafften Grundstücke wurden größtenteils wieder verkauft, um über flüssiges Geld zur Befriedigung der Erbansprüche verfügen zu können.

Die Witwe, die zweite Frau von Hubert Kaussen, war jene Anna Maria, geborene Neuhaus, ebenfalls aus alter Bauernfamilie, die aus der ersten Ehe ihres Mannes sechs Kinder – die Frau war, nicht ungewöhnlich, bei der Geburt des letzten im Kindbett verblutet – übernommen und noch weitere sechs dazugeboren hatte. Kaum vorstellbar, daß sie die Kinder nach dem ersten eigenen Nachkommen mit Vergnügen empfangen hatte. Ein Leben unter der Knute der Pflicht. Sie wird, spätestens nach dem Tod ihres Mannes, keinen ruhigen Tag, keine friedliche Stunde mehr gehabt haben. Alle Verantwortung für die große Familie und den gefährdeten Hof lag auf ihren bäuerlichen, jedoch schmalen Schultern. Sie war aber offenbar eisern entschlossen, die Schwierigkeiten zu besiegen, nahm alle Entbehrungen, die oft ihre Kräfte zu übersteigen drohten, auf sich und erreichte in zähen Verhandlungen bei der Stadt, daß die Kosten für aufwendige Renovierungsarbeiten übernommen und ein etwas günstigerer Pachtzins wegen der Notlage gewährt wurden.

Der Bauer Kaussen lächelte skeptisch. Wollten wir wirklich noch mehr hören? Vielleicht drängte es ihn auch zur eigenen Arbeit. Er blieb jedoch, nach einem prüfenden Blick in unsere Gesichter, bei uns.

Das eigentliche Verhängnis begann mit dem Tod der Pferde, die ja damals für einen Bauernhof ein äußerst wichtiges Kapital waren. Damit senkte sich ein unerklärlicher Fluch, eine böse Bedrängnis auf das Gut.

Mysteriöserweise waren in sechs Jahren sechs Pferde gestorben, und die Reihe setzte sich fort. In Kürze: Seitens der Stadt, also der Besitzerin, vermutet man die Ursache im unreinen, faulen

Wasser der großen Pferdetränke im Hof, in die Jauche aus den Ställen fließt und Mist von außen eindringen kann. Sie erwägt Umbauten. Der Kreistierarzt wird zur Überprüfung hinzugezogen. Er spricht zwar in seinem kurzen Gutachten von einer gesundheitlichen Belastung des Trinkwassers, die aber den teuren Umbau nicht rechtfertigen würde. Das klingt so, als müßte er die Kosten selbst tragen. Sein Verdacht auf Milzbrand läßt sich durch kein einziges der von der Bäuerin Kaussen genannten Symptome bestätigen. Die Folge: Es geschieht überhaupt nichts.

Doch, es geschieht etwas, und es ist katastrophal für den Hof. In sieben Wochen sterben weitere vier Pferde. Bei der Armenverwaltung bittet die von nicht absehbaren Sorgen gepeinigte Anna Maria Kaussen um Untersuchung des Wassers. Der im Dienste der Stadt arbeitende Tierarzt behauptet weiterhin, das seiner Prüfung unterzogene Wasser der Tränke sei harmlos für Mensch und Tier. Das hört man gern bei der Stadt, das spart Geld.

Der Bauer Kaussen verbot sich jedes verächtliche Schnauben. Das überließ er uns.

Die Hofgemeinschaft aber gibt nicht auf. Sie wendet sich an ein Labor, das den verheerenden, für Mensch und Tier schädlichen Zustand des Wassers nach dezidierter Analyse bestätigt. In der Stadtverwaltung ist man nun aufgerüttelt und beschließt eine umfangreiche Abhilfe. Damit ist das Unglück vom Hof und seiner Pächterin keineswegs abgewendet, da die Hilfe inzwischen zu spät kommt. In zwanzig Monaten sind acht Pferde gestorben, vermutlich kräftige Brabanter Arbeitspferde. Das, was die Versicherung für die auch nur teilweise versicherten Pferde bietet, reicht nicht aus, um die ruinöse Lage zu erleichtern und neue Pferde zu kaufen.

»Man darf«, sagte Kaussen, »bei all dem nicht vergessen, wie hart der Alltag dieser Frau schon normalerweise aussah. Ein Wunder, daß die arme Person nicht in ihrer Verzweiflung zugrundegegangen oder wenigstens zusammengebrochen ist. Der einfache Grund: Sie konnte es sich nicht leisten, denn dann wäre das Gut als ihr Pachthof mit allen Knechten und Mägden verloren gewesen.«

Frau Kaussen, stets eine pünktliche Zahlerin, bittet in ihrer hoffnungslosen Lage den Bürgermeister um Pachtermäßigung. Zudem geht das Pferdesterben weiter. Pferde aber sind, wie gesagt, damals für die Arbeit unverzichtbar auf den Bauernhöfen. Ihr Verlust geht direkt an die Existenz. Die Stadt wendet sich an die Vieh-Versicherungsgesellschaft, die möglichst schnell die fraglichen Beträge an die Bäuerin Kaussen erstatten soll. Die aber fordert von der Stadt, bauliche Maßnahmen zur Verbesserung der Tränke zu unternehmen. Wieder taucht die Behauptung auf, das Wasser sei zur Tränke geeignet. So geht es hin und her, die Pferde sterben unterdessen. Falsches Futter wird unterstellt. Sogar die Knechte des Hofs verdächtigt man, absichtlich den Tod der Pferde herbeigeführt zu haben. Da kennt man allerdings die Witwe Kaussen schlecht. Die streitbare Frau steht voll hinter ihren Angestellten. Schließlich, nach vielen Bitt- und Bettelgängen der Witwe, gibt es Vorschläge zur Verbesserung der Tränke und Pachtnachlaß.

Der Bauer Kaussen, den allmählich anliegende Arbeiten zu drängen schienen, sagte, und es klang wie eine Entschuldigung wegen Ausführlichkeit: »Man erhitzt sich, wenn man sich in diese Angelegenheiten vertieft. So geht es noch heute, das kann ich Ihnen aus eigener Erfahrung versichern, ganz genauso. Hier die, die es jeden Tag mit ihrem Leben betrifft, dort die Bürokraten über ihren Akten und Zahlen. Ich will es jetzt kurz machen.«

Anna Maria Kaussen ist über ihren Sorgen und der großen finanziellen Not zur ermatteten alten Frau geworden. Sie fürchtet, den Hof mit ihrer Famile nach dem jahrelangen unermüdlichen Kampf und den vielen Pferdetoden, zu denen jetzt auch der von Kühen kommt, wegen mangelnder Hilfe verlassen zu müssen. Da wird aufgrund ihres inständigen Bittbriefes ein neuer Pachterlaß gewährt. Durch den Tod der Pferde verlor das Gut schätzungsweise 12000 Mark. Das ist der Pachtzins für drei Jahre. Endlich läßt die Stadt eine eiserne Pferdetränke und einen eigenen Jauchebehälter bauen. Aber die Arbeiten ziehen sich hin über Jahre. Die Vorfahrin des Bauern Kaussen stirbt nach einem Leben ohne Freude, ohne Siege. Man beerdigt sie in Sankt Jakob. Einer der Söhne wird der neue Pächter.

Der Bauer Kaussen reichte uns seine mächtige Hand mit festem, aber nicht übertriebenem Druck. Wir konnten uns gar nicht recht trennen von ihm und sahen noch einmal zu den Kälbchen hinüber. Er lächelte zu unserer Zuneigung und teilte sie offenbar. Sein Blick ging zum siebten Kälbchen.

»Es macht mir Sorgen. Man hat das Kalb vom Amt, das ja alles gleich überprüft, offiziell als Bullen bezeichnet und das so in den Papieren vermerkt. Die wissen dort ja alles besser als das dumme Bauernvolk. Ich habe es also als Bullen verkauft. Dann stellt sich heraus, daß es ein weibliches Tier ist. Der Händler, der es zur Zucht haben wollte, verlangte, den Kaufvertrag rückgängig zu machen. Ich habe das Kalb daher zurückgenommen. Und nun zeigt sich, daß es das Hin- und Hergeschiebe in seinem jungen Alter nicht verkraftet. Es ist nicht sicher, ob es sich davon erholt. Es ist anders als vorher. Ich sehe es ihm an. Es ist gestört. Ihm sitzt ein Schock in den Knochen. Es bewegt sich anders, sein Gesichtsausdruck ist fremd. Wieder haben sich die, die nichts von der Sache verstehen, eingemischt und Schaden angerichtet, der sie nicht interessiert. So funktioniert es leider immer öfter. Wir müssen es ertragen. Sehen Sie nur, es ist nicht so wie die sechs Kälbchen dort drüben. Es fühlt sich nicht wohl, in dem Kleinen ist ein Unglück. Das wird nicht leicht zu beheben sein.«

Er sagte es lakonisch, ohne sichtbaren Groll. Eine blonde Frau winkte ihm von den Ställen her. »Meine Frau ruft mich. Ich habe zu lange hier geschwätzt.« Er schritt, noch einmal grüßend, in ihre Richtung, schritt weit aus, schritt mit der Würde eines Mannes, in dem eine jahrhundertelange Geschichte zusammenströmte und Gestalt angenommen hatte. Die Spatzen flatterten randalierend hinter ihm her, nach ihrer Art.

ICH ETWA?

Jeden Morgen, sobald ich die Schlagläden öffne, sind die Fenster jetzt auf einen Streich goldrot gefüllt.

Im Dunkeln dagegen, wenn man an der Uhr erkennt, daß draußen schon Morgen ist, herrscht drinnen noch lange kein Morgen, auch nicht mehr Nacht, sondern die Zwischenzeit, in der die unerwünschten Bilder hervorkriechen, zuerst raupenförmig, dann schnell zu fatalen Schmetterlingen entfaltet. Noch fehlt mir die Stärke, sie als absurde Empfindlichkeiten einfach wegzuschaffen, nein, mich beschleicht das Gefühl, sie hätten mehr mit mir zu tun, als mir lieb sein kann.

Was sehe ich vor mir? Eine Frau namens Elvira, eine erfolgreiche Geschäftsfrau in der brutalen Textilbranche, die ich auch mit diesem Namen anrede: »Du, Elvira«. Sie ist mir also gut bekannt. Ich begegne ihr mit fast freundschaftlicher Langmut, obwohl mich ihre Angewohnheit, unmittelbar nach Betreten unserer Wohnung ein vorzügliches, jedoch viel zu intensiv benutztes Parfüm in alle vier Windrichtungen zu sprühen, regelrecht wütend macht. Ich schäme mich deshalb, kann es aber nicht ändern. Gehört es sich denn, fremde Räume derartig rechthaberisch zu markieren, Kater Elvira?

Es ist ja keine zufällige Eigentümlichkeit der Frau. Ich habe ihr mehrfach indirekt zu verstehen gegeben, wie sehr es mich quält, wenn sie das italienische »R« auf Teufel komm raus rollt, wie ich es von keinem Italiener je gehört habe. Meine Abneigung, mein deutliches Zusammenzucken stört sie nicht, stachelt sie vielmehr an, es von Mal zu Mal wilder zu treiben, weil sie weiß, daß ich es ihr nicht direkt verbieten kann. Insofern verläuft das Duell wortlos, was ihm nichts von seiner Inständigkeit nimmt. »Grrrazie«, igitt!

Und liegt es nur an einem bösen Blick, wenn ich ihre Reizwäsche mit Ärger konstatiere? Sie sollte mir ja wirklich gleichgültig sein, zumal Elviras schwerfälliger Körper kurios damit aussehen muß. Nur: Warum hängt sie bereits am ersten Abend, sofern Paul zuhause ist, ihre rot-schwarzen Spitzenalbernheiten in durchschaubarer Absicht auf die Wäscheleine über unserer Badewanne? Hat die Reise hierher sie so ins Schwitzen gebracht? Sie weiß genau, daß ich das nicht glaube. Das freut sie.

Ich bin, wenigstens nach außen, ein bescheidener Mensch. Ohne schüchtern oder menschenscheu zu sein, schätze ich Zurückhaltung schon allein aus ästhetischen Gründen. Ich lehne es ab, mich auf irgendeine Weise als Besonderheit zu präsentieren, wie es heute auf den dafür installierten Foren, den Bühnen für schein-individuelles Affentheater, jedermann tut. Ich bin, ohne es zu bedauern, kein Glanzfasan, kein Goldfasan und mache mir nicht vor, einer zu sein. Restlos ehrlich gesagt, auch wenn es unmanierlich klingt: Ich wünschte, mehr Menschen wären so! Meine Bescheidenheit geht so weit, daß ich nicht glauben kann, von anderen Leuten wirklich wiedererkannt zu werden. Wer bin ich denn?

Jetzt aber ist sie eingetreten, die kurze Phase, in der draußen alles kopf und unter Strom steht. Jeden Morgen, sobald ich die Schlagläden öffne, sind, wie gesagt, die Fenster auf einen Streich goldrot gefüllt. Es ist die Luft selbst, die sich verfärbt hat, verwandelt in hellen Rauch, angesteckt vom Lodern ganzer Laubgewölbe, in denen, könnte man glauben, langschwänzige Fasane auf- und absteigen, infiziert vom Flackern einzelner Blätter, in denen sich der allgemeine Brand zur Ekstase verschärft, ein Sich-Umstülpen, Außer-sich-Sein allenthalben. Überall ist das Innere nach außen gekehrt, bis sich bei Einbruch der Dämmerung alles wieder zur Euphorie des nächtlichen Schwelens mildert. Es herrscht vollkommene Stille und in ihr das rasende Tempo einer Entblößung, der die zunächst hochtrabende, dramatische Nacktheit und schließlich Lakonie des Spätherbstes folgt.

Immer gibt es einige Tage, die so sind. Zwei Wochen dauert in glücklichen Fällen die Verausgabung. Es ist ein später Widerschein des Frühlings, triumphaler allerdings, ohne Schwermut, da es nicht auf das unvermeidlich drohende Verblühen, sondern auf eine Vollendung zustürmt. Was danach kommt, nach dem riesigen roten Aufblähen, ist eine davon ganz und gar abgetrennte Welt ohne gleitenden Übergang.

Dieses Vorwärtsrasen unter der Oberfläche spüre ich oft in mir selbst. Ich bin unentschieden, ob es mir gefällt, ob es mich ärgert. Die Frage lautet ja: Vorwärtsrasen wohin, auf was zu? Auf einen außergewöhnlichen Zustand, auf ein großartiges Verglühen, ein flammendes Jenseits, einen flammenden Untergang zu? Was in der Art? Oder ist es nur das schematische Vorwärtshoppeln von einer Alltagsetappe zur nächsten, sinnlos zielbewußt, in Gedanken immer schon bei der folgenden Station, blindlings, weil es mich nur von einer Erledigung zur anderen treibt und nichts weiter?

Aber nein, zu dieser Jahreszeit gelten solche Bedenken nicht. Dem Anblick der golden und rot trompetenden, orgelnden Laubkronen, der alle Betrachter mächtig erfaßt, muß eine Macht aus einer unirdischen Zukunft entgegenströmen. Man sieht hoch in die Baumgewölbe, man sieht die abgesprengten Blätter, die den Boden bedecken, und bisher ungeahnte Möglichkeiten scheinen sich zu eröffnen. Die Welt und man selbst ist erfüllt von Allmachtsgefühlen.

Ansonsten bin ich, wie gesagt, ein bescheidener, ein schlichter Mensch, demütig angesichts der Größe des Weltalls, die mir stets bewußt ist, immer um Freundlichkeit gegen Personen, Tiere, Pflanzen bemüht, neige weder zu Wichtigtuerei noch zu Jähzorn. Da mir diese Disposition in die Wiege gelegt wurde, kann ich nicht einmal stolz auf meine Sanftmut sein und damit prahlen, als wäre es eine Tugend. Ich muß mich ja nicht beherrschen und zur Selbstverleugnung zwingen. Vielleicht bin ich einfach zu träge, um mich zu ereifern oder um Bewunderung erringen zu wollen. Es lebt sich gut, so unauffällig und mit seiner unsichtbaren Einsamkeit um sich herum.

Ja, so sollte ich sie wohl nennen, diese konstante Absence, in die ich mich in einer Gesellschaft zurückziehe, mitten im gesellschaftlichen Getümmel, still verwundert, daß es so viele Leute gibt, wenn ich so sagen darf, die um ihren Platz erbittert, äußerstenfalls mit der Grimasse eines Lächelns kämpfen. Dabei ist es so komfortabel, ihrem Treiben gelassen, in friedlicher Verwunderung zuzusehen, ohne Ehrgeiz, unberührt von ihren immerwährenden Schachzügen, von ihrem Krachschlagen und Gespreize. Wäre ich ein Mann, würde ich wohlgemut eine dicke Zigarre dabei rauchen.

Etwas aber verstand ich bisher nicht.

Ich bin, wie angedeutet, ein Mensch, der sich nicht in Positur setzt. Ich benötige das nicht. Daher, wie gesagt, bereitet es mir keine Schwierigkeit, im mitmenschlichen Verkehr großzügig zu sein und als souverän zu gelten gegenüber den Kleinlichkeiten des Daseins, vor allem der darin agierenden Personen, seien sie nun erheblich oder gering. Ich mache da keinen Unterschied in meiner grundsätzlichen Achtung vor den Leuten und bei der Nachsicht, die ich für die Beobachtung ihres Stolzierens und Auftrumpfens benötige. Kurz: Ich hab wohl kaum Feinde und werde als besonders sympathisches, liebenswürdiges, wenn auch nicht gerade aufregendes Exemplar des weiblichen Geschlechts akzeptiert.

Was verstand ich nun bisher aber nicht?

Unversehens überkommt es mich, ohne Ankündigung, daß ich alle Großherzigkeit fahren lasse, alle Geduld, all die schöne Distanz. Ich verwandle mich plötzlich in eine Erbsenzählerin, eingesperrt in das verrammelte Zimmer der Pedantin, knickerig, boshaft und im ärgsten Fall sogar ein bißchen intrigant, versteckt und offen aggressiv, ungeniert verdrossen, nicht nur äußerlich, sondern mißmutig bis ins Mark.

Gibt es eine Gesetzmäßigkeit, ein Muster, regelmäßige Intervalle für diesen Umschwung, habe ich mich oft gefragt, wenn mich die mir später peinliche Gereiztheit überfiel als völlig inadäquate Reaktion, diese Kleinlichkeit, die mich normalerweise abstößt und deren ich im akuten Moment nicht Herr werden kann, die ich nicht einmal begriff?

Es passiert, wenn es soweit ist, bei Geringfügigkeiten: eine zu laute Stimme, das zu entschieden vorgetragene Urteil eines

Gesprächspartners, der uneinsichtige Widerstand gegen eine schlüssige These meinerseits, sei es zur letzten Eiszeit, sei's zum Zeitgeschehen. Ein anderer Mensch als der dezente, den man kulanterweise mit mir in Verbindung bringt, empört sich, zappelt und krakeelt in mir.

Eine geheime Führerschaft wird mir abgesprochen. Ist es das? Nein, herrschen will ich nicht. Oder doch? Es soll nur niemand sein Kinn, ob kämpferisch trotzig oder in impertinenter Selbstverständlichkeit, höher als meins recken. Ja, bin ich denn etwa ein gut kaschiertes, als Mauerblümchen kostümiertes Alpha-Weibchen, das sogleich durchdreht, wenn der Fuß eines blitzschnell erschnüffelten anderen Alpha-Weibchens ohne Erlaubnis die Grenzen seines Reichs überschreitet?

Es verhält sich aber anders als zum Beispiel bei Ursula Reinhoff, die, obschon sehr tüchtige Leiterin eines Frauengefängnisses, auf Partys in einem bonbonrosa Kleid mit passendem Pompon-Täschchen zu bestaunen ist, auf den weichsten Sofas sitzt und vorsätzlich nicht allzu gescheites Zeug von sich gibt.

Verhält sich anders als bei Eva Klemm, respektable Chefin einer renommierten Journalistenschule, die jederzeit blondgelockt mit puppenhaft schwellenden, kolorierten Apfelbäckchen auftritt, auch im Dienst.

Verhält sich anders als bei Frau Professor Franzbein, Direktorin eines großen wissenschaftlichen Forschungsinstituts, glänzendes Renommee, die im Sommer ihre schönen Beine nackt, muskulös, gebräunt auf Podien und in Talkshows generös zur Schau stellt und im Winterhalbjahr so enge Jeans trägt, daß man die hübschen Ausprägungen ihres Hinterteils wahrnimmt, ob man es darauf anlegt oder nicht.

Alle drei könnten sich damit rausreden, daß es sich um Ironie handelt. Alle drei sind offensichtlich unbestrittene, robuste Koryphäen in ihrem Fach. Kapazitäten, Kampfmaschinen durchaus. Sie üben Macht aus und streben danach, es zu tun. Geboren für Führungspositionen, schlau und stabil genug, gezielt Signale der

Weiblichkeit zu setzen. Das bekommt ihrer Karriere. Sie reizen und beschwichtigen Kollegen damit. Es wird wohl auch von ihren Ehemännern und halbwüchsigen Kindern honoriert: Diese Frauen verbergen den allzeit vorhandenen Anspruch auf Regentschaft durch ein charmantes, mit eherner Konsequenz eingesetztes Tändeln.

Bei mir liegt der Fall anders. Meine Bescheidenheit ist keine Camouflage. Sie gehört zum Kern meiner Existenz. Es ist die Hütte und Heimat, in der ich atme. Ich würde verrückt ohne diese Behausung. Ich sehe, wenn der heikle Augenblick gekommen ist und es mich packt, nicht meinen äußeren Status bedroht. Es geht an meine Knochen, mein Fleisch, mein Blut! Es kehrt sich gegen meine Natur, die, weil sie keine Unterwerfung unter die Regie eines anderen duldet, sobald sie Gefahr wittert, ihre Gelassenheit, ja, Entrücktheit aufgibt und auf häßliche, blamable Weise um sich schlägt. Ich muß immer den Kopf herausstrecken können. Die steile Kerzenflamme darf niemand zum Wanken bringen. Sonst würde sie erlöschen. Man soll mich unbehelligt lassen, das genügt. Kein anderer darf mich, wenn es ernst wird, überragen wollen, mein Leuchten nicht in den Schatten stellen, und sei es, ganz platt, durch seine Ausdünstungen. Ja, so leicht könnte man mir, wenn man es perfide anstellte, einen Zacken aus der Krone brechen. Falls ich es zuließe!

Ich weiß das alles erst kurze Zeit. Der Anblick der nach ihrem monatelangen gleichförmigen Grün aufglühenden Herbstbäume ist daran schuld. Warum? Erklären kann ich es nicht. Bin ich infiziert vom Entäußerungsfuror, der Ahorn, Kastanie, Buche ergriffen hat?

Eine einzige, gefährliche Ausnahme gibt es, hat es gegeben, einstmals. Mir ist seitdem bekannt, daß es sich, weil es prinzipiell möglich ist, wiederholen könnte, was aber nicht passieren wird.

Wovon ich spreche, zu mir selbst, ist das, was ich nicht mit dem milden, zweideutigen Ausdruck »Liebe« bezeichnen möchte. »Leidenschaft« ist das richtigere Wort. Da lodert man auf in allen

Rot- und Goldtönungen, die in einem stecken, da brennt man bis in die äußersten Spitzen und weiß nicht, ist es Trieb, ist es Geist, weil beides einander durchdringt. Bei dieser höchst seltenen Katastrophe gibt es keine andere Möglichkeit als die Kapitulation. Man läuft über ins gegnerische Lager mit fliegenden Fahnen, starrt dem Kommandanten ins Gesicht, kniet nieder und die Reste des zerschmolzenen Ichs leisten unbedenklich für alle Ewigkeit den Treueschwur.

Es ist entsetzlich. Froh kann man sein, wenn man mit dem Leben und intaktem Verstand davonkommt, mit heiler Haut gelingt es sowieso nicht. Es war entsetzlich, es war das allergrößte Glück. Man erlischt furchtlos im Genuß einer Maßlosigkeit, einer wütend erotischen Überschwemmung. Keine Hütte, keine Heimat bietet Schutz davor. Soll sie doch in den Flammen aufgehen! Was kümmert es mich. Was kümmert mich die Entblätterung, die unweigerlich folgt, solange der gleißende Augenblick jeden Gedanken an die Zukunft überblendet!

Später denkt man mit Grausen daran zurück. Denn es kommt ja nach dem Rausch der Entzug. Man bleibt ausgedörrt zurück in einer öden Welt und ist selbst das ödeste Wesen von allen. Für immer vorbei, zum Glück vorbei.

Und doch schiebt sich nun, ich hätte die Schlagläden in ihrer fröhlichen Dummheit gar nicht öffnen müssen, ein sanftes Bild davor, das noch stärker ist. Eins, von dem ich mich nicht erholen werde, bis an mein Lebensende nicht. Eine herbstliche Welt wieder, aber eine von nebliger Milde.

Eine Welt letzter Blicke. Grüne Augen waren machtlos und milchblau geworden, ein fragender, herbstlich dahinwelkender, auch säuglingshafter Blick, der auch jetzt wieder mein Herz unverändert tief und schmerzlich aufrührt. Es war kein Goldfasanenherbst, es war eine Welt, mit den spätseptemberlichen, ermatteten Augen meiner vergehenden Mutter gesehen. Sie versuchte, sich zu erinnern. Wie war noch mein Name? Welchen hatte sie für die Tochter vor langer Zeit ausgesucht?

Ich nannte ihn ihr. Sie grübelte lange, bis sie mir antwortete:

»Du hattest immer Angst vor Metzgergeschäften.«

Eine Weile später ergänzte sie: »Und vor den Eisenwarenläden.«

Ich lauschte, ich vermied jedes Geräusch: »Solche Angst vor den nackten Fleischerhänden und den schwarzen Kitteln.«

Nach einer neuen Pause fuhr sie bei etwas schnellerem Atmen fort: »Ist jetzt Nacht oder geht die Welt unter?«

Da stürzte ich ab, ein für alle Mal besiegt und zusammmengefaltet. Eine Unterwerfung ohne Widerstand, in die ich einwilligte ohne zeitliche Befristung.

Kalte Finger tasteten nach meinem Arm. Ich aber war nichts mehr als ein Stückchen nutzlose Kohle in der Asche, sonst nichts.

»Ist jetzt Nacht oder geht die Welt unter?«

Ist jetzt Nacht oder geht die Welt unter? Beides schien ihr gleichermaßen recht zu sein.

DER WEINENDE

Wer die dunkle Gestalt täglich im Schnee voranstapfen sah, den Mann, der immer wieder stehenblieb, um mit neuem Entschluß schnell auszuschreiten, nach kurzer Zeit langsamer wurde, taumelte und endlich anhielt, auch plötzlich aufstampfte, das alles nur unterbrochen von seinem höflichen Grüßen bei Entgegenkommenden, ausführlicher noch bei solchen mit Hunden, zu denen er sich stets mit kleinen Schnalzlauten niederbeugte und sie meist leicht berührte, wer ihn also aus einiger Entfernung wahrnahm, der vermutete in diesem Einzelnen voreilig einen Einsamen, ohne sich dessen ganz sicher sein zu können. Schließlich gab es hier viele Wanderer, die allein unterwegs waren, und bei denen dachte ich es nicht, jedenfalls nicht zuerst. Manchmal zog er ein Bildchen aus der Tasche und betrachtete es.

Kaum hatte man allerdings sein Gesicht gesehen, wurde der Eindruck so stark, daß man plötzlich alle, die nicht zu Paaren oder im Familienverband gingen, für Verlassene hielt, Verlorene im Weißen, was natürlich ein unsinniger Generalverdacht war. Schließlich bestand doch nicht die ganze Welt aus tiefbetrübten einzelnen Männern! Aus der Nähe erkannte man die Tränen, die ihm unaufhörlich aus den Augen liefen. Er kümmerte sich schon gar nicht mehr darum.

Nur manchmal wischte er sie mit einem zusammengedrückten Taschentuch grob ab. Manchmal brachen auch ruckartig Schluchzer aus ihm hervor, manchmal sah er das Bildchen an. Die Geräusche kamen tief und ungestüm aus seiner Brust, empört über den Schmerz, der ihm angetan wurde, und schlimmer noch als die still fließenden Tränen. Auch seine Schultern unter dem dicken Winterzeug bebten dann deutlich.

Die Berge standen als geisterhaftes Gewebe um ihn herum, er sah ab und zu hoch zu den Schwärmen der Alpendohlen. Es tröstete ihn aber nichts beim täglichen Weiden seiner Trauer. Nachdem ich mit ihm gesprochen hatte, anfangs nur zufällig, weil ein Eichhörnchen dabei war, ein Futterhäuschen für die Meisen, aufgestellt am Wegesrand zur Unterhaltung der Spaziergänger, mit zuckenden Bewegungen auszuräumen, wurde mir im Verlauf der langen Unterredung gegen meinen Willen vorstellbar, daß er die Lebenden, die ihm entgegenkamen, auch sich und mich, lediglich für Schaumkronen auf der Todesflut hielt, für Flusen im Nichts. Er mußte das nicht ausdrücklich sagen und hütete sich, es zu tun. Währenddessen lärmte das fuchsrote Nervenbündelchen lebenslustig ohne Scheu.

Es mochte an den vom Tränenwasser verschleierten Augen liegen, mehr noch an seinem Gemütszustand: Jede bewegungslose Person, erfuhr ich später von ihm, verdoppelte sich schon aus geringer Entfernung für ihn zum Paar, auch die Fichten, die für sich auf den weißen Hängen standen, erhielten einen Zwilling, alle schiefen Ebenen waren bestückt mit Bäumen, schwarz im Weißen, in Zweierformation, tröstlich und höhnisch. Er sah lange hin, ob sie sich rührten, bis er es nach einer Weile aufgab, weil er nicht wirklich dahinterkam, ob es menschliche oder pflanzliche Wesen waren, ein Ehegespann oder Verliebte.

Im Gegensatz dazu wurden die leibhaftigen Paare, auf die er stieß, sofort von ihm halbiert. Sein Blick fiel auf sie und unwillentlich riß der Tod einen der beiden noch Ahnungslosen von der Seite des anderen. Es ließ sich nicht unterdrücken. Wenn er die Holzbrücke über dem beinahe wie im Juni tobenden Bach überquerte – nur bedeckten jetzt sehr malerisch weiße Polster die Gesteinsbrocken genau wie auf alten Winterpostkarten, unverändert, nach wie vor – hatte er sich im Sommer oft gefragt, weshalb ihn der Anblick auf der einen Brückenseite heranstürzender, auf der anderen wegjagender Wassermassen so fesselte. Mitten unter dem Holz mußte sich unter ihm, für ihn verdeckt von den Brettern, die Verwandlung abspielen. Jetzt verstand er es: Er hatte, ohne es zu wissen, das Kommen und Gehen der Zeit studiert. Das sogenannte Leben, die Gegenwart, der Austausch zwischen dem Gleich und dem Eben, fand verborgen statt, sekundenschnell.

Ich sah ihn im fallenden Schnee, er marschierte voran durch das wahnsinnige Weiß, durch die Sanftmut, die alle Schrecken auslöschen wollte. Ich hörte ihn einmal, als ich, von ihm unbemerkt, schon dicht hinter ihm ging, sagen, vielmehr stöhnen: »Tieftraurig, ja, das bin ich und untröstlich.« Vielleicht sprach er es sich vor, um den Kummer von sich abrücken zu können? Er hielt an und betrachtete die trotz Diesigkeit blendenden Riesenmulden ringsum. Sein Brustkorb schien anschwellen zu wollen, um sich in die weiche, gigantische Zärtlichkeit zu schmiegen. Dann horchte er wieder auf das Knirschen der Schritte, umgeben vom Wesenlosen, das die Welt bis auf zehn, fünf, bis auf einen Meter vernichtete. Himmel, Erde, Luft, alles entschlief im Nebel aus feinstem Flockenstaub. Selbst die roten Begrenzungsstangen waren verschwunden, es existierte nur noch, als reiner Augenblick, das Stückchen Boden unmittelbar vor den Füßen. Da hieß es wachsam sein, um nicht zu verunglücken.

Einmal wurde ich von weitem Zeugin, wie er in den Schnee

pinkelte. Vielleicht war er stärker noch als von der Vergegenwärtigung der Blutstropfen Parzifals fasziniert, von denen er einmal gelesen haben mochte, und die sich warm in die weiße Umgebung fraßen, von der rasenden Geschwindigkeit gefesselt, mit der sich die bestimmt giftgrüne Flüssigkeit, ich kannte das von mir selbst, einbrannte auf den Untergrund zu, während sich die andere heiße Absonderung, die Tränen, über Haut und Schal verwischten. Er hielt lange still, in Gedanken oder schiere Beobachtung versunken.

Weshalb aber all die Tränen? »Wenn die Schleusen erst geöffnet sind«, sagte er, als wir uns besser kannten. Es tat ihm gut zu reden, das merkte ich bald, zu reden um jeden Preis, so stockend zu reden, denn er setzte offenbar meine Anteilnahme, jedenfalls Aufmerksamkeit voraus. Es gebe einen Hauptschmerz, natürlich gebe es den. Dabei begann er, die Oberlippe mit der Unterlippe einzuziehen und wieder hervorzustülpen, immerfort. Es mußte die Erregung sein und verlor sich nach einer Weile. Ich traf ihn ja oft wegen der wenigen Wege, die für Wanderer im Schnee vorbereitet waren, drei oder vier Wege, auf denen ich ihn bei klarer Sicht schon von weitem entdeckte. Ich hätte dann schnell umkehren können, aber warum sollte ich? Außerdem war möglich, daß er mich schon vorher erspäht hatte, trotz des Schleiers vor seinen Augen. Ich wollte ihn nicht kränken, den traurigen Mann.

»Wenn die Schleusen erst geöffnet sind, laufen die Tränen noch aus anderen Gründen. Gründe gibt es viele, wenn man sich entschlossen hat, loszuweinen wie ein Schloßhund. Ich nenne es die Heuleritis. Zur Zeit fehlt mir die Kraft, es zu lassen.« Er versuchte es mit einem Lächeln, dem ich beim besten Willen nicht traute, er wies auf die Dohlenschwärme über uns, schluchzte dann aber, wie es mir nun schon vertraut war.

Ich machte an mir eine verblüffende Beobachtung. Bisher dachte ich, es handelte sich bei mir, wenn ich neben ihm stand oder sogar von irgendeinem Moment an neben ihm ging, um eine Art Mitgefühl. In Wahrheit kam etwas Wichtigeres hinzu und verstärkte sich noch. Ich spürte eine Andacht gegenüber seinem

Kummer, den ich nicht kannte. Sein Schmerz verlieh ihm eine Würde, vielleicht nicht direkt Würde, ich will nicht übertreiben, etwas in seinem Unglück, das ihn über die anderen Urlauber erhob. Es gab eine Schwere und einen Ernst, den gewöhnliche Spaziergänger, die sich die Beine vertraten und medizinisch erprobte Gebirgsluft schnappten, hier nicht besaßen, auch ich nicht. Wir anderen pendelten zum Vergnügen und Zeitvertreib auf den für uns präparierten Wegen. Auch er wanderte nur auf und ab, soweit es möglich war, aber das täuschte. Er besaß ein Ziel, vielmehr ein Kraftzentrum: Es war sein heftiges Leiden, zugleich seine Wehrlosigkeit, es im Schnee zu verbergen.

»Ich weine, da ich einmal damit begonnen habe, wenn sie mir gerade einfallen, auch über die laufenden Zerstörungen auf der ganzen Welt. Ich weine über dies und das.« Seine Miene wechselte über zu der einer gramvollen Träumerei. »Wissen Sie, daß die Tourismusmanager dieses herrliche, wilde Tal ›Alpenbrache‹ nennen? Ich heule und kann es nicht verhindern, dann plötzlich auch über die Geflüchteten in den Zelten und ihre verängstigten Kinder, über verfallende, tausendjährige Tempel, sogar über die vergessenen Werke der Dichter, über einen Schulkameraden, der jetzt aus dem Leben geschieden ist und seinen alten Papagei zurückläßt. Dabei war es sein bester Freund auf der Welt und überhaupt in der großen Einsamkeit. Was wird aus dem Vogelgreis? Was soll aus ihm werden? Es schleicht sich das alles in mich ein, auch darüber weine ich, wie meine Heimatstadt ihre alten Bäume fällen läßt. Entschuldigen Sie. Alles ist so schwer zu ertragen, wenn man begriffen hat, daß Freuen nicht mehr in Frage kommt. Kaum geht man nach draußen, sieht man ein Haus, das gerade zertrümmert wird. Ich bin wohl ein Idiot. Es überfällt mich. Ich dachte, hier im vielen Weiß würde es besser mit mir. Aber ich bin und bleibe der trostlose Schwarzseher mitten im Weißen.«

Er lachte finster vor sich hin. Ich fürchtete, daß es in Ächzen und Schluchzen enden würde, und bot ihm, um dem zuvorzukommen, ein Stückchen Apfel und einen Riegel Schokolade an. Er betrachtete beides, als hätte er solche Sachen schon lange nicht mehr gegessen. Mit vollem Mund schien es für ihn endlich leichter zu sein, vom kürzlichen Tod seiner Frau zu erzählen: »Noch im letzten Sommer habe ich mit ihr die vielen Blumen, die jetzt zugeschneit oder in der Erde verborgen sind, die schönen Alpenblumen, angesehen. Von vielen hat sie stolz den Namen genannt. Kaum zu glauben, daß sie verschwunden ist aus dem Leben, die Pflanzen aber in neuer Gestalt ja bestimmt im Juni oder so wieder blühen werden.«

Er seufzte und stöhnte mit abgewandtem Gesicht, in der durchfrorenen Hand das große, ungebügelte Taschentuch. Einmal setzte sich eine alte Frau, als gerade die Sonne schien, neben uns auf die Bank. Sie hatte sich mit elastischem Schritt ohne Stock und Rucksack genähert und wirkte auch aus der Nähe kaum verhutzelt. Auch sie mußte eine Einsame sein, denn sie erzählte schon bald frisch drauflos.

Sie sei 87 Jahre alt. Das sagte sie wohl, um bei uns ungläubige Bewunderung zu erwecken, was ihr sogleich gelang. 1929 sei sie geboren. Dieses Datum würde sie deshalb nicht vergessen, sie wisse es jederzeit aus dem Stand, weil es das Jahr der großen Wirtschaftskrise gewesen sei, 1929, das Schicksalsjahr. Sie habe es fest in ihrem Kopf installiert. Wegen der weltweiten Wirtschaftsnot, Börsencrash, ihr Geburtsjahr. Insofern für sie ein günstiger Zufall, gut zum Merken. Ihren Mann habe sie vor 45 Jahren verloren, nach einer glücklichen Ehe mit zwei Söhnen. Wenn ihr Mann jetzt aber wiederkäme, würde er sie, wie andere Männer auch, bestimmt nicht mehr haben wollen. Warum? Sie sei seit damals viel zu selbständig geworden, mußte sich durchschlagen, die Firma übernehmen, die zwei Kinder erziehen. Bis dahin sei sie ein verwöhntes Ehepüppchen gewesen. Nun wohne sie ganz allein in ihrem großen Haus am Zürichsee. Die Söhne lebten aus beruflichen Gründen in London und Manila. Wie gesagt, seit 45 Jahren Witwe.

Mein Weinender meinte mit trockenen Augen: »Nicht jede Ehe ist glücklich, auch wenn sie Jahre dauert.«

Die Frau sah ihn prüfend an und antwortete: »Da haben Sie recht!«

»Nein«, fuhr der Mann jetzt fast zornig fort, »durchaus nicht jede Ehe ist so glücklich wie es scheinen mag. Es kann beschissen sein.«

»Natürlich, richtig.« Die Frau wirkte ein bißchen neugierig, auch erschrocken, weil seine Miene sich so verdüstert hatte.

»Es kann sehr grausam sein in einer Ehe, ein fürchterliches Leiden Tag um Tag, selbst wenn es bessere Augenblicke gab.«

Ich bemühte mich, trotz meiner Verblüffung, seine Miene nicht anzustarren. »Kein Vergnügen, nicht zwangsläufig, eine Hölle kann es sein.«

Die alte Frau war richtig kleinlaut geworden, weil er seine Sätze so wütend hervorstieß.

»Glücklich verheiratet, sagen Sie! So, und wenn jemand das ewige Gequatsche der Frau über Nichtigkeiten nicht mehr erträgt? Die unangenehmen Redewendungen, einzelne Wörter, die ihm verhaßt geworden sind? Was ist dann? Wenn er die Sucht der Frau ertragen muß, laufend Intrigen zu spinnen, in der Nachbarschaft, unter Verwandten, sogar gegen die besten Freunde des Mannes, so daß alles ins Schwimmen gerät? Wenn sie alle Menschen zu Feinden macht, sobald es ihr paßt, und dann schwupps wieder Hinz und Kunz überschwenglich ans Herz preßt? Was ist dann, meine liebe Dame?«

Das kannte ich nur zu gut, kannte es doch längst von mir selbst: Die Lust an der Feindschaft ist mächtiger, mitreißender als die an der Freundschaft, solange man fleischlich denkt.

»Wenn sie anfängt, die schöne gemeinsame Vergangenheit in den Dreck zu ziehen und einem dadurch nämlich das ganze alte Leben vernichtet?«

Ich spürte, wie die Siebenundachtzigjährige von der Seite her zur Verständigung von Frau zu Frau den Augenkontakt mit mir suchte, aber nichts da, ich verweigerte ihn, um dem Mann die Treue zu halten.

»Wenn der Mann schließlich bei jeder ihrer Freundlichkeiten fürchten muß, daß es nur zum Zweck einer Manipulation geschieht, die ihn an der Nase rumführt? Wenn sie, sobald man sich an Szenen seiner Kindheit erinnert, gelangweilt aus dem Fenster sieht oder sogar aus der Küche läuft, erst unter einem Vorwand, dann benutzt sie auch den nicht mehr? Und das nur, weil man nicht anders kann, als sich hin und wieder an die Kindheit zu erinnern und davon zu erzählen, denn es wird einem doch so wohl bei solchen Wiederholungen, beim schönen Erinnern. Es gibt doch kaum Schöneres.«

Er schrie es beinahe und hatte sich in eine solche Wut gesteigert, daß die kleine Person mit eingezogenem Kopf Reißaus nahm. »Ach du liebe Güte, wie der schlottert«, murmelte sie vor sich hin, als sie zur Flucht aufbrach.

Sein Brustkorb hob und senkte sich in wilder Erschütterung, dann sackte der zerrüttete Mensch in sich zusammen zu einer viel geringeren Masse. Ich hörte so schreckliche Seufzer, Schniefer, Schluchzer von ihm wie noch keinmal vorher. Als er sich beruhigt hatte, verrieten seine Züge, besonders seine Augen, wieder schwärzeste Traurigkeit ohne jede Hoffnung. Alles Erbitterte war verschwunden, nur die tickhafte Bewegung seiner Lippen dauerte an.

»Ich kämpfe, Sie sehen es. Ich ächze und kämpfte gegen den Haß.« Auch diesmal mißlang sein Bemühen um ein Lächeln, um, wie er es offensichtlich wünschte, ein winziges bißchen Ironie.

In den nächsten Tagen begegnete ich ihm nicht mehr. Ich fürchtete, er wäre in seinem Jammer abgereist. Fehlte mir etwa die dunkle Gestalt, der einsame Wanderer im Weißen? Konnte das denn sein?

Als ich ihn wiedersah, erschrak ich zuerst im Näherkommen über sein Aussehen. Er wirkte abgezehrt und übernächtigt. Immerhin gab es ihn noch hier in den Bergen. Wir trafen an der Futterstelle für die Meisen zusammen. Er begrüßte mich lächelnd, wenn auch flüchtig, denn sein Blick ging in eine andere Richtung, zu einem höheren Ast.

Ich sah sein trotz der Erschöpfung wie erleuchtetes Gesicht, dann den sagenhaften Vogel, der uns groß, mit kräftigem Hals und ohne Scheu, von Zweigen halb verborgen, beobachtete. Noch nie war mir ein solches Exemplar vor die Augen gekommen, er schien aus einem anderen Reich aufgetaucht zu sein, aus dem Dämmern eines kindlichen Märchenwinkels, jetzt aber, hier, so dicht am Weg vollständig in die Wirklichkeit gesprungen mit seinem auftrumpfenden Cape aus weißem Getüpfel. Schon immer erschien mir etwas, was ich zum ersten Mal sehe, als wäre es gerade erst von dämonischen Mächten in die Welt katapultiert worden.

»Ein Tannenhäher. Der zweite meines Lebens«, sagte der Weinende, dem jedoch keine Tränen über die Wangen flossen. »Verzaubert, könnte man sich einbilden. Genau an dieser Stelle habe ich mit meiner Frau den ersten gesehen. Wer weiß, vielleicht ist es derselbe. Er war auch damals ein Wunder für uns beide.«

Er sprach ruhig, ohne das Einsaugen der Oberlippe, nur ein wenig müde. »Ich war etwas krank in den letzten Tagen. Ich habe gekämpft, wissen Sie. Dann hat es in meinem Kopf leise zu schneien begonnen. Ich konnte den Aufprall der Flocken hören.«

Ohne Warnung rief er plötzlich entrüstet, ja entrüstet in die Luft, die sich vom gedämpften Schimmer der Hänge anstecken ließ: »Sehen Sie nur, wie der Schnee über alles gebreitet ist. Und nun die gleißende Fläche überall. Wir haben hier wunderbare Wanderungen gemacht, im Sommer und im Winter, sie immer an meiner Seite. Sie erwies sich als regelrecht rüstige Wanderin, auch wenn sie sich, mir zu Gefallen, die Fingernägel feuerrot lackierte.«

Die Heiterkeit in seinem Gesicht war neu für mich. »Man muß sich an all das erinnern«, kommandierte er mit fester Stimme. »Erst dann erkennt man, wie schön vieles war, ich sage nicht: alles. Ich streite nichts ab, aber die großen Momente, die Stunden, die nichts zu wünschen übrig ließen, das ist ein Gold, das sehr schwer wiegt und eine allmähliche Leuchtkraft«, hier schluchzte er übergangslos in einer frischen Schmerzattacke auf, »Leuchtkraft entfaltet. Das werde ich mir nicht rauben lassen von mir selbst. Es ist die wirkliche Wahrheit, sie schält sich heraus. Verstehen Sie? Das andere blättert ab, ich habe es herausgefunden. Es sind alte Schuppen, vielleicht auch schmutzige Eisschollen. Sehen Sie, ich bin ein schlechter Witzeerzähler, doch wie oft hat sie mir, zum Beispiel in Gesellschaft, wenn ich mit der Pointe kämpfte, durch Lachen beigestanden, als die anderen damit begannen, heimlich auf die Uhr zu sehen und um ein Glas Wasser zu bitten! Und wie glücklich waren wir vor langer Zeit, als wir beide und unsere kleine Tochter mit unserem sterbenden Hund litten! Das darf nie untergehen. Ich sehe dieses Foto von ihr an. Immer wieder. So schön war sie gar nicht, vor allem nicht zum Schluß. Aber es hilft mir jetzt.«

Er zeigte es mir nicht. Der Tannenhäher beäugte mich und den Mann, der mit strenger Entschlossenheit redete. Dann, als hätte er genug gehört, flog der Vogel davon. Wir schwiegen lange und standen noch immer still beim kommunalen Futterhäuschen.

»Morgen fahre ich ab. Dann werde ich endlich mit der richtigen, ordentlichen Trauer beginnen können.« Wir drückten uns in unbeholfenem, wechselseitigem Dank ohne Namensnennung die Hände, die rechte und die linke. Er schluchzte noch einmal auf: »Es sind nur die Anblicke vom Abschiednehmen. Das macht mich fertig.«

Mir selbst ist es so ergangen, daß ich damals glaubte, sooft ich an meinen im Glanz eines friedlichen Kummers nicht ohne Seufzer Davongereisten dachte, ein besserer Mensch als sonst zu sein und auch einer zu werden, noch immer, endlich, zu werden.

DER FÖRDERER

Ich hatte mir auf meine Fahrkünste und mein Orientierungsvermögen immer viel eingebildet, aber auf dieser Strecke ließ mich beides im Stich und selbst die stets langmütige und unbegrenzt höfliche Dame vom Navigator geriet allmählich in Verwirrung. Glücklicherweise herrschte kein Nebel, so daß wir wenigstens nicht im Straßengraben landeten und uns davon überzeugen konnten, noch weiterhin auf der Welt und nicht in ein uferloses, wenn auch mit sinnlosen Straßen versehenes Nichts geraten zu sein. Daß es so etwas Abgeschiedenes überhaupt noch gab! Die Landschaft war platt, hatte in der Vertikalen bis auf ein paar Häuser kaum etwas zu bieten, schlug aber durch die vorgeschriebenen Wege in der Horizontalen die unvernünftigsten Haken. Das beunruhigte uns nicht nur aus zeitlichen Gründen. Wir begannen uns Gedanken darüber zu machen, was denn das für eine Ausstellungsstätte sein mochte, die einen großen, in jahrelanger Arbeit entstandenen und noch nie gezeigten Zyklus von Graphitzeichnungen unseres verehrten und geliebten Freundes Moritz Burggraf in einer umfassenden Schau präsentieren sollte. Auch fragten wir uns natürlich, ob städtische Besucher den Weg dorthin finden würden, da man mit einem Interesse der ländlichen Bevölkerung, obschon Burggraf Bauernsohn war, wohl kaum rechnen durfte.

Vor vielen Jahren hatte ich eine frühe Zeichnung von ihm gesehen, die mich in tiefe und begeisterte Verwunderung versetzte. Es handelte sich um eine Krähe in fortgeschrittenem Zersetzungszustand. Damals wußte ich noch nicht, wie beispielhaft das Dargestellte für Burggrafs Werk war, ein Werk, bestimmt vom Schrumpfen, Verwelken, Verwesen pflanzlicher und tierischer Organismen. Dabei bringt Burggraf noch nie gesehene Anblicke hervor. Naturdarstellung im Zeitalter von Mikrobiologie und Weltraumforschung. Man erkennt Ackerpflanzen, Rüben, Kartoffeln, bäuerliche Vegetation, die hier aber, im physikalisch-chemischen Prozeß ihres Zerfalls, zwischen Mikrokosmos und Makrokosmos zu schweben scheinen, ein Schwanken der Transformation zwischen nicht endender Vergrößerung und grenzenloser Verkleinerung. Man nimmt Hintergründe gefüllt mit wimmelnden Körpern wahr, wie unter dem Mikroskop oder Teleskop, Fäulnisbläschen, die Froschlaich sein könnten oder Sternenstaub, Atome oder Milchstraßendunst in einer einzigen großen Formenverwandtschaft.

Er ertastet mit sich nie zufriedengebender, formulierender Genauigkeit eine Welt, über die Biologen, Astrophysiker und sogar mittlerweile Laien viel wissen. Noch nie aber ist wohl die Phantastik heutiger Naturwissenschaft in Verbindung mit dem Faktum der Sterblichkeit aller Wesen und ihrem Gestaltenwandel so anschaulich geworden wie bei diesem Zeichner, unserem hochgeschätzten Moritz Burggraf.

Es versteht sich, daß er bei solcher, dem Trend in seiner Präzision zuwiderlaufenden Kunst nicht auf Anhieb mit dem Zuspruch eines breiten Publikums rechnen kann, aber auch auf Seiten der Kunsthistoriker, der Kuratoren und Galeristen kümmert man sich nicht um ihn, nicht im geringsten. Man beliebt, diesen ernsten, von seiner Arbeit besessenen Mann gar nicht wahrzunehmen, der allerdings auch nicht bereit ist, weder im Werk noch im Auftreten, die kleinsten Zugeständnisse zu machen. Es wäre ihm, Feind jeder Pose, geradezu verhaßt, wenn man ihn äußerlich als Künstler identifizieren würde.

Um so glücklicher trifft es sich, daß er einen reichen Gönner hat, der vor einigen Jahren, fasziniert von einer Zeichnung Burggrafs, die er in der Wohnung von Freunden sah, in seinem Atelier auftauchte, und, angenehm berührt zudem von der Persönlichkeit des zurückhaltenden Künstlers, den gesamten, damals noch geplanten Zyklus unter seine Fittiche nahm. Von da an mußte sich Burggraf keine Sorgen mehr machen um seinen Lebensunterhalt. Er erhielt eine nicht gerade üppige Unterstützung, aber sie reichte ihm in seiner Anspruchslosigkeit und gestattete ihm ungestörtes Arbeiten.

Der Mäzen, der sehr erfolgreiche Unternehmer Hermann Lambert, ein kleiner Mann von großem unternehmerischem Geschick, ausgestattet aber mit einem Drang zum Höheren nicht allein im Hinblick auf seine von ihm offen bekannte Kirchenfrömmigkeit, ist der Besitzer der überall in den Städten sehr präsenten Drogeriekette »Drall«. Es ist ihm gelungen, seine Konkurrenten auf dem Dromarkt in Schach zu halten und immer eine Spur gewitzter in der Konzeption zu sein. Wir hatten schon gehört, daß er einen Teil seines Geldes gelegentlich für besondere, gewissermaßen exquisite kulturelle Zwecke einsetzt, ohne sich damit sonderlich zu brüsten. Er genießt es wohl eher, wenn seine gute Tat als Gerücht im Raum schwebt. Daß er sich im Fall von Moritz Burggraf einem noch fast jungen, unbekannten Künstler zuwandte (was sich auf seinem Konto mit Sicherheit ohnehin nicht bemerkbar machte), mochte am Zauber des Anfänglichen liegen. Hier ergab sich die Möglichkeit einer Förderung von Beginn an, einer entdeckerischen Leistung, Unterstützung und Pionierhandlung, die schließlich, irgendwann, zu einer gewaltigen kulturellen Ruhmestat des Gönners anschwellen würde, falls die Rechnung mit Burggrafs Talent aufging.

Wir waren also losgefahren in der festlichen Erwartung einer ersten, probeweisen Krönung des nun fertiggestellten Zyklus, denn Lambert besitzt aufgrund seiner enormen finanziellen Potenz ohne Zweifel die Macht, einen Maler durchzusetzen, auch wenn er nicht dem vorherrschenden Geschmack entspricht. Wir wußten doch, wie, falls ein dicker Batzen Geld winkt, der Hase auch bei Museumsleitungen und ihren Verbindungsleuten läuft! In Burggrafs Fall sollte das eigentlich Ungute einmal zum Guten gewendet werden.

Unsere freudige Hochspannung hatte begreiflicherweise auf unserer Irrfahrt nachgelassen. Zur Eröffnung würden wir ohnehin nicht mehr rechtzeitig eintreffen. Beunruhigend aber war die offensichtliche Abgeschiedenheit des Ortes, mit jedem Kilometer und jedem Umweg mehr.

Immerhin kamen wir an. Wir ließen uns von Einheimischen versichern, daß wir tatsächlich vor der Ausstellungsstätte, einem neuen Flachbau neben einer Backsteinkirche, gelandet waren, den man auf Anhieb mit Seniorenkreis, Pfadfindertreff und Pfarrbücherei in Verbindung brachte. Kaum waren wir ausgestiegen, als unser Freund mit ausgebreiteten Armen wie trostsuchend auf uns zustürzte, als wollte er uns an der Aussicht hindern. Er war sehr bleich und sah uns aus geröteten Augen traurig lächelnd an. Das konnten Nachwirkungen der schweren Infektion und entsprechender Antibiotika sein, die ihm erst zwei Tage vor der Vernissage ermöglichten, den Ort in Augenschein zu nehmen.

Allein, so verhielt es sich nicht. Der Schmerz, den wir im Gesicht unseres Freundes lasen, rührte her aus der »Erbärmlichkeit« der Präsentation eines Werks, um das er sich jahrelang gemüht hatte. Wir würden bestimmt urteilen wie er selbst. Retten können habe er nichts mehr. Die Eröffnungsrede durch einen lokalen Freiwilligen sei, in aller Bescheidenheit gesagt, nicht nur stümperhaft von einem Klischee zum anderen taumelnd, sondern, noch unbegreiflicher, wenn nicht gerade eine Anklage und Verunglimpfung der Zeichnungen, so doch der reinste Entschuldigungsversuch für deren unzeitgemäßes Dasein gewesen, die Vertuschung eines künstlerischen Sündenfalls. Typisch für die Devotion von Provinzlern vor der vermeintlich relevanten Metropolenkunst. Nur vor Lambrecht, dem Förderer, habe der Mensch einen Bückling nach dem anderen zustande gebracht.

So harte Worte aus dem Mund unseres lieben, jeder Selbsteinschätzung als verkanntes Genie so fernen Burggraf ließen nun in der Tat Schlimmstes befürchten.

Der Verdacht bewahrheitete sich leider beim Eintritt in die kleinfenstrigen, niedrigen Ausstellungsräume. Zugleich jedoch erfüllte uns das Wiedersehen mit den zerfallenden Kürbissen und Kartoffelpflanzen, den sich auflösenden Tieren und skelettierten Karden, zugleich alles Landschaften zwischen Himmel und Erde, die wir ja seit ihrem Entstehen kannten, mit tiefer Freude und dem Stolz, zu Burggrafs Gesinnungsgenossen zu zählen. Wäre nur die Kränkung, die ihm und seinen Zeichnungen hier derart unvorhergesehen widerfuhr, nicht so niederdrückend gewesen! Das Publikum war schütter, regional und friedlich, vereinzelt mit Fragenden, die sich selbst als künstlerisch tätig empfanden.

Im kleinen Vorraum wurde ein schlichter Plattenkuchen angeboten, gedeckter Apfelkuchen mit viel Teig, in der Mikrowelle noch nicht vollständig aufgetaut. Dazu gab es aus mehreren Thermoskannen Kaffee, wie auf einer Geburtstagsrunde für die Alten der Pfarrei.

Über den himmelschreienden Geiz von Hermann Lambrecht aber konnten wir uns kaum beruhigen. Die Gesichter aller Freunde und Bekannten zeigten zunächst stumme Fassungslosigkeit und Enttäuschung, Burggraf ging in versuchter Gelassenheit wie ein Gespenst herum. Nur der Förderer selbst bewegte sich mit hochzufriedener Miene zwischen den Leuten und erklärte Betrachtern, die vor einer der Zeichnungen verweilten, auch ungefragt und den Kenner herauskehrend, Technik und Konzeption seines Schützlings. Burggraf hörte lieber nicht hin.

Einmal beobachtete ich, daß ein vermutlich zufällig anwesender Galerist – zu meinem Erstaunen gab es hier einen – gesprächsweise mit Lambrecht in Kontakt zu treten versuchte, indem er erklärte, sehr angetan von den Exponaten zu sein und eine Ausstellung in den schönen, hellen Räumen seiner Galerie in Köln vorschlug, wobei er durchblicken ließ, daß Lambrecht vielleicht im Sinne des Erfolgs eines solchen Projekts zu einer kleinen finanziellen Unterstützung für Versicherung, Transport, eventuell sogar für die Herstellung eines kleinen Katalogs bereit sei? Trotz seiner schmeichlerischen Stimme ließ der Förderer ihn unumwunden abblitzen, indem er ihm einfach den Rücken zukehrte.

Burggraf ging draußen rauchend und seiner Haltung nach frierend im dünnen Jackett auf und ab. Wahrscheinlich sehnte sich der einsiedlerische, normalerweise jedoch meist lustige Mann, nachdem er sich monatelang von diesem Tag etwas ganz anderes erhofft hatte, in sein Atelier zurück zu seinen treuen Genossen, den Bildern.

»Burggraf, Burggraf!«, wurde plötzlich gerufen. Man benötigte ihn für ein Foto mit seinem Gönner vor einer der Zeichnungen. Da die Fotografin des Kreisblattes eilig war und Burggraf nichts hörte, behalf man sich mit Lambrecht allein, der dieser Aufgabe gern nachkam. Als der Maler doch noch erschien, legte er ihm den

Arm um die Schultern und lachte, eine Sonne der Leutseligkeit, im Gegensatz zum mürrischen Burggraf, behaglich in die Kamera.

Wir, die Freunde, standen dann in einer Gruppe zusammen und spekulierten über die möglichen Beweggründe Lambrechts, den man zu den reichsten Bundesbürgern rechnete, über seine Frechheit, den einzigartigen Künstler, den er doch mindestens rudimentär als das erkannt haben mußte, dermaßen zu demütigen. »Der kleine Dromarktverkäufer spielt den Feudalherrn. Er rächt sich an der Kunst, die er in Wirklichkeit haßt als das ihm Unzugängliche, das er letzten Endes vergeblich umwirbt«, schnaubte der muskulöse und immer ein bißchen derbe Kollege Elias Horlacher, ein ziemlich erfolgreicher, mit öffentlichen Aufträgen gesegneter Bildhauer. »Man müßte ihn mal kräftig auf den Pott setzen!«

Mir leuchtete die Vermutung eines mir Unbekannten nicht weniger ein: Lambrecht habe immerhin über die Jahre weg den Unterhalt und damit das Schaffen Burggrafs zuverlässig garantiert. Die lästigen Einmischungsversuche bei der Herstellung der Zeichnungen und seine Motivvorschläge habe unser Freund einigermaßen geschickt abgefangen, ohne seinen Gönner dauerhaft zu vergrämen. Während dieser Zusammenarbeit, wenn man es so nennen wolle, sei vermutlich, und das vielleicht sogar von Beginn an, in Lambrecht die verrückte Idee gereift, Burggraf sei sein Besitz, sein alleiniger, wohlgemerkt, den er vor jedem Zugriff anderer eifersüchtig hüten müsse. Wenn schon schließlich die versprochene Premiere, die das Werk den Augen der Öffentlichkeit aussetze, sein müsse, dann in einer Weise, die eher abschreckend als begeisternd sei und vor allem den Effekt habe, daß sich Burggraf, nach wie vor isoliert, durchaus nicht von ihm emanzipieren könne.

Später saßen wir alle an einem langen Tisch in der gemütlichen, bräunlichen Gastwirtschaft. Der eher schmächtige Lambrecht am Kopf, Burggraf zu seiner Rechten, wir anderen, die Freunde und Bekannten, schlossen uns rechts und links in einer Reihe an. Der Förderer spendierte zum Auftakt eine Runde Sekt. Er tat dies sehr ausdrücklich. Damit war sogleich klar, daß im Folgenden jeder auf seine eigenen Kosten speisen würde. Lambrechts blendende Laune steckte uns zwar nicht an, aber sie ließ nichts zu wünschen übrig. In seiner kurzen Rede lobte er die »wunderbare Gelegenheit«, seinen Liebling im Kreise seiner Getreuen zu sehen, unter denen sich, er wußte es nicht, es mußte ihn auch nicht interessieren, zum Teil echte arme Menschen befanden, mittellos, da sie von ihrer Kunst nicht leben konnten und für einen der üblichen Jobs zu ungeschickt waren. Er hätte es womöglich aber auch als exotische Note empfunden. Oder er würde sich sagen: Dann sind diese Bratkartoffeln genau das Richtige für sie. Die Hungerleider allerdings beschäftigte die Tatsache, mit einem nicht nur wohlhabenden, sondern immens reichen Menschen am Tisch zu sitzen, sehr. Es stimmte sie, man mochte es kleinlich finden, dem Mäzen gegenüber nicht eben gewogen. Ich glaube, der Gedanke daran verließ sie keine Sekunde, während sie, die meisten zu Bier, ihre bäuerlich gediegenen, preiswerten Gerichte verzehrten.

Meist gibt es bei solchen Essen eine Ecke, in der besonders laut und animiert geredet wird. Hier, Lambrecht und Burggraf direkt gegenüber, prahlten zwei schon ältere Leute, ich kannte sie nicht, mit Heldentaten aus ihrer Kindheit und unterhielten damit schnell die gesamte Tischgesellschaft.

»Ich«, rief der eine der beiden Grauköpfe, »habe mit knapp sieben Jahren, jawohl, mit nicht ganz sieben Jahren, das Wehrmachtsdepot in unserer Nähe mit gestürmt und geplündert! Die mir zugeteilte Beute bestand aus einem halben Sack Zucker, den ich kaum schleppen konnte, einem größeren Quantum Edamer Käse und einigen Büchsen Dosenmilch.« Er sagte zwar nicht: »Das mache mir mal einer nach«, dachte es aber unüberhörbar.

»Schön und gut«, meinte der zweite noch ein bißchen lärmiger, »ich aber habe mit sechs Jahren, jawohl sechs Jahren ›Mein Kampf‹ gelesen, und zwar auf dem Klo, wo es kein Toilettenpapier gab, aber ›Mein Kampf‹ hing in kleine Quadrate geschnitten, als nicht gerade hautsympathischer Ersatz auf einen Nagel gespießt, an der Wand. So habe ich mich, mit Lücken natürlich, Stück für Stück vorangelesen.«

Die Jüngeren, deutlich in der Mehrzahl, lauschten den beiden Betagten amüsiert und klatschten. Das jedoch wollte Lambrecht nicht auf sich sitzen lassen. Schon rückte er sich mit einem Räuspern, sobald wieder Stille einkehrte, in Positur, um den ersten Rang für sich zu reklamieren:

Er sei nicht alt genug, um mit dergleichen Schnurren aufwarten zu können, und greife deshalb zurück auf seine Familiengeschichte, in der sich ebenfalls und vielleicht doch in stärkerem Maße Respektgebietendes finde. Er nahm sehr ausdrucksvoll in der Pause, die er einlegte, einen Schluck Bier und knallte das Glas in herablassender Kumpelhaftigkeit auf den Tisch.

Ich beobachtete zwischendurch unseren Freund Moritz neben dem Redner. Bleich wie schon seit Stunden, hielt er die Augen hartnäckig niedergeschlagen. Er sah keinen von uns an, aus Scham über das Debakel oder einfach aus Verbitterung in sich gekehrt, in einer ihn entkräftenden Enttäuschung, die sich nicht durch einen Wutausbruch entladen konnte. Er mußte schließlich Rücksicht nehmen, wie ich es schon um seinetwillen getan hatte, als mir Lambrecht das Du anbot. »Die erste Schriftstellerin, mit der ich mich duze«, obschon es mir beträchtlich gegen den Strich ging, ihn »Hermann« zu nennen. Also redete ich ihn überhaupt nicht an.

Sein Vater, setzte Lambrecht seine Rede fort, Alois Lambrecht nämlich, aus kleinsten Verhältnissen stammend und durch die widrigen Umstände, die politischen damals, ohne Hauptschulabschluß, habe sich ohne Hilfe aus dem ärmlichen Umfeld seiner Kindheit emporgearbeitet. Von einem Kiosk zu einer Marke mit internationaler Geltung. Wer etwa in Danzig aus dem Zug steige, lese als erstes »Drall«.

Der Förderer warf einen Blick auf Burggrafs fast unberührten Teller und drohte ihm scherzhaft. »Das hätte es bei uns nicht gegeben. Alles mußte aufgegessen werden, dafür sorgte übrigens auch schon unser Hunger.«

Mit unglaublicher Zähigkeit, auch mit Einfallsreichtum, sei es Alois Lambrecht gelungen, die Firma »Drall« aufzubauen. Er sei als vermögender, nichtsdestotrotz allzeit sparsamer Mann gestorben. Das Wort setze sich ja zusammen aus Drogerie, Alois und Lambrecht, von den ersten zwei Wörtern die beiden Anfangsbuchstaben, vom letzten nur das L. Eine Erfolgsmarke, die ihn, Hermann Lambrecht, nun als reichen, sehr reichen Mann an diesem Tische sitzen lasse.

Damit hatte er die beiden Veteranen natürlich besiegt.

Hinter dem sitzenden Mäzen befand sich nun aber in diesem Augenblick Elias Horlacher, der sein Bier in der Hand trug. Wir alle sahen, daß das Folgende kein Zufall, sondern Absicht war: Horlacher, als wäre er gestolpert, schüttete sein Bier voller Schwung gegen Lambrechts Ohr und Schulter.

Er entschuldigte sich sofort mit gekonnter Miene der Betroffenheit bei dem höchst erzürnten Geschädigten, sagte auch, er werde selbstverständlich die Reinigungskosten bezahlen. Eine Unverschämtheit, die ihm gewiß großen Genuß bereitete. Lambrecht aber, offenbar zusätzlich gereizt durch die nur mühsam unterdrückte Freude angesichts des Zwischenfalls in unseren Gesichtern, zischte, sich nach dem Übeltäter umwendend: »Tölpel, Sie!«

Das hätte er besser nicht gesagt. Der starke Harlacher packte den Kleinen am Hemd und schüttelte ihn wild. Das lasse er, Harlacher, sich von niemandem, auch von einem Herrn Drall oder Knall nicht an den Kopf werfen. Daraufhin sprang Lambrecht, sich aus Harlachers Griff lösend, auf und stellte sich ihm in einer sofort als das erkennbaren Kampfgebärde gegenüber. Harlacher war entzückt, zur Rache für Burggrafs Schmerzen schreiten zu können. Feierlich legte er seine Jacke ab und entblößte dabei seine tätowierten Mordsarme. Jetzt waren wir elektrisiert und rüsteten uns, im Notfall einzugreifen. Wollte er den wehrlosen Gönner zertrümmern?

Der totenblasse Burggraf schaute apathisch zu.

Dann aber geschah das für alle Unerwartete, das Unerhörte.

Mit zwei, drei professionellen Schlägen fällte Lambrecht den riesigen Mann, der krachend auf den Bodenbrettern aufschlug, rückte schweigend seinen Anzug zurecht, legte einen knapp bemessenen Betrag für seine Speisen auf den Tisch und verließ grußlos das Lokal.

»Der hat wegen der Gefahr von Entführungen asiatischen Kampfsport gelernt«, stammelte Harlacher, noch unten liegend, zu uns hoch.

»Und trotzdem, du hast es ihm gegeben, wie er's verdient!«, riefen wir ihm zu und applaudierten zu seinem und unserem Trost.

»Das schon«, ließ sich da unser Freund Moritz vernehmen, sehr leise, trotzdem hörte es jeder: »Aber es gehören ihm alle meine Bilder!«

DAS ZITTERN IHRER HAND

Ich freute mich immer auf den Augenblick, wenn wir am runden Tisch um die frische Aprikosentorte herum saßen, vor dem Meißner Porzellan, das sie mit ihrem längst verstorbenen Mann Stück für Stück gesammelt hatte, eine ganze Ehe lang. Nach wie vor war das Service vollständig für zwölf Personen, und während es mich bei jedem der jährlichen Besuche entzückte, ihre zarte Hand zu beobachten, wie sie uns so leicht und sicher den Tee eingoß, fürchtete ich nicht etwa, die Tasse würde ihr entgleiten, sondern wir, an weniger kostbares Geschirr gewöhnt, könnten die ersten sein, die durch eine Ungeschicklichkeit eine Lücke in diese sorgsam gehütete Vollkommenheit rissen. Jedesmal, noch voller Glück über die vergangene Stunde und Bedauern darüber, daß sie vergangen war, spürte ich beim Verlassen der Wohnung zugleich die Erleichterung, ihr großzügiges Vertrauen in unsere Manierlichkeit nicht enttäuscht zu haben.

Frau Julian bewegte sich zwischen ihren vier Wänden wie die heilige Jungfrau auf den gotischen Bildern. Die allgemeine Blankheit, das Aufgeräumte und Freundliche schienen ein Abbild ihrer

Seele zu sein, wenn die zerbrechliche Gestalt der weit über Achtzigjährigen sicher und energisch vom Teetisch zur Küche ging, dort dies oder das holte, etwas abstellte und zu uns zurückkehrte. Alles vollzog sich formvollendet. Eigentlich hätte ich aufspringen müssen, um ihr zu helfen. Ich tat es nie. Mich befiel nämlich Jahr um Jahr eine andächtige Trägheit angesichts ihrer hausfraulichen Tätigkeiten, die sie mit so mädchenhafter Anmut erledigte. Ich konnte mich nicht losreißen davon und hätte, wenn es nicht zu ungehörig gewesen wäre, am liebsten um braunen Kandis statt des weißen gebeten oder umgekehrt, nur um ihren zielbewußten Schrittchen zuzusehen. Ich geriet in den Strom oder Strudel, so kam es mir vor, einer weltentrückten Ordnung, die aber mächtigen Einfluß ausübte auf die Wirklichkeit als das Vernünftige und Richtige gegenüber allen Trugschlüssen und Augenwischereien. Ich empfand sie als eine Abgesandte meiner eigenen Mutter, mit der sie, deutlich jünger, zu deren Lebzeiten bei aller Verschiedenartigkeit befreundet gewesen war. Eine zweite Mutter nur aus der Ferne blieb Frau Julian allerdings, diese überaus klare Person, der ich niemals zu nahe treten würde.

Ihr Körper war der eines Vögelchens, obschon sie vier Kinder geboren hatte. Auf allen Kommoden und Konsolen, Regalen und Tischchen standen in Silberrahmen Fotos ihrer Lieben, mit denen sie früher in einem großen schönen Haus gewohnt hatte: »Meine jetzige bequeme Wohnung hat genau die Maße, die ich für mich allein benötige. Nur dem Garten trauere ich ein bißchen nach. Meine Kinder haben mir deshalb den Balkon wie ein Treibhaus hergerichtet. Dort kann ich wunderbare Nachmittage verbringen. Ich sehe das Laub der riesigen Straßenbäume und am Horizont bläulich die Hügel der Eifel«, sagte sie mit allmählich sich rötenden Wangen. Das geschah immer, wenn wir mit ihr Tee tranken. Nach einiger Zeit schwand die Blässe aus ihrem Gesicht, das sich beim lebhaften Reden weiter verjüngte. Ob sie sich dieses Liebreizes bewußt war, habe ich nie erfahren.

Anfangs, nach dem Tod meiner Mutter, sprach sie oft von ihr, um mir eine Freude zu machen, später dann von ihrem eigenen Leben und den Kindern, die mit ihren Familien alle nicht in ihrer Nähe wohnten, ihr jedoch offenbar zärtlich zugetan waren.

Anders konnte es auch gar nicht sein, da sie sich, ihre Erzählungen verrieten es, die Fähigkeit zum Staunen ungemindert bewahrt hatte und die treue Zuneigung ihrer Kinder und Enkel nicht für selbstverständlich hielt. Ihre strenge Pflichtauffassung, auch das entschiedene Beharren auf Ritualen und Formen, stand dabei in reizendem Kontrast zu den sich immer rosiger färbenden, ins Rosige sacht verwilderten Wangen, zumal sie ohne Scheu am Portwein nippte und schnell davon lustig wurde.

So erfuhren wir nach und nach von ihrer Tochter Elisabeth, Schlafwandlerin und Epileptikerin, die man als Kind vorsichtig in den Winkeln des Hauses aufstöbern mußte, in die sich die Kleine tagsüber zum Schlafen verkrochen hatte, und von ihrem Sohn Klaus, der als sehr begabter Physikstudent durch eine unglückliche Liebesgeschichte aus der Bahn geworfen wurde, allen Ehrgeiz verlor und sein Zimmer nicht mehr verließ, später aber seine Dissertation den Eltern widmete, weil sie den Glauben an ihn nicht aufgegeben hatten.

Wie gern würde ich diese kleine Meise, die mal eher eine Blau-, dann eine Kohl-, dann eine wippende Schwanzmeise war, umarmt und ihre erlesenen Knöchelchen gespürt haben!

Das kam natürlich nicht in Frage, niemals.

Zwei Dinge bewegten mich am meisten: Ich mußte ihr auf Ehre und Gewissen versichern, daß wir sie nicht ein- oder zweimal im Jahr aufsuchten, nur weil sie die Freundin meiner Mutter gewesen war und wir es nun für unsere Schuldigkeit hielten, ihr einen Besuch abzustatten, wenn wir uns in der Nähe aufhielten. Sie war in ihrer Ehrenhaftigkeit stolz, aber ahnte nicht, welche Bezauberung von ihr ausging. Wie sehr sie sich über unser Erscheinen aber freute, berührte mich tief. Ich erkannte es an den Zeitungsausschnitten, die sie als gewichtigen Stoff für unsere Gespräche vorsorglich gesammelt hatte. Einmal unterhielten wir uns lange über ein Hitler-Buch, das sie uns mit Eifer empfahl. Ein anderes Mal sprachen wir von der Schwierigkeit vieler Menschen, heutzutage an Gott zu glauben. Sie habe kürzlich einen Satz dazu in der »Göttlichen Komödie« gelesen, in neuer Übersetzung von ihrem Sohn geschenkt, und sich ihn eingeprägt, aus dem »Paradies«. Im vierten Gesang heiße es: »Deshalb läßt sich doch auch die SCHRIFT auf euer Vermögen ein, versieht Gott mit Füßen und Händen, meint aber anderes damit.« Ausgerechnet wegen dieser »Füße und Hände« dächten die Leute heute, Gott sei überholt, ohne den Nachsatz zu berücksichtigen. Sie aber sei nach Lektüre dieser Stelle eine ganze Woche lang fröhlich gewesen.

Beim vorletzten Besuch kam noch etwas Drittes hinzu, was mir zu Herzen ging, was mir vielleicht am allermeisten zu Herzen ging. Sie trug über ihrer grauen Seidenbluse trotz der Wärme ein rosa Angorastrickjäckchen, das ihre Knöchelchen wie die Hände einer zärtlichen Tochter umschmeichelte. Ihr Gesicht schien mir noch ein bißchen schmaler geworden zu sein. Munter aber war sie wie eh und je, und ihre Wangen wechselten schnell ins Rötliche über. Ich saß auf meinem Sofaplatz, wie immer hin- und hergerissen zwischen dem Wunsch, die energische Zierlichkeit ihrer Gesten untätig zu genießen oder ihr mit Handreichungen beizuspringen, was jedoch kränkend sein mochte, da es unserer Tradition widersprach und von ihr bedenklich ausgelegt werden konnte.

Sie schenkte wie gewohnt aus der wunderschön bemalten Kanne den Tee aus. Da sah ich, ungläubig, daß ihre Hand zitterte und mit ihr die Meißner Tasse auf ihrem Untersatz. Der silberne Löffel stimmte leise klirrend, das ganze Zimmer füllend, mit ein. Frau Julian sah es auch. Wir verloren kein Wort darüber, und es passierte ja auch nichts. Sicher setzte sie die Tasse vor mir ab. Unmöglich wäre es gewesen, ihr bei den noch folgenden zwei Nachschenkungen beizustehen. Sie mußte es hinter sich bringen. Wieder bebte die kleine Hand, deren akkurate Schrift mich so oft begeistert hatte, deren magere Gelenke mir jetzt ins Auge fielen.

Die Hand zitterte, weil Frau Julian alle Kraft für das Halten und Regieren der Kanne benötigte.

Was war schon dabei? Stand es ihr nicht in ihrem Alter voll und ganz zu? Warum erschrak ich so darüber? Es durchfuhr mich ja geradezu, als wäre es eine Bilanz und ein Urteil, etwas, das man nicht rückgängig machen konnte in seiner Endgültigkeit. Grausam und sachte war dieses Zittern, das dem wertvollen Porzellan nichts anhaben konnte, nur mir.

In der darauffolgenden Stunde vergaß ich es. Erst später tauchte es, und dann hartnäckig, wieder vor mir auf.

Hatte sie wirklich selbst das Zittern bemerkt oder nur die eigene Schwäche und sich innerlich dagegen gestemmt so gut es ging in der Hoffnung, sie würde nach außen hin unsichtbar bleiben? Ohne für uns erkennbare Überleitung begann sie in ihrer speziellen, sanften Feurigkeit, die sie durch kerzengerades Sitzen unterstrich, von einem, wie sie es nannte, der schönsten Erlebnisse ihrer Ehe zu erzählen, als sie, die Kinder waren noch klein und in der sicheren Obhut einer Schwägerin, mit ihrem Mann den Isenheimer Altar in Colmar angesehen hatte, sprachlos vor den großen Erscheinungen in der trotz zahlreicher Fremder vollkommenen, vertraulichen und sie alle einigenden Stille des Raums. Es sei für sie die Begegnung mit dem gewaltigsten Kunstwerk der Malerei gewesen, ergreifend wie kein zweites. Das habe sich ihr ganzes Leben lang nicht geändert. Immer neu betrachte sie in den Büchern die Abbildungen. Für jeden Monat liege in ihrem Schlafzimmer einer der Altarflügel aufgeschlagen vor ihr. Manchmal sei es nur ein flüchtiger Blick, oft auch gar keiner, den sie darauf werfe. Das Entscheidende sei die Gegenwart der Gemälde in ihrer Nähe und der Strom von Energie, der auf sie abströme.

Dabei komme es auch vor, daß sie lachen müsse, und zwar beim Anblick des rechten, ausgestreckten Arms des Anachoreten Paulus. Ihr eigener Arm sei nämlich ganz ähnlich in allen Details abgezehrt, wie sie es sich früher nie habe vorstellen können. Sie habe, sagte sie mit Jungmädchenkichern, einem Kichern aus verschollenen Zeiten, diesen gereckten Arm sogar vor dem Spiegel nachgespielt. Nur der Bart und das grobgeflochtene Gewand hätten ihr gefehlt.

»Ihnen darf ich das verraten. Meine Kinder würden den Kopf schütteln über ihre alte Mutter. Das sollen sie nicht. Sagte ich eben ›ergreifend‹? Das ist richtig, aber das war es nicht nur, sondern mir wurde auch eine wichtige Erkenntnis zuteil. Haben Sie das große Mittelbild mit der Kreuzigung ungefähr vor Augen? Von uns aus gesehen steht links von dem zu Tode erschöpften und wohl schon gestorbenen Jesus ein Paar. Es handelt sich wie üblich um Johannes, den Lieblingsjünger, mit Maria, der Mutter Jesu, und die kniende Maria Magdalena, die ihren Schmerz in wilder Bewegung äußert und ihre Finger spreizt, als wollte sie die Dornenkrone nachahmen, während die hauchzarte Mutter Gottes in der Umarmung des Johannes ihr Leid unendlich beherrscht ganz in sich eingeschlossen hat. Für eine klagende Geste reicht ihre Kraft nicht mehr. Man fürchtet, sie könnte ohne die Hilfe des Mannes nach hinten in Ohnmacht fallen.«

Ich erinnerte mich einigermaßen an das berühmte Bild. Warum berichtete sie uns jetzt so ausführlich davon? Wieder fiel mir auf, wie soldatisch gerade die kleine Person vor uns saß. Sie nahm einen kühnen Schluck aus ihrem Gläschen und fuhr schon fort:

Im Gegensatz zu der Darstellung des familiären Unglücks – Johannes und Maria seien ja auf Befehl Jesu in ein Mutter-Sohn-Verhältnis eingetreten, aber es sei nicht nur ein verwandtschaftliches, vielmehr das Gefühl eines großen Mitleidens, und sie habe dann auch oft und immer wieder mit ihrem Mann darüber gesprochen – zeige Johannes der Täufer auf der anderen Seite des Kreuzes kaum Empfindung. Er halte keinen Menschen im Arm, sondern, unbewegt ein Buch. Seine freie Hand sei nicht in Verzweiflung verknotet, sondern weise mit riesigem Zeigefinger und ungeheurer Strenge auf den Gekreuzigten. Das Lamm zu seinen Füßen verdeutliche, was dieser Finger zum Ausdruck bringe. Was wir auf dem Gemälde sähen, sei also nur zum Teil eine herzzerreißende

Familiengeschichte, das solle man nicht vergessen. Es gehe keineswegs nur um Gefühl. Ebenso eindringlich …

– und hier wurde ihre Haltung noch aufrechter, ja unerbittlich –

… zeige der Künstler, daß es um eine alles Menschliche, auch alle menschlichen Empfindungen, alle sogenannte humane Katastrophen übersteigende Botschaft gehe, die in ihrer Sachlichkeit der erschütterten Gruppe gegenüber durchaus das Gleichgewicht halte. Der herrische Zeigefinger des Johannes diktiere allen Körpern die Richtung, eine Weisung wie ein Sturm, dem sie folgten. Nur Maria Magdalena sei ganz dem Hindrängen zum leiblichen Gekreuzigten ergeben.

Sie lehnte sich erschöpft zurück, raffte sich aber noch ein letztes Mal auf: »Aber der Mann am Kreuz, dem der Hinweis gilt, wem wendet er selbst seinen gepeinigten Kopf zu, wem sinkt er entgegen? Dem Menschlichen, der fassungslosen Trauer, nicht dem Prediger. Das ist das wunderbare Geheimnis dieses unerschöpflichen Bildes. Wir haben so oft davon gesprochen, mein Mann und ich.«

Ihre Kraft war endgültig verausgabt. Wir verließen sie schnell.

»Es begann damit, daß sie uns bei dem traditionellen Familienfest in ihrer Wohnung den Tee einschenkte. Wie immer benutzte sie dafür das Meißner Porzellan. Wir sahen ihr dabei alle so gern zu. Es war seit vielen Jahren eine Zeremonie. Auch die Kleinsten durften aus den kostbaren Tassen trinken. Sie bestand darauf, und es ist jedesmal gutgegangen. Plötzlich fing ihre Hand mit der Kanne stark an zu zittern. Ehe wir ihr zu Hilfe kommen konnten, stürzten alle drei, meine Mutter, die Kanne und die Tasse mit dem schon halb eingefüllten Tee zu Boden. Zuerst dachten wir, ihr Schrei würde der Verbrennung oder den Scherben gelten. So war es aber nicht. Sie wand sich in Krämpfen und preßte die Hände auf den Bauch. Alle anwesenden Kinder fingen an zu weinen.«

Die jüngste, und wenn Frau Julian sich die Bevorzugung gestattet hätte: wohl liebste, mir noch persönlich unbekannte Tochter berichtete mir am Telefon mit fester, wenn auch stockender

Stimme. Nur an den Pausen bemerkte ich ihren Kummer. Es sei ohne Ankündigung der Beginn einer schnell und hoffnungslos fortschreitenden Krebserkrankung gewesen. Länger als ein paar Wochen habe die Mutter nun nicht mehr zu leben. Wir würden ihr mit einem kurzen Besuch eine große Freude machen. Sie habe ihr Bett im Wohnzimmer, mit Blick über den Balkon in die Bäume und stehe natürlich unter Schmerzmitteln, etwas stärkeren, als sie ahne.

Die Tochter, die sich in Italien ein kleines Unternehmen aufgebaut hatte und ihre Geschäfte nun, so gut wie möglich, in einer Ecke des Wohnzimmers vom PC aus erledigte, da sie die Mutter nicht mehr allein lassen wollte, empfing uns ohne Tränen. Nur der Druck ihrer Hand war inständiger als unter einander fremden Leuten üblich. Mein Blick fiel natürlich gleich auf das Krankenlager mit Frau Julian. Wie sehr sich hier alles verändert hatte! Jedes Ding stand unter dem Gebot, ihr das Leiden so erträglich wie möglich zu machen. Nur das schöne Meißner Porzellan war gut sichtbar in seiner Vitrine geblieben. Es ließ sich aber nicht verhehlen, daß der heitere Raum von einstmals zu einem Sterbezimmer geworden war.

Frau Julian erwartete uns mit geröteten Wangen und einem leicht fiebrig strahlenden Lächeln im abstrakt gewordenen Gesicht. Sie streckte uns beide Hände entgegen und begrüßte uns fast ausgelassen: »Ich wiege jetzt nur 42 Kilo. Es sind ja noch höchstens dreißig Tage.« Ich umschloß ihre zarten Finger so lange, wie es die Schicklichkeit irgend erlaubte. Man hätte es auch als ein Umklammern bezeichnen können. Wollte ich sie festhalten, um ihr Beben zu unterbinden oder es noch einmal zu kosten? Hielt ich mich nicht viel eher an ihrem Zittern fest?

Schon bald überfiel mich die Vorstellung, ich befände mich im Kopf oder Herzen der Tochter und sähe die Handlungen und Geräte, die diese vier Wände betrafen, schon in der Zukunft als etwas unwiederbringlich Vergangenes, das ihr unhaltbar in der kurzen verbleibenden Zeit mit jeder Stunde entglitt. Sie saß aber ruhig an ihrem Computer, konzentriert auf ihre Arbeit und bestimmt darauf achtend, daß die Frist für den Besuch nicht überschritten würde. Da Frau Julian die Farbe Rosa liebte, hatte ich einen Strauß aus Rosen und Wicken in dieser Farbe ausgesucht, der vor der Tochter, nach raschem Abräumen aller anderen Sträuße, nun allein auf dem runden Tisch stand, am Platz der für immer entschwundenen Aprikosentorte. Die Jüngste mußte, obwohl viel kräftiger gebaut, Grazie und Dezenz ihrer Mutter geerbt haben.

Nun kauerte die kleine Meise in ihrem Nest und zwitscherte unaufhörlich, was sicher an den Medikamenten lag. Sie wolle keine künstliche Lebensverlängerung, dies hier sei ihrem Alter entsprechend. Ihre Familie, alle vier Kinder, umsorgten sie wunderbar, besonders diese liebe Jüngste. Das sei ein großes Geschenk für sie. Aber eine herrliche Erinnerung, ein großartiger Trost sei unser Gespräch über das Grünewaldbild gewesen, so, als habe ihr Mann seine Überlegungen beigesteuert. Eine stahlharte Komposition, die für ihr ganzes Leben gelte. Links die Menschen in Trauer und Verzweiflung und rechts der unbeirrte Abgesandte mit seiner übermenschlichen Botschaft!

Die Tochter hustete vorsichtig. Es war Zeit, aufzubrechen. Die Schmerzmittel und ihre geschenkte Euphorie würden bald nachlassen. Was aber war der Unterschied zwischen Gesunden und Schwerkranken? Die einen hatten den heißen Wunsch, ihren Körper so oft wie möglich lustvoll zu spüren, die anderen würden ihn gern vollständig vergessen. Wir verabschiedeten uns von Frau Julian, als wäre ein Wiedersehen ganz selbstverständlich in Aussicht genommen. Frau Julian schien sich selbst und uns, auf eine hoch segelnde Wolke entrückt, bereits aus dem Gold des Jenseits zuzusehen. »Das herrlichste Gemälde der Welt«, rief sie uns nach mit letzter Kraft. »Unerschöpflich.«

An der Haustür, erst dort, fiel mir die Tochter schluchzend um den Hals, nein, ich war es, die ihr entgegenstürzte. Ihre Arme umfingen mich mit männlicher Kraft.

WILDER WELLENSITTICH

Wir leben in unserem Häuschen, was die Nachbarschaft betrifft, sehr zurückgezogen. Ich kannte Frau Hannimann, Gerlinde Hannimann, deshalb höchstens von außen. Sie war eine noch gar nicht alte, schlanke Person, die gern jugendlich flott wirken wollte, allerdings den Fehler beging, es gleichzeitig darauf anzulegen, als wohlhabende, elegante Dame geschätzt zu werden. Das sah man auf einen Blick, diesen Zwiespalt, meine ich. Das riß sie hin und her, ja, wenn ich es bedenke, gab es ihrem Auftreten etwas Flattriges, nein, keineswegs Flatterhaftes, eher Huhnähnliches, nach da und nach dort Gezerrtes, das sie in würdigen Momenten ganz gut beherrschte, etwa wenn sie die Gattin des renommierten Gynäkologen Professor Dr. Hannimann an unserer Universität darstellen wollte. War sie hübsch? Durchaus, nur vielleicht ein bißchen zu angespannt in den Gesichtszügen. Intelligent? Warum nicht.

Ihren Mann habe ich noch seltener gesehen als sie selbst. Er hatte ja immer viel zu tun. Neben der ärztlichen Tätigkeit hielt er noch Vorlesungen und kam natürlich deshalb oft spät und erschöpft nach Hause, hieß es. Erzählt man es auf diese Weise, darf der Verlauf dieser Ehe nicht verwundern. »Ständig klirrte es zwischen den beiden«, sagte eine Nachbarin. Was meinte sie damit? Wenn ich ihn mit ihr traf, dachte ich: »Was für ein sympathischer, gelassener, vertrauenerweckender Mann!« Mehr konnte ich nicht über ihn sagen. Er schien seine Frau zu mögen, gar zu lieben.

»Sie ist jetzt mit dem Fensterputzer auf und davon«, sagte mir vor einiger Zeit die Nachbarin, die mit Gerlinde Hannimann fast befreundet gewesen war. »Der Professor? Völlig ahnungslos. Die beiden Töchter auch. Die hat es kalt erwischt. Es sind übrigens nicht ihre eigenen, sie sind als Babys von den Hannimanns adoptiert worden. Die eigentlichen Eltern müssen sehr verschiedene Typen gewesen sein. Das zeigt sich an den Mädchen, die ja schon aus der Pubertät raus sind. Haben Sie das nie beobachtet? Die eine sieht aus wie ein Tischler, die andere ist ein Modepüppchen. Aber sie vertragen sich miteinander, und Hannimanns lassen jeder ihre Art. Die eine fleißig, die andere faul, die eine bieder, die andere ein Filou. Hannimanns können keine Spuren von sich selbst in diesen Kindern suchen. Das ist ihr Pech oder Glück. Wegen Unordnung, das ist ja oft genug der springende Punkt in Familien, sollte es keinesfalls Krach im Haus geben. Jeden zweiten Tag kommt eine Putzfrau und wienert, was das Zeug hält. Alles muß blitzen und blinken, spiegelnder Fußboden, wissen Sie, sonst kriegt Frau Professor die Motten, auch wenn sie manchmal wie ein Hippie von früher rumläuft, mit Zipfelröcken, irgendwie folklorehaft. Das sind zwei unterschiedliche Schuhe.«

So oder so ähnlich die Nachbarin, die ich gar nicht weiter kannte, aber ihre Redseligkeit hatte mir an jenem Nachmittag gefallen. Also ermutigte ich sie zu weiteren Ergüssen.

»Was die Töchter angeht, so hat die Hannimann gern von einer wechselseitigen ›Affenliebe‹ gesprochen. Großzügig war sie ja wohl den beiden ungleichen Mädchen gegenüber, das muß man sagen. Beide haben übrigens die Schule abgebrochen. Die Lustige trieb sich auf einem Reiterhof rum, die seriöse machte was Handwerkliches, vielleicht eine Zimmermannslehre. Beides nahmen, wie gesagt, die Eltern hin. Meine Hochachtung! Etwas enttäuscht waren sie sicherlich. Ihr Risiko. Die Frau erfüllte es deutlich mit Stolz, so tolerant zu sein. Das merkte man auf Schritt und Tritt, wenn sie von ›unserer Edith‹ und ›unserer Inez‹ sprach. Aber dann diese Gereiztheit bei ihr, dieses nervöse Auf und Ab, wie soll ich sagen, ruhelos Suchende, immer ein bißchen, als säße ihr der Teufel im Nacken. Dabei, wir beide wissen das doch, nicht wahr, braucht ein Mann wie Professor Hannimann, mit so einem anstrengenden Beruf, bedenken Sie, das Operieren, die Studenten, abends familiären Frieden. Falls er nicht ein Verhältnis hat. Das hatte der Professor bestimmt nicht, sondern, natürlich im ehelichen Rahmen, seine Frau als einzige Geliebte, wenn ich so offen reden darf. Ein wunderbarer Mensch, der so vielen Frauen geholfen hat.«

Woher die Nachbarin das bloß alles wußte? Ich glaube, sie heißt Frau Motz.

»Ich kenne die Hannimanns gar nicht besonders gut, aber man hält seine Augen eben offen. Einmal war ich zum Abendessen da. Kaninchenragout im Kupferkessel. Hinterher gab es Zitronensorbet in Champagner. Das hätte Ihnen bestimmt auch geschmeckt. Das schon. Trotzdem hatte es was Albernes, es war einfach so typisch für die Frau, verstehen Sie? Zitronensorbet in Champagner, ich bitte Sie! Was mich betrifft, ich komme aus einer Dithmarschener Kohldynastie. Das ist was Reelles von Grund auf. Zur Erntezeit riecht dann ganz Dithmarschen nach Kohl. Die Landfrauen haben ein eigenes Rezeptbuch mit tollen Kohlrezepten verfaßt. Sie, die Hannimann, stammt aus wohlhabender Familie, jede Menge Asche im Hintergrund. Bei ihm nicht. Mußte sich alles erarbeiten. Immer schnurstracks los aufs Ziel, keine Umwege, die konnte er sich nicht leisten. Dafür ist er jetzt hochangesehen. Und die gnädige Frau mit den adoptierten Töchtern? Die sitzt ohne Beruf zu Hause und geht den Mädchen allmählich auf die Nerven, weil sie die ständig an deren Arbeitsstellen anruft und sie deshalb verspottet werden. Die würden am liebsten ausreißen.«

»Und jetzt also ist die mit dem Fensterputzer davongeflogen, ich meine die Frau Hannimann?«

Ich hatte die Frage eher als Abschluß gemeint, mich aber sehr getäuscht. Nun ging es erst richtig los.

»Ein hübscher Bursche. Putzt hier in den meisten Häusern die Scheiben. Bei Ihnen wohl nicht? Herzensbrechertyp. Von seinem Körperbau schwärmen die Damen streng im Vertrauen ganz ungeniert. Aber die wären doch nicht so blöd, deshalb alles stehen und liegen zu lassen, bloß um mit ihm abzuhauen! Die trösten sich lieber mit einem guten Fläschchen, ganz für sich allein. Das wird ein Fiasko mit den beiden, ein Wahnsinn. Aber Sie müssen das richtig sehen. Die Frau hat sich ja als Künstlerin betrachtet. Die hat das für was Besseres gehalten als die ganze Gynäkologie. ›Phantasie‹ und ›Inspiration‹ waren ihre Lieblingswörter. Vielleicht hat der Fensterputzer beim Scheibenwischen ein offenes Ohr dafür gehabt und besonders schwungvoll zu ihren Sätzen übers Glas gewedelt? Dabei hat Herr Professor Hannimann, dieser ernsthafte, redliche Mensch, der in seiner Freizeit sehr schöne Fotos macht, für seine Frau das dankbarste Publikum dargestellt. Er bewunderte ihre Malerei. Er war glücklich, mein Gott, war der stolz, eine ›Künstlerin‹ im Haus zu haben, und hat auch die kleinsten Zeichnungen, oder sagen wir objektiver: Kritzeleien, gewürdigt. Und das, nachdem er den ganzen Tag gelehrt und krebskranke Frauen operiert hatte. Das interessierte sie aber nicht, und er verspürte wohl auch nicht das Bedürfnis, nach der Arbeit noch davon zu reden. Und dann schwärmt die Frau mit dem gutgebauten Fensterputzer rücksichtslos aus! Das ist für den Ehemann schlimmer, ich weiß, wovon ich rede, bin ja Witwe, als wenn der Ehepartner gestorben wäre.«

»Sie konnten einen Blick auf ihre Werke werfen?«

»Und ob. Deshalb hat sie doch meine Freundschaft gesucht, wenn ich so sagen darf. Sie brauchte Publikum. Natürlich habe ich andächtig getan, so daß sie immer mehr Zutrauen zu mir faßte und mich in die ›Geheimnisse des Schaffensprozesses‹ einweihte. So drückte die Hannimann das nämlich aus. Sie trug dann jedesmal einen bunten Kittel dazu. Natürlich malte sie mit Palette, wie im Film. Es konnte einen aber auch rühren, wie sie bestimmte Posen einnahm, wenn sie den Pinsel schwang. Sie müssen noch etwas wissen, bevor ich von den Bildern spreche. Anfangs ist sie mir mit was ganz anderem gekommen. Da hatte das neue Einkaufszentrum eröffnet, und sie begeisterte sich an den tollen Kleidergeschäften. Geld spielte ja keine Rolle für sie. Kaufen, einmal tragen und weg damit in irgendeine Kleiderhilfe des guten Gewissens wegen, denn sie liebäugelte mit den Grünen. Nun war das ihre Sache. Aber dann verlangte sie unbedingt, daß ich regelmäßig mit ihr dort ›shoppen‹ gehen sollte. Wegen dieser Zumutung hätte ich beleidigt sein sollen, stattdessen war sie die tief Gekränkte, als ich freundlich ablehnte. Drei Wochen Frost. Dann rückte sie mit dem

Kunstschaffen raus. Das war für mich bequemer und billiger. Der Herr Professor freute sich selbstverständlich, daß ich ihn im wohlwollenden Begutachten entlastete. Offen gestanden: Ich tat es ihm zuliebe, diesem gewinnenden Menschen, der es nicht leicht hatte mit seinem huschigen Frauchen, weiß Gott nicht.«

Sie rief noch einmal in den milden Sommernachmittag, schnitt wie mit einer Schere in die seidige Luft: »Und dann haut die Person einfach mit einem Liebhaber ab!«

Täuschte ich mich? In ihrer Stimme lag ein nur schwach unterdrückter Triumph. Überflüssig zu fragen, zu wem von den beiden sie hielt, diese etwas vierschrötige Nachbarin Motz. Ich fragte mich, ob die Hobbykünstlerin den Fensterputzer in erster Linie aus symbolischen Gründen erwählt hatte.

»Sie wollen etwas über ihre Bilder wissen? Tja! Ich wiederhole: Tja! Zur Präsentation verkleidete sie sich als Tagpfauenauge oder Kleiner Fuchs. Da kriegte man gleich eine Ahnung, was die Stunde geschlagen hatte. Ihre Hervorbringungen sind bunt, um nicht zu sagen: kunterbunt, auf jedem der Gemälde alle Farben, die es gibt. Sie träume ja auch bunt, und Bilder seien auf Papier und Leinwand gebrachte Träume, behauptete sie gerne. Die Titel waren oft lang und französisch. Kurze lauteten ›La nuit‹, ›L'heure bleue‹, ›Sortilège‹. Das machte sie natürlich sofort geheimnisvoll und klang nach Parfüm. Wenn das meine Dithmarschener Kohlfrauen hören würden! Die würden glatt vor Lachen das Essen anbrennen lassen. Was stellten die Bilder dar, fragen Sie? Ich weiß es beim besten Willen nicht. Ich konnte nur Schlieren und Schleier erkennen, Wirbel, Wolken vielleicht. Es wogte mächtig in Rot und Blau und Grün und Gelb. Vielleicht tauchten Bäume auf, auch Flammen. Richtige Gegenstände aber nicht. Das lehnte sie ab: ›Es geht mir in meiner Malerei, in meinem ganzen Schaffen um etwas Höheres, das ich auch in meinem Leben suche und verwirklichen will. Das Höhere, das man ebensogut das Tiefere nennen könnte. Darauf kommt es mir an‹. ›Wunderschön‹, log ich dann ohne Mühe. ›Es ist Ihnen gelungen, das Hohe und das Tiefe. Ich fühle mich verwandelt, wenn ich Ihre Werke betrachte!‹ Zu gern aber wäre ich mal Mäuschen gewesen, wenn der Fensterputzer was dazu sagte, zu dem Höheren und Tieferen. Hahaha!«

Sie schnaufte verächtlich. »Wissen Sie, was sie mich mal gefragt hat? ›Denken Sie auch manchmal, es wäre besser, wenn Sie gar nicht geboren wären, Frau Motz?‹ ›Das ist gottlos‹, habe ich geantwortet.«

Ich lachte an dieser Stelle nicht mit. Ich meine, die Frau Hannimann, diese nervös durch ihre Tage zuckende Frau, hatte ein Recht auf das Hohe und Tiefe, wenn sie es so bitterlich suchte. Mir schien jetzt klar zu sein, daß Frau Motz, die nicht auf seiten von Frau Hannimann stand, ihr ein wenig unrecht tat.

»Soll ich Ihnen was gestehen? Nicht ihr zuliebe, sondern des guten Mannes wegen, der dann abends die gute Laune seiner Frau spürte, ging ich nach einer Weile auch als Schmetterling. Das machte sie nämlich glücklich. Es bestätigte sie. Unsere Treffen wurden dadurch von vornherein künstlerisch, abgetrennt von der banalen Welt. Ich hoffe nur, ihre hübschen Flügelchen sind bei dem törichten Liebesabenteuer nicht mittlerweile schon zerstört. Dann ist Sense mit der Gaukelei.«

Ob das arme Flattergeschöpfchen wohl zurück in die Arme ihres verlassenen Mannes könnte, dachte ich. Frau Motz kam mir zuvor:

»Zurück zum Professor kann sie nicht mehr. Die Kränkung, der Vertrauensbruch wiegt zu schwer.« Sie lächelte. »Auch bei den fassungslosen Töchtern. Nein, zurück nicht, das glaube ich fest. Warum? Weil ich einen gewissen Abend erlebt habe. Davon gleich. Doch zuerst noch was Kurioses. Die Frau war entsetzlich eifersüchtig! Sie hat diesen guten Mann, der doch gar keine Zeit für Eskapaden und ansonsten nur Augen für sie hatte, rundum überwacht. Das hätte sie nicht an der Universität gekonnt, aber da machte selbst sie sich keine Sorgen. Wehe aber, wehe, er hielt sich einen Moment länger zum nachbarlichen Gespräch in einem der Häuser hier auf! Da rief sie schon nach ein paar Minuten an, sie brauchte nicht mal einen Vorwand. Ganz unverblümt befahl sie ihn zurück, und der Professor war viel zu mürbe durch seinen Beruf, um noch einen Ehekrach zu riskieren. Ich habe es einige Male erlebt. Ach Gott, dieses resignierte Lächeln, dieses vor Verlegenheit rote Gesicht, wenn er sich schleunigst mit irgendeiner rührenden Ausrede verabschiedete! Je hübscher und jünger die Frau des Hauses war, desto schneller und schärfer wurde er zurückbeordert. Verdächtig erschien jedes weibliche Wesen. Ich schließe daraus, daß sie älter als er war. Einen anderen hätte sie damit aus dem Haus getrieben. Nicht Professor Hannimann, und nicht, weil er temperamentlos war, sondern weil er sich einen kräfteraubenden familiären Streit nicht leisten konnte. Die Frisur von ihr wirkte ja wie gesträubt, als hätte sie sich vor Wut gerade die Haare gerauft. Daß sie das nicht selbst gemerkt hat! Es ging ihr dabei wohl wieder um das Künstlerische.«

Frau Motz wartete während ihrer Tirade mit zwei sehr unterschiedlichen Gesichtern auf, die ihre Parteilichkeit mehr und mehr unterstrichen. Die Miene für den Professor vertiefte sich im Gespräch zu innigster Anteilnahme, die aber, die sie für das ratlose Vögelchen reserviert hatte, unterstrich ihr harsches Urteil.

»Noch was, da wir schon dabei sind. Sie fragen sich: Und die beiden Töchter, die doch mit ›Affenliebe‹ an der Mutter hingen? Die Mädchen hatten zusammen einen Wellensittich. Warum nicht irgendeinen noblen Hund? Der Eigensinn und die mutmaßliche Herkunft der beiden, lautet die Antwort. Es sollte was ganz Schlichtes sein. Sie liebten ihn sehr und ließen ihn im Haus frei fliegen, für die hygienische Mutter trotz des Künstlertums und der gelegentlichen Bohème-Kleidung ein Stein des Anstoßes. Wenn er zurück in den Käfig mußte, tobte er, daß Federn und Vogelstreu durch die Luft flogen. Man konnte seine Beruhigung nur abwarten, bis dahin war er ein richtiger Berserker, der kleine Wicht. Danach herrschte Frieden, aber die Töchter bestanden darauf, ihm seine Stubenfreiheit regelmäßig zu gönnen. Es war ein verborgener Kampf. Die Mutter ließ nicht locker mit dem Nörgeln, die

Mädchen wollten ihren Vogel fröhlich fliegen sehen. Eines Tages war er fort. Die Putzfrau, sagte die Mutter ungeniert, habe offenbar versehentlich das Türchen bei geöffnetem Fenster nicht geschlossen. Die gute Frau nachträglich zu befragen und in Verlegenheit zu bringen, gebe keinen Sinn und gehöre sich nicht. Nun sei er eben in der vollkommenen Freiheit gelandet. Nicht mal der Professor glaubte ihr. Nachweisen ließ sich ihr die Schandtat nicht. Danach blitzte die Wohnung noch ärger. Tagelang hofften die Mädchen auf seine Rückkehr. Das Anekdötchen nur nebenbei. Ist aber doch sprechend?«

»Sie haben von einem schlimmen Abend gesprochen?«

»Das war an dem Tag, kürzlich, als das Püppchen mit dem Scheibenwischer ausgeflogen ist. Der Professor kam sehr erschöpft und völlig ahnungslos nach Hause. Edith und Inez schliefen bei Freundinnen. Zuerst beunruhigte ihn das ungewöhnlich leere Haus noch nicht. Er kam nach einer gewissen Zeit bei mir vorbei, um zu sehen, ob seine Frau bei mir stecken würde. Verlängertes Kaffeestündchen oder so. Ich hatte sie den Tag über nicht zu Gesicht gekriegt. Also ging er, kehrte allerdings ziemlich bald völlig verwandelt zurück, totenblaß, schwankend wie ein Betrunkener. Er hielt einen Zettel in der Hand. Ich las ihn zwangsläufig. Die Künstlerin teilte der Familie mit, daß sie sich für ein ihr angemesseneres Leben, frei und berauschend, in Begleitung dieses gewissen Herrn entschieden habe. Alle Formalitäten werde ihr Rechtsanwalt klären. Ihr Entschluß sei endgültig. Sie verlange, das zu respektieren. Keine Nachforschungen. Ich sage nur: kein Gewissen. Das haben diese Selbstverwirklicher ja nie. Der Mann war verzweifelt. Er weinte, wahrhaftig, der so hochgeachtete Herr Professor Hannimann saß an meinem Küchentisch und weinte. Ich öffnete meinen besten Wein. Was macht man nicht alles, wenn es gilt, einen Verlassenen zu trösten! Ich glaube, das ist mir gelungen und wird es auch noch weiter tun. Es ist eben gekommen, wie es kommen mußte. Und es ist besser so.«

Die Nachbarin schmunzelte unverhohlen. Als ich unsere Haustür öffnete, rief ich schon beim Aufschließen und wunderte mich über die unsinnige, unangebrachte Ängstlichkeit in meiner Stimme: »Paul?« »Paul?«

Und doch, das erzählten die Töchter der Nachbarin, die es grimmig an mich weitergab, habe vor ihrem Haus, als sie vor vierzehn Tagen nachts von einem Fest nach Hause gekommen seien, ein Taxi gestanden mit ihrer Mutter darin, die sich offenbar nicht über die Schwelle getraut habe. Sie sei dann, als sie die Mädchen erkannte, aus dem Wagen gesprungen und habe sie beide schluchzend umarmt. Der Vater, schon im Schlafanzug und mit wirrem Haar, habe auf ihr Klingeln geöffnet und ohne ein Wort hätten sich ihre Eltern, zerrupft und zerzaust vom Kummer alle beide, in die Arme genommen und gar nicht mehr aufhören wollen damit.

DER ARME PHILIPP

Ich hatte die beiden, vormittags und nachmittags, schon öfter auf der anderen Straßenseite gesehen, den Jungen und die Frau, die ihn regelmäßig im Rollstuhl vor sich herschob. Kürzlich wurde sie durch einen Bekannten aufgehalten und zufällig kam ich, anders als üblich, direkt an ihnen vorbei. Man erkannte auf einen Blick, daß der Halbwüchsige ein Schwachsinniger war, ein schwer Behinderter mit einem durch seinen geistigen Zustand grausam verzerrten Gesicht, das fast nur aus riesigen roten Lippen zu bestehen schien. Die Frau, etwa doppelt so alt wie er, also circa dreißig, war dagegen ungewöhnlich hübsch. Das lag zum großen Teil am auffälligen Kontrast ihrer sehr hellen, in einem tiefsitzenden Pferdeschwanz gebundenen Haare zu den kräftigen pechschwarzen Augenbrauen, die über der Nasenwurzel beinahe zusammenwuchsen, ohne ihren Ausdruck finster zu machen. Das Mädchen wirkte heiter. Der Junge gab kleine quiekende Töne von sich. Dann war ich, anstandshalber, vorüber.

Die beiden interessierten mich nun mehr als früher, und als ich sie bald darauf in den äußerst gepflegten Vorgarten einer Backsteinvilla einbiegen sah, wurde mir klar, daß es sich um den kranken Sohn wohlhabender Leute und seine Pflegerin handeln mußte. Von da an wechselte ich immer die Straßenseite, wenn ich sie kommen sah, um das wüste Gesicht des Jungen und das reizende seiner Betreuerin zu studieren. Dieser Gegensatz steigerte ja die Eigenart jedes Einzelnen der beiden. Er machte hier noch hübscher, dort noch häßlicher.

Eine Verwandte von mir ist Pfarrerin in dieser Gegend, eine resolute Frau, wenn auch oft ein bißchen zerfahren, überanstrengt durch ihre kirchlichen Aufgaben und die fünf wilden Kinder. Außerdem kenne ich sie als hervorragende Zubereiterin von Eingelegtem: Rote Beete mit Kümmel. Kürbis mit Ingwer und Gurkenscheiben in Dill. Zu ihren seelsorgerischen Fähigkeiten kann ich nichts sagen, weiß aber, daß sie sehr beliebt ist wegen ihrer »mitfühlenden Menschlichkeit«, wie es jemand formulierte. Als wir uns wieder einmal trafen, kamen gerade die beiden auf der gegenüberliegenden Straßenseite an uns entlang. Zu meiner Verblüffung winkte die Pfarrerin zu ihnen hin und rief: »Hallo Constanze, hallo Philipp!« Das Mädchen grüßte offensichtlich erfreut zurück. Der Junge trompetete.

»Constanze Krekosch«, sagte sie, »die Tochter von Bauunternehmer Krekosch.« Dann schwieg sie eine Weile, was ihre Auskunft bedeutsamer machte, mir allerdings nicht weiterhalf. »Dann ist sie also gar nicht als Pflegerin angestellt?«, fragte ich schließlich.

»Angestellt ist gut! Sie ist das einzige Kind der Krekoschs. Ihr älterer Bruder ist vor einigen Jahren in Amerika tödlich verunglückt.«

»Und der Behinderte?«

»Komm«, antwortete sie, nachdem sie mich eine Weile prüfend angesehen hatte. »Es ist eine komplizierte Geschichte, streng vertraulich. Das wird dir bald klar sein. Ich wohne doch hier in der Nähe. Laß uns bei mir eine Tasse Kaffee trinken, obschon ich es mir wegen der Predigtvorbereitung nicht leisten kann. Vielleicht hilft mir der Himmel durch einen guten Einfall.«

Wir saßen uns wenig später Auge in Auge gegenüber. Das schien ihr wichtig zu sein. Offenbar brauchte sie zwischendurch mehrfach die Bestätigung meiner Fähigkeit zur Diskretion.

»Eine schöne Person, nicht wahr? Als sehr junges Mädchen war das noch stärker der Fall, weil sie so die Welt anstrahlte, und natürlich strahlten daraufhin alle zurück. Ihre Begabung in den naturwissenschaftlichen Fächern beeindruckte die Lehrer. Ihren Eltern, die sie gottlob nicht verwöhnten, gab sie immer, bis auf ihre verständliche Eitelkeit, nur Anlaß zur Freude. Ja, natürlich entging ihr nicht, wie deutlich sie die anderen übertrumpfte, durch Schönheit und Intelligenz. Von Mathematik, Chemie, Physik verstand sie mehr als die männlichen Mitschüler. Es flog ihr eben zu. Sie hielt es wahrscheinlich für eine Selbstverständlichkeit, die ihr zustand, und gab einer Neigung zur Spottlust manchmal etwas unbarmherzig nach, hörte ich. Durch meinen Beruf hatte ich einigen Einblick in die familiären Verhältnisse. Bürgerlich, sporadische Kirchgänger. Die Zuneigung von Vater und Mutter mußte Constanze lediglich mit ihrem Bruder, ein Jahr älter als sie, teilen. Auch er ein bildschöner junger Mensch. Wie sie hellblond mit tiefschwarzen, über der Nase fast zusammengewachsenen Augenbrauen. Es gab dem Gesicht schon früh eine männliche Entschlossenheit. Sehr talentiert auf der Geige.«

Da saß die Frau Pfarrerin und redete mit ernstem Gesicht über Schönheit und Fähigkeiten zweier junger Menschen, als wäre es etwas Tragisches, auch eventuell Fatales, das ihr, der leicht vierschrötigen, stets überlasteten Frau, nicht zustoßen konnte.

»Verstanden sich die beiden Kinder, besonders als sie in die Pubertät kamen? Ich weiß es nicht. Sie hingen aneinander wie Geschwister üblicherweise, keinesfalls jedoch übertrieben. Ich bitte dich, eine behütete Vierzehnjährige und ein Fünfzehnjähriger! Die haben doch als Bruder und Schwester ganz unterschiedliche Interessen und so weiter.«

Sie biß sich auf die Lippen, sie seufzte und nahm einen Schluck Kaffee, der klarstellte, daß nun die eigentliche Eröffnung nahte.

Nach einem neuerlichen Versenken in meine Augen fuhr sie fort. Ich hatte die Probe für unser Geheimgespräch also bestanden.

»Was genau an jenem Abend passiert ist, weiß ich nur aus dem Bericht des Mädchens, die eines Tages, Wochen später, völlig verzweifelt zu ziemlich später Stunde bei uns klingelte. Sie sah elend aus, schluchzte, hustete, weinte zunächst nur und saß danach erbärmlich zitternd auf unserem Sofa. Um die Kinder, ich erwartete unser drittes, kümmerte sich mein Mann, denn was sie zu erzählen hatte, besser: hervorstammelte, sollte besser nicht an minderjährige Ohren gelangen, obschon sie selbst ja erst vierzehn Jahre alt war.«

Ich versuchte mir Constanze in ihrer hübschen Jugend, so demontiert von einem Kummer, vorzustellen. Es gelang mir nicht. Immer triumphierte der festliche Kontrast von hellem Haar und schwarzen Brauen.

»Die Eltern waren im Konzert. Der Junge übte auf der Geige, das Mädchen nahm ein Bad. Aus irgendeinem Grund stand plötzlich der Bruder mit einer Frage in der Tür. Sein Blick fiel auf die nackte Schwester, die, man kann es sich leicht denken, eine bezaubernde junge Venus abgab. Was das Geschlechtliche betrifft, waren die beiden wohl nicht ungewöhnlich weit fortgeschritten. Der Junge sah zum ersten Mal eine lebendige nackte Frau, das Mädchen war noch nie von einem Mann, außer einem Arzt, unbekleidet angesehen worden. Der Schrecken, die Verblüffung, das Entzücken müssen jedenfalls groß gewesen sein. Du kannst dir jetzt denken, was passiert ist, aber nicht in der Konsequenz! Es ist noch im Badezimmer zum Beischlaf zwischen ihnen gekommen, nach Aussage des Mädchens wie schlafwandlerisch, wie gar nicht einem eigenen Willen folgend. Und natürlich ohne irgendeine Erfahrung. Was sie hinterher empfunden haben, darüber äußerte sich die Kleine nicht. Vielleicht hat sie es anfangs als etwas Geträumtes erlebt? Es war aber kein Traum. Obschon die beiden ihr Erlebnis nicht wiederholten, wie Constanze beteuerte, ist sie von diesem einen Mal schwanger geworden, mit all den Graden des Entsetzens, die wir von unerwünschten Schwangerschaften kennen, das Herbeisehnen der Menstruation, die Übelkeit, die Fassungslosigkeit, wenn die Gewißheit eintritt.«

»Sie hat mit ihren Eltern nicht darüber gesprochen, nicht mal mit der Mutter?«

»Nein, sie war ganz und gar hilflos in ihrer Scham, auch mit dem Bruder redete sie erst spät, kurz vor dem Besuch bei uns. Er fiel als Stütze aus, ein ratloses, einfach perplexes halbes Kind noch, nichts weiter. Sie scheint die Schwangerschaft als eine Art Schuld von ihrer Seite empfunden zu haben und machte sie ja nur größer, die arme Kleine, durch allerlei dilettantische, nicht ungefährliche Abtreibungsversuche. Sie hat ihre Not ganz allein getragen. Und nun, in einem rührenden Vertrauen, sah sie in mir einen letzten Ausweg, obwohl wir uns kaum kannten.«

»Worauf hoffte sie, auf ein wirksames Gebet oder eine seriöse Abtreibungsadresse?«

»Sie befand sich übrigens schon im fünften Monat. Wegen ihrer Schlankheit war aber noch niemand auf den Gedanken gekommen, weder zuhause noch in der Schule. Das würde sich schnell ändern. Ich mußte sie zunächst mal von dem Gedanken an Selbstmord abbringen und überzeugen von der Notwendigkeit, die Eltern zu informieren. Mein Mann schaute einmal zur Tür herein, offenbar mit einer dringenden Bitte. Es roch nach Angebranntem. Als er unsere Mienen sah, zog er sich sofort zurück. Es ist Verlaß auf ihn. Mein Glück!«

Ich dachte an Paul. Von ihm hätte ich Ähnliches sagen können. Es drängte mich plötzlich dazu, ich hielt aber den Mund.

»Auf ihre inständige Bitte war ich beim Gespräch mit den Eltern, gleich am nächsten Tag, dabei. Ich bemühte mich, ihr meine Furcht vor der Unterredung zu verheimlichen. Jetzt bin ich voller Hochachtung vor Frau und Herrn Krekosch. Bei allem Schmerz, den die Offenbarung ihrer Tochter für sie bedeutete, faßten sie sich schnell, ich muß sagen: Sie faßten sich in Liebe zu ihrem unglücklichen Kind. Und nun geschah etwas Überraschendes. Nachdem Constanze ihr Geständnis abgelegt hatte, übrigens ohne den Bruder, der sich auf einer Schulfreizeit befand, wollte sie von einer Schwangerschaftsunterbrechung, für die sich ja immer noch Möglichkeiten gefunden hätten, trotz aller Argumente der Eltern rätselhafterweise plötzlich nichts mehr wissen, lehnte auch jede ärztliche Untersuchung zu diesem Zweck ab und sagte gleich, sie würde das Kind nicht zur Adoption freigeben. Da saß sie, verängstigt, bleich, und sprach doch mit solcher verzweifelten, uns unbegreiflichen Entschiedenheit, daß uns klar wurde: Wir mußten nach einem anderen Weg suchen. Am Ende sind wir zu einer merkwürdigen, aber plausiblen Lösung gekommen: völlige Verschwiegenheit bei allen Mitwissern vorausgesetzt. Das Kind würde als überraschender, aber willkommener Nachkömmling aus der Ehe der beiden Krekoschs ausgegeben. Eine solche Schwangerschaft war im Alter der Frau noch immer denkbar. Sie begann ab sofort weite Kleider zu tragen. Allerdings würde man mit erheblichen Komplikationen rechnen müssen. Aus diesem Grund sollte die Frau in eine Schweizer Spezialklink übersiedeln. Ihre Tochter, von der Schule beurlaubt, würde sie zur Unterstützung begleiten. Kurz nach der Niederkunft könnten dann die beiden Frauen und das Neugeborene unbehelligt von Klatsch wieder zurückkommen. Man bliebe familiär beisammen und hätte die Fassade zum Schutz aller Betroffenen gerettet.«

»Und der junge Mann?«

»Der wünschte sich schon lange, ein englisches Internat besuchen zu dürfen. Jetzt war der Zeitpunkt gekommen. Über sein begeistertes Einverständnis bestand kein Zweifel. Eine unverheiratete Schwester des Mannes wollte man bitten, ohne sie einzuweihen in die wahren Vorkommnisse, in der Zwischenzeit Herrn Krekosch den Haushalt zu führen.«

Das alles wurde schleunigst in die Wege geleitet. Mit Geld und einem erstklassigen Anwalt reduzieren sich die Probleme eben erheblich.

»Also ein verhältnismäßig guter Ausgang der brenzligen Geschichte! Und der Junge im Rollstuhl?«, fragte ich mit bösen Vorahnungen.

»Ist nicht der Bruder, sondern das Kind von Constanze. Die Behinderung wurde sofort in der Schweiz bei den Untersuchungen festgestellt. Die zukünftige Mutter blieb bei ihrer Entscheidung, deren Konsequenzen sie auch ihren Eltern zumuten mußte. Ob die Debilität eine Folge der engen Verwandtschaft oder der unseligen Abtreibungsversuche des Mädchens waren, weiß ich nicht.«

Die Pfarrerin strich sich, in Gedanken versunken, über ihren Bauch.

»Constanze nahm selbstverständlich ihre Rolle als normale Schülerin wieder auf. Die fehlenden Monate waren von ihr ohne große Anstrengung nachzuholen. Nach dem Abitur legte sie aber allen naturwissenschaftlichen Ehrgeiz ad acta und lernte den Beruf der Krankenpflegerin. Auch das war für ihre Eltern ein bitterer Verzicht, den sie ohne Vorwürfe akzeptierten angesichts der großen Zuneigung, die das Mädchen ihrem Kind gegenüber zeigte, obschon dessen Anblick, dieses in Fragmente zerlegte Gesicht, zunächst jeden entsetzte, noch bevor sich Mitgefühl einstellen konnte. Vielleicht, hoffte man, würde sich das Ganze mit den Jahren etwas harmonisieren. Das tat es nicht, im Gegenteil. Den erlernten Beruf übte die junge Mutter nicht aus. Sie wollte sich vollständig mit den erworbenen Kenntnissen ihrem unglückseligen Sohn widmen.«

»Hat sie nie einen Freund gehabt in der ganzen Zeit? Gab oder gibt es denn keinen Mann in ihrem Leben? Sie wird sich doch vor Verehrern kaum retten können, obschon so ein offen gezeigter angeblicher Bruder trotz ihres unwiderstehlichen Gesichtchens sicher zunächst abschreckend wirkt.«

»Ein Freund kam für sie nicht in Frage, Charlotte. Fortschritte machte der Junge offenbar nicht. Auch für Constanze ließ sich, bei aller Geduld, keine Lernfähigkeit an ihm feststellen, dafür eine kaum zu zügelnde Zärtlichkeit ihr gegenüber. Nur für die zutraulichen Rotkehlchen empfand er, und das schon als kleiner Junge, eine ähnlich große Liebe. Stundenlang beobachtete er sie am Futterhäuschen und lallte ihnen was durch die Scheiben vor, ahmte sie auch auf seine Weise nach. Nie hörte man ihn so herzlich lachen wie von diesem Platz aus. Es waren seine Freunde. Sie schienen einander zu verstehen. Man weiß ja gar nicht, ob ihm in seinem Herzen irgendwas fehlt. Niemals, versicherten mir die Eltern, sei bisher von Constanze ein Bedauern über ihre damalige Entscheidung, über das Vergeuden ihrer Jugend, geäußert worden. Die Familie zog sich, so weit wie möglich, von allem Gesellschaftlichen zurück. Das mußten Bekannte und Geschäftsfreunde angesichts des harten Schlags, der das Haus Krekosch getroffen hatte, selbstverständlich tolerieren. Die Schönheit des Mädchens hinter dem Rollstuhl machte ja den Unterschied zu dem ›Spätgeborenen‹ nur noch schrecklicher. Der echte Bruder kehrte gar nicht mehr zurück. Er ging von England aus gleich nach Amerika. Nur die Eltern haben ihn einige Male dort besucht. Er heiratete in New York. Wie schon gesagt, durch einen Autounfall starb er früh. Ja, das ist aus der sicher einmal von vielen beneideten Familie Krekosch geworden.«

Ich wollte aufbrechen. Das Getöse der musizierenden Kinder wurde von Minute zu Minute bedrohlicher. Mir tat der offensichtlich überforderte, so diskrete Vater leid.

»Schon gut«, sagte sie. »Ich werde mich bei ihm revanchieren. Du kannst die beiden in der Kirche betrachten, jeden Sonntag sind sie um zehn Uhr im Gottesdienst. Vierte Reihe von hinten, direkt am Mittelgang. Setz dich auf die andere Seite, dann siehst du die beiden aus der Nähe.«

Ich überließ sie ihrer Familie.

Schon bald darauf nahm ich in der Kirche, wie die Pfarrerin gesagt hatte, so Platz, daß ich die beiden, die schon an Ort und Stelle saßen, im Blick hatte. Das Mädchen schien, meinem ersten damaligen Eindruck entsprechend, heiter gestimmt zu sein. Nur erkannte ich jetzt, zwei Meter von ihr entfernt, in ihren Zügen eine leise, ihre Schönheit verstärkende Schwermut. Ihr Gesicht war noch zu jung für die dauerhaften Entstellungen eines großen Kummers. Wieder entsetzte mich das groteske Aussehen ihres Sohnes. Die feuchten und blutroten, üppig nach außen gestülpten Lippen beherrschten alles. Sie machten den Mund zu einem ständig bewegten, fleischigen, tierischen Schlund. Es zeigte sich bereits das Sprossen des ersten Bartwuchses. Seine Augen saßen schief und klein im Kopf, sein Körper war formlos. Bei allem, was sich vorn am Altar tat und gesprochen wurde, beschäftigte er sich mit seiner linken Hand. Er zählte mit der Rechten die Finger ab, ohne Pause, unermüdlich. Ob er wirklich zählte, ist fraglich, vielleicht kam es ihm nur auf das Antupfen an, das er von beiden Seiten körperlich spürte. Nichts fesselte ihn mehr als diese Hand, die er nur ab und zu seiner Mutter hinhielt. Sie streichelte ihm daraufhin sanft über den Kopf.

In der Bank vor mir stritten sich flüsternd zwei Männer darüber, ob Feuerschlucker und Feuerspucker dasselbe bedeuten.

Stumm blieb der Junge nicht. Es drangen hohe und tiefe Töne aus ihm heraus, Geräusche, die verschiedene Gefühle ausdrückten. Aber nein, es mußten keine Empfindungen sein, eher einfach nur Laute, die er ausprobierte, und obschon Constanze versuchte, ihn durch Berührungen zu dämpfen, hinderte ihn doch niemand an dem Lärm, auch keiner der Kirchgänger drehte sich gereizt nach ihm um. Man kannte ihn, man ertrug ihn wohl um des Mädchens, der selbstlosen »Schwester« willen. Dann schwieg er wieder lange und widmete sich der Hand. Aus seinen Augen liefen wie unwillkürlich Tränen.

Die Kirche wird auch für katholische Messen genutzt. Es gibt in einer Nische einen Madonnenaltar mit geschnitzter Maria, in deren Miene sich die furchtbare Zukunft ihres Sohnes als Traurigkeit spiegelt, obschon sie ihn noch gesund und unverletzt auf dem Schoß hält. Die beiden gingen nach dem Gottesdienst dorthin, um eine Kerze anzuzünden, wie es viele taten. Wahrscheinlich hatte es der Junge schon oft versucht, und mit starker Hilfe der Mutter gelang es schließlich, die brennende Kerze in den Sand zu stecken, wie es auch die kleinen Kinder schaffen. Der Junge brach daraufhin in ein lautes glückliches Zwitschern aus, auch Constanze lachte. Dann gingen sie vorsichtig, Arm in Arm, zu dem im Vorraum abgestellten Rollstuhl. Ihre unerschütterliche Treue beschützte ihn.

»Sie weiß ohne Zweifel, daß Menschen, die so schwer behindert sind, nicht lange leben«, hatte die Pfarrerin gesagt, die mir das Geheimnis ohne Not offenbart hatte.

»Aber sie braucht ihn doch so!«

»Nicht nur sie!«

MURAT

Ich war Murat und zwölf Jahre alt. Man sah es mir nicht an, aber von innen war ich Joachim Murat, der legendäre Reiterführer, der seinem Heer furchtlos voranstürmte, oft nur seine Peitsche schwingend, nicht den Säbel, und alle ansteckte mit seinem Feuer und seinem Mut. Von Tag zu Tag wurde ich es mehr. Es war ein herrliches Leben, von dem niemand etwas ahnte.

Ich ging in dieser Rüstung durch die Welt. Keiner konnte mir in Wahrheit etwas anhaben. Alles prallte an mir ab, wenn ich nur konzentriert genug daran dachte, um wen es sich bei mir handelte. Was machte es da, daß man mich leicht zum Weinen bringen konnte! Bald schon besann ich mich auf meine wirkliche Existenz und meine Courage wuchs ins Unermeßliche. Ich ertrug die langen öden Straßen, die ich zu gehen hatte, weil ich mich dabei versenkte in mich selbst, in Murat, den Helden, der keine grauenhafte Ödnis, tonlos, ohne Siege und Katastrophen, und keine sich endlos dehnende Langeweile kannte, nichts Kleinliches, keine Bänglichkeit, kein Trauern um irgendetwas Unbekanntes, das mich ohne Murats Beistand oft befiel. Was galt mir das alles, selbst wenn ich dann kurzfristig äußerlich ein Häufchen Elend sein mochte! Murat wehrte diese Zustände lachend ab und gab seinem herrlichen Roß die Sporen. Wir besiegten den Feind, wir sprengten unter Trompetengeschmetter voran und davon.

Selbst Manuela von Schröder stellte für ihn keinen ernstzunehmenden Gegner dar. Nein, nicht für ihn und mich, auch wenn ihr der Rest der Klasse zu Füßen lag. Allein der Umstand, daß sie adlig war, erschien mir als schäbiges Manöver, um die Mitschüler kirre zu machen. Ihrer Gefolgschaft mochte das imponieren, mir nicht. Von Schröder! Manuela von Schröder! So eine Aufschneiderei! Lächerliches Getue, dieses Adlige, nichts weiter. Sie war eines Tages aus Bremen gekommen und im Nu die Anführerin, die mit großen Gesten imponierte, dem häufig benutzten Wort »geistreich« und der Behauptung, sie sei »Atheistin«, die manche aus Kenntnis der gefährlichen Bedeutung, den Rest aus Unkenntnis des schneidenden Wortes zusammenzucken ließ. Hinzu kamen schon sehr entwickelte Brüste zu unglaublich eng geschnürten Gürteln, die sie trotzdem nicht beim rednerischen Überfluß am Atmen hinderten und erfolgreich ihre Überlegenheit über uns alle behaupteten. Sie hielt die Truppe in Schach. Man hing an ihren Lippen, und das war von einem zum anderen Tag geschehen.

Hatte ich mir vor ihrem bösen Auftauchen oft eingebildet, der geheime Dirigent und Drahtzieher zu sein, so zeigte sich das abrupt als Illusion. Meine tollsten Einfälle wurden gar nicht mehr gehört, sobald sie mit durchaus leiser Stimme sprach, um nämlich auch dadurch ihre Führerschaft zu beweisen, die zu einstimmigem Beifall verführte. Dagegen hatte ich, so plötzlich meiner Verdienste beraubt, keine Chance. Aber war ich nicht Murat? Eine großartige Tatsache, ein Trost und ein Feuerwerk, sobald ich mich darauf besann.

In unserem kleinen Tierpark gab es ein Gehege mit Fasanen, alle, einer wie der andere, Prachtexemplare. Nur an den Goldfasan reichte kein anderer heran. Ich nannte ihn Murat wegen seiner jeden Silber-, Diamant-, Glanzfasan übertrumpfenden Schönheit. Nur daß auf dem Schild stand, er gehöre, wie alle Fasane, zu den Hühnervögeln, ärgerte mich. Denn waren das Leuchten seiner flammenden Brust, das lodernde Gold seines Schopfes, die mit verschiedenen Mustern geschmückten Seitenpartien, sein königliches Schreiten, wenn er aus dem Dunkel in Erscheinung trat, nicht einzigartig? Ging dann nicht immer in dem Gehege eine zweite funkelnde Sonne auf? Murat, wie er in mir leibte und lebte!

Wollte ich mir sein Bild wachrufen, mußte ich nur zu meinem Goldfasan rennen und schon sah ich ihn in der Außenwelt und in mir drinnen, und alles war wieder gut. Auch wenn der Vogel bloß ein Hilfsmittel war. Der echte Murat saß auf einem seiner üppig dekorierten Rösser und stürmte unerschrocken an gegen jede Gefahr. Alle seine Gefolgsleute brausten hinter ihm her, ohne mit der Wimper zu zucken, weil sie seinem Stern vertrauten.

Am Anfang hatte ein Bild gestanden, an das ich zufällig geraten war, ein Porträt des jungen Murat mit langen dunklen Locken, ein sehr hübscher Mann, der das wußte und freundlich, aber auch ein bißchen überheblich von oben auf den Betrachter sah. Es war dieses leicht Spöttische, was seinen Reiz unwiderstehlich machte. Prächtig natürlich die Uniformjacke, deren Weiß unter den Girlanden von Goldschnüren fast verdeckt wurde. Ein sehr hoher roter Stehkragen zwang ihn zu seinem etwas hochmütigen Lächeln. Es war gar nicht seine Schuld und außerdem herrlich.

Die schönen Locken konnten darüber hinwegtäuschen, daß es sich um einen kühnen Kavalleristen handelte, der meist auf Leben und Tod existierte. Zum Glück besaß ich ein zweites Bild, auf dem Murat vor einer Landschaft um Neapel sein sich aufbäumendes Pferd reitet. Im Hintergrund erkennt man den rauchenden Vesuv. Über den Rücken des Pferdes ist ein vollständiges Tigerfell gebreitet – der Raubtierkopf befindet sich in Höhe des Schwanzansatzes, der Tigerschweif in der des Pferdehalses – das dessen rassiges Temperament noch betont. Kein anderer als der, den man sofort darauf erkennt, könnte das schnaubende Tier zügeln. Natürlich aber sitzt Murat nicht nur einfach da. Die Rechte im weißen Handschuh befiehlt seinen Leuten, die nicht im Bild sind, vermutlich zu einem Ziel, auch das außerhalb des Porträts, loszustürmen.

Beide, Ziel und Leute, waren unwichtiger als der Reiterheld selbst. Sicher konnte ich sein, daß er auch allein ohne Bedenken vorangaloppieren würde. Ein Ziel ließe sich schon finden.

Mit gelb und rot gestreiften, tadellos geformten, straff in die Steigbügel gestemmten Beinen dirigierte Murat sein Roß. Dazu trug er nicht allein eine schneidige Uniformjacke, diesmal in Blau mit roter Schärpe, sondern einen Helm, von dem aus ein weißer Federbusch verwegen in den mittelmeerblauen Himmel fuhr. Ja, ich war Murat. Ich wußte, wie ihm zumute war! Er jedoch sollte und durfte nicht ahnen, daß ich noch vor einem Jahr erst nach inständigem Zureden ängstlich auf dem Rücken eines Ponys für ein Foto Platz genommen hatte. Nicht daran denken!

Neben dem Goldfasan stellten diese beiden Bilder meine Reliquien dar, an denen ich mich jederzeit erbauen konnte. Es gab aber noch ein drittes Kräftigungsmittel: das tolle Lied vom Reitersmann Schrenk!

Dessen in begeisterndem Tempo gesungenem Bericht über sein im Kampf und in der Liebe immer alles in die Waagschale werfendes Leben an den Höfen und in den Schlachten Europas war nicht zu widerstehen. Ich hörte ihn an, er war Joachim Murat, er war ich und wir rasten in ungeheurer Schnelligkeit als eine einzige Person durch jede Gefahr. Unser Wille ließ sich durch keine Drohung eindämmen, unsere Waghalsigkeit war unbegreiflich, ja entsetzlich für jeden Zaghaften.

Mir traten dabei keineswegs irgendwelche abenteuerlichen Einzelheiten vor Augen. Wie merkwürdig, von heute aus gesehen, daß ich, betrachtend und anhörend, nur in diesem Schwung, in diesem Saus und Braus und Gestöber, beschwingt von Murats schönem Angesicht und seiner Gestalt existierte. Auf diese Weise abgeschirmt, fehlte mir nichts zu meinem Glück. Nichts konnte mich dauerhaft ablenken von dem, was mir half, im alltäglichen Grau und seinen Kränkungen zu überleben.

Änderte sich das, als ich eines Tages Achim von Schröder kennenlernte?

»Mein Bruder Achim«, so stellte ihn mir eines Tages Manuela von Schröder vor. Es ergab sich so auf dem Pausenhof. Sie sagte seinen Namen mit noch unbeteiligtem Gesicht, was sich bald ändern sollte. Ihr späteres Lächeln würde ich von heute aus ohne Umschweife maliziös nennen.

Er war fünfzehn Jahre alt und drei Klassen über uns. Es geschah etwas in der ersten Sekunde. Sein Vorname enthob mich aller Zweifel, der Nachname störte mich plötzlich gar nicht mehr. In meinen Augen war er, nicht nur wegen seiner Größe und der breiten Schultern, schon ein richtiger Mann, aber ohne die Fadheit der Erwachsenen, vielmehr von der strahlenden Frische, die doch fast alle Menschen, wenn sie älter werden, verlieren. Es blendete mich. In Einzelheiten wahrnehmen konnte ich ihn gar nicht.

Wie sah er mich an? Gerührt vielleicht, interessiert in jedem Fall, wohl weil er erkannte, wie sehr er das kleine Mädchen, hinter der frühen Reife seiner Schwester noch unbeholfen herhinkend, beeindruckte und wie ich mich bemühte, es zu verbergen. Mit großartiger Geste strich er sich das Haar, blond und glatt wie bei Manuela, aus der Stirn. Keine schwarzen Murat-Locken, doch auch das machte mir nichts aus. Wir sprachen kaum miteinander, vermutlich kam mir, von seiner Erscheinung eingeschüchtert, überhaupt kein Wort über die Lippen. Dann war es vorbei. Sein Bild aber hatte sich rücksichtslos, ja unverschämt eingeprägt.

Von da an hielt ich, zwar unter gesenkten Wimpern, im Umkreis der Schule ständig nach ihm Ausschau, schaffte es jedoch immerhin, der Versuchung zu widerstehen, mich Manuela von Schröder, meiner ärgerlicherweise unbefangenen Feindin, wegen verdeckter Erkundigungen anzunähern. Ich dachte allenfalls etwas milder über sie, über das »von« wohl auch.

Auf dem Pausenhof fand ich ihn im Gewimmel der Schüler nie heraus, obschon er mir wegen der hellen Haare gleich hätte auffallen müssen. Er kam mir aber einige Tage später auf dem leeren Schulflur entgegen, und ich konnte mich ja nicht einfach umdrehen und weglaufen, so sehr ich es mir wünschte. Stattdessen begann ich unaufhaltsam zu erröten, mit jedem Schritt auf ihn zu stärker. Die Strecke dehnte sich bei der quälenden Annäherung endlos. In meinem Zorn über das verräterische, vermutlich weithin leuchtende Rot hätte ich mir am liebsten selbst den Kopf abgeschlagen. Keine Möglichkeit, sich zu verstecken. Dann erreichte er mich, erinnerte sich tatsächlich an mich, fixierte mich neugierig – es stand ihm wohl zu –, als würde er auch mein Herz schlagen hören, und plauderte ein bißchen so dahin. So machte er es mir, auch wenn er sich heimlich sicher amüsierte, leichter, die Situation zu ertragen. Wegen dieser Freundlichkeit wurde ich gezwungen, mich ihm innerlich noch stärker zuzuwenden, obschon ich nach außen so tat, als müßte ich in großer Eile weiter.

Er hielt mich an der Schulter fest, als ich entwischen wollte.

Ich habe dann gar nicht mehr geatmet, hörte aber trotzdem, daß er mich mit seiner angenehmen Stimme einlud, am Nachmittag mit ihm zum Reiterhof zu kommen. Ich fahre ja bestimmt Rad. Ihm sei dort neuerdings ein wunderschöner Rappen zugeteilt worden, wenn auch ein bißchen wild, aber mittlerweile verstehe er ja ein wenig vom Reiten und sei sehr gespannt. Ich würde ihm sicher Glück bringen. Er sagte das leichthin. Hätte ich abgelehnt, wäre es ihm wohl auch egal gewesen. Ich stimmte aber zu, stimmte stotternd zu. Ich gehorchte einem Befehl, vor dem mir graute, so sehr er mich berauschte.

Nahm er etwa seine Schwester mit? Nein mich, nur mich! Dabei kannte er mich kaum.

Ob er zum ersten Mal auf dem in seinem schwarzen Glanz wartenden Pferd saß, weiß ich nicht. Es sah nicht danach aus, so ruhig schwang er sich auf dessen Rücken. Selbst als sich das Tier anfangs aufbäumte und mit den Vorderbeinen in der Luft ruderte, schien er nicht seine Gelassenheit zu verlieren. Er konzentrierte sich, winkte mir aber ausgelassen zu. Meine Bewunderung reichte für eine ganze Kompagnie. Ich dachte, jedermann müßte staunend verfolgen, wie er teuflisch über die Wiese galoppierte, eine Weile in einem angrenzenden Wäldchen verschwand, um in wilder Jagd wieder aufzutauchen. Die beiden brachten die Erde zum Beben. Die anderen kümmerten sich aber stattdessen um ihre eigenen Sachen.

Nur durch seine Schwester erfuhr ich, daß es sich, von ihm verschwiegen, bei dem Hengst um ein Geschenk seines Vaters an ihn handelte.

Vergaß ich Murat? Nein, Murat gab mir die Festigkeit, Achim von Schröder standzuhalten, vor allem seinen blitzenden, immer leicht belustigt wirkenden Augen.

Ich begleitete ihn nun öfter zum Pferdehof, immer benommen vor Glück. Einmal begegnete uns Manuela. »Aha, geht es wieder zum Reiten?« Ich bemerkte genau die kleine Hinterhältigkeit. Achim sah ihr nur in die Augen, antwortete jedoch nicht.

Dann, nach schwindelerregender Präsentation seiner Reitkünste auf dem mächtigen, dampfenden Tier, der ich furchtsam und stolz zuschaute, kam ich auf den Gedanken, nein, die Idee war schon ein paar Tage alt, nur traute ich mich endlich, ihm von meinem Liebling zu erzählen. Ich wollte um des Gleichgewichts willen auch etwas haben, mit dem ich mich hervortun konnte. Außerdem beschloß ich, durch das Geständnis eines Geheimnisses, von dem niemand wußte, unsere Freundschaft zu besiegeln.

Ob er jemals von Joachim Murat gehört habe, warf ich so hin, möglichst lässig, damit er nicht hörte, wie mein Herz klopfte. Er nickte wie zu einer Selbstverständlichkeit. Ihn schien lediglich zu verblüffen, daß ein Mädchen in meinem Alter von ihm wußte. Er ahnte ja nicht, welche Offenbarungen auf ihn zukommen würden.

Nun gab es für mich kein Halten mehr. Meine Stimme überschlug sich fast vor Inbrunst, und ich kämpfte dagegen an, indem ich Pausen zum Schlucken einlegte im Redestrom: Joachim Murat, der Held, der Heldische ohnegleichen! War sein Vater nicht ein einfacher Gastwirt gewesen, der die Leute bedienen mußte, und Vater von zwölf Kindern? Er, als sechster, zeigte schon früh seine Außergewöhnlichkeit durch verrückte Ritte, mit denen er die

Umgebung durchfegte. Das Reiten hatte er sich selbst beigebracht. Später wollte man ihn zum Priester machen, aber er war ein zu ungestümer Geselle und wurde aus dem Seminar entlassen, nicht anders beim Militär, da er sich nicht unterordnen konnte, mein Murat, ein ungebärdiger Kopf, zu größeren Dingen berufen.

Achim hörte mich geduldig an, dabei sah er in die Wolken, nur ab und zu beäugte er mich mit einem schrägen Blick.

Napoleon hat er einmal das Leben gerettet. Von da an ging es bergauf zu den höchsten militärischen Ehren. Er wurde Schwager des Kaisers und zum Prinzen ernannt. Die großen Siege Napoleons wären ohne seine tollkühnen Manöver nicht möglich gewesen. Vor den gefährlichsten Missionen schreckte er, der jederzeit Todesmutige, mit seinen Kompagnien, in denen ihn jeder einzelne wegen seiner ansteckenden Unerschrockenheit verehrte, nicht zurück. Er, der unverwundbare Lieblingsgeneral Napoleons, begleitete ihn auf den großen Feldzügen in Italien und Ägypten, ging für ihn auch nach Spanien, bis er schließlich König von Neapel wurde, wo der Vesuv raucht. Die Frauen liebten ihn, denn er war sehr schön.

Noch immer schaute Achim interessiert in die Wolken, aber ich war wach genug, sein seitliches Blinzeln festzustellen. Noch verstand ich die mißvergnügten Blicke nicht.

Schließlich verfolgte Murat nach den vielen strahlenden Triumphen mit seiner Reiterarmee das Unglück. Er wurde, als er sein ihm geraubtes Königreich in Süditalien zurückgewinnen wollte, hingerichtet. Aber wie glorios: Der tapfere Mann gab ohne Furcht dem Kommando selbst den Erschießungsbefehl: »Feuer!«!

Jetzt konnte ich wieder richtig Atem schöpfen, blieb jedoch mit meiner Begeisterung für Murat einigermaßen allein. Achim, mit stärker verfinsterter Miene, sagte nur noch wenig an diesem Tag. Hatte ich ihn mit dem Geschenk meiner Enthüllung dermaßen gelangweilt? Wir trennten uns, jeder ging seiner Wege. Ich war tief bestürzt.

Nach einer für mich beunruhigenden Woche zeigte er sich endlich wieder, diesmal gutgelaunt. Das Reiten kürzte er ab. Ich solle ihm jetzt aufmerksam zuhören. Er müsse noch etwas zu »meinem Murat« ergänzen. Die Formulierung verhieß mir nichts Gutes.

Niemand könne Murat ankreiden, daß er der Sohn eines Kneipenwirts sei, aber mußte er deshalb in seinem ganzen Leben dermaßen aufdrehen mit dem allerhöchsten Federhut und papageienbunten Phantasieuniformen? Ein Soldat, der nicht mit der Wimper zuckte, wenn der Tod um Haaresbreite an ihm vorbeiwischte, gut und schön, der Furcht nicht kannte, allenfalls die vor seiner Frau, der »kaiserlichen Hoheit«! Ein Mann aber auch, der durch seine unüberlegten Streiche das Leben nicht nur von hunderten, sogar von tausenden seiner Leute leichtfertig riskiert und auf dem Gewissen habe, der bedenkenlos Massen von Aufständischen, Patrioten ihres Landes, an einem Stück habe zusammenschießen und hinrichten lassen, als wären es Spielfiguren.

Ich wußte das alles nicht, ich wußte nicht einmal, ob es der Wahrheit entsprach, aber in der Art, wie Achim es vortrug, mußte ich ihm glauben. Wieder bemerkte ich die prüfenden Seitenblicke, dieses verwirrende Blinzeln, mit dem er mich überwachte, während er auf mich einredete. Ich war sicher, daß er sich in der Zwischenzeit über Murat informiert hatte. Was er da sagte, war ihm vor einer Woche noch unbekannt gewesen, und nun freute es ihn, es mir auftischen zu können. Warum? War es denn wirklich möglich, daß er in Murat einen Konkurrenten seiner eigenen Großartigkeit sah und ihm nun kleinlich diesen Vorsprung zunichtemachen wollte? Sah er denn nicht, wie unglücklich er mich damit machte und beschämte? Auch ich beobachtete ihn nun mit seitlichen Blicken.

»Er war mutig, aber unbeherrscht und aufsässig, auch den Befehlen Napoleons gegenüber. Und dann ging es immer daneben. Er konnte kämpfen wie kein zweiter. Planen konnte er überhaupt nicht. Er besaß nicht den Kopf dafür. Um seines persönlichen Vorteils willen hat er den Kaiser verraten, mit seinen Feinden paktiert, ist ihm aus Eigennutz in den Rücken gefallen, kleine Charlotte! Wie gefällt dir das an deinem König von Neapel? Hat zwischen den

Kriegsparteien spekuliert und mehrfach die Seiten gewechselt. Er konnte sehr grausam sein, aber war auch ein eitler Pfau, der sich die Haare kräuseln ließ und stets festlich geschminkt in die Schlacht ritt, aufgeputzt wie zum Ball, mit Juwelen geschmückt. Ein Schauspieler!«

»Nein, nein, geschminkt?«

»Außerdem, ich bitte dich, parfümiert! Parfümiert wie ein Weib, ich bitte dich!«

»Ach, parfümiert? Murat?«

Warum schwieg er nicht still? Er gönnte ihn mir nicht, das erkannte ich nun klar. Er selbst wollte, so unglaublich es scheinen mochte, mein Abgott sein, deshalb mußte er Murat die Krone entreißen, egal, wie sehr es mich schmerzte. Er verstand nicht das Geringste.

»Was aber seine letzte Stunde angeht, die du so bewundern möchtest: Weißt du denn, wie der vollständige Satz lautete, bevor er dem Hinrichtungskommando ›Feuer‹ zurief? Nein? Man solle auf sein Herz zielen, aber sein Gesicht verschonen! Und ahnst du warum, mein liebes Kind? Weil er so maßlos eitel war, selbst im Tod noch. Sein hübsches Gesicht, das er so pflegte, der alte Frauenheld, sollte keinesfalls Schaden erleiden!«

Der Bruder Manuela von Schröders lachte. Er lachte zu laut und zu ausgiebig. Der Klang gefiel mir nicht. Es lag eine boshafte, rechthaberische Schärfe darin. »Liebes Kind«? Er hatte Murat besiegt. Doch was nutzte es ihm? Mein großer Held war mir von ihm zerstört worden, doch er selbst dabei unrettbar zu Bruch gegangen. Ich drehte mich um, fuhr weg und mußte meine Tränen nicht länger unterdrücken.

Wie konnte ich ohne Murat leben? Wie sollte ich in Zukunft die Gräue bekämpfen, da man ihn mir doch zersplittert hatte? Wer, mit meinen nichts als zwölf Jahren, sollte ich jetzt sein?

DIE DUMME FRAU SCHWILL

Wenn ich an Frau Schwill denke, fällt mir sofort ihr Küchenunglück ein, nicht etwa zuerst ihr himmlisches Buttermilchgesicht, nicht der wasserhuhnartig unter engen Pullovern stets vorgewölbte Busen, nein ihr Küchenunglück, obschon ich sie doch ganz anders kennengelernt hatte, damals in den Büros des Finanzamtes, wo ich mir in den Semesterferien Geld verdiente, und obschon ich bei dem eigentlichen Vorfall doch gar nicht Augenzeuge war. Als sie uns an einem Montagmorgen davon erzählte, nachdem der kleine gelbe Herr Eckstein über seine jeden Sonntag stattfindenden Autobahnfahrten »so weit ich komme, dann kalkuliere ich die Dauer der Rückfahrt und drehe um« als von seinem ganzen Lebenssinn wie stets zum Wochenbeginn Bericht erstattet hatte, muß sie das so anschaulich getan haben, daß es sich unvergeßlich gemacht hat. Es drückte ihr Wesen, was bestimmt nicht in ihrer Absicht lag, einfach schlagend aus.

Frau Schwill hatte, unterstützt von ihrem Mann, einem Juristen, mit dem sie aber bereits in Scheidung lebte, mit viel Aufwand und Mühe ihre Küche renoviert. Er sei ja kein schlechter Mensch. (Später klang das anders.) Alles war fertig, blitzblank, gestrichen und mit zum Teil neuen Elektrogeräten ausgestattet. Zuerst sei sie so begeistert von dem Anblick gewesen, daß sie sich nicht getraut habe, überhaupt darin tätig zu werden. Diese Vollkommenheit! Genauso wie auf den Reklamebildern für neue Kücheneinrichtungen. Und nun war es Wirklichkeit geworden in ihren eigenen vier Wänden. Ach, wenn es doch gereicht hätte, das alles nur anzusehen und nichts kochen und beschmutzen zu müssen und man wäre trotzdem satt geworden! Sie habe bestimmt eine Stunde lang nur andächtig dagesessen, die Hände im Schoß und sich verzaubern lassen.

Einen Espresso allerdings könnte man sich, so allein in der frischen Pracht, vielleicht zur Belohnung spendieren? Hier schwankte Frau Schwills Gesicht zwischen Lachen und Weinen. Zigmal habe sie das doch schon gemacht, es habe sich in diesem Fall jedoch um eine ebenfalls nagelneue Maschine gehandelt. Ich bin, habe sie sich gesagt, in diesen Dingen erfahren, jahrelange Praxis. Die Gebrauchsanweisung kann ich mir schenken. Welche Art von Panne dann eigentlich passiert sei, könne sie sich beim besten Willen nicht denken. Jedenfalls habe es eine regelrechte Explosion gegeben, und mit einem Wumm und auf einen Schlag habe sich die strahlend schöne Küche in ein »Inferno«, so nannte sie es wörtlich, verwandelt. Ruckzuck sei das gegangen, von einer Sekunde zur anderen war alles tausendmal schlimmer als zuvor. Die Wände, die Geräte, alles mit schwarzen Spritzern bedeckt, auch sie selbst.

»So wurde unsere Goldmarie im Handumdrehen zur Pechmarie«, kommentierte Inspektor Brezel ungerührt, auch ein wenig ungezogen.

Von Gott, an den sie, nebenbei, nicht glaube, und aller Welt verlassen, habe sie in dem Elend gesessen, sich endlich aber ans Saubermachen begeben. Die Wände müsse sie natürlich noch einmal weißeln. Ihrem Ex wolle sie lieber nichts davon erzählen. Der halte sie sowieso für ein Dummerchen. Nach wie vor wisse sie nicht, was sie falsch gemacht habe. Ob sie sich an einen neuen Versuch herantrauen solle? Sie habe die Teufelsmaschine eine Weile links liegenlassen, nicht mal einen Nachbarn um Hilfe gebeten.

Bei dem Wort »Dummerchen« lachten die Kollegen auffallend herzlich.

Mein erster Eindruck von ihr war ein anderer. Sie betrat das Büro, durch einen Arztbesuch etwas verspätet, die langbeinige, blonde Frau, und lächelte uns an mit einem Engelsgesicht, sanft und ein wenig charakterlos. Eine liebe Person, dachte man unwillkürlich, die kommt offenbar aus himmlischen Gefilden zu uns her. Sie hatte ausnahmsweise ihr Töchterchen mitgebracht, das ihr sehr ähnlich sah. Es mußte vor ungefähr fünf Jahren sehr sachte aus Frau Schwill herausgerutscht sein und trug einen Leinenbeutel bei sich, den es stolz herumzeigte, denn jemand mit einer rechtwinklig, ein wenig obszön abstehenden, grün umwickelten Nase war darauf gedruckt. Darunter stand »Coldastop. Die Lösung für trockene Nasen«. Der Beutel, mit Spielsachen für die Kleine gefüllt, schien neu zu sein und wurde von dem Kind als Kostbarkeit betrachtet. Sie breitete ihn vorsichtig auf dem Boden aus, sah hin und wieder die Nase an, lachte in sich hinein und spielte genügsam, stundenlang still für sich in einer Ecke. Nur manchmal hob das Mädchen den Kopf und sah uns der Reihe nach aus ernsten Augen an. In diesen Momenten fühlten wir uns beobachtet, fast mit ein wenig Vorwurf, denn in dem Großraumbüro ging es meist laut und mit albernen Scherzen zu. Vor allem Frau Schwill beteiligte sich daran, auch später, als auf ihre Kosten über ihre demolierte Küche gelästert wurde. Es gefiel ihr offensichtlich, im Mittelpunkt zu stehen. Die runden Wasserhuhnbrüste wölbten sich noch stärker vor, als wollten sie den Pullover zum Platzen bringen. (»Die Männer sind in Wirklichkeit doch alle verrückt danach«, vertraute sie mir einmal auf der Damentoilette an.)

Sie erzählte bis zur Redseligkeit gern. Ihr gegenwärtiges Schicksal, ihre verzwickten Lebensumstände interessierten zur Unterhaltung bei der langweiligen Arbeit alle. Wie gesagt, ihr Mann war Jurist, sie lebte in Scheidung und war nicht gerade intelligent. Diese Kombination legte etwas nahe, was auch wirklich eintrat. Der Mann haute sie nach den Regeln seiner Kunst kräftig übers Ohr, und obschon sie ihn nicht mehr liebte, wollte sie das nicht begreifen. Dabei riefen es, durch ihre Erzählungen hindurch, die Spatzen von den Dächern. Jahrelang hatte Frau Schwill ihrem Mann das Studium finanziert, ihn ernährt und die Einrichtung der Wohnung bezahlt, alles von ihrem Sekretärinnenjob. Als sie beschlossen hatten, sich zu trennen, da sie sich im und außerhalb des Bettes nicht mehr verstanden, brachte er es durch juristische Tricks fertig, daß er ihr zwar das Kind ließ, aber, trotz inzwischen üppigen Gehalts, alles, was ihn in der Wohnung interessierte, auszuräumen. Von Rückerstattung der Unterhaltskosten war schon gar nicht die Rede. Es fiel uns schwer, ihre Berichte vom Stand der Dinge ruhig anzuhören, denn sie wehrte sich nicht und beschränkte sich darauf, enttäuscht zu sein.

»Aber Frau Schwill, das können Sie sich nicht bieten lassen. Solche Ungerechtigkeit schreit doch zum Himmel«, riefen wir oft. Auch: »Der Mann ist ein Schwein!« Sie wußte dann nicht, was sie antworten sollte, und zog nur hilflos die Schultern hoch.

Nur einmal berichtete sie von einem Sieg. Wir anderen staunten, während sie sprach, das plötzlich verwandelte Engelsgesicht an. Unübersehbare Verklärung! Luziferisch gewittriger Triumph!

Sie hatte, allmählich wohl nach einem neuen Lebensbegleiter Ausschau haltend, in großer Aufmachung ein Konzert besucht. »Keine Ahnung, was.« In der Pause sei plötzlich ihr Verflossener vor ihr aufgetaucht. Wie angewurzelt habe er dagestanden und sie in Augenschein genommen. Wie solle sie es schildern, mit Blicken voller Bewunderung, Wut, Eifersucht? Ah, wie ihr da zumute gewesen sei, was für eine herrliche Rache, gegen die er nichts unternehmen konnte, zumal ihm seine Niederlage im Gesicht gestanden habe.

Warum das aber? Frau Schwill warf sich, wie nur sie es verstand, in die Brüste: Sie habe ein langes silbernes Abendkleid getragen, zum ersten Mal, aus dem Katalog, silberne Sandaletten und eine gebrauchte, aber noch wunderschöne Nerzstola, erst kürzlich von einer Tante geerbt. Ein perfekter, eleganter Aufzug, sie übertreibe nicht, wenn sie behaupte: mondän. Nein, so hatte ihr Ex sie noch nie erlebt, und nun? Zu spät für ihn! Für immer vorbei! Dem sei es wie Schuppen von den Augen gefallen. Auch nach dem Konzert lauerte er ihr auf, geblendet von der Schwanenhaftigkeit seines häßlichen Entleins, um ein Glas Wein mit ihr zu nehmen, »oder so«. Früher sei sie dann immer mal wieder schwach geworden und trotz Scheidung mit ihm ins Bett gegangen. Diesmal habe sie sich eindeutig als Siegerin gefühlt und nach flüchtigem Winken ein Taxi genommen. Ganz schnell, damit nicht doch noch was passierte. Am schlimmsten wäre ja gewesen, wenn sie ihm von der Espressomaschine erzählt hätte, schlimmer, als wenn sie seinem Drängen wieder nachgegeben hätte, damit er sich nach Lust und Laune an ihrem Körper bedienen konnte. Im sicheren Auto habe sie dann vor Erregung geweint.

Sieh an, unsere Frau Schwill! Noch tagelang schien die Genugtuung sonnenartig aus ihrem engelhaften Gesicht. Dem hatte sie es gegeben! Der würde in dieser Nacht nicht ruhig geschlafen haben. »Begleitete ihn keine Frau?«, riskierte ein Verschmitzter zu fragen. Sie stutzte. Dann fing sie sich: »Das hätte natürlich alles noch schöner gemacht. Er mit so einem Hümmelchen an der Seite, und ich dagegen strahlend in meinem Silberkleid. Das hätte er noch schlechter verwunden.« Denn er sei jetzt tatsächlich mit einem Hümmelchen liiert. Sie habe ihn einmal vom Bus aus gesehen, wie er verliebt getan habe, was aber schwer begreiflich sei bei so einem mageren Hümmelchen.

Frau Schwill hielt also Ausschau nach einer neuen Liebe. Man merkte es. Die Pullover wurden immer knapper. Und wirklich, das Glück ließ sie nicht allzulange zappeln. Sie verwöhnte uns mit Informationen dazu, hin und wieder rieb sie sich dabei wie ein Kind, wie in diebischer Freude auch, die Hände. Das liebliche Engelsgesicht lächelte unaufhörlich. Wie alles gekommen sei? Ihre kleine Tochter habe den lustigen Leinenbeutel mit der grün umwickelten Nase, an der sie so hänge, im Café liegengelassen. Noch bevor sie es selbst bemerkte, wurden sie beide von hinten angesprochen.

O Gott, was für ein Mann! Wow! Was für ein knackiger, richtiger Mann! Die Kleine bekam ihren Beutel zurück und sie selbst, Frau Schwill, ihre Lebenslust. Meine Güte, sofort sei ihr klargeworden: der oder keiner. Genau ihr Typ. Unverschämt gutaussehend, jugendlich, irgendwie elastisch, männlich modern, so wie er ja auch federnd neben ihnen hergegangen sei. Das Gegenteil von ihrem Mann, der doch im Laufe der Jahre ... na ja. Die Kleine habe ganz selbstverständlich seine Hand genommen und nicht mehr losgelassen. Frischer Wind. Wir würden sie hoffentlich verstehen? Nach all der trüben Zeit diese Ermunterung ihrer Lebensgeister. Da mußte nicht lange gefackelt werden.

Es fügte sich so, daß er Lust auf einen Espresso hatte. Sie kamen zwar gerade aus einem Café, aber was machte das schon. Und handelte es sich hier nicht um eine Fügung, die nun auch endlich von sicherlich berufener Hand ihre Maschine tadellos in Gang setzen würde?

»Aber natürlich«, riefen wir aus einem Munde und nickten uns etwas affig zu.

Tatsächlich, so schnell ging das bei Frau Schwill vonstatten. Schon hatte er ihr den Mechanismus erklärt, schon saßen sie in ihrer Küche beieinander, schon wollte die Kleine zur Nachbarsfamilie zum Spielen! Frau Schwill schwieg nun. In der Pause erledigte sie erste Arbeiten am Schreibtisch, das mußte schließlich auch zwischendurch mal sein.

»Und wann kam es zum Knall?«, fragte schließlich sehr burschikos, wenn nicht dreist, der Inspektor Brezel.

Frau Schwill blinzelte und kicherte dann in sich hinein. Sie nahm die freche Frage nicht übel. Wir schämten uns dankbar für Brezel, hingen aber trotzdem an ihren Lippen, nicht aus Neugierde auf den »Knall«, sondern weil wir gespannt waren, wie weit sie mit ihren Ausplaudereien gehen würde.

Frau Schwill drohte ihm lachend, legte den Finger auf den Mund in einer Weise, die uns signalisierte: bald! Sehr bald sei es zum Entscheidenden gekommen, geradezu umgehend. Warum lange zögern, wenn doch alles klar sei? Wir machten uns an unsere Tische, an unser ödes Werk in der unerschütterlichen Hoffnung auf Nachlieferung unseres Engels in diesem stickigen Büro, in dem die Zugluft einer Karrieremöglichkeit fehlte, die mich ja ohnehin nicht betraf, und wo es nur die Aussicht auf den Ruhestand in naher oder grauer Ferne gab. Die Fortsetzung ließ nicht lange auf sich warten, in den nächsten Tagen schon wurde uns ein erster Eindruck über das stürmische Sexualleben der beiden zuteil, drastisch und süßlich zugleich. Einmal sagte Inspektor Brezel: »Und währenddessen reisen Politiker mit guten und schlechten Absichten kreuz und quer durch die Welt, entscheiden über Millionen Menschen, werden bestochen oder erschossen. Und dann wir hier!«

Nie störte Frau Schwill, daß niemand von uns auch nur annähernd deutlich von seinen eigenen Erlebnissen sprach. Vielleicht vermutete sie bei uns eine Abwesenheit solcher Abenteuer, oder sie registrierte es überhaupt nicht in ihrem Eifer, die vollkommene Schönheit ihres neuen Daseins erzählend noch einmal nachzuvollziehen. Es muß zu Beginn ein fast ununterbrochenes Existieren zwischen Kissenschwüle, kleinen Mahlzeiten auf der Bettkante und Vertrösten des Töchterchens gewesen sein. Manchmal wirkte Frau Schwill zu Wochenanfang richtiggehend liebestrunken auf uns.

»Womit er wohl sein Geld verdient, wenn er tagsüber in Cafés sitzt und kleinen Mädchen ihre Leinenbeutel nachträgt?«, fragte, kurz bevor sie eintrat, an einem Montagmorgen Inspektor Brezel. Als sie erschien, sagte er: »Was hat er eigentlich für einen Beruf, wenn Sie die Erkundigung gestatten, liebe Frau Schwill?«

Sie errötete leicht. Alle kriegten es mit.

Er sei jetzt Leiter einer Supermarktfiliale geworden, bei einer großen Supermarktkette. Das sei mit einer Menge Verantwortung verbunden. Ihr Onkel sei der Chef des Ganzen, ein ernster Mensch, überkorrekt.

Aha, dachten wir, es läuft also über Beziehungen. Was er wohl vorher getrieben hat? Aber niemand legte es darauf an, sie in Verlegenheit zu bringen. Die Hauptsache war, daß Frau Schwills Seligkeit anhielt. Und das tat sie eine Weile nach wie vor. Frau Schwill blühte, gedieh und schwärmte.

Wir jedoch bangten ein bißchen um sie, studierten wohl auch jeden Morgen, von der eintönigen Arbeit aufblickend, ihre Miene, die unverdrossen ein wahres, etwas schläfriges Eingesponnensein ins Glück ausdrückte. Sie kam ja immer etwas spät. Wir profitierten alle von ihrer Geschichte, auch natürlich von einer gewissen ängstlichen Spannung, was die Entwicklung betraf. Ewig so weitergehen konnte es ja nicht. Auch Frau Schwill war, unabhängig von ihrem Engelsgesicht, ein Erdenwesen, und was für eins.

Nein, unendlich lange warten ließ das Schicksal nicht auf sich. Ein kleiner Kummer umwölkte allmählich ihre Stirn, trotz all der herrlichen Kissenschlachten, die sie sich weiterhin lieferten, wie sie uns freigebig berichtete. Der Onkel sei, wie schon erwähnt, ein allzu strenger Chef und nach einigen anfänglichen Fehlern ihres Liebhabers, für die er zunächst nicht ohne Verständnis gewesen sei, führe er nun ein scharfes Regiment. Er werfe ihm sogar Unfähigkeit und Faulheit vor. Das sei natürlich eine große Entmutigung und lasse ihren Freund, der Lothar heiße, beinahe verzweifeln. Was das für ein Leben sei, klage er jetzt oft. Dabei hatte es so schön begonnen. Ein gutes Gehalt, ein abwechslungsreicher Beruf, aber das Richtige sei es leider offenbar nicht für ihn. Der Onkel sehe in ihm einen Versager, der ihn bitter enttäuscht habe und den er nicht länger gegenüber der Direktion decken könne.

Das war nicht von einem Tag auf den anderen passiert. Sie hatte es uns tapfer eine Weile verschwiegen, aber nun waren die Schleusen geöffnet. Eine letzte Chance hatte der Onkel ihrem Lothar noch eingeräumt. Einen Monat lang konnte er sich mit Fleiß und Lerneifer bewähren. Sie dachte daran, ihn durch klugen, teilweisen Liebesentzug auf den richtigen Weg zu leiten. Alle Menschen mußten ja schließlich einer oft ungeliebten Arbeit nachgehen. Nur war sie sich nicht sicher, ob sie damit nicht vielleicht noch mehr Schaden anrichtete und ihm alle Zuversicht nehmen würde. Da war guter Rat teuer. Auch der lustige Inspektor Brezel schwieg still. Lothar sei ein so liebenswerter Mann und wunderbarer Liebhaber. Nur könne er offenbar im Supermarkt diese schönen Begabungen, die der Onkel, der in einer kühlen Ehe lebte, nicht würdigte, nicht recht zur Geltung bringen. Das glaubten wir gern. Lothars Interesse für Gemüse und Tiefkühlkost war auch von der heiß liebenden Frau Schwill nicht anzufachen.

Wir erwarteten den Ablauf des Probemonats mit allerlei Befürchtungen, bemühten uns jedoch, Frau Schwill, die zwischen

Liebesglück und Bangen Hin- und Hergerissene, vertrauensvoll zu stimmen. Die Wochen verrannen. Sie gab uns kein Zeichen einer Besserung. Der Onkel, der nicht durchweg unbarmherzig sei, werde Lothar ihr zuliebe nicht vollkommen fallen lassen, nein, das wohl nicht. Allerdings sei eine Zurückstufung nach dem nicht überzeugend verlaufenen Monat unvermeidlich.

Da fragten wir uns, ob Lothar nach diesem Resümee wohl immer noch elastisch und jugendlich, federnd und männlich in Erscheinung treten könne, vor allem, ob er mit diesen Qualitäten unbeschadet in Frau Schwills unschuldigem Herzen wohnen könne. Mit anderen Worten: Was würde sie nun mit ihm anfangen?

Brezel sprach es am Ende aus: »Sie bewegt sich im Kreis und wird es immer tun. Erst ernährt sie den einen Schmarotzer, nun hat sie wieder einen. Ob die Wiederholung unserem Täubchen, das soviel verlangt und andererseits so bodenlos genügsam ist, überhaupt auffällt, der lieben, armen Frau Schwill, die doch vom Dasein nur das Glück einer ewigen Kissenschlacht will und sonst gar nichts weiter, weder Gott noch Gerechtigkeit, noch Geist, noch Geld?«

KOLIBRI

Kevin war immer die Sanftmut in Person gewesen. Was vor einigen Tagen passierte, überraschte mich deshalb sehr.

Durch sein Styling glich er in Verbindung mit seinem für sein Alter fast schon übertrieben jungen Gesicht einer klassischen Comicfigur, auch wenn man nicht genau wußte, welcher eigentlich und ob er absichtlich eine bestimmte nachahmte oder das gebräuchlich Comic-Heldenhafte schlechthin in seiner Aufmachung zusammenfassen wollte. Seine Haare hatte er, straff von Stirn und Schläfen weggekämmt, zu einem steil ragenden, kuriosen Zipfel gedreht, den er jeden Morgen mit viel Gel neu modellierte. Das fiel ihm als Friseurlehrling kurz vor der Gesellenprüfung nicht schwer, allerdings mußte das Zeugs Abend für Abend rausgewaschen werden. Das auffällige Weiß der Gesichtshaut schien dagegen nicht künstlich durch Puder oder Schminke produziert zu sein. Es handelte sich, in krassem Kontrast zum pechschwarz glänzenden Haar, um Kevins natürliches Porzellaninkarnat. Seine Kleidung war nicht besonders auffällig für seine Generation. Der freche Kopf jedoch, verbunden obendrein mit einer leicht fremdartigen, geheimnisvollen Verschleierung seiner Züge, bestimmte unübersehbar den Gesamteindruck einer zivilisierten Schrägheit, nicht ohne Rätselhaftes also, das, zumindest außerhalb der Berufsausübung (»Auf Kevin lasse ich nichts kommen. Der liebt seine Arbeit«, sagte sein Chef), obendrein einen gewissen Trotz, ja Aufsässigkeit nahelegte.

Um so verblüffender war seine Freundlichkeit. Schnell stellte sie sich als keineswegs erzwungene Haltung gegenüber den Kundinnen heraus. Sie strahlte, schiere Höflichkeit weit übersteigend, aus dem Jungen ganz unroutiniert von innen heraus auf die Umgebung ab. Erstaunte Blicke vor allem reifer Herrschaften auf seine Haartracht registrierte er mit ungeheuchelter Nachsicht. Er konnte gar nicht anders, als gegenüber allen Menschen, die den Salon betraten, alt oder jung, häßlich oder hübsch, mit dieser ungewöhnlichen, erfreuten Liebenswürdigkeit aufzuwarten. Man rechnete, wenn man ihn zum ersten Mal sah, einfach nicht damit. Ob es ihm wirklich ein Vergnügen war, den einzelnen Personen nach zwei oder sechs Wochen wieder zu begegnen und ihnen derart aufmerksam und zartfühlend die Kopfhaut zu massieren, was doch so oft während eines Tages von ihm verlangt wurde? Unbegreiflicherweise mußte es wohl so sein. Ich bildete mir schließlich ein, sein Design, mit so viel Eifer betrieben, sei nicht nur zur Kenntlichmachung seines Charakters, seiner privaten Freiheit und für eine Clique gedacht, sondern zur juvenilen Auflockerung seiner Umgebung. Was, unter uns, allerdings auch eine winzige Kränkung bewirkte. Bei erst dreißigjährigen Kundinnen regten sich mütterliche Gefühle ihm gegenüber. Das paßte ihnen eigentlich nicht: Kevin machte sie mit überzeugender Unschuldsmiene plötzlich älter.

Dabei war er ein guter Beobachter. Einmal sagte er mir, sie hätten erstaunlich viele Diabetiker als Kunden. Er erkenne es an den von der täglich mehrfachen Blutabnahme beim Messen verunstalteten Ohrläppchen. Aber du, Kevin, ahnst wiederum nicht, dachte ich, daß dein Name dich eindeutig in den hochmütigen besseren Kreisen als Unterschichtkind verrät. Heutzutage wirkt er wie hinterhergeschmissen. Hoffentlich würde es ihn kaum bekümmern, wenn er es einmal merken sollte.

Er habe eine schwere, eine düstere Kindheit gehabt, lebe aber schon lange in Deutschland, sagte mir sein Chef. Ein Wunder, daß ein so heiterer Mensch aus ihm geworden sei, nachdem er sich als Kind ohne Eltern durchschlagen mußte. Keiner wisse recht wie. Er rede nicht davon. Vor einigen Monaten habe er ihm, ohne Kommentar, eine furchtbare Narbe quer über seine Brust laufend gezeigt. Sein Vater sei übrigens Chinese oder so, irgendwas Fernöstliches.

Frisöre verdienen wenig, aber als ein Kollege laut schimpfte: »Wer jetzt noch unter Mindestlohn arbeitet, ist ein Arschloch«, lächelte er und fegte wortlos weiter Haare vom Boden beiseite. Immer, wenn es gegen Ende seiner meist dienenden Arbeit an den Kundinnen ging, zog er sich zurück, so daß derjenige, der die Haare geschnitten und mit Föhn und Bürsten geformt hatte, das Trinkgeld einstrich. Ihm zwischendurch wenigstens einen kleinen Obolus zuzustecken, war den Leuten offenbar peinlich. Wir hielten es unvernünftigerweise in seinem Fall für vulgär.

Anfangs hatte ich, gedankenlos indiskret, gefragt, ob seine Freundin ihm morgens den Kopf herrichten würde. Er sah mich ruhig an, wiederum lächelnd, mit ernsten Augen diesmal: »Ich habe keine Freundin.« Damit war auch das geklärt.

Sein Freund sei Postbote, erzählte er etwas später. Eigentlich ein schöner Beruf, wenn man die frische Luft liebe. Nur müßten die Briefträger fast nur noch Reklame austragen. Lediglich um

Weihnachten herum häuften sich echte Sendungen. Sein Chef kam und bot uns Schokoladensterne an. »So früh? Anfang November schon?«, staunte ich. »Für mich«, antwortete Kevin leise, »darf das erst in der Adventszeit beginnen, Spekulatius, Lebkuchen und so weiter. Es muß doch seine Regel haben. Aber die Supermärkte ... die Leute ... natürlich. Mir gefällt das nicht.« Währenddessen ragte sein Haardorn scharf in die Luft.

»Bücher? Nein, Bücher lese ich nicht, nie. Mein Freund, der Postbote, der schon. Er hält es für eine Pflicht und Treue, von den vielen, wie er sagt, herrlichen Büchern möglichst viele zu lesen, so, wie man Blumen gießen muß, damit sie nicht verwelken. Um spätabends nicht einzuschlafen, hat er sich ein Pult gebaut, an dem er im Stehen liest. Das begeistert mich, eine solche Leidenschaft. Er erzählt mir manches. Da tauchen tolle Figuren und Schicksale auf, das muß ich zugeben. Dafür habe ich ein Plätzchen, das mich mehr freut, als jeder Roman es könnte. Leider komme ich wegen der Öffnungszeiten nicht so oft hin, wie ich möchte, und sei es nur für eine Stippvisite.«

Ein verzückter Schein überflog kurz das unversehrt glatte Gesicht unter dem revoltierenden Zapfen. Auch seine Stimme lächelte. Ich dachte, mit Blick auf den mädchenhaft zarten Körper – ein Körper, der jederzeit eine große, ich möchte behaupten: ernste Reinlichkeit ausstrahlte –, an die schreckliche, schon alte Narbe, von der mir der Chef im Vertrauen gesprochen hatte (»als sollte er mit einem Säbel in zwei Stücke gehauen werden«), und wie ein so vorbehaltlos umgänglicher Mensch dann trotzdem aus ihm geworden war.

Seit einiger Zeit färbt er, eine Vertrauenssache bei einem Anfänger, unter dem gelegentlich kontrollierenden Blick des Chefs den Kundinnen auch Strähnchen in die Haare. Eine aufwendige Prozedur, die, wem es gefällt, die Möglichkeit bietet, sich etwas länger mit ihm zu unterhalten. Immer beginnt er mit der konventionellsten aller Floskeln: »Wie geht es Ihnen?« Zunächst dachte ich, sein Rederepertoire würde sich auf diesen einen Satz beschränken, außerdem noch: »Ist es so recht?« Er stellt aber die Fragen so, daß man an ein echtes, persönliches Interesse glaubt. Schon das, die leidige Schematik, die seit einiger Zeit an Supermarktkassen, in Behörden und Arztpraxen roboterhaft vorherrscht, in Herzlichkeit zu verwandeln, ist ein gar nicht so bescheidenes Wunder, das nur wenige wollen und schaffen. Ob der Chef wirklich ahnt, welches Juwel er in seinem Salon beherbergt?

»Meine Wohnung ist eigentlich keine richtige Wohnung. Es ist ja bloß ein Zimmer«, sagte er eines Tages. »Es genügt mir. Wenn nur ein kleiner Balkon dazugehören würde! Ich habe mein ganzes Leben sehr beengt leben müssen, das können Sie sich bestimmt gar nicht vorstellen, wie sehr. Deshalb zieht es mich immer in die freie Natur. Ist ja klar.«

Er lachte, schon der Gedanke ans Grüne ließ, im Kontrast zur Popmusik, die uns ohne Unterbrechung umstöhnte, umkreischte, ummunkelte, seine dunklen Augen blitzen. Das hatte ich noch nie an ihm bemerkt, sonst glänzten sie ab und zu, jetzt schossen pechschwarze Blitze daraus.

»Ich habe einen Ersatz gefunden. So schön kann gar kein Garten sein, das glauben Sie mir nur. Vielleicht kennen Sie das Plätzchen im Jenischpark? Es liegt seitlich, unauffällig. Man geht leicht daran vorbei. Hier im Salon weiß sonst keiner davon, es würde auch niemanden interessieren. Ihnen sage ich es.«

Diesen letzten Satz, der uns zu Verschworenen machte, betonte er so eindringlich, daß ich mich wohl notgedrungen geehrt fühlen mußte. Das winzige Gewächshaus war mir nicht ganz neu. In Kevins Schilderung aber wurde, mitten in den industriellen Düften der Shampoos und Sprays, etwas paradiesisch Aromatisches daraus. Während er gewissenhaft meine Haare behandelte und nur gelegentlich in den Spiegel sah, um zu überprüfen, ob ich ihm noch zuhören wollte, beschrieb er mir seine grün wuchernde Einsiedelei in allen geliebten Einzelheiten. »Nur Kolibris fehlen.«

Und so kam es, daß ich den leicht geschlängelten Pfad durch die ausgedachte Wildnis von der doppelten Eingangstür zwischen den

Hibiskusgebüschen in Kübeln, den Bananen- und Ananasstauden, blühend oder fruchttragend, und dem gewundenen Weiher voller golden und rot gesprenkelter Zierfische einmal wieder ging, in der schwülen, feuchtwarmen Luft des Urwalds, die auch die Orchideen bevorzugen, die blass leuchtend von manchen Wurzelarmen hingen. Es waren ja nur wenige Schritte durch diese Illusion einer verschwiegenen »grünen Hölle«. Meist lag zwischen den Pflanzen auf den Knien eine Gärtnerin, die den Boden in Ordnung hielt, trotzdem wurde man entrückt, unter den Sätzen Kevins erst recht, in die stumme, mächtige Welt des Organischen, die nichts anderes zuließ als ihre vegetative, erwünscht erdrückende Macht. Danach trat man durch eine Schiebetür in den Raum der trockenen Kältewüsten. Das bezog sich auf die dort gedeihenden, stets etwas kauzig und abstrakt wirkenden Kakteen, obschon dort auch phantastische Schlinggewächse und sehr früh im Jahr große Kamelien in allen Farben blühten, ein luxuriöser Anblick, wenn draußen, hinter den Scheiben, noch Schnee lag. Ob es versteckter Hochmut oder Diskretion war, daß Kevin mit den Kunden normalerweise nur in freundlichen Formeln redete, als stände ihm nichts anderes zur Verfügung?

»Am Ende des gläsernen Tunnels kann man zwischen riesigen Oleanderpflanzen auf weißen Holzsesseln sitzen, in dieser Stille, ungestört, man ist fast immer allein. Mit meinem Freund, dem Postboten, sitze ich dort oft am Sonntagmittag. Er liest, ich döse so vor mich hin und atme alles ein. Wie wunderbar, daß diese Stadt sich eine solche Herrlichkeit leistet. Wenn ich da sitze, singe ich ein stummes Loblied auf sie und kehre am Ende ganz zufrieden in mein Zimmerchen zurück. Darf ich noch was zum Trinken bringen?«

Er lächelte mich etwas verlegen an, unsicher, ob er sich bei seinem Geständnis zu weit vorgewagt hatte. In meinem Fall nicht, da konnte er sicher sein. Ich bestätigte es so stürmisch, daß sich ein Streifen von den gefärbten Strähnen aus meinen Haaren löste.

In den meisten Frisörsalons existiert, nehme ich an, eine ungeschriebene Regel. Harmlose Unterhaltung, etwa über heitere Urlaubserlebnisse oder Autopannen wird geschätzt, eventuell sogar mit Anfängern geübt. Gewichtige Themen, die leicht in hitzige Meinungsäußerungen übergehen könnten, besonders aus dem Bereich der Politik (ob es Deutschland, ratlos oder erbittert unter dem Zustrom fremder Menschen kauernd, den Monströsen mit dem Echsenprofil in Amerika, den eiskalt taktierenden sibirischen Fuchs oder den im Delirium krähenden Parvenü am Bosporus betrifft): Sie alle werden abgeblockt, damit niemand aus der übrigen Kundschaft gekränkt sein kann, vielleicht auch nur, um eine wohlriechende Schwerelosigkeit zu erhalten. Auch gestand mir der Chef einmal dicht an meinem Ohr, die Kenntnisse der Kollegen, allesamt tüchtige Kräfte in ihrem Fach, seien im Politischen äußerst gering. Anläßlich der letzten Bundestagswahl habe sich herausgestellt, daß sie nicht mal wußten, welcher Kandidat zu welcher Partei gehörte. Sie wählten deshalb auch nicht. Es sei ihm peinlich, aber die Wahrheit.

Bei meinem nächsten Besuch im Salon war alles anders. Anfangs konnte ich Kevin nicht entdecken. Erst nach längerer Zeit merkte ich, daß er mich, während er einer jungen Frau die langen Haare wusch, schwach anlächelte. Ein neues Lächeln, ein gedämpftes und ein bißchen spöttisches. Gut, es mochte ihn amüsieren, daß ich ihn nicht gleich erkannt hatte, denn der wilde Haarzapfen war weg und einer normalen Frisur gewichen, wodurch Kevin ein paar Jahre älter, nämlich seriöser wirkte. Aber woher rührte die Melancholie, die mir sofort ins Auge sprang? Wem war es gelungen, Kevin so zu betrüben, daß er nicht nur die Frisur, sondern auch seine Heiterkeit verloren oder abgeschafft hatte?

Als er sich mit meinen Haaren beschäftigte, war er zuvorkommend, aber eine Weile stumm. Schließlich sagte er: »Ich habe es seit Wochen geahnt, aber nicht glauben können. Zuerst fiel mir auf und beunruhigte mich noch kaum, daß sich die Stimmung geändert hatte. Schwer zu beweisen, aber ich spürte es. Sie wissen, wovon ich spreche? Von meinem kleinen Treibhaus rede ich. Die Atmosphäre war anders geworden. Es blühte nicht mehr soviel, und das Abgeblühte wurde nicht wie sonst fortgeräumt. Man darf so eine Wildnis natürlich nicht einfach verwildern lassen. Das rächt sich schnell. Ich hatte das Gefühl, man würde sich nicht mehr recht kümmern um die Anlage. Vielleicht war die verantwortliche Person krank, und man hatte noch keinen oder nur lieblosen Ersatz? Nein, ich dachte, es wäre eine Krankheit ausgebrochen, ein Schädling, den man nicht richtig bekämpfte, oder was in der Art hätte dort gehaust. Schlimm, aber nicht das Schlimmste. Sobald ich konnte, ging ich zur Kontrolle wieder hin.«

Das von mir so bestaunte, makellos weiße Inkarnat Kevins begann sich zu verfärben. Es sah aus, als würde er zart erröten, aber das Rot vertiefte sich rasch, es wurde dunkel, sein Kopf schien anzuschwellen. Kein Lächeln, nicht die Spur davon. Sein früheres Gesicht war ausgelöscht.

»Von Vernachlässigung konnte keine Rede mehr sein. Es herrschte die pure Verwahrlosung. Ich kenne das, ich weiß, wie so etwas sich ankündigt und dann da ist. Mein Gott, ich kenne das. Keine Hand rührte sich zum Schutz meines geplünderten Lieblingsplätzchens. Man hat es mir weggenommen. Was umfiel, blieb liegen, manche Kübel mit ihren Gewächsen waren weggeräumt, die großen Kamelien und Hibiskusblüten ließ man dort, wo sie hinstürzten, verfaulen. Die Goldfische? Waren verschwunden. Ich hatte Angst vor meinem nächsten Besuch. Zu recht, wie sich zeigte. Alles verfiel in Windeseile, und mir dämmerte, daß es so sein sollte, gebilligt wurde und gewünscht. Das Glasdach wurde grün, weil man es nicht mehr reinigte. Wissen Sie, wie Gräber aussehen, die lange Zeit sehr sorgsam gepflegt wurden und dann verkommen, weil der treue Angehörige gestorben ist, der sich für die Pflege verantwortlich fühlte? So trostlos, so armselig kam mir jetzt mein Glashaus vor.«

Es war Kevin offenbar gleichgültig, daß man sich im Friseursalon nicht derart ereifern durfte. Sein zornrotes, verzerrtes Gesicht kannte keine Gnade, die Augen starrten mich finster an. Druckwellen, keine Blitze. Seine Stimme wurde nicht lauter, aber er sprach mit haßerfülltem Zischen.

»Ich weiß inzwischen Bescheid, und ich verfluche diese Stadt, die das Geld für Dinge rauswirft, mit denen sie nach außen prahlen kann. Sie reißen die Hälfte ab, reißen sie ab wie nichts. Die andere Hälfte soll ein Café werden. Sie ohrfeigen mich damit. Man will kein Geld rauswerfen für etwas, das sich nicht lohnt und sich im Winkel für seine Liebhaber bereithält. Ich habe keine Macht, es zu verhindern, ich könnte nur was anzünden oder beschmieren, aber keine Angst. Ich hätte nur Lust dazu. Ich verstehe jetzt die Leute, die das machen.«

»Und auf dem kleinen Blankeneser Markt haben die Wahnsinnigen jetzt die Bäume gefällt, alles wird totgepflastert. Der Bereich soll dadurch ›attraktiver‹ für die Käufer werden«, sagte ich wohl etwas zu laut.

Der Chef sah zu uns her. »Alles in Ordnung?«, fragte er. Eine deutliche Mahnung. Es war meinem schüchternen Kevin und mir egal. Ich bat aber um ein Glas Wasser, um ihn zu unterbrechen und zu schützen vor seiner Erbitterung. Da bemerkte ich, daß er sich die Augen wischte. Seine Hände zitterten.

»Ein Glas Wasser, bitte, Kevin!« Er nickte verstört. Gut, daß er wenigstens den Postboten hat, sagte ich mir.

Da rauschte er auch schon, in seinem gelben Plastikgewand wie herbeigerufen, in den Salon!

Unglaublich: Es war unser Postbote! Herr Sperber, der uns tagtäglich noch echte Briefsachen bringt und über dessen hellblondes, langes Haar, als wäre er ein nordischer Gott oder wenigstens ein Wikinger, ich mich schon oft gewundert hatte. Jetzt wußte ich, wo das bei einem Mann in unseren Breiten so erstaunliche, unnatürliche Gold auf seinem Kopf herrührte. Daß er der Freund Kevins war, daran hatte ich schon im ersten Augenblick keinen Zweifel. Tatsächlich ging er schnurstracks auf den traurigen Jungen zu und händigte ihm etwas aus. Merkwürdigerweise hielt ich es für ein Butterbrot. Dann verschwand er, wie er gekommen war, auf schnellstem Weg, ohne umherzublicken, nach draußen.

»Mein Freund«, sagte Kevin. In seinem wieder blassen Gesicht war zu meiner Freude plötzlich eine Ahnung des alten Lächelns aufgetaucht. Was war geschehen? Riß er sich bloß zusammen?

»Ich will Ihnen zur Entschädigung« – doch, er benutzte wirklich das Wort Entschädigung, auch klang seine Stimme etwas schuldbewußt – »jetzt etwas anderes erzählen.« Dabei arbeitete er flink und gewissenhaft, wie ich es nicht anders von ihm kannte.

»Ein Onkel von mir wohnt mit seiner Familie in Kanada, in den Rockys. Kolibris, Schwarzbären, viele Fische in den Flüssen. Sein Haus hat er sich selbst gebaut. Mit einem Pick-up fährt er zum Einkaufen. Er ist glücklich dort, aber man muß die Einsamkeit lieben. Ich kenne ihn kaum, denn er ist schon vor vielen Jahren ausgewandert. War früher in der Hotelbranche tätig. Soll ein sehr flotter Bursche gewesen sein. Nach Europa zieht ihn nichts zurück. Trotzdem freut er sich, wenn einmal jemand vorbeikommt, mit dem er deutsch reden kann. Neulich hat er, zwanzig Kilometer von seinem Grundstück entfernt, durch Zufall eine Frau Mitte Neunzig getroffen. Sie wohnt ganz allein, ziemlich weit weg von den Leuten. Ab und zu erbarmt sich einer von den nächsten Nachbarn und sorgt sich um sie. Mann und Kinder hat sie überlebt. Jetzt ist sie sehr schwerhörig und fast blind. Auf keinen Fall will sie aus ihrer Wildnis raus, obschon sie doch Hilfe braucht. Lieber will sie ganz allein sterben. Sie ist in Schleswig-Holstein aufgewachsen wie mein Onkel selbst. Als er das hörte, hat er beschlossen, ihr beizustehen. Er kauft für sie ein und sieht regelmäßig nach ihr. Sie sind Freunde geworden. Und das Schönste: Wenn er sie besucht, singen sie zusammen die Lieder aus ihrer Jugendzeit, Wander- und Volkslieder, draußen, zwischen den Riesenbäumen und den Schwarzbären, den Kolibris, Kojoten und wilden Truthähnen! In der Luft sind Adler. Das stellen Sie sich nur vor. Fahrtenlieder aus Deutschland. Eins heißt ›Wilde Gesellen‹. Das singen die zwei. Die alte Frau wird wieder jung dabei.«

Wir lachten beide und so verabschiedeten wir uns auch. Da sagte er: »Es ist nun zum letzten Mal. Wir werden uns nicht wiedersehen. Nein, bestimmt nie wiedersehen. Mein Onkel hat mich eingeladen, zu ihm nach Kanada zu kommen. Ich habe immer ›Nein, nein‹ gesagt. ›Es gefällt mir hier doch.‹ Nun sage ich: ›Ja! Ich komme! Es gefällt mir hier nicht länger.‹ Er will mir helfen, dort eine Existenz aufzubauen. Mein Freund, Jeremias Sperber, kommt mit. Das ist das Wichtigste. Er hat es sich überlegt und eben, als er hier war, zugesagt. Eben brachte er die Botschaft, gerade eben. Dann werde ich endlich die Kolibris sehen, das wollte ich von klein auf, die winzigen, schimmernden Kolibris, Sie wissen ja, die dort überall herumschwirren, echte Kolibris, Kolibris im Freien. Im Herbst fliegen sie, unter den Flügeln großer Zugvögel versteckt, mit ihnen in den Süden. Irgendwann, nach vielen Jahren, will ich in der schönen Landschaft dann sterben, wie eines Tages die alte Frau.«

Ein letztes Mal schenkte er mir sein Lächeln, entfaltete es gefiedergleich und diesmal, schien mir, mit Tönen einer reizend koketten Lockung, im ganzen Raum: »Und bitte, vermissen Sie mich ein bißchen.«

DAS LEBEN DES FERDINAND EGGER

Ferdinand Egger, der um zwölf Uhr mittags in seinem schmutzigen Bett lag, betrachtete vom Kopfkissen aus seine Essensvorräte im diagonal entgegengesetzten Winkel des Zimmers, wo es immer ein bißchen dämmrig blieb. Er starrte minutenlang die Dosen mit Erbsen, Bohnen, Linsen und geschälten Tomaten an, alles Sachen, für die man keinen funktionierenden Kühlschrank brauchte. Was er gehortet hatte, würde nach Monaten noch genauso frisch sein wie jetzt. Er ließ seine Augen mit Wohlgefallen über die Konserven gleiten, unter denen sich auch einige mit Bücklingen, Makrelen und Kieler Sprotten befanden. Zur Tafel ging er nicht mehr.

Diese Vorsorge für sein leibliches Wohl hatte er immerhin geschafft. Die Sachen gehörten ihm, niemand konnte sie ihm rauben. Sie waren für ihn ganz allein, bewirten mußte er niemanden damit. Es würde weder klingeln noch klopfen an seiner Tür. Deshalb konnte es ihm auch egal sein, daß zwischen den noch verschlossenen Behältern bereits geleerte lagen. Es roch aus ihnen, mit jedem Tag ein bißchen stärker. Es störte ihn nicht. Er hatte sie einfach zu den anderen geworfen, was allerdings den Nachteil hatte, daß sie über den tatsächlichen, schwindenden Bestand seiner Nahrungsmittel hinwegtäuschten. Da es ihm zunehmend schwerfiel, wegen der Gliederschmerzen in seinem Zimmer herumzugehen, verließ er sein Bett nur ungern. Die Bohnen und Erbsen aß er kalt direkt aus den Dosen. Er aß aus einem albernen Pflichtgefühl, Appetit hätte er auch nicht bei erwärmten und mit Gewürzen zubereiteten Speisen gehabt. Daran glaubte er fest.

Er besaß ja nun nicht einmal mehr ein Radio. Absichtlich nicht. Der große, altmodische Wecker machte beim Vorrücken der Sekunden »Hopp, hopp, hopp«. Manchmal klang es auch wie Tropfenfall: »Wupp, wupp, wupp«. Er hatte nichts dagegen. Aber morgens und abends hörte er die Amsel, die er auf dem Giebel des Hauses gegenüber sehen konnte. Er gab sich selten Mühe, nach ihr Ausschau zu halten, ihm genügte ihr Gesang. Statt der Fußsohlen schien er jetzt an der Stelle Pappe zu haben, und die rechte Wade war ganz ohne Gefühl, so daß er sich schon vor längerer Zeit dort, als er sie mit einem Wärmebeutel lebendiger machen wollte, ohne es zu bemerken eine Verbrennung mindestens zweiten Grades zugezogen hatte. Das erfüllt ihn beinahe mit Stolz.

Das alles war natürlich nicht immer so gewesen. Er besaß früher, vor dem plötzlichen Tod seiner Frau, eine kleine Vertriebsfirma für Sicherheitsfenster, und weil ihm immer alles so gut und solide gelang, hatte man ihn »Meister Egger« genannt. Die Firma hatte er dann selbstzerstörerisch vernachlässigt und war schließlich, nach einer Phase verwüstender Alkoholexzesse, da er mit seiner Trauer nicht anders fertigzuwerden wußte, nach einigen demütigenden Umwegen für einen Hungerlohn bei einem

Security-Unternehmen gelandet, auch das nur für kurze Zeit. Man sah ihn später vor einem Warenhaus Heftpflaster verkaufen und an U-Bahnstationen mit gebrauchten Tageskarten handeln, schließlich wartete er bei Supermärkten neben den Einkaufswagen in der Hoffnung, die Leute würden ihm die beim Einlösen erhaltene Münze schenken. Er erkannte bald die Nieten und Volltreffer an ihren Mienen, schon wenn sie zu ihm herüberschielten und das Geldstück aus dem Schlitz zogen. Beim ersten Mal steckte ihm eine alte Frau ihren Euro zu, dabei wollte er gar nichts. Er hatte dort nur zufällig herumgelungert. Mit der Bettelei begann es also eigentlich versehentlich. Es entwickelte sich dann, als der Bann gebrochen war, für ihn wie auf Schienen, extra für ihn montiert. Er glitt auf ihnen dahin und schämte sich nicht. Hahahahaah! Vor wem denn wohl? Die sogenannte Welt war ihm gleichgültig geworden.

Manchmal erkannte er in den geöffneten Dosen Gesichter, die ihn anglotzten. Sie hatten schwarze, stinkende Mäuler, weil die Gesichter vor Lachen geplatzt waren.

Lag sein Untergang, den er nun voll auskosten wollte, an seinem Sohn? Dieser Sohn Martin, ein ansehnlicher junger Mann, hatte sich, als seine Frau starb, rührend um sie gekümmert und ihm sehr bei den Formalitäten zur Beerdigung geholfen, ihn auch, ein großer Trost, am Grab umarmt. Dann war er abgereist, ohne Weiteres von sich hören zu lassen. Er hatte sein Elternhaus ad acta gelegt, als wäre sein Herz über Nacht zu Stein geworden, ohne Übergang. Er verweigerte jeden Kontakt. Die eisige Abfuhr brach plötzlich und noch unbegreiflicher über Ferdinand Egger herein als der Tod seiner Frau. In seiner Not grübelte er zwischen den Räuschen über ein mögliches Verschulden seinerseits. Womit hatte er Martin vertrieben, der ihn ganz und gar vergessen zu haben schien oder ihn grollend und strafend anschwieg? Herr Eggert wußte es nicht, wußte auch von keiner Schuld. Die vorausgegangene Zuwendung seines Kindes hatte dessen schroffe, unmittelbar folgende Abkehr nur verletzender gemacht, wie nach einem hämischen Plan. Eine gewisse Zeit dachte er ständig an Martin, an ihn und seine Frau Ellen, die doch beide den größten Teil seines Lebens ausgemacht hatten und dessen helle Seite nun von ihm abgeschnitten war und geleugnet wurde. Er versuchte sich an schöne, behagliche Momente zu erinnern. An diesen Punkten wollte er die Vergangenheit festnageln, damit sie nicht ganz zunichte wurde und er in die Schwerelosigkeit davonstob. Das war schwierig.

Die Welt wurde ihm ja unverständlich, weil sein Leben zusammenschnurrte auf zwei Personen, Ellen und Martin. Sonst war da nichts mehr.

Das Lied der Amsel aber blieb ihm treu, am Morgen und am Abend. Er sang, von seinem Bett aus, dazu ein kleines Lied, das ihm allerdings Tränen in die Augen trieb. Die Stille dazwischen gefiel ihm, auch wenn sie nicht groß war. Auf der rechten Seite lief den ganzen Tag bis in die Nacht das Fernsehen. Auf der linken kreischte manchmal die Frau, manchmal der Mann wie kurz vor dem Erschlagenwerden. Aber alles einigermaßen gedämpft. Es betraf ihn nicht.

Seiner Frau hatte das Schicksal keine Wahl gelassen. Sie war in der Ewigkeit oder im Nichts versickert. Der Sohn aber, Martin, dessen glückliche Kindheit er doch so gut es ging begleitet hatte, konnte frei entscheiden. Er lebte ja. Er hätte den Vater beschützen können in dessen schwerem Kummer. Stattdessen war er verstummt und verschwunden, wie ebenfalls tot, in einen Abgrund gestürzt, nein, er hatte den Vater hineingestoßen und lebte selbst auf der sonnigen Ebene unbekümmert weiter. Hatte er, der grundsolide Herr Egger, nicht früher in den Herbst- und Frühlingsdämmerungen mit Lust und leisem Schmerz den Geräuschen des mit seinen Kameraden auf der Straße und in den Höfen spielenden Kleinen gelauscht, bevor sie Halbstarke und Jugendliche wurden und der Stimmbruch den Wohlklang verdarb? Welche Schuld aber lag vor auf der Seite von Ferdinand Egger? Es gab keine. Bestand sie darin, daß er den Burschen gezeugt hatte? Nur fiel ihm kein anderer Grund ein. Er mußte wohl einen unverzeihlichen Fehler begangen haben. War es nicht ein Zeichen für seine Wertlosigkeit, wenn sich das junge Leben so von ihm lossagte und ihn von sich stieß? Der Gedanke, die unerklärliche Hartherzigkeit Martins könnte auf eine charakterliche Verunstaltung seines Sohnes hinweisen, beschwichtigte ihn nicht, überzeugte ihn nicht.

Von Ellen hatte sein Sohn die auffallende Schönheit geerbt, von ihm, Ferdinand Egger sicherlich nicht. Allmählich, von seinem Bett aus die Konservendosen überwachend, gewann er jetzt den Eindruck, die beiden hätten ihn ausgeschlossen, schließlich gegen ihn zusammengehalten. Das alte Glück von damals, eine so gut aussehende Frau gegen alle Vernunft erobert zu haben, zeigte sich nun von einer anderen Seite. War Ellen etwa so schnell und bereitwillig seine Frau geworden, weil sie eine tiefe Liebesenttäuschung hinter sich lassen wollte? Sie bekämpfte den Schmerz durch Heirat wie er ihren Tod durch den Alkohol, den er längst mied.

War es dieses Geheimnis, das Mutter und Sohn verband? Ohne Martins Treulosigkeit wäre Herr Egger, dieser schlichte, geradeaus denkende Mann, nie darauf gekommen. Die Durchsichtigkeit ihrer Haut und ihrer Augen, die duftende, reinliche Schönheit ihres Körpers hatte er für bare Münze genommen. Mit ihr begann damals, nach nicht nennenswerter Kindheit und Jugend, sein Leben, mit ihrem Tod hörte es auf. Sogar die kleinsten, gewöhnlichsten Geräusche, wenn sie etwa den Mantel auszog, hatten ihn, als sie bei ihm war, tief in der Seele gerührt: das leichte Schürfen des Stoffs über ihren Schultern, das kleine Seufzen, wenn alles erledigt war. Natürlich durfte er es nicht ihr anrechnen, daß er so einfältig und kindergläubig ihre lieblichen Zauberkräfte falsch gedeutet hatte. Das Ungleichgewicht in ihrer Ehe bemerkte er erst nachträglich. Insofern waren ihm von dieser Frau insgesamt glückliche, wenn auch täuschende Jahre beschert worden.

Er forschte in seinem Gedächtnis nach Anzeichen, die seine Vermutung bestätigen würden, fragte sich auch, wie sie sich denn wohl gegenüber jemandem benommen hätte, dem sie in heißer Liebe zugetan war. Die Art, wie sie lachend den Kopf zurückwarf und, sich reckend, die Hände im Nacken faltete und die Ellenbogen weit nach hinten bog, so daß ihre Brüste sich herausfordernd nach vorn wölbten, hatte er immer auf sich bezogen. Das Bild stammte aus dem Anfang ihrer Beziehung, aber obschon auch Ellen unweigerlich alterte, war es ihr gelungen, ihn mit solchen Manövern noch in späteren Jahren in Bann zu schlagen.

Das ging ihm so durch den Kopf, wenn die Amsel sang, und auf sehr süße Weise wurde ihm das Herz dabei schwer wie nie zuvor. Das jedoch nur während ihres Liedes, danach war es anders, stand es anders um ihn. Er lag dann still, rührte sich nicht, um nichts Unsichtbares mit furchtbarem Lärm umzustoßen. Hier, auf seiner Matratze ungestört und zielbewußt zu verkommen, das genügte.

Die Außenwelt verwitterte für ihn. Bis auf die Amsel interessierte sie ihn nicht länger, die Innenwelt aber bestand nur noch aus Ellen und Martin. Für mehr reichten seine Kräfte nicht, wie gesagt.

Endlich wurde er nicht weiter behelligt von den gewaltigen Massenaufläufen, deren Magie die Menschen immer totaler verfielen, nachdem sie einzeln und unzugänglich in den öffentlichen Verkehrsmitteln gesessen hatten, schweigend über ihre winzigen Apparate gebeugt. Er, Ferdinand Egger, hatte nie begriffen, weshalb diese stummen Eremiten plötzlich losstürmten, um auf Straßen, Plätzen, in Hallen, auf Parkwiesen sich zu suhlen in johlenden Gemeinschaftsaufläufen oder sich bei Katastrophen in angeblicher Trauerbekundung im Kerzenschein zu ergehen. Je größer ihre Zahl, desto berauschender für die miteinander verschwimmenden Einzelpersonen. Vielleicht waren sie im Grunde alle Außenseiter und klumpten sich aus Verlegenheit hin und wieder zusammen, um sich das Gegenteil zu beweisen? Daß den Fixsternen dieser Massen nicht vor sich selbst graute, wenn ihnen die zweifelhafte Zustimmung Zigtausender entgegenschlug! Herrn Egger jedenfalls erfüllte es mit Widerwillen, und er hatte Ellen, die solche gigantischen Zusammenrottungen liebte und sich darin wohlig rollte, nur mit Mühe, um sie nicht zu kränken, diese

Abscheu verheimlichen können. Manches empfand er eben anders als sie.

Es gab eine gewisse Weltabgewandtheit in seinem Wesen, das schon, das ließ sich nicht bestreiten, und zwar von klein auf. Das spürte er deutlich seit einiger Zeit, und doch war es eine abrupte Erkenntnis: Er stand, ohne es zu wollen, der Welt und dem Leben als Einzelner gegenüber, gezerrt in eine unerwünschte Konfrontation. Hinter Ellen und Martin, hinter seinem früheren Glück und seinem jetzigen Unglück konnte er sich nicht dauerhaft verstecken, nicht mal hinter dem Berg mit Konservendosen in seinem dunklen Zimmer.

Manchmal ängstigte ihn seine zunehmende Scheu vor den Leuten in den Fußgängerzonen, wie sie so immerzu dasselbe Bild abgaben. Wo sollte es denn hinführen mit ihm? Dann schlich er sich nachts aus dem Haus und bewegte sich an den unsinnigen, ja irrsinnigen Schaufenstern entlang, enthielt sich aber eines Urteils und versuchte, wenigstens eine Weile einverständig zu sein mit all dem. Am Automaten zog er sich zur Bekräftigung ein Getränk. In zwei, drei warmen Nächten hatte er deshalb sogar in einem finsteren Hauseingang geschlafen, nur, um noch irgendwie mit dazuzugehören. Warum nicht am Tage? Das ließe sich doch überhaupt nicht aushalten.

In der letzten Nacht, die er draußen verbrachte, zusammengerollt, mit dem Rücken zur Straße, aber doch aufhorchend, wenn er Schritte hörte, sagte ein Vorübergehender, den er nicht sah, der Stimme nach jedoch für einen jungen Mann hielt: »Den könnte man gut anzünden!« Merkwürdigerweise erschreckte ihn dieses »könnte« viel stärker, als wenn es geheißen hätte »müßte«, denn es war nichts Feindseliges in dem Satz, sondern, weitaus gefährlicher, unberechenbarer, etwas Spielerisches, Launenhaftes. Man blieb bei ihm stehen und lachte, Ferdinand Egger hielt den Atem an, spannte seine Muskeln, um bereit zu sein. Die Schritte entfernten sich jedoch, er machte sich schleunigst von dannen, froh, daß aus seinem eigenen Spiel kein furchtbarer Ernst geworden war. Nein, auf solche Art wollte er nicht vor die Hunde gehen, nicht durch fremde Hand, nicht so schmerzhaft. Es war ihm zu roh da draußen geworden. In seinem Bett wartete er in den restlichen Stunden der Nacht auf das Lied der Amsel, an dem er sich beruhigte.

Was sang sie, was sang er mit ihr? Nur die zwei Zeilen, die er noch aus der Schule auswendig konnte:

»Er küßte sie, sie küßte ihn,
Ein Vogel sang im Eschenbaum.«

Er war mittlerweile sicher, daß ihm die Worte in ihrer bezwingenden Melodie auch damals, beim ersten seligen Kuß auf Ellens schönen Mund, verschwiegen gegenwärtig waren, und dann noch oft. Er hatte es aber für sich behalten und sein Rückgrat entlangrieseln gespürt. Es schien ihm besser, nichts davon preiszugeben. Er selbst aber wäre vor Glück fast geborsten und wußte nicht, ob es an den Küssen oder den Zeilen lag.

In diesem Haus war vor kurzem Schreckliches passiert. Ein Mann, den man unbedingt in ein Heim schaffen wollte, so daß man schließlich sogar die Wohnungstür aufbrach, hatte sich, als die Leute eintraten, aus dem Fenster gestürzt.

Außer der Amsel gab es noch ein zweites Wesen, das zu ihm sprach, seit Ellen und Martin ihn im Stich gelassen hatten. Es war mit Heftzwecken an der Wand befestigt, da es sich ja nur um ein Foto handelte: ein Affengesichtchen, dessen dunkles Grau abstach von dem des Kopfhaars, das in feinen Strahlen und sehr dicht in alle Richtungen wucherte wie eine tief in die Stirn gezogene Pelzmütze. In Höhe der Ohren löste ein flammend roter, duftiger Pelzkragen, mondän um die Schultern geworfen, das Grau wirkungsvoll ab. So war das ganze dreieckige Gesicht von plustrigem Beiwerk luxuriös umschlossen. Dieses kleine Tierantlitz stellte für Ferdinand Egger etwas höchst Persönliches dar, ebenso anziehend wie abstoßend. Tiefgoldene, weit aufgerissene Augen starrten glasig ein Stück am Betrachter vorbei, offensichtlich gebannt von einem unsichtbaren, schockierenden Spektakel. Das Entsetzen des Äffchens führte aber nur dazu, daß es selbst um so mehr zum beängstigenden Schauspiel wurde, zumal sein in Furcht und Fauchen klaffendes Maul in Richtung der platten Nase mit den riesigen Löchern spitz zulief und in der schwarzen Mundhöhle eine Menge vermutlich äußerst scharfer Zähne vorwies, in diesem etwa gleichschenkligen, teuflischen Dreieck. Es war ein aus den Schluchten der Dschungelnacht aufgestörtes Schreckgespenst, in Angst erstarrt oder bereits zum Angriff gerüstet, von dem man, solange man es nicht gesehen hatte, nicht glauben mochte, es könnte mit seinen ausgesuchten Effekten in der Realität existieren. Im Nest der wulstigen Umhüllung saß das grotesk Häßliche, die Fratze. Immer, wenn Herr Egger den Affen betrachtete, was er täglich tat, packte ihn ein Schauer, etwas Schauriges, das ihm Vertrauen einflößte. Das, was er hier sah, mußte in Wahrheit noch viel wilder sein als der eigentliche Anblick, wie ja auch der Gesang der Amsel ihr eigentliches Körperchen überstieg.

So war der Affe sein Freund und Tröster im Elend geworden, mit dem er sich mehr und mehr verwandt fühlte.

Eines Nachts fuhr er aus dem Schlaf auf und rief: »Aus tiefer Not schrei ich zu Dir.«

Er wußte nicht, wie es dazu gekommen war, aber es drang mit Macht und Inbrunst aus seinem Herzengrund.

Er sang als Gegenmittel das Amselliedchen im Dunkeln »Er küßte sie, sie küßte ihn, Ein Vogel sang im Eschenbaum.« Es half aber nicht recht. Stattdessen erinnerte er sich an einen Besuch seiner Mutter mit ihm, dem Zehnjährigen, bei einem alten Mann in dessen heruntergekommener Behausung. In einer Ecke des Zimmers häuften sich Konservendosen, achtlos dorthin geworfen. Er verkaufte in der Stadt am Straßenrand Heftpflaster. Daher kannte ihn seine Mutter. Sie redete ihn mit »Herr Dr. Schmidt« an und brachte ihm Kuchen, eine kleine Flasche Wein und einen dicken Wollschal. Herr Dr. Schmidt dankte überrascht, auf noble, gemessene Art. Es war schmutzig, aber der Mensch ein vornehmer Herr. »Ein ehemaliger Arzt, der ins Unglück geraten ist«, sagte die Mutter. Es war eine gute Tat von ihr gewesen. Allerdings fiel Herrn Egger nun wieder ein, daß sie mit einem sicher gespürten, aber von ihm nicht aufzuklärenden Gefühl der Schuld gekommen waren und den Mann auch wieder so verließen. Bei seiner Mutter bemerkte er es stärker als bei sich.

Ob er in dunkler Erinnerung an Herrn Dr. Schmidt eine Zeitlang selber Heftpflaster verkauft hatte? Auch ahnte er plötzlich, daß er mit seinem wüsten Zimmer den verlorenen Menschen nachahmte. Von ihm wußte er nichts weiter. Wie würde es mit ihm, Ferdinand Egger, wohl einmal zu Ende gehen? Seine mildtätige Mutter würde sicherlich nicht bei ihm eintreten.

»Aus tiefer Not schrei ich zu Dir«, kam es über seine Lippen. Wen meinte Herr Egger? Da aber geschah es: Zu seinem großen Erstaunen riefen und kreischten die Amsel und der Affe, er war sich ganz sicher, plötzlich wie erlöst mit ihm: »Aus tiefer Not schrei ich zu Dir.« Und es schien Herrn Egger, während Frau und Sohn aus seinem Bewußtsein schwanden, das Angemessene zu sein.

3

SONST BÜRSTE ICH DIR DIE LIPPEN BLUTIG

Ich habe Franziska wiedergetroffen.

Seit ihrem Rückzug nach dem römischen Abenteuer in die eigenen vier Wände war einige Zeit vergangen. Sie hatte das Schlimmste wohl hinter sich. Beinahe heiter lächelte sie mich an, auch wenn ihre Figur noch schwerfälliger geworden war, der Gang leicht watschelnd im Versuch, Schritt für Schritt einen Kompromiß zwischen ihrer Leibesmächtigkeit und den überlasteten Knien zu finden. Kaum sprach ich aber mit ihr, war sie fast die Alte, wenn auch nicht die mit den vorgeschobenen knochigen Hüften aus ihrer verwegensten Zeit. Wer hätte das auch bei einer Frau ihrer Jahre verlangen können! Es ging etwas Mildes, Besänftigtes von ihr aus. Das erleichterte mich sehr. Resigniert wirkte sie keineswegs. Franziska hatte augenscheinlich Frieden mit den Umständen ihres Lebens geschlossen, beweinte sie nicht und wütete nicht dagegen an. So konnte ich das Angebot, mit ihr einen Kaffee in ihrer Behausung ganz in der Nähe zu trinken, ohne Bedenken annehmen. Ich mußte keine Angst vor dem Jammer einer Verzweifelten haben. Ihre robuste Natur hatte über die Verdüsterung gesiegt.

Sie wohnte jetzt in einer stillen Straße, in der ersten Etage eines dunkelroten Backsteinhäuschens, das von außen hinter den Hartlaubgebüschen wie eine kleine Kapelle aussah, da die unteren

Fenster gotisch zuliefen, wie man es aus Kirchen kennt. Die Holztreppe zu ihr hoch war freundlich weiß gestrichen, aber steil und schmal. Und dieser Anblick der massigen Franziska in ihrem grauen Wollmantel, die sich vor mir mit den Stufen abquälte, prägte sich mir sofort ein. Später, zuhause, sah ich sie immer wieder vor mir bei dieser Schwerstarbeit, die sie klaglos, mit schnaufender Würde erledigte. Sicher zehnmal ließ ich den gewaltigen Körper, ich wußte noch nicht warum, die Treppe in ihr Reich hochsteigen. Ich hatte wohl einen Narren daran gefressen.

Selbst befand ich mich nicht in der besten Verfassung. Mit dem Roman »Glamouröse Handlungen« war ich noch keinen Satz weitergekommen, so daß ich das Vorhaben gegen meine Gewohnheit bereits aufgeben wollte. Etwas sperrte sich in mir gegen den alten Plan und wehrte sich bei jeder Annäherung, erhob zwar keinen Einspruch, aber reagierte mit keinerlei Beflügelung, ganz anders als bei den Vogelgeschichten. Ich ließ mich selbst im Stich, meine Stimmung war mürrisch. Franziska mit ihrem Kaffeekochen, fern aller Liebestragik um den Tisch herumwandelnd, von dem die Fransendecke bis auf den Boden hing als Katzenversteck, luftverdrängend zwischen den Möbeln geruhsam watschelnd, diese wiederhergestellte Franziska tat mir da gut.

Jetzt, wo das Kapitel der Amouren endgültig für sie abgeschlossen war, gelang es ihr, gelassen davon zu erzählen. Glücklicherweise tat sie es sogar mit Vergnügen. Sie konnte blindlings zugreifen in ihrem Leben und förderte zuverlässig fette Beute zu Tage. Dabei lachte sie meist wohlwollend vom Thron ihres Fleisches herab auf die nun angemessen geschrumpften Ereignisse.

»Sven, das war ein Kerl! Für mich ein Sonderfall. Ich weiß gar nicht mehr, wo ich den aufgegabelt habe. Schon über fünfzig, nur noch wenig Zähne, aber das gewisse Etwas. Man will diese Männer ja nicht heiraten! Man genießt sie eine Weile. Okay? In Barcelona hat er eine Weile mit viel Erfolg Porträts von Touristen angefertigt, so auf die Schnelle. Immer nahe an der Karikatur. Der hatte den Blick dafür.

Lag im Dauerkrieg mit seiner Exfrau wegen des zwölfjährigen Sohnes. Der arme Kleine, von beiden Seiten gewissenlos verwöhnt natürlich. Die beiden hatten dem zarten Bürschchen hoffnungsvoll den Namen ›Tiger‹ nach einem amerikanischen Sportstar gegeben. Ein richtiger Beruf kam für Sven nicht in Frage, er verstand sich aber auf manches. Der schlug sich sein Leben lang durch, in seiner Jugend wohl auch als Söldner. Wenn er sich nicht rasierte, sah er aus wie ein Obdachloser. Damit rührte er mich besonders. Rauchte und trank aber nicht. Es kam vor, daß er in einem Autowrack schlief. Eine Woche später überraschte er mich im Nadelstreifenanzug. Hatte hohe Schulden und verlieh Geld leichtsinnig an seine Freunde. Einmal versuchte er es mit Zocken, eine Weile vor unserer Zeit. Hat am ersten Abend angeblich 56 000 Euro gewonnen. Am zweiten und dritten Abend alles wieder verloren. Vielleicht zu seinem Glück, weil es ihm eine Lehre war, bevor er süchtig wurde. Eines Morgens holte ihn die Polizei aus unserem warmen Bett und verhaftete ihn wegen illegalen Waffenhandels. Ich erinnere mich noch an seine schreckliche Blässe, die Lippen ganz ohne einen Tropfen Blut. Das war dann das Ende für uns. Solche Sachen habe ich damals mühelos verkraftet.«

Es gefiel Franziska, daß ich ihr so aufmerksam zuhörte. Sie streckte sich gemütlich auf dem Sofa aus. »Meine Elefantenbeine!«, sagte sie. »Vor allem die Fesseln sind im Eimer. Mein Gott, und was habe ich früher für irre Schuhe getragen!«

»Habe ich dir jemals von meiner schönen Mutter erzählt? Vier Kinder, kein Mann und die tollste Figur der Welt. Auch die schlug sich durch, hat viel gearbeitet, meine Supermutter. Unter anderem fiel sie mit ihren todschicken, teuren Hüten auf. Hatte den Kopf dafür. Selbst das blödeste Käppchen sah bei ihr noch umwerfend aus. Einen Haken hatte die Sache allerdings. Sie trug die Dinger gegen Honorar! An einer nicht allzu auffälligen, aber sichtbaren Stelle, das war die Bedingung, hing ein Schildchen mit der Firma und dem Preis. Sie war viel zu nonchalant, um sich was daraus zu machen. Wer würde bei einer so eleganten Frau schon daran

Anstoß nehmen, besonders weil sie die Schildchen sehr diskret zu drehen wußte. Wir Kinder bewunderten sie. Das rettete uns davor, zu verwahrlosen, denn natürlich waren wir viel uns selbst überlassen.

Liebhaber ließ sie nur zu, wenn die mit uns klarkamen. Einer von ihnen saß immer bei uns in der Küche, wenn sie auf Achse war, und was machte er? Er stickte, stickte mit seinen groben Händen Vögel und Blumen! Wahrhaftig, der stickte und besaß einen originalen Stickrahmen wie unsere Großmütter. Keiner lachte damals darüber, wie wir beide es jetzt machen. Als ich größer war, erzählte mir meine Mutter, er habe auch als eine Art Heiler gearbeitet und die Leute dadurch repariert, daß er ihnen ausführlich schilderte, wie krank, viel schwerer als sie selbst, andere Patienten von ihm seien. Dann schämten sie sich wegen ihrer Bagatellen und beschlossen, gesund zu sein. Er paßte auch auf ihre kleine Leihbücherei auf, alle Bücher in selbstgebastelten roten Einbänden. Ein Filou, wie sie es gern hatte, war er trotzdem. Diese Männer kamen, und irgendwann verschwanden sie sang- und klanglos. Krach gab es nie. Komisch, als Kind spürt man die Dichte der erotischen Atmosphäre genau. Auch wenn sie abnimmt, kriegt man das mit. Wir wußten: Jetzt dauert es nicht mehr lange.«

Auf dem Boden standen einige immergrüne Pflanzen, an den Wänden hingen Franziskas Aquarelle. Ich sah sie nacheinander an. Sie rührte sich nicht aus ihrer wohligen Lage auf dem Sofa, verfolgte aber wohlgefällig, daß ich ihre Werke begutachtete. Sie hatte das Malen in einem Volkshochschulkurs gelernt und schätzte ihre Fähigkeiten realistisch ein. Sie habe es inzwischen aufgegeben, an den Wänden sei ohnehin kein Platz mehr dafür. Von dem, was sie jetzt versuche, sei sie selbst »vollkommen überrascht«. Sie werde es mir noch verraten.

Ich könne mir nicht vorstellen, wie glücklich sie sich in dieser Wohnung fühle. Es sei ihre Heimat, der feste Punkt in ihrem so lange Zeit unruhigen Leben. Endlich der sichere Hafen und Schutz bis zu ihrem Ende. Ihre Vermieterin im Erdgeschoß sei eine großartige Person. Man rücke sich nicht auf die Pelle, begegne sich aber mit Achtung, ja voller Zuneigung. Ein wunderbarer Mensch.

»Ich besitze nicht viel, wahrhaftig nicht, aber es langt so gerade. Mein erfolgreicher Bruder macht mir ab und zu kostbare Geschenke, eine Handtasche, eine teure Sonnenbrille, einen Wintermantel aus Kaschmir, der inzwischen aussieht wie das Fell einer alten Wölfin. Macht nichts, wird trotzdem angezogen. Herrlich ist es, ohne die verfluchten Depressionen, vor denen man nie sicher ist, so wie ich jetzt auf dem Sofa zu liegen und zu druseln. Man schläft nicht, man denkt nicht, nicht mal an die Ewigkeit oder das Nichts, du weißt ja, ich bin Buddhistin, man fühlt kaum, man ist nur vollkommen friedlich und träge da, ist kuhblöde vorhanden. Dann tauchen allmählich Sachen aus der Vergangenheit auf, als ich mir noch zu den Kleidern die verrückten Schuhe färbte, rot, blau, gelb, nichts für Regenwetter natürlich, und jeden kriegte, den ich wollte, ohne Gnade jeden. Wie habe ich das bloß angestellt!

Eines Tages hörte ich, das war noch in einer anderen Wohnung, ein Geräusch an der Tür, spätabends, aber wie von einem Handwerker. Als ich schließlich nachsah, war meine Wohnungstür halb zugemauert. In einem Korb dahinter lag eine junge Katze mit einem bösartigen Kartengruß von einer gewissen Ute, oder, ich weiß nicht mehr, Elke, die genau wußte, daß ich mich des Tierchens erbarmen würde, auch wenn es überhaupt nicht in mein damaliges Leben paßte. Freundlich war das Geschenk nicht gemeint, das kannst du mir glauben. Warum hat die das gemacht, Charlotte? Natürlich aus Eifersucht. Komisch, das Gefühl kenne ich eigentlich nicht. Einmal allerdings, ein einziges Mal ...«

Ich schlich nach Hause. Der beschwingende Effekt von Franziskas Plauderei verlor sich. Als ich ihre Stimme nicht mehr hörte, verließ mich, mit jedem Meter mehr, der Mut. Stattdessen sah ich sie als mächtige Kirchenglocke die schwierige Treppe hochschwanken. Warum trottete ich so trübselig in unsere Wohnung, fern der Seelenruhe Franziskas, die ich neulich nur bedauert hatte? Nicht, daß ich nicht weiterkam mit dem Roman, war der

Grund für meine schlechte Laune. Das hätte ich mir nur gern eingebildet, wußte es aber besser: Ich machte keine Fortschritte bei meinem Vorhaben, weil ich mich zum ersten Mal im Leben fragte: Wozu, ganz grundsätzlich, all die unvernünftige Mühe der Schreiberei?

Ich war schon zuhause angelangt, wo mich Paul nicht erwartete, um mich aufzuheitern, da er sich auf einer längeren Geschäftsreise befand, als ich bemerkte, wie mich sogar Franziskas Abschiedsgruß, oben von der Treppe aus hinter mir hergerufen, betrüblich stimmte, als sollte ich verspottet werden. Denn sie kannte ja meinen Beruf: »Ich liebe in Büchern am meisten handfeste, auch düstere Schicksale. Krieg, Verfolgung, Flucht, Vergewaltigung, Hunger. Darum geht es doch in der Welt. Es nimmt mich mit und lenkt mich ab.«

Brav, Franziska! Die Düsternis des Weltgeschehens in ungeniert unterhaltsamer Aufbereitung.

Was war mit der großen Freude meines Lebens, meinem mir zugeteilten Glück, das nur wenige von innen kannten und die meisten niemals kennenlernen würden? Empfand man es als Anmaßung, daß ich aß und trank und schwätzte wie sie, aber dabei in das Aufspüren geheimer Botschaften vertieft war, gerade wenn ich das im täglichen Umgang zu verbergen suchte?

Ich trank ein Glas Portwein, beschloß, über meine Empfindlichkeit zu lachen und mir die Haare zu waschen.

In den nächsten Tagen dachte ich oft an Franziska, an die ozeanblauen Augen ihrer Katze, die, wie sie erzählte, nach anfänglicher Tierheim-Verschrecktheit nachts bei ihr auf der Bettdecke schlafe und ein großer Trost in der Einsamkeit sei, anders, aber ähnlich stark wie die tägliche Meditation vor ihrem kleinen Buddha-Altar, ohne die sie ebenfalls nicht leben könne. Vor allem sah ich Franziska durch die von ihr so sehr geliebte Wohnung taumeln, die sie sich zu einem Nest umgestaltet hatte, mit vielen Plätzen, auf denen man sich als Mensch oder Tier niederlassen konnte, ob man nun dösen wollte oder einen der Romane lesen, die sie schätzte, schwere, gern auch schreckliche Schicksale, Dramen unserer Gegenwart, wie man sie auch aus den Zeitungen erfährt, nun aber packend und gefühlvoll ausgeschmückt. Ihr, Franziska, gönnte ich diese Freuden.

Als ich das nächste Mal hinter ihr die Treppe hochging, hatte vorher die gepriesene Vermieterin, eine schlanke Frau mit auffallend hellen, prüfenden Augen, gerade als Franziska mir öffnete, das Haus verlassen wollen. Sie grüßte freundlich. Wirklich, eine auf Anhieb sympathische Person, aber ein ganz anderer Typ als Franziska. Das war sicher genau das Richtige für ihr distanziertes Zusammenleben in der kleinen Behausung. Ich weiß nicht, aus welchem dunklen Antrieb ich zu ihr überflüssigerweise sagte: »Meine Freundin fühlt sich so außerordentlich wohl bei Ihnen.« »Ich weiß«, antwortete sie. Etwas in ihrem Tonfall beunruhigte mich.

Franziska kochte Kaffee und streckte sich auf dem Sofa aus. Sofort folgte ihr die Katze, die alles aus einem Winkel beobachtet hatte, und schmiegte sich an ihre Hüfte. Was für ein dauerhaftes Bild!

»Von Boris, dem Koch, der unwillkommene Gäste mit scharf gewürztem Hundefutter aus der Dose bewirtete, habe ich noch nicht gesprochen? Tatsächlich nicht? Da wird's höchste Zeit. Seine Eltern stammten aus dem Kosovo, Bosnier oder Kroaten, keinesfalls Serben, hab's vergessen, obschon es für ihn furchtbar wichtig wurde. Er war im Grunde ein fröhlicher Bursche, hübsch, etwas jünger als ich. Hatte es im Bett aber drauf! Hinterher machte er immer Crêpes Suzettes für mich. Kennengelernt habe ich ihn im Zug, am Stehtisch bei einem Bier. Da kam er in seiner extra abgeschabten Lederjacke und fragte, ob er sich dazustellen dürfe. Im Nu rückte er mit seinem Lebenslauf raus. Damals, am Tag seiner Kochprüfung, habe er in seiner Wohnung mit neunundvierzig Kameraden, seine Zensuren seien die besten gewesen, ordentlich gefeiert. Ich solle mir das vorstellen, fünfzig Köche außer Rand und Band! Nachts, um 2 Uhr 37 Minuten, nie werde er das vergessen, habe es an der Tür geklingelt. Er selbst, nur im Hemd, sonst nackt, öffnete. Draußen standen vier Feldjäger, die ihn ruckzuck mitnehmen wollten. Als er sich wehrte, wurde er von allen vieren geohrfeigt, »Das ging klatsch, klatsch«, sagte er. Wenige Stunden später habe er im Flugzeug nach Bosnien, oder eben Kroatien, sie könne es nicht auseinanderhalten, gesessen. Die Sache sei die gewesen: Obschon volljährig, habe man ihn während der Ausbildung mit dem Militärdienst verschont. Pünktlich nach Abschluß der Prüfungen sei er aber fällig gewesen für den Krieg, für diesen grausamen Krieg damals. Die erste Warnung, eine Art Gestellungsbefehl oder so, habe er zerrissen. Pazifist eben. Jetzt sei die Bundeswehr laut Vertrag zuständig für die Auslieferung gewesen. Man habe schon gelauert auf ihn und ihm keine Zeit zur Besinnung gegeben. Die hätten in seinem Geburtsland dann schnell gemerkt, daß er als Hobbyschütze einige Erfahrung besaß und ihn zur Scharfschützenausbildung gezwungen.«

Franziska legte die Beine anders, die Katze glich sich mühelos an. Wieder dachte ich: Was für ein dauerhaftes Bild!

»Scharfschütze! Du kannst dir denken, was das im jahrelangen Einsatz bedeutet? Ich habe nachts neben ihm erlebt, wie er aus dem Schlaf hochfuhr, der arme Mensch, das Gesicht verzerrt, als wäre er ein anderer, schweißnaß, zitternd zusammengekrümmt wie ein frierendes Hündchen, manchmal schreiend. Am Tag gab er natürlich ganz den harten Mann. Der Krieg war lange vorbei, aber keine Tabletten, keine Psychotherapie konnten ihm helfen. Nichts. Ich versuchte natürlich, ihn zu beruhigen, aber das schaff mal bei einem derart von seinen Toten in Alpträumen gequälten Jungen! Tagsüber war er lustig, fast zu sehr, beinahe übertrieben, auch wenn ihm dauernd ein Auge zuckte, mal das rechts, mal das linke. Lassen konnte er es nicht. Eine Weile fuhr er mit einem reichen Australier, der nicht mehr lange zu leben hatte, durch Frankreich und beriet ihn beim Besuch der besten Restaurants. Irgendwann ist er mit seinen alten Eltern, die dort sterben wollten, zurück in die zerstörte Heimat gegangen.«

Mir kam zwischendurch der Gedanke, Franziska würde diese Geschichten hervorkramen, um mir etwas anzubieten, das besser für mich war als Kaffee und Plätzchen: Figuren mitten aus dem Leben, die ich vielleicht für meine Romane verwenden könnte. Dabei hatte ich keinen Mangel daran, das aber schon öfter an Leuten beobachtet, wenn sie meinen Beruf erfuhren. Sie freuten sich sehr, wenn manches, das von ihnen stammte, in den Büchern auftauchte, ja, das interessierte sie am meisten, wenn nicht in Wahrheit ausschließlich.

Es klopfte. Franziska benötigte einige Zeit, um zu öffnen. »Jetzt stelle ich dir die wunderbare Sarah aber mal richtig vor«, sagte sie zu mir und wies mit seligem Lächeln auf die Vermieterin. Wirklich eine liebenswürdige Person, die ihre hellen Augen durch das Zimmer wandern ließ. Wieder beschlich mich eine mir unerklärliche Ängstlichkeit. Wieder sah ich, während wir alle drei schon hier oben standen, Franziska mit ihren ungefügen Formen vor mir die Treppe hochsteigen, leicht schwankend bei jeder Stufe neu nach dem Geländer greifend.

Sarah verabschiedete sich für ein paar Tage, da sie zu ihrem erkrankten Freund fuhr. Die beiden Frauen umarmten sich herzlich, wie mir schien. Die Vermieterin, so straff und schneidig, machte Franziska jedoch unwillkürlich plumper im Vergleich.

»Ihr Freund! Die Männer!«, sagte Franziska, als Sarah fort war. »Sie bestimmen eine sehr lange Zeit unser Leben, ob sie nun gemein sind oder phantastisch. Ich bin mittlerweile ganz froh, damit durch zu sein. Es reicht. Ich bin sie satt.«

Zuhause, noch immer ohne Paul, fiel mir meine Mutter ein, ihr entrücktes Lächeln, wenn sie die Verse eines Dichters zitierte. Sie wollte gar nicht wissen, ob sein Charakter der eines Gentleman oder Schweinehundes war. Hatte er nicht unbegreiflich schöne Worte geschrieben, Göttliches sozusagen, das kein ausgegrabener biographischer Dreck beschmutzen konnte und das nun losgelöst von ihm, der nur eine Durchgangsstation gewesen war, als strahlender Gipfel aus Fels und Eis, als blitzender Himmelskörper wirkte? Wie freute ich mich, als noch einmal ihr verzücktes Gesicht vor mir erschien und ich aus ihrem klar artikulierenden Mund die Verse hörte, die in solchen Momenten ganz durchschimmerten, bis das Licht erlosch im Alltäglichen. Was hätte wohl so ein Dichter, gerade in eine seiner Schäbigkeiten verwickelt, empfunden, wenn er sie in einem dieser Augenblicke erlebt hätte? Für den Zyniker ein Grund zum Gelächter, für die anderen einer zum reumütigen, wenn auch folgenlosen Weinen?

Das Bild der bei Bewältigung ihrer Treppe leise stöhnenden und auf den obersten Stufen laut ächzenden Franziska begleitete mich weiterhin. Plötzlich vermutete ich, daß ich mich selbst in dem Anblick wiederfand. Ich war es, die mühevoll und taumelnd mit der Arbeit weiterkommen wollte. Das mußte es wohl sein, deshalb beschäftigte es mich. Franziska, immerhin, kam oben an!

Dabei ahnte ich, daß es noch eine weitere Bedeutung gab. Man muß warten, bis die Anblicke die reine Durchsicht auf ihre Botschaft freigeben. Es ist ein Fluch und ein Glück, selbst kleinste Anlässe als bedeutungsvolle zu erfahren, so daß vielleicht völlig unangemessene Explosionen entstehen.

»Die Menschen brauchen Orientierung und Ordnung«, heißt es in der Politik und in der Literaturrezeption. Große Stoffe werden verlangt. Wer aber die blitzschnellen, geheimen Vorgänge zwischen den Individuen und die widersprüchlichen in sich selbst ans Licht befördert, die schließlich die Handlungen erzeugen – egal ob eine Ehe oder ein ganzes Volk draufgeht –, den sieht man an wie jemanden, der im aktuellen Jahrtausend Masche für Masche Topflappen strickt.

Ich setzte mich seufzend an den Schreibtisch, schrieb eine Reihe von Wörtern extra falsch, las sie mir vor und versuchte, mich kaputtzulachen. Ab und zu brauche ich das. Es ist eine Rache am beinhart Richtigen. Man reibt sich die Hände.

Schreiben ist eine einsame Sache. Klingt toll! Sie treibt uns zwischendurch zu idiotischen, desperaten Spielchen und Gedankengängen. Dem berüchtigten weißen Blatt, aus dem man gern eine

Legende macht, sitzt man ja nicht tatsächlich gegenüber. Man ist selbst das leere Blatt! Man schreibt auf der eigenen Leere Figuren, die man aus der spurlosen Weiße in sich selbst hervorpreßt.

Bis ich Franziska wiedersah, verging einige Zeit. Kaum hatten wir drei uns dann aber, sie, die Katze und ich, auf unsere Plätze begeben, legte sie los, mit frischem Schwung. Nur einmal fragte ich mich: Was schwätzt sie mir da für einen Lebenslauf auf? Ob sie sich einfach mit Vergnügen in andere Existenzen reindenkt und sie zu ihren eigenen macht, wie man gebrauchte Luxuskleider aus dem Second-Hand-Shop anzieht, die man sich neu nicht leisten könnte?

»Warst du jemals in Afrika? Nein, nicht mal in Kenia, wo heute jeder hinfliegt, um tolle Fotos zu machen? Ich bin viel früher da gewesen. Knapp über zwanzig war ich erst und hätte mir auch kurz vorher nicht träumen lassen, daß ich sie alle aus nächster Nähe ansehen würde: Zebras und Impalas in rauhen Mengen, kämpfende Löwen, Gepardinnen, die für ihre Jungen ein Impala erbeuten und es nicht gleich umbringen, damit die Kleinen an dem verletzten Tier das Töten lernen. Mein Gott, diese herrlichen, rasenden Tiere bei der Jagd! Es waren großartige Wochen und Monate, jedenfalls in der ersten, noch glücklichen Zeit, ein phantastisches Leben! Denn ich lebte ja nicht ohne Grund dort, lebte ja nicht allein. Immerhin hatte ich mein Studium für einen Mann aufgegeben, ohne groß nach rechts und links und überhaupt genau hinzusehen.

›Afrika‹, sagte der gewisse Mann, ›ist kein Lebenskampf auf Entfernung mit Speer und Bogenschießen. Das ist Nahkampf mit Axt, Beil, Schwert.‹«

Sie schloß die Augen im noch immer dichten schwarzen Wimpernkranz und legte den Kopf weit in den Nacken. Was für ein kräftiger, glatter Hals, als wäre er aus lauter fettem Speck. Dann fuhr sie hoch und rief:

»Diese Landschaften und Sonnenuntergänge. Dafür muß ich immerhin dankbar sein. Anfangs auch für die Liebe. Ich weiß nicht, was mich an dem Dokumentarfilmer so verhexte. Das Abenteuerliche? Ich war noch eine dumme Jungfrau, und nun interessierte sich jemand für mich, der afrikanische Tiere filmte und damit sogar Geld verdiente! Ich habe nicht lange gezögert, als er mich heiraten wollte. Es gab ja auch niemanden, der auf mich aufgepaßt und gesagt hätte: ›Kind. Du machst einen verhängnisvollen Fehler.‹ Natürlich hätte es auch nichts genutzt. Also ließ ich das knapp vorher begonnene Psychologiestudium hinter mir, wäre wohl sowieso nichts geworden, und ging mit ihm als seine Frau auf den anderen Kontinent. Es folgten wunderbare Wochen, den Wochen aber scheußliche Monate. Daß sich der Kerl an manchen Tagen mehr von einem Rudel Gazellen oder einem Nashorn fesseln ließ als von mir, verstand ich zur Not. Nicht aber, wenn es sich um die Frauen seiner Kollegen handelte. Ich, in meiner schwärmerischen Unerfahrenheit, konnte nicht beurteilen, wie tolerant man in meinem Fall zu sein hatte an der Seite eines so tollen Burschen und Liebhabers, den alle weiblichen Personen, die in seine Nähe gerieten, anhimmelten. Es schmeichelte mir anfangs natürlich, dann kam ich dahinter, daß er mich mit größter Selbstverständlichkeit betrog. Er schien bei den Weibern nie auf Widerstand zu stoßen. Das zu seiner Entschuldigung.«

Sie öffnete die wieder geschlossenen Augen und schüttelte den Kopf, offenbar über ihre damalige blutjunge Einfalt, die sie jedoch mittlerweile zum Schmunzeln brachte, aber vielleicht doch mit etwas Bitterkeit?

»Eine ziemlich schreckliche Situation. Ich stand ja, kaum volljährig, ganz allein auf der Welt. Das bißchen Geld, das ich geerbt hatte, steckte in seinem Projekt. Für die Fahrkarte nach Deutschland reichte es gerade noch. Dort halfen mir, so gut sie konnten, meine in alle Welt verstreuten Geschwister bei der Scheidung und über allzu viele Tränen und das Äußerste meiner finanziellen Notlage hinweg.«

Mir war dieser Abschnitt aus Franziskas Leben ganz und gar unbekannt. Niemals hatte sie von ihrer Heirat gesprochen, auch nicht von den irrsinnig schnellen Großkatzen und den tropischen

Dämmerungen, nie von dem Windhund, der ihr den ersten großen Liebesschmerz bereitete, so lange anhaltend, wie es später nie wieder geschah. Da war sie gewitzt, da legte sie keiner mehr rein. Da behielt sie stets die Oberaufsicht! Und jetzt, während sie so genießerisch mit ihrem heimatlichen Sofa, den vielen Kissen und der blauäugigen Katze dazwischen verwuchs, amüsierte sie sich in Erinnerung an ihre hochfliegenden Träume von damals.

»Eine ziemlich brutale Lehre für mich Unschuldsengel. Dann galt: Lektion begriffen, verdammt nochmal!«

Als ich ging, schon im Dunkeln diesmal, kam mir im Vorgarten die Vermieterin entgegen. Sie begrüßte mich auffällig erfreut und wollte augenscheinlich ein Gespräch mit mir anfangen, denn sie vertrat mir regelrecht den Weg. Leise redete sie auf mich ein. Hatte sie etwa Angst, Franziska könnte sie durch ein geöffnetes Fenster hören?

Ihr Freund sei schwer erkrankt, vielleicht sogar sterbenskrank und auf ihre Hilfe angewiesen. Deshalb benötige sie dringend die obere Wohnung. Ihre eigene reiche nicht für zwei. Ein Fall von Eigenbedarf. Kurz, Franziska, diese ihr ja liebe Person, müsse leider so schnell wie möglich ausziehen. Und bitte im Guten! Es gebe keine andere Wahl. Sie habe hin- und herüberlegt. Ihre eigene Lage sei schmerzlich genug.

»Wie süß erkaltet mir das Herz«, nein, nicht süß, sondern schauerlich. Ich war entsetzt und wollte auch kein Verständnis für die Situation dieser Sarah aufbringen. Ein schwererer Schlag als die Vertreibung aus ihrer Wohnung konnte Franziska, die aber sicher nicht protestieren würde, nicht treffen. Bevor ich ihr Einwände, Bitten, Bedenken vorstammeln konnte, sagte die Vermieterin: »Ich weiß, ich weiß. Es hilft aber nicht. Es muß sein, und zwar schnell. Bereiten Sie recht bald bei ihrem nächsten Besuch Franziska schonungsvoll darauf vor. Die Zeit drängt. Sie sind vertraut mit der guten Seele. Es wird ihr dann nicht ganz so wehtun. Ich verlasse mich auf Sie.« Es klang, als würde sie sagen: Mehr Zartgefühl dürfen Sie von mir nicht verlangen!

Die zügige Person drückte mir die Hand. Im ersten Anlauf schossen unsere Hände aneinander vorbei. Sie bestand auf einem zweiten Versuch und ließ mich dann zurück mit ihrem Befehl.

Sterbenskrank? Wenn das bloß stimmte! Ratlos stand ich eine Weile in der Nacht und rührte mich nicht. Dann riß ich mich zusammen, lief beinahe weg von dem traulichen, trügerischen Häuschen mit den Kapellenfenstern.

Der Anblick Franziskas, vertrauensvoll die Seufzertreppe zu ihrer Wohnungstür hochschwankend, die Szene, in der ich mich selbst zu erkennen glaubte, kehrte zurück. Hatte ich vage gewittert, daß ihr wuchtiger Körper sich auf einer allzu zerbrechlichen Unterlage hochkämpfte, einer hölzernen Stufenfolge, die von Anfang an wußte: Für diese Frau bin ich nicht geschaffen, eine Mieterin, die sie, die Treppe, nun abschütteln würde, selbst wenn die unglückliche Franziska sich dabei den Hals bräche? Franziska, die von dem ihr bevorstehenden Kummer noch nichts ahnte und gemeint hatte, sie würde ihre endlich gefundene Heimstatt erst verlassen, wenn sie stürbe?

Und ich hatte mich schon bedauert, als ich das Häuschen mit den blauen Schlagläden so abrupt räumen mußte, obschon unser eigenes auf mich wartete und ich seiner Freundlichkeit sicher sein konnte!

Die wunderbare Sarah ging fälschlicher- oder einfach bequemerweise von einer sehr vertraulichen Beziehung zwischen mir und Franziska aus. Erst während der paar Besuche bei Franziska hatte unser Kontakt sich ein wenig dahin entwickelt, eher zufällig und keineswegs stabil. Ich fürchtete mich davor, Franziska ihr Unglück zu offenbaren, und wußte nicht, ob ich mit einem Zusammenbruch oder einem Tobsuchtsanfall zu rechnen hätte. Beides würde ich hilflos mit ansehen müssen. Ja, ich fürchtete mich, ich zögerte. Dabei galt es, der vielleicht ungeduldig werdenden Vermieterin zuvorzukommen.

Ich gönnte mir noch eine Gnadenfrist in meiner im Vergleich mollig warmen Misanthropie und vertiefte mich in meine persönlichen Probleme. War nicht letzten Endes jedes unscheinbare Vögelchen in der Fülle von Gestalt und Organismus staunenswerter als jede Zeile und Geschichte? Nie genügte man ja der Welt! Kaum nämlich habe ich den Zustand einer oder meiner eigenen Verfassung in Worte gefaßt, entschlüpft diesen Sätzen die Vision eines noch wahreren. Die Formulierungen sind nur eine Kruste, unter der sich eine wesentlich differenziertere Wirklichkeit uneinholbar Bahn bricht – und so unendlich weiter.

Auf der anderen Seite ist man immer im Dienst und der Kopf fast pausenlos damit beschäftigt, aus jeder Beobachtung, jeder Redewendung einen Geschichtenanfang in der 3. Person zu bilden. Ist diese 3. Person »Ich«, wird sie, literarisch konturiert, automatisch, jawohl, ganz zwangsläufig beschränkter, dümmer als ich, die sie entworfen hat. Stets liegt ein ungenauer Doppelgänger auf dem Sprung. Ohne es zu beabsichtigen, befinde ich mich in einer parallel zur Realität sich bildenden Welt, als wäre das mein eigentlicher Lebenssinn. Und ist ein Fundstück notiert, scheint der Tag, wenigstens der Augenblick, die Stunde, ins Sinnvolle gerettet zu sein.

Ich raffte mich auf. Ein Grund für die Schnelligkeit, mit der ich wieder bei ihr auftauchte, würde mir, falls nötig, sicher einfallen. Als sie mir die Haustür öffnete, versuchte ich, in ihrem Gesicht zu lesen. Verräterische Anzeichen fand ich nicht. Sarah hatte also noch geschwiegen, oder sollte ich den ruhigen Ernst in Franziskas Zügen als Resultat der bereits verarbeiteten Schreckensnachricht deuten? Unmöglich! Dafür war die Botschaft zu katastrophal. Half ihr der Buddhismus darüber hinweg? Kisten standen jedenfalls nicht herum.

Noch lauerte ich und beäugte sie in banger Stimmung. Da erzählte sie, sie habe sich einen kleinen bunten Wandteppich für ihr Schlafzimmer gekauft. Etwas zu teuer für ihren Geldbeutel, aber nun könne sie, vom Bett aus, jeden Abend die feurigen Ornamente studieren und sie als Muster ihres Lebens betrachten bis zu dessen Ende irgendwann in diesen endlich heimatlichen vier Wänden.

Damit war meine stumme Frage beantwortet. Die unselige Eröffnung wurde mir nicht abgenommen. Ich konnte meine bekümmerte Miene vor ihr nicht verstecken, besonders, weil sie der angeschmiegten Katze einen kleinen Puff gab und diese den Spaß sofort begriff, sich um so heftiger an ihren Schenkel drückte und mich mit dem Hochmut einer für alle Ewigkeit Besitzenden ansah. Ihr beide, dachte ich, und der Jammer schwoll in mir an, werdet aber mit Sack und Pack ausziehen müssen. Es bleibt nur zu hoffen, daß ihr eine erschwingliche, annehmbare neue Bleibe findet.

»Warum kuckst du so bedröppelt, Charlotte? Richtig trübselig und angematscht.«

Ich lauschte angestrengt nach unten. Schließlich erkundigte ich mich kühn und schweren Herzens: »Deine Sarah ist nicht zu Hause?«

Sie sei bei ihrem Freund und habe dort zu tun. Krankenpflege.

Ich versuchte, mich dem traurigen Kern des Themas zu nähern: »Wie bist du eigentlich ohne Brotberuf die lange Zeit finanziell über die Runden gekommen? Wenn ich so indiskret fragen darf.«

Franziska reckte sich gemächlich. Sie rüstete sich offenbar für einen längeren Bericht und warf den Kopf wieder so machtvoll in den Nacken, daß ich dessen blanke Feistheit bestaunte.

»Mein Bruder, der im Rheinland wohnte, nahm mich nach dem afrikanischen Desaster unter seine Fittiche. Er überredete mich zur Schnellausbildung als Lehrerin. Da wurde nicht groß gefackelt, ob mir der Beruf nun lag oder nicht. Ich mußte so flott wie möglich selbständig werden. Ein bißchen Psychologie hatte ich ja schon in petto. Das Nette: Während des Studiums lernte ich jede Menge Männer kennen. Ich bediente mich, wie ich wollte, auch aus Rache an diesem fragwürdigen Geschlecht!«

Franziska lachte kollernd und steckte mich damit an. Ihre mittlerweile matronenhaft ausladenden Brüste schmolzen rechts und links von ihrem Körper zu den Seiten weg. Was hätte sie wohl in ihren wilden Jahren, ganz mager vor Lebenslust, zu dieser üppigen fremden Frau gesagt? Wir aßen kleine Baisers, pistaziengrüne und himbeerrote Macarons, die ich mitgebracht hatte. Ich wollte, glaube ich, damit im Voraus um Verzeihung für die bittere Pille bitten. Gleichzeitig geriet ich, bei jedem Bissen mit den Zähnen den zarten Widerstand der Kruste durchbrechend, in eine trotzige Zerstörungslust.

»Ich bekam nach dem ersten, mehr schlecht als recht absolvierten Examen eine Anstellung in einem Eifelnest. Wer kein Auto besaß wie ich, konnte nicht davon ausgehen, im Winter in die nächste Stadt zu gelangen, wenn die Busse es nicht durch Schnee und Glatteis schafften. Unmöglich war es, abends auszugehen. Natürlich fühlte ich mich sofort eingesperrt, am meisten durch die enervierende Geduld der beiden Kolleginnen angesichts meiner Anfängerfehler. Nachts biß ich oft, erschöpft von deren pädagogischer Sanftmut, vor Wut ins Oberbett.

Liebhaber konnte man mir, der Hexe, nicht verbieten, aber man appellierte daran, daß ich ein Vorbild zu sein hätte. Der gesamte Ort sah mir ja zu bei meinem Treiben. Das war gar nicht verwunderlich, denn wer traute sich schon in die Einöde, hoch über einem See, abgeschnitten von der Welt? Ich hätte am liebsten, wenn ich mit meinen wehenden langen Haaren und in meinen kurzen Röcken durch den Ort ging, allen Gardinen die Zunge rausgestreckt. Immerhin bezog ich ein festes Einkommen und legte tatsächlich mit Ach und Krach das zweite Examen ab. Das klappte vermutlich nur, weil ich dem Hauptprüfer meine schwärzesten Kirschenaugen machte. Dafür sah er mit seinen blassblauen über meine schlimmsten Mängel hinweg. Kein Beruf für mich. Ich gab mir Mühe, aber saß dabei wie auf glühenden Kohlen. Nicht wegen der Kinder. Die bezirzte ich mit selbsterlebten Geschichtchen von Löwen, Elefanten, Giraffen, ich habe ein erstaunliches Talent im Erzählen, sondern weil mir die dauerhaft von mir enttäuschten, durch und durch tadellosen Kolleginnen auf den Keks gingen. Ihre anfängliche milde Fürsorglichkeit hatte ich allerdings zurückgewiesen. Gerügt wurde ich zur Strafe jede Woche, in stummer Form aber jeden Tag, vor allem wegen meiner Schlamperei. Da konnte dich schon das heulende Elend packen, sage ich dir. Nur Schnaps, hochprozentiger, im stillen Kämmerlein konsumiert, half dagegen.«

Wieder lachte Franziska, nun fast übermütig, ja schadenfroh in die Luft.

»Dann kam, wenn auch in Gestalt eines Unglücks, für mich das Riesenglück. Es war eine kleine Katastrophe, durch die mußte ich durch, aber dann wurde daraus eine Art Entschädigung für all den Mist, den ich bis dahin erlebt hatte. Ohne das, was ich damals anstellte, würde ich niemals am Ende in dieser heimeligen Höhle gelandet sein, meinetwegen auch gestrandet.«

Der letzte Satz stach mir ins Herz. Wollte mir ein böser Geist meinen Auftrag noch schwerer machen?

»Um durchzuhalten, mußte ich mich mit den Schülern gut stellen, klar. Mit den Eltern war es schon schwieriger. Schließlich erschöpfte sich auch mein Vorrat an Erzählungen von wilden Tieren. Also dachte ich mir was Abenteuerliches für die Bürschchen aus. Wechsel der Szenerie, Lagerfeuer am Waldrand, Gebratenes am Spieß und so weiter. Das war damals noch origineller als heute. Auch für mich selbst was Neues. Es lief zunächst gut mit den begeisterten Kleinen, nur wollte das Feuer nicht losprasseln. Für alle Fälle hatte ich Brennspiritus mitgebracht. Den schüttete ich, wohl schon am Ende meiner Geduld, da Flammen und Glut sich nicht zeigen wollten, in großzügiger Menge in das spärliche Feuerchen. Der Effekt war himmelschreiend.«

Franziska schlug sich, noch einmal entsetzt bei der Erinnerung, beide Hände vors Gesicht und stammelte einige Male, sich steigernd, »O Gott!«

»Ich hatte zuerst das Gefühl, die Kinder, die im Kreis darum herumsaßen, würden alle lichterloh brennen. Ganz so fürchterlich war es dann nicht. Aber leichte Verbrennungen hatten sie alle. Du kannst dir den Skandal in diesem Nest, fernab in der Eifel, ja ausmalen. Mit Ermahnungen und Verwarnungen war es nicht mehr getan. Alles haute auf mich ein, Polizei, Behörde, Eltern. Ich war am Boden zerstört und hatte es doch nur gut gemeint. Und womit endete das Ganze?«

An dieser Stelle lachte sie wieder, verschmitzt, kopfschüttelnd. Sie schlug sich mit den flachen Händen erstaunlicherweise heftig auf den Bauch und aß zeitverzögernd drei Macarons hintereinander weg.

»Das Ende vom Lied, Charlotte, das großartige Ende des düsteren Liedes: Ich wurde zwangspensioniert wegen Untragbarkeit. Das Risiko, eine wie mich zu beschäftigen, wollte die Behörde nicht länger eingehen. Sie hatten es bestimmt auch als Bestrafung gedacht, für mich war es das reine Glück, endlich mal Schwein gehabt, auch wenn die Pension selbstverständlich klein ist wegen der wenigen Dienstjahre: Sie langt für meine Ansprüche. Der Staat muß für mich blechen. Muß blechen für die gute, von der Welt so schlecht behandelte Franziska. Außerdem ist ausreichend Zeit für kleine Nebenverdienste. Ich nähe den Leuten Hosen und stelle Schmuck her. Ich bin in Sicherheit und gerettet bis zu meinem Tod, der hoffentlich noch lange auf sich warten läßt. Nun weißt du auch das.«

»Soviel Glück ist nicht selbstverständlich«, setzte ich matt in eher tastender Verfolgung meines Auftrags an. Selbst meine Knochen waren verzagt. »Davon kann man nie ausgehen, man kommt nicht zuverlässig ungeschoren davon. Plötzlich bricht ein Unheil über uns herein. Dafür muß man sich prinzipiell wappnen.«

Sie betrachtete mich mit leichtem Befremden und unterbrach schließlich mein verlegenes Gefasel.

»Das weiß ich doch selbst nur zu gut. Das muß mir keiner sagen. Darum bin ich doch so selig über meine warme Kapsel hier, ohne große Ansprüche, aber wohlbehütet. Übrigens bist du heute tatsächlich sehr blaß.«

Ich holte tief Luft, um die Bänglichkeit in mir zu beherrschen und Franziska über ihre wirkliche Lage aufzuklären. Sie richtete sich aber in diesem Moment auf, und der ernste Gesichtsausdruck unserer Begrüßung erschien nun wieder:

»Ein Beispiel für das Unglück, Charlotte, ganz frisch. Gestern ist der Freund meiner lieben Sarah in ihren Armen gestorben. Damit hatte keiner gerechnet. Es ist ein großer Schmerz für sie. Heute Morgen rief sie mich an. Sie konnte vor Schluchzen kaum sprechen. Persönlich habe ich ihn nicht kennengelernt, aber sie hing wohl sehr an ihm.«

Irgendwann würde mir die Vermieterin leidtun, ganz sicher würde sie das. Im Augenblick hätte ich lachen und durch das Zimmer tanzen können. Ein Wunder war geschehen, von dem Franziska nichts ahnte, und nie sollte sie, sofern es an mir lag, erfahren, was da zu meiner regelrecht ungestümen Erleichterung an ihr vorüberging.

»Ich weiß noch nicht, wie ich sie trösten werde, wenn sie wiederkommt. Vielleicht müßte sie ihren Schmerz aufschreiben? Ich selbst jedenfalls beginne jetzt, wie du es schon länger machst, mit dem Schriftstellern.«

Was? War allen Ernstes der Geist Rosetta Fettkes in sie gefahren?

»Ich habe eine Menge erlebt und das Gefühl, nicht unbegabt zu sein. Ich muß das ja bloß aufs Papier bringen.«

Das geht vielen so. Immer mehr Leuten geht es so. Nichts dagegen. Wenn sie es nur für sich betrieben! »Sonst bürste ich dir die Lippen blutig«, sagte ich. Es sollte keine Antwort sein und war mir unwillkürlich aus dem Mund gesprungen. Auf meine Arbeit bezogen ein hochtrabender Satz, das war mir wohl bewußt. Und niemand würde etwas von dem gewaltigen Anspruch merken! Franziska wunderte sich nicht, sie schien den Satz gar nicht gehört zu haben. In mir aber sagte er sich von allein auf, erst anfragend, dann dröhnend und war mit einer plötzlich eintreffenden Erkenntnis verbunden, die ich sogleich Franziska, beinahe ein bißchen zornig, mitteilen wollte:

»Ich werde dir jetzt sagen, wie es bei mir mit dem Schreiben anfing, das dann mein gesamtes Leben bis heute bestimmt. Mir ist das eben klargeworden. Meine Mutter wohnte mit uns Kindern zeitweilig in einer ziemlich wüsten Straße. Sie war berufstätig und befürchtete, wir würden den ordinären, auch obszönen Jargon der Umgebung übernehmen, da sie uns tagsüber nicht beaufsichtigen konnte. So ging es, wie du weißt, ja sehr vielen. Ihr Abwehrzauber bestand in einer Drohung, die eigentlich gar nicht zu ihrer sonstigen Milde paßte: ›Wenn ich jemals solche Wörter von dir höre, bürste ich dir die Lippen blutig, damit der Schmutz abgeht.‹ Für mich eine schauerliche Warnung damals. Trotzdem mußte ich all diese dreckigen Ausdrücke im Geheimen, für mich allein, vor mich hinsprechen. Sie ließen sich nicht unterdrücken. Sie mußten raus aus mir, immer wieder wollten sie ausgesprochen, im Freien sogar in die Luft geschrien werden.«

»So geht es eben zu in der bürgerlichen Erziehung«, meinte Franziska schmunzelnd, auch leicht arrogant. »Ich habe keine genossen.«

»Das Traurigste war, daß sie, die stets darauf bestand, daß man die Lippen schön geschlossen hielt, nach einem schweren Schlaganfall den Mund immer offenstehen hatte.«

Ich schwieg einen Augenblick, weil mich ein kurzer Schmerz übermannte.

»Aber, Franziska, du glaubst nicht, wie mich ihr Satz, zu dem meine meist sanfte, immer nervöse Mutter ein böses Gesicht schnitt, beeinflußt hat, so, als würde man zehnmal nach etwas greifen und jemand stände da, um dir zehnmal auf die Finger zu hauen. Mit der harten Nagelbürste über deine Lippen zu fahren, ist aber viel grausamer. Ich weiß nicht, wo meine Mutter die Idee überhaupt hergenommen hat. Es drückte natürlich ihre eigene Verzweiflung aus über die Unmöglichkeit, uns vor dem Abgleiten in eine andere Sphäre zu beschützen. Für ein nur wenige Jahre altes Kind war es etwas Dämonisches.

Trotzdem gehorchte ich bloß in ihrer Anwesenheit, weil ich ihre funkelnden Augen fürchtete. Der Drang, der Trieb gegen das Verbot anzusprechen, war, anders als bei meiner ohnehin schweigsamen Schwester, übermächtig. Wie sollte ich mich sonst behaupten! Von Andrea hörte man stundenlang in der Küche, wenn sie ihre Schularbeiten dort machte, nichts als ›der linke‹. Damit meinte sie den Warmwasserhahn, der in kurzen Intervallen tropfte, wenn man ihn nicht mit aller Kraft zudrehte. Erst jetzt ist mir deutlich geworden, daß auch die kleinen Geschichten, die ich damals verfaßte – sie bestanden nur aus ein paar Zeilen, da ich noch kaum schreiben konnte, und handelten ausschließlich von Tieren und Prinzessinnen – nie aus mir frei herausströmten, wie du dir das Schreiben wohl vorstellst. Ich mußte mit den Sätzen protestieren, heute würde ich sagen: mich sträuben und sperren gegen das Vereinbarte, Schickliche, eben Bürgerliche, auch in der Literatur. Ich benötige den Gegendruck und schreibe bis heute mit diesem Gefühl, mich schräg gegen den Wind zu stemmen, daß es eine Lust ist, ein Antrieb, Satz für Satz anzukämpfen gegen ein ›Du sollst nicht!‹ der scheinbaren Welt mit ihren großkotzigen Konturen zugunsten einer zumindest vorübergehend wahreren Wirklichkeit und anders als viele schreibende Genossen, die, wenn sie älter werden und das Feuer ausgegangen ist, sich auf Kinderbücher, Kriminalromane oder aufs Politische verlegen. Kommt natürlich alles gut an. Ich beneide sie nicht.«

Das Letzte hatte ich leise gesprochen. In was steigerte ich mich da hinein? Franziska lockte ihre Katze. Mein Geständnis interessierte die Debütantin nicht.

»Schreibst du denn so schlimme Sachen?«, fragte sie schließlich träge.

Wie konnte sie mich aber auch verstehen? Sollte ich sagen: »Ich meine andere Unanständigkeiten«? Ich wußte das alles ja selbst erst seit ein paar Minuten genauer. Das einzig Wichtige war jetzt, daß sie sich sorglos in Sicherheit befand.

Mit dieser Empfindung verließ ich sie.

Auf der steilen Treppe abwärts war es diesmal ich, die schwankte. Dabei sah ich vor mir die nun wohlbehütete Franziska beim tappenden Aufstieg. Da wurde mir auch das schlagartig klar: Ich selbst war die Torkelnde in einem noch zusätzlichen Sinn. So nämlich schwankte ich beim Auf- und Absteigen an den Tagen, wenn ich eine halbe Woche nichts geschrieben hatte. Ich wurde weggespült. Mein Gehirn verwandelte sich in einen Tümpel, in eine schlierige Materie. Und das war der unangenehmste, gefährlichste Zustand, in den ich geraten konnte. Nur die Bekräftigung meines Wesens durch die hingeschriebenen Sätze festigte und rettete mich. Das war es und der erste, der Hauptsinn von allem.

Hatte mir nicht kürzlich der gewiefte Schriftsteller Klaus Schödel am Telefon in der für ihn typischen Mischung aus Sarkasmus und Anteilnahme gesagt: »›Die Ros' ist ohn warumb/ sie blühet weil sie blühet/Sie acht nicht ihrer selbst/ fragt nicht ob man sie sihet.‹ Das legt dir der Schlesische Engel ans Herz, Charlotte.«

Beschämt stimmte ich zu: Wie die Vögel, deren Federkleid der Urwald im Dickicht seiner Blätter vor den menschlichen Augen verbirgt. Niemals würde die gute Franziska in ihrem wunderlichen Ehrgeiz etwas davon ahnen.

Noch am selben Abend machte ich mich, plötzlich beflügelt, an eine kleine Auftragsarbeit über die Liebe, die wahre und die scheinbare, eine Kindheitserinnerung, die ich in einem Zug niederschrieb.

ACHIM UND MALTE

In der Redaktion nahm man den Text freundlich auf, ich aber schüttelte vierzehn Tage später kühlen Herzens den Kopf darüber. Wie hatte ich mich in der Zwischenzeit, ohne es eigentlich zu bemerken, verändert! Kein Spruch von Angelus Silesius, kein verborgener Urwaldvogel hätte mich retten können vor der Gleichgültigkeit, die mich jetzt beherrschte. Sie hatte sich eingeschlichen, ein tückischer Zauber, dem ich hilflos ausgeliefert war. Das Geschichtchen, ausgerechnet über die Liebe, war die Tarnung einer großen Erschöpfung gewesen. Die Sätze starrten mich an, ohne Feuer, ohne Gefühl, mit erloschenen Augen. Einen Grund dafür erkannte ich nicht. War mein Leben in den Armen des inzwischen heimgekehrten Paul zu glücklich? Aber warum trat die merkwürdige Mattigkeit dann erst jetzt auf? Mir graute vor den kommenden Tagen, in denen mir jegliches Bedürfnis einer sprachlichen Entäußerung fehlen würde. Das stand für mich außer Frage. Gleichzeitig sah ich dem mit Apathie entgegen. Ich mußte ja nicht die Hände in den Schoß legen. Gab es nicht hundert andere sinnvolle Tätigkeiten, zu denen mir bisher immer die Zeit gefehlt hatte? Das schon, aber auch für die mangelte es mir auf einen Schlag an jeglichem Antrieb.

Die überwältigende Müdigkeit, die meinen Tageslauf zu bestimmen begann, war so mächtig, daß ich keine andere Wahl hatte, als ihr nachzugeben. Ich schleppte mich von einer der nötigsten Arbeiten zur nächsten, aber sobald sich eine Lücke in den dringendsten Verpflichtungen zeigte, legte ich den Kopf auf den Tisch, am liebsten den gesamten Körper aufs Sofa. Die Haltung bedeutete für mich Glück. Überhaupt war das ein Zugewinn, eine neue Erfahrung meiner Existenz. Die bisher nie erlebte Möglichkeit wohltuend bornierter Seligkeit des Schlafens.

Nichts auf der Welt konnte mich verlocken, sie ohne Zwang aufzugeben, eine sehr gute oder sehr schlechte Nachricht vielleicht? Ich weiß es nicht. Mein melancholischer Frieden umgab mich zu hermetisch für solche Vorstelllungen. Selbst als mich Paul, nachdem ich einen langen und bangen Abend auf ihn ohne Auskunft gewartet hatte, schließlich aus dem Krankenhaus anrief mit der knappen Mittelung, in einen Autounfall verwickelt zu sein, beruhigte ich mich sofort, als ich seine Stimme hörte. Ich solle mir keine Sorgen machen. Die Hauptsache war die, daß letzten Endes alles glimpflich ausgegangen zu sein schien und ich meinen Warteplatz auf dem Sofa nicht aufgeben mußte. Am nächsten Morgen allerdings erschreckte mich die Vorstellung, in meiner offenbar zur späten Stunde schon weit fortgeschrittenen Schläfrigkeit mit solcher Hartherzigkeit auf seine Notlage reagiert zu haben. War ich krank? Woher sollte ich für einen Arztbesuch die Energie nehmen?

Als ich frühmorgens auf dem Weg zum Krankenhaus aus der

Tür trat, kam mir Paul mit einem dicken Verband am Arm und einem kleineren im Gesicht schon entgegen: Er sei munter, auch wenn es unter der bombastischen Umhüllung tatsächlich eine große Schnittwunde gebe, die gestern allerdings stark geblutet habe. Außerdem hätte man zunächst den Verdacht auf eine Augenverletzung gehabt, die sei glücklicherweise hinfällig geworden. Polizeilich sei alles geregelt und der teilweise demolierte Wagen bereits von der Werkstatt abgeholt. Das eigentliche Opfer, das auch eine Kopfverletzung davongetragen habe, sei ohne Einschränkung schuldig. Der junge Mann, gottlob außer Lebensgefahr und ohne allzu bedenkliche Wunden, sei ohne Beleuchtung gefahren und habe die Vorfahrt nicht beachtet. Während Paul berichtete und dazu ein Glas Portwein trank, spürte ich, daß jenseits seiner nüchternen Sätze der Schock noch in ihm nachbebte.

Und ich? Ich hörte alles mit offizieller Erregung an, jedoch unfähig, darüber in ein inneres Zittern zu geraten. Es war, als hätte ich die Mitteilung eines Fremden erfahren, eines Fremden, der mein Mann war, den ich sehr liebte, den ich berührte mit meinen Händen, aber nicht wirklich fühlen konnte. Der Unfall, der mich noch näher an ihn hätte binden müssen, entfernte mich von ihm. Entsetzte mich das? Nein, ich nahm es ruhig zur Kenntnis. Man konnte soviel Gleichmut geradezu Dickfelligkeit nennen. Es war ja alles gut ausgegangen. Ich konnte weiterhin in das geliebte Gesicht sehen und später ungestört meiner Müdigkeit nachgeben.

Es wird sich alles wieder ändern. Es ist eine Art Krise, die ich durchmache, sagte ich mir seelenruhig und beugte mich dabei verblüfft über die unbegreifliche Kühle meines Herzens gegenüber dem Menschen, der mir doch der liebste auf der Welt war. Meine Fassungslosigkeit war konventionell, förmlich. Sie zerriß nicht den Nebel meiner Benommenheit. Vermutlich hatte ich mich in meiner Anteilnahme beim Schreiben der Vogelgeschichten verausgabt. Was sollte mir da ein Arzt helfen?

Von Vorkommnissen der Außenwelt erfuhr ich, jenseits von Zeitung und Tagesschau, nur noch durch die Berichte anderer. Das hing mit meiner neuen Abneigung, meine physische Lage zu wechseln, zusammen. Ich änderte sie nicht gern. Deshalb besuchte ich Franziska auch nicht, als sie mich am Telefon darum bat, sondern hörte ihr lieber eine Weile zu. So sah sie nicht, daß mir zwischendurch die Augen zufielen, was sie mir weniger leicht verziehen hätte, als es der großmütige Paul tat, der mit lächelnder Ungläubigkeit meine schneckenhafte Langsamkeit verfolgte.

Sie habe, sagte Franziska, im Jenischpark beobachtet, wie vier erwachsene Hundebesitzer, diese Schweine, ohne einzugreifen, man hätte meinen können, voller Neugier, zuschauten, wie ihre vier Bestien über einen kleinen Hund hergefallen seien. Der fette weiße Bullterrier habe das arme Tierchen an der Kehle gepackt, so daß sein Frauchen keinen anderen Rat gewußt hätte, als sich todesmutig in der Kampf zu stürzen, um ihren Liebling zu befreien. Sie, Franziska, hätte dazu niemals den Mut besessen. Es sei auch gar nicht sicher, ob der Kleine die Attacken überlebt habe. Wahrscheinlich sei es bei der tapferen Besitzerin ebenfalls nicht ohne Bißwunden abgegangen. Franziska schnaubte. Bevor die von ihr gerufene Polizei eingetroffen sei, hätten die vier Mistkerle samt ihrer wilden Brut grinsend das Weite gesucht. Gegen wen sollte man Anklage erheben? Die Polizisten hätten die Frau mit ihrem halbzerfleischten Geschöpfchen gleich zur Tierklinik gefahren.

Doch, doch, Franziskas Geschichte erregte und erboste mich durchaus, ja natürlich, erregte und erboste mich immerhin etwas.

Während Franziska in dichterischer Einfalt stärker und stärker erblühte, schrumpfte in mir, der mit allen Wassern Gewaschenen, alles Poetische kläglich dahin.

Zum Lachen brachte sie mich, ohne es zu wollen, mit dem Geständnis, den Wunsch zu schreiben aufgegeben zu haben. Sie war auf etwas gestoßen, das ihr für ihr Leben weitaus wichtiger erschien, und hatte auch schon damit begonnen. Mit Erlaubnis der von ihr hochgeschätzten Vermieterin bildete sie in Zusammenarbeit mit der Kirche einen kleinen Kreis von Flüchtlingskindern um sich, denen sie, von früher im Unterrichten geschult, zu einer schlichten Bewirtung Deutschunterricht erteilte. Die Reaktion dieser verschiedenartigen Kinder war für Franziska ein wunderbares Geschenk. Was für ein Glück, diese so zeitgenössische Möglichkeit nicht zu versäumen! Es fülle sie vollkommen aus.

So hatte sie sich also in voller Zufriedenheit vom sogenannten schöpferischen Wirken verabschiedet zugunsten eines für sie und die Welt viel gescheiteren. Bravo, Franziska!

Was Paul mir von seinem Besuch in der Augenklinik zur Nachuntersuchung erzählte, bewies nämlich noch einmal, wie übermächtig die Leidenschaft fürs künstlerisch Kreative zur dekorativen Existenzausstattung in den Menschen wütet.

Man müsse dort bekanntlich sehr lange warten, bis man, trotz Anmeldung, schließlich aufgerufen werde. Die Auswahl an Zeitschriften sei äußerst bescheiden. Es gelte also, sich mit Lesestoff auszurüsten. Eine ältere Frau mit schlaffem, liebem Gesicht, immerfort lächelnd und sicher ehemals eine kleine Schönheit, habe nicht wie die anderen Patienten über das lange Warten geklagt, sondern nach einer Weile erklärt, im Gegenteil, sie freue sich über die Gelegenheit. Sie sei jetzt Malerin! Von Paul wurde nach diesem Donnerschlag ehrfürchtiges Staunen erwartet. Ja, sie male und habe ihre Utensilien alle dabei in diesem hübschen Köfferchen, besonders die Stifte! Sie holte sie sogleich hervor, Stifte, sorgfältig angespitzt in den herrlichsten Farben. Auch hier und jetzt würde sie zu malen beginnen. Es sei ihr ganzes Glück. Und schon vertiefte sie sich in ihre Arbeit. Erst einige Zeit später traute sich Paul, einen Blick auf die Papiere der Künstlerin zu werfen. Er rechnete mit Blüten und Schmetterlingen. Stattdessen wurde er konfrontiert mit abstrakten Mustern, die auf der linken Seite des Heftes schon alle vorhanden waren und von der circa Siebzigjährigen, die vor Eifer die Zungenspitze zwischen die Lippen steckte, in den Leerformen der rechten Seite ganz nach den linken Farb-Vorschriften ohne die geringste Abweichung nachgeahmt wurden. Ob man so etwas auch außerhalb von Spielzeugläden kaufen konnte?

Paul wußte, daß er mir mit dem Geschichtchen eine Freude machte.

»Dabei«, antwortete ich, »sind Kinder eigentlich so ernste Wesen. Mit denen hält solcher Verdummungsquark gar nicht Schritt. Als ich das letzte Mal am Meer war, habe ich bei schönem Sommerwetter einen nackten, nämlich noch sehr kleinen, sehr weißhäutigen Jungen beobachtet. Die Mutter saß bei ihm, beschäftigte sich aber nicht mit ihm. Er benötigte sie auch nicht. Mit einer winzigen Schaufel hatte er sich in den Sand eine Höhle gegraben, in die er unermüdlich vom Rand hineinsprang und wieder rauskrabbelte, in unaufhörlicher Begeisterung, ganz für sich allein. Zweimal sah er mich von unten an. Noch nie hat mich ein lieblicheres Kindergesichtchen angelächelt. Alles Gute, Engelhafte in der Welt war unter den blonden Locken versammelt. Offenbar sollte mir das Herz im Leib wegschmelzen. Das tat es auch. Der gesamte Nachmittag verstrich so. Meer und Himmel waren zweitrangig. Dann standen plötzlich die Eltern bei ihm. Es sollte nach Hause gehen. Der Kleine, im goldenen Schimmer, lachte auf seine direkt aus dem Himmel stammende Weise: Dieser herrliche Zeitvertreib konnte doch niemals zu Ende gehen! Er lief auf das Ufer zu und rannte ein Stückchen am Wasser entlang, kehrte dann um und tappte in die entgegengesetzte Richtung davon. Die Eltern überwachten es, aber griffen nicht ein. Sie kannten ja ihr cherubinisches Bürschchen!

Dann sollte wirklich Schluß sein. Mit vier, fünf Schritten waren sie bei ihm und standen hoch aufgerichtet als finstere Säulen vor dem Himmel, jedenfalls für das Kind, das nicht mehr spielerisch oder ernstlich weglaufen konnte, im Gegenlicht. Vater und Mutter redeten auf den Jungen ein, nicht streng, aber ohne Heiterkeit. Das Kind, da es kein Versteck gab, duckte sich vor ihnen in den Sand. Es erkannte die Aussichtslosigkeit seiner Lage und wurde ein klaglos weinendes, ohne Widerspruch schluchzendes Häufchen Elend tief unten zu ihren Füßen, ohne Gegenwehr, jedoch ohne Aussicht auf Rettung ins Unglück gestoßen. Du wirst über mich spotten, Paul, aber der demütige Kummer dieses so außergewöhnlich schönen Kindes, das durch seine weiße Nacktheit ohnehin den Zauber eines antiken Götterfigürchens erhielt, wurde für mich zum Inbild von uns Menschen vor der Macht Gottes oder des Schicksals, wie du willst, Paul, bis heute, während die Eltern in ihrer fatalen Senkrechten den Sprößling mit plumpen Versprechungen für den nächsten Tag zu trösten versuchten. Sie begriffen ja nicht, was sie anrichteten. Was ich sagen will: Die Erwachsenen verstehen die Kinder in deren unnahbarer Würde nicht.«

»Unnahbar?«, meinte Paul. »Aber leider nicht unantastbar.«

Ich überraschte mich selbst. Soviel Anteilnahme traute ich mir zur Zeit nicht zu. Vielleicht hatte dieses reizende Knäbchen, das mich über Stunden in Bann geschlagen hatte, noch einmal einen Strahl außerterrestrischer Kräfte auf mich gelenkt und mein Herz berührt.

Nur für einen Augenblick. Dann war es vorbei. Eine Erinnerung nur.

Auch die Zeit wurde mir gleichgültig. Ob sie dröhnend ausschritt oder lautlos verstrich, sich verzögerte oder raste. Es war mir egal, ich spürte es gar nicht. Ich verwechselte ständig die Wochentage. Für mein Gefühl waren sie keine verbindliche Dimension mehr. Das machte mich frei, aber es war ein schwammiges Element, das mich den Menschen um mich her entrückte, diesen Leuten, die sich meist auf etwas freuten oder sich fürchteten, immer nach Möglichkeit in Groß-Stimmungen sich wälzend. Wie lebendig sie waren! Ich hatte stets mit Abneigung, wenn nicht gar Hochmut auf die großen Massen gesehen, wenn sie sich versammelten zu ihren Vergnügungen und ihrem gemeinschaftlichen Gejohle, einer wie der andere, glücklich, in solch einer exaltierten Menge zu wogen.

Es gelang mir indessen nicht, sie um ihre vitalen, mir so fernen Lebensregungen zu beneiden. Ich war ja zufrieden, dem enthoben zu sein. Nur beschlich mich manchmal die Angst, dahinter könnte sich etwas zusammenbrauen, etwas, das noch kommen würde, ein

Widerwillen gegen die Welt, ein Ekel vor den Menschen, zumindest ein tiefer Überdruß am Existieren, am puren Atemholen.

Würde ich Paul noch lieben können mit meinen erbärmlich absterbenden Kräften? Er konnte sich momentan nicht besonders um mich kümmern. Seine beiden Brüder hatten aus heiterem Himmel ihren Job durch rücksichtslosen Stellenabbau einer Stahlfabrik, die damit die ganze Region in Panik versetzte, verloren. Offenbar betrachteten die Arbeiter das Riesenunternehmen Siemens, das nun seine ganze Gnadenlosigkeit bewies, bis vor wenigen Tagen als sichere Heimat, wie einige hundert andere, von den Kürzungen betroffene Fachkräfte, auch. Noch kämpften sie in ihren Gewerkschaften, aber die beiden verfielen bereits spürbar in Depressionen. Ihren vier- und fünfköpfigen Familien drohte der soziale Abstieg. Wir hatten sie mehrfach in Erfurt und Leipzig besucht. Sie wirkten damals mit ihren Frauen und Kindern so fröhlich in ihrem Dasein! Ihre jetzige schwierige Lage, die sie völlig unerwartet traf, bewegte Paul sehr. Er bemühte sich in jeder freien Sekunde um Abhilfe. Seine Verbindungen waren jedoch völlig anderer Art. Er blieb erfolglos. Wenn er die Brüder besuchte, saß er meist wortlos bei ihnen. Die schiere Gegenwart mußte Trost genug sein. Aber, sagte sich Paul, es ist noch nicht aller Tage Abend. Das Blatt kann sich noch wenden. Auch in der Politik gab es Verbündete, jedenfalls verbal. Er wurde aber immer trauriger. Das nahm mit jedem ihrer Treffen zu. Bekümmert sah ich in sein bekümmerteres Gesicht.

Wir kamen nicht dazu, viel miteinander zu sprechen. Das war nicht weiter bedenklich, schließlich befand sich Paul schon immer beruflich häufig auf Reisen, nur ich bemerkte, wohl ohne mich nach außen zu verraten, in unseren kurzen Gesprächszeiten eine Ungeduld in mir, ihm länger zuzuhören! Das hatte ich noch nie mit ihm erlebt. Ich wollte, bei aller Liebe, einfach möglichst schnell zurück in meinen Frieden.

Mir tat das alles ja aufrichtig leid. Es hinderte mich allerdings nicht am schläfrigen Existieren, an diesem trägen und träumerischen Durchgleiten der Stunden, egal was geschah, obschon meine langsame Umwandlung in ein Nichts mir keinesfalls entging und mich sporadisch durchaus ein bißchen quälte. Der Schlaf war das glühende Versprechen auf eine mir noch verborgene Offenbarung.

Am stärksten verwandt fühlte ich mich unserer Katze, die, anders als die so schnell nach Franziskas Vorbild fett gewordene, immer noch schlank und geschmeidig war. Meist lag sie auf meinem Schreibtisch oder im Bett zu meinen Füßen. Ihr Fell hatte die Farbe einer grauen Novembersonne. Sie lebte fast so wie ich, untätig, schläfrig, zufrieden, wenn sie ab und zu zärtlich berührt wurde, täuschend anschmiegsam, darunter aber gleichgültiger, als es den Anschein hatte. Sie zeigte es allerdings schamloser als ich. Das gefiel mir. Sie konnte es sich leisten. Ich aber war gezwungen, der Umgebung die alte Herzlichkeit vorzuspielen. Ich besaß nicht die Kraft, Freunde und Bekannte im Haus zu empfangen. Ich redete mit ihnen voller Langmut am Telefon, bis mir irgendwann der Kragen platzte, nachdem ich schon eine Weile unbemerkt vor mich hingedöst hatte.

Ich schrieb ihnen auch Mails von bezwingender Herzhaftigkeit, bis ich meine Schlaffheit Krankheit zu nennen begann und um Nachsicht für meine Zurückhaltung bat.

Hatte ich früher eigentlich stärker Anteil genommen am Schicksal meiner Nächsten und dem der Welt? Es kam mir so vor, aber sicher war ich mir nicht mehr. Vielleicht sah ich mich jetzt nur schonungsloser in meiner generellen Absence, die ich, ohne etwas daran ändern zu können, für sträflich hielt?

Das Tier beschäftigte sich, bewundernswert indifferent, nicht mit solchen Fragen.

Musik. Besonders Opernmusik, die ich früher so sehr geliebt hatte, berührte mich kaum noch. Arien, ob im Fernsehen oder auf CD, und seien es die schönsten Stücke, die funkelndsten Stimmen, wirkten auf mich wie heruntergesungene Nummern einer Gala für gute Zwecke. Auch mein Interesse für Mode, besondere Rezepte,

Gespräche über Bücher war mir entschwunden. Ich konnte es mir nicht mehr vorstellen. Vorbei.

Oft sah ich lange aus dem Fenster oder einfach vor mich hin. Kleine Schulkinder, die zu Paaren, eifrig miteinander redend, am Haus vorübergingen, Erwachsene, speziell solche mit Rollator und vor allem merkwürdigen Hunden, fesselten mich nicht gerade, aber ich betrachtete sie gern. Manchmal wünschte ich mir, es gäbe da draußen ein harmloses Ungeschick oder sogar Unglück, das mich ein bißchen unterhalten würde. Schon das Wegräumen eines Hundehaufens in den dafür vorgeschriebenen Tüten gefiel mir.

Ansonsten hätte ich früher nie gedacht, daß es mir möglich wäre, so lange Zeit einfach zu dösen, nichts zu denken, mich nicht zu erinnern, nichts zu planen, nur katzengleich anwesend, wenn man es überhaupt so nennen wollte. Die Welt, das Leben, alles wanderte spurlos durch mich hindurch, als wäre ich aus Glas, und nichts in mir war in der Lage oder wünschte, irgendetwas aufzuhalten, gar zu bewahren.

Schon damals, als ich im Haus der Ornithologen wohnte, ein Häuschen mit blauen Schlagläden und den vielen Vögeln an den Wänden, meldeten sich erhebliche Schwierigkeiten bei meinen literarischen Plänen, die mir dann allerdings sanft aus der Hand genommen wurden zugunsten der Geschichten über das Schöne, das Schäbige, das Schwankende, die mich ganz zufriedenstellten. Wie weit ich jetzt davon entfernt war! Ich hatte sie ja in einem wahren Rausch geschrieben.

Und jetzt? Hahaha! Es gab nicht die Spur eines solchen Auftriebs. Was hatte ich Franziska erzählt über die beängstigende Drohung meiner Mutter, zugleich kühner Wahlspruch meines Lebens auf mein Schreiben bezogen? »Sonst bürste ich dir die Lippen blutig!« Was für eine alberne Halluzination! Nichts drängte mich. Nichts zwang mich, innere Bilder nach außen zu stülpen. Da existierten auch gar keine. Nie hätte ich gedacht, daß es jemals dazu kommen könnte.

In mir herrschte Frieden, ein mildes, träges Daseinslicht, ein

Einverständnis mit dem Universum. Genauer: Unsere Gleichgültigkeit hielt sich die Waage, sofern es mich in Ruhe ließ und meine Trägheit nicht beeinträchtigte. Welchen Grund könnte es wohl geben, den Menschen etwas mitzuteilen, wichtiger noch, etwas, ob es jemand wissen wollte oder nicht, in die Umgebung zu flüstern oder zu brüllen? Mir fiel nichts ein. Nichts rückte mir auf den Leib, um mir eine sprachliche Entäußerung abzupressen.

Ich vermute, man war glücklich, daß ich die Klappe hielt. Ein Dichter weniger auf Gottes Erde. Es gab schon so schauerlich viele davon, auch wenn Franziska, zur Besinnung gekommen, den vernünftigeren Weg für sich gewählt hatte. Dreimal brave Franziska!

Obschon sie ihr antidepressives Ehrenamt auf Dauer nicht in die stets von ihr ersehnte Euphorie versetzen würde. So etwas gibt es nämlich gar nicht.

An einem Novemberabend, dessen Düsternis nichts Gutes verhieß, besuchte uns die Schwägerin meines Mannes, die sehr junge Schwester der Frau seines Bruders. Ich kannte sie nicht. Sie war gekommen, um uns vom besorgniserregenden Zustand des Erfurter Bruders zu berichten. Rat, den sie bei uns suchte, wußten wir bisher auch nicht. Man konnte ja nur abwarten, ob der Kampf, eventuell Streik der Gewerkschaft, eine Änderung der Entschlüsse des Konzerns, zu denen es angeblich keine Alternativen geben würde, zeitigte. Die so unerwartete, wie ein Beilschlag niedergegangene Wendung seines Schicksals, das die gesamte Familie betraf, hatte in ihm einen Schock ausgelöst. Er sprach nicht mehr.

Während sie erzählte, fiel mir auf, wie ungewöhnlich hübsch sie war. Alles saß in diesem Gesicht am vollkommen richtigen Platz und erzeugte trotzdem durch leichte Verschiebungen der Brauen und Wangenknochen eine bezaubernde Apartheit.

Ich fragte, ob denn seine Frau und die Kinder ihm keinen Trost spenden würden im Unglück.

Sie sah mich mit großen, wunderschönen Augen an und schüttelte den Kopf. Die Trauer stand ihr gut.

Und nun geschah etwas, das mir noch vor einer Minute undenkbar erschienen wäre. Paul, offenbar in der Annahme, ich wäre durch die Katze, die auf meinen Schoß gesprungen war, abgelenkt, streckte über die Tischplatte, an Tellern und Gläsern vorbei, seine rechte Hand nach ihrer linken aus und berührte sie in einer Zärtlichkeit, die man korrekter Liebkosung genannt hätte. Sie hielt lächelnd still.

Zu einer etwas früheren Zeit wäre ich zersprungen vor Eifersucht. Jetzt aber sagte ich kein Wort, spielte weiterhin mit der Katze, um ruhig beobachten zu können, wie weit die beiden es trieben. Sie kannten sich wohl schon länger. Vielleicht hatte Paul sie bei jedem seiner neuerdings häufigen Erfurt-Besuche getroffen, nur nie von ihr erzählt?

Zugleich dachte ich an unsere nächtlichen Umschlingungen, die wie zu Beginn unserer Ehe ein Labsal für uns beide waren, eine Garantie unseres Glücks, wenn ich vielleicht auch in den letzten Wochen etwas matt gewirkt hatte. Das kannte Paul aber von mir aus Phasen, in denen ich allzu sehr in meine literarische Arbeit vertieft war.

Allerdings hatte ich mich, anders als gegenwärtig, dabei äußerlich nie besonders vernachlässigt. Das stand mir, angesichts dieser schönen jungen Frau, plötzlich deutlich vor Augen.

Die beiden ließen nicht voneinander ab, im hellen Licht, auf der weißen Tischdecke. Es wirkte vertraut und so versunken, daß sie meine unmittelbare Nähe gar nicht bemerkten. Der schwermütige Bruder schien vergessen zu sein.

Das aber, was mich eigentlich erschreckte, war etwas anderes: Was ich sah, regte mich nicht auf!

Ich kraulte der Katze den Nacken und beobachtete unter gesenkten Lidern, während irgendwas geredet wurde, das zarte Techtelmechtel ihrer Hände: Sogar eine so unerhörte Entdeckung ließ mich kalt! An ein Gefühl wie Eifersucht konnte ich mich nur sehr schwach erinnern, aber spürte ich es? Wird schon nichts bedeuten, sagte ich mir. Und auch: Träume ich das vielleicht? In der letzten Zeit hielt ich Wirklichkeit und Schlaftrunkenheit immer öfter nicht trennscharf auseinander. Ich wußte den Namen des Gefühls, das hier fällig gewesen wäre, das schon, falls man mich abgefragt und geprüft hätte: Eifersucht.

Durch einen schrecklichen Umstand, der alles andere auslöschte, kamen wir nach ihrer Abreise am selben Abend nicht dazu, über den Vorfall zu sprechen. Er machte alles andere unerheblich und löste bei Paul einen Weinkrampf aus.

Unmittelbar nachdem uns die schöne Schwägerin verlassen hatte, rief uns ein Verwandter der Familie an. Er überbrachte die furchtbare Botschaft vom Tod des Bruders. Er hatte sich auf dem Boden erhängt. In dem kurzen Brief, den man in seiner Hosentasche fand, bat er Frau und Kinder um Verzeihung. Er habe sich große Mühe gegeben, durchzuhalten, aber dieses Leben, in dem es in allen Bereichen letzten Endes, ob in Erfurt oder auf der ganzen Welt um nichts als Geld gehe, sei für ihn nicht länger zu ertragen.

Es traf uns schwer. Noch schlimmer als das Schicksal des Bruders ergriff mich der Kummer Pauls, der wie ein kleines Kind zusammenbrach und untröstlich vor sich hinjammerte. Ich hatte ihn noch nie so erlebt, und seit vielen Wochen zum ersten Mal bewegte mich etwas tief im Herzen und rüttelte mich wach. Sein Schmerz konnte nicht größer sein. Er klammerte sich an mich, als wäre bei mir ein Rest von Beständigkeit zu finden.

Auch die Erfurter Beerdigung des unglücklichen Mannes mit der entsetzten Familie und den verbitterten Kollegen erschütterte mich nicht so sehr wie diese Stunden allein mit meinem Mann, von dessen besonderer Zuneigung zu dem Bruder ich nichts geahnt hatte. Sein Zittern in meinen Armen werde ich niemals vergessen. Es durchdrang mich stärker als unsere nächtlichen Umarmungen.

Übrigens spürte ich auf dem Friedhof, daß alle Anwesenden eine zumindest unklare Schuld an diesem Tod empfanden. Die schöne Schwägerin ließ viele Tränen aus ihren Augen fließen. Jetzt, wo der Bruder gestorben war, fuhr Paul nicht mehr nach Erfurt.

Dann kam der Samstag vor dem dritten Adventssonntag. Ich habe das Datum so genau behalten, weil wir an diesem Tag einen unserer besten alten Freunde, völlig ahnungslos, zum letzten Mal vor seinem Tod sahen, äußerlich noch wohlgemut, innerlich schon sterbenskrank.

Wir fuhren also ahnungslos durch die eiskalte Nacht nach Hause, nicht ganz so fröhlich, wie wir es nach dem herzlichen Abend hätten sein sollen: Seit dem Abend des Donnerstags war unsere Katze, auch eine alte Freundin, nicht, wie seit Jahren gewohnt, zum Übernachten im Haus bei uns erschienen. Wir begannen die Stunden zu zählen, in denen sie nicht mehr bei uns aufgetaucht war. Zuviele! Weder Hunger noch Kälte noch die üblichen Lockrufe hatten sie hergerufen. Vor allem wegen der frostigen Temperatur waren wir am frühen Samstagabend besorgt, unter Hinterlassen eines üppig gepolsterten Nestes und Futter auf der Terrasse, losgefahren. Den ganzen Abend über waren meine Gedanken bei ihr. Der erste Gang nach unserer Ankunft um zwei Uhr nachts führte natürlich zu diesem geschützten Platz an der Gartenseite. Alles unberührt! Bis zu diesem Zeitpunkt hatten wir unsere Phantasie gezügelt. Das gelang uns jetzt, nach ihrer tage- und nächtelangen Abwesenheit, nicht mehr.

Wir riefen, mit nur noch schwacher Hoffnung, in alle Richtungen und lauschten dann jeweils eine Weile. War es unsere Einbildung, die uns schließlich in der lautlosen Nacht eine ferne, zunächst schwer zu ortende Antwort vorspiegelte? Wir rannten los. Die Vorstellung, sie würde uns hören, aber durch eine zufällige oder bösartige Falle daran gehindert, trotz ihrer Geschicklichkeit zu uns zu kommen, trieb uns voran, zumal in dieser Gegend, in der lässig aggressive Hundeliebhaber weitaus stärker vertreten sind als Katzenfreunde. Wieviele Stunden mußte sie bisher hilflos irgendwo festsitzen. Aber sie lebte ja noch!

Paul stürmte quer durch die Gärten, er brach weg über Hecken und Mauern, immer Lockrufe ausstoßend und zwischendurch auf ihre kräftiger werdende Antwort horchend. Ich selbst rannte von außen um die Gärten herum. Wir waren uns jetzt sicher, wo sie sich etwa aufhalten würde, fest entschlossen, wenn wir sie eingesperrt in einen Keller oder eine Garage vermuten mußten, die Besitzer mitten in der Nacht aus den Betten zu klingeln. Vielleicht ging es um ihre letzten Lebenskräfte. Sie schien allerdings inzwischen Zuversicht zu schöpfen, ihre Rufe kamen immer schneller, fordernder, wilder. Ich hörte es mit Entzücken und Verzweiflung. Alles sprach dafür, daß sie sich nun in unserer unmittelbaren Nähe befand, aber wir entdeckten sie nicht, obschon es durch Laternen einige Lichtquellen gab. Wir riefen, sie rief. Es führte zu nichts. Da kam zu unserem großen Glück zur späten Stunde ein junges Paar vorbei. Sie hörten unsere Geschichte an, und das Mädchen, offenbar eine Inderin, sagte ruhig, nach oben zeigend: »Da ist sie doch!«

Sie stand, von einem Hauslicht angeleuchtet, auf einem sehr hohen Buchenast und schrie zu uns herunter. Zu dieser Jahreszeit sind die Buchen kahl, das macht ihre ohnehin glatten Stämme noch schwieriger zur Begehung. Das Tier war mit Sicherheit von zwei großen Hunden den Stamm hochgetrieben worden und in seiner Angst immer weitergeklettert. In dieser Höhe hatte es dann, auf Rettung hoffend, Tag und Nacht ausgeharrt. Für einen eigenen Abstieg schien die Situation aussichtslos. Wir bettelten und lockten. Sie lief in der Waagerechten des Astes zaudernd hin und her. Schließlich klingelte Paul in einem Nachbarhaus, wo noch Licht brannte. Im Handumdrehen mischte sich ein dicker, fast nackter Mann in Badeschuhen unter uns, voller Verständnis, daß Paul die Feuerwehr rufen wollte. Dort reagierte man am Telefon überaus freundlich, warnte aber vor dem Risiko, daß Katzen dazu neigen, in ihrer Panik angesichts des dröhnenden Riesenautos immer höher zu klettern. Mittlerweile beschworen also fünf Menschen in der sibirischen Nacht das kleine Wesen, zu uns herunterzusteigen.

Und wahrhaftig! Nach endlosem Zögern ermannte sie sich! Vorsichtig, nach Bergsteigerart, schlug sie ihre scharfen Krallen als Steigeisen in die Rinde und begann den Abstieg, unaufhörlich angefeuert von uns. Das Mädchen legte mir seinen Schal um den Hals.

»Sie zittern ja so«, sagte es. Sobald sich in dem glatten Buchenstamm ein Auswuchs zeigte, setzte die Katze professionell zu einer Querung an. Ab da war ihr Selbstvertrauen wiederhergestellt. Das letzte Stück sprang sie.

Als mit fürchterlichem Lärmen die Feuerwehr in der stillen Straße anrückte, trug Paul schon das zuckende Geschöpfchen unter seinem Mantel nach Hause. Dort stürzte es sich aufs Futter und saß dann vierundzwanzig Stunden vor sich hinstarrend ohne sich zu rühren auf seinem Kissen. Kein Zeichen einer Bekanntschaft mit uns, während wir die kleine Überlebende wärmten mit allem, was wärmen kann.

»Gut, daß Sie uns zuvorgekommen sind«, hatten die Feuerwehrmänner gesagt und uns die Hände geschüttelt. Der Mann, bei dem Paul geklingelt hatte, in seinem gepunkteten Schlüpferchen und in den Badeschuhen beschwichtigte: »Macht nichts. Um fünf Uhr muß ich sowieso aufstehen!«

Das war die wunderbare, heilkräftige Frostnacht voll guter Menschen. Andersartige existierten um diese Zeit nicht. Die Freundlichkeit dieser Leute pulsierte durch die Dunkelheit, ein Beben, Atmen, Herzklopfen, das ein mir unbekanntes Gefühl geworden war und mich nun in sich einschloß.

Der Morgen begann trüb. Aber dann ging der Himmel allmählich von Gram und Grau in Bläue über, eine Verfärbung, die das ganze Herz mutig und glücklich machte durch bloßen, endgültigen Anblick. Ich atmete frei, wie ich es seit Monaten nicht erlebt hatte.

4

DIE JAHRE MIT KATJA

Nein, anders geht es nicht. Die Geschichte Katjas beginnt mit zwei Brüdern, mit Hugo und Emil. Mein Großvater, mein Großonkel. Sie wohnten im selben Haus, Hugo im geräumigen, wenn auch noch vom Krieg gezeichneten Parterre, Emil im ersten Stock in einem einzigen Zimmer und einer Werkstatt im Keller, für dessen pechschwarze Flure die Bewohner jeweils ihre eigenen Glühbirnen mitbrachten, weil sie ihnen sonst gestohlen wurden.

Ich saß auf dem Küchensofa. Hugo sagte: »Kurzum: Ich versteh dich nicht.« Seine schneeweißen Haare schlugen wie zornige Flammen aus seinem Kopf.

»Aber sie ist doch meine Tochter, mein einziges Kind«, wandte Emil leise ein.

»Papperlapapp«, gab der Bruder zur Antwort, ließ die herrlich blauen Augen, genau in der Farbe des Steins, den man in seinen Ring eingefügt hatte, zornig blitzen und verließ die Küche, wo sie zusammen gesessen hatten, was sowieso nur selten vorkam.

Er ließ Emil, den bleichen Mann, der neben Hugo immer wie der Schatten einer verborgenen, niemals sichtbar werdenden Originalfigur wirkte, mit dessen melancholischem Lächeln einsam zurück. Wie traurig mich Emil in meiner Sofaecke ansah! Ich glaube, ihm standen Tränen in den Augen. Unsere Küche war für ihn fremdes Terrain, wo man seine Anwesenheit nicht gerade erwünschte, und so verschwand er schnell in seine Behausung im ersten Stock.

Mehr hörte ich nicht, hätte wohl auch nicht mehr begriffen von ihrer Unterhaltung, nur, daß es sich um Katja drehte, das allerdings. Katja, die nach Katharina, der längst verstorbenen Frau von Hugo, hieß, was ihn damals gefreut hatte, inzwischen aber erboste.

Er tat mir immer etwas leid, der sanftmütige Onkel Emil, der niemals laut wurde, sich nie verteidigte und oben in seinem stillen Zimmer hauste, in dem ich ihn gern besuchte. Er war freundlich zu jeder Tageszeit. Noch schöner war es, wenn man in seine Werkstatt kam. Man mußte sich voller Angst durch den stockfinsteren Keller tasten, wo aber irgendwann das tröstliche, warme Licht durch die Türritzen seiner Arbeitsstätte schien. Nun galt es nur noch, die Luft anzuhalten, auf diesen Schein durch die Dunkelheit zuzulaufen und seinen Namen zu rufen. Die Gespenster verschwanden. Schon öffnete er, und alles war gut. Die Wärme und gedämpfte Helligkeit des Raumes brachen in die modrige Schwärze des Kellers ein. Man war gerettet, und der Onkel in seiner Lederschürze hieß mich willkommen.

Ich saß dann eine Weile bei ihm und sah ihm zu bei allerlei Handwerklichem, wo der Leimtopf beim Erwärmen und Verflüssigen seinen eigenartigen Geruch ausdünstete, der mich abstieß und zugleich süchtig machte. Redeten wir miteinander? Ich weiß es nicht mehr. Die abenteuerliche Umgebung und seine Tätigkeiten, die er mir erklärte, genügten uns. Er war sehr fleißig, stets beschäftigt, auch wenn er zu keiner Tageszeit anders als erschöpft wirkte.

Niemand verbot mir, zu ihm zu gehen, aber ich spürte doch eine Art Mißbilligung. Man schätzte es nicht und bei den Familienfesten, vor allem den Geburtstagen meines Großvaters, war er nie anwesend, deshalb besitze ich auch kein Foto von ihm. Offenbar kam keiner auf den Gedanken, diesen bescheidenen Menschen einzuladen. Obschon ich noch ziemlich klein war, mischte sich in meine Zuneigung ein Hauch von Mitleid, das ja immer auch, und sei es unbewußt, mit einer Spur Herablassung zu tun hat. Heute weiß ich, daß der Onkel die verkörperte Güte war, die ja manchmal mit Schwachheit verwandt ist oder zumindest verwechselt wird.

Als er bei einer Feier, zu der alle näheren Familienmitglieder angereist waren, sogar in seinem rasanten Auto der einzige Sohn des Großvaters aus Brüssel mit Frau und Kind, fragte ich meine Mutter: »Warum ist Onkel Emil nicht dabei?« »Bring ihm ein Schüsselchen von Tante Wilmas wunderbarem Heringssalat«, antwortete sie darauf. Das Gericht war in der ganzen Verwandtschaft berühmt.

Ich machte das nur allzu bereitwillig. Oben, in seinem Zimmer, hielt er sich aber an diesem schönen Maiabend nicht auf. Ich suchte ihn, in der Sorge, im Dunkeln die Schale fallen zu lassen, also im Keller, wo er mich lächelnd, mir schien, diesmal besonders erfreut, empfing. Die umgebende, feuchte Schwärze macht seine lichte, warme Höhle um so anziehender.

Wie gern wäre ich für Stunden dort geblieben, im Geruch seines Leimtopfs, seiner leisen Stimme lauschend, wenn er von seiner lange verstorbenen Frau erzählte, mit der er eine Gastwirtschaft betrieben hatte. Er tat das nicht oft. Viel lieber hätte ich also Stunden in seiner Gesellschaft zugebracht als oben bei den Verwandten mit Salaten, gebratenem Fleisch, Gesang und Cognac, damals alles Kostbarkeiten. Selbst die aus der Nähe mit ihren Eltern angereisten Kusinen und Vettern konnten mich nicht locken. Es gehörte sich aber, an ihren Spielen teilzunehmen, es wurde erwartet. Darüber vergaß ich dann auch den Onkel in seiner von Finsternis umgebenen Einsamkeit.

Onkel Emil stellte den Heringssalat zerstreut beiseite, ohne dessen schöne rosa Farbe zu beachten. »Eigentlich darf ich den gar nicht essen«, sagte er. »Ich habe einen kranken Magen.«

Im Haus war er beliebt wegen seiner Geschicklichkeit bei Reparaturen und seiner Hilfsbereitschaft. Er wurde ganz selbstverständlich von den verschiedenen Parteien, die oft wie er nur ein einziges Zimmer bewohnten, in Anspruch genommen. Das war, in einem ursprünglich gutbürgerlichen, nun aber von den Schäden der Kriegszeit schwer betroffenen Haus, oft der Fall. Die Leute, die jetzt darin hausten, nachdem sie die Zimmer der großen Wohnungen unter sich aufgeteilt hatten, gehörten im Grunde einer anderen, zweifelhaften Welt an. Von keinem kannte man den richtigen Beruf und hatte kaum mit ihnen Kontakt.

Onkel Emil war für alle einfachen handwerklichen Tätigkeiten, und in diesem stark mitgenommenen Haus ging ununterbrochen etwas in die Brüche, eine Art Fachmann. Auch bei uns wurde er bei solchen Haushaltsunglücken erstaunlicherweise gern gesehen. Und er kam zuverlässig zum Reparieren. Das Schönste seiner Fähigkeiten aber zeigte sich, wenn er uns Kindern kleine Spielzeuge baute, vor allem, weil mein Vater in einer anderen Stadt arbeitete, nur am Wochenende nach Hause kam und dann wenig Zeit für meinen Bruder und mich hatte. Der Onkel nahm sie sich immer für uns. Er schnitzte uns Figuren, besonders prächtige Pferde, Hunde, die man an Leinen hinter sich herziehen konnte, Kasperlepuppen, die ich für mein Theater benötigte, und bemalte sie nach meinen Vorschlägen mit phantastischen Ornamenten.

Wenn er von seiner Frau erzählte, kam jedesmal ein besonders wehmütiger Ausdruck in seine Miene. Als sie gestorben war, machte ihn ihr Tod verzweifelt und der Schicksalsschlag ratlos. Die bis dahin gut gehende Gastwirtschaft konnte er nicht auf Dauer halten. Dort verkehrten, als zuverlässige, treue Kunden, die sie mütterlich versorgt hatte, die Arbeiter des Bochumer Vereins. Seine Frau Lisa war ja die Seele des Lokals gewesen, damals, als die Beziehungen zu meiner Familie offenbar noch ein bißchen herzlicher waren. Außerdem wußte er nicht, wie er seine allenfalls halbwüchsige Tochter, zu klein, um ihm beizuspringen, betreuen sollte. Er gab das Mädchen zu einer Verwandten, bei der er es so oft wie möglich besuchte. Noch öfter hielt sich Katja bei ihm, in der Kneipe, als ihrem Zuhause auf. Die Kneipe war immer Katjas Aufenthaltsraum gewesen, in dem sie sogar in einem Eckchen ihre Schulaufgaben machte. Zwischen Theke und Tischen umgaben sie Tabak- und Biergeruch, das rauhe Gelächter und die Schmeicheleien der Männer, die sie mit ihrem hübschen Frätzchen bezauberte. Es war für sie das Natürlichste von der Welt, daß sie ihr mit den groben, oft vernarbten Schwerstarbeiterhänden, gezeichnet von der Tätigkeit am Hochofen, über den Scheitel fuhren und an ihren Zöpfen zogen. Es gefiel ihr. Ihr Vater versuchte zunächst, alles selbst zu schaffen. Als Katja fünfzehn Jahre alt war, beschäftigte er sie, ihrem ausdrücklichen Willen folgend, als inoffizielle Kellnerin, und sie machte ihre Sache gut, zog, wenn auch weniger erfolgreich als ihre Mutter, das männliche Publikum an. Trotzdem lief das Geschäft nicht mehr einträglich. Schließlich verkaufte er die Wirtschaft. Er selbst arbeitete zunächst in seinem erlernten Beruf als Teilhaber in einer Tischlerei. Seine völlige Unabhängigkeit mußte er aufgeben.

Ich verstand das alles anfangs nur vage, aber im Laufe der Zeit wurde das Tragische dieses Lebens für mich deutlicher. Schließlich mußte er froh sein, das Zimmer und die Werkstatt bekommen zu haben. Ich begriff etwas von seiner lächelnden Lebensmüdigkeit, aber nicht, weshalb dieser liebenswürdige Mensch so zurückgezogen von meiner Familie existierte, die seine Hilfe gönnerhaft in Anspruch nahm, aber sonst kühl blieb. Wirklich verstanden habe ich es nie.

Vieles reimte ich mir zusammen, hörte ihm und meiner Mutter zu und weiß nicht genau, was eine Legende und was die Wirklichkeit war. Aber ich erinnere mich genau, daß ich an jenem Maiabend mit seinem Heringssalat dachte: Draußen der Apfelbaum in unserem Garten, der in der noch immer von Trümmerhaufen bestimmten Umgebung so prächtig blühte, weiß rosa die Blüten, zu viele, um sie zu zählen an den weit ausladenden Ästen, mit seinen Bienen und dem Duft, den sieht er nicht. Er geht nicht nach draußen, er weiß vielleicht gar nichts von dieser Herrlichkeit, die doch für alle da ist und sie in Erstaunen und Begeisterung versetzt, diese unberührte Schönheit, die sich um die Zerstörung ringsum nicht kümmert und dasteht wie aus einem anderen Reich, hergekommen zu uns zu unserer Freude.

Nein, Onkel Emil sah es nicht. Ich bat ihn dringlich, mit mir in den Garten zu gehen, um das Wunder zu betrachten, und tatsächlich, nach anfänglichem Zögern, legte er die Säge aus der Hand. Da stand er dann vor dem alten Apfelbaum, der gleichzeitig durch die Blüten ganz und gar jugendlich wirkte, und schien mehr gerührt zu sein über meinen hartnäckigen Wunsch, ihn mit ihm anzusehen, als über das Ereignis selbst.

Dann sagte er: »So alt wie du jetzt bist, war meine Katja, als meine Frau starb.«

Es durchfuhr mich: Hätte ich in meinem Alter meine Mutter verloren, wäre ich selbst gestorben.

»Wie alt ist sie jetzt?«

»Sechzehn Jahre. Sie sieht aber älter aus.« Merkwürdig, es klang bedauernd.

»Was tut sie? Geht sie noch zur Schule?«

»Sie arbeitet in einer anderen Wirtschaft. Sie wollte es unbedingt. Es macht ihr Spaß.«

Täuschte ich mich oder hörte ich eine leise Verlegenheit aus seiner Antwort?

Schon ging er wieder in seine Dunkelheit, die er immer so freundlich aufhellte, zurück.

Man konnte kaum begreifen, daß Emil und Hugo Brüder waren. Emil sah aus wie ein Lama, Hugo wie ein Adler. Auch ich vergaß des öfteren, daß mein Großonkel oben, im ersten Stock, einen so nahen Verwandten besaß, Emil, dessen man sich nur erinnerte, wenn man seine Hilfe benötigte, und der, wenn eine Arbeit nicht vollkommen gelungen war, was selten passierte, auf Kritik schwieg, die Schultern hochzog und wegging.

Ich aber malte mir im Kopf Katja in der Wirtschaft aus. Zu der Zeit bekam ich sie nie zu sehen, hörte nur, wie über sie gesprochen wurde. Auch sie wurde ja nicht zu den Festen eingeladen oder es interessierte sie nicht. Jedenfalls stellte ich sie mir außerordentlich hübsch vor, mit dunkelbraunen Haaren und schönen Augen, schon eine richtig fertige Frau, weil sie ja auch in einem richtigen

Beruf arbeitete und über sich selbst verfügte. Wie gern hätte ich sie einmal mit energischem Schritt zwischen den Tischen umhergehen sehen, lachend und konzentriert, wie Kellnerinnen sein müssen, auch wenn die Männer sie mit Scherzen abzulenken versuchen. Warum hatte der Onkel nur so bedrückt ausgesehen, als er von ihr sprach? Mußte er denn nicht stolz auf sie sein? Sie war doch, wie es schien, eine sehr tüchtige Person!

Ich entschloß mich, meinen drei Jahre älteren Bruder zu fragen. Er durchschaute im Gegensatz zu mir die Verhältnisse schon viel besser, zumindest tat er so.

»Erstens«, sagte er, »darfst du nicht außer acht lassen, daß unser Großonkel nur Tischlerei gelernt hat. Das ist ein ehrbarer Handwerksberuf, aber nicht mehr. Unser Großvater und alle Männer in der Verwandtschaft sind in gehobenen kaufmännischen Berufen tätig und keine von ihren Frauen ist berufstätig.«

Damals, das wußte ich, sagte man noch: »Sie hat es nicht nötig zu arbeiten.« Es war Ehrensache der Ehemänner, ihnen eine Tätigkeit außer Haus zu ersparen oder auch zu verbieten. Alles andere galt als Versagen. Es sei denn, notfalls, die Frau half dem Mann in seiner Firma, wie damals Tante Lisa in der Kneipe.

»In diesem Sinn paßt Emil nicht zu uns, glauben sie, und halten sich fern. Zweitens gibt es Katja! Ich kenne sie ja auch nur vom Hörensagen. Jedoch ist bekannt, daß sie macht, was sie will. Sie kümmert sich nicht um die Mahnungen ihres Vaters, die wohl auch nicht gerade energisch sind. Bedenke nur, was uns alles verboten wird. Sogar wenn wir krumm am Tisch sitzen, boxt uns der Großvater in den Rücken, schlingen wir die Fußgelenke um die Stuhlbeine, tritt er uns dagegen, damit wir keine Plattfüße kriegen. Das hat es bestimmt nicht bei dieser Katja gegeben, auch nicht, als sie noch kleiner war. Sie ist ein wildes Mädchen geworden, das sich allerlei Freiheiten nimmt und sich die Lippen schminkt, was nicht mal unsere Mutter tut. Dabei ist sie nur vier Jahre älter als ich. Ich habe sie nicht mit diesem roten Mund gesehen, aber die Tanten haben darüber gesprochen, sehr abfällig, und es dem Onkel zum Vorwurf gemacht. ›Er kümmert sich nicht um seine Tochter. Es wird nicht gut mir ihr enden, wenn es so weitergeht‹, sagten sie, wenn sie meinten, man hörte ihnen nicht zu. Doch gerade, wenn sie flüsterten, spitzte man natürlich die Ohren. Sie warfen Emil die Wildheit Katjas vor und wollten auch deshalb nichts mit ihm zu tun haben, damit sie uns Kinder bloß nicht ansteckte. Ich selbst würde sie gern einmal zu Gesicht gekriegt haben, um zu sehen, ob es wirklich so schlimm um sie stand. Sie sollte ja sehr hübsch sein. Wir waren doch schließlich verwandt mit ihr. Aber da war wohl nichts zu machen. Ich mußte erst noch größer werden. Dann täte ich auch, was ich wollte. Am schärfsten lehnte unser Großvater die beiden ab.«

Darauf wandte sich mein Bruder wieder seinem neuen Märklin-Baukasten zu. Die mir gewährte Sprechstunde war vorbei. Ich sah in seinem Nacken ein eiterndes Geschwür. Ein mir unbekanntes, giftgrünes, beinahe durchsichtiges Insekt spazierte darum herum. Ich überlegte, ob ich es totschlagen sollte, aber ich wollte den Bruder nicht stören. Damals entzündete sich bei ihm die kleinste Wunde wegen der Mangel-Ernährung. Er überraschte mich auch mit immer neuen Warzen. Ich liebte ihn, trotz unseres häufigen Streits, schon zu jener Zeit fast aus ganzem Herzen. So einen Bruder besaß Katja nicht.

Ob man ihrem Gesicht, jetzt wo sie sechzehn war, ansah, daß von früh auf so viele Männerhände ihre Haare gestreichelt und die eigentliche Katja weggestreift, vielleicht sogar versucht hatten, sie zu küssen, während sie es genoß, wobei sie sich wehrte und wieder genoß? Eventuell sah sie ja schon wie achtzehn aus, und niemand kümmerte sich um ihr wirkliches Alter. Sie besuchte ihren Vater nicht. Immer war er es, der sie aufsuchte. Daher blieb sie für mich unsichtbar. Einmal zeigte sich, erkannte ich aus dem Wohnzimmerfenster, auf der Straße der Rücken einer jungen Frau in der Umarmung eines Mannes, aus der sie sich löste, um in unserem Haus zu verschwinden. Katja?

Mein Großvater aber!

Er war das herrische Zentrum der Familie. Was er wünschte, wurde getan, und zwar von allen, von meiner Mutter, die mit Mann und Kindern sowie ihrer jüngsten, noch unverheirateten Schwester bei ihm wohnte, wie auch von den anderen vier Töchtern. Den einzigen Sohn betraf es nicht, da er in Belgien lebte. Alle Schwiegersöhne, denen er sich überlegen fühlte bis hin zur dekorativen Unterschrift, hielten sich an diese Regel. Manches mußte Hugo deshalb verheimlicht werden. Man wollte ihn ja weder kränken noch erzürnen. Ja, er schwebte als Adler über der Familie, streitbar und furchtlos. So ging er abends im Dunkeln als alter Mann noch unbesorgt, für alles warnende Zureden taub, zu Versammlungen, was, mußte ich annehmen, nicht ganz ungefährlich war, aber es passierte ihm nie etwas. Kam es zu Wortwechseln auf den Trümmerstraßen, muß er durch die Selbstverständlichkeit seines Auftretens die üblen Pläne möglicher Angreifer null und nichtig gemacht haben.

Berühmt war in der Familie die Begegnung mit einem Mann am frühen Sonntagmorgen, der ihn fragte: »Wo ist denn hier das Freudenhaus?« Hugo wies mit streng ausgestrecktem Arm zur Kirche, die gerade mit dem Läuten begonnen hatte und sagte. »Das ist dein Freudenhaus!« Der verdutzte Mann nahm Reißaus.

Wenn er durch die Stadt ging, traf er ständig Männer, mit denen er sich eine Weile unterhielt, wobei er sie duzte, sie ihn aber nicht. Es waren Arbeiter des Bochumer Vereins, deren Schicksale er oft kannte und denen er freundlich zuhörte, nicht ohne ihnen zum Schluß strenge Ratschläge zu ihrem Leben und der Familie zu erteilen, so daß sie folgsam ihren Kopf senkten.

Häufig begleitete ich ihn auf seinen Gängen zum Friedhof, vor allem zum Grab seiner Frau. Immer trug er kleine Werkzeuge bei sich, die er alle einsetzte, um die Gruft zu säubern und zu verschönern. Ich sehe ihn noch, wie er gebückt, aber mit steifen Beinen zugange war und schließlich mit mir betete. Aber damit begnügte er sich nicht. Wir mußten noch zu anderen Grabstellen, Gräber von Bekannten, die niemand mehr pflegte. Auch sie wurden von ihm in Ordnung gebracht. Manchmal erzählte er mir dann etwas zu den Leuten. Wieviele Leben! Er selbst schien mir unsterblich. Es mußte schließlich einen Wächter über diese Toten geben. Dazu war er berufen, und so sah er es wohl selbst. Je fleißiger er sich diesen Verstorbenen widmete, desto unausdenkbarer wurde, daß er eines Tages einer von ihnen sein könnte, der unter dem im Frühling so würzig duftenden Buchsbaum und wuchernden Efeu wehrlos ruhte.

Der Weg dorthin erschien meinen noch kurzen Beinen lang. Es ging an endlosen Straßenbahnschienen vorbei. Ich marschierte trotzdem gern mit ihm. Nur die Rückwege waren oft qualvoll. Er traf dann ununterbrochen Menschen, mit denen er sich unterhielt. Ich hatte das Gefühl: stundenlang. Er vergaß das Kind an seiner Seite, dem er sich, wenn wir allein waren, zärtlich widmete. Das hinderte ihn allerdings nicht, barsch von mir zu verlangen, Unkräuter auszurupfen und Wasser zu holen. Das war Christenpflicht, da gab es keine Ausreden. Die, die niemanden mehr hatten, der sich um ihre letzte Ruhestätte (den Ausdruck benutzte er vorzugsweise) sorgte, waren unserer Obhut anvertraut.

Auch bei den Männergesprächen auf der Straße, die seltsamerweise nie auf dem Hinweg zustande kamen, erkannte ich den Großvater als Adler unter Krähen. Und im Kreis seiner Schwiegersöhne war es, ehrlich gesagt, nicht anders. Das empfand er wohl auch selbst so. Bei seinem Bruder spitzte sich das noch einmal zu.

Zwischen Haus und Außenwelt bestand für ihn ein großer Unterschied. Der Anspruch, den er zuhause für seine Person als das Natürlichste der Welt erhob, mußte draußen mit nachdrücklichen Hilfsmitteln behauptet werden. Während er drinnen zum Leidwesen seiner Töchter das Rasieren so weit wie möglich in den Tag hinein schob und zur Nachlässigkeit, ja Schlampigkeit neigte, wurde die Prozedur für Außengänge mit aller Sorgfalt vor seinem großen Klappspiegel absolviert, wobei das Rasieren meist damit endete, daß er mit vielen Schnipseln der Zeitung in seinem Gesicht trotz Alaunstift das Blut der kleinen Wunden, die er sich in seiner Ungeduld zufügte, zu stillen suchte und in der Küche auftauchte, zornig über die Verzögerung, für die er ärgerlicherweise nur sich selbst haftbar machen konnte.

Ein frisches Hemd mit gestärktem Kragen war selbstverständlich, die wunderschönen, blendendweißen, leicht gelockten Haare, die sich in der Mitte des Kopfes teilten und von den Ohren an steil aufragten, mußten sorgfältig gebürstet werden, ein sachter Lavendelduft war obligatorisch. Wenn in einem solchen Augenblick, in dem der Großvater ausgehfertig seinen eleganten Vorkriegsmantel überzog, das Fräulein Schwers, das über uns wohnte und deren Bruder sich vom Balkon gestürzt hatte, wegen irgendeiner Kleinigkeit bei uns auftauchte, lächelte sie ihn stets ganz verklärt an. Selbst wir Kinder merkten, daß sie unseren Großvater, der schließlich seit Jahren als Witwer lebte, allzugern geheiratet hätte. Auch er selbst schien nicht abgeneigt, sich dieser reizenden kleinen Frau zu widmen, aber es gehörte zu seinen Grundsätzen, seiner Katharina über das Grab hinaus die Treue zu halten und keine Unordnung im Himmel zu riskieren.

Kurzum, trotz seines würdigen Alters mußte Hugo als begehrenswerter Mann gelten, der sich dessen überaus bewußt war. Sein stolzes Auftreten legte jederzeit davon Zeugnis ab, wie auch sein straffer, aufrechter Gang, ein Vorwurf an seine Altersgenossen, die langsam und mit krummem Rücken ihrer Wege schlichen, zaghaft in einer Welt, in der sie nicht mehr zu zählen glaubten.

Mein Großvater sah sich als leuchtendes Beispiel, wenn auch die meisten nicht die Kraft besaßen, ihm Folge zu leisten.

Emil, das Lama, Emil, der gute Mensch dagegen! Er verehrte seinen Bruder während dessen Berufstätigkeit vor allem wegen seiner Festigkeit bei Streiks in beide Richtungen, die besonnene Entschiedenheit seines Auftretens, die den Menschen, den Chefs wie den Untergebenen, Sicherheit gab. Mit seiner Autorität, seiner Unbescholtenheit erfüllte er alle Aufgaben ohne Makel. Obschon er in keiner Weise den Bruder behelligte, reizte ihn Emil durch seine pure Existenz. Er fühlte sich von der Sanftmut, der Nachgiebigkeit seines Wesens abgestoßen, haßte seine angebliche Schwäche und hielt sich, von gelegentlichen Zornesausbrüchen abgesehen, von Emil fern.

Ich weiß nicht, ob es Emil betrübte oder ihm letzten Endes gleichgültig blieb. Mit Katja hatte das noch gar nichts tun. Hugos Abneigung war, wenn auch nicht so ausgeprägt, älter. Ich begriff es erst später.

Man hätte in Emils gutgeführter Kneipe mit seiner hübschen, beherzten Frau und der aufgeweckten Tochter doch Grund genug für Anerkennung gehabt. Hugo war nicht bereit, das anzuerkennen. Ein so mild gearteter Mensch wie Emil konnte einfach nicht lebenstüchtig sein, und damit basta! Emil beklagte sich nicht darüber, daß er seinem Bruder soviel Platz lassen mußte, wofür ihm nicht gedankt wurde, im Gegenteil, man mißachtete ihn deswegen.

Als ich größer wurde, überlegte ich oft, obschon ich sie kaum als noch lebenden Menschen kannte, was seine Frau über das Verhältnis, das ja auch sie kränkte, gedacht haben mochte. Vielleicht bekümmerte es sie sogar mehr als ihren Mann, daß sie in der ausgeprägten Vitalität Hugos die Zurücksetzung stärker spürte. Es ist davon nichts überliefert. Sie wird ihren Schwager, so gut es ging, ignoriert haben um des lieben Friedens willen, vor allem, um ihren Mann zu schonen. Von ihr immerhin sprach Hugo respektvoll, bedauernd, auch nach ihrem Tod. Er hätte ihr nach eigenen Aussagen einen zupackenderen Mann gewünscht.

Hinzukam, daß Emils Frömmigkeit, anders als die feurige, zugleich kindliche Hugos, sich in der Menschenfreundlichkeit seines Wesens zeigte, nicht in irgendeiner Gesetzesstrenge. Erst bei der schwierigen Geburt seines letzten, des sechsten Kindes brach Hugo sein lange eingehaltenes Versprechen, nicht mehr zu rauchen. Seine Hände zitterten so sehr, daß seine älteste Tochter Else ihn rasieren mußte. »Katharina, verlaß mich nicht«, soll er vor sich hingemurmelt haben. Immer wieder und »Mein Jesus, Barmherzigkeit!« Emil verhielt sich, wie sein gutes Herz es ihm riet. Auch zwangen ihn die Umstände seines Berufs oftmals, von den kirchlichen Ritualen abzuweichen. Vielleicht vergaß er sie einfach, weil dringende Lebensbedürfnisse im Vordergrund standen.

Zu den eisern bei Wind und Wetter befolgten Pflichten Hugos gehörte das Einsammeln der Beitrittsgelder seines Kirchenvereins. Das große Buch, in dem er die Liste dafür angelegt hatte, war ein Wunderwerk an Akkuratesse. Wegen seines fortgeschrittenen Alters wollte ihn der Gemeindevorstand davon befreien, auch, weil es Hugo immer schwerer fiel, den Dienst pünktlich zu absolvieren. Man versuchte mit allerlei Listen, ihm das Ehrenamt ohne Kränkung zu entreißen. Es gelang nicht. Niemand, glaubte er, konnte es so professionell ausführen wie er. Wer war so zuverlässig im Kopfrechnen, wer so großartig in der Handschrift!

Eines dunklen Winterabends kam Hugo von seinem Gang nicht nach Hause. Meine Mutter und ihre Schwester gerieten in große Aufregung. Man hatte schon den Entschluß gefaßt, ihn zu suchen, als es an der Tür klingelte und mein Großvater ihnen stöhnend in die Arme fiel. Er blutete stark an der Schläfe, was ihn fürchterlich aussehen ließ, und konnte sich nicht auf den Beinen halten. Das letzte Stück des Weges war er vermutlich auf allen vieren gekrochen. Als man ihn gereinigt und ins Bett gebracht hatte, stellte sich heraus, daß er zusammengeschlagen und ausgeraubt worden war. Im Grunde hatten wir schon lange damit gerechnet. Die Zeit war gefährlich, erst recht für einen alten Mann zu später Stunde. Das Unglück ließ sich nicht abwiegeln, obschon er sich darum bemühte. Er war an der Schulter und an den Beinen schwerverletzt. Nur mit großer Willenskraft hatte er den Weg nach Hause geschafft. Auch ärztliche Hilfe konnte ihn nicht vor längerer Krankenruhe bewahren, eine harte Geduldsprobe für den ungeduldigen Mann und infolgedessen nicht leicht für seine Töchter, die sich nach Kräften seiner annahmen. Das kleine Fräulein Schwers sah öfter vorbei, brachte Selbstgebackenes und saß mit entzückenden roten Bäckchen an seinem Krankenlager.

Die eigentlich Hilfe aber kam von Emil, der sein Leiden verkürzte, indem er ihm einen bequemen Stuhl baute und für ihn eine derbe, jedoch sehr nützliche Krücke anfertigte, die ihm ermöglichte, auf zunächst plumpe, aber funktionierende Weise früher als erwartet sich durch die Wohnung zu bewegen, und wahrhaftig, schon begann er, von der baldigen Wiederaufnahme des Kassierens zu reden, besonders nötig nach dem Überfall und Raub. Die Leute von der Gemeinde hatten dagegen Hoffnung geschöpft, ihm die fromme Tätigkeit, die er wie ein Löwe verteidigte, zu entwenden. Sie erzählten es meiner Mutter mit verzweifeltem Lächeln.

Aus Dankbarkeit setzte sich Hugo dafür ein, daß sein Bruder sein Provisorium verlassen und im ersten Stock das große, ehemals herrschaftliche Zimmer beziehen konnte. Emil richtete es so gut her, wie überhaupt möglich. Durch die geschrumpfte Entfernung geriet er aber unter die Aufsicht der Familie, was ihm, was ihn selbst betraf, egal sein konnte, da er nichts zu verbergen hatte. Anders sah es mit Katja aus, denn das nun fast siebzehnjährige Mädchen zog bei ihm ein. Geschickt hatte er den Raum zur Hälfte für sie hergerichtet. Das war auch nötig, denn es stellte sich heraus, was ihm nicht bewußt gewesen war, daß sie ein ganz anderes Leben führte als er, als die normal bürgerlichen Mitglieder unserer Familie überhaupt. Sie trat nun auch endlich aus dem Nebel der Legende in mein Leben ein.

Es hatte unter den Tanten Gerüchte gegeben, jetzt zeigte sich ein Teil der wahren Wirklichkeit, und Emil war nicht im Geringsten in der Lage, Einspruch zu erheben gegenüber Katjas Lebensweise. Eins stand fest. Sie war eine auffallend hübsche, erwachsene junge Frau, sehr liebenswürdig, aber selten aus Zeitgründen gewillt oder fähig, sich länger mit mir zu beschäftigen. Sie strich mir leicht über den Scheitel und sagte »Hallo, meine Kleine«. Ich suchte ihren Blick und bemühte mich, ihn festzuhalten. Das ging wohl auch anderen so, die durch ihr ganz leichtes, anmutiges Schielen dazu verführt wurden. Wenn ich ihren Vater in seiner

Wohnung besuchte, war sie meist ausgeflogen. Ich erwischte sie höchstens, selten genug, beim Aufbrechen. Dann hatte sie sich immer besonders schön gemacht, ihre Lippen waren röter, die Brauen schwärzer, sie stöckelte mit hohen Absätzen, duftend, in extravaganter, etwas zu auffälliger Kleidung.

Die Kellnerinnen, die ich bei gelegentlichen Gasthausbesuchen mit meinem Großvater sah, wirkten alle viel schlichter, auch mütterlicher auf mich, stets von mir bewundert wegen ihrer Geschwindigkeit und der Kunst, komplizierte Bestellungen im Kopf zu behalten. Möglicherweise verfügte Katja auch über diese Fähigkeiten. Ihr Aussehen, ihre Aufmachung, die damals noch sehr von der kosmetischen Ausstattung der meisten Frauen abstach, ordneten sie einer anderen Gattung von Bedienung zu: den Frauen, die sich schminkten. An ihrem Arbeitsplatz mußten andere Dinge zählen als robuste, gutgelaunte Tüchtigkeit, und es faszinierte mich sehr. Zu gern hätte ich sie in ihrem geheimnisvollen Wirkungskreis gesehen. Wenn ich Onkel Emil danach fragte, schwieg er nur mit sorgenvollem Gesichtsausdruck still und wiegte den Kopf hin und her. Sollte ich das etwa für eine Antwort halten?

Nähere Auskunft erhielt ich durch Belauschen der Tanten, wenn sie, nur an Festtagen alle fünf, zum Kaffee am Küchentisch saßen. Dort kamen sie ja mit ihren großen Busen am liebsten zusammen, wenn es einen familiären Anlaß gab. Zunächst stellte sich heraus, daß Katja gar keine normale Kellnerin war. Deshalb arbeitete sie auch nicht zur gewöhnlichen Zeit. Sie ging erst am späten Nachmittag weg, wann sie wiederkam, offenbar weit nach Mitternacht, bekam niemand mit, da sie erst spät wieder auftauchte, um weit in den Tag hinein zu schlafen.

»Sie ist eine Art Bardame«, sagten die Tanten, und dieses Wort sprachen sie in einem tiefen Ton, den ich sonst nie von ihnen hörte, aus. »Bardame«! Es mußte etwas äußerst Bedenkliches sein. »Und dabei so jung!«, wiederholten sie dann oft. Klang nicht ein bißchen Sehnsucht mit? Es schauderte sie, aber es gefiel ihnen auch. Über nichts sprachen sie so gern, schienen aber keine genaue Anschauung davon zu haben. Um Himmels willen! Auch schien es wichtig zu sein, Katjas Tätigkeit vor Hugo zu verbergen, unbedingt. War es nicht unverständlich, wie Emil ein solches Abgleiten seiner Tochter duldete? »Allerdings«, fragten sie sich, »was soll er machen? Die Kleine ist ein Teufel. Eher wird sie wieder ausziehen, um frei zu sein. So hat er wenigstens ein bißchen Überblick über das, was sie treibt. Schlecht zu verdienen scheint sie nicht. Sie trägt immerhin, was keine von uns besitzt, einen Pelzmantel.«

Ich spürte deutlich, daß sie trotz allem nicht gehässig über Katja sprachen. Es fesselte sie, wie mich erst recht, durch die frühreife Nichte in eine andere Welt zu sehen, denn Katja besaß die Arglosigkeit, ihnen, wenn sie Zeit hatte, von ihrer Arbeit zu erzählen, und die Tanten lauschten ihr geradezu atemlos. Auf ihre im Vergleich ungeschlachte Weise ahmten sie lachend nach, was ihnen das Mädchen mit ihren schlanken Händen vorführte, nämlich wie sie die Cocktails bei ausgestrecktem, hoch über den Kopf erhobenem Arm voll Grazie schüttelte. Sie berichtete von den kleinen Tricks, mit denen man die Gäste um den Finger wickelt und ihnen das Trinkgeld aus den Taschen zaubert, Zudringlichkeiten ohne zu beleidigen zurückweist, in schweren Fällen aber energisch wird und mit einem einzigen Blick den Zuständigen dazu veranlaßt, den Betrunkenen an die Luft zu setzen, während sie selbst ihr Lächeln nicht verlieren durfte.

Die Tanten waren begierig zu erfahren, wie sie, spät nach Hause kommend, stets ein großes Glas Milch trank, von ihrem Vater für sie bereitgestellt, da sie natürlich nicht drum herumkam, die Einladungen zu einem Drink ab und zu anzunehmen. Sie mußte am nächsten Tag wieder einen klaren Kopf und einen widerstandsfähigen Magen haben.

Erst wenn ihnen Katja entschlüpft war, kamen sie wieder zur Besinnung und erbitterten sich nun doch ein wenig über ihr unmoralisches Leben. »Noch so jung! Und dann Bardame.« Sie wußten nicht, was sie in Katjas Fall genau darunter zu verstehen hatten, noch weniger wußte ich es. Es hatte jedenfalls mit schönen Kleidern, Parfüm, spätem Nachhausekommen und vor allem mit Männern zu tun, Männern von ganz anderer Art als Hugo und die Onkel. Sehr selten bekam ich sie zu Gesicht. Dann funkelten stets Goldzähne in ihrem Mund und sie rochen stark nach Zigaretten. Es mißfiel mir nicht.

Als sie siebzehn wurde, holte Emil die Betrunkene, was ihr sonst nie passierte, tief in der Geburtstagsnacht mit dem Taxi ab. In anderen Fällen wurde sie gelegentlich von Gästen nach Hause gebracht, diesmal war die Stunde offenbar zu vorgerückt. Später dachte ich: Sie fürchtete, im Auto eines Gastes nicht mehr Herr ihres Willens zu sein. Irgendjemand im Haus muß sie und Emil beobachtet haben, so daß es schnell die Runde machte.

Das war natürlich weiterer Stoff für die Tanten, und es drang, vielleicht durch Fräulein Schwers, bis zu meinem Großvater durch. Es erzürnte ihn sehr. Nur die gelegentlich noch benötigte Krücke mahnte ihn, seinem Bruder gegenüber nicht ausfallend zu werden, nehme ich an. Wie konnte Emil nur das unmoralische Leben seiner Tochter tolerieren! Als die Tanten den Fall besprachen, war durch irgendeinen Zufall ein Säugling anwesend, einer von der auch bei sehr kleinen Kindern seltenen, unbeschreiblichen Lieblichkeit, die eine unmittelbare himmlische Herkunft vermuten läßt. Während des Raunens der Tanten schlug es mit den winzigen Händchen auf den Tisch und stieß kleine, über irgendwas entzückte Laute aus. Dann unterbrachen die Frauen ihr sorgenvolles, behagliches Schwätzen und wandten sich dem Kleinen zu, stießen schnalzende Laute aus und schmolzen, da sie im Großen und Ganzen gute Frauen waren, in lauter Zuneigung hin.

Auch der Großvater mußte also von der Entgleisung Katjas erfahren haben. Falls Fräulein Schwers die Zuträgerin war, hatte sie damit nichts Gutes bewirkt in all ihrer Harmlosigkeit. Hugos Zorn war flammend. Daß ein Mitglied seiner Familie, noch dazu ein junges Mädchen, in schwer angetrunkenem Zustand gegen Morgen nach Hause kam, erboste ihn tief. Vielleicht dachte er an sein eigenes Kriechen auf allen vieren nach dem Raubüberfall, was er als Demütigung empfunden hatte, obschon er keine Schuld daran trug. Ich war in der Nähe, als er im Flur seinen Bruder barsch zur Rede stellte. »Aber es ist doch gut ausgegangen. Nichts Schlimmes ist passiert«, sagte Emil mit müder Stimme und ging die Treppe hoch. Zu meiner Mutter sagte der Großvater: »Es ist eine Schande, daß ein so verkommenes Mädchen meinen Namen trägt und sogar den meiner lieben Frau. Wo soll das noch enden!«

Das wußte niemand, und ich konnte es mir sowieso nicht ausmalen. Ich stellte nur fest, wie unangefochten fröhlich und freundlich Katja sich benahm. Sie selbst schien sich keine Sorgen zu machen, putzte sich wie eh und je heraus, wenn sie zu ihrer Arbeitsstelle ging, und berichtete zutraulich den Tanten, die sich ihr gegenüber nichts anmerken ließen, von ihren Erlebnissen.

»Die tollsten Sachen läßt der schlaue Fuchs bestimmt aus. Wer weiß, was sie sonst noch erlebt. Hoffentlich passiert nicht was, hoffentlich paßt sie auf.« Das sagten sie später in dunkel raunendem Ton, als sie die heitere Atmosphäre, die Katja umgab, abgeschüttelt hatten, nachdem sie ihnen in der Küche ein neues, scharlachrotes, sehr enges Kleid vorgeführt hatte, das am Ausschnitt in züngelnden Flammen endete und die gesamte Schulterpartie nackt ließ. Darüber warf sie ihren Pelz und drehte sich vor den Tanten, die runde Augen machten und dicht zusammenrückten wie in einem Schrecken. Dabei stießen sie Laute aus zwischen Bewunderung und Entsetzen.

Als sie wieder allein waren, sagte die gerade anwesende Tante Else: »Das kann nicht gut ausgehen mit dem Kind!« Die anderen nickten. Ich nickte aus Versehen mit. Was meinten sie aber? Was konnte ihr denn passieren? Es gab doch mittlerweile viel mehr Laternen auf den Straßen. Ob jemand sie in der Nacht überfallen würde und ihr den Mantel wegreißen? Ach nein, die reizende Katja würde immer einen Beschützer haben, der sie sicher zu Hause ablieferte. Anders war es nicht denkbar. »Ich möchte sie nicht als

Tochter, aber sie sieht toll aus«, sagte Tante Monika, die Pfarrersfrau.

»Der Pelzmantel ist entweder unecht oder gebraucht«, erklärte aus heiterem Himmel Tante Else, die Oberaufseherin.

Noch immer, wenn ich an Katja denke, auch heute noch, fällt mir das Wort »Blaubeeren« ein. Warum? Ich könnte es nicht sagen. Hatten die blauen Beeren nicht etwas Nächtliches, neblig Behauchtes, in ihrem Grün Verborgenes und schmeckten sie nicht ganz anders als das übliche Obst, wie gar nicht zum üblichen Verzehr bestimmt?

Manchmal besuchte ich wie früher Onkel Emil oben in seinem Zimmer und atmete den veränderten Geruch dort. Vielleicht wurde jetzt seltener gelüftet, denn morgens und weit in den Vormittag hinein schlief Katja. Abends war keine Lüftungszeit.

Die Aura, die sie umwehte, mußte mit etwas zu tun haben, das eine starke Bedeutung hatte, über das aber ausdrücklich nicht gesprochen wurde. Es handelte sich um etwas aus dem Bereich des Unanständigen. Natürlich wußte ich, daß gleichaltrige Kinder in den Trümmerecken ihre Schlüpfer auszogen und sich gegenseitig in den unteren Partien betasteten, was sie in eine verlockende Erregung versetzte. Es schien mir unmöglich, Katja damit in Verbindung zu bringen, und doch mußte ein Teil ihrer Tätigkeit auf dunkle Weise damit zusammenhängen. Ich befragte, obschon es mir peinlich war, schließlich meinen Bruder, der verlegen und daher undeutlich die Auskunft mehr verweigerte als gab. Selbstverständlich trieb sich Katja nicht, wenn sie »Barfrau« war, in finsteren Ecken herum, sondern glänzte mit ihrer Schönheit in glitzernd und geheimnisvoll ausgestatteten Lokalen, in denen Spiegel eine große Rolle spielten, und die Männer kamen nicht in grober Arbeitskleidung. Sie sahen aus, als würden sie ins Theater gehen, und mußten nicht, wie die früheren Gäste ihres Vaters, durch die sie auf den Geschmack der männlichen Komplimente gekommen war, jeden Pfennig umdrehen. Das Bedürftige hätte gar nicht mehr zu ihr gepaßt. Das brauchte mir niemand erzählen, da kam ich selbst hinter. Es mußte Emil, der seine redlichen Gesellen von damals ins Herz geschlossen hatte, bekümmern.

Katja, in ihrem abendlichen Glanz, war für andere bestimmt und ausstaffiert. In deren Sonne fühlte sie sich wohl und zuhause. Ganz sicher verhielt es sich so. Darum ging sie auch mit so guter Laune zu ihrer Arbeit. Sie freute sich darauf.

Wie trübe und langweilig wirkten die großbusigen, netten Tanten dagegen, Herrscherinnen in der Küche, fade Figuren in der Außenwelt.

Eines Tages, als ich einen Augenblick mit ihr allein war und ihre rotlackierten Fingernägel bewunderte, Signale aus einem schummrigen Reich, die ich sonst bei keiner Frau sah, auch die Zigarette, die sie so mondän zwischen den langen Fingern zu halten verstand, riskierte ich sie zu fragen, was denn eine »Barfrau« eigentlich sei.

Katja lachte. Das Wort in meinem Mund schien sie zu amüsieren. Sie wollte es noch einmal hören. »Dein Großvater mag es nicht, nicht das Wort und nicht den Beruf. Er grüßt mich nicht, als wäre ich eine Fremde«, antwortete sie zunächst. »Dabei glaube ich, er hat noch nie eine Barfrau kennengelernt. Für ihn ist es eine Sünde gegen das sechste Gebot. Das kennst du ja aus dem Beichtunterricht.«

Ich sah auf ihr glänzendes, glattes Haar. War es nicht noch viel schwärzer geworden in den letzten Monaten? Pechschwarz? Rabenschwarz? Sie wurde einfach immer schöner. »Die Männer liegen ihr zu Füßen«, hatte Tante Monika behauptet. »Du phantasierst«, widersprach Tante Else, die mit dem gewaltigsten Busen, und bekreuzigte sich, denn sie galt als die Frömmste von den fünf Schwestern.

»Eine Barfrau steht hinter der Theke und verkauft den Gästen, die meist Männer sind, Getränke mit Alkohol, die sie in gute Stimmung bringen und manchmal auch beschwipst machen. Dann trinken sie noch ein bißchen mehr. Oft sind die Männer einsam, ab und zu auch unglücklich und wollen mit der Barfrau reden. Sie muß gut zuhören können und so tun, als wäre das alles neu für sie. Es kommt vor, daß Männer die Frau gern streicheln würden, denn sie ist schöner und fröhlicher als die Frau, falls sie eine haben, die zuhause auf sie wartet. Das kann man verstehen. Man kann es verstehen, darf es aber nicht zulassen. Dann wollen es nämlich alle machen. Dafür schminkt man sich ja. Zum Trost, weil sie die Barfrau nicht anfassen dürfen, trinken sie, manchmal ein bißchen mehr, als gut für sie ist. Dann freut sich der Besitzer, denn die Getränke sind teuer. Ja, Freddy, der Besitzer, freut sich und gibt der Frau besseren Lohn. Sie muß geschickt sein, aber sie raubt dem Kunden ja das Geld nicht aus der Tasche. Er entscheidet selbst, wieviel er trinken will. Schöne Augen darf und soll sie ihm natürlich machen. Die meisten der Männer mag ich ausgesprochen gern, nicht alle. Allerdings, nein, nicht alle.«

Ich wunderte mich, daß sie so lange mit mir sprach. »Eines Tages wirst du das alles begreifen, wenn du etwas älter bist, mein kleiner Engel.«

Die Unterhaltung beschäftigte mich in den nächsten Tagen wie nichts anderes.

Mir schien, daß Katja, die so bereitwillig erzählte und eine Winzigkeit vom Ansatz ihrer Brüste zeigte, sich ein bißchen verstellte, wie wenn jemand ein schlechtes Gewissen hat.

Trotzdem sagte ich aus vollem Herzen: »Das möchte ich auch werden!« Ich dachte, wenn man Bardame ist, wird man automatisch hübsch.

»Dann würdest du großen Ärger mit deinem Großvater kriegen«, meinte Katja lachend und schüttelte den Kopf. »Weißt du, für den Beruf muß man geboren sein.«

So gingen die Monate dahin. Die Tanten raunten geheimnisvoll, wenn sie nicht dabei war. Wenn sie ihnen dagegen kurz Gesellschaft leistete, hörten sie ihr in bester Stimmung andächtig zu. Hugo geriet jedes Mal in Zorn, sobald in seinem Beisein der Name fiel. Er lud seinen Ärger, sofern er ihn im Flur traf, auf Emil, das Lama, ab, der dann so etwas sagte wie: »Sie ist eine erwachsene

Frau. Ich kann ihr nichts verbieten. Sie ist selbständig. Ich möchte sie keinesfalls aus dem Haus treiben.« Dann ging er auf leisen Sohlen in seine Werkstatt. »Eine Schande«, rief Hugo hinter ihm her. Emil drehte sich nicht um. War es das Verdienst des Großvaters, daß alle seine Kinder wohlgeraten waren, brave, monotone Gestalten, keiner von ihren Männern mit ihm, dem Feuergeist zu vergleichen, was ihm recht war? Konkurrenz hätte er sich verbeten.

Einmal, als ich Fräulein Schwers im Flur traf, faßte ich mir ein Herz. Diese reizende Frau würde mir sicher freundliche Auskunft geben. »Fräulein Schwers, Sie kennen meinen Großvater gut. Warum ist er so böse auf Katja? Ihm kann doch nicht entgehen, daß seine eigenen Töchter dagegen plumpe Figuren sind. Sieht er denn nicht, wie lieblich Katja ist? Selbst die Tanten können ihr ja nicht widerstehen und schwätzen gern mit ihr.«

»Ich weiß es nicht, mein Kind. Es ist ihr Lebenswandel, der ihn stört«, antwortete nach einigem Nachdenken das Fräulein.

»Was macht sie denn so Schlimmes?«

»Wie sie sich knallig schminkt und vor allem, daß sie so spät ins Bett geht und so spät aufsteht. Das gehört sich nicht für eine junge Frau, erst recht nicht bei einem so ehrenwerten Onkel.« Mir war nicht klar, ob sie das selbst meinte oder einem gewissen anderen nachredete. Deshalb sagte ich nichts weiter. Ich wollte keine schlechten Reden über Katja aus dem Mund der rührend parteiischen Verehrerin hören, deren Bruder zum Ärger Hugos wie in einer Bergmannssiedlung vor seinem tödlichen Sturz vom Balkon meist auf einem Küchenstuhl vor der Haustür saß. Lieber sah ich, wenn ich mit Emil vorsichtig über Katja sprach, neben der Betrübnis Stolz und Freude in seinen Augen.

Denn hatte seine Tochter nicht die glatteste, unversehrteste Haut von allen, auch wenn ich mich fragte, wie oft oder selten sie die wohl wusch. Das taten die Tanten sicher häufiger als sie. An Katja war ein Geruch, der bei allem Duften ein bißchen muffig, etwas ungelüftet wirkte. Und doch ging immer etwas Festliches von ihrer Gegenwart aus.

An Katja war nichts Knauseriges. Sparsamkeit kannte sie nicht. Manchmal, wenn sie etwas früher aufstand, spendierte sie Kuchen für Emil und mich, und eines Tages kam sie hinunter in die Kellerwerkstatt. Es war das erste Mal. Sie hatte sich bisher nicht dafür interessiert. Jetzt, als sie Emils eigentliches Reich kennenlernte, war sie begeistert. Schon der Weg durch die Dunkelheit, aus der man zu dem warmen Licht des Arbeitsraumes vordrang, entzückte sie. Plötzlich wirkte sie wie ein kleines Mädchen auf mich, nicht älter als ich selbst, so staunte sie alles an, so schnüffelte sie begierig an dem Leimtopf und sah zu, wie sich die knöcherne Materie über dem Bunsenbrenner langsam auflöste und im Schmelzen ihren unverkennbaren Geruch entfaltete. Hier spürte ich, daß sie gar nicht so gern aufbrach zu ihrer Bar, sondern gern noch länger bei uns gehockt hätte und Emil beim Sägen und Kleben zugesehen und seinen seltenen Erzählungen gelauscht hätte. Zum Beispiel von den Arbeiterfrauen, die am Lohntag vor den Fabriktoren warteten und den Männern, die nicht alles vertrinken sollten, die Lohntüte wegnahmen und ihnen nur ein Trinkgeld zurückließen, während Hugo versuchte, ihnen die Lust auf Streiks auszureden. Wir drei aßen gedeckten Apfelkuchen, die beiden rauchten, wir drei saßen beieinander wie am Lagerfeuer, gehörten in diesen Augenblicken fest zusammen und hatten mit denen im Parterre nichts zu tun. Lag auf uns dreien in diesen Minuten nicht ein märchenhafter Schein?

Von da an kam Katja öfter in den Keller, und sobald ich von ihrer Anwesenheit erfuhr, verschwand ich aus unserer Wohnung und machte mich heimlich in die Werkstatt davon, um einzutauchen in den Zauber dieser anderen Familie.

Emil erzählte auch auf seine gelassene Weise von dem Aufruhr, den es in der Familie gab, als sich Monika, in der Riege der Töchter die Leichtsinnigste, wenn auch nicht zu vergleichen mit Katja, wie alle von Hugos Kindern in strenger katholischer Tradition erzogen, in einen Evangelischen verliebte. Und nicht nur das, er war außerdem dabei, Pfarrer zu werden! Nichts war selbstverständlicher, als daß Monika protestantisch werden mußte. Wie sollte sie sonst einen evangelischen Pfarrerhaushalt führen? Ihr selbst lag wohl an einem speziellen Glaubensbekenntnis nicht viel, viel aber an ihrem Zukünftigen, und obschon sie sich am liebsten überall durchgaunerte, blieb sie in diesem Punkt hart. Für Hugo war es eine Katastrophe, ein Makel für die Familie, er tobte, an Gehorsam gewöhnt, in seiner Machtlosigkeit, niemand konnte ihn besänftigen. Er brach jegliche Verbindung zu seiner Tochter ab. Auch der Kummer darüber, unter dem seine geliebte Frau Katharina so sehr litt, denn der Bann galt für alle Familienmitglieder, konnte ihn nicht erweichen.

Es war eine schwere Prüfung für Monika, die sie aber bestand! Sie heiratete ohne familiären Anhang, da mochte manche Träne geflossen sein. Dabei erwies sich ihr Zukünftiger, so Emil, als der anständigste Mann der Welt, außerdem sah er gut aus. Man konnte Monika verstehen. Erst als Katharina im Sterben lag und Hugo anflehte, sich mit der Tochter zu versöhnen, gab er nach. Emil lächelte: »Und wie heftig mein Bruder jetzt seine Enkelkinder, einschließlich der zwei adoptierten, liebt. Die Episode mit den zwei Konfessionen hat er vergessen. Man dürfte ihn keinesfalls darauf ansprechen.«

Schon damals ahnte ich, daß Emil und Katja das gleiche großmütige Herz besaßen. Auch die Pfarrersfrau verfügte über diese Ader zum Unkonventionellen, Generösen. Holte Katja nicht eines Tages für uns drei eine kleine Flasche Champagner, den ersten meines Lebens, aus der Tasche im sporadisch erleuchteten Kellerraum? Manchmal war auch der alte Herr Schwers dabei, der Bruder des Fräuleins, der nie sprach und von dem niemand wußte, ob er schließlich durch ein Unglück oder durch Selbstmord starb, als er vom Balkon stürzte.

Diese vertraulichen Momente gab es aber auch mit Hugo. Nicht nur, daß er mich mittags oft von der Schule abholte und durch den Stadtverkehr begleitete. Er besaß auch einen alten Tabakbeutel aus Leder, gut gefüllt mit Kleingeld. Diese Münzen waren nur für meinen Bruder und mich bestimmt, wenn er mit uns spielte. Meist waren es Brett- und Würfelspiele, bei denen er Preise aussetzte, kleine Beträge in Münzen, die er zum Schluß getreulich auszahlte und dazu seine wohlriechende Pfeife rauchte. Von unseren Vergnügungen im Keller ahnte er nichts, auch davon nichts, daß wir am Freitag dort unten kleine Wurstschnitten aßen, obschon er von der ganzen Familie das strenge Einhalten der Fastentage erwartete. In besonderen Stunden, wenn wir beide allein waren, zeigte er mir die Schätze, die ihm sein Sohn aus Brüssel schickte. Es waren vor allem Dosen mit Ölsardinen, die man bei uns noch nicht kaufen konnte. An ihnen interessierten mich besonders die schönen Bilder mit den glutvollen Spanierinnen darauf. Ich konnte sie gar nicht mit den fettigen Fischen in Verbindung bringen. Er hatte sie in den Ritzen des Mauerwerks in seinem Schlafzimmer verborgen. Mir fällt auch ein, wie er mich fest an seiner Hand hielt, wenn wir am Ufer der Ruhr entlangspazierten und an dem Zigeunerlager vorbeikamen, wo kleine geraubte Kinder versteckt wurden. Er beschützte mich, so daß mir nichts passieren konnte.

Die beste Zeit verbrachten wir zusammen im halbzerstörten Garten, wo er sich kleine Beete angelegt hatte. Wir sammelten die Kohlweißlingsraupen ab, zogen Radieschen, wenn sie ihre roten Bäckchen aus der Erde schoben, und ernteten Stachelbeeren. Oder wir ruhten uns auf einem Bänkchen nebeneinander aus und sahen alles nur einfach an und freuten uns daran. Nachts saß er auch auf diesem Platz und bewachte mit einer Flasche Bier seine Tabakpflanzen, was die Familie mit Sorge sah. Wie leicht hätte ein Dieb den alten Mann niederschlagen können! Aber er, er fürchtete sich nicht, er doch nicht! Und wer würde überhaupt wagen, ihn anzugreifen?

Im Sommer nahm er mich mit zu seinem Vetter ins Sauerland. Er war dort Förster und wohnte im Wald. Konnte man schöner leben als unter Bäumen, in den Gerüchen des Laubes? Dieser Vetter besaß einen Schäferhund, »Treu« hieß er, und er liebte seinen

Hund sehr. Durch einen unseligen Zufall hat er ihn eines Tages in die Hand gebissen. Daraufhin, so war das Gesetz, mußte er ihn erschießen lassen. Nie soll er darüber hinweggekommen sein.

Es war ein wunderbarer Tag mit dem Großvater und dem Förster und dem vielen, duftenden Grün und Farn. Zum ersten Mal sah ich ein Pärchen des Roten Milan in der Luft kreisen und wußte jetzt, wie man ihn am gegabelten Schwanz erkennt. Was für ein Unterschied zu unseren Trümmern und düsteren Fassaden im Ruhrgebiet! Der Vetter hatte seinen Wald so gern, daß er, als er pensioniert wurde und mit seiner Frau in deren Heimatstadt Münster zog, den harten Asphalt nach dem federnden Waldboden nicht ertrug unter seinen Füßen und schon bald starb. Sie hätten das nicht machen sollen, aber die Frau sehnte sich nach der Stadt, die dumme Person.

Eines Tages spürte der Großvater heftige Schmerzen im Bauch, die sich kontinuierlich verstärkten. Seine Angst, an Krebs sterben zu müssen, veränderte ihn. Er zog sich zurück und starrte unglücklich vor sich hin. Hinter der eindrucksvollen Geste des souveränen Familienoberhaupts wurde er zum Häufchen Elend, das sich vor dem Tod fürchtete. Schließlich gelang es den Töchtern, ihn zu einem Arztbesuch zu überreden. Meine Mutter begleitete den wankenden, kleinlauten Vater, der noch im Taxi den Rosenkranz betete und mit seiner verstorbenen Frau sprach. Meine Mutter übergab den Kranken mit ermutigenden, zwecklosen Worten dem Arzt, der den alten Mann in Empfang nahm. Nach nicht allzu langer Zeit öffnete sich die Tür des Behandlungszimmers und heraus trat ein straff aufgerichteter junger Mann. Es war mein Großvater, der meine Mutter anstrahlte: Sieger über Tod und Teufel.

»Da staunst du, daß Euer Vater so wiederhergestellt ist! Noch nicht ganz, aber fast. Es ist ja nur ein Leistenbruch. Ich trage jetzt ein Band. Nur ein Leistenbruch, der bringt keinen um.« Er schwebte geradezu vor Erleichterung, da man ihn dem Leben wiedergeschenkt hatte. »Nur ein Leistenbruch!«

Die ganze Verwandtschaft staunte. Hugo ließ eine Messe lesen, sah aber wohl heimlich sich selbst als demütigen Gnadenspender an, jawohl Gnadenspender. Man mußte schon ein ganzer Kerl sein wie er, um derartige Himmelsgeschenke zu empfangen. Noch Jahre später erzählte meine Mutter von ihrer maßlosen Verblüffung angesichts der Verwandlung Hugos. Ansonsten blieb er ganz der Alte. Es erleichterte uns.

Denn sanfter machte ihn die Erfahrung nicht. Hatte er nicht aller Welt bewiesen, besonders den Schwiegersöhnen, vom Bruder ganz zu schweigen, was wahre Charakterstärke bedeutet? Ein festes Gemüt wie das seinige überwand alle Schwierigkeiten.

Um diese Zeit wurde uns in der Schule, damals noch eine Sensation, ein Film gezeigt, in dem man die Befreiung der Juden in den Konzentrationslagern durch die Amerikaner sah. Man konfrontierte uns Kinder mit den noch lebenden Skeletten, in Regalen übereinandergeschichtet, der fast verhungerten Gefangenen, die hohläugig in die Kamera starrten. »Das haben die Faschisten gemacht«, sagte man uns dazu. Auch wir trugen offenbar Schuld daran. Völlig verstört von den fürchterlichen Anblicken erzählte ich im Keller, da ich Emil als ersten Erwachsenen zuhause traf, die Maschinisten hätten die Juden umgebracht. Von Juden wußte ich, abgesehen von denen in der Bibel, nur die Geschichte der schönen, traurigen Jüdin, die vor dem Krieg gelegentlich meine Großmutter besucht haben soll und eines Tages mit ihrem kleinen Kind auf Nimmerwiedersehen verschwand. Ich weiß nicht mehr, wie Emil mein junges Gemüt beruhigte. Wegen der Aufregung um den Leistenbruch Hugos ging die schreckliche Nachricht zunächst unter. Ich habe die Bilder aber mein ganzes Leben im Kopf behalten. Später benötigte ich ja keine Erläuterungen mehr.

Die Monate dieses Jahres, das für Katja ein so einschneidendes, ja verhängnisvolles werden sollte, vergingen. Wieder trug sie ihren Pelzmantel, wieder begannen die Tanten zu lästern (wobei die biederste von ihnen neuerdings mit einer gebrauchten Jacke aus Ozelotfell auftrumpfte), wenn sie auf ihren hohen Absätzen wie eine Filmdiva das Haus verließ. Hugo machte Emil weiterhin

Vorhaltungen, kein strengerer Vater zu sein, denn was könne alles daraus werden und Schändliches passieren. Sie laufe ja rum wie eine … Emil lächelte wie stets müde, melancholisch und ging dann weg. Hugos Zornesfalten kümmerten ihn nicht. Aber wer weiß. Immerhin hatte er seinem Bruder mit Krücke und Stuhl das Leben sehr erleichtert. Das war aber von Hugo nun längst vergessen.

Redeten die Tanten beim Essen über das Mädchen, legte er meist Messer und Gabel hin und verließ den Raum. Die Tanten bissen sich betroffen auf die Unterlippen, unterdrückten aber auch ein Schmunzeln.

Katja und ich, wir wurden beide älter. Ich wußte inzwischen ein bißchen mehr über das Leben, auch über mögliche Sünden, und sie begannen mich zu interessieren. Wieviel hatte Katja damit zu tun? Machte sie denn etwas Unrechtes? Ihre Freundlichkeit ließ nicht nach. Vielleicht war ich die Einzige im gesamten Haus, die ihr völlig unschuldig gegenübertrat. Oder doch nicht mehr so wie früher? Witterte ich nicht irgendwelche dunklen Geheimnisse, und sie spürte es?

Als sie einmal vor Emil und mir die Werkstatt verließ, hörte ich ihn vor sich hinflüstern: »Gott schütze sie! Gott schütze sie!«

Mir fiel allmählich die Veränderung auf, die mit Katja vor sich ging. Sie war jetzt fast achtzehn Jahre alt und lachte nicht mehr soviel. Trotz dieses für mich ungewohnten Ernstes, der sie noch schöner aussehen ließ, war sie weiterhin freundlich zu mir und behandelte mich wie eine etwas jüngere Schwester. Als ihr Geburtstag in der Bar gefeiert wurde, kam sie in der Nacht, einschließlich der frühen Morgenstunden, nicht nach Hause. Das erzählte mir Emil. Es beunruhigte ihn, ich war ja an diesem Morgen zufällig oben in seinem Zimmer, da ich ihm von meiner Mutter ein paar Scheiben Kuchen gebracht hatte. Ein Telefon existierte im ganzen Haus noch nicht. In sehr dringenden Fällen rannte man zu einem Nachbarn, einem Staatsanwalt, dessen kleines Kind man hin und wieder in einem schicken Korbwagen ausfuhr. Was war ein Staatsanwalt? Irgendwas Polizeiliches, Achtung!

Emil legte, als er zu mir davon sprach, denn einen anderen Menschen hatte er nicht in der Nähe, immer wieder seine Hand aufs Herz. Ich ahnte damals noch nicht, wie bedeutsam diese Geste für sein Leben war. Wir warteten gemeinsam erfolglos, bis ich zur Schule mußte, die damals wegen Platzmangel abwechselnd mit den Jungen vor- und nachmittags stattfand. Er lächelte mich an auf seine träumerische Art, aber konnte seine Unruhe nicht verbergen. »Es wird ihr hoffentlich nichts zugestoßen sein. Es gibt doch immer jemanden, der auf sie achtgibt und zu später Stunde nach Hause bringt. Weshalb kommt sie ausgerechnet an ihrem Geburtstag nicht?« Ich sah seine bleichen Hände zittern, als er mir den Schal vorführte, den er für sie eingewickelt hatte: Ein wunderschönes Geschenk aus bunt seidigen Blumen gewoben – und nun war sie nicht da, um es in Empfang zu nehmen. Schon am Vortag hatte sie keine Zeit für ihn gehabt. Ich weiß nicht, ob ich mich täuschte, mir kam es so vor, als wären ein paar Tränen über sein blasses Gesicht gelaufen. Wie leid es mir tat, daß ich ihn für die Schule verlassen mußte!

Zum ersten Mal erboste mich Katja. Ihre Sorglosigkeit empfand ich als unverzeihlich. Ich ging ihr eine Weile aus dem Weg. Eine Entschuldigung für ihr Ausbleiben hatte sie nicht, als ich Emil danach fragte. Er wirkte aber sorgenvoll auf mich. Auch Katja begann sich zu verändern. Sie schien geistesabwesend, unzugänglicher zu sein und blieb öfter nachts weg. Emil mußte sich daran gewöhnen. Er machte ihr keine Vorwürfe, weil er sie nicht verlieren wollte. Sie war jetzt achtzehn, sie konnte, wie er meinte, tun und lassen, was sie wollte, und so lebte sie auch! Eine Woche später gestand er mir, er sei in der Geburtstagsnacht, als es immer später wurde, zu der Bar gegangen und habe versucht, durch die Fenster zu sehen. Er habe sie aber nicht entdecken können, auch ihren auffälligen Pelzmantel nicht in der Garderobe gesehen.

Auf ihren Vater rechnete sie ja immer. Nein, ich hatte sie nicht mehr ganz so gern wie früher. Undeutlich fühlte ich, daß jetzt erst ihr eigentliches Leben begann, womit sie sich von mir entfernte.

Ich bewunderte sie nicht länger, weil sie Emil solchen Kummer bereitete.

»Wo die sich wohl herumtreibt«, sagten die Tanten, die sie mittlerweile so scharf beobachteten, wie sie nur konnten. »Sie wird in den frühen Morgenstunden doch nicht mehr in der Bar sein. In wessen Bett sie wohl schläft?« Hier kniffen alle die Lippen zusammen. Ein Bekannter erzählte, er habe sie einmal mit geschwungenem Röckchen auf den Tischen tanzen sehen, die Männer hätten dazu begeistert geklatscht.

»Die freut sich ihres Lebens«, sagte die Pfarrersfrau. »Schönes Leben!«, maulte Tante Else. »Wir hätten früher eingreifen sollen. Emil schafft es ja nicht. Jetzt ist es zu spät.«

Ich war inzwischen elf Jahre alt geworden und verstand viel mehr von der Welt und den Geschäften zwischen Männern und Frauen und davon, daß man sich von manchen Gleichaltrigen, denen man Briefchen in die Bankritzen steckte, stark angezogen fühlte und von anderen nicht. Eine Freundin hatte sogar ihre Eltern auf dem Küchensofa beim »Geschlechtsverkehr« beobachtet und sich vor ihnen gegruselt. An einem Nachmittag, als ich aus der Schule kam, stand vor unserem Haus das eleganteste Auto, das ich je gesehen hatte. Es wirkte wie ein riesiger, über und über glänzender Handschuh auf mich. Darinnen saß ein Mann, dessen Gesicht ich nicht erkennen konnte, und rauchte eine Zigarre. Um den Wagen herum standen die Kinder unserer Straße, große und kleine, und betrachteten das Wunderding von allen Seiten.

»Was für ein Schlitten«, sagten sie. Wem mochte der gehören? Was hatte der mit unserem demolierten Haus zu tun? Immerhin konnten wir stolz sein, daß er ausgerechnet vor unserem hielt und nicht zum Beispiel dort, wo der Staatsanwalt mit dem Telefon wohnte. Nun erkannte ich auch Fräulein Schwers. Sie war so klein, ich hatte sie für eins der Kinder gehalten. Die Neuigkeit würde also geschwind bekannt. Wenn ein Kleines das schimmernde Blech anfassen wollte, schlug ihm sofort ein größeres auf die Finger. Alle versuchten, im Inneren etwas zu entdecken, bis der Mann, offenbar das Warten leid, ausstieg und am Auto entlangtigerte. Wir konnten jetzt ein bißchen in das Wageninnere sehen und wären alle gern in der dort herrschenden mondänen Gemütlichkeit Gast gewesen. Er lachte die Kinder mit den neugierigen Blicken an und roch nach Tabak, was mir unvernünftigerweise sofort Vertrauen einflößte. Vielleicht erging es Katja genauso? Da sah man seine Goldzähne wohlhabend aus der dunklen, behaglichen Mundhöhle funkeln. Er war nicht gerade schlank, aber sehr fein angezogen, ein bißchen auffällig allerdings, mit schwarz-weißen Schuhen, einem gestreiften Anzug. Ich hatte das schon mal in einem Film gesehen. Dort war der Mann gefährlich, eventuell sogar ein Mörder. Dieser trug, genau wie der Schauspieler, ein Bärtchen auf der Oberlippe und da er, trotz Winter, sein Hemd weit aufgeknöpft hatte, sah man die goldene Kette mit dem Kreuz auf seiner nackten, muskulösen Brust, bestimmt ein Zeichen von Abgebrühtheit. Auch ihn starrten die Kinder an, genauso wie das rasante Auto. Dann entzog er sich wieder seinen kleinen Zuschauern. Vorstellung beendet. Er setzte sich hinter das Lenkrad und hupte zweimal laut.

Kurz darauf kam Katja in ihrem Pelzmantel mit frisch angemalten, schillernden Lippen die Haustürstufen runtergerannt, rief »Enriiico« und sprang schnell neben ihn. Katja also! Das konnten wir erkennen: Er fuhr ihr mit der dicken Hand in die Locken, sie schmiegte sich an ihn und küßte ihn auf den Hals. Uns nahm sie nicht wahr, oder wir waren ihr egal. Dann ließ er den Wagen an und sauste unglaublich schnell davon.

Die Straße hatte ihr Glanzstück verloren. Sie erlosch. Die Sonne war für sie untergegangen. Etwas hatte uns gestreift und in Aufregung versetzt. Wir wußten nicht, ob Gutes oder Schlechtes, aber schön war es gewesen, großartig, vielleicht auch ein bißchen gefährlich. Und nun war Katja darin gefangen und mußte mitrasen, wohin der Mann wollte. Unser liebes Fräulein Schwers hatte ohne Zweifel alles gesehen! So würde es blitzschnell die Runde machen und war für den Rest des Tages was zum Schwätzen und Lästern! Emil zeigte sich nicht. Etwas streifte mich: Der Verdacht eines

Verrats von Katja an ihrem Vater und mir. Immerhin hatte sie jedoch den leuchtenden Schal, auf den Emil so stolz war, um den Hals geschlungen.

Ich weiß nicht, was in mich fuhr. Anschließend stieg ich nämlich zu Emil hoch, teils um ihn zu trösten, teils aus Neugierde. Er empfing mich sehr erfreut in seinem inzwischen so seltsam riechenden Zimmer, ein Mischgeruch, den Katja aus ihrer fremden Welt miteingeschleust hatte und den ich inzwischen sogar an Emils Kleidungsstücken roch. Es fehlte ihm so alles Frische, Lebendige. Katja übertünchte es mit Parfüm. Bald, dachte ich, wird ihr Freund ihr bestimmt teures schenken, damit es zu dem berüchtigten herrlichen Wagen paßt! Von meiner Mutter kannte ich die Unterschiede. Trotz unserer einfachen Verhältnisse schenkte ihr mein Vater luxuriöse Parfüms in wunderschönen Fläschchen, die ich nach Gebrauch erbte und die noch lange Zeit mit ihrem Duft meine schlichte Wäsche durchtränkten. Dabei war mein Vater erst drei Jahre nach dem Krieg in Lagersandalen aus der russischen Gefangenschaft heimgekehrt.

Natürlich war Hugo am nächsten Tag informiert. Ich erlebte seine zornigen Ausfälle gegen den Bruder. Er haute mit der Faust auf den Küchentisch, daß die Tassen hochsprangen. Ein paar Mal schrie er das Wort »Hure«, den schlimmsten Ausdruck, der überhaupt zur Verfügung stand. Wir kannten ihn alle, allen Kindern unserer Straße war er geläufig, aber nur als dunkles Geheimnis, ohne präzise Informationen. »Wenn man ihnen Geld gibt, gehen sie mit einem ins Bett und machen Schweinereien mit einem«, behauptete Hänschen Schauer, der etwas älter war. Dazu schnitt er ein verächtliches Gesicht, als hätte er selbst schon solche Erfahrungen gemacht. Das glaubte ihm keiner. Wir wollten es auch gar nicht selbst erleben, aber hätten dringend gern mehr darüber gewußt. Ich fand es jedenfalls unglaublich, das mit Katja in Verbindung zu bringen, und wenn sie noch so wild auf den Tischen tanzte und die Männer unter ihren Rock kucken ließ.

»Ärgere dich doch nicht, Vater. Du kannst ja nichts dazu«, sagte

Tante Else zum Fall Katja und schlug sich dabei verblüffenderweise auf den massigen Busen. »Nicht gleich Hure, allenfalls Mätresse«, flüsterte begütigend die Pfarrersfrau.

»Nein«, rief Hugo, »ganz sicher kann ich nichts dazu. Ich habe Emil seit Jahren gewarnt. Es nutzte nichts. Er hat lieber im Keller geleimt und geschnitzt, als seine wilde Tochter zu bewachen, ihr auf die Finger zu klopfen oder ihr eine tüchtige Ohrfeige zu geben. Das nämlich hätte sie gebraucht. Stattdessen ist sie jetzt das Liebchen eines Ganoven. Dahin mußte es kommen, und es könnte mir verdammt egal sein, aber sie trägt meinen und euren Namen und ist das Gespött des Hauses. Und Emil? Er geht in seinen Keller und verschließt die Augen vor der Wahrheit. Nichtsnutziges Pack!«

Es kam mir vor, als würden Flammen aus seiner Rede schlagen. Dabei wußte ich doch genau, wie traurig Katja ihren Vater machte. Es war ihr egal, sie hatte wohl nur noch diesen Mann aus dem Film im Kopf. Anderes war ihr entfallen, wenn nichts dazwischenkam für alle Ewigkeit. Heute würde ich sagen: Wir sollten nicht von Böswilligkeit reden, nur von bodenlosem Leichtsinn. Sie verfuhr auch hier wie immer nach Lust und Laune, ohne Gedanken an die Zukunft.

Ich hoffte, wie alle Kinder unserer Straße, auf Wiederholung. Wieder wünschten wir das funkelnde Prachtauto und den Mann, der die Atmosphäre von Wohlleben verbreitete, herbei. Und so kam es. Er erschien in seinem Prunk und ließ uns sogar in sein Auto hineinsehen. Es roch nach Leder und Zigarren.

Er ging nie mit Katja hoch zu Emil, sondern wartete unten, sprach mit uns und machte kleine Späße. Schließlich brachte er Bonbons für uns mit. Wir liebten ihn, fast wie wir Katja liebten, die wir mit glücklichem Gesicht und zu ungewöhnlichen Tageszeiten sahen. Ja, sie war selig und gab mir, als wir uns im Flur begegneten, einen Kuß in ihrer Freude.

Emil erzählte mir: »Er wohnt in Essen und besitzt dort ebenfalls eine Bar. Vielleicht wechselt Katja demnächst dorthin. Der Mann ist mit ihrem Chef befreundet, und der möchte Katja nicht abgeben, weil sie so tüchtig ist. Der Neue lebt auf viel größerem Fuß als sein Freund, der bisherige Chef. Geld spielt für ihn keine Rolle. Erstaunlich, daß er so an Katja hängt, denn es gibt in so einer Bar natürlich viele hübsche Frauen, die alle von ihrem ›Boss‹ verwöhnt werden wollen. Katja muß sich gar nicht darum bemühen. Sie ist überall beliebt, bei den Angestellten und den Gästen.«

Ich bemerkte den Stolz Emils auf seine Tochter, bei aller Sorge um sie, ja, den Stolz. Er war froh, wenn sie sein Zimmer betrat, und froh, wenn sie in voller Pracht zu ihrem Beruf, in dem sie so erfolgreich arbeitete, aufbrach. Wenn sie frühmorgens nach Hause kam, machte er ihr die Milch warm und hörte ihr zu, bis sie sich in ihren Kissen verkroch.

»Es ist komisch«, sagte er, »seit sie mit diesem Mann aus Essen befreundet ist, hängt sie gleichzeitig noch mehr an mir, auch wenn man meinen könnte, sie kümmerte sich nicht um mich. Das stimmt aber nicht. Ich spüre, daß sie mich braucht. Öfter als früher nimmt sie mich in die Arme. Das tut mir altem Mann gut. Ich bin doch ihr Vater, ich habe sonst niemanden. Ich glaube, sie sucht bei mir Halt, jetzt, wo sie so oft in Essen ist und nicht mehr jede Nacht in ihrer Bar. Sie würde sonst vielleicht zwischen den Stellen schwanken. Es ist ja ein abenteuerliches Leben, das sie führt. Dazu braucht man große Festigkeit. Sie muß wissen, wo sie letzten Endes hingehört. Sie ist achtzehn, aber doch noch ein kleines Mädchen, nur ein bißchen größer als du.«

»Bin ich noch ein Kind?«, fragte ich. Er strich mir über den Kopf, so sanft wie Großvater nie. »Ich bringe ja auch ihre Kleider zur Reinigung.«

Ich fand es merkwürdig, daß ich und die Kinder auf der Straße den Mann längst kannten, Emil aber noch nicht. Warum ging er nicht mit hoch? Wollte ihm Katja nicht ihre ärmliche Unterkunft zeigen? Aber Emil hatte die doch so schön wie möglich gemacht, weiß gestrichen, neue Vorhänge, auch einen hellblauen Teppich hatte er organisiert. Man fühlte sich wohl bei ihm und mußte sich nicht schämen. Ich wußte allerdings nicht, welchen Luxus Katja durch den Mann im Auto kennengelernt hatte. Vielleicht war der Unterschied zu groß, und sie zeigte schon Mut und Vertrauen, daß sie ihm die lädierte Front unseres Haus vorführte, das der Besitzer, ein Kinderarzt, immer noch nicht renovieren ließ.

Emil beklagte sich nicht. Er wartete ab, wie sich das Ganze entwickeln würde, und wollte wohl keinesfalls Schuld tragen an einem möglichen Zerwürfnis. Die Hauptsache, sie kehrte immer wieder zu ihm zurück.

Wenig später traf ich Fräulein Schwers unten bei Emil in der Werkstatt und deren verschwörerischer Beleuchtung an. Es herrschte eine gemütliche, warme Stimmung in dem guten Leimgeruch, die sich plötzlich ändern sollte. Armer Emil! Durch die kleinen Fenster fielen Spuren von Nachmittagslicht. Angeblich wollte sie sich etwas von ihm kleben lassen, aber es war ja offensichtlich, daß sie eine Neuigkeit loswerden mußte: Ein Verwandter von ihr hatte das tolle Auto vor unserem Haus gesehen und an der Windschutzscheibe gelesen. »Die blaue Chrysantheme. Essen«. Daraufhin, da er in Essen wohnte, konnte er nicht an sich halten, suchte die Adresse und ging eines Abends in das Lokal.

»Es ist ein eleganter Betrieb, nichts für arme Schlucker. Er kennt Katja nur vom Erzählen, aber ihm wurde schnell klar, daß die hübscheste Frau, die an der Bar stand, unsere Katja sein mußte.« Die Männer umschwärmten sie. Sie lächelte, blieb aber gleichmäßig kühl. Die Atmosphäre gefiel ihm. Manchmal kamen einzelne Frauen ohne Mantel herein. Er sah sie genau an im Laufe des Abends, wo er viel Geld losgeworden ist. Es waren unterschiedliche, grellgekleidete Mädchen, alle hätten im Gegensatz zu Katja sehr zugänglich gewirkt und seien nach einiger Zeit verschwunden gewesen, später dann wieder aufgetaucht, die Schwarzhaarige, die Blonde, die Rothaarige, eine Afrikanerin und eine Asiatin. »Was für eine Auswahl, wenn jemand auf Abenteuer aus ist«, habe er gedacht. Auch von den Männern hatten sich zeitweise welche zurückgezogen.

Das Fräulein schwieg, Emil schwieg, das Fräulein schwieg gespannt, Emil schwieg bedrückt. Bei dem, was sie nach einer Weile sagte, fragte ich mich, ob sie mich für erwachsen genug bei dem Folgenden hielt, oder noch für so kindlich, daß ich gar nicht verstand, wovon sie redete. Sie saß im Schatten, während Emils Gesicht, bekümmert, entsetzt, hell beschienen wurde.

»Es war nicht schwer für ihn, dahinterzukommen, um was es sich in Wahrheit handelte. Die Männer trafen in aller Ruhe ihre Wahl und gingen dann mit einem der Mädchen auf deren Zimmer. Nach den Liebesdiensten kehrten die Kunden wieder zurück und ließen sich von Katja an der Bar verwöhnen.«

»Ein Edelbordell also«, ächzte Emil und schnitt sich in den Finger. Das Fräulein sprang auf, es suchte nach Verbandszeug. Ich hatte den Eindruck, es lächelte still vor sich hin.

»Meine Tochter, das einzige Kind, das eigensinnige, in einem Edelbordell, die Geliebte eines Bordellchefs. Dann hat Hugo sich nicht getäuscht«, brachte Emil mühsam hervor.

Katjas Bar, zu der sie jeden Abend so gutgelaunt aufbrach, die kleinen Botschaften, die wir in den Bankritzen des Klassenzimmers versteckten, die schönen Liebesgedichte, die ich las, die »Schweinereien« der Kinder in den Trümmern und die neuerdings wunderbar duftende Katja selbst: Das alles hatte miteinander zu tun, jetzt, wo uns das nette Fräulein ihre Geschichte erzählte und nun ihre Sachen zusammenpackte und uns verließ? Sie würde es, falls es nicht schon geschehen war, Hugo schnurstracks hinterbringen. Emil bat sie mit keinem Wort, den Mund zu halten. Es wäre wohl auch zwecklos gewesen. Wen sollte ich fragen, was es mit dem Bordell auf sich hatte? Es gab keinen, auch gegenüber meinem Bruder traute ich mich nicht.

Wir beide sagten längere Zeit keine Silbe. Dann wagte ich den Satz: »Glaubst du, was die Hexe behauptet?« Er rührte schweigend in seinem Leimtopf. Als er mich ansah, entdeckte ich in seinen Augen Tränen.

»Ja! Es bedeutet aber nicht, daß Katja das Gewerbe der Mädchen ausübt, das keinesfalls. Sie ist die Freundin des Chefs, das ist was ganz anderes. Trotzdem steckt sie mit drin. Komm, wir kochen uns einen Kakao, oben. Da geht es uns besser.« Das sagte er wohl mir zuliebe.

Auf der Treppe begegneten wir Hugo. Hatte er uns etwa aufgelauert? Das Fräulein stand mit zusammengekniffenen Lippen neben ihm. »Katja ist also eine Hure! Ich habe es gewußt. Es ist darauf hinausgelaufen, schon früh, Emil, es mußte so kommen. Du bist schuld daran. Auch als Vater bist du ein Versager. Sie zieht unseren ehrlichen Namen in den Dreck und macht sich nichts daraus. Sechs Kinder habe ich in Anstand großgezogen und dann das! Ein solcher Schandfleck auf unserem Namen!«

Er sprach erstaunlich ruhig, aber ich traute dem Frieden nicht. Es sammelte sich etwas in ihm an, auch deshalb, weil Emil nichts sagte, nur tief beschämt den Kopf senkte. Ich hätte dem hartherzigen Fräulein am liebsten den Hals umgedreht. Niemals hatte sie Erlaubnis, Emil so zu demütigen. Und da brach es auch schon aus Hugo heraus. Er schrie rücksichtslos ins Treppenhaus: »Jawohl, sie ist eine Nutte geworden, und ihr Vater sieht friedlich dabei zu!«

Ich trat auf ihn zu, faßte ihn bei der Hand und sagte: »Großvater, so darfst du nicht mit Emil reden. Er ist ein guter Mensch.«

Er packte meine Hand fester und schob mich in die Wohnung. »Du sollst keinen Kontakt mit der Sippschaft mehr haben. Sie verderben dich. Dann haben wir zwei Freudenmädchen in der Familie. Rein mit dir!«

Ich riß mich los von ihm. In diesem Augenblick konnte ich Emil unmöglich im Stich lassen. Ich stellte mich neben ihn, ergriff seinen Arm und führte den alten Mann in den ersten Stock.

»Es geht schon los mit ihr!«, brüllte der Großvater. Ich drehte mich nicht nach ihm um, nicht nach ihm und dem hinterhältigen Fräulein.

In seinem wie immer sehr aufgeräumten, jetzt golden getönten, von der Nachmittagssonne durchfluteten Zimmer setzte er sich langsam, als würden ihn seine Glieder schmerzen, auf einen Stuhl. »Laß uns das Fenster öffnen«, schlug ich vor. Wahrscheinlich dachte ich, dann würde sich der Kummer wenigstens verdünnen. Ich gab ihm ein Glas Wasser und strich über seinen Kopf. Nach einer Weile sagte er: »Es ist das Schlimmste, was einem Vater widerfahren kann, auch wenn ich überzeugt bin, daß sie sich nicht für Geld verkauft. Sie ist dazu viel zu stolz.«

Ich wußte nicht, was ich darauf antworten sollte. Mir war ja ebenfalls zum Weinen zumute. Der Kakao war vergessen.

»Du bist noch so unschuldig und wirst jetzt in diesen Schmutz reingezogen«, stöhnte er. »Du solltest eigentlich zu deiner Familie nach unten gehen, aber ich bin froh, daß du bei mir bist mit deinem hellen Gesicht. Das Unglück fing an, als meine Frau starb. Keiner konnte sich mehr um Katja kümmern. Das Leben im Wirtshaus schadete ihr, auch wenn sie noch so fröhlich war. Sie hatte keinen Schutzengel mehr und ist einsamer gewesen, als ich dachte. Ich mußte einfach zuviel arbeiten, ich bin ja kaum zur Besinnung gekommen, denn ich wollte den Betrieb aufrechterhalten. Von der Familie Hugos hat mir niemand das Angebot gemacht, Katja ein Zuhause zu geben. Da lebten alle nur für sich. Sie haben mich alleingelassen in meiner Not. Jetzt beleidigen sie mich.«

Jemand müßte ihm die Haare aus Ohren und Nasenlöchern schneiden, dachte ich.

Ich blieb noch ein bißchen bei ihm, dann ging ich leise nach unten. Im Treppenhaus begegnete ich dem Fräulein. Ich sah an ihr vorbei.

Glücklicherweise traf ich an unserer Wohnungstür mit meiner Mutter zusammen, die mit ihrem schnellen Schritt aus dem Büro kam. Hugo schoß aus seinem Zimmer, um über uns herzufallen. Meine Mutter sagte: »Später, Vater. Ich will erst meine Kleine anhören.« Da endlich fing ich an zu weinen. Sie ließ mich schluchzen und schniefen. Sie sah meine Tränen und störte mich nicht. Meine Tränen liefen so lange, weil mir einfiel, daß Emil niemand zuhören und ihn trösten würde. Den Großvater hörte ich in seinem Zimmer wild rumoren. Er wünschte sich in seiner Wut bestimmt als geduldige Zuhörerin das böse Fräulein herbei. Meine Mutter kochte mir den Kakao, den wir bei Emil versäumt hatten. Selten habe ich ihn dermaßen als Wohltat, als reine, rettende Güte empfunden. Wie er so tröstlich und warm in mich eindrang! Solange einem der gemacht wurde, konnte einem nichts wirklich Schreckliches zustoßen.

Ich erzählte nun alles meiner Mutter, und sie erklärte mir das, was sie mir schon längst hätte sagen müssen, über das Leben zwischen Männern und Frauen. Sie nahm mich in den Arm dabei, darum war es nicht so schlimm. Über Katja verlor sie kein unfreundliches Wort. Es half mir sehr, dazu in kleinen Schlucken den Kakao zu trinken.

Später ging sie zu meinem Großvater, der sofort, ich hörte es ja durch die Wände, losschreien wollte. Sie sagte nur zwei Sätze, die ich nicht verstand, da schwieg er still.

Am Abend besuchte ich noch einmal Emil. Er saß zusammengefaltet auf seinem Bett und wartete auf Katja, obschon es noch viel zu früh dafür war. Hoffentlich würde sie heute nach Hause kommen. Man konnte es bei ihr nie wissen.

»Alle Kinder auf der Straße haben Katja in ihr Herz geschlossen«, sagte ich und hoffte, daß es ihn freuen würde. »Sie gehört zu den liebsten Menschen, die ich kenne.« Er nickte und hörte eine Weile nicht damit auf, wie in einer Gedankenmaschine ging es auf und ab mit seinem Kopf.

»Auch wenn sie mir viel Schmerzen bereitet, ich weiß, daß sie mich gern hat, nur kann sie nicht so leben wie andere. Es ist ihre Kindheit in der Wirtschaft, die hat aus ihr den Menschen gemacht, der sie nun ist.«

Unten wütete und höhnte der Großvater. Meine Mutter und die jüngere Tante versuchten erst gar nicht, den alten Mann, der die Welt nicht mehr verstand, zu beruhigen.

Das war an einem Dienstag, am folgenden Donnerstag hatte Emil eine gewaltige Neuigkeit für mich. Wir saßen oben in seinem Zimmer. Katja war schon zu ihrer Bar unterwegs. »Schwer zu sagen, wie Hugo es aufnehmen wird. Ob er sich freut, ob er sich ärgert? Es ist aber letzten Endes egal. Schließlich ist es allein Katjas Leben. Ich selbst weiß ja auch nicht, was ich davon halten soll. Aber ich glaube, ich freue mich, um Katjas willen freue ich mich. Auch wenn ich mich frage, wohin das führen wird.«

Ich sah ihn verständnislos an, wollte ihn allerdings nicht durch eine Frage unterbrechen. Längere Zeit am Stück sprach er ja nur in besonderen Fällen. Er sprang jetzt auf und ging im Zimmer hin und her.

»Es wird hier eine Veränderung bringen. Ich werde sicher wieder allein sein, und Katja wird mich dann hoffentlich öfter mal besuchen. Sie will nämlich heiraten, sie will den Barbesitzer aus Essen heiraten, schon sehr bald, mußt du wissen. Das Komische ist nur, daß ich ihn überhaupt nicht kenne. Ich habe ihn ja nicht mal gesehen. Du kennst ihn besser als ich.«

»Er gefällt mir«, sagte ich. »Er wirkt sehr freundlich und auch gemütlich. Man fühlt sich wohl in seiner Gegenwart mit den Goldzähnen. Aber du wirst ihn doch jetzt bestimmt kennenlernen? Du bist doch dann sein Schwiegervater.«

»In den nächsten Tagen will ihn Katja mitbringen. Bis jetzt habe ich nur von hier oben sein tolles Auto gesehen und ihn, wie er um den Wagen herumging und ihr Kinder hinter ihm her wie beim Rattenfänger von Hameln.«

»Er schenkt uns Bonbons und kennt zum Teil schon unsere Namen. Er wird sicher nett zu Katja sein, und ihr beide, du und er, werdet euch gut verstehen, weil ihr beide so freundlich seid.«

Am nächsten Tag, da ich erst am Nachmittag Schule hatte, sah ich Katja noch, bevor sie zur Arbeit ging. Sie trug ein rotes Frühlingskostüm, hohe Absätze und schlug, als sie auf ihrem Bett saß, die schönen Beine übereinander. »Ich habe mich verlobt, mein Kleines«, sagte sie zu mir. Sie strahlte Emil und mich an. Selten hatte ich sie so hübsch gesehen. Dann war sie fort, aber sie ließ einen Nachglanz von ihrer Seligkeit im Zimmer zurück auf allen Gegenständen, auch auf Emils müdem Gesicht. »Sie ist eben eine sehr gut aussehende Frau«, meinte er, und der zärtliche Ton seiner Stimme erwärmte mir das Herz. »Seine Mutter stammt aus Neapel, wo er auch aufgewachsen ist. Der Vater ist Deutscher. Deshalb heißt er auch Enrico Schulz.«

Gleich einen Tag darauf kam es im Treppenhaus zu einer Begegnung, die mir gefiel. Ich trat gerade aus unserer Wohnung, als durch die Haustür Katja mit ihrem zukünftigen Mann eintrat, der einen großen Korb trug, aus dem eine Flasche Champagner ragte. Von oben kam das Fräulein die Treppe herunter. Sie mußte ihnen begegnen, es ging nicht anders. Einfach umkehren konnte sie schließlich nicht. Da trat ich vor und sagte zu ihr: »Fräulein Schwers, darf ich Ihnen den Verlobten von Katja, Enrico Schulz, vorstellen?«

Sie wurde über und über rot und knickte leicht zusammen, weil sie sich im Schrecken vornüberbeugte. »Ihr Verlobter aus Essen«, fügte ich schadenfroh hinzu. Sie faßte sich ins Gesicht, als wollte sie es verbergen in ihrer Verlegenheit. Der Verlobte, dieser stattliche Mann, neigte sich galant in ihre Richtung, sie wußte gar nicht, was sie machen sollte. Es sah so aus, als würde die winzige Person knicksen. Er lächelte sie an, sie schlug die Augen nieder und schon war sie weg. Gut, dachte ich, dann muß Emil seinem Bruder keine Anzeige schicken, er wird es noch heute erfahren. Ich hielt nun mit aller Kraft zu den beiden und freute mich, daß Katja, in einem leichten blauen Mantel, den Barbesitzer ihrem Vater vorstellen würde. O ja, ich glaubte felsenfest an die Zuneigung, die zwischen den beiden Männern herrschen müßte, und wenn sie noch so verschieden waren. Kaum konnte ich abwarten, von Emil einen Bericht zu erhalten.

Vielleicht wäre es noch besser, den Verlobten in der Kellerwerkstatt zu präsentieren?

Noch am selben Tag läutete das Fräulein, um Hugo zu besuchen. Ich hörte kurz darauf die laute Stimme des Großvaters: »So, soweit sind wir also, ein Puffbesitzer heiratet in unsere ehrbare Familie ein! Dann wird die unzüchtige Hochzeit sicher im Freudenhaus gefeiert werden.« Dazwischen zwitscherte vergnügt das Fräulein.

Das Ganze war offensichtlich nach ihrem Geschmack, und sie hoffte, sich dadurch beim Großvater einzuschmeicheln. Da unterschätzte sie ihn aber! Sie, die kleine Teufelin, würde es nicht schaffen, bei uns einzuheiraten, dazu hielt Hugo seiner Katharina viel zu eisern die Treue.

Es begann die herrliche Zeit der Hochzeitsplanung. Natürlich würde ich nicht dabei sein, wenn sie in der »Blauen Hortensie« mit voller Belegschaft feierten, auch die fünf käuflichen Damen wären eingeladen und eine Reihe der Stammgäste, ebenso italienische Freunde des Gastgebers, die Katja nicht alle kannte. Immerhin nahm ich aus der Ferne daran teil. Es sollte ein verschwenderisches Fest werden, mit Lampions und einem kleinen Feuerwerk. Für Katja war selbstverständlich das Wichtigste ihr Kleid. Auf ausdrücklichen Wunsch ihres Verlobten sollte es ein weißes werden, was damals noch sehr ungewöhnlich, fast ein Sakrileg war, wenn das Paar vor der Hochzeit schon zusammengelebt hatte. Katja fügte sich widerstrebend. Sobald es dem Großvater von den Spionen des Fräuleins hinterbracht wurde, gäbe es einen fürchterlichen Zornesausbruch, wobei wahrscheinlich für ihn das Ärgerlichste war, daß sein Arm nicht für ein Verbot reichte. Dabei war er doch in seinem eigentlichen Wesen durchaus nicht herzlos! Er mußte nur alles ohnmächtig mit ansehen oder sich ausmalen und berichten lassen und konnte das kaum ertragen. Der Verlobte, Enrico, aber würde in einem veilchenblauen Seidenanzug auftreten.

Die Hauptsache würde jedoch das Essen sein. Enrico wollte seinen Gästen ein italienisches Familienfest präsentieren, zu dem auch seine Mutter aus Neapel anreiste, um ihm beratend beizustehen. Es sollte den Deutschen, die damals von der italienischen Küche nur Maccaroni, Hähnchen und das unverträgliche Olivenöl kannten, die Wunder südländischer Gaumenfreuden nahebringen. Glücklicherweise durfte ich bei den Planungen anwesend sein, auch als die energische Neapolitanerin teilnahm. Alle waren in Emils Zimmer versammelt. Enricos Mutter, immer noch eine rassige Frau, die viel mit Katja lachte, hatte aus Italien verschiedene gefüllte Küchlein mit Orangen-, Zitronen- und Mandelaroma mitgebracht, die wir andächtig und gierig verzehrten. Vierzehn Tage sollte es noch bis zu der Feier dauern. Es herrschte eine ausgelassene Stimmung. Selbst Emil schien zu frischem Leben erwacht zu sein und erzählte reichlich Anekdoten aus seiner Vergangenheit als Wirt. Es sah so aus, als plante Enrico, sich aus dem Bordellgeschäft zurückzuziehen, die »Blaue Hortensie« zu verkaufen und, da habe ihm Emil Tips gegeben, eine luxuriöse Gaststätte zu eröffnen.

Katjas Kleid war eine Wolke aus weißen Blüten. Zuerst dachte ich, es würde mich an eine gefüllte Rose erinnern, aber dann schien es mir der blühende Apfelbaum unseres Gartens zu sein, ein Kleid, das wir beim besten Willen nicht in Emils Zimmer unterbringen konnten. Also mußte es in einem Schrank der »Blauen Hortensie« auf den hohen Tag warten. »Sie ist die schönste Frau der Welt«, sagte ich zu Enricos Mutter, und sie lächelte mich gerührt an.

Es war jetzt immer viel los bei Emil. Er kam gar nicht dazu, in seine Werkstatt zu gehen. Diese uns so lieben stillen Stunden fielen aus, dafür war die Turbulenz im oberen Zimmer um so größer. Wie leid mochte es dem Fräulein tun, nicht Augenzeuge zu sein! Würde sie an der Tür lauschen, um den Großvater mit neuen Nachrichten zu versorgen, da sie sich von seinem gespielten Desinteresse nicht täuschen ließ? Er war bestimmt genauso neugierig wie sie. Wie schade, daß er durch seinen Eigensinn die Fröhlichkeit unserer Zusammenkünfte verpaßte! Man dachte an eine kirchliche Trauung als schöne Kulisse für Katjas Kleid. Emil und die Mutter waren fromme Leute, Katja und ihr Zukünftiger träumten eher von einem pompösen Auftritt.

Es gab aber im Hintergrund etwas anderes. Ich will es zu diesem Zeitpunkt nicht bedrohlich nennen, obschon es der Wahrheit entsprochen hätte. Einige Male bemerkte ich, daß Enricos Mutter mit einem ganz anderen Gesicht als dem gewohnten, heiteren zu ihrem Sohn sprach. Manchmal empfand ich es als verängstigt, dann wieder als beschwörend-mahnend. Sie ergriff dann seine Hände und jedesmal lachte er, wenn auch vielleicht etwas verkrampft, und entzog sie ihr, um mit ihnen ihr besorgtes Gesicht zu umfassen. Auffällig war, daß sie diese kurzen Zwiegespräche vor Katja und Emil zu verbergen suchten, die bedenkliche Stimmung aber auch nicht dauerhaft abschütteln konnten, denn ich spürte, daß der Sohn sich ebenfalls nicht freimachen konnte von, ich weiß nicht recht, irgendwelchen dunklen Ahnungen oder gar Befürchtungen.

Einmal, als es Enrico mit der Ängstlichkeit der Mutter offenbar zuviel wurde, fuhr er sie hart mit böse gerunzelter Stirn auf Italienisch an. Sie antwortete in der gleichen Schärfe zurück. Wie ähnlich sie einander plötzlich sahen! Wilde, südländische Gestalten! Um was mochte es gehen? Jedenfalls war die Mutter, im Gegensatz zur völlig arglosen Katja, in ein Geheimnis eingeweiht, von dem sonst niemand etwas wußte.

»Was? Du hast noch nie das Meer gesehen?«, fragte Enricos Mutter Katja, als wir einmal zur Abwechslung in der immer etwas weihnachtlich wirkenden Kellerwerkstatt saßen. »Ich auch nicht«, sagte Emil. »Es war nicht die Gelegenheit dafür.« Die Mutter schüttelte den Kopf: »Wie kann man nur ohne das Meer leben. Ich begreife auch nicht, wie Enrico es nun schon so lange schafft, hier zwischen nichts als Häusern zu wohnen. Ohne das Meer in der Nähe könnte ich nicht atmen. Man braucht doch den fernen Horizont.«

Durch ihre Ehe mit Enricos Vater sprach sie flüssig deutsch. »Sobald Enrico Zeit hat für die Hochzeitsreise, müßt ihr nach Capri fahren. Dir werden die Augen von so viel Schönheit übergehen, Kind. Es ist eine Insel wie keine zweite auf der Welt. Sogar aus Amerika kommen die Leute, und sie ist in hunderten von Liedern besungen worden, vor allem der Sonnenuntergang dort. Und ihr seid ganz in meiner Nähe, Katja.«

Sie lächelte ihre zukünftige Schwiegertochter voller Zuneigung an. Trotzdem entging mir nicht der nervöse Ausdruck in ihrem

Gesicht, eine Unruhe in ihren Augen, die, entgegen der herzlichen Einladung, auf mich wie eine Warnung wirkte, lieber doch nicht in den Süden zu kommen. Der Wechsel von Schatten und Licht des Kellerraums verstärkte den Eindruck womöglich. Die anderen beiden schienen nichts zu bemerken. Katja war bei dem Plan Feuer und Flamme, denn sie kannte das gepriesene Capri aus den damals überaus beliebten Schlagern, und Emil strahlte angesichts der Freude seiner Tochter, die endlich in ihrem Leben das richtige Glück erfahren sollte, wie sie es dank ihrer Schönheit verdiente.

Ich selbst, diesmal ohne den Geruch des Leimtopfes, da Emil gerade nicht arbeitete und Katjas wunderbares Parfüm alles beherrschte, wurde aber den ungenauen Verdacht nicht los, daß irgendetwas nicht stimmte mit Enrico und seiner Mutter. Was machte ihnen solche Sorgen, die Katjas Zukünftiger nicht wahrhaben wollte, jedoch nicht ganz abschütteln konnte?

Katja hatte bei ihrem Chef gekündigt, der sie nicht gern, aber aus Freundschaft zu Enrico gehen ließ. Sie würde dann in Essen wohnen und sich hier im Haus weniger zeigen. Emil, an das Alleinleben schon lange gewöhnt, sah ihrer Abwesenheit gelassen entgegen. Er könnte sie ja auch, da er mit Enrico nun fast schon befreundet war, so oft es ihn danach verlangte, besuchen. Ihr Duft paßte ausgezeichnet zu ihrem kühl behauchten, aromatischen Blaubeerwesen. Auch oben bei Emil war der muffige Normalgeruch geschwunden

Alles stand unter den Vorzeichen der Hochzeitsvorbereitungen. Ich selbst mußte einige Tage abwesend sein, weil die Schule einen Landschulaufenthalt organisiert hatte. Erst sehr knapp vor dem Fest konnte ich wieder nach Hause kommen, um das meiste aus größerer Nähe zu verfolgen. Noch immer war nicht klar, ob sich der Großvater beruhigte angesichts der Aussicht auf eine kirchliche Eheschließung, die ihm das Fräulein mit Sicherheit sofort hinterbracht hatte, oder ob sie ihn als Lästerung empörte mitsamt der Trauung in Weiß. Wahrscheinlich traf beides zu, aber das Toben machte ihm mehr Spaß als ein Schritt zur Versöhnung mit seinem

Bruder und dessen schöner Tochter, die das Fräulein bestimmt schon wegen der langen Beine beneidete.

Wir waren mit der Klasse in den Harz gefahren, in eine Gegend mit herrlichen Buchenwäldern, die gerade in ihrem ersten hellgrünen Laub standen, als würde ununterbrochen die Sonne aus ihnen hervorbrechen. Normalerweise hätte mich überhaupt nichts anderes interessiert, wenn, zugegeben, nicht eine Klasse mit Jungen aufgetaucht wäre und für eine diffus prickelnde Atmosphäre gesorgt hätte. In diesem Fall aber beschäftigte mich weniger der Wald als der Gedanke an die glückliche Katja und die vielen Tätigkeiten, die mit dem Fest verbunden sein würden, Blumenschmuck, Musik, Bewirtung der vielen Gäste. Ich tröstete mich damit, daß ich ja ohnehin nicht Zeugin sein konnte und auf Berichte angewiesen war, vor allem von Emil, der zu den Geladenen zählte und mit Katja besprochen hatte, ob er sich als Trauzeuge einen schwarzen Anzug leihen sollte. Und wie gedachte er, den Damen des Geschäfts entgegenzutreten? Er war schließlich, bei all seiner Wohlanständigkeit, keineswegs unerfahren in der Branche.

Wenn ich zurückkehrte, würde es nur noch drei Tage dauern, und ich begann mich zu fragen, weshalb ich eigentlich nicht Gast sein konnte. Lag es an meinem Alter und dem fragwürdigen Gewerbe? Es schien niemand auf den Gedanken zu kommen, »die Kleine« einzuladen. Vor dem Großvater, der mich zum Familienbesitz rechnete, hätte man meine Anwesenheit dort ohnehin verheimlichen müssen.

Die Hauptsache war für Emil und mich aber Katjas Strahlen. Wie mußte sie Enrico lieben! Ich liebte ihn daraufhin ebenfalls, auch spürte ich an ihm eine warmherzige Männlichkeit, als würde ein Kaminfeuer in ihm brennen. Daß er den käuflichen Frauen vorstand, konnte ich nicht recht abschätzen. Es war etwas Verruchtes, das seiner Aura nicht schadete. Eine interessante Dunkelheit, über die man besser nicht grübelte oder sich erkundigte. Katja störte es nicht. Es berührte sie offenbar nicht, so wie auch Enricos Mutter in ihrer freundlichen Ehrbarkeit nichts damit zu schaffen hatte.

Aber ganz stimmte das wiederum nicht. Es gab zwischen ihr und ihrem Sohn dieses italienische Geflüster, diese Verdüsterung der Gesichtszüge bei beiden, die auch keine strahlende Katja, die nichts zu bemerken schien in ihrem Glück, wegwischen konnte. Und so hielt ich mich an sie und verließ mich auf sie. Bei der Hochzeit würde sich auch das aufhellen.

Ich hatte nun Katja nicht mehr oft gesehen. Sie wohnte zwar noch bei Emil, erschien dort allerdings nur noch selten. Emil hielt sich wieder häufig in seiner Werkstatt auf, und ich leistete ihm Gesellschaft. Vielleicht, erzählte er, würde er eines Tages, wenn die beiden nach Neapel und Capri fuhren, mit ihnen reisen und das alles sehen, von dem er immer nur die Schlager gehört hatte und wo es schön wie sonst nirgendwo auf der Welt sein sollte, so daß man sich natürlich fragte, weshalb überhaupt jemand, der dort wohnte, jemals fortzog. Wie häßlich mußte Enricos Mutter das Ruhrgebiet mit seinen immer noch vorhandenen Trümmern finden! Sie zeigte es aber nicht. Von morgens bis abends würde man das tiefblaue Meer sehen bis hinein in die Unendlichkeit und nachts darüber den Himmel mit Sternenschwärmen, wie wir beide uns das nicht ausmalen konnten. Überall wuchsen Oleander, Orangen und Zitronen, die Leute sangen in den Straßen, egal was sie taten, immer vergnügt. Auch redeten sie in dieser mich bezaubernden Sprache. Emil wollte unbedingt ein paar Vokabeln lernen. Enricos Mutter wäre seine Betreuerin, denn sie würden lediglich manchmal mit den Frischvermählten zusammenkommen, um sie in ihrer Seligkeit nicht zu stören.

Ich hoffte nur, sie würden nicht da unten bleiben!

Wie gut ich mich an die strahlende Katja erinnere, als ich Abschied nahm! Auch ihr Inneres mußte ein vollkommenes Leuchten sein. Als ich wieder nach Hause kam, hatte sich die Welt in diesen wenigen Tagen vollkommen verändert, und ich sah vor mir noch einmal, wie Enrico seine Hand in ihren Nacken legte. Sie schloß die Augen wie eine Katze und hatte in diesem Augenblick nichts mehr mit uns zu tun.

Ich selbst tauchte im Harz ja ebenfalls in eine andere Welt ein. Wir waren umgeben von Wäldern, Felsen, Wasserläufen. Man war ununterbrochen mit anderen Menschen zusammen, und alles, was mit Zuhause zusammenhing, war weit entrückt. Es gab in einer der dort anwesenden Jungenklassen einen, der mir gleich am ersten Tag auffiel, mehr als alle anderen, die im Nichtsein verschwanden. War er größer, stärker, mit seinem hellen Haarschopf, den er mit unwiderstehlichem Schwung aus der Stirn zurückwarf, beliebt wie sonst keiner? Ich kann nur sagen, seine Erscheinung sprang mir auf Anhieb ins Auge. Ich verfolgte, soweit wie möglich, jeden seiner Schritte, ohne daß es jemand, erst recht nicht er, merken sollte. Vielleicht beging ich aber doch einmal eine Indiskretion gegenüber einer Mitschülerin, denn ich hatte plötzlich den Eindruck, daß seine Blicke auf mir ruhten, und es war unvermeidlich, daß sie sich irgendwann verschwörerisch mit meinen begegneten. Während ich meine Zuneigung um jeden Preis zu verstecken suchte, zeigte er sein Interesse offen. Konnte es sein, daß wir beide gleichzeitig unter den vielen anderen Zuneigung füreinander spürten, wie mit einem Pfeil treffsicher geschossen?

War es reiner Zufall, daß wir plötzlich nebeneinander standen und miteinander sprachen, daß wir über die Landschaft redeten, das Grün, das wir aus dem Ruhrgebiet nicht kannten? Wenn unsere Mitschüler in den Sportanlagen tobten, saßen wir still nebeneinander, nahmen zum Schein zwischendurch an den Spielen teil und zogen uns so schnell wie möglich wieder zurück. Sah mich dieser Junge an, der leider den häßlichen Namen »Rolf« trug, was ich aber fast vergaß, und sah ich ihn an, erfaßte mich ein alles hinwegwischendes Glück, für das es eigentlich keinen anderen Grund gab als seine Nähe, die ein bisher noch nicht so erlebtes Beben in mir erzeugte, eine Freude und Unruhe, die sich sofort in ihr Gegenteil verkehrten, wenn er sich nicht in meinem Blickfeld aufhielt. Die Empfindung ähnelte zu meinem großen Erstaunen ein bißchen derjenigen, die ich in der Gegenwart von Enrico spürte. Was mich tief entzückte, war die ganz unwahrscheinliche Gegenseitigkeit. Immer suchte er mich, wenn wir uns notgedrungen im Kreis der anderen befanden, mit den Augen, und auf der Stelle setzte das schöne Schwanken in mir ein. Zu körperlichen Berührungen drangen wir in der kurzen Zeitspanne nicht vor. Wir hätten wenigstens noch eine Woche, vielleicht viel länger, gebraucht.

Hart war der Abschied. Ich weiß nicht, ob wir an ein Wiedersehen glaubten. In die Bekümmerung mischte sich auf der Rückfahrt die Begeisterung, nun bald dem Überschwang der beiden Hochzeitsleute zu begegnen. Ich hoffte, sie vor der Feier noch einmal anzutreffen.

Sobald wie möglich lief ich zu Emil in die Kellerwerkstatt, da ich ihn oben nicht vorfand, um von weiteren festlichen Vorbereitungen zu erfahren. Trotz des Dämmerlichts erkannte ich seine Blässe, eine Gelblichkeit der Gesichtshaut, die alles frühere übertraf. Als ich eintrat, sprang er auf und umarmte mich lange. Sein Körper bewegte sich dabei stoßweise. So unglaublich es mir erschien, es mußte sich um ein Schluchzen handeln.

»Ist Katja etwas zugestoßen?«, schrie ich ihn beinahe an.

»Katja nicht direkt.«

»Was denn? Was denn?«

»Enrico ist tot. Er ist in seinem Lokal umgebracht worden.« Ich fing an zu zittern. Er schwieg eine Weile, dann fuhr er fort. »Die Reinmachefrau hat ihn morgens verblutet am Boden liegend gefunden.«

Ich setzte mich auf eine der Kisten und starrte Emil voller Unglauben an. »Vor drei Tagen, sechs Tage vor der geplanten Hochzeit, hat man ihn spät in der Nacht ermordet, mit einem Messer zwischen die Schulterblätter gestochen. Ein Italiener aus der Gegend von Neapel, extra angereist, um Enrico zu töten, muß es getan haben. Die Polizei meint, es sei ein Akt der Mafia. Enricos Mutter glaubt, daß es sich um einen Abgesandten der Familie handelt, mit deren Tochter Enrico gewissermaßen verlobt war. Man wollte ihn für den Treuebruch bestrafen, um die Ehre des Mädchens zu retten. Es hat wohl vorher schon Warnungen und Drohungen gegeben, die Enrico aber nicht ernstgenommen hat. Seine Mutter wußte davon. Der Täter ist bestimmt mit der Mordwaffe nach Neapel geflüchtet. Dort kann er sich sicher fühlen, im Schoß seiner Familie und der Mafia. Vermutlich ist es ein Bruder des Mädchens.«

Ich begann zu weinen, als sich sehr leise die Tür öffnete und Katja, nur in den Umrissen zu erkennen, sich in den Raum schlich. Sie sagte kein Wort, setzte sich nur auf eine Kiste und blieb dort, in der Finsternis zusammengeduckt. Eins war mir klar: Sie hatte schon so viel geweint, daß sie keine Tränen mehr zur Verfügung hatte.

So saßen wir drei also stumm da, und jeder von uns dachte sicher mit Entsetzen, daß jetzt statt der prächtigen Hochzeitsfeier gespenstisch die tieftraurige Beerdigung, die, wie ich später erfuhr, auf Katjas ausdrücklichen Wunsch in Essen und nicht in Neapel stattfinden sollte, an deren Stelle treten würde.

Gleich nach der Bestattung, bei der die fünf angestellten, gleich erkennbaren Mädchen aus der »Blauen Hortensie« um die Wette schluchzten, erzählte mir Emil, würde die Mutter nach Italien zurückfahren und, so gut sie konnte, von dort aus im familiären Netz die Hintergründe der schrecklichen Untat klären. Ihr zweiter Sohn sollte sich in Essen der Formalitäten annehmen. Bei dem Toten hatte man einen Zettel gefunden, auf dem das eine Wort »Vendetta« stand. Als ich Enricos Mutter ein letztes Mal sah, als sie ihren Sohn zu Grabe trugen, dessen Sarg ein langer Zug stummer Trauergäste folgte, schien sie eine andere Frau geworden zu sein, mit hartem Blick und schmalen Lippen, in den Augen eine feindselige Glut. Es war das Gesicht eines Racheengels.

Im Gegensatz zur Mutter waren Katjas Züge aufgelöst. Sie wankte schlaff hin und her. Hätten nicht von der einen Seite Emil und von der anderen der italienische Bruder sie fest an den Armen gehalten, wäre sie einige Male gestürzt. An dem anschließenden

Essen nahm sie nicht teil. Stattdessen saß sie mit mir, wie sie es wollte, in einer Ecke der »Blauen Hortensie«. Ich sah das Lokal zum ersten und letzten Mal. Sie hielt mich in den Armen und ließ mich gar nicht mehr los. Sie klammerte sich regelrecht an mich, und wir sprachen kein Wort. Nur ab und zu seufzte und stöhnte sie. Einmal hob sie den Kopf und sagte laut: »Jetzt habe ich die glücklichste Zeit meines Lebens hinter mir.«

Ob man ihr den schauerlichen Anblick des verbluteten Enrico zugemutet hatte?

Ich war doch noch klein, erst elf Jahre alt, was sollte ich darauf antworten? Ich konnte, als ich da bei ihr hockte, nicht mal richtige Gedanken fassen, nicht einmal trauern, obschon ich so traurig war. Wie durfte ein so strahlendes Glück nur so grausam verlöschen! Dann dachte ich an Hugo und das Fräulein, wie sie ihm alles hinterbringen würde, und Hugo, der doch kein böser Mensch war, sich nun zwischen der Befriedigung, den Bordellchef los zu sein, und dem Mitleid mit seiner unglücklichen Großnichte, oder was Katja eigentlich war, ratlos hin und her bewegen würde. Am liebsten hätte ich ihm die Schuld an der Katastrophe zugeschoben, aber das ging wohl nicht. Er hatte der Liebe der beiden ja lediglich seinen Segen verweigert. Das aber konnte schlimm, sehr schlimm sein, und vielleicht spürte er es, der Fromme, im Inneren seines Herzens als etwas, das es zu bereuen galt?

Sie alle hatten sich verändert. Die Welt ließ die Flügel hängen. Katja war verstummt, vom Großvater hörte ich keinen Laut, Emil hielt sich nur noch in seiner Werkstatt auf, und wenn ich ihn besuchte, schwieg er mit mir. Das Fräulein mühte sich, wenn ich ihr begegnete, mit einem schalen »Guten Tag« ab und tauchte nicht bei uns auf. »Bösen, bösen Tag!«, sagte ich einmal.

Katja würde wieder an ihre alte Arbeitsstätte zurückkehren. Schon aus Freundschaft mit dem Toten nahm ihr früherer Chef sie wieder auf. Aber noch war sie nicht in der Lage, einer Beschäftigung nachzugehen. Täglich besuchte sie, manchmal mit mir gemeinsam, Enricos unter Blumen versinkendes Grab. Vor Bekannten, die ihr einen Beileidsbesuch abstatten wollten, vergrub sie sich. Emil und ich waren die einzigen, mit denen sie reden wollte. Ihr Gesicht, verquollen vom Weinen, sah aus, als wollte sie ständig in Tränen ausbrechen, und das tat sie auch. Kaum begann sie ein paar Worte zu sagen, fing sie an zu schluchzen. Ihr ungeschminktes Gesicht war mir neu. Man wußte nicht: Wirkte sie älter oder jünger dadurch. Alle Lebenslust, die es gestrafft hatte, wo war sie hin? Wann würde sie je wieder leuchten? Für wen?, schien sie sich zu fragen.

Den Bruder sah ich nur kurz. Er ähnelte Enrico sehr, was wohl kein Trost für Katja war. Er und Emil erledigten alles Amtliche. Mit der Polizei, die mit den Italienern zusammenarbeitete und an eventuellen mafiösen Verstrickungen Enricos interessiert war, mußte sie nur einige wenige Gespräche führen. Sie konnte sich ganz ihrer Trauer widmen. Wenigstens diese Ruhe war ihr vergönnt. Ihr bleiches Gesicht mit den grauen Mulden unter den Augen rührte mich tief. Nur in ihrer Abwesenheit wagte ich zu lachen, und dann schämte ich mich sofort, als wäre es eine Untreue oder Ungehörigkeit.

An Rolf dachte ich nicht mehr, ich erinnerte mich nur noch verschwommen an ihn. Um Katja machten sich Emil und ich aber große Sorgen. Sie aß kaum und wenn, übergab sie sich. Die Tage vergingen, auch die Wochen. Aus Neapel erreichte uns keine Nachricht. Katja wirkte ganz und gar ungetröstet, ja wurde zornig, wenn jemand sie trösten wollte. Emil gab sich Mühe, ein wenig Appetit bei ihr hervorzulocken, da sie immer dünner wurde und ihr liebes Gesicht weniger hübsch, ja abgezehrt. Ihr Körper beschäftigte sie nicht mehr. Ich glaubte sogar, Anzeichen einer Vernachlässigung zu bemerken, und beriet mich mit Emil darüber, ob wir uns vorsichtig einmischen sollten, denn sie wollte ja doch in ihren Beruf zurück. Wir trauten uns aber nicht. Sie verfiel. Schon damals, als ich mich noch nicht wie heute mit Wörtern abgab, fesselten mich solche Ausdrücke: Sie verfiel.

Emil, Katja und ich saßen in der Werkstatt, die uns als eine flauschige Schutzdecke vor der Welt umgab. Wie so oft in letzter Zeit sprach keiner ein Wort. Plötzlich sagte Katja in die Stille hinein, aus der Dunkelheit in den Lichtkegel, in dem Emil arbeitete: »Ich bin schwanger.«

Ich hatte immer eine starke Abneigung gegen das Wort gehabt, auch gegen den Zustand. Er war in unserem Haus, in dem Zimmer für Zimmer so viele Leute wohnten, nichts Ungewöhnliches, was mich nicht mit ihm versöhnte. Die jungen Frauen sahen aus wie Kranke, blaß, ja elend, und so stellten sie sich auch dar. Man konnte vermuten, daß sie ewig Weißkohl kochten. Von erwartungsvoller Freude keine Spur, nur Anzeichen eines Leidens, zu dem unbedingt gehörte, daß sie in den Rücken, hinter dem anschwellenden Bauch, der ihre Körper absurd verbeulte, ihre Fäuste drückten, offenbar um einen immerwährenden Schmerz auszugleichen. Schwangerschaft war ein Unglück, ein entstellendes Verhängnis, das den Frauen jede Lebenslust raubte und sie veranlaßte, sich möglichst wenig zu zeigen in ihrer Tag für Tag, Monat um Monat wachsenden, mitleidheischenden Häßlichkeit, die sie selbst verschuldet hatten und an deren Ende Schmerzen und Gefahr warteten. Natürlich wußte ich längst, daß schließlich, wenn alles gutging, ein niedliches kleines Kind dabei herauskommen würde, aber vorstellbar war der Zusammenhang eigentlich nicht für mich.

Das alles wurde noch verstärkt durch die unselige Schwangerschaft meiner Kusine Theresa, der Tochter der strengen Tante Else, die in der eigenen Familie die sogenannte Schande erlebte, unehelich ein Kind zu erwarten. Tante Else unternahm mit ihr eine Wallfahrt nach Neviges, um dort die Muttergottes anzuflehen, daß es mit dem unerwünschten Nachwuchs »nichts würde«. Als sich zeigte, daß er im Bauch der Mutter prächtig gedieh, wurde im Galopp von dem noch sehr jungen Erzeugerpaar (der junge Mann war noch Lehrling bei einer Krankenkasse, Elsa hatte ihn praktisch am Genick gepackt) geheiratet, um das Schlimmste, die uneheliche Geburt, abzuwehren. Die beiden wußten, wie man hörte, gar nicht, wie sie zu einer eigenständigen Familie in solcher Geschwindigkeit gekommen waren. Aber nun hatte alles wenigstens seine Ordnung. Die Eltern und der erbitterte Großvater durften einigermaßen beruhigt sein, obschon sich natürlich alle Nachbarn und Bekannten ans Nachrechnen machten.

Katja hatte keinen Vater für ihr Kind vorzuweisen. Um ein Haar, nämlich drei Tage, hatte das Kindchen seine Ehelichkeit verfehlt und war, nach damaliger Auffassung, ein »Kind der Schande«. Ihre Sorgen waren aber wohl gegenwärtig andere. Was die Leute redeten, beschäftigte sie nicht. Als ein banger Schauer durchlief sie jedoch die Angst, was in Zukunft werden sollte. Das spürte ich genauso wie Emil. Immerhin hatte er ihr sofort seine unbedingte Hilfe zugesagt. Rechte am Besitz Enricos gab es für sie nicht.

Emil: »Da bekomme ich also ein Enkelkind. Freut sich niemand darauf? Dann wäre es ein armes, armes Wesen. Wir wollen ihm, da es nicht mehr zu ändern ist, mit Freude entgegensehen. Das Zimmer oben wird auch noch einen dritten Bewohner ertragen. Wir müssen eben ein bißchen zusammenrücken.«

Zu den Gesprächen mit den Tanten unten in der Küche ging Katja nicht länger. Als sie einmal, erzählte sie, zum ersten Mal wieder lächelnd, dem Fräulein mit ihrem nicht übersehbaren Bauch begegnete, wäre die beinahe die Treppe runtergefallen. Nun wußte Hugo wenigstens hundertprozentig Bescheid. Anstatt sich mit ihr zu versöhnen, würde er lieber viele zornige Vaterunser beten.

Katja hatte die Nachricht nach Neapel geschrieben. Die Mutter freute sich sehr. Ein Andenken an ihren Sohn! Über Katjas Situation machte sie sich keine Sorgen. Der Großvater sagte nur einmal grimmig zu mir: »Du merkst, wohin ein so liederliches Leben führt.«

Das sah ich, aber ich hatte auch erlebt, in welches Glück, das nun leider vorüber war.

Ich trug eine böse Hinterlassenschaft von dem Mord an Enrico. Der verblutende Mann in seinem Lokal, am Boden liegend, obschon tot oder einsam sterbend, verfolgte mich viele Nächte. Ich sah Mengen von Blut aus ihm herausströmen, und er konnte es nicht in seinem Körper zurückhalten.

Der September kam. Aus Neapel erreichten uns keine wichtigen Nachrichten, nur freundliche, anhängliche Grüße. Emil überlegte, wie er das Zimmer am gescheitesten verändern könnte, bis Dezember, wo mit dem Neuankömmling gerechnet wurde, mußte alles fertig und angeschafft sein. Katja konnte ihren Beruf in ihrem Zustand nicht länger ausüben. Auf Anraten ihrer Ärztin besuchte sie einen Kursus für werdende Mütter, was ihr eigentlich ein Graus sein mußte. Ihre Schönheit normalisierte sich. Zwar sah sie immer noch viel besser aus als die schwangeren Frauen im Haus, aber sie fiel nicht mehr auf als besonders gutaussehende Person, zumal sie sich nicht schminkte. Ich fragte mich, ob sie das aus Trauer um Enrico unterließ oder wegen ihrer nun nicht mehr übersehbaren, beleidigenden Umstände als werdende Mutter. Den Eindruck, sie blicke den neuen Verhältnissen mit freudiger Erwartung entgegen, konnte man beim besten Willen nicht haben.

Sie wirkte manchmal sogar ärgerlich auf das unschuldige Geschöpfchen in ihrem Körper. Als Andenken an Enrico empfand sie es wohl kaum. In den freien Stunden, die ihr jetzt zur Verfügung standen, lernte sie Englisch. Ab und zu saßen wir zusammen auf der einzigen intakten Bank des Gartens und sahen in die sich sehr allmählich verfärbenden Bäume. Es war das leicht neblige Licht, das uns dann beide verzauberte und wohl auch ihr Herz sanftmütig stimmte. Es kam vor, daß sie plötzlich in Tränen ausbrach, und mir fiel kein anderer Trost für sie ein, als ihr meine fröhliche Neugier auf das kleine Kind zu beschreiben. Sie selbst dachte mehr daran, wie schnell sie in ihren Beruf zurück könnte und ob Emil die Mühe mit dem Nachwuchs zuzumuten war.

Die Tanten verhielten sich aufgrund der unverhofften Familienerweiterung durch die Tochter der strengen Else zahmer, als sie es sonst getan hätten. Die mächtige Tante, die sich bemühte, keinerlei Ähnlichkeit zwischen den Schicksalen der beiden jungen

Frauen wahrscheinlich erscheinen zu lassen, traute sich niemand durch eine unvorsichtige Bemerkung zu kränken. Die Geburt verlief für Elses Tochter kompliziert. Das Leben der Mutter, die große Schmerzen durch Nierenkrämpfe zu erleiden hatte, und das des Kindes waren in Gefahr. Jetzt ging es beiden gut, und es ließ sich schwer sagen, wer stolzer auf den kleinen Jungen war, die Großmutter Else oder der Urgroßvater Hugo. Die eigentliche Mutter jedenfalls, das galt erst recht für den Vater, konnte sich nicht als Hauptperson betrachten. Zu majestätisch und besitzergreifend waren die beiden Älteren. Das Fräulein besuchte Hugo wieder, aber sie spielte keine große Rolle mehr angesichts der neuen Wichtigkeiten. Kurz vor der Geburt hörte ich, wie sie an der Wohnungstür beim Verabschieden von Hugo zischte: »Hoffentlich werden es keine Zwillinge!«

An einem der letzten schönen Herbsttage saß ich noch einmal mit Katja, deren Gang schwerfällig geworden war, im Garten, als dort verwildert die Astern blühten und hier und da Kapuzinerkressen, in ihren jubilierenden Farben vor dem ersten Nachtfrost und im Mai nach den Eisheiligen von meiner Mutter, die sie sehr liebte, gesät. Ich hörte sie Englischvokabeln ab. Sie machte gute Fortschritte. Ganz unerwartet erschien mein Großvater. Wir sprangen sofort auf, um ihm Platz machen.

Da stand Katja vor ihm. Was bisher für ihn nur Gerücht gewesen war, zeigte sich nun in der grotesken Deutlichkeit einer Hochschwangeren. Er starrte sie an voller Empörung, unbeeindruckt von ihrer mütterlichen Würde, als hätte sie ihm eine persönliche Beleidigung zugefügt. Und hochaufgereckt, in ihrer jetzt üppigen Leiblichkeit, ohne die Schmeichelei ihrer Schönheit, präsentierte sich Katja, nicht provozierend, aber trotzig. Bedrängt von soviel körperlicher Macht, griff Hugo zurückweichend nach der Lehne. Wir schwiegen alle drei. Dann sagte der Großvater, und es kam böse aus seinem Mund, wobei er mit eisigen Blicken ihre Figur maß, nur das Eine: »So? So?«

Es traf bei Katja so verletzend ein, wie von ihm gemeint. »Was, so, so?«, äffte sie ihn empört nach und richtete sich noch eine Spur gerader auf.

Hugo antwortete ihr nicht. Sie faßte mich an der Schulter und zog mich stumm mit sich fort. Abrupt hatte sie sich abgewandt. Das mußte sie auch, denn es standen ihr Tränen in den Augen, die er nicht sehen sollte. Ach Katja, deine wunderschönen Augen, wie trüb sie geworden waren! Wir gingen zu Emil in die Werkstatt und sprachen über den Großvater kein Wort.

»Warum weinst du?«, sagte Emil aber sofort zu ihr, als er sie scharf gemustert hatte. Sie antwortete nicht. Ich tat es für sie: »Der Großvater war feindlich zu ihr.« Ich hatte sagen wollen: »unfreundlich«. »Feindlich« war mir so rausgerutscht. Bestimmt lag es an Katjas durch die Schwangerschaft geschwächtem Zustand, daß sie so empfindlich reagierte. Früher wäre ihr das nicht passiert. Sie besaß nicht mehr die Kraft zu einem Gegenangriff. »Er ist ein sturer, alter Quatschkopf, der nichts mehr von der Welt versteht«, meinte Emil.

Katja nickte, aber ihre Lippen zitterten.

Sie führte mir ihre verschiedenen gymnastischen Übungen vor. Ich befürchtete, der schmal, aber jetzt gewaltig vorstehende Bauch würde platzen und das Kindchen herausexplodieren. So oft beschäftigte ich mich mit Katja, daß meine Noten in der Schule schlechter wurden. Es ließ sich nicht ändern, Katja brauchte mich. Meine gute Mutter verbot mir trotzdem nicht den Umgang mit den beiden Verwandten. Sie ahnte wohl auch, daß es nicht viel geholfen hätte.

Emil benutzte nun jede freie Minute zur Renovierung des Zimmers. Er strich es vollkommen weiß, wodurch es heller und größer wirkte. »Willkommen!«, sagte es. Die Betten standen rechts und links der Eingangstür, das rechte, das für Katja, erhielt zusätzlich eine Wiege zwischen Bettende und der Wand mit der Tür, auf deren anderer Seite sich der große Schrank befand. Vor dem Fenster zur Straße stand die Wickelkommode mit Wanne und Waage für den Neuankömmling. Der Tisch, an dem gegessen werden sollte, war in die Mitte des Zimmers gerückt. Einige zur Zeit überflüssige Dinge verschwanden in der Werkstatt. Alles wirkte freundlich und hoffnungsvoll.

Wer das Zimmer ohne Vorwissen betrat, mußte annehmen, daß hier ein Neugeborenes freudig, ja sehnsüchtig erwartet wurde. Es war nicht mehr viel Zeit bis zu seiner Ankunft.

Was mich sehr erstaunte, war eine Veränderung, die nun mit Katja geschah. Ich glaube, sie begann mit der Szene im Garten, in der Konfrontation mit dem Großvater, erst ganz allmählich, dann immer deutlicher. In Katja erwachte und wehrte sich das alte Selbstbewußtsein!

Sie trug den Kopf wieder höher. Sie schminkte sich, nicht besonders stark, aber so, daß ihre kaum noch sichtbare Schönheit aufblühte. Sie verließ gelegentlich Haus und Garten und begab sich auf die Straße unter Leute. Die Geburt stand kurz bevor, die Schwangerschaft war bisher ohne Probleme verlaufen. Katja machte sich offenbar keine Sorgen, obschon ihre Bewegungen immer mühsamer wurden. Sie lächelte! Wirklich, Katja lächelte wieder, Katja gewann, trotz der deformierten Figur, den größten Teil ihres früheren Glanzes zurück. Der Großvater hatte durch seine arrogante Haltung alle Widerstandskräfte in ihr angeregt. Das Eingeschüchterte, das Kleinlaute wich von ihr. Emil und ich stellten erstaunt und glücklich den Wechsel fest. Unsere alte Katja war uns mit frischem Lebensmut zurückgeschenkt. Alles würde gutgehen.

Auch die letzten Tage vor der Geburt verliefen ohne Schwierigkeiten. Am frühen Morgen, als die Wehen einsetzten, fuhr Emil mit Katja im Taxi zum Krankenhaus. Als er von dort am späten Nachmittag zurückkam, berichtete er mir von der Entbindung, die ruhig, ohne allzu große Schmerzen für Katja, verlaufen war. Dem kleinen Mädchen, gesund zur Welt gekommen, ging es wie der augenscheinlich glücklichen Mutter prächtig. Es sollte Sophie heißen. Schon bald, in den nächsten Tagen, durften wir mit der Heimkehr der beiden rechnen. Eigentlich, meinte Emil, habe er seine Tochter noch nie so zufrieden gesehen. Ihm erschien es als ein Wunder. Die fünf Mädchen hatten sich bereits zum Besuch im Krankenhaus angesagt, um einen Blick auf Enricos kleine Tochter zu werfen. Und eine der Tanten, die Pfarrerin, wollte allzu gern den Nachwuchs begutachten und von den restlichen Tanten grüßen.

Auch das Fräulein ließ Grüße bestellen, jedoch, die Pfarrerin sagte es mir, richtete sie die nicht aus.

Am zweiten Tag nahm mich Emil mit. Das Baby war faltig und krebsrot, ich konnte die Begeisterung von Mutter und Großvater nicht teilen, zeigte es aber nicht. Schon jetzt meinte Katja, die Ähnlichkeit, das Südländische des Vaters Enrico, dessen Fall noch immer ungelöst war, sei unverkennbar. Ich hielt das für reine Phantasie, die für Katja aber ein Labsal darstellte.

Hugo, der sehr wohl mitgekriegt hatte, daß, wie auch immer, seinem Haus ein weiterer gesunder Nachkömmling geboren war, sagte brummig zwischen Tür und Angel zu mir: »Na? Keine Beschwerden?« Er wartete keine Antwort ab.

Für Katja, an der noch ein bißchen »repariert« werden mußte, hatte Emil das Zimmer mit Rosen, die um diese Zeit nicht gerade billig waren, überreich geschmückt. Flammendrot leuchteten sie aus allen Winkeln. Auf dem Tisch stand der größte Strauß, der am wildesten glühte. Ihn hatten die fünf Mädchen geschickt. So wurde Katja in ihrer Heimat, wenn auch ohne den geliebten Vater des Kindes, in herzhafter Zuneigung aufgenommen und »für ein paar Minuten« schauten Freunde und Freundinnen vorbei. Einsam mit ihrem Kindchen konnte sie sich in diesen ersten Tagen und Wochen wirklich nicht fühlen. Trotzdem weinte sie, als wir einmal allein neben dem winzigen Geschöpf saßen, heftig, bitterlich und konnte sich lange nicht beruhigen. Den Grund dafür nannte sie nicht, und ich hielt es für richtiger, nicht zu fragen und sie von Herzen ein Häufchen Unglück sein zu lassen.

Emil und Katja mußten nun einen neuen Tageslauf finden, auch die Nächte gerieten durcheinander, denn das am Tage so friedliche

Mädchen schrie nachts lange und aus Leibeskräften. Den beiden Erwachsenen war wenig Ruhe gegönnt. Sie klagten ein bißchen, aber diese Beschwerde, ich kriegte es ja mit, war nicht ohne Stolz.

Vor einigen Monaten hätte ich mir nicht vorstellen können, daß sich Katjas Leben zwischen Stillen, Trösten, dem Anlegen von Windeln und Waschen abspielen würde. Sie war, wenn man sie bei diesen Tätigkeiten beobachtete, keine leidenschaftliche Mutter, aber eine geduldige. Und Geduld wurde von ihr weiß Gott verlangt. Heutigen Müttern wäre es unmöglich sich auszumalen, welche Mühe es kostete, so ein kleines Geschöpf zu pflegen in einer Zeit, in der es nur Mullwindeln gab und keine Abkürzungen, die das einmalig Benutzte sofort für den Abfallkübel bestimmten. Ich hatte auch keine Ahnung, welche Massen an Stuhlgang ein solch hilfloses Wesen herrisch produzierte, eigentlich am laufenden Band. Durch das Zimmer waren Leinen gespannt, auf denen die Windeln trockneten. Emil ertrug alles in großer Sanftmut, worüber Katja sich nicht wunderte. Sie nahm es hin als Selbstverständlichkeit. Emil war eben ein ganz anderer Mensch als sein Bruder.

Das vielleicht gelegentlich oder, ehrlich gesagt, dauerhaft Störende war aber der Geruch! Dieses Zimmer, das früher durch seine Muffigkeit, vermischt mit dem Tabakgeruch schon etwas Unerfreuliches an sich hatte, wurde jetzt durch das, was die kleine Sophie in aller Unschuld mehrmals am Tag herstellte und bei dem sie ihr Unbehagen, wenn sie nicht augenblicklich gereinigt wurde, durch lautes Geschrei verkündete, nur mit großem Wohlwollen dem winzigen Unhold gegenüber erträglich. Mir verschlug es den Atem, wenn ich den Raum betrat. In der notwendigen Wärme entfaltete sich der Geruch geradezu rechthaberisch. Nur wenn Katja mit ihrem Töchterchen nach draußen ging, konnte man durch radikales Lüften für kurzfristige Besserung sorgen. Ansonsten hielt die Kleine durch ihre Ausdünstungen das Zimmer besetzt. Mit Wärme mußte sparsam umgegangen werden. Damals wurde sie wahrscheinlich insgesamt im Winter als kostbares Gut gehandelt. Man verschwendete sie nicht durch geöffnete Fenster. Das Wechseln der Windeln faszinierte mich andererseits, abgesehen von Sophies herzbrecherischen Affenhändchen, am meisten. Wie konnte ein so schwaches Körperchen nur soviel Unrat in immer neuen Lieferungen aus sich rauspressen! Emil verblüffte es nicht. Er lachte, denn er kannte es ja von der frischgeborenen Katja her, die sicher ebenso bei ihrer Verdauung losgelegt hatte wie ihre kleine Tochter, die von Tag zu Tag praller und hübscher wurde, so daß man alles Lästige schnell vergaß. Außerhalb von Emils vier Wänden hatte ich den Eindruck, selbst nach dem Kindchen zu riechen, und wusch mich in jener Zeit nach jedem Besuch dort oben besonders gründlich. Emil und Katja störte das heikle Aroma nicht, oder sie hatten sich daran gewöhnt und rochen es nicht mehr.

Katja war jetzt neunzehn Jahre alt, ich zwölf. Ich wußte alles Wesentliche über die Biologie der sexuellen Kontaktaufnahme zwischen den Geschlechtern. Selbst aber begnügte ich mich, wie die meisten in meiner Klasse, mit dem anonymen Austausch von Signalen in den Bankritzen. Wie aber sollte es da oben weitergehen? Eine Erbschaft für Katja gab es nicht. Alles, was durch den Verkauf der Bar und des Etablissements hereinkam, ging nach Italien. Das Bargeld, das Enrico Katja eher zufällig hinterlassen hatte, war fast aufgebraucht. Es hatte ja niemand mit seinem abrupten Ableben gerechnet, und er selbst wußte noch nichts von ihrer Schwangerschaft. Emil konnte auch nichts beisteuern. Er lebte schon für sich allein äußerst anspruchslos. Nur so kam er mit dem kargen Einkommen aus seiner Werkstattätigkeit zurecht. Kurzum: Katja mußte Geld verdienen. Was anderes als Bardame hatte sie nicht gelernt. Zum Glück war ihr früherer Chef sofort bereit, sie wieder zu beschäftigen. Sie freute sich unverhohlen darauf.

Was die kleine Sophie betraf, gab es nur eine Lösung, und die nahm Katja ganz selbstverständlich als Beitrag ihres Vaters an. Mit dem Stillen hörte sie so früh wie möglich auf. Während sie, zurechtgemacht wie in alten Tagen, was sie sichtlich als Wiederauftauchen ins Leben genoß, allabendlich zur Bar aufbrach, mußte Emil jede Art von Freizeit aufgeben und sich dem Kindchen widmen. Sophie hin und wieder an die frische Luft zu führen, war meine Aufgabe. Emil beaufsichtigte, umzärtelte, reinigte, fütterte sein Enkelkindchen, wusch die zahlreich anfallenden Windeln und nahm die Kleine, wenn es nicht anders zu machen war, in einer Tragetasche mit in den Keller. Das Dämmerlicht gefiel dem Familienzuwachs offenbar ausnehmend. Er lag friedlich in seinem Bettchen, schlummerte, ließ die Augen wandern.

Manchmal, wenn ich mich der Kellertür näherte, hörte ich, wie Emil ihm Fahrtenlieder aus seiner Jugend vorsang. Sobald ich eintrat, verstummte er und lächelte mich verschämt, aber nie ungeduldig an. Wenn es nach oben ging, wusch er die schmutzigen Windeln und hängte sie kreuz und quer im Zimmer zum Trocknen auf. Er war mit seiner Rolle, mit seinem Schicksal einverstanden und ergötzte sich an dem zarten Lebewesen, das ganz in seine Hände gelegt war. Sophie, damals Emils, nicht Katjas Kind! Katja, die notgedrungen immer sehr spät, also früh am Morgen, nach Hause kam, sah ihr Kleines nur gegen Mittag nach dem Ausschlafen und spielte dann ein Weilchen zärtlich mit ihm. Ich erlebte das aber selten, weil ich dann zur Schule unterwegs war oder auf dem Rückweg und hungrig. Auch mißfiel meinen Leuten weiterhin mein enger Kontakt zu Emils Familie, und das Getuschel über Katja fing allmählich wieder an. Wer informierte sie? Das Fräulein? Aber woher sollte sie augenblicklich etwas wissen über Katjas Leben? Besaß sie auch in den heikleren Bezirken Spione?

Andererseits war allen schnell bekannt, daß Katja wieder öfter nachts nicht nach Hause kam, hohe Absätze trug und Liebhaber hatte. Sie glänzte verführerisch, wenn sie loszog, und wie wir es von ihr kannten. Ihre zwischenzeitlichen Hausfrauenhände wurden wieder die mondänen von einst. Nur das Strahlen aus der Zeit von Enrico, das war vorbei. »Das ganze Leben liegt noch vor dir«, sagte sie öfter zu mir, »vor mir nicht mehr. Ich muß nehmen, was mir übriggeblieben ist.«

Ihre Trauer sah man ihr jedenfalls nur an den Augen an, falls man sie gut kannte. Äußerlich wurde sie immer schöner. Wie geschickt sie mit ihren Schminkutensilien umzugehen wußte! Wieder schien sie an der Theke den Männern den Kopf zu verdrehen. Kein Wunder, daß der Barbesitzer sich über ihr Wiedererscheinen freute. Einmal kamen Emil und ich mit, um das Baby, wie sie es wünschte, kurz zu präsentieren. Es griff nach den Nasen seiner Bewunderer, und die Begeisterung der Angestellten war groß. Zwischen all diesen Gesichtern wirkte Katja so mütterlich wie sonst nie. Dann nahmen Emil und ich die Kleine schnell wieder mit uns fort. »Das Wirtshausklima ist nicht gut für die Kleinen, auch wenn alle nett sind«, meinte Emil streng. Er mußte es ja wissen.

So verstrichen die Wochen. Das Baby gab noch keine Wörter, aber schöne Artikulationen von sich. Wer kein komplett verhärtetes Herz hatte, mußte sofort mitlachen.

Emils Herz machte ihm plötzlich Kummer. Der Arzt schickte ihn trotz seines Sträubens ins Krankenhaus Eine Operation war unvermeidlich. Was sollte mit Sophie geschehen? Wir waren ratlos. Ich fragte meine Mutter, und meine jüngste Tante, die uns den Haushalt führte, erklärte sich bereit, das Kind für ein Weilchen zu übernehmen. Hugo schaute gelegentlich mit unbesänftigter Miene in das Bettchen und schüttelte unversöhnlich den Kopf, nicht zu bestechen von dem niedlichen Geschöpf, und knurrte mich an: »Jetzt sieht man dich also endlich ab und zu hier unten, in deiner Familie, wo du hingehörst.« Ich hörte es mir an, sagte aber nichts.

Katja schlug mir vor, sie mit der kleinen Sophie ins Krankenhaus zu begleiten. Es wäre sicher eine große Freude für ihren Vater, der die Operation überstanden hatte. Es kam mir so vor, als fürchtete sie sich vor dem Besuch und erhoffte von uns beiden Hilfe. Mich wunderte ihre Aufmachung. Man hätte glauben können, sie wäre unterwegs zur Bar. Vermutlich wollte sie sich von den traurigen Umständen nicht unterkriegen lassen.

Wir fuhren ein Stück mit der Straßenbahn. Katja hatte eine große Orange, damals noch eine Kostbarkeit, gekauft und ich einen kleinen Frühlingsblumenstrauß. Bevor wir zu ihm gingen, tranken wir in einem kahlen kleinen Café einen Kakao. Auch das war zu der Zeit etwas Besonderes für mich. Ich saß der wunderbar duftenden Katja, die offenbar immer noch einen Rest von Enricos Parfüm aufgespart hatte, gegenüber und genoß unser Plaudern sehr. Katja erzählte von den eigenartigen Kunden ihres Geschäfts und wie sie die mit leichter Hand zu üppigem Konsum verlockte. Ihr Kindchen schlief währenddessen rosig in seiner Tragetasche. Sie führte mir auch vor, was ich so gern sah, wie sie die Cocktails mit ausgestrecktem Arm elegant in der Luft schüttelte, rauf und runter. Ich fragte mich, fragte es aber nicht laut, wieviele sie davon wohl jeden Abend trank, denn die Männer wollten unbedingt, daß sie sich eins der teuren Getränke von ihnen ausgeben ließ. Sie mußte aber achtgeben, daraus keine Rechte auf sie werden zu lassen. Es war immer eine Gratwanderung zwischen Liebenswürdigkeit und Kühle. Sie schien dafür geboren zu sein, denn es machte ihr in der Regel Vergnügen.

»Aber«, sagte sie, »man muß höllisch aufpassen bei diesen Kerlen.«

Die Männer ängstigten die stolze Katja nicht, es war der Besuch bei ihrem kranken Vater, den sie fürchtete. Sie sagte es nicht, aber ich spürte es deutlich, je näher wir seinem Zimmer kamen. Wegen des schweren Eingriffs hatte man ihm ein Einzelzimmer gegeben. Bleich und lächelnd lag er in seinem Bett, an seinem Körper waren mehrere Schläuche befestigt, so daß wir ihn nicht zu umarmen wagten.

Wie schmal sein Gesicht geworden war, und wie dunkelblau die Schatten unter seinen Augen! Ich mußte mit den Tränen kämpfen und Katja ging es ebenso. Emil aber wandte sich entzückt der kleinen Sophie zu und behauptete, sie sei in der Zwischenzeit ordentlich gewachsen. Katja dagegen sagte, sie werde ihm von Tag zu Tag ähnlicher. Beide übertrieben gewaltig. Es tat ihnen gut.

Er konnte und durfte seine schmächtige Gestalt kaum rühren, aber es ging eine heftige Bewegung von seinem Gesicht aus. Ich hätte ihn so gern in die Arme geschlossen und ihm sein Enkelkind angereicht, damit er es berührte in seiner warmen Lebendigkeit und streichelte. Es würde ihm sicherlich Kraft geben, durfte aber nicht sein. Wenigstens die Hände konnte man ihm drücken und über die lieben, abgezehrten Wangen fahren. Sophie mitzunehmen, die nun ihre Augen aufschlug und mit den Zwergenhändchen nach dem Großvater tappte, der viele Male andächtig ihren Namen flüsterte, war eine ausgezeichnete Idee gewesen. Wir brauchten nicht viel zu sagen, wir alle drei nicht in unserer gerührten Stimmung, der alte Mann und das blanke Kindchen hatten genug miteinander zu tun. Während des glücklichen Lächelns, das sich über Emils eingefallenes Gesicht breitete, wurde es wieder etwas fleischiger.

Es war so ungewohnt für mich, ihn im Bett zu sehen, so hilflos und matt! Mir wurde ganz traurig zumute. Dabei sagte die Krankenschwester, die uns nun freundlich aufforderte, den Patienten nicht zu überanstrengen und ihn lieber zu verlassen, er sei über den Berg. Wir waren ihr sehr dankbar für die mildtätige Nachricht, mit der sie uns entließ, und winkten Emil an der Tür noch einmal zu, hoben auch das Ärmchen von Sophie, so daß es für ihn wie ein Winken aussah.

In dem kahlen Café tranken wie noch einen Kakao zur Stärkung und Katja rauchte. Sie bot mir an, einen Zug zu nehmen. Ich willigte ein, um ihr eine Freude zu machen. »Du wirst davon schon nicht süchtig werden, meine Kleine.« »Bald wird alles sein wie früher. Emil ist auf dem Weg zur Gesundheit«, sagte ich. Sie sah mich ernst an, ermutigt durch den Trost der Schwester, jedoch ungläubig.

Leider behielt sie mit ihrem Zweifel recht. Emils hinfälliges Gesicht war das Letzte, was ich von ihm sah. Nie werde ich vergessen, wie Emil beim Abschied versuchte, Katjas und meine Hände ineinander zu legen, als müßte nicht sie auf mich, sondern ich, die viel Jüngere, auf sie achten.

Im Haus gab es jetzt eine Familie, die ein Telefon besaß. Ich hielt mich, ein paar Tage später, in denen Katja zweimal treulich den Vater besucht hatte, gerade bei ihr auf, nachdem ich unten bei meiner Familie und der gutmütigen Tante nach einer Spazierfahrt Sophie abgeliefert hatte. Katja, inzwischen ausgeschlafen, führte mir ein schillernd blaubeerfarbenes, tief ausgeschnittenes Kleid vor und ging auf hohen Absätzen im Zimmer auf und ab. Das kleine Mädchen der Nachbarn klopfte schüchtern, trat ein, betrachtete mit großen Augen die festlich herausgeputzte Katja und verkündete: »Ich soll sagen, daß er gestorben ist.« Katja erstarrte. Sie verzog keine Miene, blieb einfach steif, ohne Regung, ohne ein Wort mitten im Raum stehen. Erst als das Kind verschwand, setzte sie sich auf Emils Bett und brach zusammen. Ich hatte sie noch nie so jammern gehört. Sie klagte und wimmerte, wie sie es nicht mal bei Enricos Tod getan hatte. Ich lief nach unten und bat meine Tante, die jüngste, die sich gerade um Sophie kümmerte, im Krankenhaus anzurufen.

Emil war einsam, still für sich, vielleicht sogar im Schlaf und friedlich, an seinem kranken Herzen im Bett gestorben. Morgen würde ich mit Katja zusammen alles Wichtige erledigen und seine paar Habseligkeiten abholen. Dann mußte sie sich, wohl oder übel, um die Formalitäten kümmern. Es existierte keine Familie, die es für sie übernahm. Als ihr das zu Bewußtsein kam, verwandelte sie sich. Sie spürte die Verantwortung, die sie für Emil trug und erledigte alles Notwendige mit großer Energie. Auch eine kleine Trauerfeier nach der Beerdigung organisierte sie zu seinen Ehren.

Sie wurde dafür belohnt. Es erschienen nicht nur die Tanten, sondern auch Hugo mit einem Kranz aus Frühlingsblumen, der mich bezauberte. Begriffen sie jetzt, was für ein guter Mensch von ihnen gegangen war? Hugo hielt den Kopf gesenkt und schluchzte am Grab. Es war für mich ein erschreckender Anblick. Mit Emils plötzlichem Tod brach ein Stück meiner Kindheit von mir ab. Der Großvater schüttelte Katja lange die Hand und weinte dabei, ohne zu sprechen. Sie zuckte nicht mit der Wimper. Auch die Tanten beobachteten es fassungslos von der Seite. Vielleicht rührte Hugo der Ernst der schmalen, schwarzen Gestalt, das einzige Kind seines Bruders, vielleicht kam ihm zu Bewußtsein, daß er nun für immer Bruder und Gegner in der gesamten Lebensauffassung unersetzlich verloren hatte. Zu spät, zu spät!

Katja hielt, anders als bei Enrico, während der gesamten Trauerfeier durch. Sie hatte von ihrem wenigen Geld eine kleine Stärkung liebevoll zu Ehren des Vaters zusammengestellt. Man gedachte Emils mit drei kurzen Reden. Sie waren gutgemeint, aber ich, wäre ich groß gewesen, hätte seine Güte und Sanftmut stärker in den Vordergrund gestellt. Darin war er doch einzigartig gewesen. Und wie zurückhaltend er sich für immer von uns entfernt hatte! Die uns von ihm hinterlassene Stimmung ergriff alle. Mein Großvater aber sprach kein Wort. Er saß in sich gekehrt bei seinen Töchtern und ließ sich von ihnen beschützen. Elses Enkelkind war vertreten, Katja aber wollte ihr Kleines lieber nicht so vielen Menschen aussetzen.

Das alles ging, ganz in Emils Sinn, in großer Harmonie vonstatten. Nur: Wie sollte es sich fortsetzen? Katja mußte arbeiten. Die junge Tante wartete darauf, in einem Textilgeschäft ihren Job anzutreten. Was würde aus Sophie werden? Keiner der Verwandten war bereit, das kleine Wesen in seinen Familienkreis aufzunehmen. Alle, alle Töchter Hugos, waren im Kindesalter sorgsam umhegt worden. Jetzt hatten sie mit ihren eigenen Verhältnissen zu tun. Für Katja schien es nur einen Ausweg zu geben, der sie und mich zunächst in Schrecken versetzte. Es handelte sich um ein von Nonnen geleitetes Waisenhaus, ein furchtbares Wort für mich.

Es sollte sich ja nur um eine vorübergehende Lösung handeln. Katja würde, so oft wie nur möglich, bei ihrem Töchterchen vorbeisehen. Auch die gute Tante, die in ihren Beruf mußte, versprach, ihre Hand über die Kleine zu halten. Trotzdem war es grausam, sie den ernsten Nonnen zu überlassen, ein Geschöpfchen, das noch soviel Zuwendung brauchte. Man würde sie ihr in einer solchen Einrichtung nicht zukommen lassen. Wir mußten unsere kleine

Sophie, die in ihrem bisherigen Leben so aufmerksam betreut worden war, der alltäglichen Schematik des Waisenhauses übergeben und hoffen, daß sich bald eine andere Möglichkeit zeigen würde. Ich selbst, noch unerfahren in den vielförmigen Pflichten eines Familienlebens, fand es erbarmungslos von den Tanten, das zarte Wesen den routinierten Händen der Nonnen anzuvertrauen, die auch sofort klarmachten, es werde bei ihnen an keine Ausnahmen in der Behandlung zu denken sein.

Ich war auf Katjas Wunsch bei den ersten Besuchen im Waisenhaus dabei und hatte das Gefühl, die Nonnen verachteten insgeheim die Mütter und Angehörigen, die ihnen ihren Nachwuchs auslieferten. Luden die Tanten in ihren behaglichen Familien nicht eine schwere Schuld auf sich, daß sie diesem empfindlichen Kindchen die Aufnahme verweigerten? Katja, die ebenfalls keine idyllische Kindheit hinter sich hatte, überraschte es nicht. Sie fragte oder bat erst gar nicht. Wie hatten sich im Laufe eines Jahres ihre Lebensaussichten geändert!

Die Besuche, als es sich schließlich nicht mehr aufschieben ließ, kamen mir hart vor. Sophie lag still in ihrem Bettchen und streckte die zierlichen Arme nach Katja aus. Ein einsames Kind ohne die gewohnte zärtliche Ansprache war aus ihr geworden. Sie sah uns mit ernsten Augen, ohne Fröhlichkeit an. Ich schwor mir, in jeder freien Minute eine Spazierfahrt mit ihr zu machen. Erst als wir aufbrachen, beim Abschied, begann sie zu weinen und versuchte, Katja festzuhalten. Ob sie die Tränen in den Augen ihrer unglücklichen, ratlosen Mutter erkannte? Die verantwortliche Nonne sah uns unzufrieden zu und sagte drohend, wir sollten keinesfalls diesen Augenblick hinauszögern. Es würde die Kleine nur beunruhigen und schwierig machen. Wenn sie zu schreien anfange, würden es die anderen Kinder in ihren Betten ebenfalls tun. So schwer es uns fiel: Wir verabschiedeten uns nüchtern.

Ich hielt mich in der nächsten Zeit, ob es den Nonnen gefiel oder nicht, oft bei ihr auf, um sie an die frische Luft zu führen und wie früher liebevoll auf sie einzusprechen. Auch Katja ging hin, so oft wie möglich, kehrte aber immer traurig zurück. Ach, was machten die Tanten für ein Theater um ihren Nachwuchs, der alles bekam, was er brauchte! Die arme Nichte tauchte wohl gar nicht in ihren Gedanken auf.

Es war ausgerechnet Hugo, der mich nach einigen Wochen fragte, wie es denn um das Mädchen stünde. Ich beschönigte nichts. »Es ist dort alles sehr reinlich. Die Nonnen achten streng auf die Ordnung.« Er streichelte mir wortlos über den Kopf.

Ich hatte den Eindruck, daß über den Tanten ein geheimes Schuldbewußtsein lag, und weiß nicht, ob ich die zeitlichen Etappen durcheinanderwerfe. Jedenfalls fing mein Entsetzen damit an, daß ich erlebte, wie bei den Nonnen, die ich bis dahin für fast heilige Frauen gehalten hatte, schon die Kleinsten bestraft wurden, wenn sie sich unrechtmäßig verhielten oder in ihren Gitterbettchen tobten. Das wurde als schweres Vergehen geahndet. Die Kinder kamen für Stunden in einen Abstellraum oder wurden angeschnallt, eng bis zur Bewegungsunfähigkeit. »Was sollen wir denn machen? Wir haben nicht genug Pflegekräfte«, sagten die Nonnen mit schmalen Lippen, als Katja sie vorsichtig zurechtwies. Sie wollte die frommen Frauen andererseits keinesfalls gegen Sophie aufbringen, so daß sie sich rächten, wenn sie nicht beobachtet wurden.

Das Waisenhaus, das man aus den Trümmern notdürftig zurechtgeflickt hatte, lag zwischen der Klosterkirche und dem Krankenhaus. Nirgendwo entdeckte ich einen Winkel, geeignet, das Gefühl von Lebenslust in den Kleinen zu wecken. Katja aber ging, wie ich es schon von ihr kannte, trotz des Kummers in ihrem Herzen, elegant und geschminkt, auf hohen Absätzen, mit denen sie niemals stolperte, zu den Besuchen, um die Trübnis nicht überhandnehmen zu lassen. Die Nonnen bewegten dazu zornig ihre Hauben. Es half ihnen aber nicht. Wenn sie erst von Katjas Liebhabern gewußt hätten! Danach tranken wir wie immer einen Kakao, und sie rauchte. Auch ich, zwei, drei Züge nur.

Als Sophie ein Jahr alt war, hörte ich, wie eine Nonne mit ihr heftig schimpfte. Als sie zwei war, schob man sie, als wir kamen, gerade in den Abstellraum. »Sie ist ein böses Kind!«, sagte die Schwester. Es klang nach einem Fluch. Wie gern hätten wir ihr unsere Kleine weggenommen. Aber wohin damit? Katja konnte sie doch unmöglich während ihrer Arbeitszeit, wo sie unbeschwert, ja leichtsinnig auf ihre Kundschaft wirken mußte, mit in die Bar nehmen!

Endlich erbarmte sich die gute Pfarrersfrau und gab unserem Sorgenkind eine vorübergehende Heimat. Da sie außerhalb wohnte, konnten wir Sophie jetzt nicht mehr so oft sehen, auch unsere kleinen Ausfahrten mußten gestrichen werden. Dafür wohnte sie nun aber in einer richtigen, lauten, etwas schlampigen Familie, in der auch mein Onkel, der Pfarrer, der hin und wieder unter Malaria aus der afrikanischen Kriegsgefangenschaft zu leiden hatte, keine Ordnung herstellen konnte, obschon er sie zur Konzentration dringend benötigte. Das Leben ging dort immer vor. Die Tante hatte aus Barmherzigkeit auch noch zwei Pflegekinder in ihrer Obhut, was ihre Kräfte überstieg. Als sie ernsthaft erkrankte, mußte Sophie wieder zurück ins Waisenhaus, was mit viel Tränen von ihrer Seite verbunden war. Meine jüngste Tante war den ganzen Tag abwesend. Wir Kinder mußten allein klarkommen. Auch mein Großvater lebte weniger komfortabel. Was er für uns kochte, war stets leicht versalzen. Was wir ihm erzählten, mußten wir brüllen. »Opa schmeckt und hört nicht mehr richtig«, erklärte meine Mutter. Er selbst behauptete, es würde nur noch geflüstert und nicht mehr gewürzt.

Das Klammern der zierlichen Händchen an mich verfolgte mich im Schlaf. Sophie fürchtete sich vor den Nonnen, vermutlich besonders vor ihrem Geruch. Die Nonnen schienen es gar nicht anders zu wollen.

Manchmal, wenn wir vom Waisenhaus kamen, kaufte Katja mir die köstlichen Kanold-Karamellen, und wir erinnerten uns an Emil und Enrico. »Jetzt habe ich nur noch dich«, sagte sie dann. Dafür liebte ich sie.

»Und du, hast du denn noch gar keinen kleinen Freund?«, fragte sie mich. Doch, es gab einen. Er durfte mich manchmal begleiten auf den Spazierfahrten mit Sophie und hatte immer eine etwas schmutzige Süßigkeit, die er aus seiner Tasche hervorholte.

»Ja«, sagte Katja, »ich habe immer irgendwelche Liebhaber. Sonst würde ich das Elend nicht ertragen. Ab und zu übernachte ich bei ihnen. Aber natürlich kann man sie nicht mit Enrico vergleichen, nicht im mindesten. Das vergesse ich nie. Sophie wird ihm übrigens von Mal zu Mal ähnlicher. Es ist das Südländische. Die schwarzen Haare, die schwarzen Augen! Ich bin gespannt, ob sie auch das italienische Temperament von ihm geerbt hat. Nach Neapel schicke ich alle paar Wochen ein Foto.«

Um ehrlich zu sein, so sehr ich Katja, die freiheitliebende, verehrte: Ich machte mir Gedanken über ihren Lebenswandel. Wenn ich zufällig Bruchstücke aus den Gesprächen der Tanten hörte, erschrak ich. »Sie ist eine Herumtreiberin«, sagte die dicke Tante Else. Es war wohl nicht ungefährlich, so zu leben, wie es Katja tat. Ich hatte Angst, sie zu verlieren. Schon in meiner Klasse gab es jetzt Mädchen, die sich regelmäßig mit Jungen »abgaben« und sich uns anderen deshalb überlegen fühlten. Sie verrieten nicht, wie weit ihre Bekanntschaft ging, aber sie machten dauernd Andeutungen, die zunehmend unanständiger wurden. Übrigens ging es mir nicht darum, »anständig« zu sein. Es hätte sich nur jemand zeigen müssen, in den ich mich wirklich verliebt hätte. Sollte ich mich stattdessen mit einem Ersatz »herumtreiben«? Das wäre für mich niemals in Frage gekommen. Von der Leidenschaft aber hatte ich erstaunlicherweise eine klare Vorstellung. Es war der Unterschied zwischen Enrico und den Liebhabern, ohne die Katja nicht leben konnte. Ich hoffte nur, sie würde nicht abgleiten zu den Damen aus der »Blauen Hortensie«. Dann hätte ich ihr wahrscheinlich eine sinnlose Strafpredigt gehalten und sie mahnend an Emil und Enrico erinnert. Vielleicht würde es sie amüsiert haben. Ich war für sie immer noch »die Kleine«, die vom Erwachsenenleben nichts verstand.

Da täuschte sie sich, wie sich meine Eltern täuschten. Ich war kein Kind mehr. Ich wußte, was sich zwischen den Großen abspielte, und immer herrischer drang etwas in unser Leben als Jugendliche ein, es war das Erotische, das uns mehr und mehr bestimmte, mit unterschiedlichen Konsequenzen allerdings. Was Katja trieb, war gewissermaßen geheiligt durch ihre Person. Womit aber die Mitschülerinnen von Monat zu Monat stärker begannen, verachtete ich. Es handelte sich um Unanständigkeiten in den Trümmergrundstücken, mit denen sie prahlten und die mit der Liebe, wie ich sie mir dachte, nichts zu tun hatten. Wir wurden älter, Katja und ihr Kind, ich und die Freundinnen.

Mit einigen wenigen tauschte ich flüsternd Geheimnisse aus, aber nicht die Träume, die ich von der großen, mir bestimmten Liebe hatte und für die ich sofort nach Afrika aufgebrochen wäre. Sie zeigte sich nur nicht. Katja gestand mir, daß keiner von ihren Liebhabern mit Enrico zu vergleichen sei, bei weitem nicht. Wenn wir vom Waisenhaus kamen, erinnerten wir uns oft an Emil und Enrico. Was waren diese blassen Jungen, die sie mir, wenn es sich ergab, vorführte, für gebrechliche Gestalten! Meine zweifelnden Blicke auf die Milchbärte riefen bei ihr eine unverhohlene Belustigung hervor. Die richtige Liebe aber offenbarte sich woanders. Wo? In unserem Zimmertheater, wo man in der ersten Reihe mit den Knien direkt an die Bühne stieß. Dort spielte ein junger Mann den »Faust«. Mit ihm wäre ich unverzüglich losgefahren, egal wohin. Aber er fragte mich nicht. Einmal sah ich ihn in der Stadt mit einer schönen, schlanken Frau. Beide lachten. Sie trug ein rotes Mützchen auf den gefährlich blonden Locken und hatte den Vorteil, doppelt so alt zu sein wie ich. Eine richtige Frau! Ich hatte ja nicht mal den bescheidensten Ansatz eines Busens.

Ich fing an, und es interessierte mich mehr als alles andere, mir Geschichten auszudenken und sie aufzuschreiben. Im Kern ging es immer um etwas, was ich beobachtet hatte. In meinen Vorstellungen sah ich schärfer hin als in der Wirklichkeit. Katja, die Blaubeerartige, betraf es natürlich wohl oder übel auch. Vielleicht war sie in Wahrheit nicht so schön und waldwild, wie ich wollte, wenigstens nicht mehr ganz so schön?

Plötzlich zeigte sich bei ihr in einigen Sätzen, wenn wir aus dem Waisenhaus kamen, daß in ihr angesichts des Elends der kleinen, kummervollen Sophie, die jedesmal kläglich weinte und an ihrem Gitterbett rüttelte, der Wunsch entstand, für ihr Kind und sich selbst eine sie beschützende Familie zu haben.

»Wenn ich schlafen will«, gestand sie, »sehe ich ihr Gesichtchen vor mir und höre, wie sie nach mir ruft. Es bahnt sich eine Veränderung an. Aber noch einmal tobe ich mich vorher aus.«

Ja, sie tobte sich aus und verbarg es nicht vor mir. Entweder sie übernachtete nicht bei sich, oder sie brachte einen dieser flauen Burschen mit. Die Nachbarn interessierten sie nach wie vor nicht. Das böse Fräulein wußte sich nicht zu lassen angesichts ihrer Liederlichkeit, jedoch der Großvater wollte nichts mehr von den Schändlichkeiten Katjas hören. Er zog es vor, mit mir zu Emils Grab zu gehen.

Ein paar Monate vergingen. Ich war stärker als früher durch die Schule gefordert, aber mir fiel doch auf, daß sich Katja, die neuerdings den Führerschein machte, keine neuen Kleider, keine extravaganten Schuhe mehr kaufte, überhaupt nichts Überflüssiges anschaffte. Die kleine Sophie überhäufte sie dagegen mit Geschenken. Sie konnten ihr Töchterchen allerdings nicht über die grausamen Abschiede, die sie den gestrengen Nonnen auslieferte, hinwegtrösten.

»Es muß sich etwas ändern«, wiederholte Katja und ergänzte geheimnisvoll: »Demnächst kriege ich Besuch. Dann mußt du unbedingt dazukommen.«

Bis dahin sollte ich mir ausmalen, was sie für eine Überraschung bereithielt. Was würde anders in ihrem Leben werden?

Es begann damit, daß sie mir eröffnete, sie habe in der Bar gekündigt. Eigentlich sei ihr der Abschied von ihrem Chef und der Umgebung gar nicht leichtgefallen. Sie habe sich dort immer wohlgefühlt. Nun aber beginne ein neues Leben.

Als sie das erzählte, blitzten ihre Augen wie schon sehr lange nicht mehr. Jetzt endlich habe sie den richtigen Platz in der Welt gefunden, nicht nur für sich, auch für ihr Töchterchen. Die beiden hätten sich schon kennengelernt und die gegenseitige Sympathie sei groß.

»Die beiden, Katja?«

Ich werde ihren Freund in den nächsten Tagen sehen. Es sei für sie das große Los und sie jetzt wirklich rundum glücklich. Sie lachte mich an, sie nahm mich in die Arme. Nach ihrem teuren Parfüm duftete sie leider nicht mehr, aber das Blaubeerartige war stärker als je zuvor. Sie sei nur noch eine Woche in der Bar tätig. Eigentlich sei ein Abschiedsfest fällig. Sie habe bloß nicht die geringste Lust dazu, weil sie zu sehr mit der Zukunft beschäftigt sei. Sophie habe sie schon abgemeldet und dabei den Nonnen gesagt, ihr Kind sei einfach zu unglücklich bei ihnen gewesen. Da hätten die beleidigt aus der Wäsche gekuckt, zu ihrer, Katjas, Freude. Kurt aber sei entzückt von der Kleinen.

»Kurt?«

Katja war so selig, daß sie mich offenbar verwechselte, denn sie strich mir zärtlich über die Haare und küßte mich, was sie noch nie getan hatte, auf den Mund.

Ach, wie sehr gönnte ich ihr die Freude! Ich hoffte nur, sie würde nicht aus unserem Haus und womöglich in eine andere Stadt ziehen. Plötzlich spürte ich, daß sie mir bitter fehlen würde, denn ich hing an ihr genauso wie an meiner so anders gearteten Familie. »Nein«, sagte sie, »Ich werde nicht hierbleiben, meine Kleine. Wir werden nach Münster überwechseln, Sophie und ich. Das ist ein Stück weg vom Ruhrgebiet, aber nicht auf einem anderen Stern. Wir sehen uns weiter, ich verspreche es dir.«

Katja war viel zu glücklich, um mir den Schmerz anzumerken, den sie mir mit dieser Information zufügte. Mir wurde vor Schreck schwindlig. Meine Katja wäre auf einmal weg? Das wäre ja fast wie tot.

Für den Besuch von Kurt bereitete sie alles sorgfältig vor. Daß sie

Ziegenkäse und Schwarzkümmel kaufte, was ich beides bis zum Brechreiz verabscheute, konnte sie nicht wissen. Sie wollte auch unsere kleine Sophie zum ersten Mal wieder in die Wohnung holen, wo sie sehr adrett in ihrem alten, von Emil gezimmerten Bettchen liegen sollte. Kurt würde Sekt mitbringen, damit wir vier ein bescheidenes, fröhliches Fest feiern könnten. Mein Blick, als die demnächst Zurückgelassene, auf die Zukunft allerdings war nicht ganz so euphorisch wie der von Katja, aber es ging mir ja ansonsten viel besser als ihr. Ich kaufte zwei Blumensträuße, um das Zimmer festlich zu schmücken. Kurt sollte sich unbedingt wohlfühlen in ihrem sich nun bald auflösenden Reich.

Eigentlich wollte sie vorher gar nicht von ihm erzählen, doch sie schaffte es dann doch nicht ganz, den Mund zu halten. Er war ein unabhängiger Mann, der vor einigen Wochen, selbst kein Barbesucher, zufällig mit einem Freund in der Bar auftauchte. Sie habe gerade ein Cocktailglas hoch über ihrem Kopf geschwenkt, was immer, sie wisse es, einen tollen Eindruck machte. Was sie dachte, als er an die Theke getreten sei? Nichts, der erste Eindruck sei ausreichend gewesen. Ein kräftiger, starker Mann, ein Mann, der mit dem Einsatz seines Körpers arbeite. Das gefalle ihr grundsätzlich. Sie liebe kräftige Oberkörper und Muskeln, die sich durchs Trikot abzeichneten. Es löse ein tiefes, unbegründetes Vertrauen in ihr aus, so, als wäre dieser Männerkörper extra geschaffen, um sie zu beschützen und zu lieben. Ja, genau so. Sie kannte das von Enrico, und es habe sie froh gestimmt. Auch Kurt habe eher südländisch auf sie gewirkt, obschon er ein waschechter Westfale sei.

»Und sein Gesicht, Katja? Das ist doch das Wichtigste.«

»Ein Gesicht, bei dem ich sofort dachte: Ja! Der Richtige! Es gibt ihn doch noch einmal auf der Welt, den richtigen, dir bestimmten Mann. Diese leuchtend blauen Augen, die mich ohne zu blinzeln geradewegs ansahen, der stabile Bau der Knochen, der freundlich und ein wenig reserviert lächelnde Mund, die dichten Haare mit ein bißchen grauen Strähnen darin. Aber das erklärte natürlich nichts, nicht das Geringste.« Es sei ein Zusammenklang von allem gewesen, der sie sofort betört habe. Auch, sie wolle es frei gestehen, daß er sich von vornherein auf sie konzentriert habe, ohne Seitenblicke, nur auf sie, den gesamten Abend lang. Prompt habe auch sie ihre übrigen Kunden vernachlässigt. Sie sei aber routiniert genug, sich das nicht anmerken zu lassen.

Ich wartete auf den Stufen im Treppenhaus und sah, wie sich die Wohnungstür des Fräuleins ein wenig öffnete und wieder schloß. Dann kamen Katja und der Mann die Treppe hoch. Beide lachten, Kurt trug in einer Tragetasche die gutgelaunte Sophie. Vermutlich würde die Geschwätzige mit der feinen Witterung nach einer Viertelstunde bei uns lauschen, um dann die Neuigkeiten nach unten weiterzugeben.

Kurt gefiel mir auf Anhieb. Ein Mann, um mit ihm die Erde zu umkreisen.

Es stand mir noch nicht zu, so etwas zu denken. Ich dachte es aber. Es genügte doch, in diese strahlend blauen Augen zu sehen! Wie gut ich Katja verstand, auch, daß sie ihm ihr Töchterchen anvertraute.

Auf der Türschwelle stolperte ich. Kurt setzte blitzschnell die Tragetasche ab und fing mich auf. Da begriff ich Katjas neue Leidenschaft noch besser. Was konnte schöner sein, als von so starken Armen gerettet und umschlossen zu werden! So hatten wir also im Handumdrehen Freundschaft geschlossen. Es stellte sich bald heraus, daß er in Münster eine große Tankstelle besaß, gut gelegen, mit dem üblichen, gewinnbringenden Verkauf von allen möglichen Kleinartikeln, die Leute gern unterwegs kaufen.

»Paß auf«, sagte Katja, »Autofahren habe ich schon gelernt, alles Übrige wird folgen. Bald bin ich deine beste Kraft!«

Es fiel mir schwer, das zu glauben. Die nach wie vor, trotz ihrer neuen Bescheidenheit, elegante Katja in Samt, Seide und schimmerndem Taft sollte nun Angestellte bei einer Tankstelle werden, wo es ordentlich anzupacken galt, mit Sachverstand? Dabei könnten doch die kunstvoll für die Blicke der Männer gefeilten Fingernägel abbrechen! Kurt hatte sich schließlich wegen ihrer verwöhnten Schönheit in sie verliebt, und weil sie keine Spuren der groben Arbeit, die seinen Alltag ausmachte, an sich trug! Sie schienen aber beide voller Zuversicht zu sein.

Katja betrachtete ihn mit der Miene, die ich zum letzten Mal angesichts von Enrico an ihr bemerkt hatte.

Auch die Kleine, nun wieder in Emils gewohntem Bettchen, sah den Fall wie ihre Mutter. Liebe auf den ersten Blick. Fröhliches Krähen bei jeder Annäherung von Kurt. Ich konnte mich nicht sattsehen am niedlichen Heben ihrer Ärmchen, abwechselnd uns dreien entgegengehalten und mich nicht satthören am Gestammel ihrer Begeisterung.

Dann mußte Katja die Windeln wechseln. Ich war sehr gerührt zu verfolgen, wie Kurt voller Bewunderung ihrer flinken Handarbeit zusah. Nur schwebte über allem Glück Katjas Kummer, sie gleich wieder bei den Nonnen abliefern zu müssen. Sie fürchtete Sophies Tränen, die den Trost des baldigen Ortswechsels noch nicht begreifen konnte.

Der Augenblick kam. Noch nie hatte ich Katja so traurig dabei gesehen. Sophie kam in die Tragetasche und ahnte Schlimmes. Ihr liebes Gesichtchen verdüsterte sich. Da sagte Katja plötzlich: »Mein Chef hat versprochen, die Wohnung für mich aufzulösen und die paar Möbel hinter mir herschicken zu lassen. Sicher nicht so bald, aber er wird es tun. Vielleicht sollten wir es unserer Kleinen nicht zumuten, sich noch einmal von uns zu trennen. Es ist unglaublich, wie sie in unserer Gesellschaft aufblüht. Wenn ich sie abhole, sehe ich jedesmal, bevor sie mich erkennt, ihr trübseliges kleines Gesicht. Die Arme weiß ja nie, wie es weitergehen wird. Wir könnten sie hier bei mir lassen. Ich nehme sie notfalls einfach für die restliche Zeit mit in die Bar. Man wird dort bestimmt gut auf sie aufpassen. Sie bleibt bei mir, und wir fahren so schnell wie möglich zusammen hinter dir her, Kurt. Dann sind wir gerettet.«

Es gab mir einen Stich ins Herz, von dem Katja nichts ahnte, der sie auch nicht bekümmert hätte. Sie war in ihre eigenen Sorgen und Freuden vertieft. Kurt aber nickte strahlend: »Wie gut, daß du eine Frau der schnellen Entschlüsse bist. Ein, zwei Tage werden genügen, um meine Mutter, die den Haushalt regiert, auf deine Ankunft vorzubereiten. Bescheid weiß sie ja längst.« Ich fragte mich insgeheim, ob sie sich darauf freute. Kurt sagte keinen Ton dazu.

Und so geschah es. Sie brachten Sophie nicht mehr in die finstere Herrschaft der Nonnen zurück. »Viele kriegen überhaupt keinen Besuch«, habe die Hauptnonne finster hervorgestoßen, erzählte Katja. Sie holten die wenigen Kleinigkeiten von ihr ab und besprachen die Einzelheiten der baldigen standesamtlichen, später kirchlichen Trauung in Münster. Erst jetzt breitete sich flutend das Glück aus. Es gab keine Sorgen mehr. Nun würde die Familie zusammenbleiben. Nur ich verlor auf einen Schlag Katja und Sophie. Erst später begriff ich das Ausmaß des Unglücks für mich. Ein Teil von mir wurde abgeschnitten, und keiner fragte danach. Es gehörte sich auch nicht angesichts der Seligkeit Katjas, der ein Stein vom Herzen fiel, und Kurt, der Retter, schmunzelte vor Behagen.

Ihre extravagantesten Kleider wollte Katja an die fünf Damen verschenken. Der Schnitt zwischen ihrem neuen und alten Leben sollte glatt sein.

Am nächsten Vormittag bat sie mich, mit ihr zur Verabschiedung von Hugo zu gehen. Allein traute sie sich offenbar nicht. Hugo zeigte sich äußerst überrascht über ihren Besuch. Ich hatte noch nie eine solche Verlegenheit bei Katja festgestellt. Sie erklärte ihm kurz ihre Lage, die dem Großvater einzuleuchten schien. Sie reichten sich zum Abschied die Hand, als Hugo sie unvermittelt in die Arme schloß, so daß sich beide mit Tränen in den Augen Lebewohl sagten und dabei vielleicht bereuten, soviele Jahre in Fremdheit, ja Feindschaft gelebt zu haben.

Am Nachmittag mußte ich zur Schule. Katja machte sich mit ihrem Kind auf in die Bar, um den Fall mit ihrem Chef zu klären, auf dessen Verständnis sie baute. Er schien zunächst entgeistert zu sein über das, was sie ihm eröffnete, das aber tat sie mit solcher Entschiedenheit, daß er gar nicht widersprechen konnte, wiederum wegen seiner Freundschaft zu Enrico, auch wenn er ungern auf seine hervorragende Kraft verzichtete. Bei irgendwelchen Schwierigkeiten wäre sie ja sofort greifbar und könnte einspringen. Er versprach, Wort zu halten und den Umzug und das Bürokratische für sie zu erledigen, da er ihre Notlage mit dem Töchterchen erkannte, eine Situation, die sie so lange ohne Klagen ertragen hatte. Das war nun der zweite Abschied am selben Tag, und Katja wäre sicher zermürbt gewesen, wenn der Gedanke an Kurt ihr nicht Mut und Feuer gegeben hätte.

Am Abend, bevor Katja zur Bar aufbrach, diesmal ohne Kurt, der die Kleine in der Wohnung bewachte, und ihre wichtigsten Verpflichtungen hinter sich hatte, saßen wir mit Sophie noch ein letztes Mal im Garten unter dem Apfelbaum. Wir sprachen wenig. Ich trauerte still, Katja freute sich still, Sophie stammelte vor sich hin. Aber es gab andere Geräusche um uns herum. Denen lauschten wir. Es war eine warme, blaubeerfarbene Dämmerung, die uns weich umwogte, prall gefüllt mit Vogelgezwitscher, das ab und zu in ein wildes Jauchzen und ein melodisches Schluchzen überging. Eigentlich konnte es auf der Welt gar nichts Schöneres, Herzergreifenderes geben. Es nagte an mir, es füllte mich an mit Freude und Traurigkeit. Ich griff nach Katjas kühler Hand, hielt sie in der meinen und ließ sie nicht mehr los. Mit war, als schwämme ich mir selbst in dieser lauen Stimmung davon, und es erfüllte mich mit Grausen und Wohligkeit. Das hatte ich in dieser Mischung bisher noch nicht erlebt, sie war kaum zu verkraften, diese Macht und schöne Gewalt der Natur, die sich mit meinem Kummer, die beiden unwiederbringlich zu verlieren, verband.

Ich wußte nicht genau, was Katja mir bedeutete. Katja verkörperte so vieles, auch die Zeit mit Emil in seiner Kellerwerkstatt, sie war ein erheblicher Teil meiner Kindheit und eine erste Anleitung in die Existenz als weibliches Wesen. Ach was, ich hatte sie einfach schrecklich gern, und nun ging sie frohen Herzens davon, während ich in den gewohnten Verhältnissen zurückblieb, in diesen Verhältnissen, die mir ja teuer waren, meine Eltern, mein Bruder, die ich vielleicht manchmal allzu selbstverständlich erlebte und die ich angesichts des Fehlens solch treuer Daseinssäulen bei Katja in meinem Herzen jetzt doppelt fest an mich preßte.

Wie mutig sie war, sich mit ihrem Kind in dieses Leben in einer fremden Stadt zu stürzen, zu einem Mann, den sie noch nicht lange kannte, den sie nur instinktiv als den richtigen für sich bestimmt hatte. Würde sie sich in dem neuen Arbeitsfeld zurechtfinden? Katja in einem Tankstellenoverall, aber mit dem großen Trost, ihr Kindchen immer bei sich zu haben?

Ich schlief in dieser Nacht keine Stunde. Am nächsten Morgen besprach Katja mit ihrem Chef noch einmal die nicht erwartete, unvermittelte Kündigung. Er bedauerte es, aber, erzählte sie mir, machte keine Schwierigkeiten. Für ihn war sie immer noch die Braut von Enrico. Wenn es dessen Kind, so empfand es Katja, unter den anderen Umständen besser ging, freute er sich. Alle anwesenden Angestellten des Hauses bewunderten Sophie. So kleine Händchen! So ein fröhliches Rumoren!

Mit dem folgenden Tag war die Zeit des Aufbruchs gekommen. In der Wohnung stand das Gepäck bereit, das Katja mitnehmen würde, und das für die Arbeiter, die ihr Chef beaufsichtigen würde. Ich schwänzte den Unterricht, um sie zum Bahnhof zu begleiten. Wie bitter dieses Lebewohl für mich war!

Nicht für Katja. Sie bestellte Grüße an die Tanten. Wenn doch ein einziges Wort des Bedauerns über unsere Trennung von ihr gekommen wäre! Sie war zu hochgestimmt und zu ehrlich, um sich dazu herbeizulassen. Wie reizend sie aussah mit ihrem Hütchen und dem kleinen Mädchen auf dem Arm! Wie schrecklich das Winken war, nicht für sie, nur für mich.

Zwar würden die beiden, hoffentlich zu dritt, bald nach ihrer Hochzeit wiederkommen, um noch einige amtliche Dinge zu erledigen, aber ich war jetzt auf ihre Briefe angewiesen und spekulierte darauf, sie mit den von mir geschickten Mengen an Post zu erpressen, so daß sie mir wenigstens gelegentlich Mitteilung machen mußte.

Mich überraschte dann nach wenigen Tagen ein ausführlicher Bericht. Damit hatte ich nicht gerechnet. Ich dachte, in der ersten Glückswolke fände Katja keine Zeit dazu. Es verhielt sich aber anders. Zwar schrieb sie überschwenglich vom Leben mit Kurt, von der glücklichen Sophie, von der in ihrer Größe und Modernität eindrucksvollen Tankstelle, was auch für die Wohnung galt. Das schon und überzeugend. Jedoch! Es gab im Hintergrund ein leises Jedoch, was aber durch das wunderbare Dasein mit Kurt wettgemacht wurde.

Am blauen Sommerhimmel ihrer jungen Ehe, so durfte man es ruhig schon nennen, stand eine dunkle, kaum zu vertreibende Wolke, die in manchen Momenten etwas Furchterregendes an sich hatte. Es verblüffte mich nicht auf der ganzen Linie. Ich hatte etwas geahnt, erste Anzeichen gelesen: Das Problem war die Mutter. Äußerlich hatte sie nach Katjas Schilderung eine große Ähnlichkeit mit unserem Fräulein, spinnenzart und flink, hellwach und parteiisch. Katja beschrieb sie gut, gar nicht mal boshaft, eher erschrocken. Auf ihre arglosen Annäherungsversuche hatte die Mutter, unbeschwichtigt von der liebreizenden Sophie, die ja nun mal nicht die Tochter ihres Sohnes war, mißtrauisch, ja offenbar sogar eifersüchtig reagiert. Kein Zweifel, sie war mit der Wahl von Kurt nicht einverstanden, erst recht nicht mit seinem schnellen Entschluß, ohne die Auserwählte vorzustellen, wohlweislich Nägel mit Köpfen zu machen. Katja wunderte das nicht grundsätzlich, neben einigen anderen Gründen gab es auch den, daß er dem mütterlichen Gemaule zuvorkommen wollte. Er nahm es übrigens nicht schwer, lachte darüber und zog seine mürrische Mutter sogar auf. Was er als harmloser Mann natürlich nicht mitkriegte, war die heimliche Rache, an der die aufgebrachte Mutter nicht sparte, wenn sie mit Katja allein war. Selbst der Zauber Sophies besänftigte sie nicht. Es handelte sich schließlich nicht um das eigene Fleisch und Blut!

Und das war ein springender Punkt. Die Vergangenheit Katjas! Kurt hatte in arglosem Stolz davon erzählt, wie er sie hinter der Bartheke entdeckt und nicht mehr aus seinen Tatzen gelassen hatte. Eine Bardame! Das war für die alte Frau eigentlich schon zuviel des Guten. Schlimmer noch: das Kind ohne Ehemann. Zu der damaligen Zeit eine handfeste Peinlichkeit. Sie war eben aus altem, westfälischem Holz geschnitzt und stolz darauf. Das leichte Wesen Katjas und ihr stets bereitwilliges Lachen brachten sie in Rage. Glücklicherweise geizte Katja in ihren Briefen nicht mit Schilderungen. Kurt gegenüber verhielt sie sich stumm, um ihn nicht zu kränken. Katjas Glück, mit dem Töchterchen und dem geliebten Mann zusammenzuleben, überstieg aber alle ihre Hoffnungen. Sie war jetzt eine junge Mutter, die ihr Kind am See spazierenführte.

Das Leben ging weiter. Ihres bestand aber nicht in erster Linie aus Wanderungen am Wasser entlang, sondern in tätiger Mithilfe an der Tankstelle. So wollte sie es, und es ließ ich gut an.

Auch ich selbst wurde natürlich älter. Es gab kleine Flirts, die mir nicht viel bedeuteten. Sie waren eine nette Zugabe, über die man mit den Freundinnen viel reden konnte, während meine Kusinen, die Töchter der Pfarrersfrau, nachdem ihre Mutter kontrolliert hatte, daß sie warme, große Unterhosen trugen als eine Art wollene Schutzengel offenbar, den unerwünschten Ballast auszogen und im Garten versteckten. Liebe hatte für sie vor allem mit Schlüpfern zu tun.

Wichtiger, und ein schöner Gesprächsgegenstand Richtung Münster: die Theateraufführung eines Stücks des damals, heute unvorstellbar, populären Max Frisch, in dem ich, im schwarzen, viel zu großen, ungeheuer breitschultrigen Mantel meiner Mutter, eine amerikanische Witwe spielen durfte, die hysterisch am Grab ihres soeben im Krieg gefallenen Mannes weinen mußte. Die erforderlichen männlichen Darsteller, unreife Kadetten, denen wir teilweise in der Tanzstunde begegneten, besuchten die Obersekunda, sie waren ein Jahr älter als ich und meine zwei Mitschülerinnen. Ein todernstes, tragisches Stück. Wir lachten uns während der Proben über das pathetische Zeug kaputt. Gut, daß der Autor uns nicht hörte. Vor allem das sich stets anschließende Zusammensitzen der Darsteller in einer Kneipe erfreute uns. Der sympathische, sehr gut aussehende Deutschlehrer, der um Einsicht in den tiefen Gehalt des Stücks kämpfte, gab regelmäßig nach einer halben Stunde auf und lachte mit uns.

Unsere Eltern waren bei der Aufführung gerührt über das, was wir auf der Bühne schwadronierten. Ausgewählt hatte man mich wegen der Leistungen im Aufsatzschreiben. Ich war bestimmt worden, zusätzlich zwei Freundinnen auszusuchen. Man kann sich vorstellen, wie stolz wir trotz unserer Aufregung waren. Was bedeutete der Kinderkram der Tanzstunde dagegen, wo in den Pausen zwischen Cha-Cha-Cha, Tango und dem gierigen Anpressen der schwitzenden Jungenkörper nur verlegen über Zigarettenmarken geschwafelt wurde!

Der einzige Bittertropfen in Katjas Glück ergab sich durch die frostige Haltung der Mutter vor allem gegenüber der unschuldigen Sophie. Fast schien die alte Frau die Kränkung ihrer mißtrauisch beäugten Schwiegertochter auf diesem Wege zu genießen. Deshalb mochte Katja die Kleine, worauf sie bei der Arbeit an der Tankstelle angewiesen war, nur zögernd der Obhut von Kurts Mutter anvertrauen, auf die der Sohn, wie er beteuerte, eigentlich große Stücke hielt. Wie sollte man das Eis nur brechen?

Dann kam es zur entscheidenden Wende. Sophie erkrankte. Es handelte sich um eine schwere Erkältung, mit der das zarte Körperchen schlecht fertigwurde. Hohes Fieber trat hinzu. Hilflos, in großer Unruhe sah Katja das feurig rote Köpfchen der Kleinen und das Figurieren ihrer Arme in der Luft. Sophie phantasierte und war nicht ansprechbar. Auch der Arzt konnte mit keinem Rat helfen. Da trat in strenger und zärtlicher Energie die erfahrene Mutter Kurts auf den Plan. Was sie eigentlich genau anstellte, um das Kindchen zu heilen, wurde nicht bekannt. Jedenfalls eroberte sie die Patientin im Sturm. Zwischen den beiden, dem sehr jungen und dem recht betagten Lebewesen, mußte ein Funken hin- und hergeflogen sein, der ihre Zuneigung entfachte. Kurts Mutter war es, die Sophie, deren Zustand sich immer bedrohlicher entwickelt hatte, rettete. Schnell zeigte sich eine erste Besserung, die Mutter wachte Tag und Nacht bei dem Kind, das nun ihr Enkel und Besitz geworden war und das sie mit Zähnen und Klauen verteidigt hätte, auch gegen den Tod. Er verschlich sich. Katja und Kurt sahen staunend, ohne Eifersucht dem Wunder zu. Nun war auch Katja aufgenommen in die Familie. Das Herz der alten Frau, aufgetaut und erwärmt, wandte sich ihr zu, bereit zu erkennen, welche prächtige Schwiegertochter ihr Sohn ins Haus geholt hatte.

Es amüsierte mich, wie bescheiden Katja das alles in ihren Briefen darlegte. Ich hörte aber daraus ihre Stimme, die lachte vor Erleichterung. Nun waren sie und Sophie endlich rundum in der neuen Heimat, in der wirklichen und wahren, eingetroffen.

Das einzige Mal, wo Katja und Kurt ihre alte Wirkungsstätte besuchten, war ich zu meinem Schmerz durch einen Schulausflug verhindert. Sie schickte mir ein Foto von ihnen dreien. Es war eine Kostbarkeit für mich. Aber was ist schon ein Foto?

Längst schrieb ich meine kleinen Geschichten, die ich an Zeitungen, kurze Hörspiele, die ich an Rundfunkanstalten schickte. Ich wollte unbedingt vermeiden, daß man mich zuhause dabei erwischte. Unter keinen Umständen sollte jemand aus der Familie meine Wunderwerke lesen oder von meinen Ambitionen wissen. Als Adresse gab ich die meiner besten Freundin an, die mir ohne zu fragen in regelmäßigen Abständen die zurückgeschickten Manuskripte überreichte. Es waren für mich immer sehr peinliche Momente, die mich an solchen Schulmorgen erwarteten. Sie gaben mir zwar ein Gefühl der Überlegenheit, eine so erwachsene Korrespondenz zu betreiben, bewiesen mir aber zugleich meine Unfähigkeit, die Redaktionen zu überzeugen, gleichgültig welche menschlichen Dramen ich furchtlos anging, fern aller Schulaufsatzthematik. Immerhin trafen freundliche, ermutigende Briefe bei mir ein, meist mit dem Hinweis, ich sei ja noch sehr jung. Mich wundert heute, daß mir diese regelmäßigen, ausnahmslosen Enttäuschungen nicht den Mut nahmen.

Ich schrieb in jeder freien Minute. Auch an schönen Sommerabenden, an denen ein Mädchen in meinem Alter mit einem Freund spazierengehen sollte, saß ich lieber an meinem Schreibtisch. Erotische Vorschriften zu erfüllen, auch wenn meine Umgebung es von mir erwartete, hatte ich keine Lust. Ja, wenn ein mich betörender Mann aufgetaucht wäre! Das geschah aber nicht. Ich genierte mich nur insgeheim vor Katja, die schon so früh den Kontakt mit der männlichen Welt aufgenommen hatte und weniger wählerisch war als ich. In ihren Briefen interessierte sie dieses Thema am meisten, und es belustigte sie in schwesterlicher Freundlichkeit, das konnte sie nicht vor mir verbergen, daß ich so zurückhaltend den Männern gegenüberstand. Diesem schönen Mädchen mußte es leichtgefallen sein, die Makel ihrer Gegenspieler zu übersehen, dazu war ihre Neugierde zu groß. Auch jetzt, als verheiratete Frau und Mutter, seien die Angebote, die ihr in der Tankstelle gemacht würden, ziemlich zahlreich. Manchmal sei es heikel, sich ihrer zu erwehren, ohne den Kunden zu vergraulen. Aber sie habe da ja von der Bar her kein schlechtes Training. Ich hörte sie aus dem Brief heraus kichern. Außerdem habe sie den besten Mann der Welt. Von Enrico schieb sie fast nie. Hatte sie ihn vergessen? Nur einmal kam von ihr der Satz: »Nie hätte ich vermutet, daß ich vom Süditalienischen zum Westfälischen überwechseln würde.«

Von Sophie, die unweigerlich heranwuchs, schrieb sie stets liebevoll, aber selten. Sie schickte jedoch öfter ein Foto von ihr, ohne Kommentar. Was ich daran erkannte, war das Folgende: Das Mädchen hatte seinen kindlichen Liebreiz eingebüßt. Der besondere Zauber, der sie als Kleines umgab, war verschwunden. Sie wurde verwechselbar mit vielen anderen Kindern ihres Alters, nein, fast mußte man sagen: Wäre sie doch verwechselbar geworden! Sie war nicht hübsch, weder im oberflächlichen Sinn, noch in einem tieferen. Eine gewisse Nüchternheit, ja Mißgelauntheit sprach aus ihren Zügen und Augen, was an der merkwürdigen Vorwölbung ihres Unterkiefers liegen mochte, die sich während ihrer Entwicklung verstärkte, ich weiß es nicht, ich versuchte, dahinterzukommen, es gelang mir nicht. Man gewann den Eindruck, sie litte an einer unaufhörlich mürrischen Stimmungslage, die ich bei ihrer so heiteren Mutter nie bemerkt hatte. Katja enthielt sich jeden Kommentars. Sie schien sicher zu sein, daß ich mir meine Gedanken machte und ihre Betrübnis über das Aussehen ihrer Tochter nachempfand. Wie eigenartig, daß ein Kind so schöner Eltern, durchmischt mit südländischem Blut, so abwich von den günstigen Vorgaben! Eine gewisse Plumpheit, vor allem um die Hüften herum, das legten die Fotos nahe, kam hinzu. Ihr fehlte jene Grazie, mit der Katja so überreich gesegnet war. An der großen Zuneigung, die Sophie in ihrer Familie zuteilwurde, änderte das nichts. Das schien dem Mädchen zu genügen.

Ein weiterer Nachteil trat hinzu. Es zeigte sich keinerlei spezielle Begabung bei ihr. Allenfalls handwerkliche Geschicklichkeit im Sinne von weiblicher Handarbeit zeichnete sie ein wenig aus. Sie strickte und stickte sehr ordentlich und versah die Familie mit Socken in ungewöhnlichen Mustern. Warum nicht? Warum sollte man sie nicht nach der unbarmherzigen Kindheit im Waisenhaus in Ruhe lassen? Niemand drängte sie. Ihre ärmlichen schulischen Leistungen wurden ohne Vorwurf zur Kenntnis genommen wie ihr Mangel an Charme. Nur ein einziges Mal jammerte Katja noch in ihrem Brief. Dann war das Thema abgeschlossen: »Sie ist weder schön noch intelligent, weder bezaubernd noch begeistert für irgendwas.« Nie hätte ich einen solchen Nachwuchs von Katja und Enrico erwartet. Man ließ sie es augenscheinlich nicht fühlen, und Kurts Mutter hatte sie geradezu kämpferisch in ihr Herz geschlossen: Ein Luftikus wie die Schwiegertochter würde niemals aus dem Kind werden! Es gab eben Mädchen, die das Niedliche behielten wie Katja, und solche, die es verloren, die bodenständigen. Es ist auch möglich, daß Katja mittlerweile im nicht gerade auf Anhieb anziehenden Äußeren ihrer Tochter, in ihrer trotzigen gesellschaftlichen Schwerfälligkeit einen Schutz sah gegen die Anfechtungen des Lebens und die Ursache für die rührende, ausschließliche Anhänglichkeit, die Sophie gegenüber ihr, Kurt und der Mutter an den Tag legte.

Man bot ihr an, in Neapel die Großmutter zu besuchen, in dieser aufregenden Stadt, aus der so viele herrliche Lieder kamen. Falls sie es nicht allein gewagt hätte, wäre Katja, ohne die organisatorischen Schwierigkeiten in der Tankstelle zu berücksichtigen, ihr zuliebe mitgekommen. Sophie lehnte ab. Sie fühlte sich im familiären Nest am glücklichsten, zumal sich für sie günstige Berufsaussichten nach dem Hauptschulabschluß zeigten. Katja hatte es mit einem Kunden besprochen. Sophie konnte, nach einer Lehrzeit und entsprechender Bewährung, als Zuschneiderin von einer bedeutenden Firma für Damenoberbekleidung übernommen werden. Es bestand die Möglichkeit, zuhause wohnen zu bleiben. Das waren für sie ideale Bedingungen, auf die sie frohgemut und ohne Scheu einging. Den Eltern fiel natürlich ein Stein vom Herzen. Katja bemühte sich nach Kräften, dem Mädchen ein bißchen modischen Schliff beizubringen, um ihr den Einstieg zu erleichtern. Das Wort »Enttäuschung« fiel nie. Aus ihren Sätzen sprach auch beim Telefonieren nichts als Verständnis und Zuneigung.

Es ergab sich, daß mein Bruder, der sein Abitur mit Glanz geschafft hatte, für ein paar Tage nach Münster in eine Spezialklinik mußte. Er nutzte auf meine Bitten hin die Gelegenheit, die von mir so geliebte Familie aufzusuchen. Daß ihm der handfeste Kurt gefiel, wunderte mich nicht, daß er Sophie mit der entschuldbaren Arroganz eines gutaussehenden jungen Mannes beurteilte, auch nicht. Allerdings fand er sie im Wesen sehr nett. Das Interessante war für ihn Katja, von der er soviel durch mich gehört hatte. Eigene Erinnerungen an sie waren wenig ausgeprägt. Er sah in ihr begreiflicherweise eine Legende. Seine Vorstellung von ihr stellte sie dar als sehr hübsche, verführerische, etwas leichtlebige Frau, die, wenn sie nur wollte, gewonnenes Spiel mit den Männern hatte. Das alles erregte ihn schon im Voraus.

Er begab sich also so bald wie möglich zu der Tankstelle, die groß und fast elegant auf ihn wirkte. Katja sah er nicht. Als er sich nach ihr erkundigte, winkte man ihn in Richtung eines parkenden Autos im Reparaturbereich. Dort sah er allerdings keinen Menschen, nur zwei Beine in fleckigen Jeans, die unter dem Wagen sichtbar wurden. Er beugte sich zu ihnen hinunter und vermutete, daß es sich um meine blaubeerartige Katja handeln müsse.

Er kniete sich hin, um sie besser zu sehen, und rief sie an. Sofort kam Katja unter dem Auto hervorgeklettert, wischte sich an der Hose die Hände ab und drückte ihm seine Rechte in unerwarteter Herzlichkeit. Sie lachte ihn an. Ihr Gesicht war verschmiert. Es störte sie beide nicht. Tatsächlich identifizierte Katja den jungen Mann, der vor ihr stand. Sie bemerkte auch seine Hingerissenheit. Das erzählte sie mir später am Telefon: »Obschon ich doch meine Haare streng nach hinten gebunden hatte!« Ach, immer noch die alte, eitle Katja, die von jedem bewundernden männlichen Blick zu entzünden war! Daß er sich von ihrem Arbeitszeug nicht beeindrucken ließ, sprach, meinte sie, für seinen guten Geschmack. Der Overall machte sie noch schlanker, gleichzeitig kumpelhaft nahbar.

Sie freute sich über den leibhaftigen Gruß von mir und ließ Auto Auto sein, bot ihm in der kleinen Cafeteria einen Kaffee an, und mühelos kam es zu einem regen Austausch von Neuigkeiten nach so vielen Jahren, für sie versüßt durch den Blick in das begeisterte Gesicht meines Bruders, der vielleicht gar nicht sehr genau zuhörte, wie ich ihm aufgetragen hatte, sondern nur bezirzt von ihrem Anblick die Augen aufriß.

Es sei dieser herrliche Kontrast gewesen, überlegte er später mir gegenüber, eine so schöne Frau aus der Nähe in aller Ruhe anzusehen, aber verschmiert, nach Tankstelle riechend, unbesorgt um ihr gegenwärtiges Aussehen, strahlend vor Freude und Neugier, von uns zu hören, bis sie auf die Uhr sah und bedauernd sagte, sie sei bei einer Terminarbeit. Der Kunde würde das Auto in einer

Stunde abholen. Sie müsse sich ranhalten. Es sei ja überhaupt ein Wunder, daß sie als Neuling mit solchen Aufgaben beschäftigt würde. Großes Vertrauen des Chefs. Sie verabschiedeten sich in bestem Einvernehmen. Bei beiden drängte die Zeit. Kurt und Sophie sollte er bei seinem abendlichen Besuch sehen.

Sophie kochte, was sie im Hauswirtschaftsunterricht gelernt hatte. Man war zufrieden mit ihr und ihrem Möhreneintopf zu Frikadellen. Die nun nicht mehr Kleine freute sich und wurde gleich zutraulicher, was ihr eine gewisse Lieblichkeit verlieh. Das sanfte Rosa ihrer Wangen! Das Leuchten ihrer ungewöhnlich schräg geschnitten Augen, obschon asiatische Einflüsse von beiden Eltern nicht nachweisbar waren! Katja versteckte an diesem Abend ihre Schönheit nicht länger. Sie muß betörend ausgesehen haben. Vergessen waren Overall und verschmiertes Gesicht.

Als seine Mutter für eine Minute das Zimmer verließ, sagte Kurt schnell in die Pause, denn die Mutter sollte durch die Bemerkung nicht gereizt werden: »Eine bessere Frau als Katja hätte ich auf der ganzen Welt nicht finden können.« Diesen Satz unterschlug sie natürlich bei ihrem Bericht, mein Bruder dagegen sagte ihn dreimal und ergötzte sich daran. Tatsächlich war Katja in ihm eine Eroberung gelungen. Und, sicherlich beflügelt vom Wein, erklärte er, er habe sich entschlossen, in Münster Informatik zu studieren. Er suche noch nach einer Unterkunft. Was er wohl heimlich erhoffte, trat prompt ein. Kurt schlug ihm vor, ein Zimmer bei ihnen zu nehmen, gute Verpflegung inbegriffen. Seine Mutter müsse sich ja nun nicht mehr um Sophie kümmern wie vor einigen Jahren. Ihr sei ein neuer Gast sicher willkommen. Ruckzuck wurde man handelseinig. Insofern traf mein Bruder begeistert, ja geradezu außer sich in unserer Familie ein.

Ich hörte das nicht ohne Neid. Aber ich selbst war mit der Schule noch nicht ganz soweit. Außerdem lockte mich ein Studium nicht sehr. Ich wollte endlich genügend Zeit für meine Geschichten haben, auch ohne die geringste Aussicht auf eine Veröffentlichung. Auf jeden Fall würde ich nun zuverlässige Reportagen über meine drei Lieblinge erhalten, falls mein Bruder überhaupt über die beiden Randfiguren Kurt und Sophie Mitteilung machte. Nach abgeschlossenem Abitur, das sich für mich etwas schwieriger gestaltete als für ihn, wollte ich dann endlich selbst für ein paar Tage nach Münster fahren.

Meine Eltern erklärten sich einverstanden. Die Dinge nahmen ihren Weg. Wir alle wurden älter, die Monate vergingen. Katja berichtete sehr zugetan über meinen Bruder. Vielleicht war auch sie, unterhalb ihrer großen Liebe zu Kurt, zur Unterhaltung und Erinnerung an alte Zeiten, in den Jüngeren ein kleines bißchen verliebt? Die Hauptsache bestand für mich darin, daß sie sein Herz verschonte und es ihm, mit seiner geringen Erfahrung, nicht spielerisch zu brechen versuchte. Das hatte Katja auch nicht vor, aber ich warnte sie lieber. Sie mußte nun auch ihre Kräfte sammeln für eine Stärkung von Sophies Selbstbewußtsein. Alles abstrakte Denken wurde ihrer Tochter eine Qual, selbst für eine Hauptschülerin fielen ihre schulischen Ergebnisse bescheiden aus. Um so tüchtiger allerdings erwies sich ihre Geschicklichkeit im Praktischen. Sie war erst dreizehn Jahre alt, als sie in der Bekleidungsfirma in die Lehre kam. Katja mußte ihr täglich Mut machen, sich durchzusetzen. Das ging nicht ohne Tränen ab. Sobald es sich aber um ihre handarbeitliche Eignung drehte, zeigte sich die Abteilungsleiterin voller Lob.

Katja erleichterte das sehr, innerlich jedoch schüttelte sie sich vor Grausen, daß ihre Tochter und die des neapolitanischen Enrico eine so fade Tätigkeit für ihr Leben übernommen hatte. Das Risiko, das Katja nie gescheut hatte, wollte Sophie um jeden Preis meiden. Vielleicht, sagte sich Katja, wird sie eines Tages einen viel älteren Mann heiraten? Man merkte es an ihrer Stimme: Sie hielt es für eine trübe Aussicht, die für sie selbst nie in Frage gekommen wäre. Wer weiß, sie könnte auch eine Frau Ahavzi werden, die mein Bruder und ich in unserer Kindheit so geliebt hatten, Frau Ahavzi aus Hauffs Märchen, die keine Menschen, aber Katzen und manchmal auch Hunde in ihrem Haus versorgt hatte.

Um Sophie mußte sie sich, was deren zukünftigen Beruf betraf, aber keine Sorgen machen. Sie bewies darin weiterhin und zunehmend ein erstaunliches Geschick.

Sorgen machen mußte man sich allenfalls um Katja selbst. Mein Bruder, der sich in seiner neuen Familie äußerst wohlfühlte, konnte Katja, was Kurt schmeichelte, ungehindert anbeten. Nur hatte er in der letzten Zeit Beunruhigendes zu vermelden. Katja war nicht nur ernster, sondern auch dünner geworden, blasser, nervöser. Sie unterbrach ihre Arbeit häufig für Arztbesuche, ohne darüber zu reden. Es schien sie jedoch zu bedrücken, sie lachte weniger als früher, obschon sich das Zusammenleben zu viert, eigentlich zu fünft, glücklich gestaltete. Ich erfuhr das nur von ihm, von ihr kam keine Zeile dazu. Bei einem Anruf erwischte ich Kurt, was sehr selten passierte. Er kannte mich als langjährige Vertraute seiner Frau und benahm sich weniger zurückhaltend als sie. Auch hörte ich seiner Stimme eine Veränderung an. War es ein Kummer?

Nein, sagte er, Katja gehe es zur Zeit nicht besonders gut. Sie kämpfe tapfer gegen ihre Krankheit an, habe sich aber viel zu spät darum gekümmert. Nun sei sie in strenger Behandlung, aber man wisse nicht, was man jetzt noch dagegen tun könne. Fast hatte ich das Gefühl, daß dieser robuste Mann am Telefon zu weinen begann. Er nannte nicht den Namen der Krankheit, und ich wagte nicht, zu fragen. Katja selbst erreichte ich eine Weile nicht. Was konnte es denn Schlimmes sein? Sie war doch noch so jung. Ich verlegte mich also aufs Briefeschreiben. Sie antwortete nicht. Ich selbst steckte mitten in den Abiturkalamitäten, dachte aber an fast nichts anderes als an die angstvollen Sorgen, die man sich in Münster machte. Mein Bruder war als zuverlässige Informationsquelle unergiebig. Es mußte wohl ernst sein. Seine Stimme klang bedrückt, auch zunehmend aufgeregt.

Eines Tages rief Katja an. Sie versuchte zunächst, kleine Witze zu erzählen, es mißlang, und sie brach in Tränen aus.

»Es ist nicht so schlimm. Das Schlimme ist nur, daß es zu spät ist, hoffnungslos zu spät«, schluchzte sie. Dann hatte sie sich schon wieder in Gewalt. »Ich weiß bloß nicht, wie es mit Sophie und Kurt weitergehen soll. Sie brauchen mich doch. Mein Gott, ich habe mich mehr um die Tankstelle gekümmert als um meinen Körper.«

Da nahm ich meinen Mut zusammen und fragte sie direkt. »Es ist Krebs, Brustkrebs im weit fortgeschrittenen Stadium. Es haben sich schon überall Metastasen gebildet. Wir können kaum noch etwas tun. Die vielen Medikamente und Therapien setzen mir zu. Mir gehen die Haare aus. Ich versuche, es mit einer Perücke zu verbergen. Es ist ein Elend.«

Während der Abiturarbeiten mußte ich immer an sie denken. Es erzeugte auch eine gefährliche Gleichgültigkeit in mir: Ich konnte die Schule nicht mehr ernstnehmen, durfte mir aber eine solche Laxheit nicht leisten. Mein Bruder war begabter als ich. Nur in den Aufsätzen glänzte ich als die Beste in der Klasse. Das rettete mich, denn sie wurden damals wichtiger genommen als heute. Sollte ich Katja besuchen? Es war wegen der schulischen Verpflichtungen fast unmöglich. Offen gesagt, fürchtete ich mich auch davor. Ich schämte mich meiner Feigheit und tröstete mich damit, daß ich den Eindruck hatte, Katja selbst wünschte nicht ein Gespräch Auge in Auge mit mir. Wir glaubten wohl beide voneinander, dazu nicht die Kraft zu besitzen. Und doch hofften wir, sie wie ich, auf ein glückliches Wiedersehen. Man hörte doch von Wundern der Heilung, und Kurt versuchte alles, um Katja, die an Fieber, Müdigkeit und Übelkeit litt und neuerdings Morphium nehmen mußte, zu retten. Sie fiel jetzt auch öfter in Ohnmacht. Er vernachlässigte die Tankstelle. Sophie ging offenbar, trotz des Schmerzes durch Katja, tapfer ihren Weg. Sie wollte wohl aus Angst um den einzigen ihr nahestehenden Menschen keinen Sonderplatz einnehmen. Mein Bruder kümmerte sich, worum ich ihn gebeten hatte, rührend um das Mädchen, während Kurt in seinen Jammer, der den starken Mann wie ein Blitz getroffen hatte, vergraben war.

Katja, erzählte mein Bruder, bemühte sich, durch Fröhlichkeit den anderen Mut zu machen, wurde aber nach den erfolglosen Operationen immer schwächer. Man hatte sie jetzt aus dem Krankenhaus in den Kreis der Familie zurückgeholt. Die Umgebung klagte verstohlen, sie nicht.

Es wurde ernst, kein Fünkchen einer Hoffnung zeigte sich mehr. Katjas Tage waren gezählt, und sie zählte sie tatsächlich, da ihr die Ärzte das Maß angegeben hatten, offenbar furchtlos, nur in Sorge um ihre Familie, die sich, nicht gerade erfolgreich, alle Mühe gab, angesichts ihrer Tapferkeit, mutig zu sein.

Ich lebte zwischen meinen Schulprüfungen und den abendlichen Nachrichten meines Bruders, den ich selten so verzagt erlebt hatte. Es war wohl die Hilflosigkeit, zu der die drei Gesunden verdammt waren, die ihn besonders erschütterte. Und doch mußten sie versuchen, auf Katjas heiteres, oft aber schmerzverzerrtes Gesicht unbefangen zu reagieren. Von einem glücklichen Ausgang konnte allerdings keine Rede mehr sein. Katja würde sterben.

Sie verließ uns friedlich. Es war ein Freitagmorgen, an dem sie, von Kurt, ihrer Mutter, meinem Bruder und Sophie umgeben, von uns ging. Sie tat es still. Noch einmal strich sie ihren Lieben übers Haar, mit einem tröstlichen Lächeln im immer noch schönen Angesicht, und schlief ein. Vorher soll sie »Auf Wiedersehen« geflüstert haben.

Mein Bruder weinte sehr, am Telefon konnte er die Tränen nicht zurückhalten. Kurt jedoch, sobald für Katja nichts mehr von ihm zu tun war, verwandelte sich zurück in den Tatmenschen, als den wir ihn kannten. Er weinte nicht, er stöhnte nicht. Seine Miene hatte sich verändert, aber seine Organisationskräfte standen ihm voll zur Verfügung, um seiner Frau die schönste Beerdigung, die man sich nur denken konnte, zu bereiten.

Ich erlebte das. Denn ich mußte mit dem traurigen Umstand fertigwerden, daß ich Katja nach so langer Zeit erst wieder begegnete, als sie tot war. Sie lag unter üppigen Blumensträußen, die bis zu meinem Platz einen wunderbaren Duft verströmten. Auch die gealterte Pfarrersfrau war gekommen und betete am frischen Grab. Vor sich her schob sie im Rollstuhl meinen Großvater, dessen Augen zu Ehren von Katja besonders blau leuchteten.

Katjas Tochter Sophie ging zwischen Kurt und meinem Bruder und schwankte nicht.

5

GRÜNEWALD

»Gut und schön, was du mir da alles erzählst«, sagte Paul, »aber ich würde doch gern zum Schluß auch was Ausgedachtes, etwas, was du dir eingebildet hast, hören.« Mutter starb.

Ohne Stock und Brille gehe ich täglich bei mäßigem Tempo meine Wege ab. In guter Stimmung nenne ich es Ritual, denn es sind immer dieselben Strecken, bei schlechterer Laune heißt es schematische Pflichterfüllung. Ich bin kein Greis. Man darf von mir nicht den weißen Bart der Weisheit erwarten. Auch meine Mutter war, bis zu ihrem schweren Schlaganfall aus heiterem Himmel, noch mit 90 eine geistig regsame, streitbare Person, streitbar um der Übung der dann schneller agierenden Gehirnkräfte willen. Der Gegenstand war ihr nicht das Wichtigste dabei. Vor dem Fernseher saß sie oft, um nicht zu früh am Abend einzuschlafen und Gründe zum Schimpfen zu haben. Ich selbst bleibe im Training durch Schach mit Bruno und dem Computer. Am Abend vor ihrem Unglück hatte ich noch lange mit ihr telefoniert. Sie redete lebhaft wie ein junges Mädchen. Vom nächsten Morgen an konnte sie nicht mehr artikuliert sprechen, zwei Jahre lang, bis zu ihrem Tod. Ich mache mir also nichts vor. Alles hängt am seidenen Faden. Eine erregende Situation, von der die Jüngeren keine Ahnung haben. Sie halten das Alter für einen todähnlichen Stillstand, nur, weil einige Umständlichkeiten des Lebens hinter uns liegen, die Ignoranten. Mir selbst erscheint es so, als wäre mir der

Tod noch fern, obschon ich seit vielen Jahren oft, vielleicht zu oft an ihn denke.

Ich lebe allein. Meine Kinder haben mich aus den Augen verloren.

Ich kann nicht bestreiten, daß ich, wenn auch ohne Bitterkeit, immer noch hoffe, eigentlich von Tag zu Tag, zumindest einer von ihnen würde sich meiner, ihres Vaters, erinnern. Was ich von ihnen erfahre, dringt von weit her und auch nur als Gerücht. Auf eins hatte ich fest vertraut: Zu meinem 90. Geburtstag würden sie kommen! Ich wartete vergeblich. Es ist meine Ruth gewesen, die unsere Familie zusammengehalten hat. Dann starb sie. Zwei waren es, zwei Söhne. Soviel ich weiß, sind sie immer noch als Augen- und Zahnchirurgen in München tätig. Sie verdienen gut und sind sehr selbstbewußt. Dilettanten und Autodidakten verachten sie grundsätzlich und leben in dritter und vierter Ehe. Herzlos sind sie nicht, nur vielbeschäftigt.

Es gibt eine Frau Schmetz, eine gute Seele mit großen Ohrringen, die täglich bei mir nach dem Rechten sieht. Sie versteht sich ausgezeichnet auf Rouladen und Sauerbraten, wie meine Frau. Glücklicherweise reicht mein bescheidener Besitz aus, um mir den Luxus einer solchen Hilfe leisten zu können. Auch ein arbeitsloser Schauspieler achtet ab und zu auf den Garten am Haus, der früher, als ich noch gelenkiger war, in den Sommermonaten mit allen Farben loslegte, besonders mit den schönen Einjährigen, die ich selbst säte und aufzog. Ein Gegengift zum akademischen Betrieb, der mich ausdörrte. Das Grün hielt mich über Wasser. Jetzt gibt es nur noch wegen der geringeren Pflege winterharte Stauden und immergrünes Hartlaubgewächs. Hauptsache, ich sehe ins Grüne. Das Grün ist ein Labsal für mich. Meine Augen, die durch die Operationen wieder tauglich sind, fressen und schlürfen es wie besessen jeden Tag, jede Stunde gierig in sich rein, ohne daß es weniger wird. Wenn mich etwas freut, dann ist es das Grün.

Gar nicht genug kann ich davon haben. Mein ganzes Leben, das ich immer noch als recht kurz empfinde, steckt darin und tritt mir von dort ohne Schwermut entgegen, obschon es nicht ohne Härten und ohne dunkle Punkte ablief. Punkte, die ich nur meiner Maschine, aber keinem leibhaftigen Menschen mitteilen würde. Das Grün freut mich dermaßen, daß ich manchmal darüber alles vergesse. Auch spüre ich im Waldgrün meine Schmerzen nicht, weg sind sie. Das hindert mich nicht daran, die wohltätige Brutalität sogenannter technischer Wunderwerke, etwa das übermächtige Eider-Stauwerk, ehrfürchtig zu bestaunen. Im Wald aber könnte ich mich vor Freude betrinken, tue es aber nicht, weil es überflüssig ist. Ich besaufe mich ja schon am Grün. Auch wenn die Welt unterginge, das Grün darf es niemals. Es muß überleben, auch der Vogelgesang nach Möglichkeit. Und so wird es auch sein. Es ist die Ewigkeit, die hereinbricht, ob im Morgen- oder Abendrot oder im Regen. Meine Augen weiden sich daran, und ich spüre nicht, wie die Zeit vergeht. Spürte ich es, wäre es mir gleichgültig wie vieles.

Zu oft habe ich mittlerweile hier in der Nachbarschaft erlebt, wie es mit dem Säuglingsgeschrei anfing und später sich fortsetzte mit dem Halbstarkenradau und dann mit der plötzlich betroffenen Stille in den entleerten Elternhäusern, bis es wieder von vorn losging mit der folgenden Generation. Und an dem gewissen Mittelmeerstrand, an den ich mit Ruth und den Kindern, später ohne sie, fuhr: Man sah die Männer und Frauen, die ihr opulent biologisches Eheleben fast nackt zur Schau stellten, wie sie im Laufe der Jahre immer sachlicher wurden, schließlich nach den Trennungen als Einzelperson anreisten, auch hier der Biologie gehorchend, so individuell es ihnen vorkommen mochte. Selbst wenn uns das Meer bei Sturm anschrie, merkten sie nichts.

Ist das jetzt die Übellaunigkeit eines eben doch sehr alten Mannes? Wohl nicht, ich empfand es schon so in meinen mittleren Jahren, als ich noch mitmischte.

Ich genieße geradezu die Indifferenz sehr vielem gegenüber. Habe ich mir früher nicht bloß eingebildet, mich würden die Dinge interessieren? Fesselten sie mich etwa tatsächlich aus Herzengrund? Ehrlich gesagt: selten. Das kann ich jetzt zugeben. Natürlich sehe ich mir die Nachrichten an, bin auch Zeitungsleser. Da ich aber den Jammer der Welt nicht zu ändern wüßte, dient er mir zur Unterhaltung. Ich räsoniere mit meinem Freund Bruno und schwätze mit Frau Schmetz darüber. Warum es großspurig diskutieren nennen? Und letzten Endes ist es wohl bei den meisten Menschen, auch den viel jüngeren, nicht anders.

Ich war Literaturprofessor und habe die Literatur, im Gegensatz zu meinen Kollegen mit den vor Ehrgeiz und Intriganz giftigen Hühnergesichtern, wirklich geliebt. Wenigstens dachte ich das. Heute will ich, wenn es hochkommt, nur noch drei bis vier, nein, sagen wir acht bis zehn Dichter lesen. Der Rest ist doch Hokuspokus, wenn man anfängt, ein schärferes Resümee zu ziehen. Niemand wird mir verargen, daß ich mich in neuronalen Netzwerken und Bilderkennungsprogrammen nicht auskenne. Allerdings halte ich Überraschungen noch immer nicht für ausgeschlossen. Nach der Emeritierung quälte mich zunächst, ich will es zugeben, das unproduktive Dasein. Das ist längst nicht mehr so. Mein Leben entspricht meinen schwächer gewordenen Kräften. Es erfüllt mich mit Zufriedenheit.

Frau Schmetz, die mich treu umsorgt und dabei oft ein Liedchen summt, hat rote Haare. Sie würde überhaupt eine gute Maria Magdalena abgeben. Über ihre ältere Vergangenheit weiß ich nichts. Die wird nicht ohne gewesen sein. Immerhin ist sie noch jung genug, daß man es ahnen kann. Wenn ich sie bei der Arbeit beobachte, staune ich, wie wohl und weich geformt doch der Körper der Frauen ist. Ich sehe es gern, wenn sie sich zwischen den Möbeln hindurchschlängelt und mich aus ihren grünen Augen anlacht. Man könnte diese Dinge ja leicht aus dem Blick verlieren, wenn die eigene Frau, Ruth hieß sie, gestorben ist. Vor zehn Jahren ist sie langsam gestorben, dabei war sie wesentlich jünger als ich. Nach der Heirat stellte sich heraus, daß ihr für die Hervorbringungen der Kunst der Sinn fehlte. Dafür aber interessierte sie sich inbrünstig für die Weißdorn-, Jasmin-, Holunderblüte. Warum nicht! Sie geriet, was sie sonst nie tat, selbst angesichts ihrer Kinder und Enkel nicht, außer sich vor Freude. Dann hatte ich sie besonders gern.

Mein Freund Bruno, in meinem Alter, hat Ähnliches erlebt, ich meine, auch er ist Witwer. Ein sympathischer Bursche, aber er hatte während des Studiums irgendwo aufgeschnappt, daß man sich Frauen geneigt macht, wenn man ihnen »Miststück« ins Ohr flüstert. Und weiß Gott, er hatte gerade bei intellektuellen Studentinnen damit Erfolg! Er bestellt seit dem Tod seiner Frau einmal im Monat eine Vergnügungsdame zu sich in die Wohnung. Wegen ihres hohen Honorars hält er sie für Elite. Was genau sie treiben, hat er nicht verraten, was er andeutete, klang ein bißchen riskant. Ich habe ein mulmiges Gefühl dabei, als müßte ich mir Sorgen um ihn machen. Auf was läßt er sich da ein? Er meint, durch die enorme Gage einer bestimmten kriminellen Szene mit ihren eventuellen Gefahren zu entgehen.

Mein Geschmack wäre das nicht. Ich bin längst drüber weg. Nur wünscht man sich gelegentlich, man könnte jemandem ein nettes Kompliment machen oder man würde gelobt und dürfte jemanden in den Arm nehmen, damit man einmal wieder berührt wird und weiß, wie sich das anfühlt auf der Haut. Frau Schmetz sagt mir jede Woche, meist am Freitag: »Herr Professor, was sind Sie doch für ein stattlicher Herr!« Dann streicht sie mir mit forscher Hand über die Schultern, um was Unordentliches auf der Jacke zu korrigieren, und läßt sie zum Schluß einen Moment dort liegen, ein ganz leichter Druck. Das ist nett. Wäre ich zwanzig, ach was, nur zehn Jahre jünger, könnte man auf Gedanken kommen. Nun ja, es ist von ihr wohl als kleine Freude zum Wochenende gedacht.

Trotzdem habe ich das Gefühl, noch nie in meinem Leben, wenn auch auf seltsame, entrückte Weise, so glücklich gewesen zu sein wie jetzt. Es ist ein schwebendes, durchsichtiges Glück, jenseits der unvermeidlichen Körperschmerzen. Womöglich sind die sogar nötig, um durch das manchmal teuflische Beißen und den Fegefeuerhauch dieses besondere Glück, von dem ich früher nichts ahnte, möglich zu machen? So zu denken, gelingt mir natürlich nicht immer. Wird das Stechen zu schlimm, fluche und verfluche ich es.

Was mich außerdem sehr freut, auch das viel stärker als früher, sind zarte Kindergesichter, Blütengesichtchen. Wer hätte das gedacht! Frau Schmetz bringt ihren kleinen Sohn mit in mein Haus. Sie wüßte sonst nicht, wohin mit ihm, und mein Vergnügen an ihm ist noch weitaus größer, als ich mir anmerken lasse. Noch nichts Gesellschaftliches hat an den Zügen gefressen, alles ist sanft, vertrauensvoll. Ein schrecklich empfindliches, leider wohl vergängliches Wunder. Könnte man es doch bewahren! Nein, nein, das schafft niemand. Es ist der häßliche Lauf der Dinge. Aber noch darf ich die arglose Süße meines Engels mit Namen Arya studieren.

Sein Vater ist Perser. Die Mischung macht ihn wohl so unwiderstehlich. Wenn ich ihm das Köpfchen streichle, das Köpfchen, das noch keine Geheimnisse vor den Erwachsenen hat und gerade deshalb so geheimnisvoll ist, erschrickt er nie über meine knotigen, kalten Hände, und mir wird es heiß um das kühle, erstaunte Herz herum. Man bekommt, wenn man den Kleinen unauffällig betrachtet, nicht nur ein schlechtes Gewissen vor soviel Unschuld, sondern auch eine Ahnung von irgendetwas. Von einem besseren Stern? Erstaunlich, daß die abgedroschenen Menschen in ihren Betten so etwas immer wieder zustandebringen, unverdient. Ob Frau Schmetz, die ihr Kind sehr liebt, es spürt? Sicher bin ich nicht. Sie ist im Umgang mit dem Söhnchen so allezeit munter, ohne Erschauern.

Ich will mich nicht betrügen. Seit geraumer Zeit läßt mein Gedächtnis, das ein ausgezeichnetes gewesen ist, nach. Es schmerzt mich, ich meine eigentlich nur: Es ist mir lästig. Ich kann mich nicht mehr felsenfest auf diesen treuen Helfer verlassen. Es gibt schwarze Löcher, ein Taumeln der Tatbestände, etwas Verschleiertes, einen Nebel, der mal hierhin wabert, mal dorthin. Manches weiß ich gerade eben noch hundertprozentig, im nächsten Moment springt es weg und umgekehrt. Man muß lernen, es nicht als Demütigung zu empfinden. Uns allen widerfährt es ja irgendwann.

Auch ist die Entschädigung beträchtlich, ja phantastisch: Man vertieft sich zum ersten Mal richtig in die Dinge und erwittert einige Augenblicke lang in so einem Kindergesichtchen, noch gar nicht ganz auf Erden angekommen, etwas Rätselhaftes, ich nenne es ein bißchen hilflos so, nenne es so zur Not. Denn es spricht ja deutlich zu uns, nur nicht in Worten. Deshalb ist es so überwältigend. Dann ist es sogar meiner kleinen gestreiften Katze überlegen, die mir so wichtig erscheint wie Frau Schmetz. Die Bürschchen dürfen es keinesfalls wissen, aber es ist, als wäre in seinen noch kaum ausgebildeten Zügen der Sinn von allem ausgesprochen, zumindest angedeutet.

Außerdem zeigt sich jetzt die Kraft des Vergegenwärtigens. Warum sollte ich irgendwohin reisen, wo ich schon war oder einmal hinwollte? Ich kann es mir jederzeit vor die Augen holen, so sehr, daß es mich vollständig umgibt, ob Stadt oder Meer, ich glaube, sogar intensiver als damals, ohne Einschränkung durch dumme Zufälligkeiten.

Nun gut, die unleugbaren Attacken des Gliederreißens und von Schlimmerem: Früher dachte ich, was sitzen die alten Leute so geistlos auf den Bänken und starren vor sich hin? Mittlerweile weiß ich es besser. Sie genießen die Pause, in der sie ohne Schmerzen sind. Für eine Weile befreit von ihren Leiden, sind sie versunken ins Glück der Schmerzlosigkeit.

Vor 15 Jahren habe ich die erste künstliche Hüfte bekommen, vor 10 Jahren die zweite. Na und? Der Tierarzt Funke hat sie schon mit 62 gekriegt und es mir lachend erzählt. Darüber hinaus sind nur meine Zähne und die Augenlinsen nicht echt. Das schickt sich so in meinem Alter.

Als ich 90 wurde, gab es noch einmal ein ganzes Büschel von Ehrungen. Ich zähle sie nicht auf, habe auch die Belege gar nicht erst aufgehoben. Verraten habe ich es nicht, aber wenn die wüßten, wie mir undankbarem Menschen das alles null und nichtig war! Die Urkunden von früher modern im Keller, die Orden habe ich verlegt. Ich frage mich nämlich, was sich die Großen der Prominenz und die Völkerchefs mit ihrem Glanz und Ruhm eigentlich einbilden. Wie schnell das verweht! Wer ist denn gemeint mit meinem Namen, der so eilig von der Erdoberfläche wegstäuben wird für immer? Und müssen die Staatsbosse denn nicht auch bald sterben? Bald oder ein bißchen später? Das gilt auch für die, die sich stolze Häuser, gar Paläste bauen. Für wie kurze Zeit zählen denn Prunk und Schönheit? Sie tun so, vor sich und der restlichen Welt, als hätten sie unermeßlich viel davon und sitzen in Glorie und Machtfülle, behaglich wie der Schweinebraten in der Soße, Männer und Frauen gleichermaßen. Aber eins ist sicher: Der Braten wird gefressen werden! Ist es nun ein Fluch oder ein Segen, daß ich an allen Dingen ihre Flüchtigkeit wahrnehme?

Ihre Angst verstecken sie vor sich und der restlichen Welt. Aber sie existiert, bestimmt, die Angst, nachts.

Auch ich spüre, wenn auch selten, eine Art Furcht oder immerhin eine Beunruhigung. Erst wenn ich mich auf mein wirkliches Ich besinne und auf mein Grün, verfliegt sie. Mein wirkliches Ich, so will ich es zur Not nennen. Es besteht ein merkwürdiges Drängen in mir, es wütet in mir, es rast. Schon beim Aufwachen geht es los, über alle Etappen des Tages hinweg: Ich wünsche mir, daß das, was gerade abläuft, vorüber ist, egal, ob angenehm oder unangenehm. Es soll vorbei sein, das Nächste soll kommen und dann wieder das Nächste. So läuft es bis zum Einschlafen ab. Da denke ich dann schon daran, daß die Nacht, die mir oft nichts Gutes bringt, aber doch allabendlich die schöne vergebliche Hoffnung auf Schlaf, nicht endlos dauern möge, ab fünf Uhr in der Frühe warte ich auf einen akzeptablen Zeitpunkt, das Bett zu verlassen. Es liegt etwas Mörderisches darin, eine Weltverringerung. Ich will es nicht und weiß es nicht besser.

Selbst im Mai ist es jetzt so. Früher hätte ich am liebsten jeden Tag in diesem allerschönsten Monat festgehalten, und es erbitterte mich, wie die Tage davonbrausten und alles aufblühte und sich im Nu wegschlich. Die herrlichsten Wochen im Jahr rannten in Windeseile davon.

Und was ist mit dem gegenwärtigen Glück? Widerspreche ich mir?

Ruth hatte es mehr mit den Düften und Gerüchen. Im Mai, wenn überall der Weißdorn blühte, war sie ganz verrückt danach, die Gute. Ich schenkte ihr im Winter oft Parfüms. Das von Frau Schmetz ist offenbar ein viel billigeres. Manchmal denke ich an Ruth in ihrem grünen, ärmellosen Sommerkleid. Und wie erschnupperte sie im Juni durch die Hecken hindurch bei unseren Abendgängen Rosen und Jasmin! Klapp, klapp machten ihre Absätze.

Das will ich alles zurücklassen und mich allein auf das beschränken, was mir die tiefste Freude macht.

Es gibt nämlich etwas durch mein ganzes Leben hindurch, nicht als kontinuierlich roten Faden, ich habe es zwischendurch oft fast vergessen, aber es ist immer wieder aufgetaucht, ist mit Macht aus dem Gedächtnismeer gestiegen, und aller Existenzschabernack und Kulturschnickschnack wurde schäbiger und schäbiger, während der große Meister ungemindert, nein, noch unvergleichlicher als je vor mir erstand. Ich habe schon gedacht: Vielleicht bin ich allein geboren, um seine Bilder anzusehen mit meinen jungen und meinen alten Augen.

Zwischendurch, als meine Augen weder jung noch alt waren, sah ich, anders als in der Kindheit, böse auf zum Himmelsblau, das ich einmal so liebte, denn ich wußte jetzt, daß Gott gar nicht darüber oder darinnen wohnte. Wie niederträchtig hatte man mich betrogen!

Für immer dahin die Stunden, in denen ich am Meer und im Gebirge, auch am Waldrand, umsprenkelt von Licht, auf dem Rücken lag und stundenlang in dieses Azur starrte! Am besten war es, wenn ein weißes Wölkchen oder die schmalen Föhnfische oder die dicken norddeutschen Wolkentürme im tiefen Blau standen. Da konnte man wahrhaftig außer sich geraten, ein Zustand, in dem man kaum wußte, ob man lebte oder schon in eine Ewigkeit entrückt war. Mit Frömmigkeit hatte das wenig zu tun. Ich dachte gar nicht das Wort »Gott«, ich wußte nur, alles an mir wußte es, daß er direkt über dem Blauen, unsichtbar zwar, nicht als Gestalt, aber spürbar und andrängend in seiner Gegenwart, in seiner feurigen Masse und Kraft wogte und seinen Blick auf mich und die Welt richtete. Ich spürte ihn durch das Blau hindurch, und deshalb, wegen dieser Durchdringlichkeit und Durchsichtigkeit, war es das Schönste auf der Welt, kein anderes Vergnügen konnte sich mit diesen stürmischen Festen messen. Mein Herz fühlte sich dann so riesig wie das Universum, in das ich hineinsah, von dessen rasendem Sternenstaub und intergalaktischen Partikelchen ich noch nichts ahnte.

Dann wurde ich älter, und von allen Seiten versicherte man mir, meine Empfindungen seien kindisch, seien eines Erwachsenen, falls ich der jetzt sein wolle, unwürdig. Nun sei die Zeit für ein wissenschaftliches Denken gekommen. Kein Platz für meine hübschen Träumereien mehr. Was bot man mir an im Gegenzug? Formeln, die meinen Verstand hell entfachen sollten. Nichts, nichts im Vergleich zu dem, was man mir geraubt hatte.

Mein Verlust, meine Trauer waren ungeheuerlich. Auch die ersten Mädchengeschichten konnten mich nicht darüber hinwegtrösten. Zwar spielte ich mit, aber was ich mit ihnen erlebte, reichte nicht im Geringsten an das heran, was an Freuden hinter mir lag. Der Himmel war, je nachdem, eine blau angestrichene Bretterdecke oder eine bodenlose, blöde Leere, die mit toten Flammenkörpern glotzte und sich nicht für mich interessierte, mich nicht einmal wahrnahm. Ich war also der Wahrheit, der fürchterlichen Einsamkeit des Menschen ausgesetzt, gegen die nichts, auch kein angeblicher Heroismus oder dergleichen nutzt. Das sind nur Schönrednereien, mit deren Hilfe man den Kopf hochhalten soll. An solcherlei Unfug zu glauben war erlaubt, sogar verlangt. Niemand nahm Anstoß daran. Es galt als zeitgemäße intellektuelle Haltung. Aber in der Nacht, der pechschwarzen, half es da?

In Australien, wohin mich meine klugen, weitsichtigen Eltern als Dreizehnjährigen, den man, wie sich später zeigte, mitten im Krieg eingezogen hätte, in die Obhut von Verwandten schickten und dadurch vor Grauen und Schuld des Dritten Reiches bewahrten, gewann ich ohne Mühe Freunde. Die spektakulären Naturschönheiten des Landes wurden mir im Laufe der Zeit alle vorgeführt.

Ich war allmählich eingetroffen in der richtigen Welt. Ich tat beeindruckt, ohne es zu sein. Sollte ich mir meinen Jammer über einen in alle Himmelsrichtungen zugenagelten Kosmos eingestehen, da konnten sie noch so schwärmen von unendlichen Ausdehnungen in die Monotonie hinein? Ich wollte mir den anderen und mir selbst gegenüber nichts anmerken lassen, denn ich wußte ja nicht mehr, wohin. Die Fluchtwege waren gekappt. Ich biß die Zähne zusammen und warf meinen Kopf gegenüber dem trügerischen Himmel stolz in den Nacken, ein gesellig lachender, todtrauriger Held auf wackeligen Beinen vor dem Nichts und der Dinglichkeit.

Dann wurde ich von Jahr zu Jahr vernünftiger. Ich vergaß meinen Kummer und tummelte mich einigermaßen fröhlich mit den Kameraden. Ich war ja beliebt, besonders tüchtig im Tennis und vor allem ein furchtloser Taucher, den die Unterwasserwelt der australischen Küste natürlich euphorisierte. Die wenigen bitteren Momente, seltene, sekundenlange Rückfälle nur, zählten nicht. Ich versuchte, mich an Lichtjahren und dunkler Materie zu berauschen. Es gelang mir gut, nur hatte ich zuvor ein Glück kennengelernt, an das nichts heranreichte. Das machte den Mangel aus, über den ich mich mit einigem Erfolg hinwegtäuschte. Zu meinen früheren Andachten fehlten mir jetzt Einfalt und Nerven.

Meine Mutter, die zum Abschied heftig weinte – mein Vater, den ich nicht wiedersehen sollte, verzog keine Miene –, hatte mir aber einen kleinen Klappaltar mitgegeben, als eine Art europäischen Talisman in ihrer Vorstellung wohl. Es handelte sich um ein Pappmodell des Isenheimer Altars. Ich fand ihn eigenartig, fast ein bißchen lächerlich, weil er mich an eine Puppenstube meiner Kusinen erinnerte, aber das Auferstehungsbild, auf dem mich schon als junges Kind in einem Buch oftmals der Mann, in seiner Weißgesichtigkeit eher häßlich, direkt angeblickt hatte, unausweichlich Auge in Auge, das studierte ich manchmal vor dem Einschlafen, dem setzte ich mich aus, in Australien auf dem Pappaltärchen, trotz der Wüsten und Korallenbänke, der Aborigines und der Känguruhs, die oftmals zu Tode gefahren auf den Straßen lagen. Das weiße Gesicht sah mich an, wie ich es einstmals von Gott über dem Blau vermutet hatte. Meine lästigen Anwandlungen von Schwermut ließen dann eine Weile nach.

Jetzt fielen in Deutschland Bomben aus dem Himmel. Es war ein sehr ferner Schrecken. Noch lebte aber meine Familie.

Außer Schule und Sport gab ich mich den üblichen Zerstreuungen hin wie alle. Nach den letzten Kriegstagen, in denen mein Vater wegen Defätismus erschossen wurde, packte ich sofort die Koffer und fuhr zurück zu meiner im Kummer gealterten Mutter, die bis zum Schluß ein greises Judenpaar versteckt hatte, fuhr in ein zerstörtes Land, an das ich mich kaum noch erinnerte. Einige meiner Mitschüler waren gefallen, mein Freund Franz vor Stalingrad erfroren. Erst da begriff ich beschämt, wie sehr mich das Schicksal geschont hatte. So schnell wie möglich begann ich mit dem Studium, durchweg begeistert von den Abenteuern mit der Literatur. Als Privatdozent lernte ich meine zukünftige Frau kennen, die hübscheste Studentin weit und breit. Daß die lebhafte, wißbegierige Ruth nach der Geburt unseres zweiten Kindes so rundlich werden würde, konnte niemand ahnen. Es störte mich nicht, wir verstanden uns jederzeit gut und liebten unsere Söhne, ohne daß mich allerdings der Zauber der Kleinen damals so hingerissen hätte wie heute der des Kindes von Frau Schmetz, wenn es mit ihren großen Ohrringen spielt.

Ich hatte also Glück, eine gesunde Familie, eine ungewöhnlich baldige Ernennung zum Professor. Trotzdem suchte mich ab und zu eine merkwürdige Stimmung heim. Sollte ich es Depression nennen? Atemnot? Das grundsätzliche Fehlen eines fortreißenden Ziels? Ich sprach mit niemandem darüber, da ich einerseits glaubte, kein Recht auf solche Anflüge zu haben, andererseits meine Umgebung nicht gerade verachtete, aber doch nicht begriff, daß sie das Klaffen dieses Mangels in ihrem Dasein nicht von Zeit zu Zeit bedrückte. Spürten sie ihn nicht? Lenkten sie sich von ihm ab, sobald er drohend am Horizont auftauchte, eine Beklommenheit, ein Riß, eine Wunde, die alles in Frage stellte, den Boden, auf dem man stand, Beruf, Frau und Kinder, die Freuden des Lebens?

Obschon ich nun ein gestandener Familienvater und ein beliebter akademischer Lehrer war, ertappte ich mich gelegentlich dabei, wie als Zehnjähriger in den Himmel zu starren, jetzt mit der zehrenden Hoffnung, die alte Gewißheit zu spüren: Es sieht dich von dort oben eine unsichtbare, dir zugeneigte Macht an. Du, genau du bist gemeint! Flüchtige, geheime Anwandlungen, nichts für Ruth, nichts für Bruno. Danach schüttelte ich den Kopf und lachte mir, wie soll ich sagen, bitterlich eins. Der Traum war endgültig und offenbar ersatzlos ausgeträumt und ich im Stich gelassen.

Meinen alten Klappaltar hätte ich den Söhnen schenken können. Ich ließ es lieber, dafür gab es verschiedene Gründe, die ich mir gar nicht erst eingestehen wollte, gute und weniger gute. Ich war nie neidisch auf die Jugend, mein Lebtag nicht, denn ich kannte sie zu gut von innen und vergaß es nicht. Ich beneidete diese beiden intelligenten Wesen nur um ihren dummen Optimismus. Sie steckten in einer undurchdringlichen Politur. Jeden Zersplitterungsversuch hätten sie verständnislos zurückgewiesen. Recht so, ihr tatkräftigen Sprößlinge, ihr Mediziningenieure mit euren Karrieren, Häusern, Frauen, Kindern! Wenn euch wirklich nichts fehlt in der Stille der Nacht und die junge Neue an eurer Seite seelenruhig schläft: Bitte schön!

Weg damit. Ich weiß ja kaum was über die zwei. Das betrübt

mich gelegentlich. Ruth verlor, als die Kinder da waren, jedes Interesse an ihrem ehemaligen Studium, führte aber mit Eifer stets ohne Kommentar Korrekturen an meinen wissenschaftlichen Arbeiten durch. Als unser Nachwuchs das Haus verließ, begann sie mit ganzer Energie auf dessen berufliches Weiterkommen und auf Enkel zu hoffen. Wären wir wohl glücklich, ich meine, noch glücklicher gewesen, wenn sie in ihrem besten Alter zur, sagen wir einmal, Reputationsgewinnung neben der Mutterschaft eine Berufstätigkeit aufgenommen hätte?

Ich wundere mich selbst: Auf jeden Freitag, wenn Frau Schmetz ein Weilchen ihre Hand auf meiner Schulter liegen läßt, freue ich mich. Kürzlich hat sie mir, sie weiß das wohl von ihrem Perser, Weltraumbilder der Nasa im Internet gezeigt. Vor dem dunklen Abgrund schwebte, Millionen Lichtjahre von uns entfernt, ein mißglückter Pfannekuchen. Angeblich handelte es sich um eine Ansammlung von hunderten von Galaxien. Ich habe ihr Parfüm gerochen. Meine Nase tut es noch. Wir lachten herzlich über das schrumpelige Weltalldings. Hinterher fragte ich mich, ob man sich über das Aussehen der Sterne im Weltraum amüsieren darf.

Noch über ein Zweites wundere ich mich. Lange Zeit habe ich auf dem Isenheimer Altarbild des Auferstandenen gar nicht das Geschehen wahrgenommen, nur das durchstrahlte Gesicht mit den Augen und den Lippen, auch nicht die kleinen, schwach leuchtenden Sternenkörper im All. Ich sah es auch später, als ich mich oft damit beschäftigte, nie allzu lange an. Ich wollte es nicht abnutzen und stellte es mir lieber mit geschlossenen Augen vor. Eigentlich sind es ja nur zwei schwarze Punkte, die der Maler unter die Stirn gesetzt hat. Aber mit welcher Macht! Zwei Punkte in der Helligkeit nur, die mich aber durchbohrten. Das schreckliche Hautbrennen läßt dann auch heute noch nach.

Staunen kann man ebenfalls darüber, welchen Einfluß die Künstler einmal auf den Glauben der Menschen hatten. In der Bibel sind die Szenen, um die es geht, ganz lakonisch geschildert. Die Maler machen große Ereignisse daraus, mit Einzelheiten, die sie sich ausdachten und die uns ergreifen. Die Leute glaubten in Wirklichkeit nicht der Bibel, sondern den Gemälden. Bei Grünewald ist es jedoch so, daß er das alles nicht erfunden hat. Ja, das glaube ich fest. Er hat es gesehen, nein, nicht gesehen: geschaut! Der Geist ist ohne Rücksicht auf seine arme Menschlichkeit in ihn gefahren und hat mit ihm gemacht, was er wollte. Anders ist es nicht vorstellbar.

Darum ist auch die Gewalt seiner Werke nach wie vor so überwältigend, da können die Kunsthistoriker das Ganze noch so sehr verweltlichen, damit es in unser Jahrhundert paßt. Für sie ist es ein Triumph der zeitgenössischen Wahrheit, der Sieg des Säkularen, wenn sie das Bild aus seiner, wie sie meinen, beschränkten Religiosität befreien können, wenn es die dumme Frömmigkeit und Transzendenz überdauert. Dann ist es erst ganz groß in ihrer Vorstellung. Sie merken nicht, daß sie es sind, die das Kunstwerk kastrieren. Stattdessen ergehen sie sich, gerade bei Matthis, in schwülstigsten Beschreibungen, wohl als Ersatz für das Sakrale. Oft ist ihre diesbezügliche Zügellosigkeit gar nicht auszuhalten, nicht zu ertragen ist ihre Zuchtlosigkeit im schwelgenden Deskriptiven. Wollen sie es dem Maler gleichtun? Sollten sie so töricht sein?

Und noch etwas. Damals, als das Publikum den Bildern noch glaubte und sich das biblische Geschehen danach vorstellte, Gott und die Heiligen, da hatten die Leute es leicht. Jetzt ist ihnen allzu klar, daß es sich um Fiktionen der Künstler handelt, und nun ist ihnen alles nichts anderes als Fiktion. Niemand hat behauptet, Gottvater würde weißbärtig die Erde umkreisen, aber sie schütteln spöttisch die Köpfe, auch Bruno, auch Frau Schmetz, auch meine Söhne, als sie mich noch kannten. Daß Gott eine solche Figur sein soll wie vor Jahrhunderten gemalt! Das sei alles Schamott und Tinnef und übrig sind bestenfalls Farbe und Form auf den Gemälden als schöne Kunst.

Sind die jüngeren Leute deshalb so gierig nach Science Fiction, gemischt aus Hochtechnik und kindischen Aufgüssen aus der Sagenwelt, weil sie einem unausrottbaren Bedürfnis unwillkürlich nachkommen müssen?

Frau Schmetz hat mir von den Blumen bei Aldi erzählt. Dort stehen die schönsten Pflanzen in Gestellen und vertrocknen. Keiner kümmert sich um sie. Weil sie den erbärmlichen Anblick nicht ertragen konnte, hat sie schon zweimal die Angestellten darauf hingewiesen. Die Regale seien fürs Gießen nicht vorgesehen. Was nicht verkauft werde, werfe man weg, antwortete man ihr in freundlicher Kaltschnäuzigkeit.

Als sie ihre liebe Hand auf meine Schulter legte, machte sie ein unglückliches Gesicht. Das war neu an ihr. Ich sah es gespiegelt in der Fensterscheibe und hatte nicht den Eindruck, es würde mit den Aldi-Blumen zusammenhängen. Was wird es sein? Der Kleine reibt manchmal sein Köpfchen an meinem Knie wie eine Katze. Wie gut das tut! Ich wünschte, ihn würden in seinem Leben auch solche Augen bewachen wie mich die auf dem Bild.

Zum ersten Mal bin ich vor rund 60 Jahren mit Ruth ins elsässische Colmar gefahren. Es war ein schwüler Julitag. Abends gab es ein wildes Gewitter, dem wir vom Hotel aus zusahen. An was ich mich noch präzise erinnere, ist die große Stille im Raum mit dem Altarbild. Die Menschen saßen stumm auf den Bänken und rührten sich nicht, kein einziger tat es, obschon es ja nicht verboten war. Alle schienen erschlagen zu sein von der Wucht der Kreuzigung und der Tatsache, daß sie nun endlich das Original betrachten durften. Ich weiß nicht mehr, ob ich das Auferstehungsbild wirklich gesehen habe. War das überhaupt möglich? Wir durften schließlich die Altarflügel nicht aufklappen, um die Innenseiten anzusehen. Und doch kommt es mir so vor, als hätte ich damals während des gesamten Aufenthalts in dem Raum das Gesicht des Auferstandenen als Teil der 2. Schauseite und nicht das zu Tode erschöpfte des Gekreuzigten vor mir gehabt.

Natürlich hatte ich mich etwas vorbereitet. Mir war also bekannt, daß der Altar, fortschreitend von den Außenflügeln bis zum Schrein zwischen 1513 und 1515 entstanden war und die Kreuzigung zwischen den geschnitzten Figuren als erstes Bild gemalt wurde, dann deren Rückseiten, die Verkündigung und die Auferstehung, dann die Geburt und das Engelskonzert als Mittelbild, schließlich die beiden Seitentafeln mit den zwei Szenen aus der Antoniuslegende, die den plastischen Schrein umrahmen. Die Predella mit dem vom Kreuz genommenen Jesus, wurde, so nimmt man an, zum Schluß gemalt.

Ruth zeigte sich beeindruckt, aber wir sprachen kaum darüber. Ich weiß nicht, was sie wirklich dachte oder empfand. Mir selbst war klar, daß ich dem größten Werk von Menschenhand, das alle rein künstlerischen Mittel und Maßnahmen weit übersteigt, gegenüberstand und daß ich es niemals vergessen würde. Soll ich sagen, es drang in mich ein? Baute es sich nicht vielmehr in mir auf wie aus unerschütterlichem Stein?

Frau Schmetz, der ich Abbildungen zeigte, schnitt ein ehrfürchtiges Gesicht, aber ich merkte gleich, wo, genau wie bei Ruth, ihr eigentliches Interesse lag: im Biographischen. Das ist wohl bei den meisten Leuten so. Ich selbst beschäftigte mich erst viel später, erst nach dem zweiten Besuch in Colmar, ein bißchen mit dem Leben Grünewalds. Wenig ist verläßlich, die Biographen, auch wenn sie sich alle auf den frühesten, Sandrart, beziehen, widersprechen sich. Es gibt da offenbar eine Art Wettbewerb der Besserwisser, da die sicheren Zeugnisse so spärlich sind. Grünewald war nicht geschäftstüchtig genug, um aus seiner Existenz zu Lebzeiten eine Legende mit aufregenden Spuren zu machen, sondern, so die durchgehende Vermutung, anders als seine Kollegen Dürer, Holbein, Cranach, ein bescheidener, zur Melancholie, jedenfalls Nachdenklichkeit neigender Mann, kaum erfahren in Gelddingen, allerdings des öfteren verwickelt in Prozesse und Verschuldungen. Bei seinem Tod wurde er noch von einigen wenigen gerühmt, dann 400 Jahre lang fast vergessen. Sein Hauptwerk schrieb man eine gewisse Zeit Dürer zu. Das zu wissen genügte mir lange Zeit. Das Weitere sollten die Spezialisten austüfteln. Was ich wissen mußte, wußte ich aus seinen Bildern. Wie gleichgültig war mir, wie er nun wirklich hieß, der vermutlich aus Würzburg stammende Einzelgänger, Maler, Wasserkunstmacher, Farbenhersteller, Seifensieder, der Meister von Aschaffenburg: das Genie Mathis Gothart Nithart, Grün oder Grünewald, Matthäus, Matthes oder Matthias, um nur einige der Notnamen und Verwechslungen bis hin zum möglichen Doppelgänger zu nennen. Keiner der Namen ist gesichert. Unbegreiflich aber, daß nach all den Unglücken und Auslöschungen, die seinen Werken zustießen, die Tafeln des Isenheimer Alters so vollständig überlebten! Ein ganzer Altaraufsatz war, von den Schweden im Dreißigjährigen Krieg wegtransportiert, bei einem Schiffbruch im Baltischen Meer untergegangen. Sandrart hat ihn noch in Fragmenten gesehen und euphorisch gepriesen. Ich aber frage mich bis heute: Was kann der Sinn sein? Ein großes Kunstwerk wird gemalt und verschwindet dann für immer.

Eigentlich forsche ich, so gut mir das möglich ist, nun in seinem Leben nur deshalb noch ein wenig nach, um der rundum so netten Frau Schmetz etwas Stoff zu liefern für unsere kleinen Ausflüge in ihrem Auto zum Waldrand, damit ich mich dort am Grün, an der unentwegt schaffenden Fabrik des Pflanzlichen von Herzen sättige. Das sind immer Festtage für mich. An ihrem molligen Arm wandere ich vorsichtig zwischen den Bäumen. Am schönsten sind die Hohlwege. Beim Hochsehen ist oben, gegen den Himmel gesetzt, das Grün bei Sonne golden. Wenn nur neuerdings nicht das traurige Gesicht wäre! Frage ich einmal vorsichtig, wie es ihr geht, sagt sie schnell: »Gut, gut.«

Ich habe also nicht verlangt: »Frau Schmetz, sehen Sie sich doch bitte ein einziges Mal gründlich die Gemälde an«, sondern ihr dort draußen, zwischen Moos und Farn die spärlichen Fakten und wilden Vermutungen zu Grünewalds Leben berichtet. Dabei ist mir einmal flüchtig durch meinen alten Kopf gegangen, daß sie ja »Frau Schmetz« heißt und keinen persischen Namen trägt. Aber auch danach kann ich nicht so einfach fragen, ohne sie vielleicht zu kränken. Ob ihr Kummer nun so plötzlich damit zusammenhängt? Nach so langer Zeit? Der Junge ist doch drei, vier Jahre alt.

Viel lieber hätte ich ihr, wie kaum jemandem sonst, von jenem durchscheinenden oder durchschienenen Gesicht erzählt mit seinem spöttischen Lächeln und den frontal zustoßenden, unausweichlichen Augen über dem schwebenden, verjüngten Leib, der die blutigen Verletzungen der Kreuzigung als strahlende Juwelen zeigt, jedoch die Beine mit den Wundmalen schräg im Durchgleiten der Luft, dem Felsgestein entwichen, für einen Moment erstarren läßt und am Ende der ausgebreiteten Arme die Hände nach innen biegt. Sie sind kein Schrei mehr gegen die unbarmherzige Welt und den stummen Himmel, im Gegenteil. Jetzt sehe ich die überaus sanfte Andeutung und auch schon Fixierung einer Kreisbewegung, die über die Figur weit hinausreicht und vor dem uferlosen Kosmos dessen Abgrund als Gerundetes beschwört. Ist das nicht Teil seiner Botschaft? Es sind nicht nur die Augen, die mich ansehen, es sind auch die Wunden, trotz der Verklärung. Und dann vor allem dies: Die Aureole um den Auferstandenen ist ein großes Schild, ein Halte- oder auch Warnzeichen. »Ohne mich«, sagt es, »stürzt du ins Nichts.«

»Mit mir, der für euch Menschen noch so eben verbindlichen Gestalt, wenn sie auch als das hier Abschied nimmt, öffnet sich, da ihr den reinen Geist nicht denken könnt und ihn deshalb lieber leugnet, die Ewigkeit.«

Das begreife ich von Tag zu Tag mehr.

All das sagte ich nicht, sah aber, als die Bluse von Frau Schmetz eine Sekunde lang am Ausschnitt über ihre Schulter rutschte, was sie schnell rückgängig machte, auf ihrer Haut einen auffälligen schwarz-blauen Fleck, der offenbar noch tiefer reichte.

Ich ließ mir meine Entdeckung nicht anmerken, es ging mich ja auch nichts an, aber ich versuchte sofort, durch meine Erzählungen, die sie vielleicht jetzt gar nicht hören wollte, unsere Verlegenheit zu überbrücken, denn mein Blick auf den Bluterguß war ihr nicht entgangen, und es rührte mich sehr, daß sie im Schrecken über die Enthüllung ihre Hand kindlich und überflüssig eine Weile, um sie nachdrücklich zu verbergen, auf die inzwischen ja schon durch den Stoff verdeckte Stelle preßte.

»Natürlich hat dieser Maler, gerade weil er so zurückhaltend und, außerhalb seiner Kunst, bis auf Verträge, Mahnungen, Geldforderungen keine Zeugnisse hinterließ, nichts Schriftliches von seiner Hand, die Wissenschaftler zu wilden Phantasien angeregt, mit denen sie zum Teil unbedenklich die Lücken füllen. Der Mann kann sich schließlich nicht wehren. In seinem dürftigen Nachlaß gab es zum Beispiel einige wertvolle Kleidungsstücke. Heißt das, daß er überraschend prunkfreudig war? Vielleicht sind sie ihm nur als Gegenstände der Ehrung und Bezahlung gegeben worden. Wer weiß das denn!«

Arya ging währenddessen an meiner Hand. Ich könnte nicht sagen, wer herzhafter zupackte. Waren wir nicht unzertrennliche Freunde? Um so fassungsloser war ich kurz darauf über das, was mit ihm passierte. Noch dachte ich aber, wenn seine Mutter meine Tochter gewesen wäre, hätte ich sie einfach in den Arm nehmen können. Denn ich spürte trotz ihres Schweigens, daß sie dringend Trost brauchte. Ich hätte darüber meine Gelenkschmerzen, die sich bei unserem Marsch allmählich meldeten, sicher vergessen.

War es dann ein Engel oder ein Teufel, der mich veranlaßte, ausgerechnet mit den Mutmaßungen über Grünewalds angebliche Ehe zu beginnen, die andere Forscher aus denselben Jahren als unsinnig verwerfen? Ich wollte wohl Frau Schmetz etwas bieten und dachte unseligerweise, bei diesem Thema würde ihre weibliche Seele Stärkung finden.

»Geboren wurde Grünewald zwischen 1475 und 1480. Einige Leute hielten bisher auch 1460 für denkbar, auch 1483. Gestorben ist der große Mann 1528 in Halle. Andere meinen 1532. Daran sollen sich die Forscher erhitzen, nicht wahr? Was geht es uns an! Die Anhänger Hitlers, so habe ich es gelesen, die Grünewald zu einem Vorfahr echten Deutschtums erklärten, haben nach Möglichkeit unterschlagen, daß er mit einer konvertierten, ungewöhnlich schönen und außerordentlich gerissenen Jüdin verheiratet war, einer jungen Person aus dem Frankfurter Ghetto, die, so spitze Zungen, sich den einsiedlerischen Maler als mit ihrem Charme geschickt agierende Achtzehnjährige kaperte, um dadurch in der städtischen Gesellschaft aufzusteigen, was ihr gelang. Als ›Bekehrte‹ erfreute sie sich auch finanziell des Wohlwollens der Frankfurter, mehr als ihr eher eigenbrötlerischer Mann. Glücklich war die Ehe nicht. Andere behaupten, er sei nie verheiratet gewesen. Man spekuliert noch heute an seinem wahren Charakter herum. Aber sagt nicht sein Werk, das er häufig nach mittelalterlichem Brauch nicht signierte, mit jedem Pinselstrich, daß er, der über die vielfältigsten technischen Fertigkeiten verfügte, auch alle Wesensmöglichkeiten in sich trug und nur jeweils für die Gegenstände der Gemälde Einzelnes, etwa Sanftmut und Grausamkeit, hervortrieb aus dem Urgrund seiner Anlagen? Warum sollte er sie im Leben verwirklichen, da er sie für die Bilder brauchte? Worauf stützt sich übrigens die Hypothese, bei ihm homoerotische Neigungen zu vermuten und was würde das besagen? Wäre es so verwunderlich, wenn sich ein auf sein Werk hochkonzentrierter Künstler von einem sogenannten Malerfreund in erstaunlichem Maße ausnutzen ließ bis zur Namenstäuschung als Mathis Nithart oder Gothart, auch ohne ihm sexuell ergeben zu sein?

Hören Sie mir zu Frau Schmetz? Soll ich lieber damit aufhören? Nein?

Diese Frau soll ihren Mann, um den Klatsch noch ein wenig weiterzutreiben, finanziell und erotisch hintergangen haben.« Riß es mich nun selber fort? »Daß sie später wegen ›böser Vernunft‹, also Wahnsinn, ins Spital eingeliefert wurde, legen die verwegenen unter den Forschern als Trick aus, um ihrem Gatten, den sie offensichtlich nicht liebte, fern sein zu können und eventuell auf eigenen, auch geschlechtlichen Wegen zu wandeln, jederzeit froh, wenn sie durch sein langes arbeitsbedingtes Wegbleiben freies Spiel hatte. Es gab übrigens einen kleinen Jungen, von dem manche sagen, er sei mit dem Vater zusammen an einer Seuche gestorben. Man weiß es nicht. Den grausamen Strafen für Sympathisanten der Bauernaufstände 1525 ist er entgangen, anders als seine Kollegen Tilman Riemenschneider und Jörg Ratgeb, den man vierteilte. Man weiß auch nicht, ob es sein eigenes Kind war oder ob es ihm seitens der Frau, um deren Ehre zu retten, als eheliches Erzeugnis untergeschoben wurde. Jedenfalls kümmerte sich Grünewald um den Jungen namens Endres, der vielleicht ein Adoptivsohn war, und hinterließ ihm seinen kleinen Nachlaß, falls sie nicht doch zugleich gestorben sind. Um sein Erbe mußte der Junge dann lange kämpfen. Alles Spekulation!«

Bei diesem Satz geschah etwas, was mich ganz unerwartet traf und tief bestürzte.

Zuerst stiegen Frau Schmetz, die stumm neben mir wanderte, Tränen in die Augen. »Sie weinen ja«, sagte ich unbeholfen. »Das ist nicht wahr«, rief sie und brach in ein heftiges Schluchzen aus, dann in ein Jammern, das sie schüttelte und schließlich in ein Wimmern überging. Rührte es von meinen Worten her? Ich war ja nicht einmal sicher gewesen, ob sie mir überhaupt zuhörte und nicht lieber den Waldvögeln. Sie zitterte, schlotterte, stieß dabei meinen Arm fort und setzte sich, wie mit allerletzter Kraft, auf einen flach liegenden Baumstamm am Wegesrand. Ich hockte mich dazu, trotz ihres Bebens ein bißchen in Sorge, wie ich von da wieder manierlich hochkommen sollte. Noch schlimmer aber war, daß sich der Kleine, der vor uns stand und uns ängstlich musterte, auf einmal in einer Verzweiflung, die alle Kindlichkeit fahren ließ und einem so jungen Wesen noch gar nicht zustand, auf mich stürzte und mich mit seinen Fäustchen zu schlagen begann, überallhin, wo er hinlangte, auch ins Gesicht. Ich saß da, ohne mich zu wehren, gelähmt vor Verwunderung und Schreck über den Schmerz des erzürnten Kindes, das nun sogar heulende, tierische Töne auszustoßen begann in Erbitterung über die eigene Schwäche bei seinem Angriff, der mich nicht in die Flucht schlug. Und dieses Köpfchen hatte sich noch vor kurzem an mich geschmiegt! Der krasse Wechsel wirkte einige Stunden in mir nach, in meinem Körper stärker als in meinem Verstand. Ich bin ein einsamer Mann und nehme solche Dinge schwer. Was war geschehen?

Frau Schmetz bewegte sich zunächst nicht, erhob auch wie geistesabwesend keinen Einspruch gegen die Attacken ihres Sohnes, die ihr Elend noch zu vermehren schienen. Sie blieb apathisch, starrte uns nur an. Endlich sage sie matt und griff dazu nach den Fäustchen Aryas: »Es ist meine Schuld. Er kann meine Tränen nicht ertragen. Er dachte, jetzt wären es auch Sie, der mich quält.«

»Habe ich was Falsches gesagt?«

»Nein nein, der Kummer ist in mir nur immer weiter hochgestiegen, bis ich ihn nicht mehr zurückhalten konnte. Mit Ihrem toten Maler hat es nichts zu tun. Mein Kummer ist zu schwer, und ich muß ihn ja die ganze Zeit für mich behalten.«

Sie atmete jetzt ruhiger, seufzte nur zwischen den Sätzen tief und bezwang sich wohl um ihres Sohnes willen, dem sie zu erklären versuchte, daß ich noch immer sein alter Freund sei und ihr nichts Böses angetan hatte. Dazu legte sie sein widerstrebendes Händchen und meine knorrige Hand ineinander. Warum hatte sie »mit Ihrem toten Maler« gesagt? War das nicht doch ein Vorwurf, daß ich mich mit so entlegenen Dingen beschäftigte, während sie in ihrem richtigen Leben litt?

Sie wolle mich nicht mit fremden Dingen belasten, sei mir nun aber eine Erklärung schuldig. Der Tränenausbruch habe ihrem Mann gegolten, mit dem sie nicht verheiratet sei, dem Vater des Jungen. Zu oft habe der Kleine in den letzten Tagen mit angesehen, wie sein Vater sie, die Mutter, zum Weinen gebracht und sie sogar geschlagen habe. Das arme Kind sei ganz verstört und habe offenbar sein Vertrauen in mich in der Aufregung verloren und den Vater mit mir verwechselt.

Später, als der Junge noch nicht wieder an meiner Hand gehen wollte, berichtete sie, die liebe, sonst so heitere Frau, mit fast gelassener Stimme von den Hintergründen ihres familiären Unheils. Nein, sie sei nicht verheiratet, andernfalls trüge sie ja einen persischen Namen. Es sei ihr nicht wichtig gewesen. Jetzt aber, wo ihr Arya größer werde und mit den offiziellen Einrichtungen in Berührung komme, habe sie seinen Vater, der in Deutschland aufgewachsen sei und den sie bisher sehr geliebt habe, um die Heirat gebeten. Sie sei sich seiner Zustimmung ganz sicher gewesen, da sie doch immer davon ausgegangen seien, ihr Leben lang zusammenzubleiben.

Bis zu dieser Stelle hatte Frau Schmetz in beherrschtem Ton geredet. Plötzlich aber brach die Empörung wieder in ihr durch. Zwischen Schmerz und Zorn sagte sie mit einer von mir bisher nie gehörten schrillen Stimme: »Der Kerl starrte mich nur finster an. Ich kannte ihn kaum wieder. Er schlug mit der Faust auf die Tischplatte, daß die Teller hochsprangen, und brüllte: ›Nein! Nein sage ich. Kommt nicht in Frage. Ich wollte sowieso reinen Tisch machen. Schluß! Unser Leben kotzt mich allmählich an. Ich gehe weg in die Freiheit. Frei will ich sein. Das Kind kannst du behalten.‹ Es war, als wäre ein böser Geist in ihn gefahren, als hätte man ihn ausgetauscht und ihm nur das schöne Männergesicht gelassen. Können Sie sich mein Entsetzen über diese Wendung vorstellen? Ich habe es dummerweise mit Bitten und Klagen versucht, dabei war nach solchen Worten doch alles klar.«

Es habe sich über einige Tage hingezogen, da sie die Hoffnung auf einen Sinneswandel zunächst nicht aufgab. Zu unmenschlich sei sein Verhalten gewesen, so ohne Vorbereitung. Geschlagen habe er sie, weil sie nach seiner Eröffnung das Bett nicht mehr mit ihm teilen wollte. Er glaubte, solange er bei ihr aushielte, ein Anrecht darauf zu haben. Selbst um ihr Kind vor dem Streit zu schonen, habe sie es nicht über sich gebracht, noch einmal mit ihm zu schlafen, und wenn er sie getötet hätte. Gestern sei er verschwunden, ohne persönlichen Brief, ohne Nachricht, nur einige Sätze habe er hinterlassen zur Regelung der Wohnungssituation. In Luft aufgelöst nach all den Jahren. Die zählten nicht mehr, höchstens als Last. »Dabei waren sie mein ganzes Glück. Er hat seine Familie, den Kleinen und mich, weggeworfen wie gebrauchte Wäsche, Herr Waldenburg, wie schmutzige Wäsche, wie Dreck.«

»Ach, Frau Schmetz«, sagte ich daraufhin in meiner Hilflosigkeit. »Ach, Frau Schmetz«, wagte es aber nicht, sie in meine Greisenarme zu schließen. Mir fiel erst jetzt auf, daß sie ihre großen Ohrringe nicht trug. Sollte ich sie fragen, ob jetzt auch finanzielle Sorgen auf sie zukämen? Es wäre mir noch zu früh, zu taktlos erschienen, und doch konnte es sein, daß es ihre dringendste Bedrängnis war. Von dem Beruf des Persers hatte sie nie gesprochen, aber immer wohlversorgt gewirkt.

»Werden Sie in Ihrer Wohnung bleiben?«, erkundigte ich mich vorsichtig, später, als wir, da sie ja nicht erwartet wurde, zu einem Glas Wein bei mir saßen und der Junge schon wieder fröhlich, wenn auch ab und zu mit mißtrauischen Blicken auf mich, um uns herumturnte. Und wahrhaftig, mein altes Herz klopfte bei der Frage!

Sie sah mich überrascht und doch so an, als könnte sie meine Gedanken lesen, schüttelte aber glücklicherweise nicht gleich den Kopf.

Ich holte tief Luft. »Wenn es Sie interessiert und eine Hilfe für Sie wäre, könnten Sie mit Arya hier als meine Haushälterin und Hausdame wohnen. Sie hätten eine Heimat, und es wäre wunderbar und beruhigend für mich, wenn ich in meinem hohen Alter nicht allein leben müßte.« Bei der Kühnheit des Vorstoßes zitterte meine Stimme.

Sie sagte kein Wort, saß still, zog nur den Kleinen zu sich her. Noch einmal stürzten, während sie nickte, Tränen aus ihren Augen. Dann sprang sie auf und umarmte mich. Arya, der nicht den Inhalt meiner Sätze, aber diesmal sofort die Stimmung begriff, tat es ihr nach mit seinen zarten Ärmchen. Sie umklammerten meine Hosenbeine, denn auch ich war ja aufgesprungen.

Ich hatte den Jungen wiedergewonnen.

Nun mußte ich sehr darauf achten, nicht selbst feuchte Augen zu bekommen, konnte es jedoch nicht vermeiden, auch nicht, daß, hoffentlich unbemerkt, Tränen in die Rinnen meiner zweiundneunzigjährigen Wangen liefen. Und doch gelang es mir bei aller Bewegung nicht, mich über meine Gefühle zu täuschen. Meine Entrüstung, was den Perser betraf, war groß, aber bloß oberflächlich, verglichen mit einer anderen Empfindung, die keineswegs ausschließlich mit dem stummen Jubel darüber zusammenhing, daß er den vermutlichen Umzug von Frau Schmetz und ihres Söhnchens in mein Haus bewirkte. Es war etwas Altes, das aus der Vergangenheit auftauchte, aus einer Zeit, in der mich die Augen von Grünewalds ungeheuerlicher Lichtgestalt nicht vergessen hatten. Das freute mich damals, in jener dunklen, heißen Zeit, nicht im Geringsten. Es erfüllte mich mit Wut. »Du störst!«, hatte ich zu dem Gesicht gesagt, »Laßt mich in Ruhe!« zu den Augen.

Jetzt aber bin ich voller Dankbarkeit über meine neuen Lebensumstände. Wenn ich ins Grün sehe, erscheint mir das große Doppelbild von der Geburt. Auch meine Mutter fällt mir ein, die später, als es in unserem Haus still geworden war, sehnsüchtig seufzte: »Wenn doch noch einmal das Gerenne wäre!« Damit meinte sie das Einkaufen und Kochen zu den Festtagen. Sehe ich aber das Bild im Grün vor mir auftauchen, bilden sich keine Weihnachtsgefühle, nur ein glühendes Gelb und Rot der Seligkeit, eine sacht lodernde Wärme, die ich ab und zu durch Zuhilfenahme der Abbildung verstärke. Es ist nicht oft nötig, denn das Wunder besteht darin, daß mich alles leibhaftig umgibt.

»Ach, Frau Schmetz!«, sage ich manchmal, und sie versteht mich, läßt die Haushaltsgeräte liegen, streichelt mit ihren noch jugendlichen Händen meine mürbe Wange und gibt mir auch gelegentlich einen töchterlichen Kuß, während ich für Arya ein milder Großvater geworden bin, den er jederzeit in seiner Tätigkeit unterbrechen darf. Frau Schmetz führt jetzt Haus und Garten. Ihre anderen Stellen hat sie auf meine Bitte hin gekündigt und dadurch mehr Zeit für unsere schönen Gänge gewonnen. Da der Perser die Wohnung gemietet hatte und das Inventar teils zu dieser, teils zu ihm gehörte, blieb es seine Sache, alles zu regeln. Frau Schmetz war in ihrem kleinen Auto lediglich mit drei Koffern und dem Kind für immer bei mir eingetroffen. Es machte mich glücklich über die Maßen.

Obschon ich weiß, daß die linke, geheimnisvolle Seite des Bildes von der Geburt, die musizierenden Engel der Doppeltafel, die Kunsthistoriker zu höchstem Interpretationseifer aufstachelt, ist für mich anderes maßgeblich: Duft und Gold reinsten Einverständnisses um die irdische Mutter und ihr göttliches Kind herum und ein Entzücken aneinander, das es mit dem Weltall aufnimmt. Was brauche ich, um mir das Herz zu wärmen, da Symbol und Bedeutung? Wie weit weg der Tod ist!

Ein Hauch dieser frommen Entrückung streift mich, wenn ich Frau Schmetz den Tisch decken sehe. Erst in diesen Momenten erkenne ich, wie trübe mein Jahr um Jahr einsiedlerisches Abendbrot verlaufen ist, mein Frühstück, mein Mittagessen. Auf allem, auf Käse, Butter, Bratkartoffeln liegt neuerdings ein Glanz. Schon bald wurde für mich undenkbar, daß es nicht immer so gewesen ist, immer so sein wird. So schnell sind mir die Handbewegungen von Frau Schmetz, wenn sie den Tisch deckt und kleine Blumensträuße aus dem Garten bringt, vertraut geworden. Auch gibt es eine gewisse Ähnlichkeit zwischen ihr und der Madonna. Das liegt an dem träumerisch süßen Lächeln der beiden Frauen. Und etwas ganz anderes spielt da wohl noch mit.

Ist Frau Schmetz meine Mutter? Meine Tochter? Meine Freundin! entscheide ich. Immer empfinde ich es als leisen Gesang, wenn sie das Brot schneidet und den Tisch abräumt mit feinem Klirren. Sie legt ein frisches Tuch auf und streicht es glatt. Ich staune kindlich, wie sie flink die Kartoffeln schält, behutsam das heiße Wasser in die gefüllte Filtertüte gießt, als wäre beides kostbar, und dabei lacht, daß es mir das Herz erschüttert. Tatsächlich summt sie ja auch oft etwas dabei. Wann ist vorher in diesen Zimmern einmal laut gelacht geworden? Traurig und trübe war die Zeit. Es müssen düstere Jahrhunderte gewesen sein. Erstaunlich, daß sich keine Flechten und Algen an den Wänden bildeten. Ich habe nicht mehr gewußt, daß es auch anders, hell und heiter, sein kann. Zwar kräftigte ich meine Seele an der überströmenden, golddurchwirkten Zärtlichkeit zwischen der Maria und dem Kind Grünewalds, die auch die Umgebung durchdringt, aber ich dachte nicht, auch mir könnte noch ein solches Glück beschieden sein, um meine erkalteten Knochen daran zu wärmen. Welch ein Segen, daß der törichte Perser sie verlassen hat! Zum Abendbrot zündet sie Kerzen an, und wir sitzen alle drei friedlich im goldenen Schein. Die Zeit steht dann eine Weile still, hält den Atem an. Ich spüre es genau.

Bruno rief an, um unser Schachtreffen abzusagen. Das ist nicht schlimm, ich habe sowieso damit begonnen, Frau Schmetz in das Spiel einzuführen, und sie ist eine gelehrige, ja begierige Schülerin. Bruno hat sie einmal bei mir gesehen und unzüchtig gezwinkert. Es ärgerte mich, ich verzieh ihm aber. Bei unserem Telefongespräch schaffte er es nicht, sein Maul zu zügeln. Er berichtete von einer sensationellen Entdeckung. Nachdem er sein Leben lang als in der Wolle gefärbter Macho geglaubt habe, Frauen verlangten und genössen es, in erotischer Hinsicht gedemütigt zu werden, was ihm die Erfahrung bestätigt habe, sei er nun, mit seiner neuen »Sex-Zugehfrau« dahintergekommen, wie großartig befriedigend es sei, selbst degradiert zu werden. Man nenne diese Wonnen »Bestrafung«, auch wenn man gar nichts Schlimmes angestellt habe, und ertrage die verabreichten Schmerzen ohne Widerworte. »Gegen Bezahlung wirst du verhauen! Ist das nicht phantastisch?« Was lasse ich armer Teufel mir nur für Vergnügungen entgehen! Besonders in Kreisen von Bankern, Managern und überhaupt Machtmenschen seien diese Praktiken als verruchter Ausgleichssport beliebt. Schachspielen sei nett, aber ein dröges Alibi für das Versäumnis solcher Freuden. »Sprich erst, wenn du deine Spucke runtergeschluckt hast«, antwortete ich und legte auf.

Flüchtig machte ich mir Sorgen um ihn. Ist er nicht viel zu gebrechlich für solche Abenteuer und bildet sich nun ein, er würde zu den »Machtmenschen« zählen?

Über Mutter und Kind ist der Himmel offen. Hier erscheint, was ich so lange in meiner Jugend erhofft hatte, aus dem wogenden Dunst der Wolken hervortretend, strahlend und doch in den Umrissen kaum zu ahnen, die Gestalt des ernsten Vatergottes mit Zepter und Reichsapfel in honigfarbener Glorie, erscheint als Uralter und unumschränkter Herrscher des Alls, gebildet für einen Augenblick hin zur Sichtbarkeit und doch genauer als eine Augentäuschung im Gewölk, unnahbar und väterlich in bestirnter Aureole. Zu ihm hin und von ihm herab fluten und wirbeln Myriaden zarter, geflügelter Wesen, ergriffen von Energiestrudeln, züngelnde Flämmchen zu seinen Füßen, wandern in Prozessionen aufwärts in sein Licht, um darin zu vergehen. Sie füllen den gesamten strömenden Luftraum als Sendboten himmlischer Gnade, Kuriere und flimmernde Insekten, bis nach unten, zu den festumrissenen Figuren von Jesus und Maria, die Mutter im Prachtgewand, das göttliche Kind in zerrissenen Windeln, beide vollkommen umhüllt vom Wirken des Herrschers über ihnen und geborgen darin in ihrer liebenden Versunkenheit.

Es gibt die Leere nicht, nicht das Nichts für den Sehenden. Dieser Maler garantiert es.

Ob ich wohl eines Tages Frau Schmetz in all das einweihen könnte? Der kleine Arya weiß, was auf dem Gemälde zu sehen ist, er weiß es noch für kurze Zeit, ohne darüber ein Wort zu verlieren.

Manchmal sieht Frau Schmetz still vor sich hin. Ich beobachte es mit leichter Unruhe, rede sie dann aber lieber nicht an, versuche nur, sie bald durch unsere Schachlektionen, bei denen sie Ehrgeiz und strategisches Geschick beweist, in meine Welt zurückzuholen. Es kommt auch vor, daß wir gemeinsam vor dem Fernsehapparat zu einem Fußballspiel sitzen. Sie kennt das von ihrem Perser und auch die Regeln und die jungen Athleten, nicht weniger als ich. Beide freuen wir uns über den Jubel der Spieler bei einem Tor. Für sie ist es der eigentliche Grund, die Spiele anzusehen, auch die Enttäuschung in den Gesichtern bei einem Fehlschuß gefällt ihr.

Damals, nach dem Tod von Ruth, wandten sich meine Söhne von mir ab, ich meine, sie hatten wohl nichts gegen mich, aber die Familienbande waren gelöst, bequem für sie bei all ihren Geschäftigkeiten. Ich habe mir da nie Illusionen gemacht. Sie fehlen mir jetzt, wo ich die Zutraulichkeit des Kindes Arya genieße, nicht länger.

Oft staune ich, in welcher Geschwindigkeit Frau Schmetz, ich glaube, hunderte von Handgriffen des Haushalts erledigt. Ruckzuck geht es, und schon ist alles wieder blank. Auch an mir: Sie schneidet mir die Haare aus Nase und Ohren und die Augenbrauen. Die Friseuse, die regelmäßig ins Haus kommt, hat das immer vernachlässigt. »So«, sagt Frau Schmetz, »sehen Sie viel jünger aus, Herr Waldenburg.«

Seit vier Wochen geht sie abends alle drei Tage zu Kursen, um das Abitur nachzuholen. Ich bin stolz auf sie, und es ist dann eine geheime Lust und Verschworenheit für Arya und mich: Niemand belauscht uns, wenn ich den Märchenonkel spiele und alle Register ziehe. Und ich bereite mich wahrhaftig aus alten Sammlungen darauf vor! Mich beschleichen verblüffende Empfindungen, wenn ich seine Phantasie mit Gespinsten und Geistern bevölkere wie niemand sonst es tut. Nein, kein Enkel könnte mir teurer sein. Werde ich ihm eines Tages von den Augen erzählen, die mich mein Leben lang fixiert haben, direkt und frontal, eigentlich jeden von uns, auch wenn wir es nicht wahrhaben wollen, weil es uns zu märchenhaft, andererseits zu fleischlich, zu materiell erscheint und die triste Überzeugungskraft der Formeln leugnet?

Mein liederlicher Bruno hat wieder angerufen und die Schachverabredung verschoben. Er wirkte aufgedreht, fast fiebrig. Ob ich ihn einfach mit Frau Schmetz besuchen sollte? Hat man da eine Verantwortung? Er lebt ja allein wie ich, so wie ich vor unvordenklicher Zeit, die niemals wiederkehren soll.

Gestern erzählte mir Frau Schmetz – es war im Dämmern, ich konnte ihr Gesicht nicht sehen, nur auf den Ton ihrer Stimme achten, die mir einiges verriet –, es habe sie, hier ganz in der Nähe, als sie den Kleinen vom Kindergarten abholte, jemand angesprochen. Es sei ein Orientale gewesen mit wenig Deutschkenntnissen. Sie hätten aber genügt, um ihr Grüße von Aryas Vater zu bestellen. Aus Anhänglichkeit? Aus Bosheit? Der Mann habe sie sehr eindringlich angestarrt und sei dann wortlos verschwunden. Es habe sie aufgeregt, sie zittere noch immer im Gedanken daran, obschon die Grüße ja gar nichts bedeuten würden, nicht wahr? Aber warum lasse er sie nicht in Ruhe und tauche mir nichts, dir nichts aus der Vergangenheit, die abgeschlossen sei, wieder auf, nachdem der endgültige Schlußstrich von ihm selbst gezogen sei, und spioniere ihr nach?

Was mich alarmierte, war nicht in erster Linie das Erscheinen des Fremden, sondern ihre übertriebene Reaktion. Ich beschwichtigte sie nach Kräften. Mir steht dafür ein spezieller Brummton zur Verfügung, den ich auch gegenüber Ruth erfolgreich einsetzte. Dabei hätte mich selbst jemand beruhigen sollen! Wie konnte ich alter Mann die mir liebsten zwei Menschen vor Gefahren von außen und innen schützen?

Aber dann sagte Frau Schmetz in die leicht angespannte Stimmung hinein, plötzlich, während wir eins ihrer ausgezeichneten Gratins aßen: »Ancilla, ancillae, femininum, die Magd.« Ich erkannte sogleich, daß ihr Lateinlehrer noch ganz alte Schule war, bestimmt ein schon sehr lange pensionierter Studienrat. Wir lachten die bedrohlichen Zwischendünste einfach weg, und Arya sang: »Weißt du, wieviel Sternlein stehen?« Auch er lernt ja ständig Neues, und wir sangen mit: »... daß ihm auch nicht eines fehle an der ganzen großen Zahl.« Wie glücklich wir sind! Wie sehr ich mich getäuscht habe, als ich glaubte, schon vorher auf besondere Weise glücklich zu sein! Jetzt, erst jetzt ist der Augenblick der Wahrheit da. Das Leben, das ich zu kennen glaubte, überrascht mich, und ich betrachte, was oft noch spätabends geschieht, wenn die beiden längst schlafen, die Gemälde des großen Malers etwas anders als vorher, fast ein bißchen zurückgelehnt in meiner neuen Zufriedenheit mit dem Dasein, nicht mehr ganz so dringlich. Einmal kam Frau Schmetz durch den Raum, sie trug eine Art Nachtgewand auf dem Weg ins Bad und winkte mir lächelnd zu.

Wie bescheiden ich doch bis vor kurzem in punkto Glück gewesen bin! Die Augen auf dem Bild gegenüber der Verkündigung, die ich immer auch als gefährlich empfunden hatte, weil sie die Welt wegbrennen, scheinen mir jetzt milder zu blicken.

Ich hatte mich (wie oftmals hörte ich, bevor ich mich abends zurückzog, Frau Schmetz, die sich nun wieder diskret zu schminken begann, lateinische Vokabeln ab und beneidete sie um ihr jugendliches Gedächtnis) entschlossen, endlich die linke Schauseite der Geburt, das sogenannte Engelskonzert, einmal intensiver zu studieren und sie nicht nur, trotz ihrer glühenden Inseln, als dunkel anbrandende Macht auf mich wirken zu lassen. Da setzte sich Frau Schmetz zu mir und meinem aufgeschlagenen Buch. Vielleicht wollte sie mich über ihren manchmal betrübten Blick hinwegtäuschen. Vielleicht wollte sie mir nur eine Freude machen. Es gelang ihr, und ich will mir ehrlich eingestehen, es freuten mich ihre körperliche Nähe, ihr Duft, die sanften weiblichen Ausströmungen. Sie fragte mich, ob ich ihr nicht ein Porträt des Malers zeigen könne. Sie müsse sich ihn als Menschen und Mann vorstellen können, um wie ich in den Bann seiner Bilder zu geraten.

Es gibt viel Diskussion und Streit zwischen den Kunsthistorikern über Porträts und mögliche versteckte Selbstporträts Grünewalds. Ich habe mir die fraglichen Bilder nie genau angesehen. Das Persönliche interessierte mich nicht, weil es ohnehin bei Grünewald spekulativ ist, einem Detektivspiel zur Unterhaltung und Karrierebeförderung unter Gelehrten gleicht und mehr noch weil ich angesichts der machtvollen Werke, die das Persönliche, Subjektive auslöschen, das Stöbern in der Biographie beinahe als Sakrileg empfinde. Am klügsten verfährt man wahrscheinlich, falls man partout danach sucht, wenn man in all seinen Männerantlitzen Rudimente eines Selbstporträts vermutet. Damit ist man auch der Inbrunst seiner Darstellungen am nächsten. Ist er nicht in jeder Geste anwesend, in jedem Lächeln, jedem Schrei, jeder Andacht?

In der Hoffnung, Frau Schmetz auf dem Umweg über die Gesichter und die Psychologie doch noch für das Werk Grünewalds zu entflammen, begann ich. Ich muß aber noch einschieben:

Hundertprozentig gesichert ist nichts. Ein beglaubigtes Selbstporträt existiert nicht. Bei zwei Darstellungen allerdings hofft die Wissenschaft ohne allzu großen Wagemut davon ausgehen zu können, daß es sich um den jungen und den alten Maler handelt. Drittens wird im heiligen Sebastian des Isenheimer Altars auch von den Skeptikern ein eventuelles Konterfei des Künstlers gesehen.

Ich ließ das weg, mir schien besser, mich auf die beiden Gegensätze zu konzentrieren. Es verblüffte mich keineswegs, daß der verträumte St. Georg des stark beschädigten Lindenhardter Altars, Jungfrauenerretter und Drachentöter, in dessen Gestalt Grünewald vielleicht schlüpfte (was andere wiederum bestreiten und auf andere Favoriten setzen), sie mütterlich entzückte, gerade im Kontrast von Rüstung und Standarte und andererseits der melancholischen Zartheit des Angesichts in seiner völlig unkriegerischen Vergangenheit, die ein deutliches Nein ist zur metallischen Wappnung des Körpers. Sie dient lediglich als kontrastierendes Ornament. Oder wollte sich der junge Mann, ich möchte ihn eher Jüngling nennen, bei allem Eingeständnis seines sanften Charakters, dessen Mädchenhaftigkeit noch zusätzlich durch Locken und Band verstärkt wird, durch solcherlei Wehrhaftigkeit Mut machen?

»Was für ein Unterschied zu dem ausweglosen, unausweichlichen Frontalblick des Auferstandenen! Die Augen dieses St. Georgs, der ein edler Streiter sein möchte, verweigern sich wie in einem Akt der Bescheidenheit jedem unmittelbaren Kontakt und erwecken, zusammen mit dem unbestimmt wehmütigen Lächeln, den Eindruck eines geheimen Kummers.«

Frau Schmetz nahm alles aufmerksam wahr. Bei dem Ausdruck »geheimer Kummer« schien sie aufzuhorchen, sagte dann aber:

»So ein lieber Kerl! Den möchte man am liebsten beschützen. Und der soll ein Ungeheuer umlegen, dieser schöne, traurige Junge?«

Ich war mir nicht sicher, ob unter der Zuneigung nicht ein bißchen weibliche Verachtung, wenigstens Herablassung gegenüber männlicher Schwachheit mitschwang. Es störte mich nicht. »Als ich etwa im gleichen Alter aus Australien zurückkam, sah ich ihm, einem Foto nach, zwar mit anderer Frisur, ähnlich. Vielleicht spricht mich das Bild deshalb an. Ich glaube, ihn zu verstehen, trotz der über 500 Jahre dazwischen.«

Sie lächelte mich an mit einem reizenden spöttischen Zug um die Lippen. Es gefiel mir. Auch legte sie wieder ihre Hand auf meine Schulter. Ich durfte einen Moment lang meinen Kopf an sie lehnen, ihre weiblichen Formen spüren und ihre wohlriechende Nähe einatmen. Nach dem Abschied von ihrer Wohnung hat sich ein tiefer Frieden auf uns drei gesenkt. Ich lauere auch insgeheim nicht mehr auf eine Nachricht von meinen Söhnen. Nichts fehlte uns.

Es enttäuschte mich nicht, daß Frau Schmetz nur vom Privaten des Künstlers wissen wollte. Man darf am Anfang nicht zuviel erwarten. Deshalb scheute ich mich nicht, ihr die Zeichnung vorzuführen, die Grünewald, so nimmt man an, gut zwanzig Jahre später zeigt und die als »Erlanger Porträt« bekannt ist.

»Der hier gefällt mir sehr«, sagte Frau Schmetz sofort. »Ein bißchen verwahrlost. Das ist aber in Ordnung. Liegt ja vielleicht auch nur am alten Papier. Und das soll derselbe Mann sein, dieser hier, mit dem kantigen Gesicht? Kann sich das Ovale und Behütete denn so im Laufe des Lebens ins Eckige und Knochige wandeln? Gut, daß er nun Falten und Schrunden hat, hier, sehen Sie nur, diese Kerben, das verstehe ich, das ist der Lebenskampf, das sind die Jahre. Aber sie stehen ihm gut. Ein reifer, energischer Mann, nicht wahr? Dem traut man die Bilder zu, die Sie, Herr Waldenburg, so sehr lieben.«

Ich antwortete nicht. Sie sollte nur immer weiterreden, es wärmte mir das Herz.

»Weshalb er wohl den Kopf so nach oben wendet? Was sieht er? Auch schon als junger Mann betrachtet er etwas, das wir nicht erkennen können. Er verrät es nicht. Aber seine Gedanken sind dort, das spürt man genau. Wir Zuschauer interessieren ihn nicht. Rätselhaft in beiden Fällen. Also ist es sicher doch derselbe Mensch: Nämlich: der Blick! Und wissen Sie was? Es ist auch die stille Traurigkeit, wie sagten Sie eben? ›Geheimer Kummer‹. Das zieht mich an. Es ist die Wahrheit. Nennt man es nicht auch Schwermut? Ich meine, ist er über etwas Bestimmtes betrübt oder ist er es grundsätzlich, weil sein Wesen es bestimmt? Ich vermute, so ist es bei ihm. Etwas bekümmert ihn durchgehend. Vielleicht ist er mit der Welt nicht einverstanden? Das gibt es nämlich, Herr Waldenburg, daß jemand mit den Gesetzen der Welt nicht zurechtkommt. Er fühlt sich als Fremder unter den Menschen. Sie freuen ihn nicht. Sie genügen ihm nicht. Es gibt niemanden, der ihn da trösten könnte. Er hat keinen.«

»Ist denn Kummer etwas Anziehendes?«, wagte ich dazwischen zu fragen. Ich hielt den Augenblick für günstig. Sie stutzte und schüttelte dann schnell den Kopf: »Nein, nein, nur manchmal unvermeidlich. Dann freut man sich, daß es Verbündete gibt. Ich spreche von der Vergangenheit.«

Sie war mir wieder einmal entschlüpft. Ich weiß nicht, ob sie ihr rotblondes Haar färbt wie es Ruth mit ihrem schwarzen machte, als sie über vierzig war und sich die ersten grauen Strähnen meldeten. Es steht Frau Schmetz jedenfalls gut und kommt mir in letzter Zeit noch schöner vor. Die helle Haut paßt dazu.

»Sehen Sie hier, auf dem Isenheimer Altar gibt es einen Eremiten, den heiligen Paulus. Der wendet auch seinen Kopf so nach oben, nur viel ausdrücklicher.«

»Aber es ist nicht diese sanfte Traurigkeit dabei wie in dem Selbstporträt, Herr Waldenburg. Je länger ich hinsehe, desto ähnlicher wird er dem jungen Mann, dem Ritter, was den Blick betrifft. Auch ist unter den Augen eine weiße Spalte sichtbar, bei beiden. Sie sehen etwas außerhalb der Welt. Eins ist für mich sicher. Hier wird keine Frau angeschwärmt. Eine Frau kann es nicht sein. Es ist etwas Außerirdisches, wenn es das geben sollte. Ich weiß ja nicht. Auch habe ich jetzt das Gefühl, als würde er gar nicht etwas ansehen, sondern als fiele ein Schein auf sein Gesicht, dem er sich zuwendet. Das muß für ihn lebenswichtig gewesen sein, sonst hätte er sich nicht so gemalt, der Grünewald.«

Ich nickte nur. Es schmeichelte ihr offensichtlich, daß ich ihr so konzentriert zuhörte, und ich war völlig zufrieden mit ihr. An diese Stunde dachte ich in den nächsten Tagen noch oft. Es war die Ruhe vor dem Sturm. Wie so oft hatten wir noch gemeinsam vorsichtig, auf Zehenspitzen, den schlafenden Arya in seinem Bett betrachtet und uns an seinem Anblick gelabt. Man fühlt sich dabei als viel schlechterer Mensch in seinem Erwachsensein und gleichzeitig wird man ein besserer dadurch.

Der nächste und übernächste Tag fing ganz gemächlich an. Jedenfalls für mich. Frau Schmetz hatte einen größeren Hausputz geplant und mich in mein Arbeitszimmer gesteckt. Arya war im Kindergarten. Die kleine Spanne seiner Abwesenheit genügte, um mich sehnsüchtig auf sein liebes Frätzchen warten zu lassen, auf dieses verschmitzte Engelsgesicht mit dem empfindlichen Teint seiner Mutter zu den schwarzen, persischen Locken und den auffälligen Wimpern. Manchmal scheint es mir unglaublich, daß unser Leben ewig so weitergehen könnte und doch bin ich mir dessen gewiß, denn es liegt doch über allem der Glanz einer endgültigen Richtigkeit.

Wie sehr bedaure ich meinen Freund Bruno, der sich in seinem hohen Alter so verzweifelt in Vergnügungen stürzt, die ihn aufregen, aber nicht glücklich machen können. Er ist offenbar nun davon ganz gefangen, denn das Schachspielen interessiert ihn nicht länger. Ich amüsierte mich über seine gewundenen Ausreden, bis er schließlich sagte: »Ich will nicht mehr! Es ist mir zu blöde, mit diesen Holzfiguren rumzumachen.« Darauf antwortete ich ihm guten Gewissens, ich hätte bereits einen exzellenten Ersatz beim Schach gefunden.

Da er aber so lange schon mein Freund ist, kann ich nicht verhindern, daß ich mir inzwischen drängender Sorgen mache. Ich sehe ihn ja nicht mehr, und die Telefonanrufe werden immer spärlicher, da wir keine Termine absprechen für die wechselseitigen Besuche mit dem Taxi. »Bruno, alter Gauner!«, sagte ich ab und zu vor mich hin und faßte endlich den Entschluß, ihn recht bald zusammen mit Frau Schmetz ohne Anmeldung zu besuchen, zu überfallen, genau genommen. Es sollte keine Ausreden geben.

Ich rief gleich am nächsten Morgen an, nur um zu wissen, ob wir ihn antreffen würden. Er meldete sich nicht. Das war ungewöhnlich zu dieser Stunde. Ich rief am Mittag an und hatte wieder keinen Erfolg. Am Abend versuchte ich es gegen sieben und gegen elf Uhr. Bruno ging nicht ans Telefon. Ich begann, mir Gründe dafür vorzustellen. Mir fielen nur bedenkliche ein. Eine solche Funkstille war noch nie vorgekommen. Er verreist ja schon seit Jahren nicht mehr. Nach Beratschlagung mit der lebenstüchtigen Frau Schmetz beschlossen wir, ihn am folgenden Morgen aufzusuchen.

Ich kenne die Räumlichkeiten von unseren Treffen gut. Es ist sein Haus, er bewohnt den komfortablen ersten Stock, aber ich besitze keinen Schlüssel. Der wäre jetzt nötig gewesen, denn unser wiederholtes, immer lauteres Klingeln, Klopfen, Rufen zeigte keine Wirkung. »Man könnte einen Schlüsseldienst in Anspruch nehmen«, sagte Frau Schmetz, und dabei verfärbte sie sich, was mir wiederum ausnehmend gefiel. Aber warum war sie so sehr errötet? »Der Vater von Arya hat bei einer solchen Firma gearbeitet. Es wird gut bezahlt, allerdings kommt es manchmal zu schauerlichen Entdeckungen. Sie finden hinter der Tür eine Leiche, die dort schon länger liegt. Er hat es des öfteren selbst erlebt«, erklärte sie in merkwürdiger Verlegenheit, so, als wäre es ein Geständnis. Während wir uns noch den Kopf zerbrachen, ob eine solche Maßnahme hier angebracht wäre, hörten wir den raschen Schritt einer die Treppe heraufsteigenden Person.

Sie war adrett und im Alter von Frau Schmetz. Trotzdem überraschte mich, daß sich die beiden auf Anhieb so gut verstanden, sich sogar mit Vornamen anredeten. »Jäcki«, rief Frau Schmetz, »Olga«, sagte die andere, »das ist ja ein Ding!« Da fiel mir ein, daß ich damals die Freundin von Frau Schmetz auf deren Empfehlung, ohne sie zu kennen, als Zugehfrau an Bruno vermittelt hatte. Natürlich besaß sie einen Schlüssel. Bevor sie ihn benutzte, hörte sie sich die Schilderung unseres Problems sorgenvoll an. Das sei allerdings höchst erstaunlich, Herr Carstens sei um diese Zeit immer zuhause, gehe überhaupt kaum aus. Sie besuche ihn dreimal in der Woche. Montagvormittag, Mittwoch und sehr früh am Freitag. Es sei also einige Zeit vergangen, seitdem sie ihn zum letzten Mal gesehen habe. Wir redeten offenbar so ausgiebig vor der Tür, weil wir uns vor etwas fürchteten.

Dann ließ es sich nicht mehr aufschieben.

Wir erkannten ihn nicht sofort, ahnten nur, daß er in dem Stuhl sitzen würde, der uns mit der Rückenlehne beim Eintreten zugewandt war. Ohne Zweifel wurden wir mit einem Verbrechen konfrontiert. Die Frau namens Jäcki stieß einen Schrei aus und kniete sich klagend vor ihn hin. Bruno trug nur eine kleine Unterhose, der arme, bleiche Greisenkörper bot sich in seiner Welkheit ungeschützt unseren Blicken dar. Seine Augen waren geschlossen, der Mund mit einem Pflaster zugeklebt. Was niemand in dem Raum wußte außer mir: Die Fesselungen, die er eine Weile so hitzig genossen hatte, waren in den kriminellen Ernstfall übergegangen. Er lebte aber noch. Ein schwaches Röcheln verriet es uns. Ohne Zögern hatte Frau Schmetz bereits einen Arzt und die Polizei angerufen, bevor ich mich noch von meinem Entsetzen erholt hatte, vom trostlosen Anblick meines alten Bruno, der nun so gedemütigt, so nackt und erbärmlich vor uns kauerte. Er schien nicht bei Besinnung zu sein, was sicher vor allem mit der Dehydrierung zusammenhing, denn er hatte bestimmt drei Tage, seit dem Zwischenfall am Freitag, nach dem genau abgepaßten Abschied der Zugehfrau, daran zweifelte ich gar nicht erst, nichts getrunken. Seine bezahlte Peinigerin hatte alles bequem auskundschaften können. Als wir das Pflaster entfernten – es wirkte auf mich, als würden wir ihn ohrfeigen –, hörten wir nur ein stotterndes Atmen, sonst nichts, keine Reaktion auf unsere Ansprache. Es ging darum, sein Lebensfünkchen noch einmal anzufachen.

Glücklicherweise kam der Arzt schnell, so daß wir nichts durch Ungeschicklichkeit falsch machen konnten, und nach einer oberflächlichen Untersuchung, die besonders der befürchteten Lungenentzündung gelten mochte, und kurz nachdem zwei Polizisten erste Blicke auf das Opfer geworfen hatten, wurde Bruno, wohlverpackt und mit Infusionen versehen, von der Ambulanz ins Krankenhaus gebracht.

Wie stark und gesund die Polizisten aussahen! Es war richtig, daß sie diesen Beruf ausübten und dazu ihre Waffen trugen. Aber wen hätten sie hier damit erschießen sollen? Noch nie hatte ich mit Polizisten in einem Zimmer, in solcher Nähe, einige Zeit verbracht. Sie wandten sich mir zu, eigentlich Individuen, nun durch ihre einschüchternde Kleidung maskiert bis auf das Gesicht. Ich spürte plötzlich mein Alter und begann zu weinen. Das war fürchterlich wegen der anwesenden Männer und Frauen. Ich konnte es nicht verhindern, da sich mir die verkrusteten Spuren von Brunos erotischen Ausschweifungen so schonungslos auf seinem mit blauen Flecken bedeckten Körper zeigten. Was mochte ihm angetan worden sein jenseits der gewünschten Verwundungen! Außerdem kränkte mich das unwillkürlich frivole Lächeln seiner Lippen.

Frau Schmetz verließ uns, da sie den Kleinen vom Kindergarten abholen mußte. Das war nicht gut für mich. Die Polizisten telefonierten und fotografierten, ließen mir aber, während sie alles, auch seinen Computer, untersuchten, Zeit. Offenbar konnte sie die Situation nicht schockieren. Sie kannten so etwas und sprachen zunächst mit Jäcki, die sicher schon allein angesichts ihrer Fassungslosigkeit kaum unter Verdacht stand, an dem Raub beteiligt zu sein. Sie stellten schnell fest, daß aller in der Wohnung befindliche Besitz, Bargeld, Schecks, Goldmünzen, über die eine genaue Liste Aufschluß gab, verschwunden waren. Der wohlhabende

Bruno war, was mich überraschte, in finanziellen und amtlichen Dingen außerordentlich penibel gewesen. Man fand auch rasch heraus, daß es zwei Neffen gab, die man telefonisch erreichen konnte.

Dann hatte ich mich gefaßt. Die beiden Männer wandten sich mir annähernd zartfühlend zu. Vielleicht besaßen sie Großväter in so hohem Alter oder hatten noch nie einen in Tränen aufgelösten emeritierten Professor erlebt. Ich ja auch noch nicht. Sie gaben sich aber Mühe, ungerührt zu erscheinen. Andererseits schaffte ich es eben nicht, sie als einzelne Lebewesen zu sehen. Das lag an den Uniformen. Das Allzumenschliche von Bruno, das hier so jammervoll zu Tage trat, überforderte mich auf der anderen Seite. Ich erzählte ihnen alles über ihn. Sie würden es ja ohnehin bald entdecken, hatten mit professionellen Handgriffen, so routiniert wie Einbrecher, auch schon korrekte Aufstellungen über die an Bruno geleisteten Sex-Dienste aufgestöbert, wobei sie zu Recht davon ausgingen, daß sich die Firma in Luft aufgelöst hatte. Die Palette der offerierten Leistungen war von ihm in zunehmendem Maße in Anspruch genommen worden. Beinahe mußte man von Sucht reden.

»92 Jahre!«, hörte ich den einen Polizisten zu dem anderen murmeln und sah ihn nun doch den Kopf schütteln. Zu mir sagte er: »So endet das dann. Die leider selbstverschuldeten Vorkommnisse in der Dunkelzone. Da lauern die Banditen natürlich von allen Seiten. Die Sache scheint ziemlich klar zu sein. In der letzten Zeit häufen sich hier die Fälle. Die Familien wünschen natürlich, daß es geheim bleibt. Bitte halten Sie sich zur Verfügung, falls wir noch Auskünfte zu Ihrem Freund benötigen.«

Sie brachten mich mit dem Dienstwagen nach Hause. Dort erwartete mich mit großer Freundlichkeit schon Frau Schmetz. Ich glaube, sie hatte sich sehr beeilt, um mir zu ersparen, in der brenzligen Verfassung in ein leeres Haus zu kommen. In meiner Hilflosigkeit fiel ich ihr um den Hals. Arya, der es sah und nicht begriff, lachte.

»War es denn nicht so schlimm, daß ich geweint habe?«, fragte ich sie. Da lachte auch Frau Schmetz, die alles verstand und küßte mich auf meine runzlige Wange. »Frau Schmetz«, sagte ich leise, »als ich vorhin Ihren Vornamen ausgesprochen hörte, spürte ich, wie gern ich sie so nennen würde. Schon immer hat mir dieser östliche Name besonders gefallen. Darf ich sie künftig ›Frau Olga‹ nennen?« Sie nickte lächelnd. Olga! Wie weich und warm, wie weiblich das klang!

Meine Katze hat Arya bald ins Herz geschlossen. Als ich bei einer Tasse Kaffee mit seiner Mutter auf der Terrasse saß, um alles zu unserer Beruhigung durchzusprechen, beobachtete ich seitlich etwas Wunderbares, das mich dem Leben doppelt zurückgab. Der überall im Garten wachsende Farn warf mit seinen filigranen Blättern ein Muster auf das gestreifte Katzenfell, und es war, als sähe ich statt der geometrischen Schattenlinien mit einem Röntgenblick das feine Rippengewölbe in ihrem Körper. Das leichte Beben der Farnwedel schien ihr sachtes Atmen zu sein. Wie konnte mich das nach dem Schrecken mit Bruno nur so froh machen!

Schon bald besuchten wir ihn im Krankenhaus. Wir traten extra würdig in seriöser, geradezu feierlicher Kleidung auf, um Bruno, damit man nicht wagte, ihn wegen seiner verräterischen körperlichen Kennzeichnung zu verspotten, auf diese Weise Rückhalt zu geben. Er war jetzt bei Besinnung, und ich sagte: »Bruno! Bruno!« »Das verfluchte Weib«, antwortete er mühsam. Ich verstand ihn zu Anfang kaum. Vielleicht hatte man ihm sein Gebiß nicht richtig eingesetzt, vielleicht war er am Kiefer beschädigt worden? Er sah in seinem Bett aus wie ein Wesen aus dünnem Papier geschnitten. Obschon es ihm schwerfiel, wollte er unbedingt erzählen, was vorgefallen war.

Es dauerte seine Zeit, bis alles aus ihm heraus war: »Ich war doch gehorsam wie immer, auch bei der Geißelung. Warum ist sie so böse geworden? ›Sie müssen mir jetzt sagen, wo alles Geld versteckt ist, Schmuck, Schecks, Gold. Das ist unser neues Spiel. Diese Bestrafung wird Ihnen gefallen. Gehorche, Sklave!‹ Ich habe ihr geglaubt. Ich kannte sie doch. Alles, was wir machten, egal was, geschah zum Spaß, selbst wenn sie dabei diabolisch kuckte. Sie tat das nicht umsonst. Dafür gab ich ja mein gutes Geld. Auch als sie mich immer fester gebunden hat, vertraute ich ihr noch. Erst als ich kaum noch atmen konnte und vergeblich ›Stop!‹ rief, dämmerte mir meine Lage, und ich fing ich an zu schreien. Da hat sie mir den Mund verklebt. Ich mußte es geschehen lassen und zusehen, wie sie mir alles, alles geraubt hat. Dann zwinkerte sie mir zu und ging weg in ihren Stiefeln. Ich hörte noch die Tür ins Schloß fallen. Irgendwann hatte ich Hunger und Durst und fror, aber wie sollte ich mich bemerkbar machen. Das gottverdammte Weib hätte mich seelenruhig sterben lassen. Ihr blieben drei Tage, um sich aus dem Staub zu machen. Ich mußte es erdulden, bis ihr gekommen seid. Bis zum Montag, bis zu Jäcki, mußte ich durchhalten, aber ich bin ohnmächtig geworden.«

Ob das »gottverdammte Weib« zu ihm, in Erinnerung an seine schnöde Jugendsitte, auf seinen Extra-Wunsch hin, zu ihm »Miststück« sagen mußte, als sich alles noch zu seiner Zufriedenheit abspielte?

Flüsternd fügte er hinzu: »Und hier, hier ernähren sie mich schlecht. Es gibt nur Brei. Sie sparen an allem. Wer ist die Frau, die immer bei dir ist?«

»Frau Schmetz, die jetzt mein Haus führt.« Ich sagte absichtlich »Haus« statt »Haushalt« aus Respekt vor ihr. Bruno sah mich schief an. Man konnte ihm nichts übelnehmen, er wirkte zu schwach und bläulich. Sein Lebenshauch schien sich manchmal zu verflüchtigen, kam dann jedoch zurück, besonders, wenn er »Dieses dreimal verfluchte Weibsstück« röchelte.

»Wir hoffen, daß sich sein Zustand nicht verschlechtert. Er ist noch nicht über den Berg«, sagte draußen eine fragwürdige Krankenschwester. Sie musterte uns mißtrauisch. Wollte sie uns drohen mit dem Ernst des Lebens, als wären wir für die Striemen verantwortlich? Dabei trug sie ein Röckchen und unappetitlich flusiges Haar, hui, so was wäre früher nicht möglich gewesen. Die hätte man sofort rausgeschmissen, früher, als es noch die strengen Stationsschwestern gab, wahre Drachen waren das. Um mich heimlich zum Lachen zu bringen, stellte ich mir vor, man würde sie zwingen, Hölderlins Gedicht »Patmos« zu lesen, besser noch: vorzulesen.

Als ich erfuhr, daß sich die beiden Neffen gemeldet hatten und bereit schienen, sich um das Nötigste ihres begüterten, geplünderten Onkels zu kümmern, erleichterte es mich sehr. Ich weiß ja gar nicht, was in einem Fall wie diesem meine Aufgabe gewesen wäre. So kann ich mich mit Frau Schmetz ausschließlich der seelischen Betreuung des zerknirschten Bruno widmen. Wir suchen ihn täglich auf. Er macht keine sichtbaren Fortschritte. Gefällt ihm etwa seine Hinfälligkeit, da sie ihm die Möglichkeit liefert, für Nachforschungen, auch seitens der Polizei, nicht ausreichend zurechnungsfähig zu sein? Er schwankt zwischen Wut und Scham, versucht sich auch ungebeten herauszureden. Niemand hätte ahnen können, meint er, daß sich hinter den wunderschönen Angeboten für einen sehr alten, sehr einsamen, aber noch quicklebendigen Mann eine kriminelle Firma verbarg, die gezielt das Vertrauen der Klienten erschlich und dann unbarmherzig zuschlug, die scheinbar spielerisch gefesselten Opfer bequem ausraubte und sich dann aus dem Staub machte. Das Gesicht der Verbrecherin hatte er kaum gesehen, da sie immer gleich eine Maske getragen habe, um den schaurigen Reiz zu erhöhen, wie er gedacht hatte.

Nun liegt er wehrlos da, vorerst ohne einen Pfennig, im selbstverschuldeten Elend. Da kann er sich noch so rechtfertigen. Wir machen ihm keinerlei Vorwürfe, es steht uns auch nicht zu. Aber unser Schweigen erbost ihn, so sehr er auch offenbar unsere regelmäßigen Besuche ersehnt. Die Zugehfrau Jäcki, bei der man zunächst eine mögliche konspirative Verbindung zu der Verbrecherin nicht ausschloß, auch auf Grund von Fällen, die sich in der Gegend ereignet hatten, steht inzwischen trotz ihrer Katzenaugen ohne Makel da und darf die Wohnung betreten, um die Gelegenheit zu nutzen, einmal nach Herzenslust aufzuräumen, wozu sonst die honorierte Stundenzahl ihrer Arbeit nicht reichte. Nur zu deutlich erinnere ich mich an ihr Klagen und Knien vor dem armen Bruno. »Jäcki ist der ehrlichste Mensch, den ich kenne, obschon sie manchmal aus Spaß eine Perücke trägt, am Wochenende sogar eine grüne oder blaue«, sagt Frau Schmetz.

Wir freuen uns über ihre Generalreinigung als ein gutes Zeichen für die Wiederkehr Brunos, denn laut ärztlicher Auskunft ist ein Überleben des Schocks nach der Attacke auf seinen gebrechlichen Körper keineswegs selbstverständlich. Die Krankenschwester spricht von nächtlichem Schreien und Schweißausbrüchen. Einmal brachte ich ein Schachbrett mit, um zu testen, wie es um Brunos Gehirnkräfte steht. Das Ergebnis lautete: nicht gut. Ohne Anstrengung könnte ihn mittlerweile Frau Schmetz schlagen.

»Frau Olga«, sagte ich auf dem Nachhauseweg, »war es nicht das trostloseste Dasein, das mein Freund Bruno führte? Wie gut geht es uns demgegenüber!« Sie nickte eifrig, und doch glitt etwas über ihr Gesicht, das mich beunruhigte. »Er fühlte sich mir haushoch überlegen in Weltkenntnis und hat sich der Übeltäterin selbst ans Messer geliefert«, fügte ich sicherheitshalber hinzu. Wir kamen an einem Obstladen vorbei, wo mir auffiel, daß ich in diesem Sommer weder Kirschen noch Blaubeeren, weder Brombeeren noch Stachelbeeren gegessen hatte. Eilig kauften wir von allem eine Schale, egal woher sie stammten, um die Unterlassung zu revidieren.

Gestern, am Abend vor Aryas Geburtstag, den wir mit einem Waldereignis zu feiern planten, beschäftigte ich mich wieder mit meinem Maler, endlich also mit dem Engelskonzert auf der linken Hälfte der zweiten Schauseite, in die ich mich angesichts der Aufregungen nach Herzenslust vertiefen wollte. Das Anbranden der dunklen Geister konnte mich nicht mehr schrecken nach den Ereignissen der letzten Tage. Dabei freute mich besonders, daß Frau Schmetz mir unbedingt dabei Gesellschaft leisten wollte. Hatte sie Blut geleckt? Bevor wir die Tafel betrachteten, konnte ich nicht umhin zu sagen: »Dieser Bruno!« Und Frau Schmetz wiederholte: »Ja, dieser Bruno. Nein!«

Zum ersten Mal fiel mir an ihrem Hals ein kleines Muttermal auf. Der abtrünnige Perser, überlegte ich, würde es wohl oft und oft geküßt haben, als er die Familie noch nicht satt hatte, war dann aber hoffentlich dorthin verschwunden, wo der Pfeffer wächst.

»Diese Tafel gilt als die rätselhafteste des ganzen Altars mit nicht auflösbaren Anspielungen. Das größte Geheimnis ist die gekrönte Frauengestalt in Rot und Gold, die manche als Vision Marias verstehen, die sich hier als zukünftige Himmelskönigin erschaut, andere als Maria aeterna, die schon vor der Schöpfung von Gott gedacht wurde und die visionär die Maria der Menschwerdung auf der rechten Seite sieht. Mich hat zu meiner eigenen Verblüffung dieses Vermuten und gelehrte Erwägen immer wenig beschäftigt, Frau Olga. Viel stärker als die aufglühenden Lichtgestalten regten mich die Massen der dunklen, wie aus einer ewigen Nacht zum Licht drängenden Wesen auf, verstümmelt oder noch nicht ganz ausgeformt, schon erlöst aus ihrer Dämmerung oder erst der Befreiung entgegentaumelnd, jedenfalls von einem wilden Sehnen bewegt, der hellen Seite der menschlichen Gott-Geburt zustrebend. Dieser ungeordnete Schwarm der Figuren, die einer noch in Fetzen an ihnen hängenden Finsternis entfliehen und der gesegneten Zärtlichkeit des Mutter-Kind-Geschehens entgegenfluten, war für mich immer das Hauptereignis dieser linken Tafel.«

»Das sind nur Gespenster und Phantasien«, widersprach Frau Schmetz mit Festigkeit, »auf die überirdische Frau im Flammenkreis, nur auf die kommt es an, Herr Waldenburg. Da haben Sie sich in etwas verrannt.«

Eine so energische Entgegnung hatte sie noch nie in diesem Zusammenhang geäußert. Ihr Selbstbewußtsein mußte in der letzten Zeit mächtig gewachsen sein. Es war mir recht.

»Die Kunsthistoriker würden Ihnen alle zustimmen. Aber mich interessiert das Hin und Her der Unterstellungen mysteriöser Bedeutungen nun mal nicht. Ich bezweifle, daß Grünewald in dieser Weise dachte und arbeitete.«

Ich wollte es ihr gegenüber nicht sagen, aber mir ist dieser Maler stets als hochsinnlicher Metaphysiker erschienen, als Sinnenmensch, durch und durch von Metaphysik durchdrungen, beides in extremem Maße, nie das Gleichgewicht zwischen den beiden Polen verlierend.

Der Druck einer undurchdringlichen Schwärze, den der Maler nach himmlischem Diktat oder dem seines Unbewußten schuf, umtost die herrlichen Strudel des Bösen, jedenfalls Nächtlichen und die dem weit entrückten, einem anderen Reich entstammenden Glutgestalten. Die Geburt des göttlichen Kindes erscheint dadurch noch einmal einschneidender und strahlender in unantastbar lieblichem Schein und natürlich, das sah ich ja auch, mit den diskreten Signalen des kommenden Leidens. Die wüste Inbrunst aber, mit der Grünewald den eigentlichen Hintergrund, die Wirbel der Irrenden, Suchenden in ihrer kreatürlichen Not zwischen Verblendung und Lichtinstinkt darstellt, haben mich getroffen wie kein anderes Weihnachtsbild. Es ist die Qual der Unerlösten, Tastenden, die aus den Abgründen ihres Mangels und ihrer Verstrickungen einer Hoffnung, durch deren enge Pforte sie sich quetschen, entgegenrudern. Das ist Grünewalds Größe: Er gab sich bei aller Strenge der Kunst seiner Schau schrankenlos, unbesorgt um Traditionen, hin.

Ich hatte Frau Schmetz, die noch neben mir saß, vergessen, bis Arya mit hellem Stimmchen aus unruhigem Schlaf nach seiner Mutter rief und noch bevor sie antworten konnte, mit hochroten Fieberbäckchen und wirren Locken verängstigt im Zimmer stand. Die weit geöffneten Augen sahen etwas Schreckliches, von dem er nur undeutlich stammeln konnte. Wie unverständlich, daß so kleine Kinder schon von Alpträumen gepeinigt werden!

Heute Morgen erwachte er, ohne sich an den Zwischenfall zu erinnern. Das Wetter läßt für unsere Waldunternehmung mein geliebtes Grüngold erwarten, die schönen Flecken auf dem grellen Waldgras und Moos, vor allem aber beste Bedingungen für Aryas Geburtstagsüberraschung. Wir haben das Reiten auf dem weißen, mit vielen schwarzen Punkten versehenen Pony schon lange mit den Besitzern abgesprochen und auch, daß wir mehrere Stunden auf den Wegen unterwegs sein dürfen. Unter diesem angenehmen Vorwand kann ich mir endlich auch selbst den Wunsch erfüllen, dicht umgeben von Vogelstimmen, in der Nachbarschaft eines solchen prallen Tierkörpers durch das Waldesgrün zu wandern. Daß jetzt Arya auf dem Ponyrücken sitzt und vor Vergnügen kräht, während Frau Schmetz, meine liebe Frau Olga, in ihrem gestreiften Sommerkleidchen an meinem Arm geht, überwältigt mich. Was bin ich nur für ein alter, einsamer Narr gewesen, ohne es recht zu wissen!

Nur wegen dieser Freude denke ich plötzlich: Es muß ja einmal zu Ende sein. Es geht ja gar nicht anders. Ich werde, so oder so, auch das Grün nicht mehr sehen. Es wird meinen Augen entschwunden sein, obschon es immer weiter existiert. Für mich ist es dann erloschen, und diese zwei wird es nicht mehr geben für mich. Der Gedanke durchfährt mich als schneller, todkalter Hauch, der die Hochgestimmtheit zum Ersterben bringt. Ich bemühe mich, es zu verbergen, ich sehe doch den Jungen so glücklich das Köpfchen immer wieder an den Hals und die wehende Tiermähne schmiegen und Frau Schmetz, in deren Augen heute keinerlei Trauer ist. Aber es fällt mir nicht leicht. Deshalb halte ich mich etwas zurück und gehe unsicher im sich verdunkelnden Grün. Da höre ich Frau Schmetz lachen, weil das Pony nicht weiterwill und stattdessen ausgiebig sein Geschäft erledigt. Und so sind es diese frischen, dampfenden Ponyballen, die mich wieder fröhlich machen und mit dem Kleinen zusammen all die Köstlichkeiten, die Frau Schmetz in ihrem Picknickkorb verborgen hat, mit uneingeschränkt gutem Appetit verzehren lassen.

Unsere Zeit reicht für mehrere Pausen. Dem Tier ist es nur allzu recht. Einmal sagt Arya, er fühle seit ein paar Tagen jeweils ein Knötchen hinter den Ohren. Auch Frau Schmetz kennt sich nicht aus damit und meint, das seien vielleicht bisher von ihm unentdeckte Knorpel oder Knöchelchen, die wir beiden Erwachsenen allerdings nicht vorweisen können, und wenn wir noch so danach tasten. Eventuell besitzt man sie nur im Kinderalter und sie verschwinden später? Es beunruhigt uns nicht.

Nur weist uns Arya, noch mit stark geröteten Wangen von der Wanderung, zu Hause darauf hin, daß er solche Knötchen auch unter den Achseln und in den Leisten spürt. Weh täten sie nicht, aber er wisse genau: Sie seien neu, diese Kugeln. Er findet sie lustig. Er will sie seinen Freunden im Kindergarten zeigen. Es ist aber Samstag, so muß er noch etwas mit der Sensation warten. Wir beschließen, falls sich nichts ändert, am Montag vorsorglich zum Arzt zu gehen. Der Junge ist nun ganz verhext von den interessanten Klümpchen und hofft, sie noch ein bißchen zu behalten. Alle paar Minuten kontrolliert er sie durch Betasten und stellt mit Begeisterung fest, daß sie nicht wegschmelzen.

Aber dann die Änderung! Eben, am Nachmittag, kam eine Nachbarin vorbei, um sich das Schachbrett für ein paar Stunden auszuleihen. Ich wußte, daß sie Ärztin ist, und bat sie daher, einen Blick auf den Jungen zu werfen, der sich auch sogleich, wieder mit gerötetem Gesicht, zur Verfügung stellte und sich von der kräftigen Person untersuchen ließ. »Du bist dick«, sagte er zu ihr. Frau Schmetz und ich, wir riefen gleichzeitig: »Aber Arya!« Er antwortete: »Doch, sie ist dick. Du bist sehr dick!«

Das Eigenartige ist, daß die Frau zwar eine stramme Figur besitzt, aber keineswegs als fettleibig bezeichnet werden kann. Sie sah ihn böse an. Wie kam der Kleine auf die Idee? Sie betastete sorgfältig seine Schwellungen, von denen die am Hals die weitaus auffälligsten waren. Sie sah uns besorgt an. Der Fall sei ernst. Sie sei sich fast sicher, daß der Junge an einer Lymphdrüsenerkrankung leide. Man müsse auch die Lunge röntgen. Gleich am Montag solle die Mutter mit ihm ins Krankenhaus gehen und sich schon einmal auf eine langwierige Geschichte bei der Behandlung einrichten.

Sie sagte es ziemlich geschäftsmäßig und informierte auch den Kleinen. »Am Montag mußt du ins Krankenhaus. Da hilft nichts.« Wollte sich die Stramme rächen mit der barschen Auskunft? Wenn ja, täuschte sie sich in der Reaktion. Den arglosen Arya erfüllte die Nachricht mit Stolz. Der einzige Kummer, der ihm bisher widerfahren war, bestand wohl im Anblick seiner vom Vater geschlagenen Mutter. Die Nachbarin aber nahm das Schachbrett, verabschiedete sich von uns, nun wieder ein freundlicher Mensch geworden, und verschwand.

Sie ließ uns im wahrsten Sinne des Wortes allein. »Sie ist sehr dick. Sie ist eine Dicke«, beharrte Arya mit heißen, roten Wangen. Er sei nun müde, sagte er plötzlich und prompt fiel mir der zarte Körper in die Arme. In diesem Moment hätte ich mein altes, zähes Leben für ihn gegeben, für dieses Engelsfrätzchen mit den verklebten Locken und den halbgeschlossenen Augen, die ein wenig nach oben gerichtet waren, so daß das Weiße am unteren Lidrand sichtbar wurde, was ja einen unheimlichen, dem Irdischen entrückten Eindruck macht. Ich gab meiner Schwäche aber nicht nach, sondern trug ihn in sein Bettchen.

Frau Schmetz war blaß geworden. Ihre Finger stolperten über die Tasten, als sie im Internet nachzuforschen begann, um zumindest eine kurze Information zu der Krankheit zu erhalten. Beruhigend war sie nicht. Da man nach außen lange Zeit keine verräterischen Anzeichen merkt, kann die Krankheit im Körper schon weit fortgeschritten sein, bevor eine Behandlung einsetzt. Die Vorstellung, dem Geschöpfchen, das erst gestern vier Jahre alt geworden ist, mit Chemotherapie oder Bestrahlungen zu Leibe zu rücken, erfüllt uns mit Angst. Auch ein gewisses, kürzlich entdecktes Muttermal an Frau Schmetz tröstet mich jetzt nicht.

Was nämlich auf einen Schlag im Raum steht, ist die wahnwitzige Vorstellung, Arya könnte uns verlassen. Das haben wir wohl beide noch nie gedacht. Er ist das ganz junge, aufsprossende, zutraulich lächelnde Leben, und nun fällt ein grausamer Schatten auf ihn, eine an ihm saugende Dunkelheit. Das hat die Ärztin, bestimmt kein bösartiger Mensch, nicht bedacht, sonst müßte sie anders zu uns gesprochen haben, schonungsvoller, vorsichtiger, nicht so triumphal in ihrer Diagnose.

Arya schläft, wieder mit roten, wie aufgeschminkten Wangen, als wir an sein Bett treten. Wäre nur schon Montag und wir müßten nicht einen sinnlosen, furchtsamen Sonntag verbringen. Unser Frieden ist zertrümmert. Das bange Gesicht von Frau Schmetz läßt sich nicht vergleichen mit dem leisen Schmerz, der manchmal in ihre Augen tritt.

Der Sonntagmorgen beginnt regnerisch nach einer für den Jungen ruhig verlaufenen Nacht. Wir lassen ihn lange schlafen. Frau Schmetz beschäftigt sich im Haus, bereitet wohl auch ein Köfferchen für einen möglichen Krankenhausaufenthalt Aryas vor. Wenn sie sich unbeobachtet fühlt, versteckt sie ihre Nervosität nicht. Ich höre ihr hektisches Hin- und Herlaufen und ziehe mich also an meinen Schreibtisch zurück, um mich durch Studieren der Bilder abzulenken, ja, so muß ich es diesmal wohl nennen, ehrlichkeitshalber. Als Frau Schmetz es bemerkt, sagt sie: »Sie sehen jetzt also wieder diese Bilder an?« Es klingt wie ein Vorwurf wegen Ungehörigkeit. Aber was soll ich denn tun? Ab und zu sage ich vor mich hin: »Olga! Arya!«

»Rufen Sie noch einmal diese Frau an. Vielleicht sagt sie uns was Wichtiges. Das Abwarten ist so scheußlich«, bittet, eher befiehlt Frau Schmetz. Ich gehorche. Die Ärztin ist aber außer Haus. Jetzt, weil sie die Mutter ist, tritt Frau Schmetz plötzlich unwillkürlich als Herrin des Hauses auf, und ich füge mich. Das rührt von ihrer Ausstrahlung her.

Sie telefoniert jetzt mit Jäcki in meinem hellhörigen Haus. Sie sprechen über Arya. Schluchzt sie nicht dabei, daß ich aufspringen möchte, um sie zu trösten: Olga, Olga!? Dann geht es um Brunos blaue Flecken. Frau Schmetz erzählt der Freundin die ganze Vorgeschichte. Offenbar hat Jäcki zwar eine vage Ahnung gehabt, sie sich aber verboten aus Respekt vor Brunos hohem Alter.

Zu seinem späten Frühstück wünscht sich Arya, der schnell begreift, daß er aufgrund der Knötchen unser König ist, sein Lieblingsessen. Frau Schmetz beeilt sich, glücklich wie ich, ihn sprechen zu hören und Hungergefühle zu äußern, mit der Zubereitung. Und so sitzen wir alle drei noch vor zwölf Uhr vor Tellern mit Kartoffelbrei, Spinat aus der Tiefkühltruhe und jeweils einem lachenden gepellten Ei in der Mitte. Wir beiden Erwachsenen bemühen uns, das Kind mit seinem brennenden Gesichtchen und gutem Appetit nicht allzu sehr spüren zu lassen, mit welcher tiefen Andacht wir alles, was es tut, verfolgen.

Während wir, äußerlich den behaglichen Schein wahrend, die auch mir noch aus Kindertagen vertraute Mahlzeit zu uns nehmen, fällt mir ein, daß Arya nie von seinem Vater spricht, kein einziges Mal hat er es bisher getan. Auch Frau Schmetz vermeidet ja, als wäre er wirklich bis ans Ende der Welt auf Nimmerwiedersehen entschwunden, seine Erwähnung. Der Junge und sie können sich doch unmöglich abgesprochen haben! Für eine solche Vereinbarung ist Arya noch viel zu klein. Und der Fremde an der Kita, der Grüße vom Perser bestellte? Ich weiß nicht, ob er wieder aufgetaucht ist.

Von Frau Schmetz fällt kein Wort darüber. Nur ihr Gesichtsausdruck läßt sich gelegentlich schwer für mich deuten, wenn sie vom Einkaufen nach Hause kommt. Ist sie erschrocken? Erfreut? Sicher bilde ich es mir nur ein, wenn ich ihre Miene heimlich prüfe. Oftmals singt sie sonst ein Liedchen vor sich hin. Das gefällt mir besonders, wenn sie mit ihrem Sohn gemeinsam singt. An diesem Sonntag kann davon natürlich keine Rede sein. Das schafft sie bei aller Selbstbeherrschung dann doch nicht.

»Knötchen«, flüstert sie, »Knötchen ist ein fürchterliches Wort. Knötchen sind immer ein schlimmes Zeichen.« Mir ist jetzt ihre Befürchtung, unabhängig von der Vermutung der Schachbrettfrau, klar und muß nicht ausgesprochen werden. »Es sollte uns diesbezüglich beruhigen«, gebe ich sehr unfachmännisch zu bedenken, »daß es sich um parallele Erscheinungen handelt. Das kommt bei dem, was Sie augenblicklich in Schrecken versetzt, sicher nicht vor.« Sie lächelt mich dankbar an: »Sein Körperchen ist so zart! Sie lieben ihn doch auch so sehr, Herr Waldenburg.«

Heute Nacht träumte ich ungewöhnlich ausführlich und erinnerte mich auch nach dem Erwachen daran. Ich wohnte der feierlichen Totenfeier zu Ehren eines Staatsoberhaupts bei. In der Kirche wurde von den Verdiensten des Verstorbenen um Nation und Volk gesprochen. Ob man das nur der Festlichkeit des Aktes wegen sagte? Niemand, niemand trauerte wirklich, alle schauspielerten. Der mächtige Sarg, der wohl einen recht umfangreichen Mann umschloß, war mit einem gelben Tuch bedeckt, was würdevoll, aber auch provisorisch wirkte. Hoffentlich rutscht es nicht gleich runter und alle fangen an zu prusten, dachte man. Ich spürte ja diesen allgemeinen Gedanken, und fast wünschte man es sich, weil der ganze Akt wie aus Pappe für ein Puppentheater geschnitten schien. Die Soldaten bewegten sich in einem albernen Laufschritt mit geknickten Beinen vorwärts, mal hierhin, mal dorthin, sie grüßten in die Luft und hielten ihre Gewehre nach rechts und links zu Ehren des Verstorbenen. Eine Kapelle spielte mit fürchterlichem Dröhnen die vorgeschriebenen Märsche. Das wäre in Ordnung gewesen, wenn sie sich nicht dauernd wiederholt hätten. Bald konnte man es kaum noch ertragen. Nur die Domglocken klangen unpassend herrlich aus der Höhe und aus strömendem Regen auf die Soldaten herab, schaurig, daß man an den eigenen Tod denken mußte. Die Soldaten in den zweiten Reihen murmelten manchmal etwas. Ich konnte es wunderbarerweise hören. Sie verabredeten sich für Bordellbesuche am Abend, wenn sie alles hinter sich gebracht hätten. Die Nationalhymne war mir noch vom Vorabend, anläßlich eines Fußballspiels im Fernsehen vertraut. Sie klang erstaunlicherweise in diesem Ernstfall hier nicht feierlicher als dort, während Generäle, nahm ich an, den Sarg wie ihre Beute von einer Stelle zur anderen schleppten. Man wußte nicht, wieso. Schließlich mußte er ja doch in den Wagen, der sehr nüchtern am Rand stand, hinein. Da half alles nichts.

Es wurden in einer Prozession viele, viele Kränze herbeigeschafft. Alle sahen gleich aus. Dabei hatten sicher mancherlei Institutionen, wie es ihre Pflicht und Schuldigkeit war, mit prunkvollen, aber völlig schematisch gebundenen Beileidsbezeugungen gehofft, etwas Auffälliges zu bieten. Persönliches ging unter, da man wahrscheinlich die Farben wegen der würdigen Einheitlichkeit vorgeschrieben hatte. Ab und zu hustete einer der paradierenden Soldaten. Warum? Weil er in Wirklichkeit über die verrückten Umzüge seiner Kollegen lachen mußte. Da alles vom Fernsehen gefilmt wurde, hieß es jedoch: Obacht. Bloß nicht beim Grinsen erwischt werden, da doch immerhin in der Kirche einige prominente Gäste öffentlich um den schon sehr der Welt entrückten Greis tatsächlich geweint haben sollen. Warum das denn, hätte man da gern gefragt. Gehören solche Tränen auch zur diplomatischen Ausbildung?

Der riesige Sarg, der bestimmt nur unter Keuchen zu bewegen war, stand trotz der hohen Militärs, die ihn umgaben (vielleicht als Ehrenwache, obschon sicherlich niemand damit etwas Unrechtes anstellen wollte), vereinsamt da. Alle um ihn her lebten und waren froh darüber. Der Sarg hatte seine Ehre, in Wahrheit aber pfiff doch jeder Lebende darauf und fühlte sich durch das Leben dem Toten haushoch überlegen. Da wurde mir plötzlich klar, daß der kleine Arya in dem Sarg lag. Die Größe war reine Täuschung. Es war unser Kleiner, der erloschen unter Sargdeckel und Sargdecke ruhte! Alles Blut schien aus meinem Körper zu strömen und die Adern füllten sich auf einen Schlag mit Eis. Vor Entsetzen erwachte ich. Ich dachte, ich hätte geschrien.

Glücklicherweise sieht Arya der Untersuchung noch immer mit Spannung entgegen. Sein gerötetes Gesicht wundert ihn nicht, auch die Flecken, die sich neuerdings auf seiner empfindlichen Haut zeigen, verblüffen ihn nicht. Nun aber, am Montagmorgen, so früh wie möglich, machen wir drei uns auf den Weg. Der Kleine hat sein weiches Händchen in meine dürre Hand geschoben. Wenn das doch niemals aufhören würde, seufze ich still und dankbar in mich hinein. Wegen der Wichtigkeit unseres Vorhabens macht er an meiner Seite, solange er es durchhalten kann, Riesenschritte, wie es sich für zwei echte Männer gehört. Auch der Geruch des

Krankenhauses, der mich als Kind so erschreckt hat, stört ihn nicht. Fröhlich geht er auf den jungen Arzt zu, der seinen Kittel offen trägt, so daß man sein buntes Hemd und die Jeans darunter sieht. Das hat auf Kinder bestimmt einen guten Einfluß, auch auf mich im hohen Alter.

»So«, sagt er, als er Arya aufmerksam betrachtet und abhört, vor allem seine Knötchen und seine inzwischen sehr fleckige Haut prüft. »So? Das hat sie diagnostiziert?« Ihm entgehen unsere ängstlichen Mienen nicht. »Ich brauche noch eine Blutprobe, nur, damit sich mein Verdacht bestätigt. Besteht die Möglichkeit, daß Sie schwanger sind?«, fragte er Frau Schmetz. Verwundert schüttelte sie den Kopf. »Hundertprozentig nicht.« Das sei gut so, das mache die Sache unkomplizierter. Auf ein Röntgen der Lunge könne man wohl vorerst verzichten. Er gehe davon aus, daß wir beide als Kinder oder Jugendliche einmal Röteln gehabt hätten? Ja? Noch besser. Dann bestehe wegen Immunisierung keine Infektionsgefahr. Der kleine Mann aber müsse für einige Tage hierbleiben, und zwar auf der Isolierstation.

Ich sehe Frau Schmetz an, daß sie am liebsten weinen würde vor Erleichterung. Wie töricht hatte die Ärztin gehandelt, als sie uns so unbedacht in höchste Aufregung versetzte! Nachträglich kam sie auch mir unanständig dick vor.

»Die Knötchen«, sagt der Arzt zu Arya, »sind ein gutes Zeichen. Sie sind die Polizei. Sie passen auf dich auf und schlagen Alarm. Das werden sie noch ein Weilchen tun, und am besten ist es natürlich, wenn sie wieder verschwinden. Dann haben sie ihre Aufgabe nämlich erfüllt.« Die Auskunft gefällt dem Jungen. »Polizei im Körper!«, meint er zufrieden.

Der Abschied fällt Frau Schmetz und mir selbstverständlich schwerer als Arya, der neuen Ereignissen entgegenblickt. Zum Schluß sehen wir noch hinter der Scheibe sein Händchen, das uns winkt und nun einige Zeit nicht berühren wird.

Draußen sinkt mir Frau Schmetz um den Hals und weint an meiner Brust ein bißchen. Sie tut es mit einiger Vorsicht, sicher in der Sorge, mich wegen meiner körperlichen Schwäche umzuwerfen. Das merke ich wohl. Wie gut es mir aber tut, sie in unserer Freude zu trösten! Daß wir ein paar Tage auf Arya verzichten müssen, wird uns nach der verschwundenen Angst der letzten Stunden nicht allzu bitter werden.

Da wir uns im selben Krankenhaus befinden, in dem auch Bruno untergebracht ist, beschließen wir, ihm einen Besuch abzustatten. Weiß und faltig, von den dunkler werdenden Hämatomen abgesehen, liegt er in seinem Bett und ruft uns zur Begrüßung entgegen. »Das dreimal verfluchte Weib!« Habe er sie nicht immer treulich bezahlt, für ihre Schläge gelobt und ihr in allem als ihr Diener und Sklave gehorcht? Und dann dieser Verrat! Bruno erzählt uns, inzwischen mit etwas verständlicherer Stimme, alle Ereignisse seines kriminellen Vormittags von neuem und erwartet von uns Überraschung und Erstaunen. Mit leichtem Erschrecken stelle ich fest, daß er sich offenbar nicht daran erinnert, mit welcher Empörung er uns den Vorfall bereits berichtet hat. Er spricht unverhohlen hochnäsig zu uns, nämlich als der in Welterfahrung haushoch Überlegene. Sorgen um seine Zukunft macht er sich nicht. Er ist viel zu sehr gebannt von dem, was er sich augenscheinlich immer wieder von vorn aufsagt, vermutlich auch, wenn er allein ist.

»Nein«, meint die Krankenschwester mit dem flusigen Haar, »über den Berg ist er durchaus nicht, auch wenn er pausenlos daherschwätzt. Und nachts macht unser junger Mann Rabatz. Ich fürchte, er stirbt uns noch weg.« Ich würde mich nicht wundern, wenn sie ihn in unserer Abwesenheit duzt. Auch kann ich nicht umhin zu denken: Er ist wohl doch über den Berg. Sie sagt das nur, um Macht auszuüben.

Kaum waren wir zuhause, klingelte es. Frau Schmetz lief zur Tür und stand der Ärztin gegenüber, die das Schachbrett ablieferte. Nach Arya erkundigte sie sich mit keinem Wort. Das empörte Frau Schmetz zu Recht. »Sie haben uns ordentlich umsonst in Aufregung versetzt. Mein Sohn hat bloß Röteln«, stieß sie zornig hervor.

»Wenn das man stimmt«, sagte die uneinsichtige Medizinerin und verschwand.

»Diese Person! Vielleicht ist sie gar keine Ärztin, sondern will sich mit der Behauptung nur Respekt verschaffen! Wo ist denn ihre Praxis, wo sind die Patienten? Sie sah mich an, als freute sie sich, daß uns Arya weggenommen worden ist, dieser Fettsack, der sich dicke tut.«

So erbost hatte ich die freundliche Frau noch nie erlebt. Als Mutter sollte man sie lieber nicht herausfordern! Das war bei Ruth nicht anders gewesen.

Wir spürten beide die plötzliche Leere der Wohnung und wußten nicht, was wir sagen sollten, wie man es von älteren Liebespaaren und Ehen hört, gerade so. Es herrschte, was es noch nie gegeben hatte, zwischen uns eine Verlegenheit. Mir fiel mein Glas hin und zerbrach. Wir hätten doch beruhigt sein können, und doch! Und doch waren wir nervös. Das mußte die Nachwirkung sein.

»Herr Waldenburg«, sagte Frau Schmetz. Sie füllte für mich ein neues Glas, »Lassen Sie uns auf unseren Kleinen trinken.« Sie lächelte mich an aus grünen Augen: »Wollen wir nicht rauchen?« »Ja, Frau Olga«, antwortete ich erleichtert. Mir wurde warm ums Herz. Sie ist eine gute Frau, meine Frau Olga. Ich rauche selten, und sie tut es in meiner Gegenwart nie. Nun aber war der Rauch, der durch die Zimmer zog, das Dritte, das wir unbedingt benötigten. »Dieses winkende Händchen hinter der Scheibe geht mir noch immer durch den Kopf, liebe Frau Olga«, murmelte ich vor mich hin. Das mochte sentimental sein, Frau Schmetz meinte auch gleich: »Die Hauptsache ist der Kleine, daß er nicht leidet.« Ich empfand es als Zurechtweisung und war damit einverstanden. Dann allerdings folgte aus heiterem Himmel: »Herr Waldenburg, ich wollte Sie längst danach fragen. Wenn Sie so sehr an Arya hängen, wieso sprechen Sie dann nie von Ihren eigenen Kindern?«

Ich zuckte unter der Frage zusammen und antwortete eine Weile nicht. Sollte ich sagen: Ich weiß es selbst nicht? Das hätte auch nur zur Hälfte der Wahrheit entsprochen. »Sie haben sich aus meinem

Gesichtsfeld entfernt.« Frau Schmetz war nicht zufrieden, Sie wartete auf eine Erläuterung, ließ mit ihrem Schweigen nicht locker. »Nach dem Tod meiner Frau haben sie sich zurückgezogen. Ich hörte nichts mehr von ihnen, nur, daß sie beide in München wohnen und dort sehr gutgehende Augen- und Zahnarztpraxen besitzen. Beide sind mehrfach verheiratet, es gibt Enkel und vermutlich inzwischen auch Urenkel. Genügt Ihnen das?«

»Nein«, sagte unerbittlich meine Frau Schmetz. »Es sind doch Ihre Kinder, keine Fremden. Es muß Sie doch betrüben, daß eine solche Funkstille zwischen Ihnen herrscht, vor allem weil es Nachwuchs gibt, den Sie ja offenbar nicht mal gesehen haben.«

Mir war rätselhaft, was sie zu solcher Herzlosigkeit, ja Brutalität veranlaßte.

Sie spürte meine Entgeisterung und entschuldigte sich sofort mit schmeichlerischer Stimme: »Sie wären ein wunderbarer Großvater und Urgroßvater. Nicht nur Sie werden um die Kinder, auch die Kinder werden um Sie betrogen, gerade wenn es immer neue Ehefrauen gibt.«

»Das Verhältnis meiner Söhne zur Vergangenheit ist ein anderes als meins. Was einmal war, steht für sie in abgelegten Akten.«

»Das wissen Sie doch gar nicht. Vielleicht trauen sie sich nach der turbulenten Zeit ihrer Ehegeschichten mit den Scheidungen bloß nicht wieder hervor.«

»Für so schüchtern halte ich sie nicht, eher für gedankenlos, Frau Olga, für gedankenlos, nicht mal für gefühllos, nur gedankenlos. Ich bin nicht der Mensch, und Mann und Vater, der ihnen nachrennt. Es müßte von ihnen ausgehen. Und damit Schluß des Themas, bitte.« Sie hatte es zweifellos gut gemeint, doch ich war nun fast zornig. Erkundigte ich mich etwa, warum sie und ihr Sohn niemals von dem Perser sprachen? Die Schlaue wußte aber, wie sie mich versöhnte. Sie legte ihre Hand auf meine Schulter und ließ sie dort ein bißchen liegen. Prompt herrschte Frieden zwischen uns und in mir.

Wenn ich abends die Haustür abschließe, sage ich mir jedesmal, und es ist ein herrliches Gefühl: Jetzt sind wir drei beschützt vor der ganzen Welt! Das ging jetzt nicht, einer, der Schutzbedürftigste, war draußen. Ich brauchte Trost, für mich allein und in mir drinnen. Da würden mir nur die Bilder, die ich in der allerletzten Zeit auch in Gedanken vernachlässigt habe, meine treuen Helfer sein. In ihnen kann ich mich für eine Weile ausruhen.

Zuerst ließ ich mich von den Augen des aus dem Grab herausrauschenden Christus durchdringen. Manchmal, auch jetzt, spüre ich neben ihrem Ernst deutlich den Spott. Er kennt mich zu gut, zu restlos, um nicht spöttisch zu sein. Er ist durch keine Pose zu täuschen. An diesem Abend aber ergriff mich am stärksten sein steiles, zersplitterndes Durchbrechen von Felsplatten und einer Soldatenwache, die aus einem früheren Erdzeitalter, dem der Echsen, stammt, ins Universum, in eine andere Welt. Alles Irdische bleibt, beiseitegeschleudert, zurück.

Ich hörte Frau Schmetz leise telefonieren. In ihrer Stimme lag, wie soll ich sagen, eine drängende Abwehr. Es geht dich nichts an, sagte ich mir fest entschlossen. Beim Frühstück hatte ich sie gefragt, ob der »Spion« noch einmal aufgetaucht sei. »Nein«, sagte sie schnell, wandte mir dabei jedoch den Rücken zu. Ich sah ihr nicht ins Gesicht. Der Zeitpunkt war an diesem Morgen schlecht, eigentlich rücksichtslos gewählt. Nur hatte es mir plötzlich so sehr auf der Zunge gelegen, daß ich mich nicht beherrschen konnte. Mit wem sie wohl flüsterte? Es gab doch eigentlich keinen vernünftigen Grund, so leise zu reden. Sie ist mir ja keine Rechenschaft schuldig. Sie kann jederzeit tun, was sie will!, sagte ich mir unsicher. Jederzeit kann sie das und kann mit wem auch immer telefonieren, natürlich, jederzeit und mit jedermann. Ich habe keine Befugnis, mich einzumischen.

Trotz dieser Erkenntnis bereitete mir die Unterbrechung Schwierigkeiten, zu den Bildern zurückzukehren. Ich übersprang das große Mittelbild der Geburt mit der umgedrehten Bewegung in der rechten Hälfte, auf der die göttliche Gnade, ausgehend von dem im Licht thronenden Vater, aus der Höhe in Gestalt der feenhaften

Sendboten und einer vertikalen Strukturierung der Luft, zur Erde strömt. Es regnet im Überfluß himmlisches Wohlwollen herab.

Schon war ich wieder gefangen von der Überzeugungskraft des Altars. Wie hatte mich nur die eventuelle Heimlichtuerei meiner lieben Frau Olga in Unruhe versetzen können! Das war die gerechte Strafe für mein – allerdings versehentliches – Überwachen. Es genügte ja wirklich, daß mich das winkende Händchen Aryas, der doch gar keine Verlassenheit auf seiner Isolierstation empfand, bekümmert hatte! Der Aufenthalt dieser kleinen Familie nimmt mir meine knorrige Rüstigkeit, über die ich als einsam lebender Mann seit Jahren aus Notwehr gegen die Umstände verfüge. Ich bin aufgeweicht, ein pantoffeliger Großvater bin ich geworden!

Soll ich das bedauern oder nicht? Ich freue mich, mittlerweile vielleicht allzu sehr, morgens auf das heitere Lächeln der Chefin unseres Haushalts, wenn sie mir im wunderbar erregenden Kaffeeduft ihr Gesicht entgegenhebt. In ihre freundlichen Hände legte ich die ganze Wirtschaft nur zu gern. Ich freue mich sogar, wenn ich mich aufrichtig prüfe, über die Sorgen, die uns Arya bereitet. Es verbindet mich mit den zwei Menschen wie mit Blutsbanden. Ich fühlte mich fülliger, durchpulster vom Leben als früher, energischer und berechtigter zu ihnen gehörend. Wie selbstverständlich die Hand des Jungen in der meinen ruhte, als wir ins Krankenhaus gingen! Ich fühle den Abdruck noch jetzt zwischen meinen alten Fingern, und es kommt mir vor, als lächelten bei der Erinnerung Daumen, Zeigefinger, Mittelfinger, Ringfinger und kleiner Finger. Bald, bald werde ich sein Händchen wieder spüren, es sind ja nur die dummen Röteln.

Jetzt aber will ich mich, da ja auch Frau Schmetz nicht mehr telefoniert und flüstert, sondern eins ihrer Liedchen singt, vollständig auf die »Verkündigung« konzentrieren, auf dieses herrliche, in all seiner Pracht sturmdurchbrauste Gemälde, auf dem der göttliche Funke ins Irdische fährt, während er auf der rechten Seitentafel zurück ins heimatliche Licht schießt.

Die Frau ist in ihrer netten Rundlichkeit von anderem Temperament als die übrigen Marien des Altars. Auch über das selige Antlitz der Madonna des Geburtsbildes weht ja bereits der melancholische Hauch eines unerklärlichen Vorauswissens. Obschon verklärt vom rötlich-goldenen Schein des Ereignisses, hat diese hier dagegen noch bequemere Erwartungen an ihre Zukunft und ahnt nicht, welche schreckliche Geschichte in dieser Sekunde beginnt. Ihr hübsches, pausbäckiges Gesicht mit dem angedeuteten Doppelkinn und dem niedlichen Mündchen sind wie geschaffen für eine gemütliche Häuslichkeit, für eine geruhsam weibliche Existenz, die sich im behütet bürgerlichen Wirkungskreis mit allen Freuden eines gottgefälligen, nichtsdestoweniger sinnlichen Frauenlebens gemäß den biologisch-zivilisatorischen Vorschriften erfüllt. Sich Sorgen um das Heil der Menschheit zu machen, käme dieser Maria unbescheiden und absurd vor.

Ihre Hände mit den ausgeprägten Fingerkuppen weisen nicht auf körperliche Arbeit hin. Selbst die von Frau Schmetz, die immer Gummihandschuhe bei der Hausarbeit trägt, sehen nicht so verwöhnt aus wie diese, die geübt in feiner Stickerei oder auf einem Musikinstrument sind. Und der Kopf, ist er zurückgelehnt in instinktiver Abwehr vor Unzumutbarem oder einfach nach hinten geworfen vom gewaltigen Luftzug, den der Eintritt des Himmelsboten verursacht? Es mag beides sein. Der Körper drückt in seiner Nachgiebigkeit schon Gehorsam und Hingabe gegenüber der göttlichen Anweisung aus, die Maria vollkommen verwandeln und aus ihrem bedächtig jungfräulichen Dasein herausreißen wird, wobei der schräge Blick, unter den gesenkten Lidern hervor, mädchenhafte Neugier verrät und ihrem ebenmäßigen Gesicht ein unvorschriftsmäßiges Feuer verleiht.

Das ganz Andere bricht ein mit herrischer Geste. Es ist eine männliche, beinahe kriegerische Gewalt, die Marias harmonische Welt zerstört. Nein, ein andächtiger, frommer Maler war Grünewald trotz seiner mittelalterlichen Religiosität nicht und niemals! In seinen Bildern brennt eine Wildheit göttlicher Energien, die kanonisierte Haltungen sprengt.

Die lodernden Gewänder des Kuriers umbranden und umzüngeln den Engel als Spuren der entrückten Zone, der er entstammt. Sein Gesicht drückt nicht eine Anfrage aus, sondern einen Befehl. Maria kann sich dem nur unterwerfen. Die grüßende, segnende Engelshand hat den Kommandocharakter, den Grünewald auf dem Kreuzigungsbild bei Johannes dem Täufer wiederholt. Hier heißt er: Du bist auserwählt! Das ist dein singuläres, furchtbares Schicksal, die Gnade, der du dich nicht entziehen, vor der du dich nicht verstecken kannst. Du mußt! Es gibt kein Entkommen vor dem Einbruch dessen, was nun deine kleine hübsche Welt und wohl auch deinen bisherigen Verstand zerlegt. Ich bin der schreckliche Bote des liebenden Gottes. Ab jetzt bist du herausgerissen aus dem Schutz des Normalen, ich reiße dich mit Klauen heraus. Von nun an gibt es keine schlichte familiäre Biederkeit mehr in deinem Leben, wie du es dir bisher ganz selbstverständlich wünschtest, du grausam Auserwählte. Ab jetzt bist du kein Schäfchen mehr, du bist die geheimnisvolle Rose, der elfenbeinerne Turm, das goldene Haus, das ehrwürdige Gefäß, der Morgenstern, denn die einzigartige Unschuld deines Gemütes, das in Dummheit versumpfen könnte, reicht in den Augen Gottes bis an die Pforten des Himmels.

Wie immer, wenn ich begeistert war, fühlte ich mich um Jahrzehnte verjüngt, und je länger ich die Maria betrachtete, desto ähnlicher schien ihr Gesicht dem von Frau Schmetz zu sein. Wer weiß, ob ihr das gefallen würde. Und so endete dieser Abend, der mich, wie alle Lebewesen, dem Tod ein Stück näherbrachte, für mich mit einem Lächeln.

Jetzt, am nächsten Morgen, machen wir uns, gleich nach dem Frühstück, während dessen wir uns beide gegenseitig bei Blicken auf den leeren Platz Aryas ertappen, auf ins Krankenhaus. Von solchen Lücken, diesem Klaffen in der gewohnten Ordnung, geht etwas Bedrohliches aus, das den tatsächlichen Anlaß weit übersteigt. Das ist die Art von Bildern, vor denen man sich hüten muß. Denn wir sind insgesamt doch frohgemut, es geht ja zu unserem Kleinen, der, wie sich bald zeigt, auf gutem Wege der Besserung ist, aber die Erkrankung noch keineswegs überwunden hat. In seinen Augen glänzt es leicht fiebrig. Das gibt ihnen, unter den langen schwarzen Wimpern, eine tiefe Feierlichkeit, auch wenn wir ihn mit allerlei Unfug zu unterhalten versuchen. Wir sind so sehr daran gewöhnt, sein anschmiegsames Körperchen zu berühren, daß die aufgezwungene Distanz etwas Künstliches, Gespreiztes mit sich bringt, eine krampfhafte Herzlichkeit, die auch der Kleine offenbar spürt und uns deshalb einige Male fragend ansieht und ernsthaft gegen die Scheibe klopft, als wäre dadurch die Trennung zu überwinden, während wir uns doch an seinem lieben Anblick zu sättigen versuchen. Der Abstand bleibt jedoch unüberbrückbar.

So ergibt sich, daß wir uns sogar ein bißchen erlöst fühlen, als wir uns verabschieden, so gern wir uns weiterhin in seiner Nähe aufhalten würden. Ich begreife es nicht, muß es mir aber eingestehen. Es erinnert mich an das Warten auf die Abfahrt des Zuges, wenn die einen von innen und die anderen von außen hilflos und mundtot durch die Scheiben starren, die man nicht herunterdrehen kann. Jetzt erlebe ich es nicht mehr, das Leben auf den Bahnsteigen, aber es wird sich nicht geändert haben.

Und da passiert es, daß Arya, der am Tag davor so munter und tapfer winkte, plötzlich die Augen unter den schönen Wimpern niederschlägt und alles in dem kleinen Gesicht nach unten sinkt, besonders der Mund verzieht sich in seinen Winkeln zu einem nur mit äußerster Mühe zurückgehaltenen Weinen, und er läßt sich zu keiner anderen Regung mehr verleiten. So müssen wir von ihm gehen mit dem Bild einer vierjährigen, maßlosen, stummen Verlassenheit. Es schmerzt mich sehr. Wieder so ein Anblick, bei dem es heißt: Vorsicht! Eintritt verwehren!

Pflichtgemäß sehen wir noch bei Bruno vorbei. Weiß, dünn und an den Armen blaufleckig sitzt er in seinem Bett, fixiert uns mit der inzwischen gewohnten, kindischen Arroganz und lamentiert über das verfluchte Weib, dessen Untat er uns schildert wie neu.

Er will nichts anderes hören, nur immer diese eine Geschichte erzählen. Sie ist jetzt sein geschrumpftes Leben, seine verkümmerte Welt.

Die flusige Krankenschwester wartet schon auf dem Flur. »Zwei Herren waren hier, Neffen dieses Mannes. Sie haben sich ein Bild gemacht und mit den Ärzten gesprochen.« Bruno hat die beiden nicht erwähnt. »Die Ärzte sagen, er wird durchkommen. Er hat es geschafft, physisch geschafft. Mental sieht es übel aus. Er wird nicht mehr allein in einer Wohnung leben können. Die Neffen bringen alles in Ordnung. Er muß in ein Pflegeheim. Seine Demenz ist schon älter, aber jetzt unübersehbar. Daran ist nicht zu rütteln, ob er will oder nicht. Die Neffen arrangieren das, direkt vom Krankenhaus aus. Es sind vernünftige Männer.«

Ich höre es voll Trauer. So endet es also mit meinem alten Freund, mit dem ich vor nicht allzu langer Zeit Schach gespielt habe, bevor er der von seiner neuen Leidenschaft Besessene wurde. Es greift schaurig nach meinem Herzen, denn er ist so viele Jahre mein Kamerad gewesen, im Alter wie ich, und nun macht er mir so erbarmungslos vor, wie es gehen kann. Ich bin voller Mitgefühl, will aber angesichts der Entwicklung am liebsten nichts mit ihm zu tun haben und keinesfalls sein Schicksal mit dem meiner Mutter vergleichen. Ansteckungsgefahr! Läßt sich die Freundschaft nach der starken Veränderung jedoch abschütteln?

Auch als Frau Schmetz am Tag von Aryas Entlassung aus der Klinik mit Spinat, Kartoffelpüree und gekochtem Ei in der Mitte aufwartete und wir drei frohgemut wiedervereint beim Essen saßen – wir Erwachsenen mit einem Gläschen Sekt –, gelang es mir nicht, den Gedanken an Bruno vollständig zu unterdrücken. Es ärgerte mich, denn nun war doch alles wieder gut und der richtige Zeitpunkt für wunschloses Glücklichsein. Warum dann diese Störfeuer meines Bewußtseins, eine Schwerfälligkeit der Gefühle, die sich nicht pünktlich uneingeschränkt auf die heitere Stunde einstellen wollten? War vollkommen ungetrübte Freude niemals möglich, nur in einem so kleinen Menschen wie Arya? Warum ausgerechnet jetzt die unerwartete Ängstlichkeit, dieses Glück, das ich im Augenblick nicht einmal ganz und gar zu genießen fähig war, könnte mir plötzlich geraubt werden?

Da kam mir ein Einfall, gerade als ich mich dem auf seinem Spinatbett thronenden gekochten Ei näherte. Wer weiß, unter Umständen war es ja auch in meinem hohen Alter noch möglich, die beiden zu adoptieren? Dann würden sie unauflöslich zu mir gehören und jeder von uns wäre gerettet! Es würde sie zu mir zwingen. Die Idee beflügelte mich, obschon ich nicht davon zu sprechen wagte, den ganzen Tag. Nichts übereilen!

Wie froh meine Frau Olga ist, ihren Sohn wieder gesund um sich zu haben! Überhaupt scheint sie mir in der letzten Zeit aufgeblüht zu sein. Nie vorher ist sie so schwungvoll zum Einkaufen gegangen und so heiter wiedergekommen, eine fast schöne, wenn auch nicht mehr blutjunge Frau. Was für eine Freude, sie einfach bloß anzusehen! Welche Wonne, den kleinen Arya zu berühren, das weiche Körperchen, wenn er sich kätzchengleich an mich schmiegt. Mein seltenes Pfeiferauchen gefällt ihm. Er schnuppert danach und fühlt sich wohl in dem Duft.

Dabei sind meine heimlichen Schmerzen groß und eigentlich immerwährend. Mich wundert, daß es mir gelungen ist, sie bisher nie zu erwähnen. Das liegt sicher an der Angst, wenn ich erst einmal mit dem Klagen anfange, nicht mehr damit aufhören zu können. Aber jetzt ist es ausgesprochen, und ich möchte mich wenigstens dieses eine Mal erleichtern. Das Entmutigende ist ja, daß es niemand versteht. Kein Bekannter, kein Arzt, kein Heilpraktiker. Keiner kann mir helfen. Sie begreifen das Fürchterliche dieser Krankheit nicht. Das erkennt nur, wer es erlebt. Ich habe doch alles versucht. Hiob kann es kaum schlimmer ergangen sein, davon bin ich überzeugt. In frömmeren Zeiten versuchten es die Kranken mit einer Wallfahrt, man denke nur an das Antoniterkloster in Isenheim! Nach meinem Lamento werde ich meinen Mund in dieser Hinsicht wieder fest verschließen. Das habe ich ja auch bisher geschafft und stattdessen gelächelt wie ein Urgroßvater. Dabei könnte ich in manchen Momenten alles kurz und klein schlagen, trotz meines Glücks.

Was mich zermürbt, ist die Dauer. Es gibt kaum eines der tief ersehnten Ruheintervalle, keinen Frieden. Es regiert ein Krieg. Nur daß ich kein Gegner, sondern nur Opfer bin. Die gelegentlichen Gelenkschmerzen sind nichts dagegen. Denen kann ich ja zusehen. Diesen hier nicht, die ziehen mich in die Strudel ihrer Attacken, und ich weiß dann nicht mehr, wo oben und unten ist, während ich mit zustimmender Miene Aryas Lieblingsspeise verzehre, so daß von meinen beiden Lieben niemand etwas ahnt. Das Andauernde, das mir kaum eine Atempause gönnt, zerstört beharrlich meine Nervenkraft und kommt doch nicht von außen, sondern aus mir selbst. Ein Schuldiger, auf den ich einen Zorn abladen könnte, existiert leider nicht. Ich muß mich gegen mich selbst erbittern, ohne einmal zwischendurch Luft schnappen zu können. Ohne Erbarmen, in eiserner Pflichterfüllung, strickt sich der Schmerz fort und fort.

Aber ganz so ist es doch nicht, vielmehr noch schlimmer, denn ab und zu tut sich eine Lücke auf. Dann herrscht Totenstille. Der Schmerz packt seine Stricknadeln weg. Ich lebe plötzlich, für dreißig Minuten vielleicht nur, wie andere Leute leben. Deren Körper läuft so mit, sie denken nicht an ihn, verlassen sich nur vollkommen auf seine Treue, schwimmen wie ein Fisch im kühlen Wasser und ahnen nichts von der Bevorzugung. Ich weiß allerdings mit hundertprozentiger Sicherheit: Die Schmerzen liegen auf der Lauer. Sie necken mich, machen sich einen Spaß daraus, mich urplötzlich im Genick zu erwischen und loszuschlagen. Sie verstellen sich unter der Maske gleichmütiger Friedlichkeit, bis sie sich genug gestaut haben, um loszuarbeiten, daß es mich kurzfristig um den Verstand bringt und ich tatsächlich schon in ein Kissen gebissen habe, um sie zu ertragen. Was wußte denn der gute, lüsterne Bruno vom Leiden, das er sich wünschte durch die Hand seiner bezahlten Dame, wenn es einem wirklich über die Gehirnkräfte wächst? Die Schmerzen stellen sich, als äußerste

Gunstbezeugung, ein, zwei Stunden tot, gehen dann jedoch zum Angriff über, und die ganze Zeit, die man genießen sollte, fürchtet man sich vor ihnen, horcht ängstlich und hofft trotzdem, sie könnten sich verflüchtigen, wären überhaupt nur eine Einbildung, ein Irrtum des Sensoriums. Man lauert selbst, nur von der anderen Seite, ob sie im Anmarsch sind, mit kleinen, verräterischen Stichen zuerst, mal hier, mal da, bis sie in voller Orchestrierung triumphieren, gereizt womöglich durch die äußerste Beherrschung, um die man sich bemüht, und zeigen mir, wer der Meister ist.

So zuckt es hin und her, widerspricht sich und ist doch die reine Wahrheit. Oft genug schon habe ich mich gewundert, daß mein verdorrter, verlederter Körper noch so brennen kann, so glühen, so toben unter oder auf der Haut. Auf diese Art jugendlicher Vitalität verzichte ich gern, wäre gern ein uralter Mann mit reduzierten Sinnen. Aber diese Version von Altersermattung ist mir nicht beschieden.

Manchmal kündigt sich der Anfall durch eine Hitzewelle an. Sie tut nicht weh, sie ist nur ein Pulsieren, das den gesamten Körper durchläuft und ihn in Schweiß ausbrechen läßt. Auf der Stirn ist die Nässe am stärksten. Dann, in abruptem Wechsel, folgt der Frost. Eine Gänsehaut überzieht die Gliedmaßen, man schüttelt sich, dann meldet sich wieder die Hitze, dann die Eiseskälte. Bevor das Brennesselfeuer kommt, spielen diese beiden bösen Mächte mit mir, als würfen sie sich neckend einen Ball zu, kichern, während ich sie verfluche.

Das dauert ein Weilchen. Man ist den gemeinen Scherzen hilflos ausgeliefert. Die Beine beginnen zu beben, man kann nicht mehr sicher auf ihnen stehen. Aber dann ist das Getändel vorbei. Der Großangriff erfolgt. Der fällt über Arme und Beine her, aber nicht kompakt, er will auch jetzt seinen Spaß haben. Er springt! Er springt über die Extremitäten, hüpft schelmisch von hier nach dort, beißt und sticht, zwickt und sengt, immer viel schneller als die Hand, die ihn massierend bekämpfen will. Schließlich ist alles erobert. Es gibt keine Inseln der Schonung mehr. Die Haut steht in

Flammen, die Glut kriecht vom Hals bis zu den Fußgelenken. So geht es am Tag, so geht es ebensogut, und qualvoller, in der Nacht.

Man kann nicht weglaufen davor. Es gibt kein Versteck. Allenfalls eine Wanderung ins Grüne stellt sich als Rettung heraus oder eine Tablette, die mir schließlich, mit etwas Glück, die Augen zufallen läßt.

Und doch gelingt es mir, Arya anzulächeln und seine fröhliche Mutter, deren Melancholie auffällig schwindet. Es gelingt mir, das Elend zu verschweigen, obschon ich einige Male gedacht habe, wenn Olga davon wüßte, würde sie mich in den Arm nehmen, ich spürte ihre warmen, nicht allzu kleinen Brüste und es wäre für einige Zeit alles gut. Etwas in mir sagt: Lieber nicht! Nur: Sind diese inneren Stimmen immer die richtigen?

Oft fällt mir, dem Klappergestell, Herakles ein, dieser Gigant an Stärke, der sich im giftigen Nesselhemd, das er sich nicht von der Haut reißen konnte, vom unerträglichen Jucken gepeinigt, um erlöst zu werden, und sei es durch den Tod, ins Feuer stürzte. Wenn ich aus dem Fenster spränge, würde ich aber nicht wie er unter Blitz und Donner vom Scheiterhaufen in den Olymp entrückt.

Mir bleibt in den härtesten Minuten nur, das blutleere Gesicht von Grünewalds Gekreuzigtem anzusehen. Er hat ihn häufig gemalt, nie aber so. Immer wirkt es, als hätte man ihn gehetzt, hätte ihn mit einer Meute zum Schlußpunkt seines Schicksals ans Kreuz gejagt. Ich betrachte, wie schon so oft, die Dornen, die sich tief ins Fleisch bohren, die malträtierte, von absichtlich zugefügten Verwundungen übersäte Haut. Ich sehe auch jetzt nur den Kopf an, mehr ertrage ich nicht. Dieses Antlitz, fern von dem, dessen Augen solche Macht über mich besitzen, ist nicht das Gesicht eines schon Gestorbenen. Das ist das Schrecklichste. Er lebt noch, über alle Maßen erschöpft von Qualen, vor denen die aller anderen Menschen, sage ich mir entschlossen, verstummen, der sie alle in sich versammelt. Er befindet sich am Schlußpunkt eines furchtbaren Weges, immerwährend sein Leben aushauchend, ohne Ende. Man meint, die letzten, stöhnenden Atemzüge zu hören, röchelnd an der Grenze dessen, was ein Mensch äußersten Falls aushalten kann, nein, über sie hinaus in diesem andauernden, totalen Zusammenbruch.

Auf diesem Bild sehen wir nicht den Mund geöffnet nach dem letzten Seufzer. Seine Schmerzen sind noch immer nicht vorbei. Die Abfolge der Ereignisse scheint aufgehoben zu sein. Das ist das Entsetzliche und mit keiner anderen Kreuzigung vergleichbar: Kein Frieden des erlösenden Todes liegt über dem Gesicht, nur die Kapitulation gegenüber der Qual. Würde er doch sterben und in den schmerzlosen Frieden des Todes fallen! Der Kopf will sich zum Schlafen in die Achselhöhle kindlich betten, doch die Schmerzen verwehren es ihm. Es ist nicht vollbracht! Aus Vergangenheit und Zukunft strömt alles Leid der Welt auf ihn ein. Wie sollte es da ein Ende geben. Nein, nicht vollbracht!

Zugleich verschwindet der gesamte Schmerz der Kreatur, gemessen an diesem einen Menschen, in Belanglosigkeit. Ja, und doch löscht die Verzweiflung in der eigenen Pein, wenn man hofft, den eigenen Körper, seine Angreifer fliehend, verlassen zu können, diesen besänftigenden Gedanken aus.

Die Frage, die ich mir stelle, heißt natürlich: Was könnte der Sinn meiner Krankheit sein? Nicht zu sehr am Leben und seinen Täuschungen zu hängen? Ist es das?

Einen Tag später bade ich im Grün, wasche mich in Waldesgrün, kühl umfließt es mich. Aus dem Dunkel leuchten noch die letzten Geißblattblüten. Das Grün wird an manchen Stellen fast schwarz im fortschreitenden Sommer. Da die Augen von Frau Schmetz so blank sind, riskiere ich nun doch die Frage, die mich nicht losläßt, warum weder sie noch Arya jemals von dem Perser sprechen. Sie wendet den Kopf etwas zu Seite, wartet auch, bevor sie mir eine Antwort gibt. Der Kleine habe in den ersten Tagen bemerkt, daß ihr Gesicht, immer wenn er nach dem Vater fragte, traurig geworden sei, es seien anfangs auch Tränen geflossen. Da habe er nicht mehr darüber geredet. Das sei vielleicht nicht gut so, aber doch eine Erleichterung für sie. Müsse man die empfindliche

Seele daraufhin nicht noch mehr lieben? Ich gab mich mit der Auskunft zufrieden.

Es läßt sich nicht mehr aufschieben. Ich muß meinen Schachbruder und Freund Bruno an seinem neuen Wohnort im Pflegeheim besuchen. Wieder ist die treue Frau Schmetz zur Stelle, meine Frau Olga, um mich auf meinem schweren Gang zu begleiten. Arya hält sich währenddessen bei einem Spielkameraden aus dem Kindergarten auf.

Das Haus ist für die Besucher im Eingangsbereich freundlich hergerichtet. Man soll als Angehöriger Vertrauen fassen durch allerlei Grünpflanzen, wenn auch die Abwesenheit von Personal sogleich ins Auge springt. Die geradezu feindliche Kahlheit der Flure wird uns später erklärt als Notwendigkeit, bei einem Feuer schnell die Patienten retten zu können. Anfangs finden wir uns nicht zurecht und stoßen im Kellerbereich auf drei voluminöse Frauen in Kitteln, die dort sehr gemütlich mit breit auseinandergestellten Knien rauchen. Sie starren uns mißmutig und wortlos an. Wir haben sie ertappt und ihnen kurzfristig die Laune verdorben.

Auf der Etage, wo wir schließlich das Zimmer von Bruno entdecken, ist niemand, der uns Auskunft gibt. Man hört lediglich Stimmen und Schüsse, die aus dem Tagesraum vom Fernseher her dringen. Bruno ist wie alle hier wegen Platzmangel gegen die Absprache in einem Doppelzimmer untergebracht. Wir erfahren später, daß die Patienten nachts nicht gern allein sind und sich tagsüber lieber im Gemeinschaftszimmer aufhalten. Dort ist offenbar auch Brunos Partner. Er selbst sitzt sehr rechtwinklig in einem Rollstuhl und glotzt uns weißgesichtig an wie Fremde. Ich schäme mich, daß ich »glotzen« denke, wenn es auch der Wahrheit entspricht. Zum ersten Mal in dieser Phase sagt er nichts, kein Ton kommt über seine Lippen. Und so bleibt es die ganze Zeit. Der redselige Freund hat sich ohne erkennbare Regung ins Schweigen zurückgezogen. Es macht uns ratlos. Sollen wir auf ihn einsprechen? Mit alten Jugenderinnerungen an ihm rütteln? Er reagiert nicht. Wir können nicht mit Sicherheit sagen, ob er uns überhaupt identifiziert oder ob er aus Verstocktheit schweigt, weil er uns für seine Unterbringung haftbar macht.

Was mir aber ins Herz schneidet, ist der Umstand, wie er mit Gurten an den Stuhl gefesselt ist. »Sicherheitsfixierung«, erläutert man uns, als wir uns beschweren, obschon ich darauf hinweise, daß solche Behandlung ausdrücklich verboten ist. »Das darf uns nicht kümmern. Wenn er aus dem Stuhl kippt, sind wir erst recht dran, und auch, wenn er wegläuft. Wir haben da unsere trüben Erfahrungen, und ihr Freund ist ausgesprochen widerspenstig.«

Um ganz sicherzugehen, hat man ein Tablett, das bei der Nahrungsaufnahme hilfreich sein mag, demütigend vor seinem Bauch befestigt. Jetzt ist aber nicht Essenszeit. Er kann sich kaum rühren. Ich stelle mir die schauerlich komische Frage, ob Bruno, der noch einmal das leichtsinnige Leben hatte kosten wollen, eine Ähnlichkeit bemerkt zwischen den Spielen seiner verbrecherischen Sex-Dame, der man bisher nicht hat habhaft werden können, und seiner jetzigen Situation. Ist es nicht eine höhnische Replik auf seine erotischen Neigungen? Und die Neffen? Haben sie schon ihren Onkel an diesem Ort besucht, zu dem sie ihn hingeschafft haben, oder sind sie zu sehr mit der im Vergleich komfortablen Abwicklung der technischen Seite des Falles beschäftigt?

Als wir aufbrechen, stoßen wir auf die Chefin der Abteilung, die gerade zu ihrem Dienst eintrifft, eine abgezehrt wirkende Person, auch am Körper mager und entmutigt durch die Unmöglichkeit, ihre Aufgabe menschlich zu erfüllen. Wir erkundigen uns daher, ohne ihr etwas vorzuwerfen. Wie wird sie wohl nach Dienstschluß aussehen? Sicherlich noch abgekämpfter. Hoffentlich erwartet sie nach diesem täglichen Elend der Trost einer soliden Familie.

Wieder erweist sich das Format von Frau Schmetz. Sie schlägt mir vor, da wir Arya erst in einer guten Stunde abholen müssen, eine kleine Fahrt ins Grüne zu unternehmen. Weiter sagt die zartfühlende Frau nichts zu der Situation. Sie weiß, wie sie mir beistehen kann. Ich brauche ihr nicht erklären, welche düsteren Gedanken mich beschleichen.

Ein feiner Regen fiel. Wir gingen Arm in Arm unter einem Schirm, und diese Nähe veranlaßte mich auszusprechen, was ich so stark empfand: »Es ist wunderbar, Frau Schmetz, daß nicht auch Sie mich verlassen!« Da wandte sie mir ihr Gesicht zu. Es war feucht. Hätte es nicht geregnet, wäre es mir vorgekommen, als würde die Feuchtigkeit von Tränen herrühren. Aber warum sollte sie weinen, während wir durch die grünen Hohlwege des Sommers wanderten und zwischendurch auf unendlich sich dehnende Weiden mit schimmernden schwarzen Kälbern sahen, die sich am Zaun drängten, aber bei Annäherung vorsichtig zurückwichen, die Augen dabei ununterbrochen, ängstlich oder auch sehnsüchtig, auf uns gerichtet? Warum Tränen?

An diese Blicke dachte ich, als wir Arya endlich in Empfang nehmen durften, Arya mit seinen Augen in schwarz spiegelnder Unschuld. War sein Gesichtchen nicht von innerer Schönheit geformt? Auch das, ja natürlich, aber noch stärker modelliert durch eine Hand, die von außen einen unseren Gesetzen folgenden Wohlklang daraus machte, von dem er nichts ahnte, der dennoch jeden, der ihn sah, ergreifen mußte. Vielleicht spürten es sogar die Kleinen im Kindergarten? Manchmal, wenn es niemand beobachtet, kann ich die Augen gar nicht von ihm wenden. Stirn, Nase, Mund, Kinn, das alles wird bereits geprägt vom männlichen Geschlecht des Kindes, aber eine engelhafte Süße schwebt darüber wie ein Duft. Er lebt noch, wie es bei Meister Eckhart heißt, »im Schoß der Gottheit«.

In der letzten Zeit erzählt Frau Schmetz öfter von ihrer Freundin Jäcki, die sie seit Schulzeiten kennt, die, um einem unglücklichen Elternhaus zu entkommen, zu früh geheiratet hat, um eine richtige Ausbildung zu genießen. Die hätte ihren Fähigkeiten wohl angestanden. Sie arbeitete in verschiedenen Häusern und sah sich jetzt nach einem Ersatz für die Stelle bei Bruno um. Kein Problem für die tüchtige Frau. Sie, Frau Schmetz, halte in jeder Hinsicht große Stücke auf sie, deshalb sei der Verdacht der Polizei für sie so absurd gewesen. Ja, sie spricht nun öfter von ihr und immer mit großer Zuneigung. Schließlich fragt sie, ob sie Jäcki einmal zum Tee einladen dürfe. In ihrer früheren Wohnung habe sie das öfter so gehalten.

Da es sich so füge, daß ihre langjährige Freundin Jäcki bei meinem langjährigen Freund Bruno beschäftigt gewesen sei, sagte ich gern zu, allerdings mit nur mäßigem Interesse.

Sie kam dann auch schon in den nächsten Tagen, eine freundliche, durchaus ansehnliche, nicht ganz so zupackende Person wie Frau Schmetz, so schien es mir. Ihr Aussehen konnte ich mir nicht recht merken. Das stellte ich am Abend, als sie fort war, fest. Sogar die aktuelle Haarfarbe war mir entgangen. Es rührte mich, wie sich Frau Schmetz während unseres Teegesprächs bemühte, die Vorteile von Jäcki, ohne sie direkt anzupreisen, herauszustreichen. Auf diese Weise erhöhte sie ja die ihrigen nur um so mehr, wenn auch gewiß ohne Absicht. »Ist sie nicht großartig?«, fragte Frau Schmetz hinterher. Mein Gott, »großartig« war mir denn doch ein etwas zu starkes Wort, um für diese Frau zu gelten. Ich vermißte wahrscheinlich die herzhafte Ausstrahlung der Persönlichkeit, mit der mich Frau Schmetz täglich verwöhnte. Übrigens ist Olga verblüffend fix zu einer nicht nur passablen, auch angriffslustigen Gegnerin im Schachspiel geworden. Für mich entwickelt sie sich allmählich zu einem Wunder, und keine Jäcki auf der ganzen Welt könnte mit ihr konkurrieren. Kaum hielt ich mir das vor Augen, wurde ich über den Verlust von Bruno hinweggetröstet. Und das um so mehr, als Frau Olga Abstand gewinnt zu der Trennung von ihrem treulosen Perser, sich wieder schön macht und voller Elan durch die Wohnung bewegt.

Ab und zu trifft sie sich mit Jäcki in einem Café, nicht länger als zwei, drei Stunden höchstenfalls, und auch von diesen, für Frauen offenbar unerläßlichen Kaffeeklatschnachmittagen, kehrt sie animiert zu mir zurück.

Ich habe mir in meinem hohen Alter abgewöhnt, an die Zukunft zu denken, allerdings auf andere Weise, als Bruno es machte, und so halte ich es auch mit unserem Zusammenleben. Es ist ein spät geschenktes Glück, das ich jede Sekunde genieße, eine Kunst, die ich ebenfalls erst sehr spät gelernt habe.

Was sind dabei die besten Augenblicke?

Die Abende, wenn wir, vom Schachbrett hochblickend, Arya zusehen, der auf dem Boden kleine Roboter fahren läßt und diese Stunde eine so erfüllte Friedlichkeit in sich birgt, daß ich mich womöglich vor ihrem Abbruch, weil das Kind zu Bett muß, mehr ängstige als der Junge selbst?

Oder ist es das gemeinsame Wandern, Aryas Händchen fest in meiner Hand, im nun zunehmend dunkleren Grün des Waldes, so daß nur am Ende langer Wege die Farbe lichter wird und dieser grüne Schein als eine Verheißung vor uns liegt, auf die wir zumarschieren, jedesmal in Erwartung eines besonderen Schauspiels und doch niemals enttäuscht, wenn sich bei der Annäherung stets nur ein neuer Landschaftsabschnitt zeigt. Frau Schmetz und das Kind singen dann oft ihre Liedchen, und ich beginne, da ich sie lerne, krächzend mitzusingen.

Schon bald bat mich Frau Schmetz, ein weiteres Mal ihr und der Freundin ein Teestündchen zu gewähren. Sie bestand dabei unbedingt auf meiner Anwesenheit. Es animiert mich nicht besonders, aber da sie mich so selbstverständlich auf meinen schmerzhaften Wegen zu Bruno, auch am Vortag wieder, begleitet hat, konnte ich ihr den Wunsch nicht abschlagen.

Frauen sind doch immer neu ein Anlaß zum Staunen. Denn merkwürdig ist es schon, daß sie Jäcki derart ausgiebig das Haus in allen Winkeln vorführte. Ich legte es mir als Stolz auf ihre neue Heimat aus. Vom Keller bis zum Boden hörte ich die beiden schwätzen und lachen. Doch, doch, eine grundsympathische Figur ist diese Jäcki schon, nur darf man sie eben nicht mit meiner Frau Olga vergleichen. Die stellt ein anderes Kaliber dar. Allerdings besitzt sie nicht so verteufelte Katzenaugen wie Jäcki.

So fragte ich zum Spaß und ihrer Antwort wohl ein bißchen herablassend entgegensehend: »Spielen Sie Schach?« »Seit meiner frühen Jugend. Mein Vater verlangte es von mir«, sagte sie schlicht. »Gegen Jäcki würden Sie nicht so leicht gewinnen wie gegen mich«, beeilte sich Frau Schmetz, die mich durchschaute, hinzuzufügen. Herrje, das waren ja wirklich ungewöhnlich gute Freundinnen! Mich beschlich das mir nicht neue Gefühl, gar nicht teilzunehmen an der Gegenwart, sondern ihr unsichtbar zuzusehen.

Als ich mich nach der Schachleidenschaft des Vaters erkundigte, erzählte sie: »Er war bei der Post, und wir wohnten ganz oben in dem Gebäude. Die Zimmer waren niedrig und er riesig. Deshalb ging er immer gebeugt. Mit seiner Strenge setzte er meiner Mutter und mir gleichermaßen zu. Wir fürchteten ihn beide. Ich war eine gute Schülerin, aber ich durfte als Mädchen nicht aufs Gymnasium. Vermutlich hatte er Angst, ich könnte ihn im Wissen überflügeln. Aus Erbitterung heiratete ich schon mit neunzehn Jahren einen viel älteren zuckerkranken Bauernsohn. Wir hatten, viel zu unerfahren, zusammen eine Drogerie mit vielen Schaufenstern gemietet. Sie alle mußten gepflegt und dekoriert werden. Das hatte aber nicht den geringsten Effekt. Wir machten alles allein und das meiste falsch. Mein Mann war wegen der Diabetes schwach, wurde bald schwächer und schwächer. Das Geschäft ging schlecht. Er starb früh. Ich verkaufte das Inventar, eine mühselige Unternehmung, das kann ich wohl behaupten. Dann habe ich in Haushalten gearbeitet. ›Nur nicht hoch hinaus‹, hatte mein Vater immer gesagt. Davon konnte weiß Gott bei mir keine Rede sein. Ich hatte keinen Ehrgeiz, keinen Mut, keine Kraft für eine richtige Ausbildung mehr. Heute bedaure ich das natürlich. Ich sollte wohl wie Olga das Abitur nachholen.«

»Eine Weile lebte sie in Jamaika und ist zu bescheiden, das zuzugeben«, rief Frau Schmetz lachend dazwischen. Sie gab der Freundin eine scherzhafte Kopfnuß. Jäcki kniff die Katzenaugen zusammen.

»In Jamaika? Auch aus Trotz?«, erkundigte ich mich, nun tatsächlich neugierig geworden, etwas vorlaut. »Aus Liebe!«, gab Frau Schmetz, stolzer als Jäcki selbst, stellvertretend zur Antwort. »In

Jamaika wohnen die schönsten Männer der Welt. Das ist was anderes als ein zuckerkranker Bauernsohn aus Westfalen.«

Die enge Freundschaft der beiden war durch das Unglück, das nun auch meine liebe Hausfrau ereilt hatte, offenbar noch enger geworden. Jede spendete der anderen Trost, wie es schien, ganz uneigennützig, ohne versteckte Bosheiten, eine große Seltenheit unter Menschen, speziell unter Frauen, meiner Erfahrung nach.

»Mit der Verführungsstärke der wunderbar braunhäutigen Frauen in Jamaika, Herr Waldenburg, kann keine Europäerin auf Dauer konkurrieren. Das mußte leider auch Jäcki irgendwann einsehen.« Frau Schmetz durfte sich die Indiskretion erlauben.

»Trotzdem war es eine phantastische Zeit da unten, im Süden. Das kann man sich von hier aus gar nicht vorstellen, wie gerne diese Leute jede Sekunde leben«, meldete sich nun doch Jäcki und warf ihre Zurückhaltung über Bord. »Ich hätte gern gesehen, sah es aber nicht, was mein Vater in seiner niedrigen Wohnung, immer gebückt mit seiner demütigen Frau, für ein Gesicht geschnitten hat, als die erste Karte aus Jamaika kam. Vermutlich sagte er zu meiner armen Mutter: ›Jamaika! Da siehst du, wo es mit deiner mißratenen Tochter hingekommen ist.‹«

»Um Jäcki ist es eine Schande, daß sie nicht gefördert wurde. Aus ihr hätte Großes werden können«, meinte Frau Schmetz, als die Freundin gegangen war.

Mir wurde unheimlich, wie sie Jäcki anpries. Was bezweckte sie? Ein bißchen kannte ich ja nun die liebe, gerissene Person und Mutter unseres Prinzen Arya.

Da ich mich bei der Zusammenkunft der beiden zur Verfügung gestellt hatte, glaubte ich nun ein Recht zu haben, Frau Schmetz am Abend ein Weilchen ganz für mich allein beanspruchen zu dürfen, um ihr von der dritten und wohl letzten Reise meines Lebens zu Grünewald zu erzählen.

Vorher, am frühen Abend, wurde ich unfreiwilliger Zeuge eines Gesprächs zwischen ihr und dem Kleinen, denn mein geräumiges Haus ist ziemlich hellhörig. Überhaupt ist seit einiger Zeit mein

Eindruck, ein ständiges Flüstern würde darin umgehen. Offenbar hatte Arya nach seinem Vater gefragt, so leise, daß ich den Satz nicht verstehen konnte. Frau Schmetz aber, ob erschrocken oder erbost, wies ihn übertrieben scharf zurecht. Es sei ihm doch streng verboten, von diesem Mann zu sprechen. Ob er ihr wehtun wolle? Diesen Ton war er nicht gewohnt. Er fing mit hohem Stimmchen zu weinen an. Sofort schmolz sie hin und begann, ihn überschwenglich zu trösten, mehr mit raunenden Geräuschen als mit Worten. Das dauerte lange, der Kleine schien tiefgekränkt zu sein. Schließlich verebbte sein Klagen in einigen Schluchzern, die in einen Schluckauf übergingen.

Das alles war begreiflich. Was mich irritierte: Als beide wieder zum Vorschein kamen, lächelten sie, wirkten glücklich, ja verschworen. Und eigenartig war auch, daß ich selbst, anstatt mich darüber zu freuen, daraufhin eine Beunruhigung spürte. Deshalb konnte ich es, gegen bessere Vorsätze, nicht lassen, sie mit möglichst harmloser Miene nach dem Perser zu fragen, vielleicht auch nur, weil das Brennen meiner Haut fast meine Nervenkräfte überstieg.

Sie wurde rot, ob aus Zorn oder weil sie sich ertappt fühlte. »Nein, nein, nichts. Da ist nichts«, wehrte sie wie schon einmal ab. Nur der seltsame Bote erscheine hin und wieder am Supermarkt und am Kindergarten und richte ihr Grüße aus, nichts weiter, erscheine dort sogar ziemlich oft, lauere ihr in gewisser Weise auf. Aber das gehe uns alle hier nichts an. Ihre Röte nahm dabei keineswegs ab. Irgendetwas verriet sie dadurch. War ihr die Wahrheit peinlich? Fühlte sie sich ungehörig kontrolliert? Ich mußte mich, ohne es zu sein, damit zufriedengeben, konnte es aber nicht.

Denn allmählich hegte ich einen Verdacht und stellte ihr deshalb eine Falle, indem ich plötzlich sagte: »Sie tun recht daran, nie von ihm zu sprechen. Für sein schuftiges Verhalten gibt es ja keine Entschuldigung.«

Hätte ich es mir doch versagt! Ihre Antwort fiel nur zu bedenklich aus: »Ein Schuft ist er nicht, Herr Waldenburg, niemals ein Schuft; niemals, niemals dürfen Sie das sagen.« Sie blitzte mich finster an mit Augen, grüner als junge Erbsenschoten. Die Zurechtweisung war der gerechte Tadel für meine versuchte Hinterlist.

Natürlich, sie kenne ihn lange. Sie täusche sich bestimmt nicht, sagte ich deshalb rasch zur Beschwichtigung. Meine eigentliche Strafe bestand in der Unruhe, die durch ihre heftige Verteidigung über mich kam.

Zur Versöhnung und der Gemütlichkeit wegen habe ich uns jetzt einen alten Portwein eingegossen, der mir vor Jahren in Lissabon geschenkt worden ist und unangetastet auf seine Stunde wartete.

Da sieht durch den Türspalt unser Engelsgesichtchen. »Ich habe ins Bett gepieselt«, ruft Arya und tritt vollständig ein, »so eine Scheiße!« »Das ist die Kita«, meint Frau Schmetz, die sieht, daß ich zusammenzucke. »Wir müssen uns damit abfinden.« Es klingt, als würde sie sich freuen, daß ihr Sohn normal ist.

Während sie sich um das Malheur kümmert, trinke ich ein erstes Schlückchen. Ach, dieses Geschenk! Es ist mir heilig gewesen. Nun traut es sich hervor und schmeckt, wie ein sehr guter Portwein schmecken muß.

Durch das Kochen meiner lieben Hausfrau lebe ich ziemlich gesund, aber das gelegentliche Rauchen, der Kaffee, der Alkohol, meinem Alter entsprechend in Maßen genossen, ist doch das Allerbeste. Nicht das Gute ist der Wohltäter, die Gifte sind es. Manchmal weiß ich nicht einmal, was ich vom Blick des Auferstandenen erhoffe. Klarheit oder Rausch?

Sie seufzt ein wenig, als sie zurückkommt. Das geschieht wohl hauptsächlich aus Verbindlichkeit mir gegenüber. Ich beginne aber ohne Einleitung: »Vor zehn Jahren, kurz nach dem Tod meiner Frau Ruth, fuhr ich ein letztes Mal nach Colmar. Der ursprüngliche Bestimmungsort des Altars war die Spitalkirche der Antoniter in Isenheim. Besonders das große Kreuzigungsbild galt als Mahnung an die Besucher, die Heilung von der schrecklichen, durch das Mutterkorn verursachten Krankheit des Antoniusfeuers suchten, den Schmerz auf sich zu nehmen angesichts der unzähligen Leiden der Welt. Sagte ich schon, daß die trotz der prunkvollen Kleidung Marias zerfetzten Windeln des Neugeborenen und das zerrissene Lendentuch des Gekreuzigten übereinstimmen? So verbindet sich alles, die glücklichste und die fürchterlichste Stunde des Altars.«

Frau Schmetz versucht, eine Fliege zu fangen. Sie will das Insekt beseitigen, um sich besser konzentrieren zu können, sage ich mir, um mich nicht zu ärgern, und höre auf zu reden. Ich will keinesfalls enttäuscht sein von ihr und sehe ihren Bewegungen, die nicht ohne Anmut sind, zu. Ihr Oberkörper zeigt sich durch die nötigen Streckungen von seiner besten Seite. Wie lange habe ich solche anziehenden Wölbungen nicht mehr berührt! Das fällt mir ein, obschon meine Gedanken bei Grünewald sind. Wie sich die Brüste hervortun und ducken bei der Jagd, das ist schon ein Vergnügen für den Zuschauer. Sie lacht ganz unbefangen, denn natürlich entgehen ihr meine Blicke nicht. Dazu ist meine Frau Olga zu sehr eine richtige Frau. Dann wieder kraust sie die Stirn sehr erbittert gegen die summend neckende Fliege und schlägt ein bißchen tapsig nach ihr, ohne sie je zu erwischen.

»Soll ich eine Klatsche holen? Dann herrscht Ruhe, und es kann weitergehen«, frage ich schließlich. Sie versteht als Vorwurf, was allenfalls als Ausdruck einer beginnenden Ungeduld zu sehen ist, und faltet ihre Hände ostentativ schulmädchenhaft in ihrem Schoß. Auch das ist reizend, sie weiß es. Daraufhin gibt die Fliege Ruhe.

Natürlich kann ich wirkliche Bereitwilligkeit nicht voraussetzen. Will sie denn mehr als ein gelegentliches Plaudern über die Bilder und den Maler, damit zwischen uns auch die Kultur in Maßen zur Sprache kommt? So verhalten sich die meisten Leute. Es ist der bürgerliche Konsum von Kunst, die Gewöhnlichkeit bürgerlicher Gesinnung. Ich allerdings, der sie so hoch schätzt, erwarte von meiner Frau Olga anderes. Deshalb soll mich kein pieselnder Arya daran hindern, sie doch noch in den Bann Grünewalds zu ziehen. Ausflüchte lasse ich nicht gelten. Ich will sie durch den Maler an mich schmieden, auch wenn das vielleicht zu herrisch klingt. Es ist nur ein bittender Versuch, sie endgültig, für alle Zeit, dem Perser, diesem lausigen Kerl, zu entfremden.

»Es waren nicht nur die Tafeln, auf die ich mich so freute. Die kannte ich ja aus meinen Büchern. Jederzeit waren sie anzusehen. Ich wartete geradezu sehnsüchtig auf die Atmosphäre in dem eigentlich, gemessen an den Besuchern aus aller Welt, kleinen Raum, wartete auf Menschen, die erschüttert oder in andächtiger Konzentration auf den harten Bänken sitzen in vollkommener Stille. Jeder ist vertieft in den Anblick der Gemälde und in sich selbst, als würden die Bilder noch einmal anschwellen in der unsichtbaren Hingabe, in einer plötzlichen Frömmigkeit, die für die Leute selbst überraschend sein mag oder als Stimmung von ihnen erhofft, die sie für eine Stunde in einer ungläubigen Welt überkommen würde, Frau Olga, eine Welt, die verlernt hat, im Ritual die Hände nach der Ewigkeit auszustrecken. Man muß es erlebt haben, um es für möglich zu halten.«

»Die Hände«, ruft da Frau Schmetz, denn das erste Schaubild des Altars liegt aufgeschlagen vor uns, in dem seltenen Eifer, den ich so sehr an ihr liebe, »sehen Sie doch nur die verschiedenen Hände an! Den unangenehmen Zeigefinger des Johannes, die gefalteten Hände der Maria, so ergeben, nicht wahr, dagegen die von Magdalena, die man fast schreien hört. Und dann die des Gekreuzigten, die denen von Magdalena und der Dornenkrone so ähnlich sind und sie, finde ich, noch übersteigen in der Verzweiflung!«

An dieser Stelle wünsche ich mir heftig eine kalte Dusche gegen die Peitschenhiebe auf meiner Haut, die mich im Reden vorantreiben. Das eisig strömende Wasser würde aber alles, oft von mir erprobt, nach einem Moment der kurzen Erlösung verschlimmern. Ich spreche also einfach weiter, vielleicht etwas lauter, um den Schmerz, von dem sie nichts ahnt, zu übertönen.

»Und so, wie erwartet, war es wieder: Wer kam, ging auf Zehenspitzen, wer sprach, tat es flüsternd, wer in den harten Bänken saß, zeigte keine körperliche Regung. Der Altar schien uns, die wir unter dem gebieterischen Bild des äußersten Leidens versammelt waren, in seine Arme zu nehmen. Unsere demütige Stille unter dem Sterbenden erzeugte eine große Einigkeit in allen Anwesenden, die hier durch keine normale Fremdheit gestört wurde. Wir saßen da mit gekrümmten Rücken, zusammengebrochen unter dem Gewicht des Gemäldes. Manche starrten jedoch geradeaus, als wollten sie den geschundenen Körper vom Kreuz reißen.«

»Die Hände«, wiederholt Frau Schmetz, »sehen Sie doch diese unterschiedlichen Hände an!«

»Darüber ist viel geschrieben worden, Frau Olga. Sie sind da ganz im Bunde mit Laien und Wissenschaftlern. Mir kommt es allerdings jetzt darauf an, damit Sie das Nachfolgende verstehen, beinahe möchte ich sagen: in seiner Scheußlichkeit würdigen können, daß Sie die wunderbare Ruhe in diesem Raum vor Augen haben. Es war kein schläfriger Frieden, sondern eine höchste und inbrünstige Konzentration. Die Menschen saßen dort in angespannter Andacht, wenn man so sagen darf, jeder nahm, vielleicht unwillkürlich, Rücksicht auf die vermutete Seelenlage des Nachbarn und wurde durch die Gesamtatmosphäre zusätzlich in der eigenen gestärkt.«

»Nur damit ich es nicht vergesse«, sagt Frau Schmetz dazwischen, »morgen kommt Jäcki wieder zum Kaffee, ich hoffe, es ist recht?«

Ich lasse mich durch die ihr nicht bewußte Unverfrorenheit nicht beirren, verbinde meine folgenden Sätze aber mit einem leisen Tadel: »Und wie es im Leben so geht, liebe Frau Olga, wird man oft dann, wenn es einem am ernstesten ist, gestört. So ging es uns auch damals in Colmar. In die Lautlosigkeit, in der ein scharfes Ohr eventuell die Atemzüge der ins Betrachten Versunkenen hätte hören können, drang auf einmal ein sehr häßliches Geräusch. Schnell war klar, wer es verursachte. In einer der vorderen Reihe saß ein Mann, der seelenruhig mit lautem Schaben sein Butterbrot auspackte, um Brotzeit zu halten. Wie war er hierhingeraten?

In aller Gemütlichkeit an diesem Ort, der für ihn nichts weiter als ein stilles Plätzchen sein mochte, ließ er es sich schmecken. Da es ringsum so leise war, die allgemeine Entgeisterung verstärkte noch den Eindruck, hörte man sogar sein Kauen und Knirschen. Es gefiel ihm so gut, daß er sich zu wundern schien, daß kein anderer die günstige Situation nutzte. Das verriet sein beifallheischendes Umherblicken, das gegen die ihn umgebende Empörung immun war.«

»Was sind das nur für Menschen!«, wirft Frau Schmetz ein und spitzt überheblich das Mündchen.

»Das reichte unserem Freund aber nicht. Er holte aus seinem Rucksack eine Dose Bier, öffnete sie mit leisem Fluchen, weil es nicht auf Anhieb gelang, und trank dann in schlürfendem Genuß. Mit einem Rülpser beendete er die Prozedur, die er mit dem Schlagen des Kreuzzeichens begonnen hatte und auch abschloß. Das eigentlich Ärgerliche, wenn nicht Schändliche war aber etwas anderes, Frau Schmetz, ich merkte es uns allen an: Wir konnten an nichts anderes mehr denken! Wir beobachteten ihn, wir waren fasziniert von seiner Frechheit. Ich glaubte die geräucherte Wurst und das Bier seines Picknicks zu riechen. Das Unverschämte zog alle Andacht ab vom Bild des Gekreuzigten. Nein, wir konnten peinlicherweise nicht anders.«

»Aber dafür muß man sich nicht genieren, Herr Waldenburg! Das ist doch nicht schlimm, das ist menschlich«, widerspricht meine gutmütige, ein wenig naive Frau Schmetz.

Diesmal ist es das Telefon, das uns unterbricht. So spät? Frau Olga läuft gleich los und kommt bald lächelnd zurück. »Jemand hat sich verwählt.« Mein Gott, wie sie lächelt dabei! Wie sie lächelt, genaugenommen: strahlt!

»Dann brach der Mensch, dieser Rüpel, auf, mit verwunderten Blicken auf uns zumindest vorübergehend Fromme. Wir waren wieder allein mit dem Gemälde, und es bemächtigte sich sofort unserer Herzen. Jeder konnte die Schmerzen von Leib und Seele von sich weg hineintragen in das zu Tode ermattete Gesicht, das über uns gebot, dessen letztes, nie endendes Keuchen wir zu hören glaubten. Sehen Sie nur, Frau Schmetz, wegen der Konstruktion des Altars verläuft die Grenze zwischen den beiden Flügeln in der Mitte und teilt die Hälfte mit dem Corpus und Johannes von der mit Magdalena und dem Lieblingsjünger mit Maria ab. So befindet sich der Gekreuzigte auf der Seite mit dem streng belehrenden, durch die Tragödie, in der er nur die Erfüllung eines göttlichen Auftrags sieht, scheinbar unbewegten Täufer Johannes. Die Verzweifelten sind von ihm abgeschnitten. Aber wohin neigt der Sterbende sein armes Haupt? Es sinkt den Trauernden, der im Schmerz sich hemmungslos windenden Magdalena entgegen, dem zu Tode betrübten Jünger, der mit übergroßem Arm, stark in dem ausdrücklichen Befehl, Trost und Stütze Marias zu sein, die kleine Gestalt derer umfaßt, die fortan seine Mutter sein soll! Vielleicht sahen die meisten der Betrachter den Altar nicht zum ersten Mal, aber gewiß war niemand von uns angesichts der düsteren Gefühlswogen ein bloßer Zuschauer wie in einem Museum. Wir alle saßen da und ließen uns ohne Vorbehalt von dem großen Werk um- und umgraben. So hatte Grünewald über den Einbruch der rohen Wirklichkeit mit seiner ganzen, unerklärlichen Gewalt gesiegt.«

Mittlerweile soll sich, hörte ich, der Raum nach den gelungenen Erweiterungsbauten in der Atmosphäre verändert haben. Er strahlt nicht mehr wie früher die kompakte Andacht aus, er ist mehr zum gutbeleuchteten Museum geworden.

»Das verstehe ich«, sagt Frau Schmetz, nachdem sie eine Weile geschwiegen hat, »aber eins begreife ich beim besten Willen nicht. Warum sagen Sie, Herr Waldenburg, so gar nichts über die zarte Maria, diese wunderbare Gestalt am Rand, die ja als Mutter das schlimmste Leid zu tragen hat?«

Ich will antworten, kann es jedoch nicht. Soll ich sagen, daß mir diese Maria stets in Wahrheit die Hauptperson auf dem Bild war? Daß ich über sie schweige, weil sie mich in meinem Leben so verhängnisvoll und schamlos beschäftigt hat?

»Sie gefiel mir immer sehr«, bringe ich endlich mühsam heraus.

Sie sieht mich aufmerksam an. Dann schüttelt sie leise den Kopf. Sie ist vielleicht keine allzu gute Bildbetrachterin, aber eine fast zu gute Menschenbeobachterin.

Wir besuchten Bruno einige Male. Sein Zustand veränderte sich nicht. Die Neffen hatten sein Haus ziemlich ruckzuck verkauft. Man brauchte Geld, weil ihm ein großer Teil seines Besitzes geraubt worden war. Immerhin erkannte er mich noch und begrüßte mich gewohnt mürrisch mit meinem Namen, wenn er gefesselt in seinem Stuhl saß. Meist trug er eine eng um den Hals gebundene riesige Serviette, wurde von der Verwaltung mit Besuch gerechnet, eine rote Krawatte. Neu aber war, daß Jäcki nun so oft zu uns kam oder sich mit meiner Frau Schmetz traf. Ich hätte eifersüchtig werden können. Die schöne Gelegenheit, dann mit Arya allein zu sein, ihn ganz für mich zu haben und ungehindert, verjüngt in die eigene Kindheit einzutauchen, entschädigte mich dagegen vollkommen. Es war ein Glück, von dem ich keine Vorstellung gehabt und das ich, wie ich immer wieder staunend feststellte, bei meinen eigenen Kindern nie in dem Maße erlebt hatte.

Denke ich zurück an meine nach Ruths Tod zerborstene Familie, von deren Wachsen ich allerdings schon vorher nicht viel wahrnahm, da es sich zu einer Sache zwischen den Söhnen und meiner Frau entwickelt hatte, so, wie sie es möglicherweise durchaus wünschte, um sie ganz für sich zu haben, besteht als feste Erinnerung nur die Zeit unserer jungen Ehe und des Heranwachsens der Kinder. Und schon lüge ich mir was in die Tasche. Die dramatische Phase meines Zusammenlebens mit Ruth, für mich die glücklichste und unseligste meines Lebens, ist ja in Wahrheit das Hartnäckigste geblieben, auch wenn ich mich bemühe, in meinen Gedanken einen Bogen darum zu machen.

Nein, selbst zu meiner Frau Olga kann ich nicht davon sprechen. Ich täte es wohl gern, um mein Herz zu erleichtern. Ich muß davon schweigen, nicht aus Scham, sondern weil von außen nur ein ganz gewöhnlicher Ehebruch, der zu meiner Zeit noch ein viel gewichtigeres Wort war als heutzutage, sichtbar ist. Das Verbrechen, so will ich es nennen, spielte sich lautlos ab, unter der trivialen Oberfläche, die nichts abbildete von dem, was mich nach wie vor in Schüben beunruhigt.

Unser Zusammenleben war angenehm. Ich steckte, Anfang fünfzig, damals noch mit Feuereifer in meinem Beruf. Ruth, deren Metamorphose von der hellwachen Studentin zur kurzsichtigen Geschäftigkeit einer Hausfrau und Mutter mit kleinem Doppelkinn ich akzeptieren mußte, widmete sich, obschon erst Mitte dreißig, ganz und gar der Familie. Sie erzog ihre Söhne mit allen Schikanen, ich meine mit Hilfe der damals zur Verfügung stehenden Ratgeberliteratur, gegen die mein dummer männlicher Menschenverstand nichts auszurichten vermochte.

Deshalb zog ich mich aus der Erziehung zurück. Ruth fand aber immer Zeit, das sei zu ihrer Ehre wiederholt, wenn ich Hilfe benötigte, für mich gewissenhaft Korrekturen durchzuführen. In Fragen des Dudens war sie sattelfest wie kaum jemand, das schon.

Sie achtete sehr darauf, soviel bekam ich mit, wer mit ihren Kindern spielte und daß die schimmernde Sauberkeit unseres Hauses, das Blitzblanke jederzeit gewährleistet war. Die Sucht nach Perfektion grenzte manchmal an Raserei. Da schlug sie selbst die Ratgeber mit ihren Warnungen in den Wind. Unser Garten wurde, trotz ihrer Liebe zu den Pflanzengerüchen, mehr und mehr asphaltiert und die Erde als Schmutz verursachender Gegner empfunden, bis ich wegen des schwindenden Grüns Einspruch erhob.

Dabei wirkte sie mollig und lebensfroh, eine zweifellos hübsche Mutter mit zwei prallen Söhnchen, die Zufriedenheit und Wohlleben ausstrahlte. Es fehlte ihr nichts. Das machte sie gerade für die akademisch drögen unter unseren Freunden anziehend, mich jedoch ein bißchen einsam, ohne daß ich es gleich merkte.

Es lief ja alles, auch sexuell, in so friedlicher Herzlichkeit ab, in harmonischer Gleichförmigkeit, die für Ruth allerdings von der Dynamik der scharf verfolgten Entwicklung ihres Nachwuchses ausschlaggebend belebt wurde. Ich wiederum ließ mich von den universitären Ereignissen und wissenschaftlichem Ehrgeiz in

Atem halten. Mein Körper machte mir in jenen Jahren nicht die geringsten Schwierigkeiten.

Es schien jetzt »das Leben« zu sein, von dem man mir schon als Kind erzählt hatte, daß man es irgendwann führen würde. Es hatte, wenn die Erwachsenen davon sprachen, früh für mich etwas Unheimliches, Drohendes gehabt und mit den Augen des Verklärten nichts zu tun.

Ich weiß wohl, wenn ich es mir in dieser Weise vergegenwärtige, ergibt sich eine Zwangsläufigkeit, bezogen auf das Kommende. Zu jener Zeit sah ich sie nicht. Es verlief doch alles gleichmäßig und freundlich, ohne bedrückende Störungen, viel besser als bei vielen meiner Bekannten, die freilich als meine Arbeitsgenossen in der Regel bieder gewordene, gutmütige Frauen hatten und bereits eine längere Ehe hinter sich. Nicht wenige von ihnen legten sich eine möglichst genügsame Geliebte zu, eine für rare Stunden, ohne ihr Zuhause zu gefährden. Ruth und ich, wir stellten ein ansehnliches, beneidenswertes Paar dar. So lief es vor sich hin.

Eines Tages, eines verfluchten, eines heiligen Tages begegnete mir auf einer Tagung eine junge Frau, ich müßte sagen: Ihr Gesicht begegnete mir.

Wer es je erlebt hat, dem ist es vertraut. Nichts, nichts auf der Welt verwundet uns so tief wie etwas, das vollkommen neu und uns gleichzeitig, zunächst unerklärlich und unauffindbar, an schon früher Erfahrenes erinnert.

Falsch wäre es zu behaupten, in der ersten Sekunde seien die Würfel gefallen, nein, das waren sie nicht. Wir saßen einander gegenüber an den u-förmig aufgestellten Tischen. Das Gesicht fiel mir unter allen anderen sofort auf, aber ich dachte mir nichts dabei, sah nur hin, sah immer länger hin, suchte auch, um die dazu gehörende Stimme zu hören, in der Pause eine belanglose Unterhaltung mit der Person. Ich hatte den Eindruck, wir hörten uns wechselseitig zu, noch nicht mit Begier, aber doch schon mit Neugier. Auf den Inhalt des Gesprächs achteten wir anfangs nicht. Es herrschte eine Art Verblüffung, ein Erstaunen zwischen uns, mehr nicht, während wir an den Tischchen mit den Kaffeetassen lehnten.

Das galt auch für den Rest des Symposiums, oder hielten wir nicht doch schon gezielt Ausschau in der Gruppe derer, die uns nicht interessierten, und stießen dann, gelenkt von wohlwollend oder tückisch kupplerischen Händen, in jeder freien Minute zueinander?

Wir kamen, ich weiß nicht wie, auf Eichendorffs »O Täler weit, o Höhen« zu sprechen und waren uns nicht einig, ob der Schluß lautet: »... durch deines Worts Gewalt, mich Einsamen erheben, so wird mein Herz nicht alt.« Hieß es nicht »durch deines Ernsts Gewalt?« Damals bestand noch nicht die Möglichkeit, sich durch ein Smartphone sofort Klarheit zu verschaffen. Wir hätten natürlich einen der Teilnehmer fragen können, die ja alle Germanisten oder Literaturwissenschaftler waren. Das taten wir nicht, keiner von uns beiden machte den Vorschlag. Viel zu sehr gefiel uns, »Wort« und »Ernst« zwischen uns hin- und herzuschieben, für beides Argumente und Widerspruch vorzutragen, uns zum Spaß zu erhitzen. Der Kaffeeduft an den kleinen Tischen und Eichendorffs Zeile, zusammen mit dem mir entgegengehaltenen Gesicht hätte ewig, ewig andauern können. Ein Aufwachen und Augenreiben. So verhielt es sich mit meinen Empfindungen, weitere Gedanken stellten sich nicht ein. Es war ein Glücksgefühl, das ich schon sehr lange nicht mehr gespürt hatte, das Brausen einer neuen Jugend.

Ja, so war es wohl. Ich dachte nicht, ich fühlte. Es reichte aus, um in mir ein stilles Jubilieren auszulösen, das gar keinen Grund benötigte. Es wurde ein bißchen schwächer, wenn mir die Umstände das Gesicht vorenthielten, und schwoll an, wenn es erschien. Die Umgebung, die Vorträge nahm ich kaum noch wahr. Die Kollegen aber registrierten, vermutlich unbewußt, unsere Entfernung von ihnen. Niemand drängte sich uns mit einer Frage oder Äußerung auf, man ließ uns in Ruhe, beobachtete uns nicht, sondern vergaß uns. Während der Vorträge und Diskussionen, an denen wir uns nicht mehr beteiligten, träumten wir vor uns hin, doch, auch bei ihr kann es nicht anders gewesen sein.

Glücklicherweise saß sie mir direkt gegenüber, so studierte ich bequem dieses Angesicht und konnte mich nicht daran sattsehen. Dabei erschien es auch während ihrer Abwesenheit vor mir, so stark hatte sich dessen Süße eingeprägt. Warum kam es mir bekannt vor? Diese schneeweiße Haut, das eigensinnige, wie leicht gekränkte Mündchen, dieses Hinschmelzen, wenn sie die Augen niederschlug, ein Inbild des Insichgekehrtseins, diese unirdische, beseelte Reinheit der Züge, der fragile Knochenbau. Wo war mir das schon zu meinem Entzücken begegnet?

Ich hielt sie für jünger als Ruth, es stellte sich aber heraus, daß beide im gleichen Alter waren, nur erschien mir meine Frau selbst als Studentin niemals so jung. Sie war verheiratet und hatte ein kleines Kind, arbeitete als Assistentin bei einem von mir geschätzten Kollegen für Neuere Literatur an der Universität einer benachbarten Stadt. Das wußte ich inzwischen, auch, daß sie Julia hieß. Wort oder Ernst? Aus Spielerei hatten wir den Fall extra nicht gelöst. Nur blieb uns mittlerweile nicht mehr viel Zeit für irgendwelche Scherze, kein Rätseln, keine Spekulationen, bei denen sich in Wahrheit einer dem anderen vorstellte. Der letzte Tag des Symposiums brach an, und er erzeugte plötzlich in mir ein Entsetzen. Ich hatte nicht über die Abende hinausgedacht, nun aber gab es keinen Grund, unsere Unterredungen zu verlängern. Dabei stellte ich allmählich an mir einen Verdruß fest, wenn sie sich nicht in meiner Nähe aufhielt. Ich mußte sie gar nicht sehen, es genügte, zu wissen, daß sie sich im selben Raum befand. Es beruhigte mich. Jetzt sollten wir auseinandergerissen werden. Ich wagte, es mir so zu verdeutlichen, denn ich nahm auch in ihren Augen so etwas wie Panik wahr, als wir den Abschied ohne Zukunft ins Auge faßten.

Wir beschlossen, und wir beide sahen mittlerweile wohl eine erste Übertretung darin, uns kleine Botschaften an die unverfänglichen Institutsadressen zu schicken. Es beschwichtigte uns. Auf dem Bahnsteig stand ich ihrer zarten Gestalt gegenüber und riskierte nicht, ihr einen vorsichtigen Kuß auf die Wange zu geben, wie es meinen Gefühlen so sehr entsprochen hätte. Es ging nämlich, bei allem liebenswürdigen Entgegenkommen auf ihrer Seite, eine Kühle, eine Abweisung, etwas unter dünner Frostschicht Aufreizendes von ihr aus, das ich auf keinen Fall ignorieren durfte. So starrten wir einander nur in die Augen, bemüht, alles Unausgesprochene, vor allem noch gar nicht Begriffene, in diesen Blick zu legen und es als unauslöschlich im anderen zu beschwören.

»Es heißt ›Ernsts Gewalt‹«, sagte sie zum Schluß mit blassen, bekümmerten Lippen. Sie hatte es sich aufgespart. Ich nickte nur und umarmte sie nun doch.

»Gibst du mir keinen Kuß?«, fragte Ruth ohne Vorwurf, nur verwundert lächelnd bei der Begrüßung. Ich hatte es vergessen und schob es beim Nachholen auf die Anstrengungen der Tagung. Damit begannen also Heimlichtuerei und Lügen. Wie leicht das war und wie schwer, nach einem Erlebnis wie dem meinen in den familiären Alltag zurückzufinden! Die unvermißte Familie umringte mich in den ersten Stunden ohne Nachsicht. Unsere normalen Rituale. Wurden nicht auch Schulprobleme der Kinder an mich herangetragen? Sie hatten sich nicht verändert, waren die alten geblieben, die gewohnten. Ich fieberte dem Moment entgegen, wo ich mich allein im Zimmer an alles erinnern könnte und ihren Namen flüstern.

Schon an diesem ersten Tag unserer Trennung spürte ich, daß etwas von mir abgerissen war und eine brennend schmerzende Wunde hinterließ, zugleich eine absolute Fühllosigkeit den mir vertrauten Menschen gegenüber, auch der Umgebung. Ich nahm sie nur schattenhaft wahr, nicht als mir verwandte, atmende Wesen, mit denen ich so viele Jahre verbracht hatte. Oder stellten sich nun gerade diese gemeinsamen Jahre heraus als das Leblose, Staubige?

Ein schlechtes Gewissen hatte ich nicht, wenn ich am Schreibtisch saß und aus dem Fenster sah, um auf dieser Folie ein gewisses Gesicht zu entdecken, auch einfach die Lider schloß, mich nicht rührte, wenn man nach mir rief, und das ersehnte Bild auftauchte, zum Berühren nah. Ich lebte davon, ohne das wäre ich zusammengefallen. Ich lief und rannte unentwegt zu auf dieses Ziel. Im Institut erreichte mich zwei Tage nach unserem Abschied eine Karte von ihr. Es stand nur ein einziges Wort darauf. »Ernst«.

Nach diesem Signal, das für mich weniger nach einer Aufforderung als nach Verzweiflung klang, mußte ich mir keine Zurückhaltung mehr auferlegen. Es kam nur noch darauf an, unsere Familien geschickt zu täuschen. Die unüberlegte Umarmung auf dem Bahnsteig stellte sich jetzt heraus als ein nachträgliches wunderbares Verhängnis. Ich hatte ihren Körper gespürt.

Es drang mir bis in die Knochen. Wir konnten nicht mehr zurück.

Ich begann in jener ersten Zeit, während ich halb besorgt und halb gleichgültig zur Kenntnis nehmen mußte, wie sich mein Blick auf Ruth veränderte, nach einem neuen Treffen mit Julia Ausschau zu halten. Ruth hatte mir nichts getan, vielmehr immer voller Rücksicht auf meine Besonderheiten reagiert, mir das allzu Familiäre vom Hals geschafft und war auch jetzt durch meine Zustände der Apathie nicht mißtrauisch geworden. Sie begegnete mir wie immer in freundlichem Vertrauen. Ich wußte das alles aber nicht mehr zu schätzen, höchstens am Rande als Bequemlichkeit, die meine Pläne begünstigte. Mit einem Wort, ich langweilte mich in ihrer Nähe und auch mit den Kindern. Sie flößten mir ein Unbehagen ein, weil ich mich so sehr von ihnen entfernte, ich tröstete mich jedoch damit, daß ihr Nichtwissen den häuslichen Frieden schützte. Ich mußte meine Fiebrigkeit allein ertragen und fand es schäbig und heldenhaft zugleich.

Ohne den Gedanken an Julia aber hatte mein Leben jeden Sinn verloren. War das meine Schuld?

Die beste Möglichkeit bot sich, wie in unseren Kreisen üblich, in Gestalt einer weiteren Tagung. Sie ließ sich für Julia, die ihr kleines Kind der alleinigen Obhut ihres Mannes anvertrauen mußte, weniger leicht rechtfertigen als für mich, auch wenn Ruth ein liebes, leichtes Erstaunen bekundete, daß ich schon wieder zu einer solchen Veranstaltung, die ich sonst nach Möglichkeit mied, aufbrechen wollte. Sie sah es insgesamt erfreut, weil sie es für ein Zeichen neu erwachenden Interesses an menschlichen Kontakten verstand. Bei den Quellenangaben für meinen dort zu haltenden Vortrag half sie mir selbstlos, wie gewohnt. Gut, ich dankte ihr mit einem Strauß, ich glaube, es waren Sonnenblumen, hatte aber anderes zu bedenken.

Als wir uns an der Universität, die ziemlich genau in der Mitte zwischen unseren Arbeitsstätten lag, trafen, stand sofort »der Ernst« außer Frage. Unsere Blickwechsel nach immerhin einigen, in ihrer Sehnsucht von Tag zu Tag sich steigernden Wochen, verdeutlichten es nachdrücklich. Wir sprachen fast nichts aus, um die inbrünstige Stille zwischen uns nicht zu stören. Als Julia tatsächlich leibhaftig, von keinem bösen Geist hinwegzuzaubern, in ihrem weißen, sommerlich leicht aufwehenden Kleid vor mir stand, erst da wurde mir mit Schaudern und Entzücken klar, was ihre unausweichliche Anziehungskraft für mich ausmachte:

Sie ähnelte nicht nur, sie glich der zarten, wegsinkenden Madonna des Kreuzigungsbildes! Auch der kleine, nie lächelnde, fest geschlossene Mund, mondbleich, ungeschminkt, bekräftigte den Eindruck, der mich wilder erschütterte, als ich mir in diesen Anfangsstunden eingestehen wollte. Die gemalte, fast transparente Maria, die mich schon immer tief berührt hatte, enthüllte sich plötzlich als erotisches Lockmittel, das sich körperlich besitzen ließ.

Es war eine Schändung, die ich in wüster Willkür genoß, als sich Julias Körper, weiß wie das Gewand der Maria, über mir nach hinten aufbäumte und ich in ihn eindringen konnte, als hätte ich die Erfindung Grünewalds zwar unerlaubt, aber mit wahnsinniger Freude in meine Macht gebracht. Ich versündigte mich, das konnte ich nicht abstreiten, und gerade dieses Delikt, mit dem ich mich am Inbegriff der Keuschheit verging, berauschte mich unermeßlich. Julia war eine weiße Woge, ein schimmernder Nebel und Schaum, der mich erwartete. Sie tat es in beinahe regloser Hingabe, in konzentrierter Passivität, die offenbar für sie die größte Lust bedeutete. Dieses schweigsame Hinsinken, das sie, wenn es soweit war, mit einem kaum hörbaren Zischen, einer Art geflüstertem Selbstgespräch begleitete, erregte mich, weil sie dem Bild dadurch noch näher kam. Das Kreuzigungsbild konnte ich nicht länger unschuldig ansehen. Die Lust an der Blasphemie siegte über alles andere. Ich umarmte und schmähte die Grünewald-Madonna.

Dabei erlebten wir in jenen hektischen Stunden weder wahre Wollust noch den Frieden gestillter Sehnsucht. Wir überschlugen uns in der Angst, die kurze uns vergönnte Zeit nicht auszuschöpfen und wieder verzichten zu müssen auf ein Feuer, einen Schwelbrand, der unser ganzes Dasein ausmachte und dem wir uns als entflammte Opfer wie einer festlich-tragischen Verpflichtung ergaben.

War es ein erstrebenswertes Leben? Wir glaubten, keine Wahl zu haben. Hätten wir beide glücklich nach unseren jeweiligen Vorgeschichten gemeinsam existieren können? Uns war bewußt, daß eine radikale Trennung von unseren Angehörigen fünf bisher ahnungslose Menschen unglücklich machen würde.

Im Verlauf unserer Beziehung stellte sich heraus, daß wir nicht nur beim ersten Mal weniger leidenschaftlich waren, als wir uns vorgestellt hatten, und doch war die Bemächtigung dieses jungfräulichen Leibes, bei dem es unvorstellbar blieb, daß er schon ein Kind geboren hatte, damals der Höhepunkt meines Lebens.

Unsere folgenden Treffen wurden komplizierter, nervöser, unsere Lügen gegenüber der Familie krummer. Wir sprachen nie über die gegenseitigen Schwierigkeiten und die Lasten ehelicher Verstellungen, aber sie bedrängten uns zunehmend. Sie fielen als geistlose Brocken in die Waagschale auf der anderen Seite der gleißenden Freuden, jener beinahe materielosen Durchdringungen, die wir genossen, die uns trotz aller irdischen Beschränkungen in die Ewigkeit erhoben.

Wie zahlte ich Ruth ihr bedingungsloses Vertrauen heim? Durch ein zweites, neben dem lüsternen Annähern an die Grünewald-Madonna ebenso schwerwiegendes Verbrechen: Ich begann, auf Ruths Tod zu hoffen! Schlimmer: Ich wünschte ihr den Tod! Ich wünschte ihn ihr, um uns beiden Leid zu ersparen, frivol gesagt: Ihr Tod wäre die eleganteste Lösung gewesen. In diesem Fall hätte ich Kraft genug gehabt, Julia ihrer Ehe zu entreißen. Nach jedem Aufenthalt außerhalb des Hauses dachte ich ruhigen Blutes beim Heimkommen: Jetzt könnte es der Fall sein. Sie hätte sich voll ungeteilter Zuneigung aus meinem Leben entfernt. Es gab doch beispielsweise Unfälle. Immer enttäuschte mich, ihre Schritte beim Klingeln zu hören. Wer es nicht erlebt hat, für den wird eine solche Besinnungslosigkeit und Abweichung von bisherigen Moralvorstellungen nicht nachvollziehbar sein. Unvermittelte Todesfälle fingen an, mich zu interessieren, auch wenn ich nie, niemals auch nur entfernt erwogen hätte, nachzuhelfen. So heruntergekommen war ich auch in der wahnsinnigsten Phase nicht.

Dann wurde Julias Mann, ein Bau-Ingenieur, nach Madrid versetzt. Die Begegnung, bei der sie mir die Veränderung eröffnete, ließ noch einmal in ungehemmter Begierde, vielleicht wie nie zuvor, alle Flammen in uns auflodern, da wir wußten, es würde das letzte Mal sein. Julia hatte ihre Entscheidung, Mann und eventuell Kind nicht zu verlassen, bereits getroffen. Sie sagte es so entschlossen, daß ich nicht den Versuch machte, sie zu einer anderen Lösung zu überreden. Dabei weinte sie. Der kleine blasse Mund bog sich noch lieblicher, noch kindlicher nach unten.

Ich glaube, wir hatten beide mit einer so abrupten Beendigung unserer Liebe, egal aus welchem äußeren Anlaß, wohl insgeheim gerechnet. Jetzt war das Datum offiziell, und es erschien uns beiden wie das unseres Sterbens. Wir einigten uns darauf, unsere Verbindung nicht in eine Freundschaft ausgleiten zu lassen, keine Briefe, keine Anrufe, keinerlei Kontakt, keine Spuren. Wer wollte, konnte an den anderen denken, konnte ihn unvergeßlich im Gedächtnis behalten. Außer der unversehrten Maria des Altars blieb die weiße Woge ihres entblößten, in schnellen Seufzern atmenden Körpers über mir.

Die Wochen und Monate danach habe ich in Erinnerung als Tage in einer finsteren Gruft, ohne Helligkeit. Ich weiß nicht, wie mich meine Familie wahrgenommen und vor allem ertragen hat. Eine Beschwerde wurde nicht ausgesprochen. Vielleicht war ich so abstrakt für sie geworden, daß sie meine Absencen gar nicht bemerkten?

Irgendwann erschreckte mich die Idee.

Früher hatte ich gern Freunde (wie ist es nur möglich, daß wegen einer einzigen gereizten Stunde eine jahrelange Freundschaft für immer in die Brüche geht?) zum Spaß mit dem Rezitieren von Gedichten erfreuen, vor allem auch beschämen wollen. Sie hätten die Verse nämlich kennen müssen, taten es aber nur vage, mehr vom Hörensagen. Jetzt suchte ich wirklich Trost bei Gryphius, Eichendorff, Brentano, Benn mit seinem »Gegenglück«.

Ich mußte zu Ruth zurückfinden, zu einer Frau, die gar nicht registriert hatte, wie sehr entfernt von ihr ich existierte, zu Ruth, die mit gleichmütiger Freundlichkeit und Wärme unser eheliches Leben dirigierte, vollauf beschäftigt mit der Nachkommenschaft wie später mit der beginnenden Enkelwirtschaft. Womöglich war ich überhaupt nicht vermißt worden. Oder hatte sie seit langem etwas geahnt und es tapfer für sich behalten im großzügigen Vertrauen, es würde sich schon wieder alles zurechtrücken, wenn es ihr nur gelänge, die Tränen über die Kränkung zurückzuhalten? So war es wohl in Wirklichkeit, und ich wußte nicht, ob ich ihre Haltung bewundern oder verachten sollte.

Manchmal machte mich, neben dem Schmerz über die Verlorene in einem mir entrückten Land, beinahe verrückt, daß es zwischen mir und Ruth diese Stummheit gab, die den Einbruch in unser Zusammenleben einfach leugnete um des lieben, heuchlerischen Friedens willen. Ich stand gelegentlich sehr knapp davor, ein Geständnis abzulegen, in erster Linie sicher, um mich zu erleichtern. Es hätte aber nur mir genutzt. Also ließ ich es und ertrug über viele Jahre die Lüge zwischen uns, eine Lüge aus Mitgefühl und Eigennutz. Bei Ruth mochte es eher das Wohl der Familie sein, als unwandelbare Liebe zu mir. So legte ich es mir jedenfalls damals trotzig zurecht.

Aber meine Gefühle änderten sich. Irgendwann fiel mir auf, daß ich Ruth wieder liebte, und zwar inniger als jemals zuvor. Liebte? Konnte das denn sein? Es machte mich fassungslos. Bis heute könnte ich nicht sagen, wie das unverdiente Wunder passierte. Ob plötzlich oder langsam, das änderte nichts an der unzweifelhaften Tatsache. Wenn ich sie umarmte, schob sich, vielleicht nur mir spürbar, nicht wie lange Zeit eine frostige Wand zwischen uns. Die alte Herzhaftigkeit bildete sich, trotz der Kinder und Enkel, neu und war ja gar nicht für immer abgestorben. Ich hätte nie für möglich gehalten, daß sich die Dinge umkehrten. Eigentlich wuchs unsere Liebe nun mit jedem Tag kräftiger, und mit Grausen erinnerte ich mich daran, wie inständig ich gehofft hatte, Ruth durch den Tod auf manierliche Weise loszuwerden. Ja, wir liebten uns jetzt wohl, so mußte man es nennen. Die Familie stand auf einmal nicht mehr zwischen uns. (Immerhin hatten sich unsere Söhne ihre ersten Frauen offensichtlich nach dem Vorbild ihrer Mutter ausgesucht!) Einer sah dem anderen ins Gesicht, auch wenn für mich der Schatten meiner nicht eingestandenen Untreue blieb. Drängte er mich nicht andererseits noch enger und beteuernder an Ruth, von der ich ab und zu einen seltsamen, verschleierten Blick aufzufangen glaubte? Sollte sie eine ungewöhnlich taktvolle Person sein?

Wie sehr ich sie unterschätzt hatte in ihrer Klugheit und Großzügigkeit!

Wir unternahmen Reisen an die Orte, an denen unsere Ehe und Familie begonnen hatte, und bestanden die Probe! Ich meine, wir trauerten dem Vergangenen nicht im geringsten nach, sondern erlebten die Landschaften und Städte ungealtert mit frischer Neugier und Kräftigkeit. An Ruths, der viel Jüngeren, Seite verjüngte ich mich. Sie selbst lebte auf, wurde wieder die Studentin von damals, eifrig und wach, trotz ihrer immer molligeren Formen.

Ich bemühte mich, nicht an das zarte Angesicht der Entschwunden zu denken, an das unwiderstehliche Senken ihrer Augenlider, dieser empfindlichen Schmetterlingsflügel, nicht Ruths fröhliche Lebenslust mit der süßen Wehmut in den Zügen Julias zu vergleichen. Ich versiegelte die Erinnerung und gestattete mir nur sehr selten einen Blick auf das Bild mit jener kleinen, verführerischen Madonna, in den Armen des Johannes weit nach hinten gebogen.

Endlich ertrug ich auch wieder den eindringlichen Spott in den Augen ihres verklärten Sohnes.

Als Ruth Mitte sechzig war, änderte sich unser Leben noch einmal grundsätzlich. Die Krankheit hatte sich sachte eingeschlichen, zunächst unter der Maske einer zunehmenden Mattigkeit, die ihre Liebenswürdigkeit noch verstärkte. Auch die erste Diagnose nahmen wir einigermaßen gelassen auf, da sie durch Tabletten vielversprechend behandelt werden konnte.

Oft lachten wir über die Rechnungen, die regelmäßig und gehäuft ins Haus kamen. Ein ganzes Leben hätte nicht ausgereicht für das, was hier an Positionen verzeichnet und berechnet wurde. Ruth selbst hatte nur jeweils ein paar Handgriffe bemerkt, ein paar Sätze oft nur. »Mit rechts untersuchen sie, mit links tippen sie schon die Aufstellung in den Computer«, sagte sie. Helfen konnte man ihr nicht. Ihre Müdigkeit wurde deutlicher. Manchmal fielen ihr am Tisch die Augen zu, selbst Gespräche mit den Enkelkindern brach sie immer öfter aus Erschöpfung ab. Für die Wahrnehmung ihrer Lieblingsdüfte brauchte sie auf unseren Gängen allerdings stets viel Zeit. Tief atmete sie dann ein, als ginge es darum, den Pflanzen ihr Wesentlichstes zu entreißen. Sie waren für sie das wirkungsvollste Medikament. Im Herbst kamen die Laub- und Erdausdünstungen hinzu, und manchmal dachte ich in großer Bänglichkeit: Ob sie darin eine Gruftnähe erwittert und sich daran gewöhnen, sie sogar begrüßen will?

Denn auch die Infusionen schlugen auf Dauer nicht an. Ich sehe noch deutlich vor mir den Raum, in dem es sechs sehr bequeme Liegesessel gab, fünf besetzt mit Patienten, der sechste wartete auf sie. Es herrschte vollkommene, dem Alltag entrückte Stille, die einen lasen, andere schliefen, keiner sprach mit dem anderen. Man hörte weder Klagen noch Scherze. Ich mußte mich schnell aus dem Zimmer ihrer Leidensgenossen, fünf älteren Herren, in dem sie also nicht allein war, zurückziehen, begegnete aber noch der blonden Larissa, die sich mit heiterer Stimme lächelnd durch den Raum wiegte, die Leute zum kurzfristigen Leben erweckte und ihre Arbeit, wie Ruth später erzählte, mit großer Professionalität versah. Sie suggerierte jeweils eine persönliche Zuwendung, ohne sich lange aufzuhalten. Die Gönnerhaftigkeit der Jugend gegenüber Alter und Tod schien ihr fremd zu sein. »Sie ist eine eifrige Gärtnerin, wir sind die reglosen Pflanzen«, sagte Ruth, »Sie ist eine tüchtige Köchin, und wir sind die Braten in der Röhre.« Sie bemerkte auch noch, daß die Ärztin ihre grauen Haare schwarz gefärbt hatte am Tag, bevor sie zu einer Tagung mußte, und freute sich über deren daraufhin viel jüngeres Aussehen.

Nur half die Behandlung Ruth nicht auf Dauer. Sie wurde stiller, blasser, dünner, trug die Haare kurz, dann fielen sie ihr aus. Sie war eine alte, gebrechliche Frau geworden. Meine Liebe zu ihr nahm nicht ab, auch nicht, als sie gepeinigt von Schmerzen im Krankenhaus lag und es von Mal zu Mal seltener verlassen konnte, nein, nahm nicht ab bis zu ihrem Tod. Sie wuchs. Da war sie siebenundsechzig Jahre alt. Ich mit meinen jetzt zweiundneunzig lebe fort und fort. Diese letzten vierundzwanzig Monate ihres Lebens, schwer und leidvoll für uns beide, ja, auch für mich, der weiterleben mußte und durfte, waren die besten, nicht die traurigsten unserer Ehe. Nicht mit Neid, sondern mit hochmütigem Mitleid sah ich auf das vor der Sinnlosigkeit flüchtende Treiben der vitalen Zeitgenossen.

Einmal versuchte sie ihre Hand auf meine zu legen, war aber zu schwach. Ich mußte ihr helfen. Ein Laubblättchen nur. Ein Wattebausch. Man hätte ihre liebe Hand wegpusten können. Ihr jetzt alles andere als erhoffter Tod war meine Bestrafung.

Bei ihrer Beerdigung sah ich unsere Söhne zum letzten Mal. Es ist zehn Jahre her.

Seit ihrem Tod bin ich ein zuverlässiger Besucher des Friedhofs geworden. Ich will die Förmlichkeit unseres Zusammenlebens, das nach der Geburt der Kinder, ohne daß ich es rechtzeitig wahrnahm, begann, vielleicht auch meine Enttäuschung über Ruths Entwicklung nicht leugnen. Es zählt jedoch nicht mehr. Das wird mir im Erinnern immer klarer, von Monat zu Monat zeichnet es sich scharf, wenn auch schmerzlos vor mir ab. Sollten wir anfangs Wichtiges versäumt haben, wurde es von uns in der Zeit ihres Sterbens auf wunderbare Weise nachgeholt, auch wenn diese Liebe nicht mit der entwurzelnden Leidenschaft, die ich mit Julia erlebt hatte, zu vergleichen ist, nicht mit der provozierenden, verlockenden Macht der über mir Knienden, in deren Gesicht ich auch in der ungestümsten Aufwallung eine Geistesabwesenheit las, eine Sammlung auf etwas, das ich nicht erreichte.

Viele Gräber, an denen einmal viele Tränen geweint wurden, verwildern auf grausame Art. Sie werden auch nicht neu besetzt. Die Leute sagen sich von ihnen als letzter Ruhestätte los. Sie führen einleuchtende Gründe dafür an, weiß ich, weiß ich. Ich verstehe sie trotzdem nicht. Ruths Grab ist geradezu umkreist von verfallenden Grüften, soll aber, solange ich lebe, eine Heimstatt ihres sterblichen Daseins bleiben. Dann komme ich, für die mögliche Frist, hinzu.

Nach ihrem Tod habe ich ihr die Treue gehalten. Es fiel mir leicht. Brunos verzweifelte Eskapaden stießen mich nicht ab, dafür hatte ich ihn zu gern, aber ich schüttelte den Kopf darüber. Der Altersunterschied zu Frau Olga ist zu groß, um daran etwas zu ändern. Vielleicht aber habe ich mich überfordert mit meiner freiwilligen Einsamkeit und den paar Freunden? Der ehemals engste von ihnen hat sich irreparabel in die Demenz zurückgezogen. Es bekommt uns Menschen nicht gut, so lange allein zu sein. Das weiß ich noch nicht allzu lange.

Um so glücklicher bin ich über die weiche, weibliche Gegenwart von Frau Olga, die mich erfrorenen Mann sachte aufgetaut hat, und die ihres kleinen Cherubs, der sich neben mich stellt und sich an mich schmiegt, auch einfach still hinter mir steht, meine Nähe und Berührung sucht wie das Kätzchen, das in Wahrheit ein altes, erfahrenes Tier ist.

Heute Abend will ich ihr den heiligen Antonius in der Versuchung zeigen. Arya soll dabei sein. Die vielen Ungeheuer werden ihn begeistern.

Wenn ich an diese Tafel mit geschlossenen Lidern denke, um den nachhaltigsten Eindruck in mir aufzuspüren, dann tritt mir sofort der Kontrast zwischen den wüsten Turbulenzen auf der Erde, dem Schlamm der Figuren einerseits und der in höchste Höhen entrückte, gleichmütige Gottvater im ewigen Licht vor die Augen. Mir fällt aber auch etwas anderes, Beunruhigendes ein. Man sieht es sofort, keineswegs erst auf den zweiten Blick. Trotzdem – was war es nur? – habe ich es vergessen.

Arya zwang mich, dem Gedanken nicht lange nachzuhängen. Er lachte, er schnaubte und ließ seinen Nachahmungstrieben freien Lauf. Frau Olga und ich kamen gar nicht dazu, uns in das Bild zu vertiefen. Wir folgten hocherfreut den Gesichtern, die Arya beim Imitieren der Bestien schnitt. Er sprach mit ihnen, er heulte, meckerte sie an, streckte ihnen die Zunge raus. Noch nach fünfhundert Jahren erregte die Tafel den Jungen. Auch den liegenden Antonius schien er auf Grund der zurückgerissenen Haare und der dadurch entstehenden Grimasse zunächst für ein Monster zu halten. Meine Frau Olga und ich, wir vergnügten uns von Herzen an dem Kleinen. Er war uns in diesem Augenblick wichtiger als der ganze Grünewald. Ich meine: Wie sich die Gestalten des Malers in seinem lebendigen Gesichtchen spiegelten!

Das Telefon läutete. Frau Schmetz ging und ließ sich diesmal Zeit, da sie Arya und mich gut aufgehoben wußte. Ich erzählte dem Kleinen von den teuflischen Bedrängnissen, die Antonius durchmachen mußte, konnte ihm allerdings keine Vorstellungen geben von den Sünden der Hoffart und der Unzucht, des Geizes und der Gleisnerei. Die Figuren, in denen das Innere, auch unser Inneres, nach außen verlegt war, übernahmen stattdessen alle nötige Arbeit. Meine liebe Frau Olga kam, wie oft nach dem Telefonieren, mit glänzenden Augen zurück. Die Gespräche mit ihrer Freundin Jäcki mußten sie wohl begeistern.

Nun aber sah Arya schärfer hin. Er erkannte die Situation. Ein sehr würdiger alter Mann lag auf dem Rücken und wurde von den scheußlichen Feinden attackiert. Sogar die schönen weißen Haare hatten sie, um ihn lächerlich zu machen, nach hinten gerissen, diese Höllenwesen, die von den Kunsthistorikern gern mit voller Verve und den schaurigsten Adjektiven geschildert werden, da lassen sie einmal ihren unwissenschaftlichen Instinkten freien Lauf. Der verborgene Poet in ihnen darf ungehemmt loslegen. Ich selbst fragte mich, was Grünewald, Zeitgenosse von Bosch, wohl für ein Gesicht geschnitten hat, als er die einzelnen Quälgeister erfand. Freute er sich an ihnen?

Arya war eine Weile ganz still. Er starrte den fast besiegten Antonius fassungslos an. Dem Schock der Demütigung des Greises war er hilflos ausgeliefert. Ich versuchte noch einmal eine Erklärung der Situation und wies dann darauf hin, wie über seiner Bedrängnis im unberührten Lichtkreis Gottvater die Katastrophe überwacht, ohne einzugreifen zwar, aber doch mit seiner ganzen Majestät anwesend als der Mächtigere, der den Untergang seines Heiligen nicht zulassen wird. Es scheint ein wilder Gott zu sein, der in seiner Höhe und Aureole Herrscher über die Düsternis bleibt und im Kampf Antonius, auch in der Schaurigkeit von dessen Beschämungen, im letzten Augenblick zum Sieg verhelfen wird.

»So geht es in uns zu, Frau Olga, im Streit zwischen Tugend und Laster, bei unseren Versuchungen und Sünden, auch wenn sie hier nicht als geschminkte Verlockungen auftreten, sondern widerwärtig in ihrer Nacktheit. Jeder kann sich entscheiden, wenn er sich prüft, welche Namen er den Schreckensgebilden gibt, jeder für sich«, sagte ich ausnahmsweise über den Kopf Aryas hinweg.

Sie nickte nachdenklich und wies den Gedanken nicht von sich: »Aber so abgegrenzt? Verschwimmt in uns nicht alles, das Gute und das Böse? Die helle Zone über dem Schwarz, die ist doch ein großer Trost. Sie tröstet Antonius und auch uns.«

»Gott rettet ihn. Darauf kannst du dich verlassen«, sagte sie zu dem Kind, als sie ihn aus unserer Mitte ins Bett entführte, was mir immer einen kleinen Stich versetzte.

»Aber«, fuhr ich fort, als sie zurückkam, »gerade daß die schlechten Eigenschaften und Versuchungen in Gestalten gebannt sind, ist das Großartige.« Und das Pittoreske, natürlich, dachte ich. »Es gibt uns die Chance, sie besser ins Visier zu nehmen und als Gegner zu bekämpfen.«

»Ach«, rief da meine Frau Olga und stellte sich aus Koketterie dumm, »mir ist noch nie so eine Bestie begegnet, wenn ich mit meiner Verschwendungssucht im Streit lag.«

Meine Hoffnung war, bei weiteren Gelegenheiten mit ihr immer tiefer in das Wesen der Tafeln einzudringen. Der schöne Abend ermutigte mich. Ich ahnte nicht, daß es der letzte dieser Art sein würde, und lud sie zu einer guten Flasche Wein ein. Sie stimmte sogleich zu, besonders, da sie noch etwas Wichtiges mit mir besprechen wolle.

Gerade in diesem Moment, bei ihrem ersten Satz schon, meldete sich, wie in panischer Vorahnung, das Brennen der Haut, so daß ich ihrer Mitteilung kaum folgen konnte.

Sie müsse mit Arya aus familiären Gründen sehr bald für lange Zeit verreisen!

Es war vorbei! Daß der wunderbare Abend einen solchen Schrecken für mich bereithielt! Sie würde mich also verlassen, fürchtete ich voreilig, und damit alles Glück zertrümmern. Ich spürte, wie mir das Blut aus dem Gesicht wich, blieb aber stumm. Mir wäre nur Seufzen oder Schluchzen möglich gewesen. Nach den »familiären Gründen«, die eine so ausgedehnte Abwesenheit erforderten, wagte ich nicht zu fragen, da sie es so lakonisch abweisend gesagt hatte.

Schließlich fragte ich und hörte kaum meine eigene Stimme: »Länger? Wochen?«

»Monate, Herr Waldenburg.«

War das so schlimm? Was schwante mir denn? Welcher unklare Verdacht meldete sich? Sie habe gut vorgesorgt. Jäcki, die ich inzwischen ja als äußerst sympathische Person kennengelernt habe, wäre, falls ich einverstanden sei, gern bereit, im von mir gewünschten Umfang ihre Rolle bei mir zu übernehmen. Sie habe mich bei ihren Besuchen hier übrigens längst ins Herz geschlossen.

Bei all dem hielt meine Frau Olga ihre Lider gesenkt. Sie wollte meinen Schmerz nicht mitansehen.

Als sie mich verließ, umstürmten und umwogten mich Grünewalds und des Anachoreten Ausgeburten. Ich wußte nicht, wo ich nach diesem Absturz Trost suchen sollte.

Ahnte auch Arya etwas? Er suchte verstärkt meine Nähe. Viele Minuten sahen wir ohne ein Wort ein leuchtend grünes Insekt an, einen sacht bebenden Schmetterling, eine Spinne bei der Arbeit. Auch Olga verhielt sich mir gegenüber fast zärtlich. Aber die Unbefangenheit von früher fehlte auf beiden Seiten. Es stand mir nicht zu, doch ich hatte das Gefühl, von ihr durch die geplante Reise hintergangen worden zu sein. Warum war nie von der angeblichen Familie, die plötzlich soviel Zeit erforderte, gesprochen worden? Wir schwiegen beide darüber, und dieses Schweigen klaffte zwischen uns. Sie kramte viel im Haus herum. Vielleicht handelte es sich um einen Endhausputz oder packte sie schon? Wieviel Tage waren mir noch vergönnt? Sie rückte nicht mit der Sprache heraus, und ich wollte sie nicht bedrängen, denn mein nicht zu verbergender Kummer beschwerte sie sicherlich schon genug.

Ein letztes Mal unternahmen wir einen Besuch bei dem verdämmernden Bruno und im strömenden Regen, der uns zwang, unter dem Schirm dicht nebeneinander zu gehen, einen Waldspaziergang. Arya sprang uns in seinem wetterfesten Cape unbekümmert voraus. Sie wirkte geistesabwesend, heimlich ungeduldig.

Der Eindruck eines Verrats an mir erhöhte meine mich jagenden Schmerzen, das spurlose Brennen der Haut, das ich kaum noch unterschlagen konnte. Manchmal begegnete ich ihrem taktvollen Blick, als hätte sie an einer meiner Körperzuckungen erraten, wie es um mich stand. Vielleicht wußte sie es schon länger und hatte sich nur diskret zurückgehalten, was ich ihr hoch anrechnen mußte. Keine neugierigen Fragen. Und ausgerechnet sie, die Einfühlsame, wollte mich verlassen!

Ich hatte mit einem unverschämten, mir nicht mehr angemessenen Vertrauen im Glück gelebt. Nun wich es von mir, und es herrschten Gesetz und Wirklichkeit meines hohen Alters. Es kam vor, daß ich plötzlich zu ihr hinsah. Dann bemerkte ich, wie sie schnell ihren Blick, der auf mir geruht hatte, abwandte. In ihrem Gesicht erschien ein flüchtiges Schuldbewußtsein, das aber bald von einem nicht zu unterdrückenden Lächeln besiegt wurde. Freute sie sich so sehr auf die Reise?

Allzu bald, ja plötzlich löste sich auch dieses Rätsel. Die Abfahrt sollte, hieß es jetzt, am nächsten Morgen stattfinden, die Koffer waren gepackt. Arya hatte sich verabschiedet, unbefangen und überschwenglich. Die Dauer von Zeitspannen konnte er sich nicht vorstellen. Wie ich mir den Abdruck seines weichen Körperchens einzuprägen versuchte! Möglicherweise würde ich das nie wieder erleben. Jeden Tag konnte ich ja sterben.

Wir tranken noch ein Glas Wein nach dem Abendessen. Sie war den gesamten Tag außer Haus gewesen wegen der Reisevorbereitungen, wie sie sagte, hatte aber doch zum Abschied ihre ausgezeichneten Rouladen gemacht. Jetzt atmete sie tief ein, bevor sie den Satz sagte. »Herr Waldenburg, wir haben heute Morgen geheiratet.«

Ich verstand den Inhalt nicht sofort. Wie von einem plötzlichen Knall erfaßte mich eine Taubheit. Ich weiß nicht, was in meinem Gesicht zu lesen war, aber sie nahm meine Hand, die ich zuerst zornig wegriß, dann aber reumütig zu ihr hinschob.

»Geheiratet?«, brachte ich schließlich zustande. Nun stolperte es aus ihr, die alles so lange für sich behalten hatte, hervor. Dabei traten ihr verfluchte Tränen in die Augen, nicht Tränen meines Unglücks, sondern ihres Glücks.

»Ja, geheiratet, in aller Stille!«

Und dann saß sie, nach dieser Ungeheuerlichkeit, am selben Tag hier bei mir zum Wein? Phantasierte ich?

Arya tauchte noch einmal im Schlafanzug auf, um mir Eugen, seinen Lieblingsstoffhund, zu schenken. Ich konnte ihm nur mit einem leisen Stöhnen danken und über die persischen Locken meines triumphierenden Rivalen, dieses ungetreuen Mannes und Vaters, streichen. Der Kleine verschwand wieder, winkte noch mal, bevor er die Tür schloß, und ich wußte auf einen Schlag: Es würde sich nie, niemals wiederholen. Es war das Schlußbild für meine Erinnerung, und diese Erkenntnis ging fast über meine Kräfte.

»Ich habe Sie eigentlich nicht hintergangen, Herr Waldenburg. Ich wollte Sie nur nicht vorzeitig beunruhigen. Es hätte uns die letzten Wochen verdorben, wenn Sie gewußt hätten, daß ich Sie verlassen muß. Wir beide hätten ja immerzu daran gedacht. Deshalb habe ich für mich behalten, was passiert ist. Schon lange hat mein Mann, der er nun ist, versucht, mit mir Kontakt aufzunehmen, und ich habe ihn oft getroffen und mit ihm telefoniert. Er ist voller Reue. Er begreift selbst nicht, wie es zu unserem Streit und seiner Gewalttätigkeit hat kommen können. Kleinlaut, mit großer Geduld hat er mich zu überzeugen versucht, daß wir drei, er und ich und Arya, unverbrüchlich zusammengehören. Schon bald bat er mich, in die Heirat einzuwilligen. Herr Waldenburg, Sie können sicher sein: Leicht habe ich es ihm nicht gemacht! Ich wollte nicht, ich glaubte ihm nicht mehr, mein Vertrauen war erschüttert. Ganz allmählich hat er mich überredet, ohne Drängen, aber beharrlich. Ich spürte, daß ich dabei immer glücklicher wurde.«

Sie sah mich lächelnd, beinahe verschämt an: »Und vergessen Sie nicht: Er war meine große Liebe. Ich liebte ihn ja trotz allem noch immer und trauerte ihm nach. Natürlich wird es nicht leicht sein, Aryas Zuneigung zu ihm wiederherzustellen. Die Bilder im Kopf des Kleinen sind zu schrecklich für ihn gewesen. Ich werde es aber schaffen. Die Freundschaft zwischen den beiden war schließlich einmal groß.«

Hier spürte ich in mir ein wildes Rachegefühl. Ich wünschte dem Perser, Arya würde sich ihm versagen, ich müßte den Jungen nicht an ihn abtreten. Dann sagte mir mein Verstand, daß solche Gehässigkeit meinem Liebling nur schaden müßte. Also unterdrückte ich die bösen, eifersüchtigen Gedanken, so gut es ging.

»Er wird in München die Filiale seines Schlüsseldienstes übernehmen und hat schon alles für uns vorbereitet. Gestern ist er nach den Formalitäten beim Standesamt gleich nach München geflogen. Arya und ich werden morgen in der Frühe von einem Freund abgeholt, der den Lastwagen mit den Möbeln und dem Gepäck befördert. Ich hoffe, daß ich auf der langen Fahrt Arya für unser neues Leben erwärmen kann. Vielleicht gelingt es mir, das, was vorgefallen ist, für ihn als einen schrecklichen Traum darzustellen, so in der Art. Jedenfalls wird mein Mann ganz sicher keine Annäherung an seinen Sohn erzwingen. Es wird Ihrem Kleinen gut gehen. Ich werde oft von Ihnen sprechen, und irgendwann wollen wir Sie auch besuchen, das schwöre ich. Telefonieren können wir schon morgen Abend, wenn Sie es wünschen und Aryas Stimme hören möchten. Wir sind nicht aus der Welt. Immer werde ich unsere Gespräche über Ihren Maler in Erinnerung haben. Sie bedeuten mir mehr, als Sie glauben, und werden mir fehlen.«

Sie sah mich zögernd an: Hatten ihre Sätze tröstlich auf mich gewirkt? Nein, in diesen Augenblicken konnte mich nichts trösten, da ich alle Freude meines hohen Alters unwiederbringlich verloren hatte. Wie schnell würde ich, während ich trauerte, durch die Sensationen der Gegenwart aus ihrem Gedächtnis und Herzen geschwunden sein?

»Wir reisen morgen sehr früh. Um fünf Uhr kommt der Mann, um uns zu holen. Ich bitte Sie, Herr Waldenburg, uns dann nicht Auf Wiedersehen zu sagen. Es ist besser, wenn wir uns leise aus dem Haus schleichen. Sonst fließen Tränen. Das wäre auch für meinen Kleinen nicht gut. Jäcki wird gleich morgen Nachmittag hier vorbeikommen.«

Sie beabsichtigt also, mit heiterem, ungetrübtem Gefühl ins neue Leben aufzubrechen, sagte ich mir bitter. Da geschah etwas, das ich niemals erwartet, niemals erhofft hätte. Sie näherte mir ihren Mund, nahm mein Gesicht zwischen ihre Hände und küßte lange, nachdrücklich mit ihren vollen, warmen Lippen meinen faltigen, kalten Mund. Hilflos hielt ich still.

Es war ihr Abschiedsgeschenk. Es hätte kein schöneres geben können, auch kein dauerhafteres. Bis heute spüre ich Frau Olgas Mund, wenn ich die Augen schließe.

Dann ging sie aus dem Zimmer. Alles war gesagt.

Kein Wort über die anschließende schlaflose Nacht, in der meine glühende Haut mich von meinem schlimmeren Schmerz abzulenken versuchte.

Es gelang nicht.

Kurz vor fünf, noch im Dämmern, stand ich oben am Fenster hinter der Gardine. Sie erwartete den Lastwagen bereits an der geöffneten Tür, damit der Mann nicht klingeln mußte. Ich hörte Aryas helle, aufgeregte Stimme. Dann war es soweit. Der Wagen hielt, Frau Olgas Koffer wurden verstaut, sie ging, mit dem Kleinen an der Hand, entschlossen, ohne sich umzusehen, voran. Arya aber drehte sich noch einmal um. Ich nahm alle Kraft der Selbstbeherrschung zusammen, um nicht zu winken. Beim Umwenden, auch weil Frau Olga energisch zog, stolperte er und verletzte sich am Knie. Es handelte sich wohl nur um eine unbedeutende Schürfwunde, die seine Mutter mit einem Taschentuch abtupfte. Ich aber, als sie fort waren, suchte an der Stelle, ob ich noch einen Tropfen Blut meines Lieblings fand. Ich beugte meinen alten Körper tief hinab, um ihn mit meinen Lippen zu berühren. Es sah mich ja niemand. Keiner konnte über meine Anwandlung lachen.

Es folgte das fette Klappen der Wagentür. Sie verschloß vor mir die zwei liebsten Wesen auf der Welt, die in eine ungewisse Zukunft fuhren. Und ich hatte ihr nicht einmal zur Hochzeit gratuliert!

Sie hielt Wort und rief am Abend an. Es befanden sich Leute im Raum. Unser Gespräch verlief ziemlich unpersönlich. Ich dachte dabei aber an ihren sanften Mund auf dem meinigen. Deshalb betrübte es mich nicht allzu sehr. Bevor ich Arya hörte, wurden wir unterbrochen.

Auf dem Wohnzimmertisch lag eine Karte aus steifem Karton. Kein Abschiedsgruß, stattdessen die Adressen und Telefonnummern meiner beiden Söhne mit dicken Ausrufezeichen dahinter.

Schon jetzt zerfiel die Wohnung in lauter Dinge. Die Gegenstände verloren sich in Einzelheiten. Wie sollte ich je zur Zufriedenheit vor Frau Olgas Einzug zurückfinden! Ich war ärmer als zuvor, jedoch nur, wenn ich die Erinnerung an unsere schöne Zeit außer Acht ließ. Ich mußte lernen, sie ohne Schmerz zu betrachten.

Um vier Uhr kam Jäcki, die ich auch so anredete. Auf ihren Vorschlag hin machten wir in ihrem kleinen Auto eine erste Ausflugsfahrt zum Wald, wo sich das Grün in kaum sichtbaren Signalen zu färben begann als Ankündigung einer herrlichen Zeit. Ich sah es mit Wehmut in der Gewißheit, daß es mich nie mehr so entzücken würde wie früher. In stummer Verzweiflung sagte ich mir auf: »... wird deines Ernsts Gewalt mich Einsamen erheben, so wird mein Herz nicht alt.«

Jäcki bestand, sehr zartfühlend, darauf, anschließend eine Partie Schach mit mir zu spielen. Mein Gott, wie hatte Frau Olga alles liebevoll für mich eingefädelt. Es heiterte mich indessen nicht auf. Jäcki erwies sich übrigens als ausgezeichnete Gegnerin. In einer anderen Situation hätte es mich herausgefordert. Sie ließ sich durch meine Traurigkeit glücklicherweise nicht entmutigen, wohl weil sie informiert war, daß sich meine Stimmung in einigen Tagen ändern würde. Vielleicht stachelte die therapeutische Aufgabe auch ihren Ehrgeiz an. Ich räumte ihr allerdings keine Chancen ein. Sie konnte nicht wissen, was die beiden Entschwundenen für mich bedeuteten und wie tief die Verletzung war, als man sie mir entriß.

Meine Söhne rief ich trotz des Befehls auf der Karte nicht an. Vielleicht später! Frau Olgas Einfall und Auskundschaften wenigstens rührte mich. Nur weil ich mich einsamer fühlte als noch vor Monaten sollte ich den Kontakt, der ihnen nicht fehlte, suchen? Es würde auf ein Eingeständnis meiner Schwäche hinauslaufen und sie in eine Position bringen, die mir, verdammt nochmal, nicht paßte. Oder sollte ich das Verhältnis aus ganz anderer Perspektive, nämlich derjenigen einer väterlichen Großmut betrachten, eine Großmut, die Versäumnisse nicht anrechnete, sondern mit offenen Armen zu verzeihen bereit war, nachdem der Weg zu mir für die beiden mit jedem Jahr schwerer geworden war? Aber täuschte ich mich da nicht in ihrer Bereitschaft? Sollte ich das Risiko eingehen, mit Zuneigung und ohne Stolz, nachdem sie so grausam und sorglos gewesen waren? Solche Gedanken hegte ich, wenn ich die leere Wohnung durchwanderte und mich anschließend bei Jäcki mit kühlem Herzen bedankte für die Blumen, die sie überall hingestellt hatte, um mich zu erfreuen und für das Leben wieder zu erwärmen. Gutes Mädchen. Meist wird sie abends von einem jungen Mann abgeholt.

Eins stand fest. Nie würde ich mit ihr die Bilder Grünewalds betrachten. Das lag nicht in erster Linie an ihr. Es handelte sich um einen Akt der Treue gegenüber Olga. Solche Stunden mit ihr zu teilen, würde dem Perser niemals vergönnt sein. Das gefiel mir. Eventuell sah sie manchmal gedankenverloren vor sich hin, und er konnte nicht erraten, was seine Frau bewegte, die ihm unser Geheimnis gewiß nicht verraten wollte. Es ließ sich ja auch gar nicht einem Dritten erzählen.

Ich wagte mich nach längerer Zeit wieder an das geliebte Auferstehungsbild heran. Es geschah, was ich befürchtet hatte. Die Augen durchdrangen mich nicht. Ich bewunderte das Gemälde in seiner Konstruktion und Farbenpracht, aber es traf mich nicht wie einstmals ins Mark. Glaubte ich ihm nicht mehr?

Ähnlich erging es mir mit der furchtbaren Kreuzigung. Ich dachte: Du in deinem unsäglichen Leid und um dich herum die Gestalten, gestemmt in die diffuse Welt als Statuten, Verkörperungen einer Idee in großartiger, isolierter Figuration. Mein Herz blieb verschlossen.

Das Engelskonzert und die Geburt in stürmischer Süße und unberührbarem Frieden: Ich bestaunte aufs Neue seine Rätsel, aber eben: Ich bestaunte sie.

Die Versuchung des Antonius! Wieder ergriff mich die Erniedrigung des alten Mannes, wieder empfand ich die Würde, die er trotz aller Bedrängnis durch die vielfältig glotzenden Bestien bewahrte. Ja, das schon, das schon.

Fehlte mir bei der Betrachtung jetzt Frau Olga, die doch nur mit freundlichem Interesse die Tafeln angeschaut hatte? Und die Attacken des Göttlichen auf die Ruth entfernt ähnliche, womöglich von dem Ansinnen zunächst empörte, schräg blinzelnde Madonna der Verkündigung? Ach, es gefiel mir doch das alles nach wie vor. Ich verehrte das einzigartige Wunderwerk des Altars, aber mein Gemüt schwieg, als wäre etwas in den Bildern und mir erloschen.

Schließlich wandte ich mich der letzten, bisher von mir gemiedenen Tafel zu. Nichts in mir hatte bis zu diesem Tag auf den Besuch des Antonius beim Anachoreten Paulus besonders geantwortet. Das Gespräch der beiden Greise, der eine, wie bei seiner Versuchung, im eleganten, prachtvoll blauen Mantel seines späteren Ordens, der andere gehüllt in ein Gewand aus geflochtenen Palmblättern, hatte mich nicht berührt.

Paulus, einer reichen Familie im ägyptischen Theben entstammend, war in seiner Jugend vor blutigen Christenverfolgungen in die Einöde geflüchtet und hatte zum Zeitpunkt des Besuchs dort bereits neunzig Jahre in strengster Einsamkeit zugebracht. Niemand wußte davon, nur Antonius erfuhr aus einem Traum, daß in der Gegend ein Eremit lebte, der sich in einem noch höheren Zustand der Heiligkeit befinde als er selbst. Daraufhin macht sich

Antonius auf in die Wildnis und sucht Paulus. Ein Wolf führt ihn schließlich zu dessen Höhle. Paulus aber will ihn nicht einlassen. Seine lebenslange Einsamkeit soll durch keinen Eindringling aus der Welt gestört werden.

Erst nach langem Bitten läßt er Antonius ein. Seine erste Frage gilt den Herrschern der Erde: »Glauben sie inzwischen an Christus?«

Am Ende ihrer Unterhaltung, zu der ein Rabe oder auch Birkhahn wie immer am Mittag zu Paulus ein Brot bringt, diesmal sind es zwei, bittet der Eremit laut der Vita des Hieronymus den vornehmen Besucher um den Mantel des Athanasius. Als er am nächsten Tag wiederkommt, ist Paulus, 113-jährig, verstorben. Antonius wickelt ihn in den gewünschten Mantel und nimmt dessen Palmblattkleid an sich, um es voll Ehrfurcht an hohen Festtagen zu tragen.

Es war der ausgestreckte rechte Arm des Paulus, der nackt aus seinem Gewand ragte, der mich plötzlich fesselte. Dieser abgezehrte, wurzelhafte Greisenarm, vom Maler scharf in der Realität, noch nicht an sich selbst beobachtet, kindlich zugleich in seiner Magerkeit, rührte mich in Verbindung mit dem leidenschaftlichen Gesicht des Anachoreten. Das, was auf seinen nahen Tod hinwies, schien mir das Allerlebendigste zu sein. Es verband mich alten Mann mit dem Einsiedler. Alle sehr irdischen Hinfälligkeiten der Jahre waren darin ausgedrückt. Der Arm sprach zu mir in deutlichen, mir zugeneigten Worten.

Die Hand, in der er endete, war eine weit geöffnete, darbietende, während der Gast aus der Welt der Empfangende war, auch er mit übergroßer Hand. Sein Blick ging grüblerisch geradeaus, der des Paulus, hell beschienen, nach oben, dorthin, woher der Vogel die Himmelsgabe brachte.

Zu den Füßen der beiden wuchs eine Vielfalt von identifizierbaren Kräutern. Es waren alles solche, die von den Antonitern später zur Herstellung ihres Heilmittels gegen das Mutterkorn-Feuer benutzt wurden. Zwischen ihnen und dem Himmel aber strebten in wirrem Geäst die Bäume empor, Palmen und verdorrte Laubbäume, die mit ihren Auswüchsen den gesamten Raum wie mit ausgestreckten, bittenden Armen füllten, Netze, Gespinste. Dieses Sehnen, nicht nur wegen der Hirschkuh als dessen Symbol, war für mich die mächtige Aussage des Bildes, die in allen seinen Details vibrierte, in dem nackten alten Mann mit seinem leidenschaftlichen Blick unter weißen Brauen am stärksten. Er, der nicht Verlassene, sondern in freiwilliger Einöde Lebende, war die Flamme, sein nobler Gast mußte erst noch von der Gottessehnsucht entzündet werden.

Ich weiß jetzt, daß diese Tafel, die ich so lange eher übersehen hatte, für mich die wichtigste werden wird. Sie schließt mich in meiner gegenwärtigen Verfassung nicht aus als Zweifelnden, sie drückt aus, was mein Herz, das Herz eines sehr Einsamen, so heftig bewegt. Die Sehnsucht wird für mich zum Lebenszeichen und zur Gewähr, daß es eine Energie gibt, die über das Irdische hinausgeht. Zu ihr drängt es uns in Wahrheit hin. Warum würde man sonst so sehr danach verlangen?

Auf diesem Gemälde jedoch hat Grünewald, anders als bei der Geburt und der Versuchung, keinen Gottvater in die Wolken gesetzt! Der Himmel ist verschlossen, man muß ihn, im Verein mit dem Aufwärtsströmen aller Wesen, mit Glut und Waffen seiner Sehnsucht durchdringen. Nichts anderes bleibt mir Verlassenem übrig.

Gestern habe ich mit dem kleinen Arya über die große Entfernung weg gesprochen, als säße er im Zimmer nebenan.